LES LUMIÈRES DE BROADWAY

Marie-Bernadette Dupuy est née et vit en Charente. Écrivaine aux multiples talents, elle aborde avec un immense succès les genres les plus variés : biographies historiques, grandes sagas familiales, policiers, romances. Son œuvre, traduite jusqu'en Russie, lui a permis de conquérir le cœur de très nombreux lecteurs et de devenir la reine française de la saga.

MARIE-BERNADETTE DUPUY

Les Lumières de Broadway

L'Orpheline de Manhattan **

CALMANN-LÉVY

ISBN : 978-2-253-10184-0 – 1re publication LGF

Note de l'auteure

Chers amis,

Les ouvrages se succèdent et je suis toujours heureuse de vous adresser quelques lignes, comme un préambule à votre découverte du roman. Aussi je vous invite à retrouver Élisabeth, dont le destin se joue entre la France et New York.

Je vous le confie encore une fois, j'ai eu un véritable coup de foudre pour l'immense cité, devenue presque légendaire, et je me suis penchée sur son passé avec un intérêt passionné.

À l'époque où mon héroïne habitait le célèbre Dakota Building et se promenait dans Central Park, le paysage urbain était très différent. Les gratte-ciel ont été construits dans les années 1920, de plus en plus hauts au fil du temps.

Mais c'est la magie d'un livre, s'offrir des sauts dans le passé, évoquer des lieux oubliés, faire revivre des atmosphères enfuies, aidé par notre imaginaire.

Et comme toujours, j'ai voulu rendre hommage au courage des femmes, à leur résistance face aux épreuves, à leur dévouement.

Bonne lecture,

Avec toute mon amitié,

Marie-Bernadette Dupuy

1

Le secret d'Élisabeth

Paris, mercredi 14 juin 1899

Un attroupement s'était formé avec une rapidité sidérante sur le Pont-Neuf, tandis que des cris d'effroi retentissaient, poussés en majeure partie par un groupe de pensionnaires en uniforme.

— Une femme s'est fichue à l'eau ! répétait en hurlant un petit vendeur de journaux, les yeux exorbités. Là, j'vous dis, là !

— Mon Dieu, quel malheur, elle a enjambé le parapet et elle a sauté ! renchérit un vieillard tremblant d'émotion.

Deux bouquinistes en blouse grise bousculèrent les curieux pour se pencher et observer le courant impétueux de la Seine.

Il avait beaucoup plu au mois de mai et le fleuve était haut, agité de remous. Les bateaux amarrés en aval se balançaient, tandis qu'un convoi de chalands défilait.

Deux gendarmes, alertés par les clameurs confuses leur parvenant du pont, accoururent et se mirent à scruter la surface mouvante des eaux grises.

— Quelle horreur ! s'écria une dame d'âge respectable, qui agitait son ombrelle. Seigneur, c'est encore un suicide, comme dimanche dernier au pont Mirabeau.

Un jeune homme déboula parmi la foule atterrée. Il ne passait pas inaperçu, en raison de sa haute taille et de son costume clair. Il contourna la troupe des adolescentes, un peu surpris de voir que certaines pleuraient à chaudes larmes.

— Moi aussi, je l'ai vue pendant qu'elle tombait ! gémissait une petite blonde. On était encore loin, mais je l'ai bien vue. C'était affreux !

— Elle a dû couler tout de suite ! ajouta une de ses camarades en reniflant.

Richard Johnson s'arrêta net, intrigué. Il croisa le regard d'un des gendarmes, qui s'était retourné, l'air accablé.

— De quoi est-il question ? lui demanda Richard avec un léger accent anglo-saxon.

— Une malheureuse vient de mettre fin à ses jours, presque sous les yeux de ces gamines, monsieur ! expliqua-t-il. Le courant est fort aujourd'hui, son corps a dû être entraîné très vite en aval.

L'Américain parut réfléchir un moment, avant de jeter une œillade effarée sur le fleuve. Il cherchait sa fiancée, Élisabeth, depuis une demi-heure. Une sensation de froid intense coula dans ses veines. Il osa imaginer le pire.

— Pardon, quelqu'un pourrait-il me décrire cette personne ? interrogea-t-il d'une voix affolée.

Le vieillard leva une main décharnée pour prendre la parole.

— Une jolie demoiselle, en robe jaune, avec de beaux cheveux bruns, des bas blancs et des souliers noirs, qui brillaient ! déclara-t-il. J'ai aperçu ses bas quand elle a grimpé sur le parapet, misère de moi ! Si seulement j'avais pu l'en empêcher…

Le regard halluciné de l'étranger le fit taire. Dans un silence pesant, chacun épia la réaction du bel inconnu.

— Vous me décrivez Lisbeth ! déclara-t-il, saisi d'une peur affreuse. Non, non, pas ça ! Pas Lisbeth !

Il se précipita vers le parapet et posa ses mains sur la pierre, se penchant à son tour. On crut qu'il allait sauter lui aussi, et la poigne ferme d'un policier le tira en arrière.

— Mais pourquoi ? gémit-il.

La surveillante du groupe de pensionnaires, une religieuse, confirma d'un ton grave la description de la jeune femme, puis elle se signa.

Les jambes de Richard le soutenaient à peine. Il considérait le fleuve avec une expression hallucinée. On l'entendit murmurer :

— Lisbeth a quitté notre appartement tout à l'heure, en robe jaune. Elle portait des escarpins vernis noirs et des bas blancs, tout neufs… et elle est brune, avec de longs cheveux. Nous devions nous marier samedi matin. Oh *my God* !

Il tituba, le souffle court. Tous ses rêves de bonheur s'écroulaient. La femme qu'il aimait, Élisabeth Duquesne, qu'il surnommait Lisbeth, s'était noyée par ce tendre matin de juin, où le soleil illuminait d'or blanc les toits de Paris. Il n'avait plus aucun doute. Elle avait décidé de mourir et il ne comprenait plus rien.

Élisabeth avait l'impression étrange d'être dédoublée depuis que la Seine l'avait engloutie. La jeune femme n'avait jamais appris à nager et, étourdie par le choc du plongeon, elle avait eu le réflexe de vouloir respirer. Une eau froide s'était engouffrée dans sa bouche, dans ses poumons.

Maintenant, une partie d'elle suffoquait, en proie à une atroce sensation d'étouffement. Le courant l'emportait et, malgré ses gesticulations désordonnées, elle ne pouvait pas remonter à la surface du fleuve. Bientôt, elle renonça à lutter, parvenue au seuil de l'inconscience. En quelques secondes défilèrent des images furtives de sa jeune vie.

Elle revit le pont du paquebot *La Champagne*, l'ours qui dansait au rythme d'un tambourin, mais aussi Catherine, sa mère, occupée à lui confectionner une poupée à l'aide de mouchoirs. Peu après son père, Guillaume, lui souriait, la soulevant pour l'embrasser. Puis elle patinait sur le lac gelé de Central Park, tout heureuse de sentir la main de Richard sur sa hanche.

Son ultime pensée fut pour l'homme qu'elle devait épouser et n'épouserait jamais. Elle sombra au fond d'un monde obscur et glacial, ses yeux ouverts mais incapables de distinguer une masse sombre. De même, elle ne sentit pas les doigts qui étreignaient ses poignets. Délivrée de ses tourments, elle fut également sourde, quelques minutes plus tard, aux éclats de voix affolés du couple de bateliers agenouillé près d'elle.

Pourtant une vague douleur à la poitrine l'arracha au néant. Un spasme la secoua. On la fit se coucher sur le côté et elle vomit de l'eau, aveuglée par la lumière dès qu'elle cligna des paupières.

— Dieu soit loué ! cria une femme. Lazare, mon p'tit gars, tu l'as sauvée, la pauv' gosse ! Elle te doit une fière chandelle ! Va donc t'changer, et t'as l'droit à un verre de gnôle.

Un garçon de quinze ans, ruisselant de la tête aux pieds, approuva d'un air réjoui. Il respirait vite après l'exploit qu'il venait d'accomplir.

Élisabeth eut un nouveau hoquet. Elle cracha encore de l'eau, tout en percevant la chaleur du soleil sur ses jambes.

— Si c'n'est pas triste, vouloir mourir à cet âge ! maugréa un homme, encore haletant d'avoir exercé plusieurs pressions sur le torse de la rescapée.

— Qu'est-ce qu'on doit faire, Nénesse ? interrogea son épouse.

— D'abord, on la requinque ! prôna son mari. J'vais l'aider à s'asseoir. Apporte-lui une couverture et une tasse de café, Yolande.

Lazare, leur neveu, avait plongé sans hésiter dans la Seine en apercevant une robe jaune et des cheveux bruns à un mètre du bateau, une lourde barque à vapeur flanquée d'un mât dont la voile n'était pas dépliée.

Élisabeth, soutenue par le batelier, réalisait peu à peu qu'elle était sauvée. Dans son esprit en pleine confusion, cela signifiait que tout allait recommencer : la honte, les scrupules, les regrets, et surtout cette terreur abominable qui la rongeait.

— Il ne fallait pas ! balbutia-t-elle, le regard voilé. Oh non, il ne fallait pas.

— Et quoi donc ? N'fallait pas vous tirer de la flotte ? bougonna Nestor Durieux, que l'on surnommait Nénesse. Bah, ça fera un cadavre de moins à repêcher en aval.

La jeune femme acquiesça d'un « oui » à peine audible. Elle tenta de se redresser, renonça aussitôt.

— Je suis perdue ! s'étonna-t-elle très bas.

Elle avait trouvé si simple d'échapper enfin à la torture morale qu'elle endurait depuis des jours. Elle avait couru vers la Seine, sans rien emporter, dans une fuite éperdue, sans rien voir du jour radieux, des étals colorés sur les trottoirs, ni penser à la douleur qu'elle causerait à Bonnie, à sa famille, aux Woolworth qui l'attendaient à New York.

Ensuite il avait suffi d'enjamber le parapet en pierre du Pont-Neuf, de sauter. Toute tremblante, Élisabeth songea à la pénible scène qui avait éclaté le matin même, dans l'appartement de la rue Mazarine, où ils habitaient depuis plusieurs semaines, Bonnie, son oncle Jean, Richard et elle.

« Il n'aurait pas dû, il me voulait, il disait qu'il n'en pouvait plus d'attendre, que le mariage était pour samedi, que je n'avais plus aucune raison de me refuser à lui ! » se souvint-elle.

Élisabeth crut sentir à nouveau les larges mains de Richard sur ses seins, entre ses cuisses, alors qu'elle s'apprêtait à faire sa toilette. Si elle tolérait ses baisers, ses gestes de tendresse, elle avait envie de hurler de panique à la seule idée de lui livrer son corps, ce corps souillé par un acte odieux et qui en portait le fruit, sans nul doute.

— Buvez, petite, ça vous fera du bien !

Yolande Durieux lui présentait une tasse de café. L'arôme familier réconforta la rescapée. Elle avala une gorgée bien chaude, tandis qu'on lui couvrait les épaules d'un tissu épais.

— Merci, madame, dit-elle après avoir bu encore.

D'un mouvement las, Élisabeth releva le visage et ouvrit grand les yeux. Le couple fut saisi par le bleu très clair de ses prunelles où se lisait un profond désespoir. Une mèche brune barrait son front, sans nuire à la pureté de ses traits délicats.

— Par saint Nicolas[1], que vous êtes jolie ! s'exclama Yolande. Si votre galant vous a abandonnée, c'est un sacré idiot !

— Tais-toi donc ! protesta l'homme en haussant les épaules. On va accoster quai de Conti et puis la confier à la maréchaussée. Faudrait lui prêter des vêtements secs. Allez, du courage, m'selle. On va vous conduire dans la cabine.

Nestor Durieux se mit debout d'un coup de reins énergique, puis il prit Élisabeth par la taille et l'obligea à faire de même, sous l'œil inquiet de son épouse.

— Fais doucement, Nénesse ! conseilla-t-elle.

1. Le patron des mariniers.

La rescapée tituba, hébétée, pathétique dans sa robe de soie jaune qui moulait ses formes ravissantes. Elle dut s'accrocher au bras du batelier pour garder l'équilibre.

— Mais elle est blessée ! gémit Yolande. On doit l'emmener à l'hôpital, misère !

Une tache de sang maculait le pont du bateau, à l'endroit où gisait la jeune femme un instant auparavant.

— Oh ! Dieu soit loué ! s'extasia Élisabeth, comme fascinée.

Sur ces mots, véritable cri du cœur, elle pleura sans bruit, avec une expression d'infini soulagement.

Richard Johnson s'était assis, adossé au parapet du Pont-Neuf. Ses jambes l'avaient trahi. Livide, les traits décomposés, il ne s'intéressait plus au monde extérieur, obsédé par la cruelle perte qu'il venait de subir. Sans cesse, il revoyait sa précieuse Lisbeth le jour de leur première rencontre. Elle avait fait un tour sur le carrousel de Central Park et en descendait, un sourire d'enfant ébloui sur ses lèvres rose vif. Il avait été séduit par sa beauté, son regard d'azur limpide, sa façon de marcher comme si elle dansait.

Les gendarmes continuaient à scruter le fleuve, sillonné par plusieurs embarcations. Les pensionnaires avaient disparu, certains curieux aussi, seul le vieillard s'attardait, apitoyé par le chagrin du jeune homme qu'il surveillait du coin de l'œil. Il avait tenté de le réconforter, mais l'Américain était resté prostré. Assommé par ce coup du sort, il n'avait plus aucun courage, même pas celui de se noyer aussi.

— Il n'y a pas de doute possible, n'est-ce pas, monsieur ? s'écria-t-il soudain en s'adressant au vieillard. La personne que vous avez vue portait une robe jaune, des chaussures noires vernies ? Et elle était brune, vous en êtes sûr ?

— Oui, y a pas de doute ! déplora celui-ci. C'était une jolie demoiselle, misère de nous.

Richard étouffa un sanglot. Il se sentait incapable de rentrer rue Mazarine. Quand il s'était élancé dehors afin de rattraper sa fiancée, Bonnie était sortie, mais à présent, elle devait s'inquiéter de leur absence. Un étau lui broya la poitrine à la perspective d'annoncer la terrible nouvelle à la gouvernante et fidèle amie d'Élisabeth pendant ces douze dernières années. Quant à Jean, l'oncle de la jeune femme, il travaillait aux Halles et ne rentrerait que le soir venu.

— Je dois partir, dit-il subitement en se relevant.

Toujours d'une pâleur affreuse, il toisa les gendarmes, dont le plus gradé jugea utile de l'interroger. Il dut décliner son identité et celle de sa fiancée, leur adresse. Les précisions qu'il reçut achevèrent de le meurtrir.

— On retrouvera le corps en aval, monsieur Johnson, peut-être pas dans l'immédiat, plutôt d'ici un jour ou deux, ou même une semaine. Vous serez convoqué pour reconnaître Mlle Duquesne, s'il s'agit bien d'elle.

Il approuva, tandis que le sang cognait à ses tempes. Luttant contre un malaise, ce fut à peine s'il prêta attention à ce que disait le second gendarme. Il parlait d'un bateau à vapeur accostant à un emplacement inhabituel, quai de Conti.

— On ne le voyait pas avant, à cause de la pointe de l'île et des arbres du square du Vert-Galant, adjudant ! On dirait qu'ils ont repêché quelqu'un, une femme...

Les oreilles bourdonnantes, nauséeux, Richard, qui s'éloignait d'un pas hésitant, fit demi-tour, ranimé par un espoir insensé.

Hôpital de la Charité, une heure plus tard

Élisabeth éprouvait un bien-être délicieux, couchée dans un lit étroit, vêtue d'une longue tunique blanche qui sentait bon le savon. Les crampes qui nouaient son bas-ventre lui paraissaient une bénédiction. Une infirmière aux cheveux gris s'approcha et remonta sur sa poitrine le drap qu'elle avait froissé entre ses doigts.

— Ne vous agitez pas, mademoiselle ! recommanda-t-elle d'une voix douce mais ferme. Vous avez eu beaucoup de chance qu'on vous repêche si vite, sinon c'en était fini. Les courants vous ont emportée vers un bateau et, grâce à Dieu, un bon nageur a plongé pour vous tirer de l'eau.

La jeune femme répondit tout bas un « oui » gêné. Elle mesurait pleinement la gravité de son acte désespéré, sans toutefois le regretter, puisqu'un miracle s'était produit.

« Si j'en avais eu la force, j'aurais crié de joie en voyant mon sang sur le pont du bateau, en sentant les crampes de mon ventre. »

Elle n'avait plus qu'une envie, voir entrer sa chère Bonnie dans la salle, se réfugier au creux de ses bras.

« Je lui dirai la vérité, je n'en peux plus de me taire, pensa-t-elle, submergée par l'ivresse d'être vivante. Richard doit savoir lui aussi, tant pis s'il refuse de m'épouser. »

Il y avait d'autres lits à sa gauche et en face d'elle. Des plaintes s'élevaient, des lamentations rauques. Élisabeth éprouva une sincère compassion pour ces malades, atteints dans leur corps, elle qui avait voulu mourir afin de mettre fin à une souffrance morale devenue intolérable.

« Demain, si je peux sortir d'ici, j'irai me confesser ! décida-t-elle. Il faudrait aussi dédommager ces braves gens et leur neveu, ils ont dû payer un fiacre pour me conduire à l'hôpital. Mais ils seront repartis, ils me l'ont dit ! »

Elle s'affola et tritura à nouveau son drap, certaine que les Durieux allaient poursuivre leur périple et qu'elle ne pourrait pas les rembourser. L'infirmière revint à son chevet, l'air sévère.

— Mademoiselle, je vous prie de rester tranquille. Nous avons envoyé un de nos commis à l'adresse que vous avez donnée. Soyez patiente.

— Oui, oui, pardon. Je me tracasse pour les personnes qui m'ont sauvée, je n'ai pas pu les remercier, enfin, pas assez.

Devant le gracieux visage aux joues crayeuses dont le regard bleu la suppliait, l'infirmière capitula. Elle caressa le front tiède, arrangea une boucle brune encore humide d'un air radouci.

— Je devine ce que vous avez à l'esprit, murmura Élisabeth, poussée par son intuition.

— Vraiment ?

— Mon indisposition a été provoquée par ma chute dans le fleuve, je n'ai rien fait de mal auparavant, je n'aurais jamais osé faire ce à quoi vous pensez. Mais j'étais tellement malheureuse.

— Si c'est par la faute d'un homme, ma pauvre demoiselle, vous n'êtes ni la première ni la dernière ! répliqua la femme en chuchotant également. Et c'était inutile de vous justifier, le docteur qui vous a auscultée dès votre arrivée était formel, vous n'étiez pas enceinte. Reposez-vous, petite.

Élisabeth ferma les yeux quelques secondes. Puis elle eut un timide sourire ébloui.

« Alors j'oublierai ! se promit-elle. Nous allons pouvoir partir, je vais retrouver *mummy* et *daddy*, New York, ma vie là-bas. »

Elle évoqua Maybel et Edward Woolworth, bouleversée à l'idée du chagrin qu'ils auraient eu en apprenant son décès. Ils avaient veillé dix ans sur elle.

« Mes parents par le cœur, par l'amour ! »

Un bruit de pas précipité, un peu lourd, la fit sursauter. Elle vit surgir un homme près de son lit. C'était Richard, le teint coloré, son regard ambré brillant de larmes, vêtu du costume en lin beige qu'il avait acheté pour leur mariage.

— Lisbeth ! appela-t-il du bout des lèvres. Lisbeth ! C'est bien toi ! On ne voulait pas me laisser entrer. J'ai dû attendre dans le couloir.

Il lui sembla immense, couronné par sa chevelure noire aux crans réguliers.

— Si ce monsieur vous importune, il faut me le dire ! intervint l'infirmière. Vous réclamiez une dame, votre amie Bonnie.

— C'est mon fiancé, il ne me dérange pas, affirma Élisabeth.

— Très bien.

Embarrassé par sa stature, Richard préféra s'agenouiller, dédaignant la chaise réservée aux visiteurs. Ses mains chaudes recouvrirent celles d'Élisabeth, menues et froides.

— Tu as pleuré ? s'étonna-t-elle.

— Je te croyais morte, chérie ! Et j'aurais voulu mourir aussi. Lisbeth, pourquoi ?

Elle ne l'avait jamais vu dans un tel état d'égarement. Très émue à son tour, elle s'abandonna à des larmes apaisantes qui la libéraient du poison accumulé pendant des semaines.

— Pardonne-moi, Richard. Sais-tu ce que j'ai fait ?

— Oui, j'avais emprunté le Pont-Neuf pour te retrouver, parce que tu allais souvent te promener dans le jardin des Tuileries, et là, sur le pont, il y avait des gens attroupés… On m'a expliqué ce qui s'était passé, une jolie fille en robe jaune s'était jetée dans la Seine. J'ai cru devenir fou, j'ai failli sauter dans l'eau moi aussi. Il y avait des gendarmes, ils m'ont interrogé, et puis l'un d'eux a dit qu'un bateau avait repêché une femme. Je suis parti en courant, je n'ai jamais couru aussi vite. Je n'ai pas pu arriver à temps, tes sauveurs avaient pris un fiacre pour te conduire à l'hôpital de la Charité[1]. C'est l'homme, le marinier, qui

1. L'hôpital de la Charité, fondé au XVIIe siècle, était aussi appelé l'hôpital des Frères-de-Saint-Jean-de-Dieu. Il a été fermé et démoli en 1935 et s'élevait près du quai Malaquais, non loin du quai de Conti.

m'a renseigné. Les gendarmes lui ont posé des questions, mais moi, j'ai encore couru jusqu'ici. Je n'en pouvais plus de faire les cent pas dans le couloir. Enfin je te vois, tu es là, bien vivante, tu me parles, tu me regardes. Quel bonheur !

Richard l'embrassa sur la joue. Il aurait aimé l'enlacer, la bercer contre lui. Il n'osait pas, à cause des autres malades, du va-et-vient des infirmières et d'une religieuse. Élisabeth, désemparée, conçut l'immense frayeur qui avait dû l'ébranler tout entier.

— Pardonne-moi ! répéta-t-elle. Nous pourrons être heureux, désormais. Si tu veux toujours m'épouser, malgré ce que je t'ai imposé, mes silences, ma froideur. Je t'en prie, demande qu'on tire les rideaux autour de mon lit, je dois te faire un aveu. Tu comprendras pourquoi j'ai souhaité disparaître.

L'infirmière, qui n'était pas loin, fit coulisser sur les tringles d'épais voiles de lin. Élisabeth et Richard se sentirent aussitôt isolés, à l'abri des regards indiscrets.

— Je ne demande qu'à comprendre, chérie.

— Approche-toi alors, oui, plus près, que personne ne puisse m'entendre. C'est une terrible confession.

Elle lui adressa un faible sourire, mais il étreignit ses mains pour la rassurer. Des mots résonnèrent alors dans l'esprit de la jeune femme :

« L'heure est venue ! » Elle n'avait peut-être plus le choix.

Des images la traversèrent, fortes et nettes, celles de leur fuite, quelques semaines plus tôt. Elle revit l'attelage lancé au galop sur la route empierrée longeant le fleuve Charente, le défilement des peupliers puis l'arrivée à la gare. Bonnie l'avait prise par l'épaule pendant qu'elle achetait des billets pour Paris.

« Ma chère Bonnie, je suis certaine qu'elle avait tout deviné ! » songea-t-elle.

Richard lui caressa les joues, d'une pâleur alarmante, cependant il était surtout sensible à sa beauté. Même ainsi, tremblante, l'air effrayé, une sensualité à fleur de peau émanait d'elle.

Il avait rarement vu des traits d'une telle délicatesse, mais sans aucune fadeur, loin de là. Il admira sa bouche d'un rose intense, au dessin provocant grâce à des lèvres ourlées, pulpeuses.

Élisabeth prit sa respiration et lâcha dans un souffle :

— Mon grand-père m'a violée. Dans le grenier de la tour, pendant que Bonnie gisait par terre, inconsciente. Moi aussi, j'ai sombré sous le coup de la peur, de la douleur, de la répugnance. C'était épouvantable, Richard, sa brutalité, son visage crispé que je devinais malgré la pénombre. Je n'ai pas pu lui échapper, tout s'est déroulé comme dans un de mes plus affreux cauchemars. Moi qui pensais être assez forte pour déjouer le destin, j'ai échoué.

— Quoi ? Tu en es sûre ? s'affola-t-il très bas, terrassé.

— Tout à fait ! Il avait disparu quand j'ai repris connaissance, ensuite tu es arrivé. J'étais incapable de te dire la vérité. Je me sentais souillée, mon corps me faisait horreur. Il me fait horreur chaque jour depuis.

— Et tu as gardé le secret, tu ne m'as rien dit ! s'exclama-t-il.

— Pitié, parle moins fort, je t'en supplie ! Je voulais tant oublier ce qui s'était passé ce soir-là, plaida-t-elle d'une petite voix brisée. Je n'ai pas pu, car il y avait autre chose. Comment te dire ? J'avais peur d'être enceinte de… de cet homme monstrueux. Quand je dis « peur » ce serait plutôt le mot « terreur » qui conviendrait. Je ne voyais plus aucune issue, et je m'enfermais dans le silence. Même Bonnie ignorait tout de ce qui me détruisait.

— Bonnie ? Vraiment, tu ne t'es pas confiée à elle ? Pourtant, elle me conseillait de te laisser tranquille chaque fois que je toquais à ta chambre.

La voix de Richard s'était durcie contre son gré. Élisabeth étouffa un sanglot en se souvenant de ces jours d'épouvante où l'angoisse la dévastait à l'idée de porter l'enfant de son propre grand-père.

— J'avais tellement peur que je ne pouvais rien manger, alors je suis restée couchée, je prétendais être malade et en fait je l'étais à force de me tourmenter, de revivre sans cesse cette scène odieuse. Pourtant je l'avais déjà vécue, dans un cauchemar.

— Qu'est-ce que tu racontes ? demanda-t-il plus sèchement qu'il ne l'aurait voulu. Tu viens d'évoquer le destin que tu n'as pas pu déjouer, maintenant tu prétends avoir rêvé de ce viol ?

— Oui, c'est la vérité. De ça aussi, je ne t'ai jamais rien dit, par crainte. Tu pouvais me prendre pour une folle, ou une illuminée. Tu as employé ce terme une fois, devant Notre-Dame, quand une Gitane proposait de lire les lignes de ta main. Richard, je suis sincère, j'ai souvent fait des cauchemars qui devenaient réalité.

— Ne change pas de sujet, je te prie ! trancha-t-il. Si cet ignoble pervers a osé abuser de toi, pourquoi avoir fui ? Pourquoi nous l'avoir caché ? J'étais en droit de le savoir, les Duquesne aussi. Nous aurions alerté la police, nous l'aurions dénoncé. Ta cousine Anne-Marie t'a écrit au début du mois de mai. De ça, tu m'en as parlé. Nous avons appris que Laroche était rentré au château, menant son existence habituelle, sans être inquiété. As-tu réalisé qu'il pouvait continuer à nuire, à faire à d'autres femmes ce qu'il t'a fait ? Je ferais mieux de sauter dans un train et d'aller lui tordre le cou.

— Ce serait inutile, et il niera son crime. Les gens le respectent, il fait vivre plusieurs familles sur ses vignes ! Je préfère le rayer de ma mémoire, de ma vie ! affirma-t-elle.

— Tu ne pourras pas !

— Je suis sûre du contraire, Richard. Un docteur m'a examinée, je ne suis pas enceinte. Pour moi, c'est un soulagement infini. Je me sens libérée. Maintenant je peux songer à l'avenir, à notre avenir.

— Mais tu aurais pu mourir, et là, il n'y avait plus d'avenir pour nous deux ! répondit-il, non sans amertume. Pendant des années, je me serais demandé pourquoi tu avais agi ainsi, et déjà je m'estimais responsable, je me reprochais ma conduite envers toi, alors que le véritable coupable, je le connais à présent.

Élisabeth lui lança un regard navré.

— Richard, je t'en supplie, écoute-moi. Je regrette ce que j'ai fait. Dieu soit loué, j'ai eu la chance d'être sauvée et j'éprouve une profonde gratitude pour ce jeune garçon qui a plongé et m'a remontée à la surface de l'eau. C'est un signe du destin, j'en ai la conviction.

Elle se tut, attristée par les traits tendus de son fiancé qui cédait à la colère, de toute évidence.

— Ce matin, j'étais désespérée ! renchérit-elle. J'avais décidé de tout te dire avant le mariage mais je n'ai pas pu, je me suis enfuie et, dès que j'ai vu la Seine, en marchant sur le Pont-Neuf, une petite voix dans ma tête m'a poussée à en finir.

— Bien sûr, bien sûr ! soupira-t-il. C'était plus facile que d'être honnête avec ton futur époux, avec moi, l'idiot qui essayait de supporter tes refus, de les respecter. Je me raisonnais, certain que tu me repoussais par pudeur, puisque nous habitions avec Bonnie et ton oncle. Mais non, tu me cachais cette abomination ! Comment pouvais-tu envisager de m'épouser en gardant ce secret ? Je suis désolé, j'ai besoin de prendre l'air, de marcher.

Élisabeth le vit se lever, les poings serrés au bout de ses bras ballants. Il écarta d'un geste vif un des rideaux et disparut.

— Richard ! appela-t-elle à mi-voix. Reviens.

Elle guetta un court instant son retour, avant de fermer les yeux, en plein désarroi. Bonnie la découvrit ainsi dix minutes plus tard, toute menue dans le lit, les cheveux défaits, les paupières closes.

— Ma petite chérie ! s'exclama la gouvernante.

Le timbre familier, vibrant d'une douceur presque maternelle, tira la jeune femme de sa somnolence. Elle tendit la main vers la visiteuse.

— Bonnie, tu es enfin là !

C'était un cri du cœur. Au bord des larmes, Bonnie prit place au chevet de sa protégée, comme elle l'avait fait bien des années auparavant, un soir d'automne, à New York.

New York, Dakota Building, même jour

Maybel Woolworth contemplait le lever du soleil, depuis la fenêtre grande ouverte de sa chambre. L'air frais de l'aurore la grisait, autant que le fascinant spectacle qui s'offrait à elle. Toute une palette de couleurs nimbait le ciel, irisant les nuages roses qui parsemaient l'azur encore pâle.

— Les oiseaux chantent, ils saluent le retour de la lumière ! dit-elle doucement. Edward, quand reviendra-t-elle ? Je n'en peux plus d'attendre Lisbeth. Je voudrais la serrer dans mes bras, la couvrir de baisers.

— Encore un peu de patience, chérie ! répliqua son mari qui s'étirait dans leur lit. Ce matin ou ce soir, nous aurons peut-être un télégramme annonçant son arrivée. J'ai fait le nécessaire, et Lisbeth a accusé réception de la somme que je lui ai versée, de quoi payer le voyage pour quatre passagers. Évidemment, Bonnie et son futur époux, Jean, ont décliné mon aide. Ils préfèrent effectuer la traversée en troisième classe, à leurs frais.

Il se leva et rejoignit son épouse. Elle portait une chemise de nuit en soie rose. Une bretelle avait glissé de son épaule et il effleura de ses lèvres la chair tiède de son dos.

— Nous avons renoncé à notre voyage en France et c'était de bon cœur, puisque Lisbeth nous disait qu'ils prendraient le premier bateau, ajouta-t-elle. Mais ils sont toujours à Paris et nous avons rarement des nouvelles. Il se passe quelque chose, Scarlett en est sûre.

Le négociant esquissa une grimace au seul énoncé de ce prénom. Leur voisine, la richissime Scarlett Turner, férue de sciences paranormales, avait de plus en plus d'influence sur Maybel et il s'en inquiétait.

— Comment le saurait-elle ? questionna-t-il d'un ton agacé. Grâce à ses tarots ? Non, mieux encore, elle aura acheté une boule de cristal !

— Ne te moque pas, Edward. Je suis sérieuse. Scarlett m'a été d'un précieux secours l'année dernière, lorsque Lisbeth nous a quittés.

— Excuse-moi, chérie. Tu es devenue si sensible, comme toutes les mamans du monde.

Sur ces mots tendres, il l'obligea à se retourner. Auréolée de ses boucles cuivrées, les joues colorées par l'émotion, sa femme lui parut ravissante. Il suivit ses courbes d'un doigt rêveur, de la pointe des seins à l'arrondi de sa hanche. Elle restait mince, vive et gracieuse.

— Tu ressembles à la jeune fille qui m'a pris dans ses filets il y a déjà longtemps, Maybel. Une irrésistible créature, que j'aime de tout mon être, depuis que son regard a croisé le mien.

— Flatteur, j'ai fêté mes quarante-trois ans, et samedi, pendant le dîner, Pearl m'a examinée comme si j'étais une bête curieuse avant de me conseiller un baume contre les rides. Ta nièce est sans pitié.

Edward la fit taire d'un baiser. Il la cajola, admirant à son tour la course des nuages sur la ville. Un concert discordant de bruits montait des rues vers leur fenêtre ; le couple enlacé pouvait reconnaître le cri racoleur des vendeurs de journaux, l'écho des sabots frappant le sol, quelques hennissements et aussi, parfois, des coups de klaxon, les automobiles se multipliant. En toile de fond sonore bruissait la rumeur constante de multiples voix lointaines.

— Lisbeth serait en danger ! déclara brusquement Maybel dès que son mari la laissa respirer. Scarlett me l'a répété. Les cartes qu'elle a tirées avant-hier étaient mauvaises.

Son mari haussa les épaules. Il afficha une mine perplexe.

— Pourquoi ? Lisbeth est sous la protection de Bonnie, de son oncle Jean, sans compter Richard Johnson ! protesta-t-il. Chérie, tu te rends malade pour rien. Et même si tu me traites de matérialiste, je te rappellerai que nous sommes tous en danger, chaque jour de notre vie. C'est une prédiction facile à faire, sans se servir d'un jeu de cartes.

— Et s'il s'agissait de son ignoble grand-père ? s'écria Maybel. Un homme capable de commanditer l'agression de son gendre, de mentir à sa propre petite-fille ! Il a pu la suivre à Paris, et comme il a autorité sur elle, Lisbeth devra rentrer au château.

— Non, il n'oserait pas. Cesse de te tourmenter ! Cependant, admets que je ne m'étais pas trompé sur cet individu, quand j'ai pu l'observer à prudente distance lors de son séjour à New York. Je te l'avais signifié, l'homme me paraissait froid, sournois.

— Je m'en souviens, évidemment, concéda son épouse. Dieu merci, nous avons gardé Lisbeth. Elle était si petite, six ans ! Au moins, elle a été heureuse près de nous. Qu'elle revienne, vite, vite, Seigneur !

Maybel et Edward Woolworth s'étaient d'abord alarmés, en lisant la première lettre d'Élisabeth, qui était postée de Paris. La jeune femme leur racontait d'une manière concise les méfaits passés de son grand-père et sa fuite vers la capitale, escortée par Bonnie, Jean Duquesne et Richard, son fiancé.

Ils avaient appris, consternés, effarés, le rôle qu'avait joué Hugues Laroche dans la disparition des malles de ses parents, sur le quai du Havre. Elle expliquait comment elle avait trouvé la preuve qu'il avait également programmé la mort de son père, Guillaume Duquesne.

Mais ils ignoraient le pire. De plus, ils s'étaient immédiatement réjouis de ce triste coup du sort qui leur rendait Élisabeth. Ils l'aimaient sans restriction, elle était l'enfant que le destin leur avait refusé. Et elle avait écrit vouloir «prendre le premier bateau pour New York». Depuis, le couple espérait son retour, et les jours s'ajoutaient aux jours.

Paris, hôpital de la Charité, même jour, même heure

Assise au bord du lit, Bonnie tenait Élisabeth contre elle. Des tremblements nerveux secouaient encore la jeune femme qui venait de lui livrer son secret d'une voix faible, enfantine.

— Je le savais ! murmura la gouvernante. Je l'ai toujours su, mais je ne voulais pas t'obliger à en parler. Je le déplore, car tu as souffert en silence, et ce matin, tu as failli en mourir.

— Oui, mais je suis soulagée maintenant. Richard et toi vous deviez apprendre la vérité. Bonnie, quoi qu'il arrive, je ne regrette rien.

— Tu fais allusion à l'attitude de Richard ? Il n'aurait pas dû te laisser seule dans un moment pareil, même s'il était en colère.

— Il s'est senti trahi, je ne peux pas le lui reprocher. S'il rompt nos fiançailles, je ne lui en voudrai pas. Bonnie, j'aimerais rentrer chez nous. Je me sens bien, à quoi bon rester ici ?

— Je vais en discuter avec l'infirmière qui s'occupe de toi. J'ai pris la précaution de t'apporter du linge et une robe, puisque tu étais hospitalisée et que tu avais failli te noyer ! Seigneur, mon cœur a failli s'arrêter de battre quand le petit commis de l'hôpital m'a annoncé ce qui était arrivé.

— Pardon, Bonnie.

Élisabeth nicha sa tête brune au creux de l'épaule de son amie. Au fil des semaines, Bonnie avait enfin renoncé à la vouvoyer, encouragée en cela par Jean Duquesne.

— Nous sommes en famille ! Bientôt Bonnie sera ta tante par alliance, Élisabeth. Déjà ce n'est plus ta domestique ! Je suis gêné, et même agacé, qu'elle te dise « vous » ! avait décrété celui-ci un soir du mois de mai, dans le logement où ils avaient tous emménagé le 30 avril, une semaine après leur départ de Guerville.

C'était un appartement de cinq pièces, au troisième étage d'un vieil immeuble de la rue Mazarine, dans le quartier de Saint-Germain-des-Prés. Il se composait de quatre petites chambres, d'une salle à manger et d'une étroite cuisine donnant sur la cour intérieure.

— J'ai essayé de faire au mieux, Bonnie ! dit soudain Élisabeth. Il me semblait impossible de partir pour New York dans l'état de confusion où j'étais en arrivant à Paris. Ensuite, comme j'avais du retard, tu me comprends, j'ai perdu pied. Je t'ai caché autre chose, par mesure de précaution j'ai vendu les bijoux de ma grand-mère Adela et les autres que l'on m'avait offerts.

Bonnie remarqua qu'elle évitait de préciser qu'il s'agissait des parures dont l'avait gratifiée son grand-père.

— Cet argent était maudit à mes yeux, néanmoins il nous a été très utile ! Tu n'as pas été tenue de travailler ! nota la jeune femme d'un air sombre.

— Il était plus sage que je veille sur toi, comme je l'ai toujours fait. Il faudra oublier et reprendre goût à la vie, prêcha Bonnie. Tu seras heureuse auprès des Woolworth, alors le plus important est d'embarquer très bientôt. Si nous le pouvons ! Quand ton oncle apprendra l'acte contre nature que Laroche a commis, il se peut qu'il renonce au départ et aille te venger.

— Tu as raison, Bonnie, seulement je ne tiens pas à lui en parler, je serais mal à l'aise. Tu t'en chargeras, n'est-ce pas ? Il faudra le dissuader de retourner là-bas, je t'en supplie. Je veux partir et oublier. Tant de crimes de ce genre demeurent impunis ! déplora Élisabeth. Certains hommes abusent de leur pouvoir, ils n'ont même aucun remords.

— Oui, je pourrais en témoigner ! insinua Bonnie. Il faut que tu le saches, j'avais une sérieuse raison de craindre pour toi durant toutes ces semaines. Je vais rompre une promesse, mais je préfère que tu sois au courant. Si je t'avais confié plus tôt ce drame, tu aurais peut-être trouvé la force de me dire la vérité bien avant.

— Quel drame ?

— Germaine ! Hugues Laroche l'a violée elle aussi. Je l'ai su en lui rendant visite chez ses parents, dans le bourg. J'étais inquiète parce qu'elle avait été congédiée, comme moi. La malheureuse enfant sanglotait sur son grabat. Ce monstre à face humaine l'avait dédommagée en lui donnant un louis d'or. Elle comptait quitter le pays, s'établir à Poitiers, chez son frère aîné. Sa plus grande crainte était que sa famille ne connaisse son déshonneur.

— Oh mon Dieu !

Élisabeth, après ce cri de désarroi, cacha son visage entre ses mains. Elle ne pleurait pas, non, elle réfléchissait, et au fil de ses pensées, elle cédait à une salutaire révolte.

« Plus jamais je ne baisserai la tête sous l'effet de la honte, plus jamais je ne songerai à mourir par peur de me battre, de révéler mes faiblesses de femme ! se disait-elle. J'avais l'impression d'être souillée, humiliée, d'être condamnée, mais pourquoi ? »

— Pourquoi ? demanda-t-elle en fixant Bonnie de ses grands yeux bleus. Pourquoi ai-je sauté dans la Seine, au risque de disparaître, d'imposer un deuil cruel à ceux que j'aime ? Hugues

Laroche, lui, n'a pas hésité à rentrer au château la tête haute, et il a repris sa place de notable ! Mais au moins, ma grand-tante et ma cousine ont suivi mes conseils, elles sont parties loin de lui, sur la Riviera, le lendemain de son retour. Il paraît, selon Anne-Marie, qu'il ne leur a pas adressé la parole.

Bonnie approuva d'un soupir. Elle revoyait l'aimable Clotilde, la sœur cadette de Laroche, et sa fille Anne-Marie. Toutes deux séjournaient à Guerville au mois d'avril.

— Elles aussi ignorent ce que j'ai subi dans le grenier ! ajouta Élisabeth d'une voix rauque. Je corresponds toujours avec Anne-Marie, et je continue à lui mentir en prétendant que Maybel et Edward sont à Paris, avec nous. Je reçois ses lettres en poste restante, par prudence. Je n'ai pas eu le choix, mais lorsque nous serons à New York, je leur écrirai, et cette fois, je dénoncerai mon grand-père. Si seulement je pouvais venger Germaine et me venger du même coup ! Mais ce jour viendra, j'en ai la certitude. Pauvre petite Germaine, elle qui était si gaie, si gentille. Si je me doutais…

L'éclat de haine étincelant dans le regard d'Élisabeth échappa à Bonnie, intriguée par l'écho d'une discussion à l'autre bout de la salle.

— On dirait que les infirmières ont des soucis avec un de leurs malades ! hasarda-t-elle. Je vais voir ce qui se passe, j'en profiterai pour demander quand tu seras en mesure de sortir.

— D'accord.

Une fois seule dans le rectangle délimité par les rideaux où filtrait une lumière tamisée, Élisabeth joignit les mains et se mit à prier. Elle ne s'adressait pas vraiment à un Dieu de justice et de bonté, mais aux puissances mystérieuses qui régissent les lois d'un autre univers, tout aussi mystérieux.

« Vous qui m'avez permis de voir l'avenir dans mes rêves, ces rêves si souvent terrifiants, donnez-moi le courage et la force de revenir un jour en Charente, de fouler le sol de mes ancêtres et d'effacer les crimes de l'être pervers qui a engendré ma chère maman. Elle a su lui échapper, moi, j'ai échoué. Mais il ne me détruira pas, je ne serai plus jamais une victime, j'en fais le serment. »

Elle n'osa pas se signer, consciente du caractère insolite de sa prière. Pourtant, une énergie étrange l'envahissait. Il lui avait fallu frôler la mort pour renaître, après tant d'épreuves et de chagrin.

2

Des serments échangés

Paris, rue Mazarine, le lendemain,
jeudi 15 juin 1899

Assise près de la fenêtre de sa chambre, Élisabeth regardait sa bague de fiançailles, un saphir entouré de brillants, sur une monture en argent. C'était le bijou que lui avait offert Richard, au mois d'octobre de l'année précédente. Pour l'occasion, le château de Guerville avait retenti de rires et de musique. Elle avait valsé en robe de taffetas rose poudré, sous le grand lustre en cristal.

— Même avec mon grand-père ! admit-elle tout bas.

Ses pensées revinrent à Germaine, la timide domestique aux joues rondes, au regard candide. Un soupir lui échappa.

« C'était au mois d'août, Bonnie me l'a dit hier soir. La veille du jour où il nous avait surpris à

Montignac, dans la maison de mes parents, Richard et moi ! J'étais à demi nue, se remémora-t-elle, la gorge serrée. Je ne dois plus y penser, je dois oublier. »

Elle avait quitté l'hôpital de la Charité une heure auparavant, après une longue nuit d'un sommeil réparateur, l'esprit libéré de ses hantises. Bonnie était venue la chercher en fiacre. Pendant le trajet du retour, elle lui avait annoncé d'un air soucieux que Richard n'était pas rentré rue Mazarine la veille, ni le matin.

— Mais il n'a rien emporté, sa valise n'a pas bougé.

— Il va revenir, Bonnie. Au moins pour prendre son linge, ses affaires personnelles.

Midi approchait. Élisabeth commençait à en douter, tout en s'inquiétant. Richard avait peut-être mis ses menaces à exécution. Elle l'imagina confronté à Hugues Laroche, exigeant que justice soit faite.

Bonnie la tira de ses sombres idées. Elle entra dans la chambre, un tablier noué à la taille, un chiffon à la main, une expression faussement joviale sur son visage poupin.

— J'ai préparé un bon déjeuner, petite ! Tu es toute pâle, il faut que tu reprennes des couleurs.

— Je ne pourrai pas manger sans avoir des nouvelles de Richard. Où peut-il être ? Il n'a pas pu s'en aller sans me dire adieu.

— Ah, ça ! Ce n'était guère gentil de sa part, déjà, de te laisser seule à l'hôpital ! ronchonna Bonnie.

— Il a pu sauter dans un train, comme il l'a dit, et à l'heure qu'il est, il se trouve en Charente. Il aura tout raconté à oncle Pierre, à pépé Toine, et ils vont commettre l'irréparable.

— Mais non ! Seigneur, tu réussis à me faire peur.

Elles échangèrent un coup d'œil anxieux. Une odeur de brûlé ramena Bonnie sur terre.

— Et voilà, mes rouelles de veau seront fichues ! enragea-t-elle en se ruant vers la cuisine.

Élisabeth la suivit à petits pas, le ventre endolori par ces élancements spasmodiques qu'elle continuait à bénir. De la fumée s'élevait d'une marmite en fonte, tandis que Bonnie se lamentait à mi-voix.

— Quel gâchis ! J'ai la tête à l'envers, aussi, avec tout ça !

— Ce n'est pas si grave, Bonnie ! Il y a autre chose dont nous devons discuter. As-tu parlé à oncle Jean ?

— Oui, hier soir.

— Comment a-t-il réagi ?

— Il était furieux et bouleversé, bien sûr. Je l'ai entendu s'agiter une partie de la nuit dans la cuisine. Alors j'ai fini par me lever et je suis allée le rejoindre. Je l'ai réconforté de mon mieux. Peu à peu, il s'est calmé. Ne crains rien, il respectera ta volonté, il ne te fera aucune allusion sur ce que tu as vécu.

— Très bien, je te remercie, Bonnie. Écoute, quelqu'un monte l'escalier. Si seulement c'était Richard !

Elles tendirent l'oreille, le souffle suspendu, mais les pas retentirent ensuite sur le palier de l'étage supérieur.

— Un voisin ! déplora Élisabeth. Mon Dieu, où est-il ?

Elle se posa la question encore de nombreuses fois, jusqu'au crépuscule. Allongée sur son lit, elle effleura du bout des lèvres sa bague de fiançailles. L'absence de Richard la torturait.

— Mais je l'aime, je l'aime vraiment ! murmura-t-elle. Et je l'ai perdu, sans doute, comme mes parents, comme Justin.

Pour la première fois depuis des mois, Élisabeth osait songer au jeune homme, palefrenier au château. Il avait disparu du pays en découvrant qu'il était le fils illégitime de Laroche et d'une domestique, le fruit d'un adultère consommé dans une soupente sous les vastes combles de l'édifice.

Elle revit sans peine ses cheveux blonds, son regard noir et tendre, son sourire très doux qui le rendait irrésistible. D'un geste furtif, elle glissa la main sous son oreiller, où elle dissimulait un petit soldat de plomb.

— Toi, je ne t'ai jamais perdu ! dit-elle à la figurine, un joueur de tambour aux teintes délavées. Tu étais censé me protéger, tu as mal rempli ton rôle.

Reprise d'une sourde mélancolie, Élisabeth ferma les yeux. Elle était amoureuse de Justin et il l'adorait.

— Tu ne pouvais rien faire contre le destin ! poursuivit-elle tout bas. Et nous devions renoncer l'un à l'autre. On n'épouse pas le demi-frère de sa mère. Triste ironie du sort !

Soudain son cœur manqua un battement. Des voix masculines retentissaient sur le palier. Peu après, elle entendit Bonnie pousser un cri de surprise et de soulagement mêlés, avant d'appeler.

— Élisabeth ! Ils sont là ! Jean a ramené Richard.

La jeune femme se leva, frémissante de joie. Il faisait sombre dans la pièce mais la porte s'ouvrit en grand. La silhouette de son fiancé se dessina sur un fond lumineux.

— Pardon, Lisbeth ! Pardon, chérie ! Je ne suis qu'un imbécile.

Il lui tendait les bras. Elle se jeta à son cou. Ils s'étreignirent avec passion, tous deux sourds et aveugles au reste du monde.

Bonnie rompit le charme quelques minutes plus tard en les invitant à venir dîner.

— Ce serait gentil de nous apporter un plateau ici ! répondit Élisabeth. Nous avons besoin d'être seuls !

— D'accord, j'en profiterai pour dorloter mon promis ! blagua Bonnie.

— Jean est un homme beaucoup plus patient et conciliant que moi ! confessa Richard.

— Eh oui, il a accepté mes conditions, nous nous marierons une fois à New York. Quand on s'aime, le temps ne compte pas.

Sur ces mots, Bonnie sortit et referma la porte sur les jeunes gens. Élisabeth alluma une lampe à pétrole dont la clarté dorée enjolivait le décor sobre de la pièce.

— Où étais-tu, Richard ? demanda-t-elle enfin, assise au bord de son lit. Je suis sortie ce matin de l'hôpital, mais hier, durant toute la journée, j'ai espéré que tu reviendrais. J'ai eu peur, sais-tu ? J'ai échafaudé quantité d'hypothèses, toutes plus alarmantes les unes que les autres.

L'Américain s'installa dans l'unique fauteuil de la chambre pour lui faire face. Elle put constater l'état déplorable de son costume en lin beige, fripé, maculé de taches au bas du pantalon. Quant à sa chemise blanche, elle était entrouverte.

— Je ne suis guère reluisant ! admit-il. J'ai égaré mon chapeau et oublié ma cravate dans un bistrot. Lisbeth, je suis vraiment désolé d'être parti ainsi, sous le coup de la colère. Mais je pense qu'il le fallait, car je suis différent, à présent. Repenti aussi, grâce à un prêtre de l'église Saint-Sulpice.

— Toi ? Tu prétendais avoir peu de religion ! s'étonna-t-elle.

— Oui, je n'avais plus ma foi d'enfant, cependant bien des gens se tournent vers Dieu quand ils n'ont plus d'autres recours. C'était mon cas hier. J'ai d'abord marché des heures afin de me calmer, puis je me suis retrouvé gare d'Austerlitz, à étudier les horaires de trains pour Angoulême. Tu devines pourquoi ?

— Bien sûr.

— J'ai renoncé, j'étais épuisé, nerveux, et ton image me hantait. Je te revoyais sans cesse à l'hôpital, si pâle, si malheureuse. Alors je suis revenu sur mes pas, jusqu'au Pont-Neuf, et j'ai compris à quel point tu souffrais depuis notre départ de Guerville. Je me suis mis à pleurer, moi qui ne pleure jamais.

— Richard, tu trembles, tu dois être affamé et très las, n'en dis pas davantage. Tu es là, c'est le plus important.

— Non, je veux que tu saches tout. J'avais l'intention de rentrer rue Mazarine en empruntant les quais, et là, j'ai croisé une femme. Elle était bizarrement accoutrée, mais elle portait ta robe jaune au creux du coude. Le tissu semblait encore mouillé. Un garçon d'environ quinze ans la suivait, il tenait tes escarpins vernis à la main. Je les ai abordés.

— Dieu soit loué ! Tu as rencontré Lazare, celui qui m'a sauvé la vie ! Que je suis contente,

Richard. Les as-tu dédommagés pour le prix de la course en fiacre ?

— Après une brève discussion, assez houleuse, j'ai seulement récompensé le garçon pour son geste héroïque. Ces gens du fleuve ont leur fierté, et là encore, sous les reproches de Yolande Durieux, qui s'était présentée, je me suis senti minable, il n'y a pas d'autre terme.

Richard se tut, les traits tirés par la fatigue, le regard brillant d'émotion. Élisabeth le jugea encore plus séduisant ainsi, dépouillé de son arrogance et de son flegme. Bonnie toquait à la porte.

— Vous avez du bouillon de légumes et une part d'omelette chacun ! annonça-t-elle. Bon appétit !

Elle avait pris soin d'ajouter du pain tranché et une carafe d'eau, ainsi que les couverts indispensables.

— Merci, Bonnie, vous êtes un ange, l'ange gardien de Lisbeth, déclara Richard.

Flattée, celle-ci s'éclipsa, ravie de dîner elle aussi en tête à tête avec Jean. Élisabeth aperçut alors le soldat de plomb gisant au centre de l'édredon. Elle posa sa main sur le minuscule jouet, s'en empara et parvint à le remettre discrètement sous l'oreiller sans attirer l'attention de son fiancé, occupé à humer l'alléchante odeur du potage.

— Je n'avalerai rien tant que je ne t'aurai pas tout avoué ! dit-il néanmoins.

— Alors fais vite, ce sera froid ! se moqua-t-elle.

Une envie folle de gaieté et d'insouciance s'était emparée de la jeune femme. Richard la contempla d'un air étonné.

— Toi aussi, tu es différente ! nota-t-il. Toujours belle, mais tu n'as plus ce regard de bête traquée. Si tu savais comme j'en suis soulagé. Bon, où en étais-je ? Je te disais m'être senti minable confronté à Yolande Durieux. Elle m'a carrément ordonné de mieux veiller sur toi quand je lui ai expliqué que tu étais ma fiancée. Je le lui ai promis. Ensuite, j'ai donné l'accolade à son fils.

— Lazare est son neveu, pas son fils, Richard.

— Peu importe ! Je les ai vus qui s'éloignaient vers l'hôpital, dans le but de confier ta jolie toilette aux infirmières et de récupérer les vêtements qu'ils t'avaient prêtés.

— Une religieuse m'a informée qu'elle s'était chargée de l'échange des habits. Mais je lui ai dit de garder ma robe jaune, je ne veux plus la mettre ni la voir. Quel dommage, ils ne m'ont pas rendu visite !

— Je suppose qu'ils étaient pressés de continuer leur chemin vers Conflans[1], hasarda-t-il.

1. Conflans-Sainte-Honorine, dans les Yvelines, à vingt kilomètres au nord-ouest de Paris, une des capitales françaises de la batellerie d'hier et d'aujourd'hui.

Quant à moi, je n'avais plus aucune colère, juste de la honte, et des remords envers toi, chérie. Je suis reparti et mes pas m'ont mené place Saint-Sulpice. En voyant l'église, une force étrange m'a poussé à y entrer. Un prêtre se tenait près de l'autel et j'ai eu l'impression qu'il m'attendait. C'est stupide, peut-être !

— Pas du tout ! le rassura Élisabeth en lui prenant la main.

— Il me souriait. Je me suis assis sur un des bancs et il est venu vers moi. J'ignore pourquoi je lui ai tout raconté. Tout, Lisbeth, depuis notre rencontre. C'était une confession, et je lui ai révélé ton secret, ton désespoir auquel j'avais fait semblant de ne rien comprendre. Ce qui était faux, au fond de mon cœur, j'avais peur. Le soir même de notre fuite, je luttais contre une certitude, je la refusais, car c'était ma plus grande terreur…

— Ce qui est arrivé ?

— Oui ! Que cet homme, ton grand-père, ait commis ce crime ignoble. J'ai nié l'évidence et depuis des semaines tu as dû lutter seule. Mais c'est terminé, je saurai te consoler, te protéger. Et tu reviendras vers moi si tu le désires de tout ton être. Lisbeth, veux-tu encore m'épouser ? Je te promets que je n'exigerai rien de toi, pendant des mois s'il le faut, tant que je vis à tes côtés, que je peux t'admirer, te choyer et te prouver mon amour.

Richard se tut, haletant. Il se baissa pour déposer de légers baisers sur les doigts d'Élisabeth.

— Je n'ai pas changé d'avis, je souhaite devenir ta femme, dit-elle d'une voix douce. Parce que je t'aime. Et moi aussi, je saurai te le prouver. Maintenant, je voudrais te parler de mes rêves, ou plutôt de mes cauchemars. J'ai essayé à l'hôpital, hier, tu n'y as pas accordé d'attention.

— Eh bien, je t'écoute attentivement, cette fois, affirma-t-il d'un air grave.

Élisabeth évoqua de façon précise, sans rien omettre, l'étrange phénomène qui avait marqué son enfance et qui, plus récemment, aurait dû la mettre en garde contre les pulsions incestueuses de son grand-père.

— C'est effrayant et assez extraordinaire ! déclara Richard quand elle eut terminé son récit. Mais je ne comprends pas pourquoi tu es restée au château alors que tu avais fait cet épouvantable cauchemar qui est devenu réalité. Tu me répétais de ne pas me tourmenter, que tu n'étais pas en danger. Si tu t'étais confiée à moi, j'aurais pu empêcher ce monstre de nuire.

Elle eut du mal à répondre. Après un temps de réflexion, elle déclara, exaltée :

— Je l'ignore. Peut-être que je refusais d'y croire, malgré mes expériences précédentes. Quelque chose de plus puissant que ma raison me retenait à Guerville. Je suis sûre que maman le voulait, elle me guidait, j'ai senti sa présence bien souvent. Et j'en ai eu la preuve, j'ai enfin su la vérité sur mon grand-père en découvrant les malles et ces ignobles documents. J'en ai payé le prix, hélas !

— Ta mère ne pouvait pas exiger un tel sacrifice de ta part ! s'indigna-t-il. Tu as failli en mourir. Je t'en prie, désormais, il faudra me raconter tes cauchemars si tu en fais encore. Ne me cache plus rien, Lisbeth. Je tiens à partager ton fardeau, car c'en est un.

— Merci, Richard !

Il étreignit plus fort ses mains, récompensé par un sourire lumineux, où il lut la promesse d'un avenir radieux.

New York, Dakota Building, jeudi 22 juin 1899

Maybel et Scarlett Turner sirotaient leur tasse de thé dans le grand salon du vaste appartement, à la décoration luxueuse. L'arôme délicat de la bergamote se mêlait à l'odeur citronnée des biscuits encore tièdes que leur avait servis Norma. La grande fille blonde, originaire du Kansas, faisait l'impossible pour conserver sa place chez les Woolworth.

Ses patrons, sans méchanceté, la comparaient régulièrement à Bonnie, et c'était toujours au désavantage de Norma.

— Votre domestique progresse ! fit remarquer Scarlett avec un sourire ironique. Mais elle manque de classe, Maybel. On dirait qu'elle marche à travers champs, même ici.

— Je n'y attache guère d'importance, elle est honnête et discrète. Edward apprécie sa cuisine.

— Ou autre chose ! insinua son amie en reposant sa tasse.

— Vous le pensez vraiment ? s'inquiéta Maybel. Les cartes vous l'ont dit, mon mari est infidèle ? Edward me témoigne toujours de la tendresse et du désir.

— Chérie, j'use dans ce domaine de ma science des hommes et de ma logique. Il ne faut pas interroger les tarots sur des sujets trop futiles.

Scarlett alluma une cigarette, fichée au bout de son porte-cigarette en écaille ambrée. La fumée incommodait Maybel qui n'en montrait rien.

— Savez-vous que j'ai revu une forme bleuâtre, tout à l'heure, en entrant ici ? décréta son amie. Elle flottait près de la cheminée de cette pièce. Un esprit féminin, je n'ai pas pu faire erreur, le fantôme que je croise parfois à votre étage. Parvenez-vous à dormir paisiblement ?

Troublée, Maybel ne répondit pas immédiatement. Elle souffrait d'insomnie, ce qu'elle attribuait à son impatience de plus en plus vive de revoir Élisabeth.

— Je crois que je dors mal car je suis obsédée par ma petite Lisbeth, surtout que, selon vous, elle serait en danger. Je lui ai envoyé un télégramme mardi sans obtenir de réponse.

— Je n'ai rien prétendu de tel, Maybel, je me suis contentée de déchiffrer le message des arcanes et de vous le transmettre.

— Oui, bien sûr, excusez-moi.

Maybel considéra avec déférence sa singulière amie. Scarlett se fardait de façon savante et elle était d'une exquise élégance. Sa chevelure d'un blond très clair, ondulée au fer, était relevée en chignon, mais des boucles composaient une frange sur le haut du front. Ses yeux bleu-gris semblaient effleurer les choses et les gens sans chercher à voir au-delà, néanmoins elle manipulait avec talent les autres femmes.

— Votre belle-sœur Doris tient souvent le même genre de propos, quand elle rapporte mes prédictions à son époux. Et Matthew me voue au diable ! s'esclaffa Scarlett.

— Je vous en prie, ne parlez pas du diable, regardez, j'en ai la chair de poule ! protesta Maybel en lui montrant un bras rond à la chair dorée.

Une sonnerie métallique résonna du côté du vestibule, étouffée par les doubles portes fermées. Elles perçurent le pas énergique de Norma qui allait s'enquérir de l'identité du visiteur. La jeune domestique ne tarda pas à se manifester, une expression joyeuse sur le visage. Elle présenta un petit plateau en argent à Maybel :

— Un télégramme, madame, sûrement qu'il vient de France ! C'est peut-être de votre fille !

Norma ponctua sa supposition d'une œillade rêveuse vers la photographie d'Élisabeth et de Richard Johnson, le jour de leurs fiançailles. Elle en nettoyait tous les matins le cadre doré, à l'aide d'un plumeau.

— Je vous remercie, Norma, vous pouvez nous laisser.

— Bien, madame.

Les doigts de Maybel caressaient le rectangle de papier beige où figuraient des inscriptions et des tampons à l'encre rouge. La mimique perplexe de Scarlett lui fit dire tout bas :

— Norma sait combien je serais heureuse de retrouver Lisbeth, je n'ai pas pu m'empêcher de lui en parler lorsque nous étions seules. C'est une gentille fille, je vous assure.

— Un peu familière à mon goût, ma chère amie. Pour ma part, elle me met mal à l'aise. Une histoire d'ondes magnétiques. Il se pourrait que votre employée soit à l'origine des phénomènes étranges dont je ressens l'impact chaque fois que je viens chez vous. Est-ce que vous m'écoutez ?

Maybel approuva distraitement. Elle dépliait le télégramme, déplorant soudain de devoir le lire en présence de Scarlett. Mais la joie et la stupeur l'emportèrent sur ses réticences.

— Mon Dieu, quelle joie ! Ils embarquent sur le paquebot *La Gascogne*[1] mardi prochain, le 27, au Havre. Oh, ils se sont mariés samedi dernier, à la mairie. Le mariage religieux aura lieu ici, à New York.

Désemparée, Maybel relut les courtes phrases séparées par des points.

— Mais pourquoi se marier ainsi, dans la précipitation, et à Paris ? Ce n'est pas du tout ce dont je rêvais ! se plaignit-elle. Lisbeth arrivera au bras d'un homme, de son époux, or je n'ai rien changé dans sa chambre, enfin hormis les rideaux et quelques détails. La décoration, le mobilier ne conviendront pas à un couple. Ils ne vont sans doute pas loger là. Edward sera aussi déçu que moi, nous pensions avoir le temps de profiter de notre fille chérie.

— Je pourrai accueillir les jeunes mariés, Maybel, ou votre Bonnie et son fermier ! hasarda Scarlett, avide de la moindre distraction.

— Jean n'est pas vraiment un fermier. Il travaillait au moulin Duquesne, puis au château, pour se rapprocher de sa nièce, puisque c'est le

1. Navire ayant existé, mis en service en 1886 sur la ligne Le Havre-New York.

frère cadet de Guillaume Duquesne, le père de Lisbeth. Il paraît qu'il lui ressemble beaucoup.

— Quel méli-mélo ! s'écria Scarlett, articulant ce dernier mot en français. Maybel, il faut promettre de m'inviter. Je veux faire la connaissance de tout le monde.

— Je vous le promets. Lisbeth vous plaira. Elle est d'une rare beauté et dotée d'un esprit très particulier.

— Alors j'ai hâte de rencontrer cette merveille, chérie.

— Il nous reste environ une dizaine de jours à patienter, soupira Maybel, son cœur tendre vibrant d'un bonheur indicible.

Montignac-sur-Charente, moulin Duquesne, vendredi 23 juin 1899

Dès la belle saison, le vieil Antoine Duquesne demandait à son fils Pierre, secondé par son épouse Yvonne, de dresser une table dans la cour du moulin, sous un grand tilleul qui avait bravé des décennies.

La famille prenait ses repas dehors, midi et soir, pour la plus grande joie des deux petits garçons, Gilles et Laurent. Ils n'avaient pas oublié leur cousine Élisabeth et ils demandaient souvent de ses nouvelles. Ce jour-là, alors qu'ils déboulaient dans la cuisine en revenant de l'école à l'heure du déjeuner, Antoine leur montra une lettre.

— Je l'ai reçue ce matin, les enfants, mais j'attends vos parents pour l'ouvrir. Elle vient de Paris. Et vous allez vite mettre le couvert, car nous avons un invité. Il vient d'arriver.

Le meunier désigna un jeune homme en uniforme, debout près de la cheminée où rougeoyait un lit de braises, sur lequel mijotait une grosse marmite.

— Justin, je vous présente mes petits-fils. Gilles a dix ans et Laurent vient d'avoir huit ans au mois de mai.

Intimidés, les écoliers saluèrent le visiteur d'un signe de tête tandis qu'il s'avançait en souriant d'un air triste.

— Est-ce que vous êtes un soldat ? osa questionner Laurent, fasciné par le pantalon garance, la longue veste bleu foncé et le ceinturon en cuir.

— Je fais mon service militaire et non la guerre, Dieu merci ! répondit Justin. Comme j'avais une permission d'une semaine, je suis venu faire un tour dans le pays. J'hésitais à me rendre d'abord au château mais, en passant près du moulin, je me suis décidé à entrer.

— J'en suis content, c'était plus sage. Il y a eu du grabuge du côté de Guerville, je t'en causerai plus tard ! déclara Antoine avec un regard significatif.

Justin approuva, malgré tout très inquiet. C'était compter sans Laurent, qui le renseigna immédiatement de sa voix flûtée :

— Élisabeth est partie à Paris ! claironna-t-il. On n'a pas pu se déguiser pour le bal costumé, Gilles et moi.

— Élisabeth ne vit plus au château ? s'étonna Justin. Je tenais à la revoir. Si j'avais été au courant, ça m'aurait évité le voyage.

— Eh bien, c'est dit, comme ça, tu le sais ! soupira le vieux meunier en voyant les garçons sortir, l'un chargé des assiettes, le second d'une miche de pain et des couverts.

— Je suppose qu'elle s'est mariée, d'où son départ ?

— Non, Justin, ma petite a pris la fuite un soir du mois d'avril, accompagnée de Bonnie, de mon fils Jean, et bien sûr de son fiancé, Richard Johnson. La noce était prévue pour juillet, mais Élisabeth ne pouvait pas rester sous le même toit que Laroche.

— Pourquoi ? Il se montrait brutal envers elle ? Je n'ai pas pu oublier le matin où il lui a donné des coups de cravache !

— Un instant, je te prie !

Gilles et Laurent approchaient à cloche-pied, en riant. Justin les contempla, le cœur lourd. Ils avaient les cheveux très courts, la même mine sereine, un sarrau gris, des sabots. Lui, on l'avait privé des joies simples de l'enfance.

— Si vous tiriez un seau d'eau fraîche au puits, sacripants ! s'écria leur grand-père. Laissez-le sur la margelle, et ensuite vous irez chercher vos parents ! Dites-leur qu'on a du courrier et un invité.

— Vous ne voulez pas parler devant eux ! en déduisit Justin. Est-ce aussi grave ?

— Élisabeth a découvert comment son grand-père avait prévu d'empêcher Catherine et Guillaume d'embarquer, au Havre. Oui, ma pauvre petiote a trouvé les malles de ses parents, avec toutes leurs affaires, et même la poupée de chiffon que je lui avais offerte. Elle a également mis la main sur un portefeuille en cuir où Laroche avait conservé des documents, autant de preuves affligeantes contre lui. Il avait payé des brutes pour le débarrasser définitivement de mon fils, de son gendre.

— Est-ce possible de s'abaisser à de telles ignominies ? Monsieur Duquesne, je vous crois sur parole. Et cet homme serait mon père ? Quand j'ai quitté la région, il y a deux ans, j'en avais acquis la certitude. Maintenant, j'aimerais que ce soit faux. Madeleine mentait sans arrêt, elle a pu mentir sur ce point.

— Viens donc boire un coup, il fait meilleur sous le tilleul ! La cuisine est une glacière, en été.

On se connaît peu, nous deux, hé ! Tu me saluais les jours de foire, à Montignac, mais on peut rattraper le temps perdu.

Antoine tapota gentiment l'épaule de Justin. Il le guida ainsi vers la table, composée de larges planches et de tréteaux.

— Oublie que cet individu pourrait être ton père, conseilla le vieux meunier. Un bon père élève ses enfants en leur prodiguant de l'amour, de l'attention, et en leur enseignant de solides valeurs morales.

— Moi, je n'ai eu que des coups et des insultes de celle qui se disait ma tante ! déplora le jeune militaire en s'asseyant. J'avais l'interdiction de me montrer, je vivais sous les combles, comme une petite bête en cage.

— Élisabeth m'a raconté ce que tu as enduré. Je te plains, mon garçon. Tu as d'autant plus de mérite à être ce que tu es, loyal, honnête et généreux. Ma petite-fille t'aimait beaucoup.

— Merci, monsieur Duquesne !

— Appelle-moi donc pépé Toine ! Sais-tu, ça me fera chaud au cœur. Et quand tu auras fini tes mois de service militaire, tu seras le bienvenu sous mon toit.

Justin s'illumina d'un large sourire, touché par la bonté du vieil homme dont les yeux bleus, clairs et limpides, évoquait le beau regard d'Élisabeth.

Yvonne et Pierre arrivaient, escortés de leurs fils. Le couple avait gardé blouse et tablier, blanchis par la farine, comme leurs bras et poignets. Seules les mains étaient impeccables, encore luisantes d'eau fraîche.

— Bonjour, Justin ! s'exclama Yvonne. Gilles nous a dit votre prénom. Surtout, excusez notre état, mais on retourne à la meule après manger, on ne peut pas se changer.

Pierre Duquesne, du haut de ses quarante-neuf ans, étudia un instant la physionomie du visiteur. Il parut troublé et ne put s'empêcher d'exprimer ce qu'il ressentait.

— Pardonnez-moi, mais vous ressemblez à Catherine, ma belle-sœur. Ce serait vrai, alors ? Vous êtes le fils de Laroche ?

— Je donnerais cher pour ne pas l'être, monsieur ! rétorqua Justin, très gêné. Le souci, c'est que je n'en aurai jamais la preuve, ni dans un sens ni dans l'autre.

— Quand même, après votre départ du pays, Élisabeth disait comme mon mari ! Vous aviez des traits de sa maman, et ses cheveux blonds, renchérit Yvonne. J'ai une photographie de Catherine et de Guillaume, prise à l'occasion du baptême de leur petiote. Je vous la montrerai.

Le vieux meunier s'assombrit. Il souffrait toujours en secret d'avoir perdu un de ses fils.

— Causons d'autre chose ! proposa-t-il. Nous avons une lettre de Paris. Je vous attendais pour l'ouvrir, après on cassera la croûte, sinon vos garnements seront en retard en classe.

Malgré le chaleureux accueil des Duquesne, Justin se sentait de trop au sein de cette famille réunie pour le déjeuner. Il allait se relever, mais Pierre lui servit un verre de vin.

— Le courrier vient de Paris, c'est Élisabeth, ça doit vous intéresser aussi ! argumenta-t-il. Restez avec nous.

— Voyons un peu, marmonna Antoine en sortant une paire de lunettes de sa poche.

Tous aperçurent deux cartons bruns ornés de filets dorés, caractéristiques des solides feuillets censés protéger des clichés. Le vieil homme commença à lire, tandis qu'un profond silence s'installait.

Cher pépé Toine, chère Yvonne, cher Pierre, chers petits cousins,

Je suis désolée de ne pas vous avoir envoyé de faire-part, mais la vie parisienne est étourdissante, trépidante et j'ai négligé cette tradition. Pourtant nos bans étaient publiés à la mairie du VIe arrondissement depuis les trois semaines réglementaires et nous nous sommes mariés samedi 17 juin, avec pour témoins Bonnie et oncle Jean, qui ont échangé leurs vœux de fiançailles le même jour. Nous avons fêté tout cela dans un restaurant du boulevard Saint-Germain.

Comme je vous l'avais déjà écrit, j'ai été longuement malade, dès notre arrivée dans la capitale. Maintenant je suis rétablie et j'ai pu épouser l'homme que j'aime.

Richard m'entoure de prévenance et de tendresse, aussi n'ayez plus aucune inquiétude à mon sujet. Nous prenons le bateau mardi 27 de ce mois, il s'agit du paquebot La Gascogne.

Soyez certains que je pense à vous très souvent, mais le destin m'emmène loin de mon pays natal, dont je ne foulerai peut-être plus jamais le sol, ou bien dans plusieurs années, lorsque l'homme qui a brisé la vie de mes parents adorés reposera sous terre.

Si Yvonne pouvait continuer à entretenir leur petite maison, j'en serais ravie, cependant n'hésitez pas à la louer à une personne sérieuse, cela vous procurera un peu d'argent.

Je songe aussi bien souvent à Justin. S'il revenait à Guerville, ou si vous le rencontrez, conseillez-lui de fuir le château. S'il en a le courage, il peut aussi exiger d'être légitimé par Hugues Laroche. Ainsi, plus tard, il pourra faire valoir ses droits à l'héritage. Je lui laisse ma part de grand cœur.

Dites-lui qu'un petit soldat de plomb va faire son troisième voyage sur l'océan, il comprendra.

Je vous embrasse tous très fort, autant que je vous aime. Ci-joint à ma lettre deux photographies qui, je l'espère, vous feront plaisir.

Élisabeth

— Eh bien, mon garçon, on peut dire que tu nous as rendu visite pile le bon jour. Ma petite-fille ne t'a pas oublié ! s'écria Antoine à l'adresse de Justin avant de poser la feuille sur la table.

Justin était bouleversé. Il aimait toujours Élisabeth et ne réussissait pas à admettre leur parenté.

— Je suis content, murmura-t-il. Au moins, elle est heureuse et, une fois à New York, elle retrouvera les gens qui l'ont élevée et choyée.

— Richard Johnson l'adorait, c'était facile à deviner ! proféra Yvonne rêveusement. Les voilà mariés, je suis rassurée, elle pourra s'appuyer sur un homme de qualité.

— Ouais, maugréa Pierre, une moue perplexe sur les lèvres. Pour ma part, cet Américain ne m'était guère sympathique.

— On peut regarder les photographies, pépé ? demanda Gilles qui trépignait de curiosité.

— Honneur à ta maman d'abord ! ordonna le vieux meunier.

Yvonne, rose de satisfaction, dévoila le premier cliché en soulevant soigneusement le papier de soie.

— Élisabeth et son époux ! annonça-t-elle d'un ton sérieux. Ils ont un beau sourire, tous les deux.

— Et sont très élégants, je parie ! se moqua Pierre. Montre-moi.

Il fronça les sourcils sous l'effet de la surprise, car les jeunes mariés portaient des vêtements ordinaires. Élisabeth arborait un bouquet de fleurs, mais elle portait une robe claire, dénuée de fanfreluches. L'image passa de main en main. Justin la vit le dernier. Ses doigts frémissaient tant il était nerveux.

Enfin il revoyait la jeune femme dont le visage le hantait. Elle fixait l'objectif d'un air paisible, avec un sourire radieux. Quant à Johnson, qu'il n'avait jamais rencontré au village, il fut navré de le découvrir d'une beauté virile, et l'air sincèrement comblé.

— Oh, sur l'autre, il y a oncle Jean et m'demoiselle Bonnie ! cria Gilles. C'est joli, le décor, on dirait le bord d'un lac.

— Ce sont des toiles peintes que les photographes tendent derrière leurs clients, précisa Antoine. Ah, fais voir, gamin. Jean a fière allure avec ce nœud papillon. Mon Dieu, encore un de mes enfants qui part pour l'Amérique. Je ne le reverrai pas en ce monde.

— Pépé Toine, peut-être qu'il reviendra vite, oncle Jean ! lui répondit Laurent en câlinant son grand-père.

— Bonnie est plaisante à regarder ! commenta alors Yvonne. Son corsage lui va bien.

Justin prit la peine de jeter un œil sur le couple de fiancés, par politesse. Il aurait souhaité posséder un cliché d'Élisabeth dont il ne se séparerait pas, afin de contempler à loisir ses traits ravissants, son regard, son sourire.

« Si elle a quitté précipitamment le château, elle a dû laisser des photographies là-bas ! songea-t-il. Je peux prendre le risque d'y aller. Hugues Laroche me fera sans doute jeter dehors, sauf si je profite d'une de ses absences. »

Rasséréné par son idée, Justin mangea de bon appétit le plat que servit Yvonne, un savoureux ragoût de mouton agrémenté de pommes de terre et de carottes fondantes. Après avoir bu une tasse de café, assortie d'un dé à coudre de gnôle, il remercia les Duquesne et s'éloigna à grands pas sur le chemin qui longeait les eaux tranquilles du fleuve Charente.

Paris, lundi 26 juin 1899

Une chaleur orageuse pesait sur la capitale, sans refréner sa perpétuelle agitation. Une foule de badauds déambulait sur les quais de la Seine, en quête d'air frais.

Bonnie et Jean se promenaient eux aussi, main dans la main. Ils avaient acheté un livre chez un bouquiniste, un ouvrage sur le commerce qu'ils comptaient étudier pendant la traversée. Leur quête avait été longue ; les étalages étaient nombreux et chaque vendeur engageait la conversation.

— Il faudrait rentrer, nous avons nos bagages à boucler. Le train pour Le Havre part à 5 heures demain matin. Je ne pourrai jamais dormir ! s'alarma Bonnie.

— Tu piqueras un petit somme dans le train, justement, lui répondit Jean. Si tu savais combien je suis impatient de prendre la mer ! Mon père ne l'a jamais su, mais j'enviais Guillaume d'avoir pris la décision de vivre en Amérique. Je l'aurais bien suivi à New York, seulement je n'ai pas osé en parler. De toute façon, Pierre se serait opposé à mon départ. Grâce à toi, Bonnie, et à ma nièce, je vais réaliser mon rêve.

— La vie nous réserve de belles surprises, Jean. J'ignorais que je tomberais amoureuse d'un homme en France. Et d'un bel homme…

Les joues rouges, Bonnie se détourna pour échapper au regard gris, plein d'ardeur, de son fiancé. Il l'attira soudain contre lui et l'embrassa sur la bouche. Ce n'était pas la première fois, mais elle s'écarta d'un mouvement vif.

— Jean, enfin, pas dans la rue !

— Quelle importance, j'ai vu d'autres couples qui se souciaient peu du regard des autres.

— Les Français ont toutes les audaces, décidément, soupira-t-elle. C'est inconvenant.

Jean éclata de rire en la pinçant à la taille. Il comprenait les réticences de Bonnie, d'autant plus qu'elle avait souvent abordé le problème.

— Tu te dépeins comme une vieille fille de trente-cinq ans, lui chuchota-t-il à l'oreille. Mais aucune femme n'a su me plaire avant toi. Quand nous serons mariés, tout sera plus simple.

Bonnie approuva d'un vague sourire. Le corps alangui par la touffeur, elle appuya son front un court instant contre le bras de Jean.

— Je suis sotte, confessa-t-elle. Je te fais languir car j'ai peur d'être une mauvaise épouse.

— Rejoins-moi ce soir, dans ma chambre, je te prouverai le contraire. Promets-le !

Elle hocha la tête pour lui dire oui. Elle fut récompensée d'un nouveau baiser sur les lèvres qui affola son cœur et la course de son sang dans ses veines. Triomphant, Jean Duquesne se mit à siffler un petit air improvisé.

Élisabeth, en chemisette de calicot, achevait de remplir la grosse malle que Richard avait dénichée chez un brocanteur de la rue de Seine. La chaleur l'incommodait tant qu'elle allait et venait presque nue, espérant vainement un courant d'air.

— Est-ce qu'il y aura assez de place pour mes affaires ? lui demanda son mari qui venait d'entrer. Je t'ai rapporté une tartelette à la framboise, puisque ça te faisait envie.

— Merci, c'est si gentil ! Je ferais mieux de la déguster tout de suite. Richard, tu me couvres d'attentions adorables.

— J'ai fait le vœu de te chérir, de te rendre heureuse, Lisbeth.

Il leva les yeux vers la fenêtre pour ne pas admirer le délié charmant de ses jambes, ni le décolleté de sa chemisette. Mais il avait aperçu sa poitrine aux mamelons sombres sous le tissu très fin.

— Tu dois avoir soif, aussi ! hasarda-t-il. Je vais te préparer du thé.

Depuis la matinée où Élisabeth avait failli mourir noyée, douze jours auparavant, l'Américain tenait sa promesse de ne plus l'importuner. Le soir de la noce, il s'était contenté d'un chaste baiser. À sa grande surprise, cela lui était indifférent. Elle était sa femme et il bénissait sa chance de l'avoir à ses côtés pour de longues années.

« Elle guérira ! se répétait-il. Quand elle sera prête, je me montrerai délicat, tendre, pour lui redonner le goût de l'amour. »

— Je n'ai pas besoin de thé, Richard ! déclara Élisabeth. Aide-moi plutôt à plier tes costumes.

— Non, tu le feras mieux que moi.

— Reste, je t'en prie !

Sa chevelure brune ruisselait sur ses épaules rondes. Elle lui dédia un regard éloquent, qu'il reconnut. Saisi de stupeur, encore incrédule, il se remémora la sublime jeune fille qui s'était donnée à lui, dans la chambre de l'auberge, à Montignac.

— Lisbeth, qu'est-ce que ça signifie ?

— Je voudrais essayer, chéri ! expliqua-t-elle d'une voix altérée. Tu me manques dès que tu t'en vas, et souvent, je ressens un élan vers toi. Hier soir, j'ai hésité.

Il s'approcha, ébloui. D'un geste craintif, il toucha ses joues, son front. Du bout des doigts, il effleura son cou, ses bras, une hanche. Élisabeth sursauta lorsqu'il s'enhardit à dessiner le contour de ses seins.

— J'arrête, je suis désolé ! dit-il en reculant.

— Il ne faut pas, Richard ! Serre-moi fort. J'ai besoin de toi, je n'ai plus peur. Viens.

Elle l'entraîna vers le lit, où ils échouèrent, étroitement enlacés. D'abord ils s'embrassèrent, des baisers presque timides, mais langoureux, dont la subtilité annihilait la tension nerveuse qu'ils éprouvaient tous les deux.

Richard ne s'autorisa aucune caresse, afin de ne pas effaroucher la jeune femme. Il avait été trop impérieux, lors de leurs étreintes passées, certain de l'amener au plaisir en usant de la manière forte, la seule qu'il jugeait assez virile. Elle avait cédé à ses élans conquérants, vaincue par son extrême sensualité, mais, à présent, il devait lui prouver qu'il pouvait se montrer doux et prévenant.

Leurs bouches se redécouvraient, complices, tendres. Peu à peu, Élisabeth se détendait, l'esprit vide, étonnée de sentir la montée du désir. Elle s'empara des mains de son mari et les guida vers ses seins, dont la pointe avait durci. Il les caressa, puis les nicha au creux de ses paumes, avant de leur rendre hommage de ses lèvres chaudes.

— Voudrais-tu enlever ta chemisette ? interrogea-t-il d'un ton anodin. Il fait vraiment très chaud, n'est-ce pas ?

— Toi aussi, tu devrais quitter tes vêtements, suggéra-t-elle dans un souffle. Et fermer la porte à clef.

Richard se releva et suivit ses conseils. Il s'efforçait au calme, pourtant son cœur cognait à grands coups à la perspective des moments inespérés qui suivraient.

« Peut-être, rien n'est sûr ! » pensait-il.

Lorsqu'il revint vers le lit, torse nu, en caleçon, Élisabeth gisait sur le satin rouge de la courtepointe, les yeux fermés, son corps adorable dénudé. La chemisette n'était plus qu'une boule froissée sur la carpette.

« Au moins, le vieux pervers n'a pas eu droit à ça, pouvoir la contempler ! se dit-il, émerveillé. Il a cédé à ses bas instincts pour la salir, l'humilier, assouvir ses ignobles pulsions. Merci mon

Dieu, Lisbeth est mon épouse, et je suis prêt à me contenter de ce sublime tableau. »

Elle entrouvrit les paupières et le vit debout à côté du lit, qui la contemplait avec une expression d'amour absolu. Une onde voluptueuse naquit au creux de son ventre, se répandit dans chaque fibre de sa chair.

« Je suis guérie, je n'ai plus peur ! » s'extasia-t-elle.

D'un sourire, elle l'appelait, tout abandonnée, déjà offerte. Richard, éperdu, s'allongea de nouveau, secoué de frissons d'excitation. Le tonnerre gronda. Ils s'aperçurent alors que la lumière du jour baissait, le soleil obscurci par le déferlement de gros nuages d'un gris bleuté.

— Ce serait délicieux s'il pleuvait ! dit Élisabeth. Donne-moi encore des baisers, plein de baisers.

Il obéit à sa supplique chuchotée, et le jeu de leurs bouches confondues l'enflamma. Une fièvre possessive le dévorait, qu'il dominait au point de trembler de tous ses membres.

— Chérie, je ne veux pas t'obliger.

Sa voix aussi subissait l'impact de son ardeur contenue. Soudain, sans plus réfléchir, il glissa la main entre les cuisses de la jeune femme afin d'exalter la fleur de son intimité, dont il retrouvait avec ivresse la tiédeur et le soyeux. Elle ne put retenir une plainte lascive quand il insista sur le bouton d'amour blotti dans son calice.

— Richard, je t'aime ! gémit-elle. Viens, je n'ai pas peur de toi, viens.

Élisabeth l'enlaça, l'attira sur elle en le tenant par les épaules. Il en aurait crié de joie. Très lentement, il s'abîma en elle, d'un mouvement prudent et respectueux. Il fut récompensé, car elle noua ses jambes autour de ses reins, avec un bref cri ravi.

Ils entendaient à peine le fracas de l'orage, transportés d'un même délire, en proie à une jouissance qui balayait la tragédie d'avril. Elle riait et pleurait, cramponnée à lui, haletante, l'âme en fête.

Le spectre noir au faciès grimaçant n'avait plus de pouvoir, ni sur son corps ni sur son cœur. L'épisode douloureux du grenier, empreint de violence et de terreur, perdait de son poison.

— Lisbeth, ma chérie ! répétait Richard à son oreille, sans oublier de la couvrir de baisers encore et encore.

Quand son mari s'abattit lourdement près d'elle, après avoir libéré sa semence d'un ultime assaut, Élisabeth tourna la tête vers la fenêtre, attirée par la chanson de la pluie sur les toits. Elle respira avec délice l'air rafraîchi. Demain, ils s'en iraient sur l'immense océan et des nuits ensemble les attendaient, où le roulis des vagues bercerait leurs étreintes.

— Je suis heureuse, avoua-t-elle. Une nouvelle vie commence.

Richard, ému aux larmes, l'embrassa sur le front en prenant sa main gauche dans la sienne. Il la souleva un peu, pour mieux voir l'alliance en or qu'il lui avait passée au doigt, en guise de serment éternel.

3

Les quais du Havre

Le Havre, mardi 27 juin 1899

Élisabeth, d'une sobre élégance dans son tailleur à veste cintrée, observait la masse colossale de *La Gascogne*, le paquebot qui allait l'emmener vers New York. Richard l'avait laissée seule pour s'occuper de l'enregistrement de leurs billets, en bas de la passerelle réservée aux voyageurs de la première classe. Autour d'elle s'agitait une foule bruyante, sous un ciel d'un bleu dur, sillonné par des nuées de mouettes.

Là-haut, sur le pont, les hommes d'équipage s'affairaient, dans leur uniforme de la Compagnie génerale transatlantique. Des drapeaux colorés flottaient au vent, suspendus aux câbles des mâts.

Il se dégageait de ce vaste décor une impression de gaieté, de fébrilité. La jeune femme pensa que rien n'avait vraiment changé, durant ces treize ans qui la séparaient de son premier départ pour l'Amérique, le pays de tous les espoirs.

— Attention, mademoiselle ! s'exclama un adolescent coiffé d'une casquette en toile beige.

Elle l'évita de justesse en reculant. Il poussait un chariot encombré de bagages. Le cœur serré, elle revit les malles de ses parents, dans la pénombre du grenier de la tour.

— Je n'ai pas rendu justice ! murmura-t-elle.

Une main se posa sur son épaule, la faisant sursauter. C'était Bonnie, qui arborait une expression enchantée.

— Que disais-tu, Élisabeth ? demanda-t-elle. Tu semblais si loin, et j'ai cru t'entendre parler de justice.

— Oui, je songeais à ceux qui ont fait du mal à mon père, ici, au Havre. Ces brutes, ces bandits doivent être encore vivants. Je me souviens avec précision de ce qu'ils lui ont pris, la montre de gousset en or de pépé Toine, une médaille de saint Christophe et même son alliance. Bonnie, papa n'a dû son salut qu'à l'arrivée d'un cheminot. Les hommes à la solde de Laroche se sont enfuis.

— Pourquoi remuer le passé ? déplora Bonnie en lui prenant le bras. Les passagers de troisième classe sont montés à bord. Jean transporte ma valise dans l'entrepont. On lui a indiqué notre dortoir. Je te faisais signe de la main depuis le pont, mais tu ne m'as pas vue. Alors je suis redescendue pour te tenir compagnie. Il reste plus d'une heure avant le grand départ.

— Quand même, oncle Jean et toi, vous auriez dû prendre des cabines en deuxième classe. *Daddy* avait envoyé assez d'argent ! protesta Élisabeth. Je serai triste, le soir, en sachant que vous supportez la promiscuité, les odeurs, les bruits et la saleté. Je n'ai rien oublié, c'était sordide.

— Nous n'allons pas en rediscuter. Ton oncle a sa fierté, il ne voulait pas être redevable aux Woolworth du moindre centime, tu le sais très bien ! répliqua Bonnie. Il y a une chose que Jean ne t'a pas dite. Il tient à voyager dans les mêmes conditions que son frère. C'est sa manière à lui d'honorer la mémoire de ton papa.

Des images s'imposèrent à Élisabeth, les lits en fer alignés, le sol souillé des commodités, les plaintes des passagers en proie au mal de mer.

— Encore une injustice ! enragea-t-elle. Nous formons une famille, Bonnie, tu es la fiancée de Jean. Je dois disposer de tout le confort et pas vous. C'est ridicule !

Ses yeux bleus étincelaient sous l'effet de la colère. Bonnie, de très bonne humeur, l'entraîna vers des boutiques dont les étals s'alignaient à une extrémité du quai, en vis-à-vis de la gare.

— Marchons un peu, ça te détendra ! proposa-t-elle. Tu pourrais acheter des babioles pour les enfants des Rambert, puisque tu as prévu de leur rendre visite.

— C'est vrai, j'aurai la joie de retrouver Léa, son mari Baptiste, Tony et la petite Miranda ! Cette fois, tu viendras avec moi chez eux, Bonnie. J'étais tellement à l'aise en leur compagnie. Ce sont de vrais amis. Tu as raison, je dois leur rapporter des cadeaux de France. Mais Richard va s'inquiéter s'il ne me voit plus !

— Je cours le prévenir, il attend toujours en bas de la coupée[1].

Élisabeth ne put retenir un sourire attendri en voyant sa chère Bonnie trottiner, une main sur son chapeau qui menaçait de s'envoler.

— Nous avons la permission ! plaisanta celle-ci en revenant. Une vingtaine de minutes, pas davantage.

Elles échangèrent un regard complice et s'éloignèrent au pas de course. Leurs emplettes furent vite terminées, Élisabeth ayant choisi pour les enfants des Rambert deux boules en verre qui renfermaient une minuscule tour Eiffel. Quand on les secouait, de la neige artificielle voletait à l'intérieur.

1. Autre terme pour désigner une passerelle d'embarquement.

Elle avait également acheté des confiseries locales dans un joli coffret en carton.

— Je suis une ingrate ! admit-elle. Et *mummy* ? *Daddy* ? Regarde là-bas, il y a un brocanteur.

— Nous n'avons guère le temps ! se récria Bonnie.

— Enfin, ne dis pas ça, c'est à côté !

— Dépêchons-nous alors. Jean ignore où je suis, Lisbeth.

Le diminutif à consonance britannique lui avait échappé pour la première fois depuis de longs mois.

— Tu reprends tes habitudes new-yorkaises en m'appelant ainsi, se moqua la jeune femme. Tu n'es pas obligée de me suivre, va rejoindre mon oncle, je ne risque pas de me perdre. Confie mes achats à Richard et dis-lui que je ne tarderai pas.

— D'accord, faisons comme ça.

Bonnie haussa les épaules avant de faire demi-tour, mais Élisabeth n'en vit rien, car elle courait déjà vers le magasin à la devanture décrépite. Un sentiment insolite d'urgence la poussait en avant, tandis qu'elle revoyait la silhouette de sa mère le jour où ils avaient atteint Le Havre. Catherine semblait si réelle, avec son chignon blond un peu défait, ses prunelles vertes, couleur de l'océan.

« Maman, ma petite maman ! se dit-elle. Es-tu là, à mes côtés ? »

Bizarrement, Élisabeth fut apaisée dès qu'elle pénétra dans la boutique, où l'on pouvait à peine circuler parmi un bric-à-brac hétéroclite. Elle se mit en quête d'un petit bibelot de facture ancienne, sous l'œil méfiant du commerçant, assis derrière un comptoir. L'homme, chauve, ses lunettes au bout du nez, la salua d'un grognement.

— Y a des bijoux dans la vitrine ! lança-t-il ensuite.

— Merci, monsieur, mais je ne cherche pas de bijoux.

Il grimaça sans daigner lui répondre. Elle aperçut soudain une figurine en porcelaine, d'une rare finesse, représentant une danseuse assise sur un pouf. La dentelle du tutu était admirable.

— C'est exquis, ça plaira à *mummy*, chuchota-t-elle pour elle-même.

La statuette se trouvait sur une étagère surplombant une caisse en marqueterie, dénuée de couvercle et remplie d'objets divers. Élisabeth effleura son rebord en bois verni du bout des doigts, étonnée d'avoir tout à coup le cœur serré et la gorge nouée. Le sang battait à ses tempes.

Effarée à l'idée d'avoir un malaise, elle respira à fond tout en fixant un coupe-papier en ivoire, au manche sculpté. La lame reposait sur une montre de gousset en or. Elle s'en empara d'un geste hésitant, perdue au sein d'un silence anormal.

— Je délire, ça ne peut pas être celle de pépé Toine !

Elle avait parlé à mi-voix. Le brocanteur quitta son comptoir. Il avança pesamment, sa face ronde pleine de suspicion.

— Qu'est-ce que vous fabriquez, mademoiselle ?

Élisabeth tenait la montre entre ses doigts, fascinée. Elle souleva le couvercle du bijou, puis le referma.

— D'où vient-elle ? interrogea-t-elle d'un ton dur. Oui, cette montre ? Je peux vous prouver qu'elle appartenait à mon grand-père, Antoine Duquesne.

— Oh, doucement, hein ! Je me fiche de savoir à qui elle était, cette tocante. J'en ai fait l'acquisition en règle, mademoiselle.

— Madame Lisbeth Johnson, monsieur ! rectifia-t-elle, la tête haute. Dites-moi qui vous l'a vendue ? De toute façon, je vous la rachète. Je prends aussi le coupe-papier en ivoire et la danseuse en porcelaine.

L'homme se radoucit, amadoué par la promesse d'une bonne vente. Il fouilla un tiroir, en extirpa du papier d'emballage.

— Alors comme ça, vous reconnaissez la montre ?

— Mon grand-père l'a offerte à mon père quatre jours avant notre départ de Charente.

J'avais six ans, mais je pourrais vous décrire la scène. Il faisait soleil, maman me tenait la main. Devant la famille réunie, pépé Toine a mis la montre dans le gousset du gilet de papa. J'avais eu le droit de toucher ce bel objet en or, un vrai trésor pour la fillette que j'étais. Et on m'avait fait lire les initiales gravées à l'intérieur, deux *a* entrelacés, pour Ambroisie et Antoine, et un *d*, pour Duquesne.

— Bah, beaucoup d'autres gens ont ces noms-là ! fit remarquer le commerçant. Ces initiales, je veux dire.

Fébrile, Élisabeth sortit des billets de banque de son sac.

— Je ne me trompe pas, monsieur. Combien en voulez-vous ?

Il annonça une somme exagérée pour les trois objets. Elle accepta d'emblée, sans marchander, mais en l'interrogeant à nouveau :

— Avant de vous remettre l'argent, je vous prie de me répondre : d'où tenez-vous cette montre ? On l'a volée à mon père sur ce quai, il y a treize ans. Ses agresseurs l'ont frappé violemment, alors que nous allions embarquer sur *La Champagne*. Il faut me le dire !

Le brocanteur se frotta le menton, comme s'il réfléchissait à la question. Élisabeth en oubliait les minutes qui filaient, prise au piège du passé, de son besoin forcené d'obtenir une réponse.

— J'en vois du monde, madame, je ne peux pas vous aider.

— Vous mentez, monsieur ! décréta-t-elle froidement. Je le devine à votre ton, à votre regard. De quoi avez-vous peur ?

— De rien du tout ! se rebiffa-t-il. En voilà une histoire !

— Voulez-vous de l'argent pour m'en dire davantage ?

— Non, j'suis honnête, moi. Bon, c'est la femme Biffard qui est venue pleurer misère, y a deux ans. Son mari avait disparu dans le naufrage de *La Bourgogne*. Sûrement que vous lisez les journaux ?

— Non, j'habitais en province.

— Pardi, c'était un des quatre navires mis en service en 1886, avec *La Champagne*, justement, *La Bretagne* et *La Gascogne*. Il a quitté New York le 2 juillet, l'année dernière, et deux jours plus tard, un matin de brouillard, il a heurté un grand voilier. Une heure après, le paquebot coulait. Bon sang, il y a eu plus de cinq cents morts[1].

— Quelle tragédie ! concéda Élisabeth, secrètement ébranlée. Je l'ignorais et j'aurais préféré ne pas le savoir, puisque je vais embarquer.

1. Fait authentique, le naufrage eut lieu le 4 juillet 1898. Ce fut la plus grande catastrophe que la Compagnie générale transatlantique eut à déplorer en temps de paix.

— Ouais ! Moi, faudrait me payer cher pour que je mette le pied sur un bateau !

— Donc, cette femme était veuve lorsqu'elle vous a apporté la montre. Avez-vous son adresse ?

— La rue du Port, derrière le quai de Southampton, une baraque aux volets jaunes, à cinq minutes d'ici. On vous renseignera. La pauvre, ne lui causez pas d'ennuis, elle a ses gosses à nourrir.

— Je vous remercie, monsieur.

Elle rangea la montre dans son sac puis elle tendit plusieurs billets de banque au brocanteur qui les enfouit précipitamment dans la poche de son pantalon. Il emballa la statuette et le coupe-papier. En possession de son paquet, Élisabeth sortit en lui adressant un vague sourire.

« J'ai le temps ! Mais oui, j'ai le temps ! se répétait-elle. Denis Biffard, j'en suis sûre, j'ai lu ce nom dans les paperasses du portefeuille, au château ! »

Deux fois, elle fut obligée de demander son chemin, souvent bousculée à cause de la cohue qui régnait dans le port.

« J'aurais dû me poser ces questions bien plus tôt, à Paris ! Nous serions venus au Havre plusieurs jours avant de prendre le bateau. Oncle Jean m'aurait aidée ! se reprochait-elle. Je n'ai su que me morfondre et pleurer. »

Élisabeth arriva essoufflée, les joues en feu, devant la maison aux volets jaunes, une masure jouxtant un hangar. Les pavés de la ruelle, car il s'agissait d'une voie étroite, exhalaient une âcre odeur de poisson, de graisse rance.

Elle frappa à la porte entrouverte. On lui cria d'entrer.

— Madame Biffard ? dit-elle, confrontée à une malheureuse créature voûtée, à la chevelure grise sous une coiffe sale.

— Vous êtes une demoiselle des bonnes œuvres ? demanda la femme. On m'avait promis du linge dimanche, après la messe.

— Non, je suis désolée, madame.

Désemparée, Élisabeth faillit renoncer. La pièce était dans un état de saleté navrant. Une fillette d'environ quatre ans jouait près d'un poêle en ferraille rouillée, assise dans la cendre qui jonchait le plancher. L'enfant était vêtue de haillons, maigre à faire peur.

— Je ne suis pas de la ville, madame Biffard, mais je devais vous rencontrer. Je vous donnerai de l'argent, si vous me dites d'où vous teniez ce bijou.

Sur ces mots, elle lui présenta la montre en or qu'elle fit tourner au bout de sa chaînette. Tout de suite, la veuve recula, le visage crispé, le regard affolé.

— Je voudrais juste une réponse, je ne vous ferai aucun mal, aucun tort, madame ! insista Élisabeth.

— C'était à mon mari. L'a péri en mer, mais il m'l'avait laissée, alors je l'ai vendue.

— Non, vous mentez, parce que vous êtes terrifiée ! Je vous en prie, je n'ai guère de temps, dites-moi la vérité. Même si votre mari est coupable d'un vol, il est mort, personne ne s'en prendra à vous maintenant. Je suis certaine que vous savez comment il avait eu cette montre en or.

Malade d'impatience mais déterminée, Élisabeth se délesta d'une coquette somme qu'elle posa sur un semblant de table, entre des épluchures de pommes de terre et un pichet.

— Vous aurez de quoi nourrir vos enfants et même les habiller convenablement, madame Biffard.

Sidérée, la veuve considéra les billets de banque. Elle n'osait pas les toucher, cependant elle ne pouvait plus les quitter des yeux.

— Ce sont des vrais ? marmonna-t-elle enfin.

— Bien sûr et ils sont pour vous. Écoutez, en novembre 1886, sur les quais, mon père a été roué de coups par trois hommes. Ils l'ont dépouillé, notamment de ce bijou. Votre mari en était ?

La femme approuva d'un mouvement de tête résigné. Elle eut un geste d'impuissance, avant de se confesser d'une voix plaintive.

— C'n'était pas un mauvais bougre, Denis. Il travaillait au transport des marchandises, mais il dépensait sa paie au bistrot. Et si on lui proposait une combine, il topait, pardi, pour gagner un peu plus. À l'époque que vous dites, l'grand Maurice est venu l'débaucher un soir. Paraît qu'il y avait un magot à se faire…

— Et puis ? Faites vite ! l'implora Élisabeth, alarmée par l'écho d'une sirène de paquebot, aux vibrations puissantes et graves.

— Mon mari, il était partant. Fallait donner une raclée à un type, pour pas qu'il puisse embarquer sur *La Champagne*. Il a pu garder la montre, Maurice une médaille, et Dédé le Roux, il a pris une bague. C'était en plus des sous, hein…

Élisabeth approuva en silence, écœurée. Une évidence lui apparut subitement.

— Mais ces hommes ne connaissaient pas mon père ! Comment ont-ils fait pour ne pas se tromper de victime ? s'écria-t-elle.

— Pardi, y avait un autre gars, qu'était arrivé la veille. Lui, il savait. Même qu'il a appelé vot' père, pour qu'il le suive dans les baraquements.

La sirène de *La Gascogne* résonna une deuxième fois. Élisabeth se rua hors du taudis, prise de panique.

Guerville, parc du château, même jour,
même heure

Justin surveillait les alentours du château, dissimulé derrière un bosquet de troènes. Toutes ses pensées allaient vers Élisabeth qui, ce même jour, embarquait pour New York. Il avait tellement espéré la revoir, ne serait-ce qu'une heure, dans le parc ou à Montignac, chez les Duquesne.

— Tu t'en vas sur l'océan, ma princesse ! dit-il tout bas. Que Dieu te garde !

Il venait de se souvenir des confidences qu'ils échangeaient, quand ils se retrouvaient dans les écuries. Elle lui avait raconté que ses parents l'appelaient ainsi, petite fille.

— Tu le mérites. Pour moi, tu resteras une princesse, celle qui règne sur mon cœur.

Après avoir quitté le moulin, Justin s'était rendu tout droit au village de Guerville, où il avait pris une chambre à l'auberge. Sa solde d'engagé volontaire était maigre, mais elle lui convenait.

Après une bonne nuit de sommeil, il avait troqué son uniforme pour une chemise et un pantalon en coutil, soucieux de ne pas trop attirer l'attention au cours de ses pérégrinations à travers la campagne.

Il s'était approché du grand domaine des Laroche le soir, au crépuscule. La lumière orangée du soleil couchant se reflétait sur un groupe de chevaux qui broutait dans un pré. Tout de suite, Justin avait reconnu la jument d'Élisabeth, Perle, à sa robe de velours brun. Une pouliche de quelques mois gambadait sur ses traces.

Un tourbillon d'images l'avait assailli, une ronde joyeuse qui lui avait redonné la saveur de son bonheur perdu.

« Nos galops le long du fleuve, nos haltes à l'abri des saules, nos timides baisers, et tant de regards complices, d'éclats de rire. C'étaient les meilleurs jours de ma vie, grâce à Élisabeth. Ce temps ne reviendra pas ! » avait-il conclu.

Accablé, Justin avait préféré rentrer à l'auberge. Le dimanche, il était retourné à Montignac afin de s'entretenir avec le meunier. Antoine était seul et il l'avait emmené à la pêche, au bord d'une crique tranquille.

— Tout est allé de travers au château après ton départ ! avait raconté le vieil homme. Mon amie Adela s'est éteinte moins d'un an plus tard. Élisabeth fréquentait Richard Johnson, comme pour défier Laroche, et je n'ai pas su comment ni pourquoi son grand-père a courbé l'échine, puisque, à l'automne, ils ont fêté leurs fiançailles. Ce soir d'avril où ils sont passés au moulin me dire adieu, ma petite-fille était désespérée, je l'ai compris malgré ses efforts pour me le cacher.

Justin avait écouté, posé des questions, puis il s'était résolu à tirer un trait sur la jeune mariée.

« Mariée à un autre, et c'est bien, se disait-il. Cet homme lui plaisait, il la ramène à New York. Là-bas, elle aura l'affection des Woolworth, une belle vie. »

Antoine Duquesne l'avait serré dans ses bras quand ils s'étaient séparés.

— N'oublie pas, ma maison t'est grande ouverte, mon garçon. J'aimais Catherine, et plus je te connais, plus je suis sûr que tu es son frère. Remercie Dieu, qui t'a accordé les qualités de ma bru, sa douceur, son grand cœur et son courage.

— Je suis plein de gratitude envers le Seigneur, monsieur Antoine ! avait répondu Justin. Il semble que je n'ai hérité ni de mon père ni de Madeleine, qui se prétendait ma mère. Ce sont des criminels tous les deux.

— Suis ton chemin tête haute, mon enfant ! Ne regarde pas en arrière ! s'était écrié le vieux meunier. Et bonne chance !

Ce sage conseil trottait encore dans l'esprit de Justin, tandis qu'il observait de ses prunelles sombres les tours du château. De sa cachette, il pouvait apercevoir les prés inondés de soleil, l'entrée des écuries et les fenêtres de la vaste cuisine.

— Qu'est-ce que je fais ici ? On dirait qu'il n'y a personne. Et je n'oserai jamais me présenter ni parler à un domestique.

Pourtant, il était incapable de s'éloigner. Galant, l'étalon de Laroche, somnolait à l'ombre d'un arbre. Justin en déduisait que le maître des lieux était là, derrière les murs de la forteresse.

Il tergiversait encore lorsqu'il entendit un bruit de pas traînant, sur les gravillons de l'allée. Il s'accroupit par prudence, mais un gai sifflement s'éleva, aussitôt suivi d'un refrain chantonné. Une femme approchait, un panier à bout de bras. La voix aigrelette lui était familière.

— Mariette !

Justin, sans réfléchir, avait laissé échapper le prénom de la jeune lingère qui lui accordait tendrement ses faveurs avant l'arrivée d'Élisabeth en Charente.

— Qui est là ? demanda-t-elle en s'arrêtant.

Il l'étudia à travers le feuillage. Son ancienne maîtresse n'avait pas changé, sa chevelure blonde nouée d'un ruban sur la nuque, en blouse rose d'une propreté douteuse.

— Mariette, viens par là, c'est moi, Justin ! appela-t-il.

Il se redressa un peu afin de la rassurer. Elle s'illumina d'un sourire incrédule.

— T'es de retour au pays ! s'étonna-t-elle en le rejoignant. Mais pourquoi tu t'caches ? Hé, on s'embrasse, quand même !

Elle lui tendit la joue d'un air faussement condescendant. Il lui donna un baiser amical, troublé cependant d'avoir senti le contact de sa peau chaude sous ses lèvres.

— Faut que tu sois correct, Justin, j'suis mariée avec Bertrand, tu t'souviens de lui ?

Amusé, il lui fit signe qu'ils devaient s'asseoir sur l'herbe pour discuter. Elle obéit en prenant des mines hautaines.

— Le fameux Bertrand ! déclara-t-il. Il a fini son temps de soldat ?

— On l'a réformé, et comme son père a cassé sa pipe, mon promis a eu les parcelles de blé, la maison. Faut que j'supporte ma belle-mère, mais j'ai eu ce que j'voulais. Même un pitchoun, Alphonse, il aura un an la veille de Noël.

— Je suis content pour toi, Mariette. Mais où allais-tu comme ça ? Tu me disais qu'une fois mariée tu n'aurais plus besoin de laver le linge des autres.

— Ben si, je travaille pour m'sieur Laroche, maman s'est placée ailleurs. Bertrand ne s'en plaint pas, quand je rapporte des sous.

Songeuse, Mariette se tut. Des gouttes de sueur perlaient sur son front, car il faisait très chaud. Son corps exhalait une odeur musquée qui éveilla le désir de Justin. Il ne put s'empêcher de contempler la naissance de ses seins, dans l'échancrure de sa blouse. Chaste depuis des mois, il subissait un réveil brutal de ses sens frustrés. Gêné, il brisa une branchette de troène.

— Je repars demain, je prends le train à Vouharte. J'en ai pour deux jours de voyage, mon régiment est cantonné à Saint-Étienne.

— Je n'sais pas où c'est ! admit-elle. Alors, t'es soldat pour de bon ?

— Non, je fais mon service militaire. Saint-Étienne, c'est dans le département de la Loire, Mariette, du côté de Lyon.

— Je n'connais pas Lyon non plus. Mais ça doit être au bord de la mer, parce que ton Élisabeth, elle m'a dit que tu étais dans la marine. C'était l'été dernier, avant mes noces.

Justin ne chercha pas à comprendre pourquoi la jeune fille avait inventé cette histoire de marine. Marietta ajouta :

— Elle m'a payé une jolie robe, un bracelet, et elle m'a donné deux louis d'or.

— C'était gentil de sa part. Sais-tu qu'elle s'est mariée elle aussi ? Aujourd'hui, elle embarquait pour l'Amérique.

La voix de Justin, contre son gré, exprimait son désarroi. Il sursauta quand Mariette lui jeta brusquement les bras autour du cou, puis l'embrassa sur la bouche avec avidité.

— J't'aimais ben, avoua-t-elle en reprenant son souffle. J't'aime toujours ben. Si tu m'veux, on se retrouve plus tard.

— Et Bertrand, ton bébé, protesta Justin en dépit de l'envie qui le consumait. Non, Mariette, il ne faut pas.

Vexée, la jeune femme voulut se relever. Il la retint par le poignet.

— Tu vas au château ? interrogea-t-il.

— Ben ouais, malin ! M'sieur Laroche me fait laver ses chemises tous les mardis.

— Je voudrais que tu me rendes un grand service. Si tu pouvais trouver une photographie d'Élisabeth, ça me ferait très plaisir. Je ne la reverrai jamais plus, à mon avis. Alors j'aurai au moins un souvenir.

— Vas-y toi-même ! s'emporta-t-elle. Paraît que t'es le fils du patron, t'aurais tort d'te gêner.

— Je t'en prie, Mariette. J'ai mes raisons d'éviter de rencontrer Hugues Laroche, que ce soit mon père ou non.

Elle le dévisagea en soupirant de façon exagérée, comme elle en avait l'habitude à la moindre contrariété.

— D'accord, j'vais essayer. Mais j'n'ai pas le droit de monter dans le grand salon, et puis le patron, il ferme des pièces à clef. Si j'm'fais pincer à fouiner partout, j'passerai un sale quart d'heure. Déjà que…

— Quoi ? s'exclama Justin. Laroche a osé te frapper ?

Mariette eut soudainement les yeux brillants de larmes. Elle les essuya du dos de la main.

— Ce vieux, c'est le diable en personne. Y m'a eue de force, au printemps, depuis j'n'ai pas intérêt à lui refuser ce qu'il demande. Faut croire que la nouvelle bonne, Aline, une sale peste, n'lui suffit pas. Il l'a mise dans son lit, pourtant, et elle joue les dames, cette catin de rouquine. L'autre matin, voilà qu'elle m'dit de laver ses culottes. J'étais en rogne, j'lui ai lancé ses nippes à la figure. Le patron, ça l'faisait rire.

Justin fut envahi d'un début de haine envers Laroche et d'une profonde compassion pour Mariette. Elle avait la réputation d'être une fille légère, dans le pays, à l'époque où ils couchaient ensemble. Mais au fond, elle agissait librement, suivant son instinct, ce que les gens bien-pensants ne lui pardonnaient pas. Il l'attira vers lui pour la consoler.

— Laroche n'a pas le droit d'abuser de toi ! dit-il d'un ton net. Ne retourne pas au château, reste donc à la ferme. Tu aideras ton mari aux travaux des champs, tu t'occuperas de votre fils.

— Si j't'écoute, c'est l'Bertrand qui me flanquera une raclée. Ne t'en mêle pas, Justin. J'm'débrouille. Un sou est un sou.

— Mariette, j'ai de la peine pour toi. Je t'aimais bien, tu étais mon rayon de soleil quand tu venais te glisser sur ma paillasse, le matin. On ne s'ennuyait pas, nous deux. J'avais promis de t'épouser si tu étais tombée enceinte.

— Tu es brave, j'le sais. Bah, ça n'a pas d'importance, j'dois y aller. Peut-être ben que j'pourrai te chiper une photographie. Attends-moi ce soir derrière les écuries. Colas, le nouveau palefrenier, il soupe tôt, tu ne le croiseras pas. On se dira adieu…

Elle bondit sur ses pieds, secoua sa jupe. Justin renonça à la convaincre de quoi que ce soit. Il enrageait.

— Si ce salaud est mon père, je le maudis ! décréta-t-il entre ses dents.

Le Havre, même jour, même heure

Richard faisait les cent pas dans un espace restreint, en bas de la passerelle réservée à la première classe. Il était furieux et follement inquiet. Il guettait d'un air anxieux l'alignement pavé des quais, dans l'espoir de voir réapparaître Élisabeth. Bonnie demeurait figée à un mètre de lui, toute pâle.

Ils n'étaient pas les seuls à attendre la jeune femme. Sur le pont, des matelots s'impatientaient. Jean Duquesne discutait avec eux, mais en scrutant également la moindre silhouette féminine, au loin.

Les moteurs du paquebot grondaient entre ses flancs d'acier, les cheminées commençaient à fumer, tandis que la sirène de *La Gascogne*, prête à lever l'ancre, retentissait pour la troisième fois. Le vacarme était assourdissant, car les passagers massés le long du bastingage hélaient ceux qui leur adressaient des « au revoir » à tue-tête, en agitant des mouchoirs. Il y avait un concert de cris, de rires, de pleurs.

— Mais où est-elle ? hurla Richard.

— Je n'en ai aucune idée ! se lamenta Bonnie. Elle a dû avoir un accident. Ou alors on l'aura agressée, comme son pauvre papa. Seigneur, l'histoire se répète.

— Ne dites pas de sottises ! Vous n'auriez jamais dû quitter Lisbeth des yeux, surtout ! s'enflamma-t-il. C'est votre faute !

L'Américain, le teint luisant sous le soleil implacable, ébouriffa ses cheveux noirs d'une main nerveuse. Sur les indications de Bonnie, il avait couru jusqu'à la boutique du brocanteur, pour la trouver porte close, grille baissée. Averti du retard de sa nièce, Jean s'était chargé d'explorer le dédale des entrepôts.

— Nous ne pouvons pas partir ! annonça Richard. Je vais demander à parler au capitaine. Il faudrait descendre nos bagages. Ensuite, nous préviendrons la gendarmerie du port.

Il devint livide en dépit de la chaleur. Bonnie lut un éclair d'effroi dans son regard ambré.

— Elle a recommencé mais, cette fois, elle a réussi ! Lisbeth s'est noyée ! balbutia-t-il.

— C'est vous qui dites des sottises, à présent, Richard !

Mais Bonnie se signa, effrayée à son tour. La situation tenait du cauchemar. Bourrelée de remords, elle éclata en sanglots, à l'instant précis où Jean poussait une clameur de soulagement, du haut de la passerelle.

— Élisabeth, elle arrive ! s'égosillait-il.

Richard avait entendu. Il la vit accourir, son sac serré contre sa poitrine. Elle avait les joues rouges, son chignon était en partie défait. Le vent soulevait les mèches souples de sa chevelure.

— Lisbeth !

Il la reçut à bras ouverts, l'enlaça aussitôt avec passion. Elle respirait par saccades, essoufflée.

— Pardon, je suis désolée ! parvint-elle à articuler.

— Vite, le bateau va partir dès que nous serons à bord ! lui cria Bonnie qui pleurait en reniflant, de joie cette fois.

Élisabeth se précipita, grimpa deux marches, mais ses jambes tremblaient sous elle. Richard l'aida à monter, abasourdi par l'incident.

Jean, d'une poigne énergique, attira sa nièce sur le pont en la prenant par la taille.

— Tu nous en donnes des émotions ! bougonna-t-il. J'ai cru que *La Gascogne* prendrait la mer sans nous.

— Pardonne-moi, oncle Jean. Je vous expliquerai tout à l'heure, je n'ai pas eu le choix.

Richard l'étreignit à nouveau, incapable de lui faire le moindre reproche. Elle était là, il se délectait de son parfum, du soyeux de ses joues brûlantes qu'il embrassait. Il mesura la force de son amour pour elle et en fut grisé.

— Madame Lisbeth Johnson, je vous adore ! chuchota-t-il à son oreille.

Jean entraîna Bonnie à la proue du colossal navire. Il rêvait depuis des années de ce jour où il verrait la mer immense devant lui, crénelée de vagues incessantes.

— Enfin, je suis en route vers le grand large, aux côtés d'une femme que j'aime ! Je ne peux que remercier Dieu. Viens plus près, ma jolie promise.

Bonnie était trop bouleversée pour répondre. Elle se contenta d'admirer le profil de son fiancé, toute surprise d'avoir été choisie par un homme aussi séduisant, affectueux et attentionné. Muette de bonheur, elle s'appuya contre lui. Ses craintes de vieille fille, ainsi se jugeait-elle encore hier, s'étaient envolées.

— Je t'aime de tout mon être, Jean ! dit-elle enfin. Et je n'ai plus peur de partager ta vie, et ton lit…

— Coquine ! plaisanta-t-il, enchanté par son aveu. Des milliers de nuits nous seront offertes, ma douce, là-bas, en Amérique.

Elle ferma les yeux, pour mieux savourer ce moment de pure félicité. Délivrée du poids angoissant de sa virginité, Bonnie avait découvert le plaisir des corps et la liesse des cœurs. C'était la nuit précédente, dans la chambre de Jean, mais elle gardait intacte l'empreinte des sensations délicieuses qu'elle avait ressenties et s'en émerveillait.

À quelques mètres de la proue, un autre couple demeurait étroitement enlacé. Élisabeth et Richard regardaient les quais du Havre s'éloigner. Une nuée de goélands escortait le paquebot qui sortait lentement du port.

— Je n'aurais pas causé autant d'embarras si j'avais pu voler comme ces oiseaux ! déplora-t-elle. Seigneur, je n'avais jamais couru si vite sur une telle distance. C'était affreux, j'entendais la sirène du bateau, et j'étais terrifiée à l'idée d'arriver trop tard. Je ne me suis même pas arrêtée quand j'ai perdu mon paquet. Des gens ont dû le piétiner, ou le ramasser.

— Qu'est-ce qu'il y avait à l'intérieur de ce paquet, ma chérie ?

— Une statuette de danseuse en porcelaine et un coupe-papier en ivoire, mes cadeaux français pour *mummy* et *daddy*. Je les avais achetés chez le brocanteur. Du coup, je n'ai presque plus d'argent. Tant mieux, c'était de l'argent maudit, obtenu en vendant les bijoux que j'avais emportés du château. Je me sens plus libre.

Richard ne se lassait pas de la contempler, d'écouter le son de sa voix. Il fondait de tendresse dès qu'elle battait des cils.

— Tu es la femme la plus extraordinaire et la plus ravissante du monde, *darling* ! s'écria-t-il, exalté. Ma femme désormais. Faible et forte, sage et coléreuse, mystérieuse, imprévisible.

— Tu as omis un défaut important, ma stupidité. Richard, j'ai perdu pied durant ces semaines à Paris, et je le regrette. J'aurais dû dominer mon chagrin, mon mal-être. Je devais réfléchir au lieu de pleurer. Te rends-tu compte ? Quand j'ai lu ces ignobles documents, en haut de la tour, je n'ai pas cherché plus loin. Mais tout à l'heure, chez la veuve Biffard, cela m'a frappée.

— Je ne comprends rien, Lisbeth.

— Il y a treize ans, papa a été attiré dans un piège par un homme qu'il connaissait. Sinon, il se serait méfié. Et je quitte la France sans avoir pu démasquer cet individu. Je dois en parler à oncle Jean, et j'ai un objet à lui remettre.

— Eh bien, nous inviterons Bonnie et Jean dans notre cabine un peu plus tard. Je pense qu'ils n'ont pas envie d'être dérangés, hasarda Richard.

Son mari la serra dans ses bras. Les côtes françaises n'étaient plus qu'une épaisse ligne sombre, hérissée par les grues des chantiers, le dessin irrégulier des constructions humaines.

«Je reviendrai peut-être, songea Élisabeth. Et peut-être qu'un jour je reverrai Justin, si le destin fait se croiser nos routes. Ou bien jamais. Adieu, mon pays natal, adieu Justin. Je t'aimais tant… »

Guerville, même jour, le soir

Justin s'était promené pendant plusieurs heures, au gré des chemins, des sentiers. Le spectacle de la nature exubérante, en ce tout début d'été, l'avait apaisé.

Il avait marché vers le nord de la commune, pour se rafraîchir le visage et les mains dans un ruisseau, le Sauvage, un petit affluent de la Charente dont le nom amusait Élisabeth lorsqu'ils le franchissaient à cheval.

Le soleil déclinait sur l'horizon lorsqu'il fut de retour près de l'enceinte du parc. Il s'engagea prudemment dans l'allée, bien décidé à ne pas se montrer.

— Mariette doit rentrer chez elle avant la nuit ! se dit-il. Je suis allé trop loin, elle m'aura attendu en vain.

Le jeune homme se dirigea néanmoins vers les écuries, sans quitter l'ombre dense des sapins centenaires. En longeant un des prés, il put observer Perle et sa pouliche qui caracolaient d'un bout à l'autre de leur enclos.

Il résista à la tentation d'appeler la jument, pour la caresser, mais elle lança un bref hennissement, avant de foncer au grand galop dans sa direction.

— Tu as senti mon odeur ou ma présence ! se réjouit-il quand l'animal frotta ses naseaux veloutés au creux de sa paume. Toi et tous les autres, vous étiez mes amis ici, mes seuls amis avec Élisabeth.

Le cœur lourd, Justin flatta l'encolure de Perle, puis il recula et suivit la clôture pendant une trentaine de mètres, afin de gagner l'arrière des écuries. Il se repérait sans peine, car rien n'avait changé. Le tas de fumier se dressait au même endroit, la porte de la sellerie arborait la même peinture verte, l'antique abreuvoir en pierre s'ornait de ses fidèles plaques de mousse brune.

Un toussotement rauque alerta Justin, qui put constater alors un élément nouveau au sein du décor. Hugues Laroche se tenait sur le seuil du bâtiment. Maigre, les cheveux blanchis et la barbe grisonnante, le châtelain pointait son fusil de chasse sur lui.

— Fiche le camp, bâtard ! ordonna-t-il d'une voix pâteuse. On n'a pas besoin de toi.

Il était ivre, son regard fixe et son élocution le prouvaient. Justin s'immobilisa face au canon de l'arme.

— Es-tu sourd ? Sors de ma propriété, sinon je te tire dessus comme une bête puante et tu pourriras sous le fumier.

— Je m'en vais, oui, ne prenez pas le risque de me tuer, vous finiriez enfin derrière les barreaux d'une prison.

— Petit crétin, tu joues les malins !

Justin n'éprouvait aucune peur, submergé par la haine. Il était prêt à affronter Laroche, à le pousser dans sa folie meurtrière. Mais une plainte s'éleva alors de l'intérieur de l'écurie, lui faisant perdre son sang-froid. Il eut la conviction que c'était Mariette.

— Qu'est-ce que vous avez fait ? hurla-t-il.

Hugues Laroche, les mâchoires crispées, l'œil fou, appuya sur la gâchette. L'écho de la détonation ébranla l'air tiède du soir. Puis ce fut le silence.

Sur La Gascogne, *même soir, même heure*

Le paquebot avait atteint le grand large. Il entamait son périple sur l'immense océan Atlantique, que le soleil couchant irisait de lueurs d'or pourpre. Bercée par le mouvement du bateau, Élisabeth dormait sur l'ottomane qui occupait un angle de sa cabine.

— Tu es épuisée, ma chérie, repose-toi ! lui avait recommandé Richard. Bonnie et Jean dîneront avec nous, tu pourras nous raconter ce qui s'est passé au Havre.

La jeune femme avait cédé presque aussitôt à un sommeil réparateur, inconsciente de la fuite des heures.

L'écho d'une déflagration assourdissante la réveilla en sursaut. Appuyée sur un coude, le cœur battant à se rompre, Élisabeth regarda autour d'elle, hébétée. Pendant quelques secondes, elle ne sut plus où elle se trouvait.

— Ah oui, c'est notre cabine, à Richard et à moi ! Mais qui a tiré ? Car on a tiré, j'en suis sûre.

Le son de sa propre voix l'étonna tant il était grave, rauque. Tremblante, elle referma les yeux et tout de suite elle revit une scène confuse.

— Il faisait sombre, puis il y a eu un éclair de feu, du sang, des cris ! dit-elle, haletante. Alors j'ai rêvé, c'était dans mon rêve. Ce bruit ! Oh ce bruit, il a pourtant claqué à mes oreilles. Et j'ai aperçu un homme noir, toujours le même. Mon Dieu, pourquoi ?

Élisabeth se redressa, effrayée. Elle se souvenait brusquement d'avoir ressenti, dès son réveil, une douleur intense au creux de son ventre.

— Lisbeth ?

Son mari venait d'entrer, suivi de Bonnie et Jean. Elle les dévisagea à tour de rôle, soulagée.

— Il ne me laissera jamais en paix ! gémit-elle. Jamais.

— Qui donc ? s'enquit son oncle tout bas, alors qu'il se doutait de la réponse.

— Cet homme à l'âme noire, dont je suis issue, hélas ! Hugues Laroche. Il me hantera longtemps, il sera toujours dans mes cauchemars. Des milliers de kilomètres n'y changeront rien.

Richard l'aida à se relever et la serra contre lui. Élisabeth se calma peu à peu.

— Tu te trompes, il ne peut plus te faire du mal, affirma-t-il. Pense à notre avenir, à Maybel et Edward qui t'aiment comme leur fille. Nous serons tous réunis à New York et nous saurons te protéger, même de tes mauvais rêves.

— Mais oui, renchérit Bonnie.

Élisabeth les remercia d'un sourire dénué de véritable joie. Une sourde souffrance vibrait encore en elle.

4

La main du destin

Château de Guerville, mardi 27 juin 1899, le soir

Justin percevait encore la douceur fraîche de l'herbe sous sa joue, et ses yeux voilés par la souffrance fixaient le ciel où les premières étoiles apparaissaient. Il cligna des paupières, avec l'étrange impression de s'envoler.

Son ultime pensée fut pour Élisabeth, loin, si loin déjà, sur l'océan qu'il n'avait jamais vu. Mais elle lui avait décrit les hautes vagues, leur couleur turquoise et leur fureur, les jours de mauvais temps. Il eut un petit sourire, enfin délivré de la douleur, de sa pesanteur d'humain. Une femme criait, mais il ne l'entendit pas.

— M'sieur Laroche, qu'est-ce que vous avez fait ? Mon Dieu ! Justin, le pauv' Justin ! Vous l'avez tué !

Mariette se jeta sur le corps inanimé qui gisait à deux mètres du châtelain. Une main du jeune homme était posée sur son ventre ensanglanté. Dans un élan désespéré, elle se pencha et embrassa son front.

— Ne le touche pas ! ordonna Hugues Laroche.

Il jeta son fusil sur le sol. L'éclat soudain du coup de feu, le recul de l'arme l'avaient dégrisé. Dans le pré voisin, Galant, son étalon, galopait comme un fou, affolé par la détonation.

— Vous l'avez tué ! répéta Mariette. Fallait pas, c'était un brave garçon. Et c'était vot' fils !

Laroche s'avança d'un pas. Il étudia le visage apaisé de Justin, du dessin des sourcils à celui de la bouche, de la ligne du nez au menton. Il crut revoir les traits harmonieux de Catherine, sa fille.

— Assassin ! Sale assassin ! s'égosilla Mariette.

Elle était toujours à genoux, mais elle pointait son index sur lui, en sanglotant.

— Tais-toi ! Sinon…, menaça-t-il.

— Sinon quoi ? Vous allez encore me cogner dessus ? J'ai eu mon compte, même que l'Bertrand, y va se demander pourquoi j'ai la figure amochée, et le reste aussi !

La lingère bondit sur ses pieds et commença à reculer. Elle faisait peine à voir, échevelée, une lèvre fendue, un hématome autour de son œil droit. Sa blouse largement décolletée révélait des marques rouges autour de son cou.

— J'vais chercher les gendarmes ! Vous finirez en prison, vous n'valez pas mieux que cette sorcière de Madeleine, sa chienne de mère, à Justin.

Le châtelain observa attentivement Mariette d'un air moins hagard. Sa lucidité revenait et, avec elle, le rappel de ses accès de violence, de ses pulsions impérieuses. Il se souvint de l'avoir frappée, comme pris de folie, parce qu'elle refusait de se plier à un de ses caprices pervers. Il secoua la tête, soudain effaré par sa propre noirceur.

— Cours à l'office et ramène Colas ! ordonna-t-il. Je dois atteler les chevaux au phaéton, j'ai besoin d'aide ! Dépêche-toi, Justin respire encore, tu ne le vois donc pas ? Nous l'emmènerons à Aigre, chez un docteur de mes amis.

— Non, j'bougerai pas d'ici ! rétorqua-t-elle. J'vous connais, dès qu'j'aurai le dos tourné, vous lui ficherez une balle dans le crâne pour l'achever.

— Eh bien, dans ce cas, emporte le fusil. Mais fais vite !

Mariette le vit vaciller sur ses jambes. Laroche était aussi livide que sa victime. Elle le contourna pour ramasser l'arme et s'élança en courant vers la grande cour sur laquelle donnait la cuisine. Un homme se rua à sa rencontre.

— Ah ! Colas ! dit-elle, le souffle coupé. Y a eu un malheur, file voir le patron, derrière les écuries.

— Nom d'un chien, il t'a bien esquintée ! constata le palefrenier. Le vieux Léandre a vendu la mèche, il m'a raconté que tu avais crié, tout à l'heure. J'en causerai à Bertrand, si tu n'le fais pas.

— On n'a pas le temps, Colas. Viens.

Il la suivit sans discuter. Mariette était l'épouse de son frère et elle l'avait fait engager au château.

Les deux chevaux de bonne race attelés au phaéton galopaient sur la piste qui menait jusqu'à Aigre[1]. Les cahots de la voiture tirèrent Justin de sa léthargie. Chaque secousse, dès lors, devint un supplice. Il se mit à geindre, en s'agitant.

— Nous serons bientôt arrivés ! On va te soigner, ne bouge pas, tu aggraverais ton état.

Justin, à demi inconscient, identifia cependant l'homme qui lui parlait.

— Vous… C'est vous ?

Le blessé poussa une plainte d'égarement. Il revivait l'instant où Laroche avait tiré sur lui, après l'avoir chassé et insulté. Il s'aperçut aussi que sa tête reposait sur les genoux du châtelain.

1. Il y a environ huit kilomètres entre le château et Aigre, une ville d'un millier d'habitants à l'époque.

— Je n'allais pas te laisser mourir ! dit celui-ci. Tiens bon. Tu as perdu beaucoup de sang, mais Colas pense que tu peux t'en sortir.

Les mots atteignaient l'esprit de Justin en désordre. Il retint surtout « mourir », « sang » et « Colas ». Mariette lui apparut, ronde et blonde, sa bouche charnue lâchant le nom du nouveau palefrenier.

— Où est Mariette ? questionna-t-il tout bas.

— Sûrement chez elle à l'heure qu'il est. Tu te fatigues, ne dis rien. Garde tes forces.

La voix de Laroche était froide mais dénuée de hargne. Il prenait l'intonation ferme dont il usait envers ses chevaux, quand il ne s'emportait pas contre une bête rétive. Justin fut incapable de lui répondre. Il sombrait de nouveau, insensible au timide effleurement d'un doigt sur sa joue.

Une dizaine de minutes plus tard, le phaéton roulait sur les pavés de la rue Traslefour, pour s'arrêter devant une demeure bourgeoise. Il ne faisait pas tout à fait nuit, et un jasmin en fleur embaumait l'air tiède.

Colas sauta de son siège, la mine renfrognée. On ne lui avait donné aucune explication sur le dramatique incident et il s'était abstenu d'en demander.

— Va tirer la chaîne, à gauche du portail, et écoute si la clochette tinte bien ! cria Hugues Laroche.

— Oui, patron.

Le docteur Léon Faucher apparut sur le perron, une lanterne à bout de bras. En reconnaissant le châtelain, son ami de longue date, il descendit les marches en toute hâte et ouvrit la grille ouvragée.

— Bonsoir, Hugues ! Un souci ?

— Un regrettable accident ! J'ai préféré conduire le blessé ici, c'était trop risqué de l'emmener à l'hôpital d'Angoulême.

Surpris par l'expression inhabituelle de Laroche, le médecin grimpa dans la voiture. Il examina Justin, lança un juron entre ses dents à la vue de son ventre sanguinolent.

— Une plaie par balle, n'est-ce pas ? interrogea-t-il. Il faut le transporter dans mon cabinet avec de grandes précautions. Je ne vais pas te mentir, Hugues, les chances de ce garçon sont fort minces. Je ne suis pas chirurgien.

— Je t'en prie, sauve-le ! Je t'ai vu à l'œuvre, pendant la guerre, tu as opéré des soldats[1]. Léon, tu dois m'aider, c'est mon fils.

Sidéré, le docteur considéra attentivement le jeune homme qui respirait à peine. Colas doutait de ce qu'il venait d'entendre. Pourtant, Hugues Laroche répéta d'une voix brisée :

— Sauve-le, c'est mon fils.

---

1. Note de l'auteure : je fais ici allusion au conflit de 1870 contre les Prussiens.

Sur La Gascogne, *même soir, même heure*

Richard avait fait livrer dans leur cabine une collation pour quatre personnes. Il se doutait qu'Élisabeth n'aurait aucune envie de dîner entourée des autres passagers de la première classe. Il s'était promis de lui épargner le moindre désagrément, or il l'avait sentie profondément troublée lorsqu'elle avait évoqué l'homme à l'âme noire, Hugues Laroche.

Il haïssait le châtelain, cependant il estimait nécessaire d'aider la jeune femme à l'oublier, à le rejeter dans le néant.

— Nous voguons vers une nouvelle vie, surtout vous ! dit-il à Jean en lui servant du vin. Si nous portions un toast à votre futur statut de citoyen américain ?

— Je suis d'accord, Richard. Je n'espérais pas traverser l'Atlantique un jour, et je pensais finir vieux garçon. Mais j'ai rencontré l'épouse idéale !

— Tu vas me faire rougir, Jean ! déplora Bonnie.

Élisabeth esquissa un sourire, touchée de lire autant de bonheur sur les visages de son amie et de son oncle. Richard lui adressa un clin d'œil malicieux.

En fait, ils attendaient tous ses explications sur ce qui s'était passé au Havre. Elle le ressentait avec acuité.

— Oncle Jean, j'ai découvert quelque chose d'important, au sujet de papa ! commença-t-elle, afin de mettre un terme à leur impatience, doublée d'une légitime curiosité.

— Aujourd'hui ? Sur le port ? s'enflamma-t-il aussitôt.

— Oui, c'était improbable, pourtant le hasard m'a guidée au bon endroit. Je dis « le hasard », ce serait plutôt la main du destin.

Elle se tut un court instant, hésitant à évoquer la présence invisible de sa mère à ses côtés.

— Peut-être aussi qu'il s'agissait de maman, comme au château ! finit-elle par avouer. Richard, ne lève pas les yeux au ciel, si je peux voir en rêve ou dans des cauchemars des événements de l'avenir, rien n'est vraiment impossible. Sur le quai, j'ai cru voir maman, et j'ai dû entrer dans la boutique du brocanteur. Il le fallait. Tu vas comprendre pourquoi, oncle Jean.

Elle ouvrit son sac à main en tapisserie brodée, au fermoir en cuivre. Sans un mot, elle en sortit la montre de gousset en or et la tendit à son oncle.

— Pépé Toine l'avait offerte à papa, il lui affirmait qu'elle lui porterait chance en Amérique. Elle te revient, puisque tu pars à ton tour, comme ton frère.

Jean en resta bouche bée. Il contempla le bijou niché au creux de sa paume. Ensuite il se décida à l'ouvrir pour lire les initiales gravées à l'intérieur.

— Seigneur, ça ne fait pas de doute, c'est la montre de notre père, je reconnais les motifs ciselés autour du cadran. Notre mère l'avait achetée avec l'argent de sa dot. Elle venait d'une famille de commerçants, plus fortunés que les Duquesne. C'est un petit miracle de l'avoir retrouvée.

— Dans cette brocante, parmi un bric-à-brac ! précisa Élisabeth. Alors j'ai interrogé le marchand, pour savoir d'où il la tenait.

— Tu m'as parlé de la montre ce matin ! fit remarquer Bonnie. Je t'approuve, petite, il n'y a pas de hasard.

D'une voix douce mais passionnée, Élisabeth leur raconta ce qui avait suivi. Elle termina par son départ précipité de chez la veuve Biffard.

— Pauvre femme ! déplora-t-elle. On aurait dit une scène du roman de Victor Hugo, *Les Misérables*. Je l'ai lu pendant mon premier été au château, Bonne-maman me l'avait conseillé.

Jean, visiblement ému, était plongé dans ses pensées. Le récit de sa nièce avait ravivé la douleur du deuil.

— J'aurais dû partir avec Guillaume, il y a treize ans ! s'écria-t-il, blême de colère rétrospective. Rien ne serait arrivé. Ces types auraient passé un sale quart d'heure. Ceux du Havre et ceux du Bronx aussi.

Il redonna la montre à Élisabeth. Elle eut un geste étonné.

— Il vaut mieux que tu la gardes. Dans l'entrepont, il y a des gars qui ne m'inspirent pas confiance. Les voleurs sont partout.

— C'est une sage décision ! concéda Richard. Lisbeth, si j'ai bien compris, ton père a suivi un homme qu'il connaissait ?

— Oui, et dès que je l'ai su, tout est devenu clair pour moi. Papa n'allait pas vérifier si nos bagages étaient bien transportés du train au bateau. On a dû lui faire signe, cet individu dont il ne pouvait pas se méfier et qui l'attirait dans un piège. Avec le recul, il m'a apparu évident que ce n'était pas dans son tempérament de nous laisser seules, maman et moi, au milieu de la cohue de l'embarquement.

Bonnie, affamée, écoutait le débat en picorant. La cuisine était raffinée, destinée aux passagers de première classe.

— As-tu une idée de l'identité de cet homme, Élisabeth ? se décida-t-elle à demander, après avoir dégusté du poisson froid en gelée présenté sur du pain grillé.

— Ne cherchons pas, ce devait être Laroche ! enragea Jean. Il a dû vous suivre, le jour où vous avez quitté Guerville.

— Non, mon oncle, il n'aurait pas pris ce risque.

— Il pourrait s'agir d'un homme de main, engagé à Paris. Ton grand-père a pu se rendre dans la capitale, avança Richard.

— Ce devait être un domestique du château ! déclara Élisabeth. Sûrement pas le vieux Léandre, mais Vincent, le palefrenier. Il était au service des Laroche quand j'avais six ans. Madeleine l'aurait tué quelques mois avant mon retour en France.

Une fois encore, la jeune femme regretta les semaines qu'elle avait perdues à Paris. Elle ajouta d'un ton fiévreux :

— J'ai eu tort de fuir la Charente. Madeleine est en prison à Bordeaux. Nous pouvions loger quelque temps à Angoulême, et je lui aurais rendu visite pour l'interroger. Vincent était son amant, il s'était peut-être confié à elle.

— Qu'est-ce que ça aurait changé, Lisbeth ? s'exaspéra son mari. Denis Biffard a péri dans le naufrage de *La Bourgogne*, ce dénommé Vincent est mort également. Justice est faite, en ce qui les concerne.

— Mais il reste un certain Maurice, le grand Maurice, comme disait Mme Biffard, et puis Dédé le Roux ! rétorqua-t-elle. Si j'avais su où les trouver, ils auraient pu m'en dire davantage ! Hélas, j'ai dû m'en aller de chez cette pauvre femme.

Jean posa brutalement son verre sur la table. Il partageait à présent les regrets de sa nièce.

— Tu as raison, Élisabeth, si j'avais pu avoir ces crapules en face de moi, ils auraient payé cher. À mon avis, ils sévissent toujours dans les quartiers mal famés du port. Maintenant, c'est trop tard.

— Oui, c'est trop tard, Jean ! soupira Bonnie. Alors à quoi bon se lamenter et te mettre dans cet état ?

— Sans doute, cela ne sert à rien ! admit Élisabeth. L'unique coupable, nous savons tous son nom, n'est-ce pas ! Et il a dû détruire les preuves de ses manigances. Que Dieu le punisse…

Elle but une gorgée de vin blanc, légèrement pétillant. De sa main libre, elle serra la médaille de baptême de sa mère, qu'elle considérait comme son talisman.

— N'emportons pas nos haines et nos rancœurs avec nous, dit doucement Richard. Lisbeth chérie, tu as beaucoup souffert, je le sais, mais tes parents voudraient que tu sois heureuse. Cesse un peu de te poser des questions, de souhaiter une vérité dont tu ne tireras aucun soulagement. C'est valable pour vous aussi, Jean.

— Bien dit ! trancha Bonnie. Ici, sur l'océan, plus personne ne peut te nuire, Élisabeth.

La jeune femme lissa un pli de sa jupe du bout des doigts. Son malaise ne se dissipait pas. Le cœur lourd, elle se résigna à jouer la comédie, obsédée par ce rêve fulgurant où elle avait reçu une blessure, où un coup de feu l'avait atteinte, par-delà des sphères invisibles. Un sourire de convenance sur son visage impassible, elle s'interrogeait. Des mots hantaient son esprit.

« Qui se meurt ? »

Aigre, en Charente, mercredi 28 juin 1899,
chez le docteur Faucher

Hugues Laroche avait passé la nuit sur un lit de camp, dressé dans le cabinet médical à sa demande. Il venait de se réveiller, tout de suite submergé par le venin amer des événements de la veille. Il les étudia avec incrédulité, comme s'il avait assisté à la folie d'un autre homme. Oppressé, il se frotta les yeux et s'assit au bord de son étroite couchette.

— Alors ? demanda-t-il en apercevant le docteur penché sur le corps de Justin. Est-ce qu'il est… ?

— Non, il s'accroche ! répondit le médecin. Je n'ai pas encore de diagnostic favorable, mais il a supporté l'opération. C'est déjà beaucoup. Maintenant, il est sous l'effet du laudanum, je lui en ai administré une sérieuse dose.

Le châtelain se leva, hirsute, les traits tirés, les yeux cernés. Sa chemise était froissée, son pantalon maculé de taches de sang.

— Je t'ai rarement vu dans un état pareil, Hugues ! lui décocha son ami. Même quand tu as appris le décès de ta fille. J'estime que tu me dois quelques explications.

— Bien sûr, j'avais l'intention de t'en donner. Sommes-nous seuls ? Où est ton épouse ?

— Dès les beaux jours, Béatrice part dans notre villa de Royan. Tu devrais te le rappeler, chaque année, nous en profitons pour organiser des parties de bridge dans mon salon.

— En effet. C'est mieux ainsi.

Sur ces mots, Laroche s'approcha du banc d'examen sur lequel était allongé Justin. Il épia le rythme à peine perceptible de sa respiration, son teint cireux. Une émotion oubliée s'empara de lui. Il la ressentait jadis, lorsque Catherine, toute petite, s'était blessée en tombant, ou qu'il la regardait dormir. Un frisson le parcourut.

— J'espère qu'il va se rétablir ! dit-il d'une voix atone.

— Ce sera à la grâce de Dieu, Hugues ! Je vais nous préparer du café, Béatrice a emmené notre domestique. Viens à la cuisine, ton fils peut rester seul un quart d'heure.

Le châtelain approuva d'un signe de tête. Il songeait à Colas, qu'il avait renvoyé à Guerville. Le palefrenier avait reçu l'ordre formel de ne pas ébruiter l'accident, et de revenir dans l'après-midi, à cheval et en ramenant son étalon, Galant, sellé et bridé.

— Mariette va me poser des questions. Je lui dis quoi, à ma belle-sœur, patron ? s'était enquis Colas.

— Assure-lui que Justin est entre de bonnes mains.

Pendant que son ami Léon versait de l'eau bouillante dans la cafetière en porcelaine blanche,

Laroche pensait à Mariette. Il avait réussi à lui conseiller, en aparté, de ne pas révéler à quiconque son geste criminel. En retour, la jeune lingère avait exigé une forte somme d'argent.

— Comme ça, m'sieur, je ne ficherai plus les pieds dans vot' sale château ! Vous avez intérêt à tenir parole, sinon j'débite l'histoire aux gendarmes. Et si Justin crève, y m'faudra le double.

Soudain, il eut des sueurs froides. Mariette pouvait ne pas tenir sa langue et, dans ce cas, il serait perdu.

— Eh bien, tu te sens mal ? s'inquiéta Faucher en le fixant. Tu es blafard, mon cher ami. Une goutte d'alcool peut-être ? Ton eau-de-vie, évidemment.

— Volontiers ! répondit tout bas le châtelain qui prit place sur une chaise.

Le médecin l'imita. Sa tasse fumait et, à travers la vapeur chaude du café, son regard parut inquisiteur à Laroche.

— Je t'écoute, Hugues ! D'où sort ce garçon ? Nous avons étudié dans le même lycée, toi et moi, combattu les Prussiens coude à coude, tu ne m'as jamais parlé d'un fils qui doit avoir une vingtaine d'années. Un enfant illégitime, je suppose.

— L'affaire est simple. J'ai eu le tort de coucher durant un temps avec une de nos domestiques. C'était une époque très pénible pour Adela et moi. Mon épouse venait de faire une fausse couche, tu es le mieux informé sur ce point. Nous n'avons eu que notre Catherine. Et celle-ci fréquentait Guillaume Duquesne, son futur mari. Je buvais souvent et trop.

— Je vois, je vois ! acquiesça le docteur. La domestique, ce ne serait pas Madeleine ?

— Hélas ! Elle a dissimulé son état, ensuite elle s'est absentée. J'en étais soulagé, pour être sincère. J'ai appris récemment qu'elle avait ramené l'enfant au château vers l'âge de deux ans. Le gamin a grandi caché sous les combles, maltraité et battu, selon lui.

— Quoi ? Vous n'avez jamais soupçonné sa présence, Adela et toi ?

— Non. J'ignore où Madeleine l'a expédié dès qu'il est devenu adolescent mais, un jour, elle m'a recommandé de l'engager, en prétendant ne pas le connaître. J'en étais content, plus encore, enchanté. C'était un employé modèle, qui avait un talent inné pour s'occuper des chevaux. Comment te dire ? Je l'appréciais, je recherchais sa compagnie. En fait, tout est lié dans cette triste histoire. Catherine était morte, alors Madeleine voulait me révéler la filiation de Justin afin qu'il hérite du domaine. Ses plans ont échoué, il s'est enfui en découvrant la vérité.

Léon Faucher tapota nerveusement le bois de la table. Il se fit grave, la mine soucieuse.

— Hugues, je lis les journaux, comme tout le monde. Madeleine Quintard a été condamnée il y a plus d'un an pour le meurtre de son amant, ton ancien palefrenier, Vincent. Et pour tentative d'empoisonnement sur ton épouse. Je suis un fervent lecteur de Zola. Dans son œuvre, *Les Rougon-Macquart*, qui comporte plusieurs volumes, il avance une théorie sur l'hérédité, à la fois alarmante et très intéressante. Ce garçon pourrait se révéler aussi sournois et dangereux que sa mère.

— Non, tu t'égares, Léon ! Justin ressemble surtout à ma fille, ma petite Catherine.

— Que s'est-il réellement passé hier, Hugues ? insista son ami.

— Un tragique accident ! se rebiffa Laroche. Je chargeais mon fusil derrière les écuries, car le vieux Léandre, mon jardinier, m'avait signalé qu'un renard malade, peut-être de la rage, rôdait dans le pré des poulinières. Là, mon étalon se met à hennir, je relève le nez, et je vois une bête rousse qui se faufile dans les herbes hautes. Je vise, et à l'instant précis où je tire, un homme se jette devant moi, sur la trajectoire de la balle. C'était Justin. Il rentrait au pays et il venait me voir, le pauvre garçon. Mon Dieu, si je suis la cause de sa mort, je ne me le pardonnerai jamais ! Je n'ai plus que lui, Léon. Déjà, Élisabeth, ma petite-fille, m'a brisé le cœur en décidant de se marier et de suivre son époux, un Américain, à New York. Mais tu es au courant. Je t'en ai parlé au mois de mai, quand je suis venu à la foire.

Le silence du médecin fut un supplice pour le châtelain. Léon Faucher évitait de le regarder, l'air prodigieusement captivé par sa tasse de café. Laroche avala d'un trait le verre d'eau-de-vie auquel il n'avait pas encore touché.

— Tu ne dis rien ? s'impatienta-t-il. Pourquoi ?

— J'ai coutume de réfléchir avant de parler. Hugues, si cela s'est passé ainsi, j'avoue que tu n'as pas eu de chance, ni hier ni autrefois. Tu as enduré bien des épreuves sans jamais baisser les bras. Comprends-moi, je ne voudrais pas être complice d'une tentative d'assassinat. Tu admets boire de façon abusive, or tu avais bu, je l'ai senti à ton haleine. Alors tu aurais pu céder à un mouvement de colère, confronté au fils de Madeleine. Ne prends pas cet air outragé. J'espère que Justin confirmera ta version des faits, s'il s'en sort.

Blême de fureur, Laroche faillit briser son verre au creux de ses doigts crispés.

— Comment oses-tu me soupçonner ? s'exclama-t-il. Je te croyais mon ami.

— Un ami n'est pas forcément sourd et aveugle, Hugues.

Il y avait une menace dans ces mots. Le châtelain retrouva son sang-froid. En souriant, il étreignit la main du médecin.

— Tu dis vrai, et sache que j'ai toujours admiré ta loyauté en toutes choses, Léon. Maintenant, je préfère retourner au chevet de mon fils.

— J'ai des visites à faire ce matin. Pendant mon absence, reste près de lui. Il faudrait lui donner de l'eau, si jamais il se réveillait, ce dont je doute fort, précisa le docteur. À mon retour, nous l'installerons dans une autre pièce, j'ai des consultations et j'ai besoin de libérer mon cabinet.

— Je te remercie de tout ce que tu fais ! déclara Laroche. Mais tu n'as pas peur que je l'achève, puisque tu m'as pratiquement accusé de tentative d'assassinat ?

Le ton était ironique, provocant. Faucher haussa les épaules.

— Tu ne l'aurais pas conduit chez moi, si tu avais voulu t'en débarrasser. Il te suffisait de le laisser se vider de son sang derrière tes écuries, mon cher. Et je ne t'avais jamais vu aussi bouleversé, j'en déduis que c'était bien un terrible accident.

Justin semblait dormir de son dernier sommeil tant il était figé, livide, un drap blanc couvrant son corps. Hugues Laroche s'était assis à son chevet, suspendu à ce souffle ténu qui soulevait malgré tout la poitrine du blessé.

— Accroche-toi ! murmurait-il à intervalles réguliers.

Le châtelain était rarement contraint à l'immobilité. Il avait pris le pli d'agir, de brûler son énergie en galops forcenés à travers la campagne, en longues marches dans ses vignes, mais aussi en cris autoritaires, en gesticulations. Le soir, il commençait à boire dans le même but, celui d'oublier.

Il fut incapable, ce matin-là, de repousser certaines images. Des pensées coupables le submergèrent. Il en aurait gémi. Tout se mêlait dans son esprit. Il revoyait le visage affolé de sa fille, quand il la harcelait de caresses odieuses, puis c'était Élisabeth qui lui apparaissait, son regard bleu étincelant de répulsion quand elle se débattait dans ses bras.

— Qu'est-ce que j'ai fait, Seigneur ! dit-il tout bas, horrifié.

Il venait d'évoquer l'acte ignoble perpétré dans le grenier de la tour, qu'il avait jusqu'à présent réussi à occulter de sa mémoire. Mais il se souvenait de sa rage, de la brutalité de ses gestes, de sa soif malsaine de possession. C'était sa manière de prendre du plaisir, par la terreur. Le petit visage épouvanté de Germaine lui apparut pendant qu'il la forçait sans la quitter des yeux, pour mieux se repaître de sa douleur, de sa peur.

Il s'étonna soudain de ne pas avoir été puni à la mesure de ses crimes, avant de songer qu'il allait bientôt payer la longue liste de ses méfaits, si Justin ne survivait pas.

Sur La Gascogne, *samedi 1er juillet 1899*

L'orchestre jouait une valse dans le salon de réception du paquebot. Élisabeth dansait au bras de son mari, sous le regard admiratif du commandant de bord. Le couple avait dîné à sa table pour la deuxième fois depuis le début de la traversée.

— Tu as séduit notre capitaine, glissa Richard à l'oreille de la jeune femme. Il ne te quitte pas des yeux.

— Pourtant je suis la seule à ne pas porter une robe de soirée.

— Ta toilette te va à ravir, Lisbeth ! Mais tu serais encore plus belle seulement vêtue de ton collier de saphirs. Je le vérifierai ce soir même.

— Richard, ne dis pas des choses pareilles ! s'offusqua-t-elle avec un sourire malicieux.

— Je suis content, tu as retrouvé ta gaieté, ton insouciance. J'ose croire que j'y ai contribué... nuit et jour, et que je te rends heureuse.

— Mais oui, je t'assure. Tu es très attentionné.

Bonne danseuse, Élisabeth s'abandonna à la musique, sa main dans celle de son mari. Elle s'accoutumait à dormir dans le même lit que lui, à sentir son corps d'homme près du sien. C'était doux aussi de se réveiller et de pouvoir se blottir contre Richard. Il en profitait souvent pour assouvir son désir, en l'entraînant dans une tendre joute amoureuse.

La jeune femme avait cependant remarqué combien il faisait d'efforts pour demeurer délicat, prévenant, sans doute par crainte de raviver en elle le traumatisme du viol. Souvent elle le déplorait, car elle ne parvenait plus à éprouver le vif plaisir de leurs premières étreintes.

Emportée par la mélodie, Élisabeth offrait un spectacle charmant, sa large jupe en satin voletant autour d'elle, comme sa chevelure qu'elle avait laissée dénouée, juste retenue par des peignes au niveau des tempes.

Elle eut une petite moue déçue quand l'orchestre cessa de jouer. Le couple se dirigea vers sa table, mais le capitaine se leva au même instant, alors que la musique reprenait.

— Madame, m'accorderez-vous la prochaine valse, *Le Beau Danube bleu* ? dit-il en s'inclinant galamment. Si votre époux n'y voit pas d'inconvénient…

— Je n'en vois aucun, capitaine, j'en profiterai pour boire un digestif, après ce délicieux repas.

Élisabeth accepta gracieusement. Elle s'était préparée à cette invitation, ayant noté la manière insistante dont l'homme la regardait dès qu'elle le rencontrait.

« Que me veut-il ? » s'interrogeait-elle à chaque fois.

Un autre couple de danseurs évoluait sur la piste aménagée au milieu des tables du restaurant, sous la clarté de plusieurs suspensions aux globes de cristal.

— On ne dirait pas que nous sommes sur un bateau, en plein océan, en valsant dans ce décor luxueux, dit-elle à son cavalier.

— La traversée s'annonce bien. Nous devrions atteindre New York mercredi prochain, si le beau temps se maintient. J'évite d'être trop optimiste, une tempête est toujours possible.

— Peut-être que nous serons épargnés, murmura Élisabeth. Je n'ai jamais souffert du mal de mer, Dieu merci, mais mon amie Bonnie en est victime, même si la mer est calme.

— Vous avez donc déjà navigué ? Je n'ai pas osé vous poser la question à table, ni ce soir ni avant-hier.

— Pourtant vous aviez envie de la poser ! affirma-t-elle. Ne soyez pas surpris, je suis dotée d'une intuition infaillible.

— Je le constate. Madame, j'ai la certitude de vous connaître, pardon, de vous avoir déjà vue, beaucoup plus jeune, sur *La Champagne*. Je revois souvent une adorable fillette brune, aux yeux très bleus, qui admirait un ours dressé sur le pont. C'était ma première traversée en tant que commandant de bord. Et nous avons essuyé une terrible tempête.

Élisabeth ne prêtait plus attention à la musique, même si elle suivait les pas de son partenaire.

— Vous avez une excellente mémoire, capitaine ! dit-elle dans un souffle. C'était moi, oui, et cette tempête a causé la mort de ma mère et de l'enfant qu'elle portait. Tous deux reposent au fond de l'océan.

— J'en étais sûr, c'est bien vous ! Je suis désolé de ranimer de douloureux souvenirs. Je n'y aurais pas fait allusion sans une raison valable. J'ai été marqué, à l'époque, par les conditions de voyage des passagers de la troisième classe. Et quand vous êtes apparue sur le pont, à la fin des obsèques de votre maman, vous avez incarné à mes yeux toute la détresse du monde. Je souhaitais vous l'avouer. J'ai souvent pensé à vous, toutes ces années. Je me réjouis ce soir. Le sort a dû vous être favorable ensuite, puisque je vous retrouve jeune mariée et parmi les clients fortunés.

— Excusez-moi ! Je ne peux plus danser, protesta-t-elle.

Ils s'arrêtèrent au fond de la salle, ce qui intrigua Richard. Il se garda de les rejoindre, refusant de jouer les maris jaloux.

— Capitaine, tant mieux si vous êtes rassuré quant à mon statut social, disait Élisabeth. Rien n'a été facile, mon père a été tué dans une ruelle du Bronx. Je suis devenue orpheline. Mais je ne vais pas vous raconter ma vie, n'est-ce pas ?

— Non, bien sûr ! répondit-il, gêné.

— Je suis surtout curieuse de connaître la raison de cet entretien.

— C'est simple, en consultant le registre de bord avant-hier, j'ai constaté qu'une cabine de deuxième classe était libre, car les personnes l'ayant réservée n'ont pas embarqué. Je voudrais la proposer à votre oncle, Jean Duquesne, et à sa fiancée, votre amie Bonnie. J'ajoute qu'il y a deux lits.

— Vraiment ? Ce serait très aimable de votre part !

— Pendant les dîners où j'ai eu la joie de vous avoir à ma table, vous avez déploré qu'ils soient confinés dans l'entrepont. Vous paraissiez contrariée, au point de manger du bout des lèvres. S'ils acceptent, ils bénéficieront d'un confort appréciable, pour la fin du trajet.

L'offre du commandant avait touché Élisabeth. Elle lui adressa un sourire poli, avant de faire une petite mise au point.

— Mon oncle est fier et têtu. C'est par choix qu'il voyage ainsi, en mémoire de mon père. Il refusera, mais sa fiancée sera ravie, aussi je vous remercie pour elle. Oh, voici mon mari, cette fois, il s'inquiète. Vous devriez lui expliquer vous-même de quoi nous discutions.

Richard les vit rire ensemble. Agacé, il bouscula un serveur qui portait un plateau chargé de coupes de champagne. Il en prit une et la vida d'un trait. Au même instant, une terrible secousse ébranla *La Gascogne*. Le silence se fit parmi les gens attablés. Des sifflements affreux couvrirent la musique de l'orchestre. Un vent dément se levait, apportant avec lui un véritable déluge de pluie.

— Seigneur, une tempête ! s'écria le capitaine. Je dois monter à mon poste. N'ayez pas peur, madame.

Il salua Élisabeth et s'éloigna d'une démarche rapide. Richard prit sa femme dans ses bras. Elle jetait des regards effrayés vers les fenêtres donnant sur la coursive. Les vitres ruisselaient d'eau.

— Viens, ma chérie, autant nous mettre à l'abri dans notre cabine ! décida Richard. On dirait un orage, ça ne durera pas. Un grain, comme disent les marins.

Il l'entraîna en la prenant par la taille. Élisabeth lui lança un regard implorant.

— Je t'en prie, Richard, va chercher Bonnie ! Elle sera mieux près de moi si la tempête dure longtemps. Mon oncle fera ce qu'il veut, lui. Il a déjà été très égoïste d'imposer un dortoir infect à sa future épouse, qui est sujette au mal de mer.

— D'accord, j'y vais. Tu sais que je ne peux rien te refuser.

— Merci, mon amour ! dit-elle dans un élan de gratitude.

— Si tu m'appelles ainsi, je pourrais m'envoler et te décrocher la lune, Lisbeth.

Ils s'embrassèrent, tandis que des coups de tonnerre éclataient comme autant de grondements furieux. Les vagues avaient forci, on les entendait se briser sur la coque.

— Ne tarde pas ! lui recommanda Richard. Nous sommes déjà rudement secoués, tu pourrais tomber.

— Encore un baiser ! murmura-t-elle en se hissant sur la pointe des pieds.

Leurs lèvres s'unirent à nouveau. Élisabeth étreignit son mari de toutes ses forces. Elle s'écarta de lui à regret, sur ces mots :

— Ne tarde pas, toi non plus !

New York, Central Park, même jour

Maybel Woolworth jeta un coup d'œil à la petite montre-bracelet en argent que lui avait offerte Edward pour son anniversaire. C'était un vrai bijou, de fabrication suisse, dont elle était très fière.

— Soyez tranquille, nous serons à l'heure pour le thé chez votre belle-sœur ! se moqua gentiment Scarlett Turner.

— Je n'y pensais même pas, ma chère amie. Ma belle-sœur nous invite chaque samedi et nous ne sommes jamais les dernières arrivées.

— Que c'est plaisant de nous promener ainsi, avant de déguster un délicieux cake aux fruits en bonne compagnie. Grâce à vous, je me sens moins seule. Alors, laissez-moi deviner. Vous pensiez, j'en suis sûre, à votre petite Lisbeth.

— Mais oui ! s'étonna naïvement Maybel. Le bateau a quitté Le Havre mardi, il devrait entrer dans le port mercredi au plus tard. Je m'inquiétais à cause des tempêtes, Edward m'a rassurée. Il paraît qu'en cette saison, c'est peu probable. Scarlett, je n'en dors plus ou très mal. Lisbeth m'a tellement manqué durant ces deux ans.

— Deux ans et six mois, rectifia son amie en riant. Vous n'avez pas mentionné les six mois, cette fois. J'ai hâte de rencontrer votre fille.

Maybel savoura ce qualificatif qu'employait fidèlement Scarlett en appuyant sur les mots. Elle répondit d'un ton joyeux :

— Vous lui plairez ! Et vous aurez des sujets de conversation passionnants. L'avenir vous est dévoilé par les cartes du tarot, Lisbeth fait des rêves prémonitoires. Elle me l'a confié dans une de ses lettres. En l'apprenant, j'ai mieux compris pourquoi elle se réveillait souvent en hurlant, la nuit. Notre docteur lui prescrivait du laudanum, mais je diminuais les doses indiquées, car elle somnolait dès le coucher du soleil.

— Des rêves prémonitoires ! s'enthousiasma Scarlett. Comme c'est intéressant, Maybel. J'hésitais à vous en parler, mais j'ai vécu ce phénomène troublant dans mon enfance.

— Racontez-moi.

Scarlett serra plus fort le bras de Maybel. Elles discutaient à voix basse, en empruntant un des ponts de Central Park. Celui-ci, doucement arrondi, arborait des parapets en métal de style néogothique. Un peu de fraîcheur montait du ruisseau qu'il surplombait, et les frondaisons des grands arbres dispensaient une ombre tiède.

— Le début de l'été transforme le parc en un domaine enchanté, nota Scarlett. Nous sommes privilégiés d'habiter le Dakota Building et de pouvoir profiter de cet endroit unique. Savez-vous que mon père gagnait son pain sur le gigantesque chantier nécessaire à l'élaboration de Central Park ? Le surintendant Frederick Law Olmsted avait établi des plans précis, à la mesure de ses rêves. Mais il fallait drainer les marécages, apporter de la bonne terre, faire sauter à l'explosif des tonnes de rocher. Cinq ouvriers sont morts pendant ces travaux[1]. Mon père en faisait partie.

Maybel décela une vive amertume dans la voix de Scarlett. Elle lui tapota la main en témoignage de sa compassion.

— J'avais quinze ans, c'était il y a trente ans, or je n'ai jamais pu oublier le soir où ma mère et moi

1. Véridique. Quant au journaliste Frederick Law Olmsted, qui avait été nommé surintendant, il fut remplacé par Andrew Haswell Green ; le parc fut achevé en 1869.

avons veillé le corps disloqué de mon père. Vous l'ignoriez, Maybel, mais je ne suis pas née dans la soie et la dentelle.

— Pourtant, Doris prétendait que vous étiez une riche héritière, et vous devez l'être, pour avoir pu acheter un appartement dans un immeuble de luxe.

Les deux femmes suivaient à présent une des allées du parc, bordée d'ormes, de chênes et de sycomores au feuillage comme verni. Elles croisèrent une nurse anglaise qui poussait un landau, puis un groupe d'adolescents dont les rires concurrençaient les chants d'oiseaux.

— J'ai hérité d'une grande fortune, concéda Scarlett, celle de mon second époux, William Turner. Nous vivions à Boston. Après son décès, j'ai choisi de m'installer à New York. C'était un vieux célibataire sans descendance.

— Mais vous prétendiez n'avoir jamais été mariée !

— Par pudeur, afin de rayer de ma mémoire, aussi, le joug que m'ont fait subir ces messieurs. Je savoure mon indépendance et je la protège. Ne me jugez pas, Maybel, j'en serais peinée. Je vous ai choquée, je le vois à votre expression.

— Non, absolument pas. Je peux comprendre pourquoi vous n'aviez pas envie d'en parler. Nous avons tous nos secrets. Pour ma part, si Edward ne m'avait pas imposée à sa famille, je serais encore vendeuse dans l'épicerie de mes parents.

Je n'étais pas assez bien pour les Woolworth, figurez-vous.

— Mais l'amour a triomphé. Il était temps que nous levions un peu le voile sur notre passé, notre amitié n'en sera que plus forte et sincère. Si nous allions jusqu'à Belvedere Castle…

Maybel consentit avec enthousiasme. Elle admirait beaucoup cette réplique d'un château médiéval, de taille modeste, dont la tourelle dominait le parc.

— Je n'y ai jamais emmené Lisbeth quand elle était fillette ! avoua-t-elle. Edward et moi, nous avions toujours peur qu'elle ne s'égare ou que son affreux grand-père ne rôde pour nous l'enlever. Ce diabolique individu a perdu la partie.

Scarlett était au courant des méfaits du châtelain français. Elle respira soudain très vite, en frissonnant.

— Les puissances du mal sont partout, Maybel. Dieu merci, votre protégée a pu fuir cet homme. Quand je formule son nom en pensée, je perçois qu'il est vraiment un suppôt de Satan.

Terrifiée, Maybel esquissa le geste de se signer. Les yeux bleu-gris de son amie semblaient scruter une face hideuse, dans le paysage bucolique qui s'étendait sous Belvedere Castle.

5

Le grand silence de l'océan

Sur La Gascogne, *samedi 1er juillet 1899, même heure*

Élisabeth avait suivi Richard jusqu'à la porte vitrée de la salle de restaurant. Certains passagers quittaient leur table, pris de panique à la perspective d'une redoutable tempête, mais d'autres gardaient une attitude confiante, sirotant un verre ou fumant un cigare. Les musiciens de l'orchestre continuaient à jouer pour un couple enlacé que rien ne semblait atteindre.

Pourtant, dehors, la pluie redoublait de violence. Le grand paquebot était pris d'assaut par un déferlement de vagues de plus en plus hautes. Richard avait fait seulement quelques pas sur le pont quand une femme titubante se jeta contre lui.

Sans les lanternes que les matelots brandissaient, Élisabeth n'aurait pas reconnu Bonnie. Sans réfléchir davantage, elle sortit à son tour.

— Ton oncle a disparu ! lui cria Richard. Rentre vite, je pars à sa recherche.

Il poussa Bonnie vers elle. Son amie, trempée de la tête aux pieds, poussa une plainte effrayée, en regardant les ténèbres d'un air hagard.

— Où est Jean, où est-il ? demanda-t-elle d'une voix plaintive. Personne ne l'a vu !

— Calme-toi, viens à l'abri, lui dit gentiment Élisabeth.

Elle voulut l'entraîner à l'intérieur de la salle, mais Bonnie se débattit, éperdue d'angoisse.

— Laisse-moi, je t'en prie, je veux le voir arriver ! dit-elle avec des accents désespérés. Dieu ne peut pas me le prendre. C'est mon homme, je l'aime.

Jamais Bonnie ne s'était exprimée sur ce ton passionné, livrant sans pudeur ses sentiments pour Jean. Élisabeth la prit dans ses bras, bouleversée par cet aveu involontaire.

— N'aie pas peur, Richard a dû prévenir les matelots. Ils vont le trouver. Tu es sûre qu'il n'est pas dans l'entrepont ?

— Mais oui ! Un de nos voisins du dortoir affirme qu'il l'a vu grimper l'escalier. Jean voulait parler au capitaine. J'avais essayé de l'en dissuader.

— Lui parler de quoi, ça ne pouvait pas attendre demain ?

— Pas pour ton oncle ! Des enfants étaient malades. Il craignait une épidémie de typhus.

Élisabeth hocha la tête. Elle doutait d'avoir bien compris, à cause des sifflements furieux du vent dans les mâts, du bruit assourdissant des lames gigantesques qui s'abattaient sur *La Gascogne* comme pour l'attirer dans les abysses de l'océan.

— Nous ne pouvons pas rester là, Bonnie ! dit-elle à l'oreille de son amie.

Elles étaient en partie protégées du déluge, sur la galerie couverte où elles se tenaient, mais chaque rafale les heurtait et les vagues les éclaboussaient en se brisant contre les rambardes.

Un homme de l'équipage passa en courant devant elles. Il sursauta en les apercevant.

— Mesdames, veuillez rentrer, c'est dangereux ! ordonna-t-il.

— Mon oncle et mon mari sont dehors, eux aussi ! expliqua Élisabeth en criant.

— On a conduit un passager blessé à l'infirmerie. Il dit se nommer Jean Duquesne.

— Mon Dieu, je dois y aller, c'est mon mari ! mentit Bonnie, à la fois soulagée et anxieuse.

— Je vous emmène, venez, madame.

— Et Richard ? interrogea Élisabeth. Richard Johnson ? Ils étaient sûrement ensemble.

— Je l'ignore, mademoiselle. Je vous prie de retourner dans votre cabine, consigne du capitaine.

Le matelot leva sa lanterne et s'éloigna en précédant Bonnie. Désemparée, Élisabeth allait les suivre quand elle crut entendre des clameurs dans la direction opposée. Survoltée, elle se mit à courir vers l'avant du bateau, quittant l'abri des coursives.

Tout de suite, elle fut trempée, glacée. Le spectacle de l'océan déchaîné l'épouvanta. Petite fille, elle avait enduré le chaos de la tempête sans rien en voir vraiment.

Le souffle coupé, elle s'apprêta à faire demi-tour. Soudain le halo jaune d'une lampe dansa dans la pénombre. La jeune femme distingua deux silhouettes qui semblaient se soutenir.

— Richard ! appela-t-elle. Richard !

Comme en réponse à ses cris, une clarté blafarde balaya la proue du bateau. À demi aveuglée par la pluie battante, Élisabeth regarda derrière elle. Des ronds lumineux clignotaient à hauteur du poste de capitainerie.

Elle en éprouva un peu de réconfort et scruta à nouveau les formes humaines qui se rapprochaient. Une voix s'éleva, étouffée par le rugissement dément de la mer hérissée de crêtes grises, creusées de gouffres bruns.

— Lisbeth !

Elle douta d'avoir perçu son prénom, mais elle eut la certitude qu'il s'agissait vraiment de Richard.

L'étau qui broyait son cœur se desserrait lorsqu'on la ceintura par la taille pour l'emmener. Ses pieds touchaient à peine le sol, mais elle ne tenta pas de se débattre, envahie par une terreur sacrée.

« C'est une hallucination, ça ne peut pas exister ! » formula son esprit à la vitesse de l'éclair.

Une muraille d'eau se dressait au-dessus du paquebot, aussi haute qu'une falaise[1]. Élisabeth ferma les yeux, persuadée que si cette masse monstrueuse s'abattait sur *La Gascogne*, nul n'en réchapperait à bord. Puis il y eut l'impact, un choc d'une effroyable rudesse, assorti d'un interminable ruissellement et d'un pathétique concert, composé de hurlements de panique, à peine audibles.

« Nous sommes perdus ! songea la jeune femme, dont les doigts se cramponnaient à une barre de métal. Je le savais, mon Dieu, je le savais... »

Aigre, en Charente, dimanche 2 juillet 1899

Un ronronnement persistant tira Justin du lourd sommeil qui le terrassait nuit et jour. Il comprit qu'on marchait autour de son lit et fit

1. Note de l'auteure : je fais allusion ici au phénomène des « vagues scélérates », que l'on prenait pour une légende du monde maritime mais qui est désormais authentifié. Certaines peuvent atteindre trente mètres de hauteur.

l'effort d'ouvrir les yeux. Une femme en blouse blanche, une coiffe sur la tête, déambulait dans une pièce étroite aux murs gris en parlant tout bas. Il se demanda où il se trouvait, avec la tentation de dormir encore.

— Ah ! Notre jeune homme se réveille ! dit l'inconnue d'une voix éraillée à l'accent prononcé du pays charentais. Je causais toute seule, hein, sinon je m'ennuie.

— Qui êtes-vous, madame ?

— Le docteur Faucher m'a embauchée, pardi, pour vous soigner et faire la popote. Je suis là depuis jeudi. On vous a installé ici, fallait libérer le cabinet médical.

Justin essayait de rassembler ses idées et ses sensations. Il avait le ventre bandé et le torse moulé par un gilet de corps qui laissait ses bras à l'air. Il aperçut des arbres et du soleil, derrière les vitres d'une porte-fenêtre.

— Eh oui, ça donne sur le jardin du docteur, précisa la femme qui avait suivi son regard. Je suis bien contente, vous êtes sorti d'affaire, on dirait. Par sainte Irène ! J'ai cru qu'on vous mettrait en terre, vendredi soir. Vous aviez une fièvre de cheval et en plus, misère, on manquait de laudanum.

— Sainte Irène ? s'étonna Justin, hébété par le débit rapide de sa garde-malade.

— La sainte patronne des infirmières ! Je l'ai beaucoup priée, jeune homme, pour que vous ne me claquiez pas entre les doigts. Au fait, je me présente, j'ai été baptisée Cornélia. N'vous moquez pas, ça plaisait à ma mère.

Ladite Cornélia devait avoir une cinquantaine d'années et sa large blouse révélait une robuste stature. Elle jeta un œil sur la pendule murale.

— Bientôt midi, je vais vous servir un bon bouillon de poule. Faut vous remplumer. J'ai réussi à vous faire avaler du potage et de l'infusion de sauge, mais vous en recrachiez la moitié. Vous avez perdu tellement de sang ! Reprenez vos esprits, je vous abandonne cinq minutes. Et pas de bêtises, c'est défendu de poser un pied par terre.

Elle lui adressa un large sourire triomphant, qui rendit sympathique son visage un peu ingrat, comme taillé à coups de serpe. Une fois seul, Justin se détendit, satisfait du moelleux de son matelas, du parfum léger de son oreiller, mélange de savon et de lavande. Il effleura à nouveau le pansement ceinturant son ventre.

« Laroche, il a voulu me tuer ! Il tenait son fusil de chasse, il me traitait de bâtard, se souvint-il. Ensuite, j'étais dans le phaéton, je souffrais, mais j'avais la tête sur ses genoux. »

Il se promit d'interroger l'infirmière dès qu'elle reviendrait, mais il vit entrer un homme assez corpulent, des lunettes au bout du nez, le crâne dégarni. Lui aussi était en blouse blanche.

— Bonjour, jeune homme ! Enfin de retour parmi nous. Nous avons craint le pire, votre père et moi.

— Mon père ! répéta Justin d'un ton incrédule.

— Hugues Laroche, un de mes vieux amis et ancien compagnon d'armes, vous a présenté comme son fils, déclara le médecin. Il vous a veillé durant des heures.

Sidéré, encore très faible, Justin cligna des paupières sans dire un mot. Léon Faucher s'assit à son chevet et lui prit le pouls.

— Je vous ai opéré le soir même de l'accident, précisa-t-il. J'avais l'expérience des champs de bataille, sans être chirurgien patenté. J'ai tenté le tout pour le tout. Le laudanum vous a empêché de sentir la douleur, mais jeudi, j'ai dû lutter contre une forte fièvre.

— Où est M. Laroche ?

— Il a dû se rendre dans ses vignes. Depuis votre arrivée, son étalon voisine avec ma jument, une respectable bête âgée de seize ans, néanmoins vaillante. Hugues m'a dit que vous aimiez les chevaux et qu'il avait fait de vous un excellent cavalier.

Justin approuva d'un signe de tête avant de demander :

— Quel jour sommes-nous ?

— Dimanche 2 juillet.

— Je devais rejoindre ma caserne vendredi matin, à Saint-Étienne. Je serai porté absent.

— Ne vous agitez pas, tout est arrangé. Une des domestiques du château de Guerville a pu renseigner votre père sur ce point. Il a récupéré votre uniforme, votre besace de militaire à l'auberge du village. Il y avait l'adresse de votre régiment dans vos papiers. J'ai envoyé un certificat attestant de la situation et de votre santé menacée.

Le terme « père », dont usait le docteur, surprenait Justin, le plongeant dans la perplexité. Il poussa un bref soupir.

— Je ne vous fatiguerai pas davantage, ajouta Léon Faucher, mais j'aimerais quand même vous poser une question. Pourquoi n'avoir pas prévenu Hugues de votre visite au château alors que vous arriviez le soir, de surcroît par un sentier détourné ? Il m'a raconté comment vous aviez surgi devant lui au moment où il tirait sur un renard dans le pré des poulinières. Un regrettable accident, selon lui, et qui aurait pu vous coûter la vie. Est-ce vraiment ainsi que cela s'est passé, Justin ?

Le médecin se faisait familier, l'appelant par son prénom, cependant il avait un air soucieux.

— Si votre version diffère de celle de votre père, tout ami qu'il soit, je serai contraint d'en informer les gendarmes.

Justin fixait le feuillage lustré d'un magnolia du jardin. Il vit un oiseau coloré s'envoler. Il pesa l'importance de chacun de ses mots :

— Oui, docteur, ça s'est passé comme ça. M. Laroche, du temps où j'étais son palefrenier, ignorait que j'étais son fils, pourtant il m'a toujours bien traité.

— Bien, c'est ce que j'espérais entendre, concéda le médecin en se levant. Reposez-vous maintenant, Cornélia va s'occuper de votre déjeuner. Une fine cuisinière, un brave cœur, cette femme. Nous allons vous remettre sur pied.

— Je vous remercie, docteur. Vous m'avez sauvé.

— Et j'en suis heureux. Je peux vous le confier, mais je n'avais encore jamais vu mon ami Hugues aussi bouleversé. Lui si fier, il m'a supplié de vous soigner. Même lorsqu'il a appris le décès de sa fille Catherine, il n'a pas baissé son masque de froideur.

Faucher quitta la petite pièce. Il l'avait aménagée pour les malades ou les blessés dont l'état nécessitait l'isolement ou une convalescence sous surveillance. Justin n'eut guère le loisir de réfléchir à ce qui l'avait poussé au mensonge.

— Du bouillon et un œuf à la coque pour not' jeune homme ! annonçait Cornélia depuis le couloir.

Sur La Gascogne, *même jour*

Très loin des terres charentaises, dans l'Atlantique nord, Élisabeth s'éveillait également. On parlait autour d'elle et le mot « miracle » revenait sans cesse. Le corps endolori, la tête lourde, elle avait conscience d'être dans un lit, et le plus étonnant, entre des draps secs, vêtue d'une chemise de nuit.

— Seigneur, elle ouvre les yeux ! fit la voix de Bonnie, comme très lointaine et vibrante d'angoisse.

— Ne la brusquons pas, surtout ! recommanda un homme.

— C'est un miracle qu'elle soit toujours avec nous !

Cette fois, Élisabeth reconnut le timbre sonore de son oncle Jean. Elle tourna la tête vers lui, le vit debout, affublé d'un pansement sur le front. Le capitaine du paquebot se tenait à ses côtés.

— La tempête est finie ? s'étonna-t-elle. Tout est si calme. Le bateau ne bouge plus.

Bonnie se mit à pleurer sans bruit. Elle tamponnait son nez à l'aide d'un mouchoir roulé en boule. Jean toussota en évitant de la regarder. Plus personne n'évoquait un miracle. Élisabeth se redressa un peu. Il manquait quelqu'un au tableau.

— Où est Richard ? Mon mari ! Où est-il ? Je veux voir Richard ! Bonnie ? Oncle Jean ? Mais répondez !

Elle comprit immédiatement à leur expression tragique. La gorge nouée, elle voulut crier, mais en fut incapable. Le capitaine se chargea de lui apprendre la mauvaise nouvelle.

— Madame, je suis vraiment désolé. Je tenais à vous présenter mes condoléances, et celles de mon équipage. Un des matelots et votre époux ont été victimes de la vague gigantesque qui aurait pu briser le bateau en deux ou le couler. Par miracle, *La Gascogne* a résisté à l'impact. Un officier a été témoin de la disparition de M. Johnson et de Paul Borin, mon quartier-maître. Vous devez la vie à cet officier. Il a vu la vague et il a pu vous emmener à l'abri. Il vous a dit de vous cramponner à une rambarde, et il vous tenait contre lui. Mais le choc de cette masse d'eau, Dieu merci amorti par le toit de la galerie, vous a juste assommée.

— Tu as ingurgité beaucoup d'eau, aussi ! expliqua Bonnie.

— Pourquoi ont-ils disparu ? demanda Élisabeth. Mon mari et ce matelot ? Je les ai aperçus, ils venaient vers moi.

— La violence de la vague, quand elle a frappé la proue, les a soulevés et projetés de l'autre côté du bastingage. Ils ont dû être emportés très loin du paquebot. Nous avons mis des chaloupes à la mer ce matin, dans l'espoir de les retrouver.

Élisabeth demeura muette de saisissement. Elle ne versa pas une larme, les traits tendus, appuyée sur un coude. Ses cheveux encore humides ondulaient le long de ses joues pâles.

— Richard ne savait pas nager ! dit-elle d'un ton plaintif. Je voudrais être seule, je vous prie. Bonnie, oncle Jean, sortez, par pitié.

— Madame, je conçois que vous endurez une terrible épreuve, lui dit doucement le capitaine. Je ne m'autorise pas à vous donner le moindre espoir. Quant à notre situation, elle n'est guère brillante. Vous aviez raison à l'instant, le bateau n'avance plus, il dérive. L'arbre d'hélice s'est brisé hier soir. Et lors de la dernière refonte de *La Gascogne*, les voiles ont été supprimées, car jugées inutiles[1].

Bonnie et Jean écoutaient sans bouger d'un pouce. Ils n'avaient pas l'intention d'obéir à la prière d'Élisabeth de la laisser seule.

— J'ajouterai, continua le capitaine, que M. Duquesne voulait me signaler des enfants malades dans l'entrepont. Il y a une suspicion de typhus. Je vous conseille de rester dans votre cabine.

Il salua, très digne dans son uniforme à boutons dorés. Sa casquette blanche à la main, il s'inclina encore devant Bonnie. Jean referma derrière lui. Il alla s'asseoir sur le lit de sa nièce. Élisabeth recula vers la cloison, le foudroyant de son regard bleu.

1. Fait véridique. Cet incident est survenu pendant une traversée de *La Gascogne*. Par la suite, les paquebots ont été équipés de deux arbres à hélice par mesure de sécurité.

— C'est ta faute si Richard s'est noyé ! déclara-t-elle. Va-t'en ! Tu te moques des autres, de moi, de Bonnie. Tu jouais les héros en sortant pour parler au commandant. Mon Dieu, moi qui étais si contente, parce que vous pouviez profiter du confort d'une cabine de deuxième classe. Tout est fini, je ne reverrai jamais Richard. Je suis veuve à dix-neuf ans, oncle Jean, par ta faute !

— Ma pauvre chérie, ne dis pas ça ! protesta Bonnie. Dans ce cas, je suis coupable moi aussi.

— Tout à fait, alors sortez ! Dehors ! J'ai perdu mon mari, j'ai le droit de le pleurer en paix, sans votre compassion hypocrite.

Jean maugréa un juron. Il se releva et poussa Bonnie vers la porte. Le couple disparut du champ de vision d'Élisabeth. Elle se rallongea et éclata en gros sanglots convulsifs.

— Pourquoi ? Mais pourquoi ? gémissait-elle.

Un cri rauque lui échappa, de désespoir et de pur égarement. Les poings serrés, elle suffoquait.

— J'aurais dû me noyer dans la Seine ! hoqueta-t-elle. Richard ne serait pas mort. Et je le savais, je le savais. Ce mur d'eau, j'en avais rêvé. Pourquoi ?

Bonnie, plaquée au battant de la porte, sentit ses jambes trembler. Elle céda à son instinct et fit irruption dans la cabine.

— Ma petite chérie, ne me chasse pas ! implora-t-elle. Je veux partager ton chagrin, te consoler comme je l'ai toujours fait.

Élisabeth n'eut pas la force de refuser. Elle se réfugia dans les bras maternels de son amie.

— Là, là ! répétait Bonnie en la berçant. Pleure autant que tu peux. Je suis tellement navrée, tu as raison, c'est ma faute. J'ai envoyé Richard à la recherche de Jean et j'ai causé sa perte. Mais il l'a sauvé. Nous avions prévu de te le dire dès ton réveil.

— Dis-moi, alors ! s'exaspéra la jeune femme.

— Comment t'expliquer, je ne me repère pas encore sur le pont. Je sais une chose, Richard a trouvé ton oncle le crâne en sang, à moitié inconscient, près d'un matelot. La tempête avait cassé un mât, à la poupe, qui les avait heurtés dans sa chute. Ton mari a appelé au secours, puis il a réussi à dégager Jean et l'autre blessé. S'ils étaient restés là, au sol, quand la vague géante s'est brisée sur le bateau, ça les aurait tués. Le capitaine a parlé d'un acte héroïque.

La colère envahissait Élisabeth, contre sa volonté. Elle se moquait d'être la veuve d'un héros, elle avait envie de voir entrer Richard, de le toucher, d'être caressée par ses yeux ambrés, par ses mains d'homme, chaudes, solides.

— Je l'aimais ! cria-t-elle. Nous étions heureux, Bonnie ! Je suis maudite, j'en ai la certitude. Ceux que j'adore disparaissent, on me les enlève, maman, papa et Richard. Je voudrais mourir aussi. Tu entends, je veux mourir. Cette fois, je n'ai plus de courage.

— Non, ne pense pas ça ! Hier soir, quand l'officier t'a ramenée ici, glacée, inerte, j'ai cru que tu étais morte. Plus rien n'a compté, soudain, sauf toi, petite. Je me reprochais de t'avoir abandonnée pour courir vers Jean. Un docteur t'a examinée, il m'a assuré que tu étais vivante, mais je ne faisais que te pleurer. Le capitaine m'a envoyé une femme du personnel. Elle m'a rassurée, en me montrant que tu respirais encore. Elle m'a aidée à te déshabiller et à te frictionner avec des serviettes chaudes et de l'alcool. Élisabeth, je ne suis pas vraiment de ta famille, pourtant je t'aime de tout mon cœur. J'imagine combien tu es malheureuse, ma pauvre petite.

— Bonnie, serre-moi fort ! J'ai été injuste, je suis désolée.

Elles s'étreignirent, en larmes, jusqu'à en perdre la notion du temps et du lieu. Ce fut l'intensité du silence qui les ramena à la réalité, un silence surprenant, comme si elles étaient seules à bord du bateau.

— Je veux monter sur le pont, décréta Élisabeth.

— Nous avons la consigne de rester dans les cabines.

— Je me moque des consignes ! Je dois regarder l'océan, je le dois. Peut-être que Richard a survécu, qu'ils vont le ramener.

Elle se leva d'un bond, vacilla, une main sur le front. Bonnie se précipita vers la malle où étaient rangés ses vêtements.

— Tu tiens à peine sur tes jambes ! déplora-t-elle. Tiens, mets ta jupe grise et ton corsage mauve, ce sera plus convenable qu'une toilette fleurie.

— Je porterai du noir dès que je le pourrai ! rétorqua la jeune femme. Je suis condamnée au deuil, autant le signifier à tous ceux que je croiserai.

Bonnie évita de la contredire. Déjà, il était question d'avenir. Peu après, en brossant les cheveux d'Élisabeth, elle hasarda :

— J'étais derrière la porte, tout à l'heure. Je t'ai entendue qui répétait : « Je le savais. » Tu as parlé d'un rêve. Aurais-tu fait un cauchemar ces derniers jours ?

— Non, c'était il y a longtemps, Bonnie. Je m'en suis souvenue en voyant cet horrible mur d'eau dressé au-dessus du paquebot. Je peux te le prouver. Attrape mon carnet relié en cuir, dans le tiroir de la commode. J'ai commencé à noter ce dont je rêvais à notre arrivée en France, en janvier 1897, la nuit où nous avons couché dans un hôtel d'Angoulême.

Bonnie lui rapporta le calepin. Élisabeth le feuilleta avec nervosité. Elle trouva rapidement la page qui l'intéressait et lut à voix haute :

— Nuit du 6 au 7 mars 1897. Encore un cauchemar. Une image me marque, ce matin à mon réveil. Une muraille d'eau verte d'une dimension tout à fait extraordinaire s'élève devant moi. J'ai la conviction qu'elle va s'abattre et m'engloutir. Je suis terrifiée mais je ne peux même pas crier. Je n'ai pas dû crier en me réveillant, sinon Bonnie, qui dort dans la pièce voisine, serait venue me réconforter. Je n'y vois pas de signification précise, c'était bref, et j'étais seule. Pourtant il y avait des hurlements, lointains ou proches, je ne sais plus.

— Mon Dieu, c'est exactement ce qui s'est passé hier soir ! s'effara Bonnie. Comment as-tu eu le courage de traverser de nouveau l'océan après ce cauchemar ?

— Je l'avais oublié. Au début, je relisais souvent ces notes, puis j'ai arrêté. Je te l'ai expliqué un jour, ces rêves prémonitoires me reviennent brusquement. Peut-être est-ce mieux ! Si je les avais sans cesse en mémoire, je deviendrais folle.

Élisabeth referma son carnet et le jeta de toutes ses forces sur le tapis. La disparition brutale de Richard lui faisait l'effet d'un autre cauchemar, qu'elle ferait en toute lucidité, sans dormir.

— Je voudrais qu'on retrouve son corps ! dit-elle d'une voix dure. Maman repose au milieu de l'océan, à présent c'est mon mari. J'étais son épouse et fière de l'être, comblée, parce qu'il avait changé. Il n'était plus le même, Bonnie, grâce à un prêtre de l'église Saint-Sulpice à qui il s'était confessé. Il était devenu attentionné, tendre, il me respectait.

Elle se tut, terrassée par la perspective de sa solitude future, incapable de concevoir un bonheur possible, désormais.

— Je serai là, petite ! Je ne me marierai pas avec Jean si tu as besoin de moi ! avoua Bonnie en lui caressant la joue. Maybel et Edward t'entoureront d'amour, eux aussi.

— Je refuse que tu te sacrifies ainsi ! protesta Élisabeth. Vous avez des projets, mon oncle et toi, ouvrir votre épicerie, avoir un bébé. Je ne tiens pas à gâcher ta vie.

— Alors, pardonne à Jean. Il n'a pas voulu te nuire. Il jugeait indispensable d'avertir le capitaine et le médecin de bord qu'il y avait des enfants très malades dans l'entrepont.

— La douleur égare, je ne pensais pas ce que j'ai dit. Je suis navrée.

Le ton dur démentait les mots prononcés. Élisabeth avança d'une démarche raide et ouvrit la porte. Bonnie la suivit. Elles furent confrontées à un spectacle insolite, une fois sur le pont qui leur parut désert. L'océan s'étendait de tous côtés à perte de vue, comme chaque jour pendant une traversée, mais il avait un aspect inhabituel, d'un gris-vert irisé par les reflets d'un soleil que les nuages voilaient. De légers mouvements se devinaient sur cette mer étale, qu'aucune vague ne parcourait.

La lumière elle-même était singulière. Élisabeth gagna la proue du bateau et crispa ses doigts sur le barreau supérieur du bastingage. Un matelot surgit d'une écoutille, derrière elle.

— Madame, vous ne pouvez pas rester ici, lui dit-il. Ordre du capitaine.

— Je ne serai pas longue. Où sont les passagers ? demanda-t-elle. Pourquoi un tel silence ?

— Nous craignons une épidémie dans l'entrepont. Les gens sont cantonnés dans leur cabine, et *La Gascogne* est immobilisée à cause de l'avarie. Nous avons dérivé toute la nuit, à présent nous ne bougeons plus.

Bonnie s'était approchée. Elle cherchait Jean des yeux, mais elle vit seulement trois matelots penchés sur une barque.

— Dans ces conditions, quand arriverons-nous à New York ? interrogea-t-elle. Mon amie a perdu son mari pendant la tempête, elle doit rejoindre sa famille au plus vite.

Le matelot marmonna des condoléances en soulevant son béret. Il lança un regard attristé à Élisabeth, toujours muette face à l'horizon immense.

— Le capitaine fait mettre une baleinière[1] à l'eau, mesdames, six hommes de l'équipage vont

1. Terme souvent employé en marine pour désigner une grosse barque, capable de transporter plusieurs hommes.

partir en quête de secours. Soyez aimables de rentrer dans vos cabines.

Il salua et s'éloigna sans bruit. Élisabeth aurait aimé pleurer encore, appeler Richard, se révolter contre la cruauté du destin, mais le grand silence de l'océan acheva de lui glacer le cœur.

Aigre, en Charente, lundi 3 juillet 1899

Hugues Laroche faisait les cent pas dans le salon de son ami Léon Faucher, sous le regard intrigué de Cornélia. L'infirmière, qui se chargeait également de la cuisine, lui avait servi du café, agrémenté d'une tranche de brioche tiède. Le châtelain ne l'avait pas remerciée et n'y accordait même pas attention.

— Asseyez-vous donc, monsieur Laroche ! dit-elle. Le docteur ausculte votre fils. Dès qu'il aura terminé, j'irai changer son pansement et vous pourrez lui rendre visite. C'est dommage, si vous étiez rentré ici hier soir, vous auriez pu le voir tout de suite. Mais rassurez-vous, il va bien, nous avons même causé tous les deux.

La peur submergea Laroche. Il fut tenté de prendre la fuite, certain que Justin l'avait dénoncé. Cornélia le dévisagea d'un air gentil, mais il prit son sourire pour une grimace menaçante.

— Vous auriez peut-être préféré du thé ? s'enquit-elle.

— Ni thé ni café, bon sang ! bougonna-t-il. Pourquoi ne me laissez-vous pas en paix ? Je n'ai pas fermé l'œil de la nuit !

L'infirmière hocha la tête, tout de suite compatissante. Elle continua à sourire.

— Je vois ce que c'est ! Vous vous êtes tracassé pour Justin. Il fallait revenir hier soir, monsieur.

— Ne me dites pas ce que j'ai à faire ! trancha-t-il sèchement. Vous êtes une vraie mouche du coche, à me tourner autour pour m'asticoter.

Désorientée par la virulence du ton, Cornélia battit en retraite dans la cuisine. Léon Faucher apparut aussitôt, les sourcils froncés sous le coup de la contrariété.

— Eh bien, Hugues ! De quel droit traites-tu ainsi une femme au dévouement exemplaire ? Je fais appel à ses services depuis une dizaine d'années et je m'en félicite. Elle ne mérite pas que tu lui parles comme à une simple domestique.

Douché par le regard assombri de son ami, Laroche feignit la contrition, tout en se persuadant que le médecin ne tarderait pas à l'accuser d'autre chose.

— Tu t'emportes trop vite et trop violemment, Hugues ! lui reprocha-t-il. Où étais-tu passé ? Je t'ai attendu pour dîner, hier.

— Je me suis penché sur mes comptes. J'ai un bureau, dans mes chais, il y a une banquette où je peux m'allonger et dormir. Je me sens mieux là-bas qu'au château, cette vieille forteresse pleine de fantômes.

— Je comprends.

— Ces derniers mois, j'ai délaissé mes vignobles, disons que j'ai confié tout l'ouvrage à mon régisseur et à mes ouvriers. Je devais m'assurer du bon résultat des vendanges, en septembre.

Le médecin donna une tape amicale sur l'épaule du châtelain, qui le dépassait de quelques centimètres. L'un était trapu et corpulent, le second maigre et élancé.

— Hugues, aie foi en l'avenir ! Je suis content que tu aies ce fils tombé du ciel, un jeune homme charmant, poli, intelligent. Il pourrait te seconder, à mon humble avis. Pardonne-moi de t'avoir soupçonné à tort. Justin a confirmé ta version des faits. Dieu veillait, la balle n'a pas provoqué de dégâts irrémédiables. En le conduisant chez moi, tu as sauvé ce garçon.

— Non, c'est toi qui l'as sauvé ! Mon cher Léon, je te dois beaucoup. Merci.

Ils échangèrent une longue poignée de main, les yeux dans les yeux. Laroche, encore incrédule, se répétait qu'il échappait une nouvelle fois à la justice. Il s'empara de la tasse de café et de la tranche de brioche.

— J'étais affamé, avoua-t-il en souriant.

— Cornélia te resservira si nécessaire. Je dois partir, des visites à faire en campagne. Le temps d'atteler la jument et je m'en vais. Justin t'attend.

Justin avait reconnu la voix de Laroche, forte et hargneuse, quand il apostrophait l'infirmière. Le jeune homme appréhendait de revoir le châtelain, tout en ayant hâte de l'affronter.

— Voilà, un pansement tout propre. La plaie est saine ! disait Cornélia, la mine pincée. Voulez-vous un autre oreiller ?

— Je suis très bien installé, madame. Je peux contempler le jardin, surtout cet arbre à fleurs blanches. Un magnolia, je crois.

— Oui, il a été planté par le père du docteur, Mme Faucher me l'a raconté. Les fleurs sentent très bon, je vous en cueillerai une cet après-midi. Je la mettrai dans l'eau, sur votre table de chevet. Ah, misère ! Votre père est un grincheux, il m'a mise de mauvaise humeur. J'ai de la chance, vous êtes gentil, vous.

— N'y pensez plus, madame. Moi, je vous admire.

— Flatteur, va ! Je parie que vous tenez de votre maman. On le dit, les fils prennent de leur mère, les filles de leur père. Assez bavardé, je retourne à mes fourneaux ! Ce midi, vous aurez de la viande hachée et de la purée. Et vous pouvez m'appeler Cornélia.

— Merci, madame Cornélia.

Il lui adressa un grand sourire, malgré l'étau qui broyait son cœur. Justin, depuis la veille, avait tout loisir de songer à ceux qui l'avaient conçu. Il essayait de rayer Madeleine Quintard de ses souvenirs, mais il ne pouvait oublier les coups de ceinturon reçus, les insultes, la paillasse sous les combles, les quignons de pain dont il devait se nourrir. Perdu dans ses pensées, il fut surpris de voir apparaître Hugues Laroche sur le seuil de la petite pièce.

— Bonjour, Justin ! Si tu es fatigué, je peux revenir plus tard.

— Entrez.

Extrêmement gêné, Laroche approcha du lit. Il le contourna et s'assit sur une chaise.

— Comment te sens-tu ? Tu souffres toujours ?

— On m'a très bien soigné. J'ai mal, mais c'est supportable. Je ne veux plus prendre de laudanum.

— Tu as du courage. Justin. Je te dois des excuses pour mon geste impardonnable. Je te remercie aussi d'avoir gardé ça secret. J'étais ivre, mon garçon, oui, fin saoul. J'ignore ce qui m'a pris de tirer.

Laroche parlait tout bas, en jetant des coups d'œil inquiets vers la portion de couloir qu'il apercevait.

— Bah ! Ce sont des histoires de famille, hasarda-t-il. Elles ne concernent que nous. Tu es d'accord, Justin ?

— Et Mariette ? Et votre palefrenier ?

— Ils ne diront rien. Colas croit à un accident. J'ai promis une grosse somme d'argent à Mariette. Son mari, Bertrand, le frère de Colas, est un grippe-sou. Elle ne viendra plus travailler au château, maintenant.

— Comment expliquera-t-elle à Bertrand la provenance de cet argent ?

— Ce ne sont pas mes affaires, elle s'en arrangera. Souhaites-tu rejoindre ton régiment quand tu seras guéri ? J'ai d'autres projets pour toi.

— Je m'en irai dès que possible. Vous me dégoûtez, monsieur. Pire, j'aurais été soulagé de vous savoir en prison. Mais je n'ai jamais dénoncé personne, ni ma mère, ni mes camarades de la caserne quand ils faisaient le mur. Alors vous, mon père ? Non, je n'ai pas pu. Je me demande encore pourquoi. Je m'en suis remis à Dieu, Lui seul est en droit de vous juger.

Hugues Laroche frissonna de honte. La dignité de son fils, son détachement de toute bassesse l'impressionnaient. Il en aurait pleuré, car Justin, à cet instant, lui renvoyait la belle image de sa fille Catherine, l'indomptable enfant qu'il avait failli briser.

— Pardonne-moi, mon garçon. Ta sœur aurait été fière de toi. Certes, je ne vous méritais pas.

Sur ces mots, le châtelain se leva si brusquement qu'il renversa la chaise. Il disparut dans le couloir. Une porte claqua presque aussitôt. Justin, épuisé par un trop-plein d'émotion, se rejeta en arrière. Il ferma les yeux pour contenir une vague envie de pleurer.

« C'est quand même mon père, songea-t-il. Et on dirait qu'il m'aime un peu. »

New York, vendredi 7 juillet 1899

Edward Woolworth ouvrit la portière à Maybel et il lui prit la main pour l'aider à descendre de l'automobile flambant neuve qu'il venait d'acheter, en l'honneur du retour d'Élisabeth. Le couple commençait à s'inquiéter. Ils avancèrent en direction des quais, parmi la foule toujours affairée et bruyante qui en faisait un univers coloré, cosmopolite et pittoresque.

— Le bateau est bien parti du Havre mardi 27 juin, Edward ? demanda Maybel d'une voix tendue.

— Mais oui. J'en ai eu confirmation par un télégramme de la capitainerie française et j'ai sollicité des renseignements auprès des ports anglais et irlandais. *La Gascogne* n'a pas été signalée.

— Le paquebot devait atteindre New York avant-hier, mercredi 5 juillet. Personne n'a pu t'expliquer son retard... Edward, une tempête a pu le couler, et notre Lisbeth ne reviendra jamais. Oh Seigneur, si je pense à ça, j'ai envie de mourir aussi. Scarlett a refusé d'interroger les tarots, hier après-midi. Elle prétendait redouter ce que les cartes nous révéleraient.

Maybel tendit son doux visage vers le ciel d'un bleu intense. Elle contempla l'azur un court instant, puis se mit à pleurer de dépit.

— Le bleu du ciel, en été, me fait toujours penser aux beaux yeux de notre fille chérie, avoua-t-elle.

— Viens, et reste confiante, Maybel. J'avais prévu de me rendre dans le bureau de la Compagnie générale transatlantique dont dépend *La Gascogne*. Ils auront peut-être des nouvelles, par le biais d'un autre bateau.

Le négociant dissimulait sa propre anxiété mais, au fond de lui, il redoutait un malheur. S'il se montrait plus discret et pudique sur le plan des sentiments, il vouait un amour sincère à Élisabeth.

— Dis-moi que nous pourrons la serrer sur notre cœur ! gémit Maybel en se cramponnant à son bras.

— Je ne peux rien te promettre, Maybel, cependant nous n'avons encore aucune raison de désespérer. Un retard de deux jours, ce n'est pas vraiment alarmant. Cet après-midi, nous irons prier à la cathédrale Saint-Patrick, veux-tu ?

— Quelle bonne idée ! J'allumerai des cierges et j'implorerai Dieu de nous redonner notre enfant adorée ! s'enthousiasma-t-elle, fébrile. Pourrai-je convier Scarlett à se joindre à nous ?

— Je préférerais être seul avec toi, tu le sais. Je suis désolé de te le répéter, mais je n'ai pas confiance en ton amie, absolument pas. Depuis que tu la fréquentes quotidiennement, tu souffres d'insomnie, tu sursautes au moindre bruit et tu as renvoyé Norma, qui était une excellente gouvernante. J'attends toujours tes explications sur ce point.

Maybel baissa la tête, confuse. Elle ne pouvait pas révéler à son mari pourquoi elle avait congédié une employée de maison exemplaire ; Scarlett l'avait convaincue que Norma était la maîtresse du négociant.

— Une maîtresse à domicile, quoi de plus pratique, Maybel ? s'était récriée sa fantasque amie. Débarrassez-vous de cette fille. J'ai une meilleure candidate, une de mes nièces, un laideron qui est une merveilleuse cuisinière.

— Alors, ta réponse ? insista Edward.

— Norma désirait s'en aller, mentit-elle. N'en parlons plus.

Ils arrivaient à destination. Une sirène retentit, très loin, à l'entrée du vaste port. Des cris y firent écho. Un adolescent bouscula Edward qui le retint par la manche de sa veste.

— Est-ce un paquebot ? interrogea-t-il.

— Non, monsieur, il s'agit d'un cargo de marchandises. Je cours m'engager comme docker, désolé !

Maybel poussa un gros soupir déçu. Dix minutes plus tard, elle contenait des sanglots d'exaspération. On ignorait ce qui causait le retard de *La Gascogne*, pourtant réputée pour son allure rapide.

Les Woolworth eurent droit à la même réponse pendant quatre jours encore. Ils perdirent bientôt tout espoir de retrouver Élisabeth. Anéantis, ils se réfugièrent en Dieu, jusqu'au matin du lundi 10 juillet où la sonnerie métallique du téléphone tinta dans leur luxueux appartement du Dakota Building.

6

Un triste retour

Sur La Gascogne, *mardi 11 juillet 1899*

— Madame ? Vous pouvez rester encore un peu avec moi ?

— Non, Louison, je dois m'occuper des autres malades !

— S'il vous plaît ! Après j'serai sage, croix de bois, croix de fer, si j'mens, j'vais en enfer !

Attendrie, Élisabeth retourna au chevet du petit garçon. Il lui adressa un sourire proche des larmes. L'enfant avait les lèvres gercées, les joues creuses. Elle les caressa du bout des doigts.

— Louison, tu sais que beaucoup de gens ont besoin de moi, de mon amie Bonnie, et des autres gentilles personnes qui nous aident. Alors je voudrais que tu te reposes un peu. Je reviens vite te voir.

La jeune femme s'éloigna à reculons, afin de ne pas quitter Louison des yeux. Elle se heurta à l'aumônier du bateau, chargé d'un seau d'eau fraîche. Quelques gouttes les éclaboussèrent tous les deux.

— Je suis désolée, mon père ! dit-elle, vraiment ennuyée par sa maladresse.

— Ce n'est rien, madame, j'étais distrait moi aussi.

Le religieux, âgé d'une quarantaine d'années, poursuivit son chemin dans l'allée du dortoir. Élisabeth se hâta vers le local des commodités, où elle se lava les mains au savon.

Selon son habitude depuis plusieurs jours, elle guetta le faible roulis du paquebot, dont l'allure était à peine perceptible.

— Nous avançons doucement mais, au moins, nous avançons ! lui cria un homme occupé à nettoyer les latrines.

Elle reconnut la voix du matelot préposé à cette tâche pénible. Il sortit d'un des réduits, chaussé de bottes en caoutchouc.

— On a eu de la chance, quand même ! ajouta-t-il. On aurait pu dériver longtemps, mais on a croisé ce navire.

— J'espère que nous arriverons bientôt à New York, Jacques, car trois enfants sont très faibles et une dizaine d'adultes ne vont guère mieux ! répondit-elle après avoir vérifié la netteté de ses ongles.

La barque mise à la mer sur les ordres du capitaine avait fini par croiser un bateau canadien. La solidarité étant de mise dans la marine, le navire étranger s'était porté au secours du paquebot, qu'il remorquait depuis six jours. Les passagers de *La Gascogne* avaient donc réservé un chaleureux accueil au lieutenant Unsworth[1], ainsi qu'aux hommes d'équipage aguerris qui l'avaient escorté dans sa mission.

— Nous nous rapprochons, madame, demain ou après-demain, nous verrons des mouettes, et ensuite, les côtes américaines ! précisa le dénommé Jacques en s'attaquant à un autre réduit.

Élisabeth retint un soupir de lassitude, mais elle appréciait la fatigue qui la jetait sur son lit le soir, sans dîner le plus souvent. Elle dormait alors profondément, d'un sommeil sans rêves.

« New York ! J'ai l'impression d'être sur l'océan depuis des semaines ! songea-t-elle. Pourtant, nous sommes déjà loin de l'endroit où Richard a disparu. Mon Dieu, je ne dois pas penser à ce qu'il est devenu. »

Elle s'interdisait d'imaginer le grand corps athlétique de son mari livré à la corruption, ou en pâture aux poissons. Souvent, elle pleurait sur la jeunesse sacrifiée de Richard. Elle revoyait l'éclat

1. Note de l'auteure : véridique, ce lieutenant est parti en barque avec quelques matelots pour chercher du secours lors de cet incident.

ambré de son regard, le satin de sa peau mate, quand elle n'évoquait pas ses caresses, ses baisers.

« Nous avons été mariés quatorze jours seulement ! se dit-elle. Mais je suis Mme Johnson et je le resterai. Richard est mort en héros. »

Bonnie pointa son visage amaigri dans l'entrebâillement de la porte. Comme Élisabeth, elle avait un foulard noué sur ses cheveux, dont pas une mèche ne dépassait, et un large tablier protégeait ses vêtements.

— Jean se sent fiévreux ! annonça-t-elle d'un air affolé. Il en a trop fait. Le docteur lui a ordonné de se reposer, dans un premier temps.

— Ne t'inquiète pas outre mesure, Bonnie. Et puis qui pouvait empêcher mon oncle de se dévouer pour lutter contre l'épidémie ?

— Si épidémie il y a ! rétorqua son amie. J'ai discuté hier avec une des malades. Elle était élève-infirmière avant de se marier, et elle affirme que nous n'avons pas affaire au typhus, ni à la dysenterie. D'après elle, si c'était le cas, nous aurions déjà eu des décès.

— Le médecin en doute lui aussi, concéda Élisabeth. Mais la sœur de Louison me fait de la peine. Elle est d'une maigreur affreuse et elle réclame sa mère sans cesse. Pauvre petite... Bien, je vais prendre l'air cinq minutes sur le pont et je redescends. Si tu pouvais donner de la tisane à son père.

Bonnie s'écarta pour laisser le passage à Élisabeth. Elle lui tapota affectueusement l'épaule.

— Ce jeune veuf t'inspire une grande compassion, n'est-ce pas ? Et ses petits également !

— Bien sûr, M. Moreau me rappelle papa, quand il s'est retrouvé seul avec moi, dans les rues du Bronx.

L'homme en question avait enterré son épouse une semaine avant leur départ pour Le Havre. La malheureuse avait succombé à une crise cardiaque. Henri Moreau, éperdu de douleur, s'était malgré tout lancé dans l'aventure de l'immigration, incapable de renoncer à ses espoirs d'une vie meilleure en Amérique.

— J'ai surmonté mon chagrin grâce à eux trois, Bonnie, avoua tout bas Élisabeth avant de s'engager dans l'escalier menant sur le pont.

Après la tempête, les ordres du commandant, qui avait prié tous les passagers de rester dans leur cabine, avaient permis à la jeune femme de pleurer tout son saoul. Elle refusait de s'alimenter et Bonnie ne la quittait pas, sans pouvoir apaiser son désespoir. Jean leur rendait visite régulièrement. Il ne s'attardait guère, ayant offert ses services pour soigner les voyageurs de troisième classe.

— Quelle pitié ! répétait-il à chaque fois. Le plus gros du travail consiste à vider les seaux, à changer les draps, à donner à boire de l'eau bouillie. Le capitaine a chargé quatre matelots du nettoyage, et les gars ne chôment pas, car les conditions d'hygiène dans l'entrepont n'arrangent rien. Elles sont sûrement responsables de l'épidémie.

Élisabeth faisait la sourde oreille, prostrée dans son malheur. Mais Bonnie, un matin, s'était proposé d'aider elle aussi. Le soir, elle avait raconté sa journée dans les dortoirs.

— Seigneur, quelle misère, Lisbeth ! Les enfants pleurent, une vieille dame gémissait de honte, car elle souffrait de diarrhée, et puis il y a ce pauvre veuf, M. Moreau. Il ne fait que vomir, ses petits aussi. Un garçon de neuf ans, Louison, une fillette de cinq ans, Agathe. La mignonne appelle sa mère, c'est à fendre le cœur.

Le lendemain, Élisabeth s'était levée. Elle avait enfilé une jupe et un corsage, puis elle avait pris dans sa malle la poupée en chiffon confectionnée jadis par Antoine Duquesne.

Sidérée, Bonnie avait caché son soulagement tout en hésitant encore à comprendre.

— Pourquoi as-tu sorti cette poupée ? Voudrais-tu que je la prête à la petite Agathe ?

— Je veux la lui donner moi-même ! avait répondu Élisabeth.

— Tu n'es pas obligée d'y aller, ce n'est pas gai, ni très sain. On ne peut pas aérer, ou si peu.

— Si tu le fais, Bonnie, je n'ai aucune raison de rester ici à me lamenter. Je souhaite me rendre utile, comme toi et mon oncle.

L'expression extatique de l'enfant, quand elle avait pris la poupée dans ses mains, avait brisé la gangue de glace et d'amertume qui enserrait le cœur d'Élisabeth. La frêle fillette aux boucles blondes s'était mise à sourire de ses lèvres livides.

— Moi aussi, à ton âge, une poupée m'a consolée, car ma maman s'en était allée au Ciel ! lui avait confié la jeune femme à l'oreille. Je te l'offre, elle s'appelle Cathy, comme ma maman.

— Oh, merci, madame, merci.

Ce cri de gratitude, Élisabeth s'en souviendrait longtemps. Peu après, un petit garçon, le crâne tondu, l'œil brun, avait saisi sa jupe. Il était allongé sur la couchette du bas.

— Merci pour ma sœur, madame ! Oui, c'est ma sœur qu'a le lit du haut, et mon papa, il est à côté.

Ainsi avait-elle fait la connaissance de Louison, amaigri par les dérèglements de son ventre et le manque de nourriture. Le soir même, elle lui confiait son précieux soldat de plomb.

— Il te protégera. C'est un garçon de ton âge qui me l'a offert lorsque j'étais toute petite et que j'avais très peur, seule dans une chambre d'un vieux château. Regarde, il joue du tambour.

Fasciné par la figurine, Louison lui avait souri et ce sourire d'enfant s'était révélé le meilleur des remèdes pour apaiser le chagrin d'Élisabeth.

Élisabeth respirait avidement l'air du large, debout à la poupe du paquebot. Elle contemplait le sillage que dessinait le bateau sur l'océan, d'un bleu turquoise ce jour-là. Le vent au parfum iodé faisait voleter quelques mèches brunes échappées de son foulard.

— Madame Johnson ?

Le capitaine venait de la rejoindre. Il la salua en s'inclinant. Elle se tourna vers lui.

— Puis-je vous déranger un instant, chère madame ?

— Mais oui, je m'accordais une pause. Tout à l'heure, j'ai demandé à Jacques, un de vos matelots, si nous arriverions bientôt. Peut-être le savez-vous mieux que lui ? Sa réponse était optimiste, bien qu'évasive.

— D'après mes calculs, nous pouvons toucher au but vendredi, le 14 juillet, soit avec dix jours de retard environ. Grâce à Dieu, j'ai pu charger les pêcheurs de morue que nous avons croisés dimanche d'un message pour les autorités portuaires de New York. Ceux qui attendaient *La Gascogne*, les familles, les amis, devaient penser au pire !

— Sans doute, capitaine. Mes parents adoptifs en faisaient sûrement partie. Nous avions tant de projets de réjouissance, mon mari et moi. Une union religieuse, en priorité, ensuite chercher un appartement. Je n'ai jamais rencontré le père de Richard. Sa mère est décédée il y a douze ans.

— Je suis sincèrement désolé, madame ! affirma-t-il d'une voix douce. J'espère que la messe célébrée par notre aumônier, à l'intention de votre époux et de mon quartier-maître, vous a réconfortée.

— Je l'ai suivie dans un état étrange, j'étais absente, comme si c'était une autre personne qui y assistait, confessa-t-elle. Mais je vous remercie, capitaine.

— Quant à moi, chère madame, je tenais à vous dire mon admiration et mon respect. Votre dévouement envers les malades de l'entrepont est exemplaire, surtout en plein deuil. Votre oncle et sa fiancée nous ont été d'un précieux secours également, comme les autres volontaires. Je désirais vous parler à ce propos, car j'ai enfin une bonne nouvelle.

Intriguée, Élisabeth leva son ravissant visage vers l'homme. Il en fut saisi, tant elle était belle ainsi, ses traits purs dégagés par le foulard blanc qui dissimulait sa chevelure.

— Le médecin s'est prononcé sur le mal qui sévit parmi les passagers de troisième classe. Au début, j'ai cédé à la panique, car nous redoutions le typhus ou la dysenterie. Mais aucun décès n'a eu lieu, et les symptômes ne sont pas concluants. Il n'y a pas eu de terribles fièvres avec délire et confusion mentale, ce qui aurait fait penser au typhus. Les personnes atteintes n'ont pas de taches rouges sur le torse et dans le dos, ni de violentes douleurs au ventre, caractéristiques de la dysenterie.

— De quoi s'agirait-il, alors ?

— Un grave empoisonnement, à cause de l'eau d'une citerne. La preuve est simple à établir. Il n'y a pas eu de cas similaire parmi les voyageurs de deuxième et de première classe. Le docteur se base sur un autre fait : il n'y a pas de contagion chez ceux qui soignent les malades.

— Toujours les injustices dues à la ségrégation entre les riches et les pauvres ! s'indigna Élisabeth. Capitaine, ce triste soir de la tempête, vous me félicitiez d'avoir un nouveau statut social. J'aimerais m'en expliquer.

— Je vous écouterai le faire avec grand plaisir.

— Maman était née dans une famille fortunée, elle a grandi entre les murs d'un château. Ce domaine, je viens d'y passer deux ans et demi, en profitant des agréments de l'argent. Je montais à cheval, une jument de race, je disposais d'une élégante garde-robe, de bijoux superbes, mais je ne me sentais pas à ma place. J'aurais préféré débarquer à New York avec mes parents, jouir de mon enfance, choyée par eux, même si nous étions pauvres, ce qui aurait été le cas. J'ai perdu mon mari, j'essaierai, de retour chez les Woolworth, eux aussi très riches, de me consacrer aux plus miséreux, aux plus démunis.

Elle se tut, la gorge nouée. Pourtant, une fragile note d'espoir avait vibré dans sa voix. Un chemin de bonté s'ouvrait devant elle, qui serait un viatique contre le deuil et la mélancolie.

— Madame, je suis très heureux de vous avoir rencontrée lors de cette traversée, tragique et chaotique, certes, mais pleine de leçons d'humanité pour moi. Je ferai en sorte, à l'avenir, de signaler l'insalubrité d'un entrepont rempli de dortoirs à qui de droit et s'il est en mon pouvoir d'améliorer les choses, je le ferai.

Il la salua de nouveau en la fixant longuement. Élisabeth inclina la tête elle aussi, une timide étincelle de joie brillant au fond de ses grands yeux bleus.

Dakota Building, chez Scarlett Turner,
vendredi 14 juillet 1899

Maybel Woolworth recevait son amie Scarlett presque tous les jours de la semaine, hormis le dimanche où Edward exigeait d'être seul avec son épouse. En fait, Maybel n'était entrée qu'une fois chez la richissime héritière, et elle n'avait pas dépassé le hall, où s'alignait une impressionnante collection de plantes vertes.

Ce matin-là, transportée de bonheur, Maybel était montée au dernier étage. Le liftier avait dû partager son fol enthousiasme et avait reçu en contrepartie un généreux pourboire.

— *La Gascogne* est annoncée, ma fille sera bientôt là, chez nous ! lui avait-elle dit, rieuse.

Elle trépignait toujours d'exaltation devant la double porte en bois verni de Scarlett. Une très jeune domestique lui ouvrit.

— Madame ne reçoit pas ! déclara-t-elle tout de suite, avec un accent étranger.

— Je suis sûre qu'elle fera une exception pour moi ! Veuillez lui dire que son amie Maybel souhaite la voir.

— Non, non, madame ne veut pas être dérangée ! insista l'adolescente, aux cheveux noirs relevés en chignon.

— C'est exaspérant, je n'en ai pas pour longtemps ! protesta Maybel, vexée. Faites votre travail, enfin, allez prévenir Mme Turner que je suis là.

Une voix aiguë s'éleva de l'intérieur de l'appartement, qui trahissait un vif agacement.

— Je ne reçois pas, Loretta ! Débarrassez-vous de cet intrus !

— La dame s'appelle Maybel ! cria à son tour la domestique.

Il y eut des bruits de vaisselle cassée, suivis d'un miaulement strident.

— Ah ! Faites-la entrer !

En dépit de l'ordre donné, Maybel eut envie de faire demi-tour. Elle avait très bien perçu la contrariété de son amie et en était blessée. Cependant, poussée par la curiosité, elle emboîta le pas à la jolie Loretta qui la conduisit jusqu'à une pièce plongée dans l'obscurité, toute proche de la porte principale.

Le contraste entre la clarté d'une belle matinée d'été et la chambre sombre où elle pénétrait troubla Maybel. Une petite flamme brilla soudain.

— Un instant, j'allume une bougie ! expliqua Scarlett. J'ai une migraine effroyable, je ne supporte pas la lumière du soleil. Que se passe-t-il, Maybel ?

La visiteuse différa sa réponse, frappée par la décoration insolite que dévoilait l'éclat d'une chandelle en cire rouge. Des tableaux ornaient les murs, où l'on devinait des figures atroces de démons, des scènes de torture qui montraient des corps nus ensanglantés. Les fenêtres étaient masquées par des tentures noires, si bien que le mobilier en laque noire était à peine visible.

— Scarlett, comment pouvez-vous posséder de telles toiles ? Elles sont horribles ! s'indigna Maybel.

— Ces peintures appartenaient à M. Turner, je n'allais pas les jeter. Qu'est-ce qui vous amène de si bonne heure ?

Scarlett était vêtue d'un ample déshabillé en satin rouge, orné de dentelles noires. Ses cheveux d'un blond très clair nappaient ses épaules. Maybel avait toujours vu son amie bien coiffée. Elle comprit son erreur.

— Je suis désolée, Scarlett, je vous ai dérangée, il est trop tôt.

— Maintenant, vous êtes là, alors dites-moi ce qui se passe ?

Le ton s'était radouci et Scarlett souriait poliment. Maybel prit le parti de regarder la flamme de la bougie, par crainte de poser les yeux sur un des tableaux.

— Edward m'a téléphoné, il a été prévenu par un employé des autorités portuaires. *La Gascogne* est annoncée ! J'étais tellement contente, je voulais vous le dire. Lisbeth sera ici au plus tard en fin de journée. Les tarots se sont trompés. Déjà lundi, nous avons appris que le paquebot était retardé par une grave avarie et qu'il était remorqué par un bateau canadien, à présent il approche de New York.

La fébrilité de Maybel, son rire muet agacèrent Scarlett. Elle fit la moue avant de décréter sèchement :

— Je souhaite que vous n'ayez pas une sérieuse déconvenue, ma chère amie. Il n'est pas aisé de déchiffrer les arcanes du tarot, mais je vous assure qu'il y a peu d'erreurs dans les prédictions, et elles viennent souvent d'une interprétation hasardeuse. Enfin, je m'en voudrais de gâcher votre joie.

Maybel approuva d'un remerciement à peine audible. Elle se reprochait sa démarche irréfléchie et n'avait qu'une hâte, sortir de la pièce où flottaient de surcroît des relents de tabac et d'encens.

— J'ai prévu une petite fête demain pour célébrer le retour de Lisbeth. Vous viendrez, Scarlett ? Mon mari a acheté un excellent champagne français. Je compte sur vous.

— Je ne serai pas la bienvenue ! M. Woolworth fait en sorte de m'éviter, et si je le croise, il me salue du bout des lèvres.

— Edward vous en veut, c'est vrai, depuis que j'ai congédié Norma. Il vous soupçonne d'être responsable de son renvoi. J'espérais qu'il serait indifférent, mais non. Vous aviez peut-être raison, il avait une maîtresse sous la main.

— Bien sûr, sinon il se moquerait du départ de cette fille. Je vous ai sauvée d'une situation humiliante ! trancha Scarlett.

Maybel remercia à nouveau tout bas. Elle relégua la présumée infidélité de son mari aux oubliettes, car rien ne devait gâcher son bonheur de revoir enfin Élisabeth.

— Je dois me préparer, dit-elle en se dirigeant vers la porte. Edward passe me chercher à midi, ensuite nous irons déjeuner près du port. C'est une merveilleuse journée, n'est-ce pas ?

Scarlett contenait mal son impatience. Elle prit Maybel par le bras et lui parla très bas :

— Excusez-moi, ma chère amie, mais quand j'ai la migraine, je suis vite désagréable. Loretta va vous raccompagner. Et soyez tranquille, nous nous reverrons dès que je me sentirai mieux. Je ferai la connaissance de votre Lisbeth plus tard.

— Oui, évidemment, dès que vous serez rétablie ! répliqua Maybel. D'autant plus que ma fille n'arrive pas seule. Il y a son jeune époux, Bonnie et Jean Duquesne, son oncle. Pardonnez mon intrusion, j'étais folle de joie. Au fait, je n'ai pas vu votre chat ! J'ignorais que vous en possédiez un ! Cela m'a surprise de l'entendre miauler, tout à l'heure.

— Un chat ! Franchement, Maybel, vous n'êtes pas dans votre état normal. Je déteste les chats.

— Mais je n'ai pas rêvé ! Demandez à votre domestique.

La porte s'ouvrit au même instant. Loretta apparut, nimbée de la clarté éblouissante du vestibule.

— Reconduisez mon amie, je vous prie ! lui ordonna Scarlett, une main sur les yeux pour se protéger de la lumière. Mme Woolworth prétend qu'un chat a miaulé, l'avez-vous entendu ?

— Non, madame Turner, je vous assure.

L'adolescente, fort jolie, eut un geste d'impuissance, comme si elle ne comprenait pas cette histoire de chat. Maybel l'imita, désemparée.

— Un esprit errant et en colère, sans doute ! hasarda alors Scarlett Turner. Je vous le dis à toutes les deux, cet immeuble est hanté, mais en ce mystère réside son charme extraordinaire.

Maybel acquiesça, le dos parcouru d'un long frisson. Elle fut soulagée de se retrouver dans le vaste couloir et de marcher vers la cage d'ascenseur. Un sentiment de malaise l'oppressait.

Pour la première fois, elle songea que son mari pouvait avoir raison au sujet de son extravagante amie.

« Mais est-elle vraiment mon amie ? s'interrogea-t-elle, le cœur serré. Je n'en ai pas eu l'impression, aujourd'hui. »

Aigre, en Charente, chez le docteur Léon Faucher, même jour

Justin referma le livre qu'il venait de terminer. Cornélia avait installé son malade à l'ombre du magnolia, sur une des chaises longues du jardin. L'infirmière disposait sur une table en rotin tout ce dont il pouvait avoir besoin : de la citronnade, de l'eau, un mouchoir propre et une clochette en cuivre, pour appeler.

Encore convalescent, le jeune homme appréhendait un peu le jour où il devrait quitter ce havre de paix et réintégrer son régiment. Il relut à voix basse sur la couverture le titre du roman et le nom de l'auteur.

— *Une vie*, de Guy de Maupassant. Et moi, que sera ma vie à l'avenir ?

Il gardait de l'ouvrage une pénible impression de tristesse. Un bruit de pas lui fit relever la tête. Cornélia se tenait à quelques mètres, en plein soleil.

— Justin, vous avez une visite ! Est-ce que je la fais entrer ?

L'espace d'une seconde, il pensa à Élisabeth, mais elle ne pouvait pas se trouver là, en France.

— Une dame se nommant Mariette.

— Mariette ! Oui, bien sûr qu'elle peut entrer, Cornélia. C'est une bonne amie.

Trois minutes plus tard, il vit apparaître une élégante et jolie personne, en qui il eut du mal à reconnaître l'ancienne lingère du château. Ses formes potelées moulées dans une robe d'été en soie fleurie, sa chevelure blonde savamment coiffée, elle portait un chapeau de paille fine, orné de fruits artificiels et de rubans noués, à la dernière mode.

Mariette s'abritait d'une ombrelle assortie à sa toilette. Elle arbora un sourire discret, tandis que Cornélia lui apportait une chaise. Complètement sidéré, Justin l'observa d'un air incrédule.

— Bonjour, tu es en beauté ! dit-il en souriant à son tour.

— Merci !

— Désirez-vous un rafraîchissement, madame ? demanda l'infirmière. Du thé et des biscuits ?

— Non, je vous remercie.

— Dans ce cas, je retourne à mes fourneaux. Je prépare toujours le dîner en milieu d'après-midi.

Justin attendit d'être seul avec la visiteuse pour parler à son aise. Il était sincèrement content.

— Tu es gentille d'être venue, Mariette. Je me suis beaucoup inquiété pour toi.

— Pardi, moi aussi, j'me suis tracassée, Justin. L'air de rien, je traînais ici les jours de foire. Quand j'ai su que le docteur Faucher était parti à Royan rejoindre sa femme, j'me suis dit que c'était le bon moment. Le vieux saligaud, y sort plus du château, Colas me l'a dit.

En dépit de ses vêtements de qualité et de son maintien affecté, Mariette n'avait pas changé de vocabulaire et l'accent du pays modulait ses intonations gouailleuses. Elle ajouta plus bas :

— Colas, c'est le frère de mon mari, j'n'avais pas pu te le dire.

— Je l'ai su par mon… par Laroche.

Justin avait hésité à prononcer le mot « père » qui désormais lui montait spontanément aux lèvres, car le médecin et Cornélia avaient désigné ainsi le châtelain durant les deux semaines qu'ils avaient passées à son chevet.

— Boudiou, t'aurais pu en crever ! déclara Mariette. Quand je t'ai trouvé par terre, le ventre en sang, comme mort, j'ai eu envie de l'tuer, ce sale type. Un peu avant, il me cognait dessus, tu le sais, ça ?

— Oui, je t'entendais te plaindre dans l'écurie, en arrivant. Je voulais passer, aller à ton secours, et Laroche a tiré.

— Justin, pourquoi tu n'l'as pas dénoncé aux gendarmes ?

— Et toi, Mariette ?

— Bah, au fond, j'n'avais rien vu. On m'aurait accusée de mentir, parce que môssieur Laroche, il fait la loi à Guerville, grâce à ses vignes, à son château, à ses gros sous.

Justin se rejeta en arrière, la tête appuyée contre la toile rayée de sa chaise longue. Il ferma les yeux un instant, les rouvrit.

— Je sais qu'il t'a offert beaucoup d'argent en contrepartie de ton silence, dit-il. Tu as eu raison d'en profiter, au moins tu ne laves plus le linge des autres. Et tu t'habilles comme une dame.

— Oh ça, c'était pour t'rendre visite ! Je travaille dur à la ferme, le reste du temps, en sabots et en jupon. Dis, tu es fâché ?

Mariette le dévisageait d'un air anxieux. Justin plongea son regard de jais dans ses prunelles couleur de noisette mûre. Il admira ensuite l'arrondi de ses seins sous le tissu fin.

— Jamais je ne serai fâché, affirma-t-il. On a de bons souvenirs tous les deux. Mieux vaut-il que je n'y pense pas, sinon il me viendrait des idées. Tu es toute rose, toute blonde, ton mari en a de la chance.

Flattée, elle respira plus vite. Justin était le seul à lui avoir donné du plaisir et de la tendresse.

— Boudiou, mon mari, si je t'en causais ! ronchonna-t-elle. Il n'est pas comme toi, va... Y m'grimpe sur le corps le soir, c'est tout de suite fini, après il ronfle.

— Et Laroche ? Tu m'as avoué qu'il t'avait forcée.

— Pardi, si j'refusais, il devenait mauvais comme un diable. J'avais tellement peur que j'lui obéissais. Mais c'est fini tout ça, je n'remettrai plus les pieds au château. Justin, je t'aime fort, c'est toi que j'aurais dû épouser. C'est fichu maintenant, j'ai mon pitchoun, je n'peux pas faire marche arrière.

L'aveu bouleversa le jeune homme. Il tendit la main et caressa la peau douce de son poignet.

— Ne regrette rien, Mariette, dans une semaine je m'en irai et je ne reviendrai pas en Charente. Je n'ai rien à offrir à une femme. Ni maison ni revenus. Je ne veux pas te mentir, pas à toi, mon cœur appartiendra toujours à Élisabeth. Nous n'aurions jamais pu nous marier, puisqu'elle est de mon sang, mais je ne peux pas m'empêcher de l'aimer.

Mariette demeura silencieuse. Elle rêvait en secret d'entraîner son ancien amant dans la maison pour partager avec lui une dernière étreinte, gémir sous ses baisers, le sentir en elle et jouir enfin, nue dans ses bras. Cornélia coupa court à son délire.

— Monsieur Laroche voudrait vous causer, Justin, annonça-t-elle. Je lui ai expliqué que vous n'étiez pas seul, il m'a répondu qu'il patienterait dans le salon.

Justin était stupéfait. Il n'avait pas revu le châtelain depuis la matinée où ce dernier était parti en claquant la porte.

— Quoi ? s'étonna Mariette à mi-voix. Ma parole, il m'a suivie. Quand j'te disais que c'était le diable en personne. Pour une fois qu'on était ben tranquilles, toi et moi.

— Tu devrais t'en aller ! recommanda Justin. Reviens demain, si tu peux.

— Non, demain on commence la fenaison, à la ferme. Si j'n'aide pas à faire le foin, Bertrand sera de mauvais poil, et la belle-mère m'traitera encore de fainéante.

— Si madame souhaite attendre le départ de M. Laroche, elle peut me tenir compagnie dans la cuisine, proposa Cornélia. Mon café est excellent.

Ravie, Mariette trottina derrière l'infirmière en envoyant un baiser à Justin du bout des doigts. Il vit une promesse dans ce geste discret et, tout de suite, son désir s'éveilla.

Hugues Laroche était parti. Cette fois, il n'avait pas claqué la porte, très satisfait de l'entretien qu'il avait eu avec son fils. Une expression de triomphe adoucissait ses traits émaciés quand il se remit en selle sur Galant, pour remonter la rue au grand trot. L'étalon prit le galop dès qu'il sentit la terre d'un chemin sous ses sabots.

Mariette, quant à elle, se précipita dans le jardin. Justin était debout et lui fit un signe amical.

— Qu'est-ce qu'il te voulait, ce vieux fou ? demanda-t-elle en se jetant presque à son cou.

— Je vais te le dire. Viens, nous serons mieux à l'intérieur.

Il l'emmena dans la pièce aménagée pour sa convalescence, au décor austère mais confortable. Mariette s'intéressa d'abord aux gravures médicales, à l'installation sanitaire dissimulée derrière un paravent, puis elle tâta le matelas en appuyant deux fois sur la garniture, de la paume de la main.

— Ton lit est étroit, déplora-t-elle.

— Oui, mais quand je suis allongé, je peux voir le coucher du soleil se refléter sur les feuilles du magnolia. On dirait qu'elles sont en or.

— C'est joli, ce que tu dis, ça m'plaît.

Mariette l'enlaça, toute tremblante. Elle le voulait et en aurait crié de joie anticipée. Justin se pencha et l'embrassa délicatement sur la bouche. Privé de femme depuis des mois, il s'enflamma aussitôt.

— Je tourne le verrou sur le couloir, chuchota-t-elle, toi, mets la targette de la porte-fenêtre et tire le rideau. Ta garde-malade, elle est point sotte, elle nous dérangera pas.

— Tu es sûre ?

— Elle a pigé, pardi, même qu'elle a prétendu avoir du linge à repasser dans la buanderie, de l'autre côté de la maison. Justin, j'vais faire ben attention, à cause de ta blessure.

— Je n'ai plus mal, c'est cicatrisé ! souffla-t-il à son oreille.

— Aide-moi, vite ! implora Mariette en lui présentant son dos. Ces robes de dame, c'n'est pas une mince affaire de les enfiler et de les ôter. Y a des p'tits crochets, défais-les.

Après des efforts louables du jeune homme, elle fut à demi nue devant lui. Une chemise en calicot, quasiment transparente, révélait sa poitrine un peu lourde, aux mamelons durcis, et elle avait gardé sa culotte ajourée de dentelles, qui se déboutonnait entre les cuisses. Chapeau et ombrelle gisaient sur le parquet.

Justin, l'esprit vide, toute son énergie concentrée en un point précis de son corps, étreignit

Mariette jusqu'à la faire gémir, sans cesser de lui donner des baisers de plus en plus avides.

— Va sur ton lit, conseilla-t-elle, haletante, après s'être écartée de lui.

Il lui obéit, hébété, fébrile. Elle délaça le cordon de son pantalon de toile, découvrit un modeste pansement à hauteur de sa taille.

— Pauvre mignon ! le plaignit-elle en faisant courir ses lèvres sur son ventre.

Habile et leste, Mariette grimpa à son tour sur le lit. Elle dominait Justin, dont le regard noir la fixait ardemment. Il retint un cri de volupté lorsqu'elle imprima à son membre viril de lentes pressions régulières, en le tenant au creux de sa main. Enfin elle s'empala sur lui, en extase, les paupières mi-closes.

Muette d'une joie animale, la jeune femme fit basculer son bassin d'avant en arrière, de façon lascive. Comblée, elle dut se mordre le poing pour ne pas hurler sa jouissance. Justin n'était pas en reste, il enveloppait ses seins au creux de ses mains, en agaçait la pointe, se cambrait. Il céda le premier, les reins en feu, libérant sa semence par saccades.

— Oh toi, toi ! murmura-t-elle en s'agitant encore.

Mariette parvint à s'étendre près de lui. Il l'embrassa sur le front, les cheveux.

— Ne repars pas, dit-elle tout bas. C'est si bon avec toi.

Le cœur battant à se rompre sous l'effet du plaisir, Justin dut respirer profondément avant de répondre.

— On n'a pas pris le temps de discuter, Mariette. Ce n'est pas dit que je parte. Mon père m'a fait une proposition, je crois que je vais l'accepter.

— Tu l'appelles ton père, v'là autre chose !

— Peu importe ! Tu sais combien j'ai souffert, gamin, sous la tyrannie de Madeleine. Parfois, sous ses coups, je promettais de me venger un jour. Et cette femme qui m'a mis au monde est punie. Elle mourra en prison. Mais je peux prendre ma revanche.

— Comment ça ?

— Laroche peut intervenir pour que je ne retourne pas à Saint-Étienne. Il fera jouer ses relations et je n'aurai pas à finir mon service militaire. Son repentir avait l'air sincère. En fait, c'est un homme vieillissant, très seul. Il voudrait que je le seconde dans la gestion de ses vignobles, pas comme un domestique, non, en tant que fils du patron. J'aurai ma chambre dans le château et il me légitimera, moi qui n'ai jamais eu de nom de famille.

— Y a pas de quoi être fier, si tu t'appelles Laroche ! bougonna Mariette. Justin, ton père, c'est un sale bonhomme, un vicieux. Il a failli te tuer.

— Mais il a tout de suite regretté son geste. Le docteur Faucher m'a raconté ce qui s'est passé, le soir où il m'a examiné, à l'arrière du phaéton. Il paraît que Laroche le suppliait de me sauver, en répétant que j'étais son fils.

— Fais c'que tu veux, j'm'en fiche après tout ! trancha Mariette en se levant. Bon, j'dois filer. J'ai besoin de toi, pour les crochets de ma robe.

Justin rajusta son pantalon et sa chemise. Il cajola la jeune femme tout en l'aidant à se rhabiller.

— De quoi te plains-tu, chuchota-t-il en lui mordillant la nuque. Je ne m'en irai pas. On pourra se revoir. J'ai l'intention de monter à cheval tous les matins, ou le soir, à ta convenance.

— En vrai ? Tu as envie qu'on se retrouve ? Pourquoi pas dans le pavillon de chasse, derrière le mur d'enceinte… Tu es gentil pour un futur « monsieur » ! J'avais un cadeau pour toi. Si tu vis au château, il n'a plus d'intérêt, mais tant pis, j'te le donne.

Mariette fouilla dans son sac en toile brodée. Elle tendit une petite photographie à Justin. Il reconnut Élisabeth qui posait sur le pont-levis.

— J'l'avais dans ma poche de tablier, le jour où tu as pris ce maudit coup de fusil, expliqua-t-elle. Mais j'ai dû la garder tout ce temps.

— Merci, Mariette ! Je ne m'en séparerai plus. Je te remercie de tout mon cœur.

— Ton cœur qui lui appartient, déplora-t-elle d'un ton amer.

— Ne sois pas triste, je t'aime beaucoup. On aurait pu être mari et femme, la vie en a décidé autrement.

Il la consola d'un baiser très doux. Elle ramassa son chapeau et son ombrelle, se redressa avec un air frondeur.

— Ne te bile pas, Justin ! Je suis si contente que tu restes au pays. J'm'en vais, sinon je raterai la patache[1].

— Au revoir, ma jolie visiteuse, à bientôt.

Ils se sourirent. Dehors, le soleil déclinait derrière les collines.

Une fois seul, Justin s'assit au bord de son lit et contempla longuement la photographie où Élisabeth semblait rêver, dans sa belle robe de fiançailles. Il ne pouvait pas en détacher les yeux, fasciné par son regard à elle, dont on devinait la clarté d'azur, malgré la couleur sépia. C'était comme si elle était près de lui à nouveau et il fut entraîné dans la ronde de leurs souvenirs communs.

Ils n'avaient échangé que des baisers, aussi légers que la caresse d'une aile d'oiseau, mais il

1. Voiture hippomobile qui effectuait des trajets réguliers de village en village et pouvait transporter plusieurs passagers.

avait cru, lorsqu'ils osaient unir leurs bouches, toucher au paradis.

— Sois heureuse, mon bel amour perdu, dit-il dans un souffle avant d'effleurer le papier du bout des lèvres.

Ellis Island, même jour, 2 heures de l'après-midi

Bonnie, Élisabeth et Jean sortaient du bureau d'immigration des États-Unis, après les formalités d'usage. Ils avaient été examinés par un médecin, avaient répondu aux questions et déclaré la somme d'argent en leur possession. Ils pouvaient prendre le ferry qui les conduirait dans le port de New York.

Le capitaine de *La Gascogne* devait les guetter, car il se dirigea vers eux en agitant la main.

— Mesdames, monsieur, je tenais à vous dire au revoir et à vous souhaiter de meilleurs jours sur le sol américain. Je constate que vous n'êtes pas restés très longtemps entre les mains des fonctionnaires d'Ellis Island.

— Nous n'avions pas débarqué ici, avec mon père, quand j'étais fillette, mais à Fort Clinton, fit remarquer Élisabeth.

— En effet, à l'époque *La Champagne* accostait là-bas, comme les autres paquebots. Mais l'accueil des immigrants posait de nombreux problèmes, et les fraudes étaient plus faciles. Depuis sept ans, les voyageurs sont reçus dans ce centre, plus moderne et mieux adapté pour les passagers mis en quarantaine. Il y a un immense réfectoire, des dortoirs. Parmi tous ceux qui endurent une traversée le plus souvent pénible, certains sont renvoyés dans leur pays d'origine, s'ils ont un passé douteux ou présentent des signes de maladie grave.

— Dieu soit loué, les braves gens que nous avons soignés sont guéris, ils n'auront pas souffert en vain ! se réjouit Bonnie.

— Ils ont des certificats en bonne et due forme, rédigés par le docteur du bord ! affirma le capitaine. Pour la petite histoire, je vous confierai qu'on surnomme Ellis Island « l'île des pleurs », ou « l'île des cœurs brisés », à cause de ces retours désespérés vers le Vieux Continent, à savoir l'Irlande, l'Allemagne, l'Italie.

— J'ai eu quelques craintes, pendant que je faisais part de mon projet d'ouvrir un commerce, avoua Jean Duquesne. Sans l'aide de l'interprète, je me demande si on ne m'aurait pas renvoyé en France. Mais dès que j'ai cité le nom d'Edward Woolworth, censé m'accueillir, tout s'est arrangé.

Élisabeth écoutait à peine. Elle observait attentivement le lent défilement des passagers de troisième classe qui posaient enfin le pied sur le Nouveau Monde tant convoité. Les femmes avaient fait des efforts de toilette. Coiffées de chapeaux ou de foulards, elles portaient vaillamment des ballots de linge, des valises, quand ce n'était pas un bébé enveloppé d'une couverture.

Les hommes, eux, se chargeaient des bagages les plus lourds, et ils regardaient le grand bâtiment aux allures de château qui abritait le hall d'accueil, les bureaux, un hôpital et le réfectoire.

« Quel destin auront tous ces pauvres gens ? s'interrogea-t-elle. Ils ont un air inquiet, désorienté. »

Elle aperçut enfin Henri et ses deux enfants. Louison tenait la main de sa sœur, la petite Agathe, si menue, encore très pâle, qui serrait la poupée de chiffon contre son cœur.

— Attendez-moi un instant ! Je reviens vite ! s'écria Élisabeth en courant vers ses protégés.

— Coucou, madame ! claironna Louison, tout souriant.

— Je voulais vous embrasser, ta sœur et toi ! précisa-t-elle.

Ils reçurent son baiser sur la joue avec dignité et sérieux. Le jeune veuf souleva son chapeau.

— Je vous remercie encore, madame, d'avoir pris soin de mes petits et de moi ! dit-il. J'ignore le sort que nous réserve New York, surtout sans le soutien de mon épouse.

— Puisse-t-il vous être favorable, monsieur !

Ils avaient fait connaissance durant les derniers jours du voyage. Henri Moreau savait qu'elle avait perdu son mari le soir de la tempête, et aussi ce qui était arrivé aux parents d'Élisabeth, treize ans auparavant. De son côté, elle l'avait écouté parler de ses projets.

— Nous avons un point de chute, lui avait-il expliqué. Un cousin âgé de ma femme dirige une blanchisserie sur Broadway. Ses affaires marchent bien, il travaille pour les théâtres et les hôtels. Il doit m'embaucher et nous loger.

Cette perspective rassurait Élisabeth. Cependant, elle eut une inspiration soudaine avant de quitter les enfants et leur père.

— Si vous aviez des soucis, n'hésitez pas à me contacter, cher monsieur ! proposa-t-elle. Présentez-vous au Dakota Building, à Manhattan, chez Edward Woolworth. C'est près de Central Park. Je vous aiderais volontiers et je serais heureuse de revoir Louison et Agathe. Bonnie me fait signe, le ferry va partir. Je vous souhaite bonne chance à tous les trois.

Elle sentit soudain qu'on glissait un objet dans la poche de sa veste. Louison recula précipitamment quand elle pencha la tête.

— Je vous ai rendu le soldat de plomb, madame ! annonça-t-il de sa voix flûtée. Vous m'avez offert une toupie, je n'ai pas besoin de deux jouets. Et puis c'était votre porte-bonheur, je ne peux pas le garder.

— Merci, Louison, tu as un grand cœur. On se reverra, je te le promets.

Bonnie appelait, Jean s'apprêtait à venir chercher sa nièce au pas de course. Élisabeth embrassa encore une fois les enfants, puis elle tourna les talons, le cœur meurtri.

Port de New York, un peu plus tard

Maybel, à bout de patience, crispait ses doigts gantés de dentelle blanche sur l'avant-bras de son mari. Le couple scrutait chaque visage féminin, à bord du ferry qui venait d'accoster, parmi la foule des passagers.

— Est-ce que tu vois Lisbeth, Edward ? Elle doit porter une jolie toilette claire, en tissu fleuri, il fait si chaud. Pourquoi tardent-ils tant à installer la passerelle ?

— Calme-toi, chérie ! Ils ne sont peut-être pas dans ce bateau. Je t'ai déjà dit que certains émigrants passent des heures sur Ellis Island. Jean Duquesne a pu être retenu pour la nuit, s'il n'a pas pu répondre de façon satisfaisante au questionnaire, ou s'il était souffrant.

— Tais-toi, je ne veux pas y penser. Si nous devons attendre jusqu'à demain, je vais devenir folle.

— J'ai cru apercevoir Bonnie ! s'exclama Edward d'une voix exaltée. J'ai pu me tromper, mais...

— Où est-elle ? Je t'en prie, dis-moi ! s'exaspéra Maybel.

— Sur la gauche, derrière une vieille dame en toilette mauve, qui tient une ombrelle. Oui, j'avais raison, c'est Bonnie.

— Seigneur, oui, je la vois ! Fais-lui signe, Edward.

Les Woolworth n'étaient pas les seuls à guetter les voyageurs. On se pressait autour d'eux, on riait, on appelait. Les gens se bousculaient, mêlés aux marchands ambulants qui poussaient leurs chariots vers le quai. L'air brûlant de juillet véhiculait des odeurs de friture, de sucre chaud, mais aussi de parfum et de sueur. Le piaillement rauque des oiseaux de mer dominait le tumulte tissé de cris et d'éclats de voix.

— Nous aurions dû rester à l'écart ! se plaignit le négociant, peu accoutumé à une telle animation. Ah, enfin ! La passerelle est en place !

Un groupe d'immigrants descendit en premier, tous coiffés de la kippa caractéristique des Juifs pratiquants. Bonnie les suivait, au bras d'un bel homme en costume de toile beige.

— Edward ! Regarde... derrière Bonnie.

Maybel ne put rien ajouter. Elle fixait la silhouette déliée d'une jeune femme habillée d'une longue jupe gris foncé et d'un triste corsage noir, les cheveux tirés en arrière et attachés sur la nuque.

— Lisbeth ! Mon Dieu, c'est bien elle… Edward, comme elle a changé !

La gorge nouée, Maybel s'élança vers celle qui était sa fille par le cœur, son enfant adorée. Bonnie et Jean s'écartèrent pour la laisser passer. Élisabeth vit les bras tendus de sa mère adoptive, son expression passionnée, ses yeux remplis de larmes.

— *Mummy ! Mummy* chérie, tu es là ! Je te retrouve enfin, *mummy* ! s'émerveilla-t-elle d'une voix faible, déjà enlacée, embrassée. *Mummy*, si tu savais ! Richard est mort.

Élisabeth ne put rien ajouter. Elle s'imprégnait avidement de l'infinie tendresse dont Maybel débordait, elle aussi en pleurs, malade de bonheur.

Edward, en les rejoignant, avait entendu les derniers mots de la jeune femme. Accablé par la mauvaise nouvelle, il les étreignit toutes les deux de ses bras d'époux et de père.

— Rentrons à la maison, murmura-t-il. Chez toi, Lisbeth.

7

Les sortilèges du Dakota Building

Manhattan, vendredi 14 juillet 1899,
une heure plus tard

Jean Duquesne découvrait New York au bras de Bonnie. La grande ville dont le nom l'avait toujours fait rêver le plongeait dans une fascination presque enfantine. Très fière de son rôle de guide, Bonnie indiquait à son fiancé les particularités de telle ou telle rue, en lui expliquant leur disposition en quadrillage.

— C'est magnifique, stupéfiant ! disait-il souvent. Même à Paris, je n'ai pas vu d'immeubles aussi grands. Et d'autres sont en construction.

Il avait remarqué plusieurs chantiers, où s'affairaient de nombreux ouvriers. Son regard gris étincelait d'exaltation. Il avait également admiré avec enthousiasme la statue de la Liberté éclairant le monde, depuis le pont du ferry.

Les présentations faites, sur le quai, il avait fallu organiser le retour jusqu'au Dakota Building. Edward Woolworth s'était rendu à l'évidence, son automobile, un modèle à quatre places, ne pouvait pas les transporter tous. Après y avoir installé son épouse et Élisabeth, le négociant avait proposé à Bonnie et Jean de prendre le taxi à qui il avait confié les bagages. Le couple de fiancés avait gentiment refusé.

— Nous avons besoin de nous dégourdir les jambes, monsieur ! Ramenez madame et Élisabeth. Vous serez mieux en famille. Je connais le chemin. C'est loin, mais si nous sommes fatigués, nous ferons une halte.

Maybel en avait été secrètement soulagée. Elle avait remercié Bonnie d'un sourire plein de sympathie.

Les fiancés avaient déjà marché plus de deux heures. Bonnie s'arrêtait de temps en temps devant un étalage ou une vitrine. Elle acheta des beignets dans une boulangerie, qu'ils dégustèrent sur le trottoir en échangeant des clins d'œil.

Jean riait en silence dès qu'il surprenait les conversations des Américains qu'il croisait.

— Je dois vite apprendre l'anglais ! Tu vas être mon institutrice en la matière, ma douce promise, déclara-t-il après avoir entendu Bonnie discuter dans cette langue avec une marchande de fleurs.

— Il faudra aussi que tu aies des notions d'italien et d'allemand, si nous réussissons à ouvrir une boutique, rétorqua-t-elle, ravie de leur complicité. Regarde tous ces grands arbres, là-bas. Nous allons traverser Central Park. C'est là où Élisabeth, petite fille, a dormi sur un banc. Dieu veillait sur elle, car des individus peu recommandables auraient pu lui faire du mal. Tant d'orphelins disparaissent et sont livrés à des trafics ignobles.

— Hélas, dix ans plus tard, ma nièce se jetait naïvement entre les griffes de Laroche. J'évite le sujet, Bonnie, mais si je pense à ce qu'Élisabeth a subi au mois d'avril, j'ai des envies de meurtre. Et maintenant, la voici veuve, si jeune.

Bonnie approuva d'un signe de tête navré. Elle serra plus fort le bras de Jean, qui contemplait rêveusement les hautes façades des immeubles, dorées par le soleil déclinant.

— Nous serons bientôt arrivés, je te donne une première leçon ! dit-elle d'un ton enjoué afin de le distraire. Ici, c'est Manhattan, un des cinq arrondissements de New York. En anglais, on les appelle les *boroughs*. Tu dois pouvoir vite te repérer. Il y a donc Manhattan, Brooklyn, le Queens, le Bronx et Staten Island. J'ai un oncle dans le Queens, je l'inviterai à notre mariage.

— Mon frère a été tué dans le Bronx ! se souvint Jean. Pauvre Guillaume ! Il a débarqué le cœur brisé par la mort de Catherine, seul avec une enfant de six ans. Ce qui l'entourait devait lui être indifférent. Et la tragédie se répète pour Élisabeth. Elle était sincèrement heureuse de revenir à New York avec Richard. Ils devaient se marier à l'église. Elle faisait peine à voir sur le quai, tout à l'heure.

— Oh oui, et j'ai vu que madame était affligée de la retrouver dans cet état, amaigrie, pâlotte, vêtue de sombre.

— Bonnie, tu me feras le plaisir d'oublier cette façon de parler de Maybel Woolworth. Tu n'es plus sa gouvernante, ni celle de ma nièce.

— Comment faire alors ? Je ne peux pas l'appeler Maybel, ça, jamais. Ni Mme Woolworth, elle serait gênée ou se moquerait. C'est une personne de qualité, Jean, son époux aussi. Le Dakota Building, où ils habitent, ressemble à un château. Tu vas être ébloui. Il y a l'électricité, le chauffage central, quatre ascenseurs, et même un terrain de cricket sur le toit. Pour ta première nuit sur le sol des États-Unis, tu vas dormir dans la plus luxueuse des résidences.

— En fait, ça dépasse tout ce que j'avais imaginé ! s'enflamma-t-il de nouveau, ayant chassé ses idées noires. J'ai l'impression que cette ville gigantesque m'accueille, que je sens battre son cœur sous mes pieds. Tu te rends compte, j'ai vécu des années à Montignac, au bord de la Charente.

Pour moi, c'était l'aventure d'aller à Angoulême. Maintenant, je suis là, en Amérique. C'est grâce à toi, Bonnie.

Jean Duquesne ponctua ces mots d'un baiser. Il était prêt à gagner ses galons de citoyen new-yorkais.

Dakota Building, même jour, même heure

Élisabeth considérait sa chambre d'adolescente en souriant tristement. Maybel venait de la laisser seule, à sa demande.

— Je voudrais prendre un bain, *mummy*, et me reposer un peu avant le dîner, avait-elle prétexté.

Elle était réellement lasse, mais surtout submergée par les émotions que lui causait son retour à New York. Pendant le trajet en automobile, Élisabeth avait raconté, sans guère de détails, les circonstances de la disparition de Richard. Elle s'était montrée plus loquace pour dépeindre les jours suivants, quand Bonnie, Jean et d'autres passagers, dont l'aumônier du bord, avaient soigné les malades de l'entrepont.

— J'étais utile, à ma vraie place ! avait-elle précisé. Comme je suis veuve, j'ai l'intention de me dévouer aux orphelins.

Immobile au milieu du décor raffiné de sa chambre, la jeune femme pensait encore à cette déclaration. Elle était consciente que rien ne serait facile, cependant elle ne reculerait pas.

— Sinon, je ne supporterai pas le deuil, s'avoua-t-elle tout bas.

En ôtant ses vêtements, Élisabeth remarqua la beauté des nouveaux rideaux, du tulle brodé de couleur bleue, ainsi qu'un nécessaire de coiffure en argent et en ivoire disposé sur son oreiller, en cadeau de bienvenue. Elle admira un superbe bouquet de roses blanches, sur la commode en marqueterie. L'attention était charmante, ce qui raviva son chagrin.

— Richard, tu me manques, gémit-elle. J'aurais quand même été privée de toi ce soir, si tu étais encore vivant, mais j'aurais été folle de bonheur, sachant que je te retrouverais demain.

Son mari, par délicatesse, avait prévu de ne pas s'imposer chez les Woolworth dès leur arrivée et de passer quelques soirées auprès de son père.

— Tu voulais que je profite pleinement de mes retrouvailles avec *mummy* et *daddy*, dit-elle en évoquant les prunelles ambrées de Richard. Tu me disais que ton père serait content lui aussi de t'avoir près de lui, sans ta belle épouse. Ta belle épouse ! Mon chéri, merci de m'avoir aimée aussi fort.

Un frisson secoua Élisabeth, malgré la chaleur. Elle défit son chignon et se mit entièrement nue avant d'entrer dans la salle de bains. Le miroir orné de mosaïques lui renvoya son image. La vision de son corps la troubla.

— À quoi bon être belle ? soupira-t-elle.

Sa chevelure brune, un peu ondulée, cachait en partie ses seins ravissants, fermes et bien galbés. Elle se remémora la bouche de son mari sur ses mamelons, en bas de son ventre, entre ses cuisses. En quelques jours de tendresse et de plaisir partagés, Richard lui avait redonné la joie de vivre.

Les larmes aux yeux, Élisabeth tourna les robinets. Le bruit de l'eau qui jaillissait et allait bouillonner au fond de la baignoire en marbre exacerba sa tension nerveuse.

— Combien d'êtres chers vais-je perdre encore ? se demanda-t-elle, en proie à une douleur sourde. Papa, maman, Richard, et ensuite ? Qui encore ? Mon Dieu, ayez pitié !

Soudain elle crut distinguer une voix cristalline. On aurait dit un chant religieux, mais des mots se devinaient parmi les notes mélodieuses, dignes d'un chœur céleste : « Tu n'es plus seule ! »

Effrayée, Élisabeth regarda autour d'elle, même si elle était intimement persuadée que le message avait résonné dans son esprit, pas à ses oreilles.

— Qui me parle ? s'écria-t-elle. Maman ? C'est toi, maman ?

Tremblante, elle se regarda à nouveau dans le miroir ovale. Un halo lumineux la couronnait, qui disparut immédiatement.

— Je deviens folle, je souffre trop ! J'en ai assez de souffrir !

Elle aurait voulu revenir en arrière, être auprès de Louison et d'Agathe, dans l'entrepont du paquebot. Elle cria, furieuse :

— C'est un mensonge, je suis seule, mon âme a froid, et je ne serai plus jamais heureuse ! Jamais !

Maybel devait écouter à la porte de la chambre, car elle toqua deux petits coups.

— Lisbeth ! Qu'est-ce que tu as ? Tu as crié, mais, je n'ai rien compris, tu parlais en français. Pourquoi as-tu fermé à clef ? Chérie, ouvre-moi, tu me fais peur.

— Ne t'inquiète pas, *mummy* ! répondit Élisabeth en anglais, du seuil de la salle de bains. Je suis à bout de nerfs, alors je me désole tout haut, pardon. Je vous rejoins vite dans le salon.

— D'accord, nous sommes là, nous t'aimons très fort.

— Je sais, ne crains rien, *mummy* !

Envahie d'une terrible crainte en dépit de ces paroles censées la rassurer, Maybel mordilla l'ongle de son pouce. Les sinistres avertissements de Scarlett Turner lui revenaient en mémoire. Elle avait tenté de les oublier, bien en vain. Certains dataient de plusieurs semaines : « Je pressens des drames, des larmes… Votre Lisbeth est née sous une mauvaise étoile… Norma attire votre époux par des sortilèges… Cet immeuble est hanté… Des entités se manifestent, elles sont en colère. »

— Seigneur, protégez-nous ! chuchota Maybel en se signant, comme si des hordes de démons la menaçaient.

Au même instant, Judith, sa nouvelle employée, apparut dans le couloir. Elle s'approcha d'un pas traînant. Scarlett l'avait recommandée à son amie, affirmant que c'était une excellente cuisinière, doublée d'un laideron. Elle avait précisé que la jeune fille était la nièce de l'une de ses anciennes domestiques. Mais elle s'avérait incapable de préparer un plat correct et Maybel ne la trouvait pas vraiment laide.

Edward Woolworth tolérait sa présence mais il avait été catégorique. Il s'agissait d'une période d'essai et il espérait s'en débarrasser le plus vite possible.

— Que voulez-vous, Judith ? interrogea durement Maybel.

— Je ne veux rien, madame, j'allais dans la salle à manger mettre le couvert pour trois personnes, pourtant vous m'avez fait acheter six côtelettes d'agneau. Alors quand je vous ai vue, j'ai préféré vous demander si je dois servir deux côtelettes à chacun.

— Vous n'êtes qu'une imbécile ! Mon mari a eu soin de vous avertir, à notre retour du port, que M. Johnson, l'époux de notre fille Lisbeth, avait péri en mer. Mais son oncle dîne à notre table, ainsi que sa fiancée, Bonnie.

— Excusez-moi, madame. Mme Turner m'avait dit que ces deux personnes étaient vos futurs domestiques. J'avais prévu de les servir dans la cuisine.

— De quoi vous mêlez-vous ? C'est à moi de prévoir où je reçois mes invités !

Maybel enrageait, sous le regard impavide de Judith. Elle se reprochait d'avoir introduit cette fille chez eux et même de s'être laissé manipuler par Scarlett.

— Donc nous serons cinq à table, mettez-vous ça dans la tête, pauvre idiote ! Il faudra aussi préparer deux chambres, une pour l'oncle de Lisbeth, l'autre pour Bonnie, l'irremplaçable Bonnie. Dépêchez-vous. Je vérifierai si les lits sont impeccables, je vous préviens !

Une lueur sournoise s'alluma dans les yeux de Judith. Elle esquissa un sourire de fausse soumission.

— Bien, madame, je ferai au mieux.

— Vous avez intérêt, sinon je vous congédie demain matin.

Élisabeth était sortie de son bain au bout de quelques minutes, oppressée par le contact de l'eau. Elle avait néanmoins lavé ses cheveux et s'était frictionnée vigoureusement une fois rincée.

« J'ai plongé dans la Seine, pour mourir, et c'était affreux d'être entraînée par le courant, de couler, de se noyer ! songeait-elle en fouillant sa malle que les liftiers de la résidence avaient montée dans l'appartement. Richard a dû éprouver la même panique. Pourvu qu'il n'ait pas eu mal, que tout se soit passé très vite. »

Elle enfila une robe légère sur une culotte et un bustier en satin. La mystérieuse phrase qu'elle avait entendue l'obsédait.

— Je l'ai imaginée ! se persuada-t-elle tout bas. Bien sûr, je ne suis plus seule. *Daddy* et *mummy* m'aiment tant. Mais pourquoi *mummy* crie-t-elle aussi fort ?

Maybel déversait son angoisse et sa colère sur Judith, à deux pas de sa porte. Élisabeth tourna la clef dans la serrure sans faire de bruit et entrouvrit le battant de gauche. Tout de suite, elle croisa le regard verdâtre de la domestique, qui lui faisait face. Élisabeth fut surprise d'éprouver une répulsion instinctive envers l'inconnue. Elle recula et referma sa porte.

« C'est sans doute la nouvelle employée recommandée par Mme Turner, *mummy* m'en a parlé dans l'ascenseur, mais je ne l'avais pas encore vue. Qu'est-ce que j'ai ce soir ? Cette jeune fille devait être simplement gênée, pour me fixer ainsi. »

Elle se mentait à elle-même et elle le savait. Une lutte en sourdine s'amorçait, entre les murs du Dakota Building, mais Élisabeth ignorait tout de la nature de ses ennemis.

Appartement des Woolworth, une heure plus tard

Judith accompagna Bonnie et Jean jusqu'au salon, après les avoir fait entrer dans le hall. Dès qu'il les vit, Edward se leva de son fauteuil, les mains tendues pour les accueillir. Il donna ensuite une chaleureuse accolade à l'oncle d'Élisabeth.

— Monsieur Duquesne, vous êtes ici chez vous ! déclara-t-il en français.

— Merci, monsieur, c'est très aimable.

Le négociant se tourna vers Bonnie, dont les joues rosies trahissaient l'embarras. Il la pria à voix basse de traduire ce qu'il allait ajouter.

— Je suis heureux de recevoir un proche parent de celle qui est ma fille, par le cœur et l'amour que je lui porte, notre chère petite Lisbeth.

Bonnie transmit ces paroles à son fiancé et dut continuer à jouer les interprètes pour lui.

— Au nom de mon père, Antoine, de mon frère aîné, Pierre, je vous témoigne notre gratitude pour avoir offert un asile sûr à Élisabeth, en lui donnant une excellente éducation.

Les deux hommes se sourirent. Maybel, de son côté, alla serrer dans ses bras son ancienne gouvernante.

— Vous étiez irremplaçable, Bonnie, confessa-t-elle. Je sais grâce à Lisbeth que vous et Jean désirez tenir un commerce, aussi aurai-je une proposition à vous faire. Nous en parlerons après le dîner.

— Comment va-t-elle, madame ? s'enquit Bonnie dans un souffle, tout en observant la jeune femme, assise sur le sofa.

— Notre chérie est très affligée, chuchota Maybel. Nous devons l'entourer d'amour et tenter de la distraire.

Élisabeth percevait leur dialogue murmuré, mais n'y accordait aucun intérêt. Il était question d'elle, de son deuil, elle le devinait. Ce genre d'entretien discret serait son lot quotidien, notamment quand les autres membres de la famille Woolworth viendraient lui rendre visite et présenter leurs condoléances.

Elle prévoyait une sortie dès le lendemain, afin d'acheter des vêtements noirs, quand elle sentit le poids d'un regard. Judith l'observait, debout dans l'encadrement de la large porte vitrée séparant le salon de la salle à manger.

« Que me veut-elle, à la fin ? » s'étonna Élisabeth, de nouveau en proie à un incompréhensible malaise.

— Lisbeth, voudrais-tu montrer leurs chambres à nos invités ? lui demanda Maybel d'un ton câlin. Ton oncle souhaite se rafraîchir et se changer avant le repas.

— Mais *mummy*, Bonnie connaît la maison aussi bien que moi. N'est-ce pas, Bonnie ? Tu pourrais en profiter pour faire visiter l'appartement à oncle Jean. Si ça ne te dérange pas, *mummy* ?

— Non, bien sûr ! Faisons ainsi.

Jean, quant à lui, essayait de ne pas paraître ébahi – néanmoins, il l'était. Il se promit d'écrire au moulin avant de se coucher, pour dépeindre l'architecture exceptionnelle du Dakota Building et le luxe époustouflant de l'appartement des Woolworth.

— J'ignorais que des endroits pareils existaient ! dit-il à Bonnie dès qu'ils furent seuls dans le couloir au parquet ciré, aux lambris de chêne doré. Tous ces lustres en cristal, ces meubles magnifiques, les statues, les bibelots.

— Ça te plaît ?

— Pas vraiment, je suis stupéfait, mais je n'aimerais pas vivre là. J'ai des goûts modestes. Un logement agréable me suffira, car tu seras près de moi, Bonnie, nuit et jour.

Edward, pendant ce temps, proposait une coupe de champagne à son épouse. Il hésita un peu avant de servir Élisabeth.

— C'était une bouteille destinée à fêter ton retour, lui dit-il. Ne sois pas choquée si je l'ai débouchée quand même, malgré le deuil qui te frappe, Lisbeth. Au fond, le bon vin réconforte.

— Rien ne pourrait me choquer venant de toi, *daddy*, ou venant de *mummy*. Vous savez tous les deux pourquoi j'ai fui Guerville. L'homme qui prétendait vouloir me chérir, me choyer, s'est révélé un être sans moralité, un abject criminel. Il a brisé la vie de mes parents et la mienne. Alors, *daddy*, comment te reprocher de boire une coupe de champagne ? J'en prendrai volontiers un peu, avec un toast de saumon, je suis affamée.

Maybel reprit confiance. Elle glissa son bras nu autour des épaules d'Élisabeth.

— Pouvons-nous, Edward et moi, t'appeler « notre fille » sans restriction ? implora-t-elle. Nous ne pouvons plus t'adopter officiellement, cependant tu es notre enfant chérie.

— Mais oui, *mummy*, je le veux de toute mon âme. J'ai besoin de vous, mes seconds parents. Vous avez été tellement généreux, tellement constants dans votre amour. C'est mon foyer, ici.

Élisabeth se blottit contre Maybel. Edward, bouleversé, se frotta les yeux en leur tournant le dos. Il comptait rapporter l'assiette de toasts aux deux femmes de sa vie, lorsque Judith le bouscula. La domestique avait surgi si brusquement devant lui qu'il perdit toute patience.

— D'où sortez-vous ? tempêta-t-il. Ma parole, vous étiez en train de nous épier ! On ne vous a pas sonnée, Judith. Restez donc à votre place, en cuisine.

— Je suis désolée, monsieur, je voulais demander à madame si je pouvais servir les hors-d'œuvre ! Et puis quelque chose m'a effrayée…

— Quoi donc ? Votre maladresse ?

— Non, monsieur, j'ai entendu un chat miauler, on aurait dit que la pauvre bête agonisait à mes pieds. Vous avez dû l'entendre aussi ?

Maybel tressaillit. Élisabeth la sentit se crisper. Elle étudia la physionomie de Judith attentivement, puis elle se leva du sofa. Son regard bleu exprimait une vive colère.

— Elle te ment, *daddy* ! Et elle effraie *mummy* en inventant cette histoire de chat ! Pourquoi faites-vous cela, Judith ?

— Je dis la vérité ! insista celle-ci. Et ce n'est pas la première fois que ça se produit, seulement je n'ai pas osé me plaindre. Mme Turner m'avait prévenue. Des esprits maléfiques sont prisonniers de cet immeuble. Ils se manifestent en imitant des cris de chat.

— Seigneur, c'est épouvantable ! s'exclama Maybel, terrorisée. Ce matin, moi aussi j'ai entendu un affreux miaulement, mais chez Scarlett.

Élisabeth suivit son intuition, de plus en plus aiguisée. Elle toisa la jeune fille, déterminée à la démasquer.

— Pourquoi faites-vous cela, Judith ? répéta-t-elle. Tout à l'heure, vous avez volontairement exaspéré ma mère près de ma chambre, en jouant les imbéciles. Et maintenant, vous êtes très contente de l'effrayer. Ne niez pas, je peux lire en vous.

Judith prit un air innocent, les bras le long du corps. Edward pointa un doigt accusateur vers elle.

— Je n'attendrai pas demain pour vous congédier ! Ma fille voit juste dans votre cervelle tordue. Sortez de chez nous et surtout allez dire à Mme Turner qu'à l'avenir, je choisirai moi-même qui j'emploie.

Sans un mot, l'étrange fille dénoua les cordons de son tablier blanc et enleva sa petite coiffe. D'un geste affecté, elle déposa le tout au coin d'une desserte au dessus de marbre.

— J'obéis, monsieur, murmura-t-elle, les yeux baissés. Je dois récupérer mes affaires avant de vous quitter.

— Faites vite ! maugréa Edward, tandis que Judith s'éloignait sans hâte.

— Calme-toi, *daddy*, conseilla Élisabeth tout bas. Je suis soulagée qu'elle parte. Regarde, *mummy* se retient de pleurer. Elle est malade de peur.

— Encore une manigance de Scarlett Turner, lui confia le négociant, blême de contrariété. Je préfère que tu ne fasses pas sa connaissance, et si ton retour pouvait pousser Maybel à ne plus la fréquenter, j'en serais enchanté.

— Je te comprends, *daddy* ! affirma Élisabeth, songeuse. À nous deux, nous protégerons *mummy*.

Elle avait parlé sans réfléchir. Surprise de pressentir une menace, elle effleura du bout des doigts la médaille de baptême qui avait appartenu à la belle Catherine, sa mère.

« Maman, ma petite maman, si tu es mon ange gardien, ne m'abandonne pas ! pria-t-elle dans le secret de son cœur. Et si c'est toi qui m'as dit que je n'étais plus seule, j'aurai tous les courages. »

Dakota Building, chez Scarlett Turner,
un quart d'heure plus tard

Judith, les joues en feu marquées de traces sombres, lançait des coups d'œil haineux à Loretta qui la narguait en riant parce que leur patronne venait de la gifler à la volée.

Scarlett Turner ne leur accordait plus aucune attention, postée près d'une fenêtre d'où elle voyait les innombrables lumières de la ville. Soudain, elle virevolta, sculpturale dans son peignoir en satin rouge qui moulait sa forte poitrine et sa taille encore fine.

— Je comptais sur toi, Judith ! Tu m'as déçue. Ce n'était pas la peine que je te tire de la fange où tu croupissais. Loretta, tu es déchargée des corvées ménagères. Cette incapable sera sous tes ordres, à partir de ce soir.

— Mais, madame, j'ai fait tout ce que vous vouliez ! se rebella Judith. Leur Élisabeth, aux Woolworth, on ne peut pas lui mentir.

— Tais-toi, je risque de perdre toutes mes chances par ta faute. Je vais me coucher. Tu me rejoindras, Loretta, quand tu auras mis Judith au courant de ses nouvelles fonctions.

— Oui, madame.

— N'oublie pas de m'apporter mes cigarettes et un verre de brandy. Judith, débarrasse-moi de ce que tu sais, et vite.

Sans daigner regarder ses employées, Scarlett se dirigea vers la chambre voisine, dont le décor lugubre avait tant troublé Maybel. C'était son domaine de prédilection, où elle laissait libre cours à ses extravagances malsaines et assouvissait ses désirs inavouables.

Chez Maybel et Edward Woolworth,
deux heures plus tard

Le dîner s'achevait. Si Bonnie s'était empressée de s'occuper de mettre la touche finale au repas,

Élisabeth avait fait le service et elle commençait à débarrasser la table, secondée par son oncle.

— Quelle situation fâcheuse ! se désola Maybel. Vous êtes tous obligés de travailler. Edward, tu n'aurais pas dû renvoyer Judith ce soir.

— C'était indispensable, trancha son mari.

— Ne vous faites pas de souci, madame, renchérit Bonnie. J'étais bien contente de retrouver votre belle cuisine avec tant d'accessoires nouveaux.

— Je parierais gros que les côtelettes d'agneau n'auraient pas été aussi délicieuses préparées par ce trublion aux manières détestables, ajouta Edward.

Dans le couloir, Jean Duquesne, qui rapportait à l'office un plat ovale luisant de sauce, lança un regard ironique à sa nièce, encombrée quant à elle d'une pile d'assiettes.

— Je découvre les failles de la haute société new-yorkaise, dit-il sur le ton des confidences. Admets, Élisabeth, que ces gens semblent destinés à mourir de faim, sans domestiques. Ils n'ont même pas l'idée de nous aider. Je suis sûr qu'ils vont proposer à Bonnie de reprendre sa place de gouvernante. Je m'y opposerai.

— Oncle Jean, Maybel et Edward sont très gentils et généreux. Mais tu dis vrai, ils sont habitués à être servis, répliqua la jeune femme. Cependant, tu fais erreur, il n'y a aucun danger qu'ils meurent de faim. Le Dakota Building offre un service de restauration, *mummy* y avait souvent recours, les jours de congé de Bonnie.

Élisabeth décrocha un tablier de la patère en cuivre où il était suspendu. Elle le noua à sa taille.

— Je ferai la vaisselle tout à l'heure ! annonça-t-elle. Sais-tu, oncle Jean, que pour ma part je n'ai pas l'intention de rester enfermée ici, prostrée sur mon chagrin, en profitant du luxe et des facilités que procure l'argent. Je souhaite consacrer mon temps aux plus démunis, aux miséreux, aux orphelins.

Elle le regarda bien en face. Son regard bleu brillait d'un feu singulier. Jean eut l'impression de découvrir une autre Élisabeth.

— En fait, je te connais mal, dit-il. Tu es dotée d'une force d'âme étonnante. Je suis fier de toi, et tes parents l'auraient été aussi.

— J'espère qu'ils le sont, de leur paradis, répliqua-t-elle. Oncle Jean, je t'ai déjà demandé pardon, sur le bateau. Plus je réfléchis, plus je m'en veux de t'avoir accusé à tort, pour Richard. Je tiens à toi, et pas uniquement parce que tu ressembles beaucoup à papa. Quand vous aurez ouvert une boutique, je serai une cliente régulière, je te le promets.

Élisabeth lui adressa un sourire très doux. Son oncle la serra dans ses bras. Bonnie les surprit ainsi.

— Ah, ça me fait plaisir de vous voir réconciliés pour de bon ! dit-elle en souriant. Jean, j'ai une formidable nouvelle. Madame avait hâte de me parler de quelque chose, elle n'a pas pu attendre que tu reviennes. Et puis j'aurais dû te traduire tout ce qu'elle disait, alors nous avons gagné du temps.

— De quoi s'agit-il, ma douce ? s'enquit-il, un peu suspicieux.

— Eh bien, Mme Woolworth était fille unique. Quand ses parents sont morts, elle a hérité de leur magasin, une épicerie dans Brooklyn. Comme elle avait déjà épousé monsieur, elle a mis la boutique en gérance. Mais depuis trois ans, ce commerce est fermé. Tout est resté en bon état, il faudrait seulement un grand ménage. Madame nous le louerait pour une somme modique, et avec mes économies, on pourra s'approvisionner en épicerie.

Bonnie se tut un instant pour reprendre son souffle. Jean demeurait bouche bée, ne pouvant en croire ses oreilles.

— Et il y a un petit logement au premier étage ! ajouta-t-elle pour le convaincre de leur chance.

— C'est exactement ce que vous recherchiez ! nota Élisabeth. Tu es d'accord, oncle Jean ?

— Je ne sais pas, je dois réfléchir, ça me paraît trop beau pour être vrai ! répondit-il. Je suppose qu'il y a une contrepartie ?

— Aucune ! rétorqua Bonnie. Pour le loyer, c'est moi qui ai exigé d'en verser un. Madame s'en moquait, elle était contente de pouvoir nous aider.

Jean eut soudain conscience de la fabuleuse opportunité qui leur était offerte. Il posa les mains sur les épaules de sa fiancée, en la dévisageant d'un air ébloui.

— Je serais un fameux crétin si je refusais ! Bonnie, je ne te décevrai pas, je trimerai dur.

— Et moi donc ! Depuis le temps que je rêve de trôner derrière la caisse d'un magasin ! Je pourrai vendre des pâtisseries, des plats cuisinés.

La joie et l'enthousiasme du couple émurent Élisabeth. Elle sortit discrètement, pendant qu'ils échangeaient leurs idées, se tenant enlacés. Une fois encore, elle songea à Richard.

« Comment aurions-nous vécu, lui et moi ? Je ne le saurai jamais. Son père était autoritaire, il avait déjà décidé pour son fils de ses activités à New York. Est-ce que j'étais prête à jouer les épouses mondaines, à être oisive toute la journée ? »

La jeune femme osa s'avouer que Richard et elle n'avaient pas partagé la complicité innée qui était une évidence entre Bonnie et son oncle.

« Je n'étais pas vraiment moi-même, avec lui, ni au début de notre rencontre, ni en France, alors qu'il était mon amant. Avec Justin, je me sentais libre, à l'aise. Tout devenait agréable, simple et beau, pique-niquer au bord de l'eau, observer les oiseaux, soigner les chevaux. »

— Lisbeth, que fais-tu toute seule dans le couloir ? Maybel s'inquiète !

Edward s'approcha d'elle et lui releva le menton d'un geste délicat. Il semblait inquiet. Élisabeth constata, attendrie, que le négociant avait des cheveux argentés à hauteur des tempes.

— Je ne peux pas m'empêcher de penser à Richard, *daddy*, à ce que sera mon avenir. Mais Dieu merci, vous êtes là, *mummy* et toi. J'ai commis une grave erreur en vous quittant, rien de bon ne m'attendait en France.

— J'en suis profondément navré, Lisbeth. Nous ferons en sorte que tu oublies peu à peu tes mauvais souvenirs. Et si tu me disais ce qu'a pensé ton oncle de notre proposition ?

— Vous avez fait leur bonheur, *daddy* ! Merci.

— Viens, allons rejoindre Maybel.

Élisabeth se laissa emmener par la main, comme la fillette de jadis, qui avait trouvé là, au sein du Dakota Building, l'amour et la bonté dont elle avait tant besoin.

New York, Dakota Building, un mois plus tard, mercredi 16 août 1899

Une pluie d'été perlait de gouttelettes argentées les vitres des fenêtres. Élisabeth, en robe noire, un chignon haut dégageant la ligne pure de son cou, brossait les cheveux cuivrés de Maybel, assise devant sa table de toilette.

— Les rôles sont inversés, fit remarquer celle-ci. Rappelle-toi, j'aimais tant te coiffer quand tu étais petite. J'adorais enrouler tes anglaises autour de mes doigts.

— Je m'en souviens, et tu as été très déçue quand elles se sont changées en simples ondulations.

Elles se sourirent dans le miroir. Maybel se poudra le bout du nez, puis elle fit la moue.

— Lisbeth, sois franche, suis-je encore jolie ?

— Mais oui, *mummy*. Tu es ravissante, fraîche comme une rose. De quoi as-tu peur ? De déplaire à ton amie Scarlett, qui se décide enfin à faire ma connaissance ?

— D'après sa lettre, elle a dû partir précipitamment à Boston, chez sa sœur, la mère de Judith, dès le lendemain de ton retour. Je suis certaine qu'elle était très vexée qu'on l'ait congédiée. Je ne me plains pas de son absence, j'ai pu profiter de toi en toute quiétude. Scarlett peut se montrer réconfortante, amusante mais, d'un autre côté, elle me met mal à l'aise avec ses lubies. Dorénavant, je ne l'écouterai plus. Je suis honteuse d'avoir cru ce qu'elle me racontait à propos d'Edward.

— C'était facile de te faire douter, *mummy*, ne te reproche rien.

On toqua trois coups discrets à la porte de la chambre. Une voix à l'accent rocailleux s'éleva.

— Madame, quel thé préférez-vous ? demanda Norma.

— Du thé noir de Chine, et n'oubliez pas le lait et les biscuits au gingembre ! lui cria Maybel.

La grande fille blonde, native du Kansas, avait repris ses fonctions de gouvernante, grâce à Élisabeth qui s'était rendue dans un bureau de placement de la 72e Rue, non loin du Dakota Building. Norma était inscrite sur la liste des personnes en quête d'un nouvel emploi. Il avait suffi de laisser un message à son intention et, le lendemain, elle se présentait chez les Woolworth.

— *Mummy* chérie, c'était dommage de te priver d'une employée aussi accomplie à cause des manigances de Mme Turner ! fit remarquer Élisabeth. Elle avait inventé cette histoire d'adultère pour t'imposer Judith. Norma est tellement plus sympathique, nous nous entendons très bien.

— Je m'en suis aperçue, Lisbeth. Tant mieux, car je sais que Bonnie te manque beaucoup, n'est-ce pas ?

Maybel retint un soupir, de plus en plus nerveuse à la perspective de revoir Scarlett. Elle examina une dernière fois son reflet, hésita à changer de collier.

— Qu'est-ce que tu as, *mummy* ? lui demanda Élisabeth, consciente de son angoisse. De quoi as-tu peur ?

— Pour être franche, je n'ai aucune envie de me retrouver confrontée à cette femme. Il y a des choses qu'on n'ose pas dire, des petits secrets gênants. Edward me mettait en garde, je ne l'écoutais pas. Depuis que tu es revenue, je ne comprends pas comment j'ai pu accorder autant d'importance aux boniments de Scarlett.

Élisabeth hocha la tête. Elle aussi avait ses secrets. En dépit des encouragements de Bonnie et de Jean, elle refusait de confier à ses parents adoptifs le viol dont elle avait été victime, et la tentative de suicide qui en était la conséquence.

— Je ne suis pas prête ! disait-elle. *Mummy* et *daddy* seraient trop choqués. Un jour peut-être…

Scarlett Turner s'apprêtait à entrer dans l'appartement des Woolworth. Elle éprouvait un mélange d'exaltation et d'appréhension. Le mois qui s'était écoulé, loin de New York, dans une demeure isolée du Maine, lui avait paru interminable. Mais elle devait prendre ses distances afin de ne plus commettre de faux pas. Selon Judith, Élisabeth Johnson était d'une autre trempe que Maybel.

Elle sonna, le cœur cognant à grands coups dans sa poitrine. Norma lui ouvrit, un sourire poli sur son large visage au teint laiteux.

— Madame et sa fille vous attendent dans le salon, dit-elle.

— Vous ! Que faites-vous ici ?

Norma ne daigna pas répondre. Elle lui tourna le dos et se dirigea vers l'office. Scarlett serra les dents, très contrariée. Puis, soucieuse de donner le change, elle arbora un sourire teinté d'une tristesse romantique pour soigner son apparition sur le seuil du salon.

— Maybel, ma chère amie ! s'exclama-t-elle. Quelle joie de vous revoir ! Vous êtes le piment de mon existence, je m'en suis aperçue en étant loin de vous si longtemps.

Élisabeth, debout près d'une fenêtre entrouverte, étudia avec curiosité la visiteuse. Elle l'avait imaginée moins séduisante et plus âgée. Norma lui avait décrit ses toilettes audacieuses aux couleurs vives, sa manie de se farder, ce n'était pas le cas ce jour-là. Un détail s'avérait exact : la voix grave, caressante, aux intonations dénuées de naturel.

— Bonjour, Scarlett ! dit Maybel, prisonnière d'une étreinte fervente, assortie de baisers sur les joues.

— J'hésitais à revenir, j'ai tant à me faire pardonner ! déplora encore Scarlett. Et voici votre Lisbeth.

— Bonjour, madame. Je suis enchantée de vous rencontrer enfin, *mummy* m'a tellement parlé de vous, déclara la jeune femme.

— Je peux en dire autant, Lisbeth ! Seigneur, Maybel vantait votre beauté, elle était en dessous de la vérité. Je n'ai jamais vu des yeux d'un bleu aussi pur, des traits dignes d'une madone. Hélas, j'ai su par Judith que vous aviez perdu votre mari pendant la traversée. Je vous présente mes condoléances, puisque je n'ai pas pu le faire lors de votre arrivée.

— Je vous remercie. Vous êtes la première personne que nous recevons depuis mon retour. J'aspirais au calme, en raison de mon deuil.

Scarlett Turner poussa un soupir de ravissement. Élisabeth était désemparée, car les compliments étaient sincères, ainsi que les condoléances. Judith lui avait inspiré de l'aversion, de la méfiance, et elle s'était préparée à ressentir la même chose envers la visiteuse. Il n'en était rien.

— Asseyons-nous, madame ! proposa-t-elle aimablement.

— Il faut m'appeler Scarlett, ce sera plus intime.

Elles s'installèrent toutes trois autour du guéridon en acajou dévolu au service du thé. Norma apporta sur un plateau les tasses et la théière en porcelaine de Chine, aux motifs rouge et or, d'une finesse exquise. Une assiette contenait des biscuits dorés à point. Elle se retira immédiatement.

— Merci beaucoup, Norma ! dit bien haut Maybel. Alors, Scarlett, vous prétendez avoir à vous faire pardonner. J'en suis intriguée. Est-ce au sujet de Judith ?

— Non, pas du tout, cette petite imbécile m'a dupée. Je l'ai donc remmenée à Boston. Maybel, nous avons été victimes d'un déplorable enfantillage. Je fais allusion à l'histoire du chat.

— Le chat ? répéta Maybel, méfiante. Je vous en prie, ne recommencez pas à évoquer vos esprits errants et en colère.

— Je suis désolée. On a abusé de ma crédulité, ma chère amie, je pensais vraiment ce que je vous ai dit ce matin-là. Ma petite bonne, Loretta, avait recueilli un matou galeux qui traînait dans la cour de l'immeuble, sans ma permission évidemment. Elle le cachait au fond du placard de sa chambre. Comme vous l'aviez entendu miauler, cette insolente a nié, et j'ai pris peur à mon tour.

— Ah, vous me rassurez, s'écria Maybel. Le mystère s'éclaircit.

— Quant à ces miaulements, oui, en effet. Et Loretta a tout raconté à Judith, qui s'est amusée à vous terrifier. Pourtant, je n'affabule pas sur un point, Maybel, des âmes en peine errent dans le Dakota Building. Lisbeth, il paraît que vous êtes comme moi en contact avec l'invisible, par le biais de vos rêves prémonitoires. Admettez que l'univers regorge de phénomènes inexpliqués, qu'il existe une dimension parallèle que peu d'entre nous sont capables de percevoir.

Élisabeth, désemparée d'être prise à témoin, eut un geste évasif avant de répondre :

— Je ne peux pas le nier, madame. Mais j'aurais aimé ne jamais faire ces rêves, la plupart étant d'odieux cauchemars qui se sont concrétisés. Les épreuves s'enchaînent depuis mon enfance et je n'ai qu'un choix, être forte, les surmonter.

— Pauvre petit ange blessé ! minauda Scarlett en lui saisissant la main. Dieu vous impose ce chemin de croix pour mieux vous glorifier un jour.

Les doigts de la visiteuse étreignaient avec force ceux d'Élisabeth qui compara leur emprise aux serres d'un oiseau de proie. Puis ils se firent presque caressants.

Une pensée la traversa, fulgurante : « Cette femme parle d'ange et du Seigneur, mais elle est malsaine, perverse. Et elle voue un culte à des puissances maléfiques. »

8

Entre ombre et lumière

Dakota Building, même jour,
mercredi 16 août 1899

Scarlett Turner s'apprêtait à partir. Elle remit ses gants et son chapeau en adressant un grand sourire à Maybel, qui s'était levée pour la raccompagner.

— Je suis si heureuse que vous ayez accepté de me recevoir, ma très chère amie. Le thé et les biscuits étaient délicieux. Alors, nous ne sommes plus fâchées ?

— Non, oublions tout, même vos suppositions sur mon mari et Norma ! répliqua Maybel en faisant la moue.

— Je me suis trompée, je plaide coupable. Si nous faisions une promenade demain, toutes les trois, dans Central Park ? suggéra Scarlett. Qu'en pensez-vous, Lisbeth ?

— Je ne suis pas disponible demain, madame. Je m'occupe de deux enfants que j'aime beaucoup. J'ai fait leur connaissance sur le paquebot.

— Des petits immigrants, sans doute. Que c'est louable de votre part ! Comment se nomment-ils ?

— Je ne tiens pas à vous le dire ! lui assena Élisabeth d'instinct, saisie de répulsion à la seule idée d'entendre Scarlett répéter les prénoms de ses protégés.

— Voilà qui est catégorique ! C'était de la simple curiosité. Dans ce cas, nous irons sans vous, n'est-ce pas, Maybel ? Le glacier au bord du lac vend des sorbets délectables.

— Ce sera avec grand plaisir, Scarlett ! s'empressa de répondre Maybel, gênée par la froideur soudaine de sa fille adoptive.

Élisabeth salua la visiteuse du bout des lèvres et retourna se poster près d'une fenêtre entrouverte. Elle respira avec avidité l'air frais du dehors. Une infime fragrance de terre et d'herbe humides lui parvenait, venant du vaste parc qui s'étendait près de l'immeuble.

« Pourquoi ai-je pensé ça ? s'interrogea-t-elle. Ou bien est-ce une idée que l'on m'a soufflée, comme ces mots, il y a un mois, me murmurant que je n'étais pas seule ? Vouer un culte à des puissances maléfiques, autant dire au diable !

Qu'est-ce que ça signifie vraiment ? Je ne dois pas en parler à *mummy*, surtout pas. »

C'était dans ce genre de situation que Bonnie lui manquait. Elles en auraient discuté ensemble, en échangeant leurs idées.

« Demain, j'emmènerai Louison et Agathe à Brooklyn, en tramway, décida la jeune femme. Les travaux de l'épicerie doivent être terminés, oncle Jean compte ouvrir la boutique le 1er septembre. Il a sûrement reçu des confiseries. »

Maybel revenait d'une démarche rapide. Elle faillit renverser le guéridon dans sa hâte.

— Lisbeth ! Pourquoi as-tu été aussi impolie avec Scarlett ? Je l'ai sentie froissée, elle qui était venue se faire pardonner. Je sais qu'elle a ses défauts, mais quand tu nous as quittés pour vivre en France, sache que je n'aurais pas supporté ton absence sans son amitié. Elle me tenait compagnie, me prêtait des livres, m'obligeait à sortir prendre l'air. Et quand je pleurais, elle me consolait, me caressait les cheveux, comme une sœur, la sœur que je n'ai jamais eue.

Élisabeth jeta un regard affolé autour d'elle. Confuse, elle alla s'asseoir sur le sofa.

— *Mummy*, j'ignore pourquoi j'ai réagi ainsi. Je ne pouvais pas lui dire les noms de ces deux petits innocents.

Maybel vint près de la jeune femme et lui tapota gentiment l'épaule. Elle déclara d'un ton net :

— Aujourd'hui, j'ai retrouvé Scarlett telle que je l'apprécie. Elle était gaie, affectueuse. Aussi, je veux oublier certains incidents, qui m'ont alarmée. Il faut pardonner leurs erreurs à ceux que nous aimons, Dieu nous l'a enseigné.

— Il y a des actes impardonnables, *mummy* !

— Je suppose que tu penses aux agissements crapuleux de ton grand-père.

— Tout à fait. Jamais je n'éprouverai de clémence à son égard. Cet homme n'en mérite aucune. Il n'a pas de moralité, c'est une brute, un démon.

Ce dernier mot fit tressaillir Maybel. Elle avoua tout bas :

— Scarlett a traité Hugues Laroche de suppôt de Satan, j'en ai eu des frissons. Sois franche, ma chérie. Crois-tu que mon amie soit mauvaise, elle aussi ? Elle tient parfois des propos étranges.

— Je ne peux pas juger quelqu'un en une heure ! protesta Élisabeth.

— Permets-moi d'en douter ! rétorqua Maybel. Tu parlais de tes intuitions à Edward, un soir de la semaine dernière. Si tu as senti que Judith mentait et souhaitait m'effrayer, tu as forcément une opinion sur mon amie Scarlett.

Songeuse, Élisabeth joignit les mains sur ses genoux. Elles lui parurent diaphanes sur le satin noir de sa robe de deuil.

— Ce n'est pas si simple de te répondre, *mummy*. J'ai du mal à définir ce que j'appelle mes intuitions. Je suis sûre d'une chose, tout a commencé en France, à Guerville, au bout de quelques semaines là-bas. Je devinais si les gens mentaient ou éprouvaient de la crainte, de la joie. C'était troublant et exaltant à la fois. Cette capacité n'a pas cessé de se développer, mais je ne lis pas dans les pensées, non. En fait, ce sont des impressions très intenses.

— Je t'ai vue gênée lorsque Scarlett t'a pris la main, tu n'étais plus du tout à l'aise, et tu avais pâli.

— *Mummy*, toi aussi, tu es perspicace. Dès qu'elle m'a touchée, il m'a semblé que c'était une femme dangereuse, et qui rejetait Dieu. D'un autre côté, j'ai la certitude qu'elle t'aime sincèrement et qu'elle ne te fera jamais de mal.

— Me voici rassurée ! ironisa Maybel. Tu l'estimes dangereuse au point de ne pas lui donner les prénoms de tes protégés ?

— J'ignore pourquoi j'ai eu cette réaction. C'était plus fort que moi. Mais je le répète, Scarlett t'aime vraiment. Je t'ai confié ce que j'avais ressenti, je voudrais aller me reposer à présent. Je suis navrée, *mummy*, il me faudra du temps avant de supporter les mondanités. Je ne suis pas disposée à revoir Pearl et Doris Woolworth, notamment. Si tu pouvais repousser le déjeuner auquel tu les as conviées, ce serait préférable.

— Ma belle-sœur sera déçue, tant pis. Le plus important, c'est toi, ma fille adorée.

— Je te remercie, *mummy* ! Je fais des efforts pour surmonter mon deuil, mais souvent je voudrais m'enfermer dans ma chambre pour pleurer Richard pendant des heures. Je me surprends à lui parler, comme s'il était à mes côtés, invisible. *Daddy* et toi, vous n'avez pas eu la chance de le connaître. C'était un jeune homme audacieux, intelligent, très déterminé. Nous avons été mariés quelques jours seulement, mais j'ai passé beaucoup de temps avec lui, surtout après nos fiançailles. Si tu savais combien il me manque.

Pleine de compassion, Maybel attira Élisabeth dans ses bras. Elle la berça contre son cœur, lui donnant de légers baisers sur les cheveux.

— Tu as raison, chérie, admit-elle. Je ne te ménage peut-être pas assez. Richard demeurera un inconnu pour Edward et moi, alors qu'il faisait partie de ta vie, que tu le chérissais.

— Je ne suis pas la seule à souffrir. Son père est dévasté. Si tu l'avais vu, quand nous sommes allés chez lui, *daddy* et moi. Cet homme masquait sa peine, il paraissait presque froid, mais devant les affaires de son fils il n'a pas pu retenir des sanglots. Il s'en est excusé, comme si c'était honteux de pleurer.

— N'y pense plus, Lisbeth. Je t'en prie, aie confiance, un jour, tu seras à nouveau heureuse. Tu es toute jeune, tu n'as que dix-neuf ans, ne désespère pas.

La jeune femme garda le silence, comme elle gardait enfouies ses plus douloureuses blessures.

Pavillon de chasse du château de Guerville,
jeudi 17 août 1899

Justin poussa précautionneusement la porte qui grinçait toujours un peu. Il referma à clef derrière lui. Mariette bondit du lit où elle s'était allongée en l'attendant.

— Tu es en retard ! dit-elle. Nous n'avons plus beaucoup de temps.

— J'ai dû aller jusqu'aux chais, régler un problème avec le régisseur. J'avais poussé mon cheval au grand galop pour arriver là-bas de bonne heure, au retour je l'ai ménagé. Là, il est dans l'écurie. Ce pavillon est pratique, il me plairait comme logement. De quoi abriter mon Rayonnant, une cheminée pour l'hiver, et une couche douillette.

Tout en parlant, Justin caressait les épaules de Mariette, faisait glisser sa blouse pour dévoiler ses seins, mis en valeur par un caraco en cotonnade brodée.

— Pourvu que Colas n'vienne pas fourrer son nez par ici, un de ces jours ! gémit-elle. Il n'est point sot, mon beau-frère.

— Chut, c'est notre deuxième rendez-vous, si tu fais attention personne ne peut nous surprendre, affirma-t-il avant de lui mordiller le cou, ce qui la fit frémir d'excitation.

— Mon beau « monsieur », murmura-t-elle. Vrai, tu as tout l'air d'un monsieur, maintenant. Et tu sens bon, toi. Bertrand, il empeste l'étable.

— Mariette, sois mignonne, ne parle pas de ton mari quand nous sommes tous les deux. Le pauvre homme, je lui fais du tort.

Elle lui échappa, rieuse, pour le plaisir de le contempler. Justin habitait le château depuis trois semaines. Hugues Laroche lui avait attribué une des chambres dont les fenêtres donnaient sur le pont-levis. Il s'était chargé personnellement, en se rendant à Angoulême, d'acheter des vêtements de qualité pour son fils.

— Tu dois me faire honneur ! disait le châtelain.

Justin possédait désormais trois costumes, dont un réservé à l'équitation, des bottes en cuir fauve, des chemises neuves, une redingote en drap brun et un chapeau haut de forme. Mais le cadeau qui l'avait vraiment touché en plein cœur s'appelait Rayonnant, un hongre anglo-arabe à la robe couleur de bois brûlé.

— Il est magnifique, j'en prendrai soin. Je ne sais pas comment vous remercier, avait dit le jeune homme.

— En m'acceptant pour père, malgré mes fautes passées ! avait répondu Laroche, la gorge nouée.

Mariette gisait en travers du lit, jupe et jupon relevés sous elle. Justin, encore hébété par le plaisir, effleurait ses cuisses du bout des doigts. Il admirait la blancheur de sa peau, la toison frisée, d'un blond sombre, de son bas-ventre.

— Tu es si gentil ! s'extasia-t-elle. Si j'pouvais rester ici. Sans mon bébé Alphonse, j'ficherai le camp de l'ferme.

— Ne dis pas ça, Mariette, sinon j'aurai des remords. Si je n'étais pas revenu au pays, tu ne tromperais pas ton mari.

— Boudiou, tu as la mémoire courte ! s'emporta-t-elle. Sans toi, je n'aurais pas un sou vaillant et ton vieux cochon de père me forcerait dans tous les coins du château.

— Tais-toi ! Qu'il ait osé abuser de toi me rend malade, avoua-t-il en la dévisageant.

Il déposa un baiser sur la bouche de sa maîtresse. Elle le repoussa en riant.

— J'dois m'en aller, soupira-t-elle. Au fait, j'ai croisé l'aîné des Duquesne, à la foire de Montignac. On a causé un peu.

— De quoi ?

— Pardi, de toi ! Le vieux meunier, il voudrait que tu reviennes les voir. Déjà qu'ils sont tombés des nues, au moulin, de t'savoir toujours dans le coin.

— Je me demande par qui ils l'ont appris, s'étonna Justin. Bah, les gens ne sont ni aveugles ni sourds, quelqu'un de Guerville aura parlé de moi.

Elle haussa les épaules en ajustant une robe en satin rose sur sa lingerie. Le tissu moulait ses seins épanouis par la maternité.

— On a causé de toi, mais aussi de ta belle Élisabeth ! susurra Mariette. Une histoire pas bien gaie, j'n'avais pas envie de te la dire, mais ça n'changera pas grand-chose.

Justin bondit du lit, un creux au niveau de l'estomac. Son cœur se mit à cogner follement.

— Il n'est rien arrivé à Élisabeth ? Parle, Mariette !

Sa jalousie piquée au vif, elle lui décocha un regard furibond.

— Paraît qu'elle est veuve, ta p'tite nièce. Son mari, l'Américain, il a disparu en mer pendant la traversée. Voilà. Ceux du moulin, ils ont reçu une lettre de Jean Duquesne, où il leur racontait toute l'affaire.

— Seigneur ! Pauvre Élisabeth, déplora Justin, sonné par ce coup du sort. Il faudrait que je lui écrive.

— Ben voyons, persifla sa maîtresse. J'me sauve. On se revoit lundi, môssieur ?

— Ne sois pas fâchée. Et si tu l'es, il fallait tenir ta langue. J'ai beaucoup d'affection pour Élisabeth, c'est l'enfant de ma demi-sœur, Catherine. Il y a deux photographies d'elle dans le salon du château. Elle était très jolie, Catherine, j'aurais bien voulu grandir sous son aile. Quand je suis né, elle avait dix-neuf ans, l'âge d'Élisabeth aujourd'hui.

— Oh, ça va, j'blaguais ! prétendit Mariette. C'est que j't'aime, Justin, j'suis jalouse de toutes les filles de la terre. Tu peux lui écrire, à Élisabeth.

— Je ne sais plus. Dans une lettre qu'avait reçue son grand-père Antoine, elle me conseillait de fuir le château. Elle se sentira peut-être trahie, en apprenant que je pactise avec son grand-père.

Mariette ramassa son chapeau de paille. Elle fit mine de réfléchir avant d'interroger Justin.

— Hé, ça veut dire quoi, « pactise » ?

— Entretenir un climat de paix, si tu préfères, même avec un ennemi ou un individu malfaisant.

— Comme Laroche, ouais, j'ai pigé ! Tu en connais des mots, toi. Pourtant, ta saleté de mère n't'a pas envoyé à l'école. Moi et l'Bertrand, on y a passé un an ou deux, mais lui, il n'sait plus lire. J'me débrouille si je fais bien attention et que je suis les lignes avec le doigt.

L'aveu hésitant de Mariette fit fondre Justin, toujours enclin à s'attendrir. Il la cajola en lui parlant joue contre joue.

— Petit garçon, je m'ennuyais tant, enfermé dans le grenier. Dès que je pouvais, je descendais dans la nursery par l'escalier de service. C'était mon paradis, il y avait des jouets, des livres, un miroir où j'observais mon reflet, en faisant des grimaces. Une fois, j'ai ouvert un des livres. Il était plein d'images colorées et, au coin des pages, il y avait un signe, en noir. Le signe se répétait ailleurs, en plus fin, suivi d'autres signes. Grâce aux dessins, j'ai compris que c'étaient des mots.

— T'étais rudement malin, déjà ! s'émerveilla-t-elle.

— Il faut le croire, ça m'a pris des mois mais, peu à peu, j'ai réussi à déchiffrer le nom des animaux, des fleurs, des objets. Si tu veux, je pourrais te donner des leçons.

Mariette éclata de rire en nouant ses bras autour du cou de Justin.

— Oh non, pas besoin, j'préfère qu'on s'donne de la joie, mon beau monsieur.

Dakota Building, même jour, jeudi 17 août,
10 heures du matin

Les feulements affreux d'un chat, qui trahissaient une vive souffrance, se muèrent en un cri d'agonie rauque, insupportable à entendre.

— Non, non ! supplia Élisabeth.

Elle se réveilla en sursaut, le visage en larmes, le cœur en folie. Le soleil matinal diffusait une douce clarté à travers les doubles rideaux roses.

— Quelle horreur ! murmura-t-elle.

Élisabeth, d'un geste familier, serra entre ses doigts la médaille de baptême de sa mère. Elle avait besoin de ce viatique pour se remémorer les images atroces de son cauchemar.

— Il faisait sombre, il y avait des peintures horribles autour de moi, du sang sur une table, et ce pauvre chat. Qui le torturait ?

Elle finit par revoir des mains gantées de cuir rouge. Vite, elle se leva et courut tirer les rideaux pour ouvrir sa fenêtre en grand. Un concert de chants d'oiseaux retentit dans l'air chaud, en provenance des frondaisons de Central Park.

— C'était peut-être un simple cauchemar, en relation avec les discussions d'hier après-midi, se dit-elle. Moi, j'aime beaucoup les chats. Pourtant, au Moyen Âge, on les considérait comme les compagnons des sorcières, des bêtes diaboliques.

Un frisson fit trembler Élisabeth. Elle enfila son peignoir en satin bleu et sortit dans le couloir, lui aussi baigné d'une belle lumière d'été. Maybel terminait son petit déjeuner, attablée dans la salle à manger.

— Ah, Lisbeth, tu as dormi très tard ce matin. Edward est parti depuis plus d'une heure. Norma t'a préparé des œufs brouillés et du pain grillé. Prendras-tu du thé ou du café ?

— Un verre de lait, *mummy*.

Elles s'embrassèrent en souriant. Élisabeth mangea de bon appétit, ce qui enchanta Maybel.

— Tu as meilleure mine, ce matin, nota-t-elle. Sûrement à l'idée de passer la journée avec Louison et Agathe ? Tu devrais leur faire découvrir Central Park. Le carrousel est une attraction merveilleuse pour les enfants.

— Une autre fois. J'ai prévu de les emmener chez Bonnie et oncle Jean, qu'ils connaissent bien. Et puis avec eux, je peux parler français. Louison voulait monter dans un tramway, ces machines le fascinent. Je dois être à 14 heures devant la blanchisserie où travaille leur père.

— Sur Broadway, n'est-ce pas ? Tu iras là-bas en taxi, c'est plus prudent. Choisis une automobile, elles sont plus rapides que les fiacres.

— *Mummy*, j'y suis allée la semaine dernière et il ne m'est rien arrivé. J'étais si contente que M. Moreau m'ait envoyé une carte postale ici, avec leur adresse. Et puis je préfère marcher, c'est un excellent exercice pour les gens nerveux comme moi, et l'animation des rues me plaît. Dimanche, j'irai également à pied rendre visite à Léa et Baptiste Rambert. J'ai des petits cadeaux pour eux et leurs enfants. J'ai trop tardé.

— Mais ils habitent dans le Bronx ! C'est mal famé, je dirai à Edward de te conduire en voiture.

— Si cela te rassure, je veux bien. Et toi, tu comptes toujours passer l'après-midi avec Scarlett ?

— Bien sûr. Nous goûterons au bord du lac, chez ce glacier dont elle vantait les sorbets.

Élisabeth avala une gorgée de lait. Elle entortilla ensuite une mèche de ses cheveux autour de son index, hésitant à relancer le débat sur Scarlett Turner.

— Au fait, *mummy*, puisque tu la vois cet après-midi, demande-lui ce qu'est devenu le chat. J'ai oublié de lui poser la question.

— Le chat ?

— Oui, le matou galeux que sa domestique avait recueilli. Je suppose que ce pauvre animal s'est retrouvé dehors, livré à son triste sort.

— Pourquoi te préoccupes-tu de cette bête ?

— J'ai fait un cauchemar bizarre, juste avant de me réveiller, disons plutôt qu'il m'a réveillée. Sois tranquille, il ne peut pas être prémonitoire, et même si c'était le cas, ça ne me concernerait pas.

Maybel approuva d'un signe de tête. Elle déplorait la réserve de la jeune femme, qui se montrait avare de confidences.

— Raconte-moi ton rêve, Lisbeth ! Il faut souvent t'arracher les mots de la bouche. Edward et moi, nous ignorons toujours pourquoi tu es restée si longtemps à Paris, pourquoi tu t'es mariée en France et non ici, à New York. Tes quelques lettres étaient succinctes, j'en étais frustrée.

— Je fais en sorte de vous ménager, *daddy* et toi, surtout toi, qui es si vulnérable. Judith et Loretta, ces deux pestes, en ont profité. Si je te raconte mon rêve, tu seras effrayée.

— Mais non, je partagerai au moins quelque chose avec toi !

— D'accord. Dans mon cauchemar, on torturait un chat, je le voyais à peine, il était noir et il faisait très sombre. Ses cris de douleur me vrillaient l'esprit. Il y avait du sang aussi, sur une table. Je ressentais une peur viscérale, à cause de tableaux abominables qui représentaient des démons, des scènes de crime, des corps suppliciés. J'ai aperçu des mains gantées de cuir rouge. Enfin c'était confus, mais j'ai réussi à rassembler ces images. *Mummy* ? Qu'est-ce que tu as ?

Élisabeth observait Maybel qui, d'une pâleur soudaine, avait porté une main à hauteur de son cou. Ses yeux d'un brun clair avaient une expression de panique.

— Je t'expliquerai dans un instant. Habillons-nous d'abord. Je t'en conjure, Lisbeth, je dois vérifier quelque chose avec toi.

Vingt minutes plus tard, Loretta, la mine perplexe, les faisait entrer dans l'appartement de Scarlett Turner.

— Veuillez-nous annoncer, mademoiselle ! ordonna Maybel d'une voix sèche.

— Madame ne reçoit jamais le matin, répliqua la domestique.

— Je suis au courant, seulement il s'agit d'une urgence.

Élisabeth s'étonna de l'extrême jeunesse de Loretta, de sa peau bronzée, de sa chevelure noire aux reflets bleutés. Elle tenta de définir ses origines, hésitant entre des immigrants italiens ou espagnols. Mais l'apparition de la maîtresse des lieux, surgie d'une pièce latérale, mit fin à ses interrogations.

— Maybel, quelle agréable surprise ! s'écria celle-ci. Et votre fille a daigné venir, j'en suis soulagée. Lisbeth, hier soir, j'étais très triste en songeant à votre froideur injustifiée.

— Ou justifiée, rectifia Élisabeth, son regard bleu teinté de méfiance. Ma mère m'a parlé d'une pièce donnant sur ce hall, où vous l'avez reçue le matin de mon arrivée à New York. Je serais curieuse de la voir, il paraît qu'elle est décorée de peintures d'un style très particulier.

— Il y faisait très sombre, car vous aviez la migraine, insista Maybel dont les traits ravissants étaient embellis par la colère.

Loretta affichait un sourire méprisant, les bras croisés sur sa poitrine menue. Élisabeth perçut la jubilation de l'adolescente, mais il s'y mêlait une volupté incongrue, incompréhensible.

— Oh, je suis navrée, déclara Scarlett. Si vous faites allusion à mon boudoir, je vais vous décevoir, car j'ai procédé à de nouveaux aménagements, en songeant à vous, Maybel. Je suis aussi intuitive que votre fille, j'avais senti votre malaise. Mais venez, je serai ravie d'avoir votre avis sur la décoration. Loretta, ne reste pas plantée là, va préparer du thé.

Maybel et Élisabeth suivirent Scarlett, dont la robe de taffetas vert s'accordait aux plantes tropicales ornant le large vestibule.

— Vous disiez vrai, Maybel, ces toiles étaient horribles. Je m'en suis séparée avec joie. C'était stupide de les conserver.

Sur ces mots, elle ouvrit une porte, précédant les visiteuses dans une chambre inondée de soleil, aux murs peints d'un rose pastel. Des gravures de mode encadrées avaient remplacé les grands tableaux qu'avait vus Élisabeth dans son cauchemar. Des fauteuils en tapisserie fleurie voisinaient avec une jolie table ronde et une commode à six tiroirs, en bois clair. Des bouquets d'œillets et de renoncules étaient disposés sur les meubles, ainsi que des statuettes en ivoire.

— Est-ce vraiment la même pièce ? Quand avez-vous effectué ces changements ? demanda Maybel.

— Durant mon absence, pour ne pas être importunée par les ouvriers. J'avais confié les clefs au portier de la résidence. Maintenant, il me semble que j'ai droit à quelques explications. Vos manières me font songer à celles de la police quand elle traque un coupable et exige de fouiller sa maison.

— Et parfois le coupable a eu l'intelligence d'effacer toute trace de ses méfaits ! insinua Élisabeth. Je suis bien informée sur la question, car mon mari, Richard Johnson, était détective, et son père tient toujours une agence d'enquêtes privées, près de Longacre Square.

— C'est intéressant, Lisbeth, vous devriez postuler auprès de votre ancien et éphémère beau-père, puisque les investigations vous passionnent.

Elles se défièrent du regard, au profond désarroi de Maybel qui ne savait plus quoi penser. Elle joua la franchise.

— Excusez-nous, Scarlett, de vous avoir dérangée, mais j'en ai assez de vos mensonges, de vos caprices, de vos prédictions. Vous m'aviez dit être célibataire, ensuite j'apprends qu'il n'en est rien, que vous avez eu deux maris. J'ai failli céder au désespoir, par votre faute, en croyant à une liaison entre Edward et Norma, une honnête fille prête à se fiancer.

— Je vous ai demandé pardon, Maybel, plaida son amie.

— Vous souhaitez une explication, la voici. Lisbeth a fait un cauchemar, où l'on torturait un chat, peut-être dans votre boudoir, puisqu'elle m'a dépeint vos affreux tableaux, où figuraient des hommes ensanglantés, décapités. J'ajoute que le mois dernier, quand j'ai entendu miauler un chat, il poussait un cri d'agonie. Qui s'en prenait à une bestiole innocente ? Vous ?

— *Mummy*, calme-toi, un rêve n'est pas une preuve, dit Élisabeth, désorientée par la véhémence de Maybel, d'ordinaire douce et craintive.

Scarlett Turner, très digne, alluma une cigarette. Elle fronça ses sourcils blonds en fixant les rideaux de tulle de la fenêtre.

— Je n'avais jamais eu une amie comme vous, Maybel. Je suis amèrement déçue. Votre précieuse Lisbeth est là, je suis devenue inutile, et vous me rejetez. Pire encore, votre fille me soupçonne de supplicier un animal, moi qui ne peux même pas en toucher un. J'en ai la phobie. Sortez toutes les deux, je vous prie. J'ai le cœur brisé.

Sa voix tremblait, ses yeux gris-bleu se voilaient de larmes. Elle s'assit dans un fauteuil, cachant son visage d'une main.

— Allons-nous-en, *mummy*, tout est ma faute, déplora Élisabeth qui percevait la souffrance morale de Scarlett. J'aurais dû me taire.

— Retourne chez nous, Lisbeth, moi je reste un peu, déclara Maybel. Je voudrais éclaircir certains points, seule…

La jeune femme, quoique surprise, se retira. Dans le hall, elle aperçut Loretta qui semblait la guetter depuis le seuil de l'office.

— Vous écoutiez à la porte, ne dites pas le contraire, Loretta ! lui dit-elle. Vous respirez vite, comme quelqu'un qui a couru.

D'abord stupéfaite, l'adolescente nia d'un signe de tête.

— Peu importe, ça me donne l'occasion de vous poser une question. Qu'avez-vous fait du chat, le matou galeux que vous aviez recueilli ?

— Je l'ai emmené dans Central Park, sur l'ordre de madame. Je ne pouvais pas savoir que ces bêtes lui causaient des crises. Elle se met à tousser, à éternuer. Mais de là à les torturer, ça, jamais. Vous en avez de vilaines idées, votre mère et vous.

Élisabeth retint un soupir angoissé. Loretta lui mentait.

Dakota Building, chez les Woolworth, à midi

Maybel était toujours chez Scarlett. Élisabeth consulta la pendulette, une pièce de musée qui trônait sur la cheminée du salon. Le tintement de la sonnette, troublant le silence de l'appartement, la fit se précipiter dans le hall en même temps que Norma. Elles découvrirent ensemble le minois au teint bistre de Loretta.

— Je viens vous avertir que Mme Woolworth déjeune chez Mme Turner ! récita l'adolescente qui triturait nerveusement son petit tablier blanc.

— Pourtant, quand je les ai quittées, elles n'étaient pas en très bons termes ! fit remarquer Élisabeth.

— Elles se sont réconciliées. J'oubliais, votre mère vous fait dire de ne pas vous inquiéter, ajouta Loretta.

La domestique s'esquiva d'un pas rapide. Norma secoua la tête d'un air triste, ce qui intrigua Élisabeth.

— Vous semblez plaindre cette jeune fille, Norma.

— Oui, je ne pourrai pas travailler pour une femme comme Mme Turner. Je n'oserai pas parler franchement à madame votre mère, mais je suis plus à l'aise avec vous.

— Dites-moi ce que vous savez, je vous en prie. Allons dans la cuisine, nous prendrons un café toutes les deux, comme je le faisais avec ma chère Bonnie. J'ai tellement besoin d'amitié et vous m'inspirez confiance, Norma.

Élisabeth et la gouvernante furent bientôt assises face à face, autour d'une cafetière fumante. Des légumes mijotaient sur le fourneau à gaz et leur odeur potagère conférait à la pièce aux murs jaunes une agréable atmosphère.

— Les employées de maison ont souvent l'occasion de discuter dans la cour de l'immeuble, commença Norma à voix basse. Le portier est également enclin au bavardage. Il nous salue en riant et, s'il le peut, il s'approche pour nous écouter, ou même courtiser les plus jolies. Quand je suis entrée au service de vos parents, il y a un an et demi, j'ai vite compris que Mme Woolworth recevait beaucoup sa belle-sœur Doris, et sa fille Pearl. Scarlett Turner était invitée aussi, puisqu'elle était une amie de Doris Woolworth. Ces dames avaient la passion de tirer les cartes, d'interroger les tarots. Je n'aimais pas ça, mon Église condamne ces pratiques.

— Vous êtes protestante, n'est-ce pas ?

— Oui, comme toute ma famille. Mais ce n'est qu'un détail. Une chose me surprenait, Mme Turner n'organisait aucun goûter chez elle, aucun dîner. J'ignorais si elle avait une domestique, car, dans la cour, quand je descendais la poubelle, personne ne disait être à son service.

Élisabeth écoutait, pleine d'appréhension, déjà certaine que Norma s'apprêtait à lui révéler des faits importants.

— Mais un soir, reprit celle-ci, j'ai vu le portier parler à une très jeune fille. Il venait de lui ouvrir la grille. Elle avait une petite valise à la main et elle pleurait. Je n'ai pas pu m'empêcher de la rattraper, car je ne la connaissais pas et elle semblait désespérée. Nous avons marché un peu dans la rue. Et j'ai appris…

La gouvernante se tut, embarrassée. Elle avala une gorgée de café, en évitant le regard insistant d'Élisabeth.

— Dieu m'est témoin, madame Johnson, je vous avoue ceci pour avoir la conscience en paix. Scarlett Turner avait congédié cette demoiselle, d'une rare beauté, et la cause de ce renvoi m'a horrifiée.

— C'était à ce point ! s'effara Élisabeth.

— Je ne peux pas vous répéter les mots exacts qu'elle disait en sanglotant, mais c'était à peu près ça : « Je suis sans un sou, elle a refusé de me verser mes gages. Pourtant je ne pouvais pas lui obéir. Ce sont des mœurs contre nature. » Ensuite elle m'a saluée et elle s'est éloignée.

— Excusez-moi, Norma, je n'ignore pas l'existence d'odieuses perversions, mais, dans ce cas, qu'est-ce que ça signifie ?

— Eh bien, j'en avais déduit que Mme Turner appréciait les femmes, et qu'elle n'était pas attirée par les hommes. Loretta a dû accepter, elle, de se plier aux caprices de sa patronne. Vous avez remarqué comme moi qu'elle est très jeune et très jolie.

— Seigneur, comment est-ce possible ? J'ignorais que ce genre de comportement existait. Je vous remercie, Norma, de m'avoir renseignée sur un sujet aussi particulier. Et *mummy* ? Est-elle au courant ?

— J'en doute, Mme Woolworth est assez naïve.

— En effet… Je dois sortir, Norma.

— Sans déjeuner ?

— Je serais incapable d'avaler quoi que ce soit. J'ai une visite à faire avant de rejoindre mes petits protégés. Encore merci, Norma, vous êtes une véritable amie. Et si vous pouviez ne plus m'appeler « madame Johnson », ça me ferait plaisir. Lisbeth me plairait davantage, au moins quand nous sommes seules.

— J'essaierai, je vous le promets.

Broadway, même jour, 2 heures de l'après-midi

Élisabeth pressa le pas en apercevant Agathe et Louison assis sur une caisse, en plein soleil, devant la blanchisserie. Elle agita la main et ils répondirent du même geste réjoui. Les deux enfants formaient un tableau adorable, dans leurs plus beaux habits.

— J'avais peur de vous faire attendre, j'ai couru en descendant de l'omnibus ! avoua-t-elle.

Elle les embrassa en fermant les yeux pour mieux savourer l'instant. Leur joie innocente, leur sourire apaisaient le chaos de son esprit.

— J'étais si pressée de vous revoir ! dit-elle en les contemplant à nouveau. Agathe, tu as repris des joues, et toi, Louison, tes cheveux ont encore poussé. Tu ne seras plus obligé de cacher ton crâne tondu sous une casquette, comme sur *La Gascogne*.

La semaine précédente, Maybel s'était séparée sans regret des vêtements que portait Élisabeth à l'âge de la fillette. Leur père avait été sidéré par la qualité des toilettes, du linge de corps.

— J'ai choisi ta robe bleue, annonça Agathe. Mais elle est un peu grande.

— Parce que tu es toute menue, ma mignonne. Bonnie la mettra à ta taille, c'est une excellente couturière. Eh oui, je vous emmène rendre visite à Bonnie et à mon oncle Jean. En tramway, Louison.

— Chouette ! Ce que tu es gentille, Lisbeth ! s'écria le garçon. On y va ?

— D'abord, tu devrais prévenir ton père que je suis arrivée et que nous partons.

— OK !

L'expression d'origine britannique, de plus en plus usitée aux États-Unis, fit pouffer Élisabeth. Louison serait bientôt capable de communiquer avec les autres gamins de Broadway. Elle guetta son retour, sensible à l'odeur persistante d'eau chaude et savonneuse qui s'échappait du local. Le vacarme qui régnait derrière les murs de la blanchisserie était assourdissant, plusieurs machines étant actionnées en même temps pour brasser le contenu des cuves de lessive, essorer les tissus, les rincer.

Henri Moreau la trouva ainsi, le nez en l'air, attentive à l'activité de ruche dont elle ne voyait rien depuis le trottoir.

— Bonjour, Lisbeth ! dit-il d'un ton égayé. Vous êtes d'un *chic* !

— Bonjour, Henri ! répliqua-t-elle. Vous êtes bien français pour employer ce mot-là, « chic » ! Mais je vous remercie du compliment.

Le jeune veuf était torse nu, hormis les bretelles qui tenaient son pantalon de toile poisseux. Il avait cependant mis une chemise sur ses épaules, sans l'enfiler.

— C'est vraiment généreux de vous occuper de mes petits, je ne pourrai jamais vous remercier assez, ajouta-t-il. Savez-vous, Agathe dort avec votre poupée sur le cœur.

— Avec sa poupée ! rectifia Élisabeth. Bien, je ne veux pas vous retarder, je vous ramènerai les enfants à 19 heures.

Henri poussa Louison vers elle, car son fils lui tenait encore la main. Ils lui adressèrent le même sourire bienveillant, le même regard brun, très doux, où elle lut de l'admiration.

« Je n'aurais pas dû sortir dans cette tenue ! se reprocha-t-elle. Pourquoi ne suis-je pas en noir ? »

Élisabeth avait mis une robe en satin mauve à rayures grises, un peu décolletée. Maybel la lui avait achetée en prétendant que c'était une toilette de demi-deuil.

— Tu es belle, comme ça ! lui dit Agathe de sa voix ténue. L'autre jour, tu étais en noir, ça me rendait triste.

— Alors, si je te plais, tout va bien, mignonne. En route.

Brooklyn, épicerie Duquesne, même jour

Bonnie balayait le seuil de la boutique quand elle reconnut Élisabeth, parmi la foule des badauds. Tout de suite elle poussa un petit cri de joie qui fit sortir Jean sur le trottoir.

— Nous avons de la visite, lui dit-elle en riant.

— Mais Élisabeth n'est pas seule, constata-t-il. Elle tient les petits du bateau par la main. Dieu soit loué, elle a meilleure mine.

Louison agitait son bras libre pour saluer le couple qui avait pris la pose, devant la vitrine étincelante de propreté de l'épicerie. Élisabeth lâcha le garçon qui s'élança en courant.

— J'suis monté dans un tramway ! s'écria-t-il. Quand je le dirai à papa, il sera épaté. Bonjour, m'sieur Jean, bonjour, m'dame Bonnie. J'peux vous faire la bise ?

— Tu as intérêt, sacripant, plaisanta celle-ci en se penchant pour lui tendre ses joues rondes.

Élisabeth fut elle aussi embrassée, d'abord par son oncle, puis par Bonnie.

— J'ai essayé de vous téléphoner pour vous annoncer ma visite, expliqua-t-elle, mais ça sonnait dans le vide. Alors, êtes-vous prêts pour l'ouverture ?

— Viens voir et dis-moi ce que tu en penses, ma nièce ! proposa Jean en lui désignant la porte vitrée, restée grande ouverte.

Seule Agathe semblait intimidée. Elle serrait fort la main de la jeune femme et se cachait derrière elle.

— N'aie pas peur, petite, la rassura Bonnie. Nous avons reçu des boules de gomme à l'anis et des sucres d'orge. Dis donc, tu en as une jolie robe !

— Il faudrait l'ajuster à sa taille, indiqua tout bas Élisabeth. Nous aurons le temps, je garde les enfants jusqu'à ce soir.

Louison entra le premier dans le magasin. Il voulait siffler pour montrer son admiration, cependant il resta bouche bée. La quantité des marchandises, leur diversité l'émerveillaient. Il y avait des piles de boîtes de conserve aux couleurs vives, rangées sur les étagères, des bocaux en verre sur le comptoir en bois verni, dans lesquels on pouvait admirer les fameux sucres d'orge aux teintes appétissantes, du jaune, du vert, du rouge.

— J'ai un rayon mercerie, Lisbeth, précisa Bonnie. Du fil, des boutons, des rubans, du galon, des aiguilles, des ciseaux de couture.

— J'attends des produits français, renchérit Jean Duquesne qui arborait un tablier gris sur une chemise blanche. Ils arrivent par cargo.

Agathe, dont le nez se trouvait à hauteur d'un panier rempli d'oranges, ne put résister et effleura la peau d'un des fruits.

— C'est quoi, ça? demanda-t-elle tout bas. Des balles ?

— Non, chérie, ce sont des oranges, lui répondit Bonnie. Tu n'en avais jamais vu ? Je t'en ferai goûter une tout à l'heure.

Élisabeth déambulait dans la boutique, charmée. Les murs étaient peints en jaune, les boiseries en vert pâle. Elle dénombra toute une série de paquets en carton, contenant des pâtes, du riz, du sucre, de la farine.

— Nous servons déjà quelques clientes, avoua Jean. J'ai bon espoir, ça devrait marcher, notre commerce.

— Et le mariage, mon oncle ?

— Il est prévu samedi 26 août, Lisbeth, et je comptais passer chez les Woolworth te confirmer la date, puisque tu es mon témoin. Jean a rendu visite à monsieur Edward, à ses bureaux, comme il voulait bien être son témoin.

— Bonnie, tu vas t'appeler Mme Duquesne, j'en suis ravie, et tu deviendras ma tante, dit Élisabeth en souriant. Ai-je droit à un café et à des biscuits ? Je n'ai pas pu déjeuner. Je voudrais te parler, aussi.

— Bien sûr, suis-moi, l'arrière-boutique est impeccable, nous avons un réchaud et une cour. Les petits peuvent aller y jouer.

Sur ces mots, Bonnie offrit des confiseries aux deux enfants et les emmena vers la cour. Fine mouche, l'ancienne gouvernante avait noté l'air soucieux d'Élisabeth. Quant à Jean, il se remit au travail. Le matin même, on lui avait livré des caisses de harengs fumés qu'il devait ouvrir en les déclouant.

Dès qu'elles furent seules, Bonnie interrogea la jeune femme d'un regard intrigué.

— Qu'est-ce qui te préoccupe, Lisbeth ? Je me tracasse souvent pour toi, sais-tu ! Si je m'écoutais, j'irais tous les quatre matins prendre de tes nouvelles.

— J'ai rencontré Scarlett Turner, l'amie de *mummy*. D'abord, je l'ai trouvée extravagante, mais j'étais prévenue. J'ai tout de suite senti qu'elle aimait beaucoup Maybel. Hélas, quand elle m'a pris la main un instant, j'ai changé d'avis. Cette femme est mauvaise, j'en ai eu la confirmation par Norma aujourd'hui.

Élisabeth baissa encore la voix afin de confier à Bonnie ce qu'elle avait appris.

— Seigneur, en voilà des pratiques scandaleuses, s'effara celle-ci. Tu dois vite en parler à madame Maybel.

— Non, je préfère attendre. Bonnie, avant de prendre les enfants, je suis allée solliciter l'aide de M. Johnson, dans son agence près de Longacre Square. Il était très content de me revoir et il m'a écoutée avec sérieux.

— Le père de Richard ? En quoi pourrait-il t'aider ?

— Je l'ai prié d'enquêter sur Scarlett Turner, c'est son métier. Il a refusé d'être payé, c'est le point qui me gêne le plus. Mais il m'a promis de découvrir la vérité sur elle. Je crains pour *mummy*, comprends-tu ? Et j'ai besoin de me battre contre le vice, le mal, je dirai même contre le diable, s'il existe.

Bonnie se signa d'un geste rapide. Elle jeta des coups d'œil navrés sur le décor chaleureux et très simple qui les entourait.

— Je suis désolée, je viens ici et je t'impose mes idées noires alors que tu sembles tellement heureuse, déplora Élisabeth. Mais j'ai tant souffert des bassesses perverses d'un homme, tu sais lequel, je ne peux pas laisser Scarlett manipuler *mummy*. J'ai la certitude, à présent, qu'elle voulait la séparer de *daddy*. L'amour que j'ai perçu envers Maybel n'était pas une vive affection, non. J'étais ignorante, cela rendait confuses mes sensations. C'est fini, j'y vois clair. Cette femme l'aime à sa façon.

Élisabeth se tut. Elle se tourna vers la porte-fenêtre donnant sur la cour. La vision de Louison et de sa sœur qui jouaient avec une toupie lui insuffla du courage et un brin d'espérance.

9

Scarlett Turner

Central Park, samedi 26 août 1899

Une joyeuse compagnie pique-niquait sur une des pelouses de Central Park, à l'ombre d'un bosquet de sycomores. Une large nappe à carreaux rouges et blancs disparaissait presque sous les victuailles que chacun avait apportées. C'était le repas de noce, simple et en plein air, qu'avaient souhaité Bonnie et Jean.

— Madame Duquesne, prendrez-vous de la salade ? demanda d'un ton courtois Baptiste Rambert. C'est une recette italienne que ma femme réussit à merveille, avec de la mozzarella et des tomates fraîches.

— Vous me gênez, monsieur, en m'appelant ainsi, répliqua la mariée, charmante dans sa toilette en soie ivoire assortie d'un ravissant chapeau de paille, orné de fleurs en tissu.

— Il faudra t'y habituer, ma douce, plaisanta Jean. Mon ami Baptiste fait bien de te rappeler que tu es désormais mon épouse.

Léa Rambert pouffa, amusée, puis, sans attendre l'accord des uns et des autres, se mit à servir la fameuse salade. Maybel lui tendit son assiette en porcelaine blanche au bord ouvragé, car elle avait tenu à apporter de la jolie vaisselle.

— Nous mangerons sur l'herbe, d'accord, mais quand même, c'est un déjeuner de fête, avait-elle déclaré à Norma.

La jeune gouvernante était de la partie, en robe de cotonnade fleurie, ses cheveux blonds savamment coiffés en un chignon composé de nattes.

— Si quelqu'un veut des œufs durs, j'en ai fait cuire plus d'une douzaine, annonça Henri Moreau. Mon cousin élève des poules derrière la blanchisserie, nourries au blé et à l'orge.

— C'est une bonne idée, fit remarquer Élisabeth. J'en prendrai volontiers.

Louison affichait un large sourire ébloui, mais sa petite sœur Agathe, très intimidée, jetait des regards inquiets sur tous ces inconnus qui l'entouraient. Les discussions, les éclats de rire la faisaient se replier sur elle-même, malgré les tentatives que Maybel déployait pour la rassurer, lui caressant les cheveux que l'enfant avait raides et d'un blond pâle.

Quant à Tony et Miranda, le fils et la fille de Léa et Baptiste Rambert, ils étaient beaucoup plus à l'aise ; âgés à présent respectivement de treize et huit ans, ils s'étaient assis près d'Élisabeth.

Les cadeaux qu'elle leur avait offerts, lors de sa visite chez eux quatre jours auparavant, les avaient conquis, autant les jouets que les confiseries.

— J'apprécie vraiment d'être là avec vous tous, déclara Edward Woolworth. Je n'avais pas pique-niqué depuis mon adolescence, j'ai l'impression de rajeunir. Peux-tu traduire pour tes amis français, Lisbeth ?

— Oui, *daddy*, tout de suite ! répliqua la jeune femme, amusée, avant de s'exécuter.

En costume de flanelle beige, débarrassé de sa cravate, sa chemise blanche déboutonnée, le riche négociant new-yorkais avait une expression détendue. Il déboucha une bouteille de vin rouge, un grand cru bordelais, à la vive satisfaction du marié qui le remercia en anglais.

— J'essaie d'apprendre la langue d'ici, mais j'ai beaucoup de mal, déplora Jean. Je peux dire : « merci », « bonjour », « bonsoir » et « comment allez-vous ? ». Rien d'autre. Et vous, Henri ?

— Louison se fera comprendre des Américains avant moi, rétorqua celui-ci. De toute façon, à la blanchisserie, on parle français. Didier, mon cousin, a embauché des hommes de sa province, le Berry.

— Ainsi vous êtes berrichon ? s'intéressa Élisabeth.

— Plus ou moins, ma mère était de la Haute-Vienne. Sa famille s'est installée à Issoudun, dans l'Indre.

Henri ponctua sa réponse d'un sourire discret. Il avait mis ses habits du dimanche pour l'occasion. Maybel l'observait à la dérobée, par instants, et elle constata bien vite que le regard sombre de l'immigrant s'attachait souvent au visage d'Élisabeth.

Tandis que Norma proposait des tranches de rôti froid, Bonnie savourait son bonheur, un verre à la main. Elle était enfin mariée et très amoureuse, ce qui lui donnait l'impression de vivre un rêve éveillé, assise à la place d'honneur parmi les convives.

« Mme et M. Woolworth semblent enchantés, Léa et Baptiste aussi. Jean était si content de revoir l'ami de son frère. Ils se sont reconnus tout de suite, après si longtemps, se disait-elle. Élisabeth m'a demandé d'inviter Henri Moreau et ses petits, je ne pouvais pas refuser. Ils sont devenus amis, paraît-il. Ils sont tous les deux en deuil, ça a dû les rapprocher. »

Élisabeth, sous un air paisible, avait cependant l'esprit en ébullition. Le matin même, avant de partir pour la cérémonie qui unirait Bonnie et son oncle, elle avait reçu une lettre du père de Richard, postée dans le Maine. Robert Johnson lui promettait des informations d'une extrême importance, concernant bien sûr Scarlett Turner. Il précisait néanmoins qu'il préférait les lui révéler de vive voix, à son retour.

Neuf jours s'étaient écoulés depuis que la jeune femme avait sollicité l'aide du détective. Elle gardait secrètes sa démarche et les révélations de Norma, car l'attitude de Maybel l'intriguait. Déjà, elle s'était montrée évasive au sujet du déjeuner partagé avec son amie Scarlett. Par la suite, elle avait éludé les questions que lui posait Élisabeth.

« *Mummy* s'est contentée de me dire combien nous avions fait de la peine à cette femme, se souvint-elle. En ajoutant que c'était juste une originale, une personne très sensible. »

Elle en était là de ses pensées quand une musique au rythme saccadé résonna derrière les buissons de troènes. L'instrument devait être un tambourin, le son étant léger, métallique.

— Regardez ! s'égosilla Louison en se levant précipitamment. Un ours, y a un ours là-bas ! Papa, je peux aller le voir de près ?

Tony Rambert avait bondi sur ses pieds. Il fit un geste en direction du pont en pierre tout proche sous lequel coulait une des rivières du parc. Henri se leva à son tour.

— Ah, c'est un ours dressé, son maître le tient, dit-il, rassuré.

— Je peux accompagner Louison, monsieur ? proposa Tony.

— Si tes parents t'en donnent l'autorisation, je suis d'accord, mon garçon, répliqua le jeune veuf.

— Il n'y a pas de souci de mon côté, affirma Baptiste Rambert. Mon fils a la tête sur les épaules, il veillera sur le vôtre, Henri.

— Les petites filles sont mieux ici, trancha Bonnie. On ne sait jamais. Ces bêtes peuvent être dangereuses.

Miranda Rambert fit la moue car elle aurait voulu suivre son grand frère.

— La bête doit être muselée et avoir les griffes limées, hasarda Henri. Gamin, j'avais vu un spectacle avec un ours qui dansait, sur la place de mon village.

— Moi aussi, mais sur le pont du paquebot *La Champagne*, il y a plus de treize ans, lui confia Élisabeth. L'animal se nommait Garro, et l'homme était français, un montagnard.

— Je vous en prie, nous aimerions savoir de quoi il s'agit, si tu pouvais traduire, Lisbeth ! protesta Edward Woolworth.

Une fois encore, la jeune femme joua les interprètes pour ses parents. Maybel lança un coup d'œil inquiet vers le pont.

— Ce doit être un autre montreur d'ours, Lisbeth, dit-elle d'un ton hésitant. L'été, il y a de nombreuses attractions dans Central Park. J'ai souvent aperçu des baladins qui exhibaient une pauvre bête, des oursons, des singes. Ce n'est pas vraiment réjouissant.

Tony et Louison ne semblaient pas de cet avis. Les deux garçons s'étaient mêlés aux curieux qui escortaient l'animal enchaîné et un homme coiffé d'un chapeau noir.

— Tu es toute pâle, ma nièce ! nota Jean. Un mauvais souvenir te revient, c'est ça ?

— Oui, je me demande quelle vie j'aurais eue si j'avais suivi le montreur d'ours de mon enfance. Il insistait pour m'emmener et je me suis enfuie.

Soucieuse de faire partager son émotion à ses parents, elle répéta ses paroles en anglais. Maybel soupira :

— Et nous t'avons vue te jeter sous les sabots de notre cheval. Il faut croire que c'était ton destin de grandir près de nous, chérie, puis de t'en aller et de revenir, Dieu soit loué.

— Peut-être, *mummy*, cependant tout serait plus harmonieux si je ne vous avais pas quittés, *daddy* et toi. Richard n'aurait pas trouvé la mort dans des conditions horribles et…

— Et quoi, Lisbeth ? insista Edward, la devinant hésitante.

Elle voulait ajouter que Scarlett Turner ne se serait pas immiscée dans le quotidien de Maybel, mais les circonstances ne s'y prêtaient pas.

— Rien, c'est un jour de fête, je m'en voudrais de le gâcher avec mes regrets, dit-elle seulement. Excusez-moi, je vais rejoindre les garçons.

Élisabeth fut si preste qu'Henri Moreau n'osa pas la suivre. Il la vit s'approcher des gens rassemblés autour de l'ours et de son dresseur, qui jouait du tambourin. La voix rocailleuse de l'homme lui parvint, assourdie par les cris des enfants et les exclamations des badauds.

— Allez, Garro, on se tient bien droit et on danse pour ce beau monde !

Des femmes applaudirent, car la grosse bête, dressée de toute sa hauteur, commençait à se balancer d'une patte sur l'autre. Louison et Tony frappaient des mains en cadence, comme la plupart des gens.

— Et on tourne, Garro ! ordonna son maître.

Élisabeth, oppressée, replongeait dans le passé en fixant les prunelles fauves de l'animal où elle décelait de la résignation, une tristesse presque humaine. La pitié la submergeait lorsqu'elle aperçut Scarlett Turner, à quelques mètres de là. Une voilette noire dissimulait ses traits, pourtant on devinait ses yeux clairs, le pli méprisant de ses lèvres.

« Que fait-elle ici ? s'indigna-t-elle intérieurement. Et si elle tentait de s'inviter à notre déjeuner… »

Prise d'une colère froide, Élisabeth recula et s'appuya au tronc d'un orme. Henri s'interposa soudain entre elle et les spectateurs.

— Est-ce que ça va ? demanda-t-il. Vous êtes livide.

— Ne bougez plus, s'il vous plaît. Il y a en face de nous une personne avec qui je n'ai aucune envie de parler. Une voisine du Dakota Building.

— Entendu, murmura-t-il.

L'ours Garro, pendant ce temps, saluait son public en imitant une révérence maladroite. Le montagnard coinça son tambourin sous son bras gauche et, du droit, il présenta son chapeau, dévoilant à l'occasion le sommet de son crâne chauve et quelques mèches grises au niveau des oreilles.

— C'est bien le même ours et le même individu qui étaient sur le bateau jadis, souffla Élisabeth. Je me sauverais si je pouvais, mais je dois attendre un peu.

Elle épiait toujours Scarlett, dont l'immobilité lui paraissait anormale. Tony et Louison revenaient déjà en courant.

— Retournez manger un morceau ! recommanda Henri. Dites que nous arrivons.

— Oui, p'pa ! répliqua son fils sans discuter.

Élisabeth, peu à peu, se sentait enveloppée d'une brume cotonneuse, dans laquelle la silhouette de Scarlett se dessinait nettement. Elle prêta à peine attention aux gens qui s'éloignaient, mais elle remarqua la face dépitée du montreur d'ours, occupé à compter sa recette.

— Je dois toujours vous servir de bouclier ? s'enquit le jeune veuf, dont la carrure la masquait en partie.

— Oui, oui, répondit-elle.

Elle fut alors témoin d'une scène insolite. Scarlett Turner se déplaça enfin pour aller s'entretenir avec le montagnard, qui l'accueillit d'un hochement de tête. Ils discutèrent tout bas un instant, ensuite ils échangèrent des enveloppes. Garro, lui, s'était assis et somnolait au soleil.

— Nous pouvons partir, Henri, murmura Élisabeth. Cette dame a fait demi-tour, elle emprunte le pont. Dieu merci, elle ne viendra pas perturber le repas de noce de Bonnie.

— Mais nous risquons de le faire si nous demeurons là, tous les deux, insinua-t-il.

— Peut-être, et ce serait dommage, concéda-t-elle.

Quand les jeunes gens furent de retour, on feignit poliment de n'avoir rien remarqué. De là où elle était assise, Bonnie avait vu Élisabeth et Henri presque l'un contre l'autre et elle ne savait qu'en penser. Maybel, en grande conversation avec Léa Rambert, qui parlait anglais, adressa un sourire distrait à sa fille.

Edward Woolworth, quant à lui, avait trouvé un interlocuteur de choix en la personne de Baptiste Rambert, devenu bilingue au fil des années. Les deux hommes évoquaient un projet de

« gratte-ciel », dont la construction devait débuter avec le prochain siècle.

— Il sera bâti à l'angle de la 23e Rue et de la 5e Avenue, sur une parcelle de terrain triangulaire, précisait le compagnon charpentier. L'architecte est un certain Burnham, qui a édifié des immeubles d'une hauteur impressionnante à Chicago. J'ai postulé pour travailler sur ce chantier.

— Et moi, j'espère pouvoir louer un des bureaux qu'il abritera. On m'a avancé le nombre de vingt-deux étages, j'aimerais être au sommet pour jouir de la vue, avoua Woolworth[1].

Henri reprit sa place mais il attira Agathe sur ses genoux. La fillette accepta enfin, une fois dans les bras de son père, de manger un œuf dur.

Norma adressa un fin sourire à Élisabeth, qui commençait à goûter le rôti froid. Comme elles étaient proches l'une de l'autre, la gouvernante chuchota, mine de rien :

— Je l'ai vue, et j'ai compris pourquoi vous vous attardiez sous cet arbre.

— Il faudrait interroger le montreur d'ours, répondit très bas Élisabeth. Ils ont échangé des enveloppes. C'est incongru, vous êtes d'accord ?

---

1. Il est fait allusion ici au célèbre Flatiron Building, construit en deux ans, de 1900 à 1902, haut de quatre-vingt-sept mètres, à la forme triangulaire.

— L'homme ne dira jamais de quoi il s'agit, déplora Norma. Peut-être d'une adresse…

— Plutôt de l'argent en échange d'autre chose.

Jean Duquesne les entendit murmurer. Il avait un peu abusé de l'excellent vin offert par les Woolworth. Égayé, il lança à voix haute une exclamation bien française :

— Mes petites dames, pas de messes basses sans curé !

— Oh, Jean, tu n'as pas honte ? s'indigna Bonnie. Un peu de tenue, enfin. Si tu ne te tiens pas correctement, je te prive de champagne au dessert.

Il y eut quelques rires indulgents. Maybel et Edward ne cherchèrent même pas à en connaître la raison.

Deux heures plus tard, Élisabeth, Léa Rambert, Norma et Henri emmenaient les quatre enfants jusqu'au carrousel, qui enchantait petits et grands depuis bientôt trente ans.

— Il était temps que M. Woolworth raccompagne nos jeunes mariés, affirma Léa dans un français teinté d'accent italien. Votre oncle était ivre, Élisabeth.

— Et Bonnie très vexée de le voir ainsi ! rétorqua-t-elle en riant. Ils se seront vite réconciliés. Oncle Jean ne boit jamais, en temps ordinaire.

Mummy a prévu de les inviter à prendre un café en chemin.

— On peut pardonner à votre oncle, c'était le jour de ses noces, nota Henri. En tout cas, c'était gentil de nous inviter, les enfants et moi.

— Et nous donc ! renchérit Léa. Je vous remercie, Élisabeth. J'étais tellement contente, déjà, de vous revoir. On pensait souvent à vous, Baptiste et moi, on se demandait si votre grand-père se montrait affectueux, lui qui nous avait semblé froid, sévère. *Poverina !* Vous êtes revenue à New York, mais veuve de ce bel homme, Richard.

Sans le vouloir, Léa avait ravivé deux blessures à vif. Le cœur d'Élisabeth se serra aussitôt. Louison, qui lui tenait la main, la sentit tressaillir de tout son être.

— Sois pas triste, Lisbeth ! dit-il à mi-voix. On est là, papa, Agathe et moi.

— Mais oui, ce n'est rien, Louison. Regarde, nous sommes arrivés. J'adore ce manège, il est superbe. Je vous offre quatre tours chacun.

— C'est beaucoup trop, vraiment, s'offusqua Henri.

— Je suis d'accord avec M. Moreau, plaida Léa.

— Je vous en prie, ça me fait plaisir ! répondit Élisabeth. Ils méritent bien de se distraire. Je suis montée sur un cheval de bois, il y a trois ans environ. La sensation est exquise, de tourner ainsi, d'écouter jouer l'orgue.

Tony, Miranda, Louison et Agathe poussèrent un soupir joyeux quand Léa et Henri capitulèrent, sous le regard songeur de Norma. Ils se précipitèrent, dès qu'ils le purent, sous le chapiteau richement décoré du manège.

Les garçons enfourchèrent une monture peinturlurée, les fillettes s'installèrent, ravies, dans un chariot aux vives couleurs.

Élisabeth les suivit des yeux pendant quelques minutes, puis elle attira Norma à l'écart.

— Le montreur d'ours donne un autre spectacle là-bas, près de la buvette, j'ai entendu le tambourin. Je dois l'interroger. Dites que je vais chercher des sucreries ou de la limonade.

— Je ferais mieux d'y aller, suggéra la gouvernante.

— Non, Norma, j'ai une idée. Ne vous inquiétez pas. Au fond, ça me distrait de jouer les détectives, comme Richard. Je lui ai parfois reproché de faire ce métier, maintenant je me rends compte que c'est assez exaltant. Et je veux protéger *mummy*.

Élisabeth, la voilette de son chapeau rabattue sur son visage, se tenait un peu à l'écart de l'ours Garro et de son dresseur. Le public était restreint, sans doute à cause de la chaleur devenue orageuse. L'animal salua la dizaine de curieux, puis il retomba lourdement sur ses pattes.

— Merci, mesdames, merci, messieurs ! cria le montagnard, en vérité fort mécontent de sa recette.

Dès que les gens se furent dispersés, il conduisit sa bête à l'ombre des arbres. Élisabeth les rejoignit d'un pas rapide.

— Bonjour, Garro ! dit-elle doucement. Tu as l'air fatigué.

Alphonse Sutra se retourna, surpris. Il toisa l'élégante jeune femme avec perplexité.

— Té, une Française, bougonna-t-il. Bien le bonjour, entre compatriotes.

— Quel âge a votre animal, monsieur ?

— Bah, une quinzaine d'années, les ours, ça vit longtemps. Dites, pourquoi vous demandez ça ?

— Par curiosité, ce pauvre Garro me semble aussi malheureux qu'en 1886, sur le paquebot *La Champagne*. Eh oui, nous sommes de vieilles connaissances, lui, vous et moi.

L'Ariégeois se méfiait. Il avait les traits burinés, l'œil noir, la bouche en partie édentée.

— Dans ce parc, toujours à l'automne 1886, vous avez croisé une petite fille perdue et vous lui avez proposé de travailler, en dansant avec votre ours, en faisant la quête. C'était moi.

— J'ne sais point trop de quoi vous causez, c'est loin, ce temps-là. Je n'suis pas resté à New

York, j'ai traîné dans plusieurs États où il faisait moins froid en hiver. J'suis revenu par ici depuis quatre mois.

Très calme, Élisabeth approuva d'un signe de tête. L'odeur de fauve de l'ours lui parvenait, forte, prégnante. Garro s'était étalé sur l'herbe de tout son long.

— Il doit avoir soif, insinua-t-elle.

— Ben, il boira au ruisseau quand vous me ficherez la paix avec vos vieilles histoires, mademoiselle.

— Ne vous fâchez pas, monsieur, en fait j'aimerais savoir ce que vous vendez. Oui, tout à l'heure, je vous ai vu échanger des enveloppes avec une dame. J'ai de l'argent, moi aussi.

Le montagnard cracha par terre, furibond. Il décocha même un coup de pied à sa bête, ce qui irrita Élisabeth.

— Bon sang, fichez le camp, j'vous dis ! menaça l'homme.

— Vous n'avez pas envie de gagner des dollars en plus ? Je suis sûre que cette personne vous achetait quelque chose. Si vous me le dites, je vous paierai bien.

Élisabeth contenait sa nervosité et parlait bas, d'un ton aimable. Son expérience avec le brocanteur du Havre lui avait prouvé que certains individus cupides devenaient bavards contre des billets de banque.

— Après tout, grommela Alphonse Sutra, si vous m'payez, j'n'ai pas de raison de me taire, j'n'ai rien fait de mal. Je sers juste de commissionnaire, voilà.

— Je vous écoute, monsieur le montreur d'ours. Dites-moi tout, et vous aurez votre argent…

Château de Guerville, même jour, le soir

Hugues Laroche et Justin dînaient dans la salle à manger, face à face, comme ils en avaient désormais l'habitude. Souvent, pendant le repas, le châtelain interrogeait le jeune homme sur son enfance. Sa curiosité paraissait insatiable. Ce soir-là, il posa de nouvelles questions, attablé devant un faisan rôti.

— Une chose m'étonne, plus je te connais, Justin, déclara-t-il. Comment as-tu pu acquérir une éducation convenable et une instruction correcte sans aller à l'école ?

— J'avais déjà appris à lire seul, quand je suis entré au service d'un propriétaire terrien, du côté d'Aubeterre. C'était un homme bon, épris des « belles lettres ». Quand je lui ai demandé s'il pouvait me prêter des livres, il s'est montré enthousiaste. J'ai travaillé dix ans chez lui, un temps où il m'a enseigné beaucoup de sa science des chevaux, mais il m'encourageait aussi à étudier. J'étais heureux là-bas.

— Et ta mère est venue te chercher, nota sobrement Laroche. Je ne le regrette pas.

Aline apparut sur le seuil de la pièce, en robe de satin rouge au décolleté audacieux. Sa toilette rendait insolite le petit tablier blanc noué à sa taille.

La jeune femme avait remplacé Germaine avant la fuite d'Élisabeth, qui l'appréciait. Mais une fois seule sans maîtresse de maison, la jolie rousse s'était mis en tête de séduire le châtelain. Si elle avait réussi sans aucun mal à se retrouver dans son lit, elle s'enorgueillissait de sa position privilégiée.

— Je touche de bons gages, je suis la gouvernante du domaine, disait-elle à sa mère, les dimanches où elle lui rendait visite à Vouharte, une bourgade voisine. Monsieur ne peut plus se passer de mes services.

Elle mentait à peine. Hugues Laroche la laissait dormir près de lui et il la couvrait de cadeaux. Il pouvait assouvir avec Aline des besoins sexuels assez exigeants pour un homme de son âge. Un détail l'aliénait : les yeux bleu-vert de sa jeune maîtresse, qui lui rappelaient ceux de sa fille Catherine.

— Je venais voir où vous en étiez du dîner, messieurs ! dit-elle en s'approchant. Sidonie attend pour vous apporter la salade.

Les bougies de deux hauts chandeliers en argent, à six branches chacun, éclairaient la table. L'air tiède du crépuscule entrait par les fenêtres grandes ouvertes.

— Pourquoi attendre, va pour la salade, plaisanta Laroche.

Justin baissa la tête sur le contenu de son assiette, afin de marquer le dédain que lui inspirait Aline et de masquer le mépris qu'il éprouvait pour son père. C'était un jeu auquel il devenait habile. Mariette elle-même s'y laissait prendre. Quand elle lui reprochait d'être trop conciliant envers le châtelain, il éludait le sujet d'un baiser. Personne ne devait savoir ses véritables raisons d'être là, dans le rôle du fils modèle.

— Le faisan est-il bien accommodé ? s'enquit Aline en ayant soin de moduler sa voix.

Elle passa derrière la chaise de Laroche et lui effleura le dos du bout des doigts, avant de s'éloigner d'une démarche lascive.

— Ne lui en veux pas, Justin, c'est une brave fille. Avant que tu t'installes ici, je lui permettais de partager mes repas. Je déteste manger seul. Une présence féminine est bien agréable, dans cette sinistre forteresse.

— Sans doute, mais j'aurais préféré cohabiter avec Élisabeth. C'est vraiment dommage qu'elle soit partie, répliqua-t-il. Elle aimait pourtant sa vie ici, sa jument Perle, et la famille Duquesne n'était pas loin.

— Je le déplore également, marmonna le châtelain, gêné.

Justin le prenait au dépourvu, car il n'avait encore jamais parlé de la jeune femme d'une manière aussi directe.

— Pourquoi s'est-elle mariée à Paris et non à Guerville ? insista-t-il, secrètement ravi de la mine altérée de Laroche.

— Par caprice sûrement. Alors, si nous revenions à nos chevaux ! Un des cobs boitille, il faudra lui faire un emplâtre demain matin.

— Par caprice ! répéta Justin, en fixant son père d'un regard noir. Il fallait votre consentement, vous étiez son tuteur légal.

— Je le lui avais donné, cela va sans dire. Mon garçon, sois aimable de tirer un trait sur ma petite-fille, comme je l'ai fait. Je ne suis pas idiot, j'ai cru deviner que tu avais des sentiments pour elle. Oublie-la. Elle est en Amérique, à présent, liée à ce Johnson.

L'irruption de Sidonie, une petite quadragénaire très mince, tout en noir sous un large devantier blanc, coupa court à la discussion. La domestique, d'une extrême timidité, déposa un saladier sur la table et recula avec maintes courbettes.

— Mais Élisabeth est ma nièce, disons la fille de ma demi-sœur. Dès que je l'ai su, de sa bouche même, l'attirance que j'éprouvais pour elle s'est changée en une vive affection.

— Tant mieux, trancha Laroche, de plus en plus embarrassé.

Justin se servit quelques feuilles de laitue avec un sourire rêveur. Il jubilait intérieurement.

« Ce vieux bouc ne savait rien. Il était troublé d'apprendre qu'Élisabeth s'était mariée à Paris et il ignorera longtemps qu'elle est veuve… »

Le silence fut de mise jusqu'à la fin du dîner. Justin se leva et, après un bref bonsoir, il se rendit aux écuries. Les arbres du parc bruissaient de battements d'ailes, de pépiements. Une chouette lançait son cri plaintif.

Grâce à la haine qui couvait en lui, le jeune homme savourait sans aucun scrupule son nouveau statut social. Il se réjouissait du contact agréable de ses vêtements neufs, du crissement de ses bottes en cuir. C'était sa revanche sur les brutalités subies petit garçon, sur la peur, la faim et le froid. Il alla caresser Perle, s'amusa avec son poulain. La jument lui était chère, son petit aussi.

Enfin, il leva la tête vers les premières étoiles, espérant que, de l'autre côté de l'océan, Élisabeth n'était pas trop malheureuse.

— Courage, ma princesse ! murmura-t-il. Tu es dans mon cœur pour l'éternité.

New York, Dakota Building, même jour

Norma avait envie de prendre la main d'Élisabeth, qui regardait tristement s'éloigner les silhouettes de Léa Rambert, d'Henri et des quatre enfants. Ils avaient insisté pour se rendre à pied vers la prochaine station de tramway.

— Ai-je réussi à donner le change, Norma? s'inquiéta tout bas la jeune femme.

— Pas à M. Moreau, ni à son petit Louison, répondit la gouvernante. Vous étiez très pâle, en revenant près du manège, et pendant le goûter vous aviez du mal à sourire.

— Si vous saviez ce que j'ai appris du montreur d'ours, vous ne seriez pas surprise. Norma, je dois avoir une conversation avec *mummy*. Je ne peux pas attendre le retour de mon beau-père.

Élisabeth, après avoir informé Bonnie de sa démarche auprès du détective, s'était confiée à Norma.

— M. Johnson rentrera bientôt, ce serait plus prudent d'avoir des preuves à fournir.

Elles entrèrent dans la cour de l'immeuble sans croiser le portier. Élisabeth jeta des coups d'œil soucieux vers les fenêtres du dernier étage.

— Scarlett Turner est loin d'être une originale, une personne très sensible, comme le prétend *mummy*, dit-elle à mi-voix. Je n'ai pas tout compris des propos du montagnard, mais il sert d'intermédiaire entre un gang et cette femme. Il refusait d'être précis, en affirmant que c'était pour mon bien.

— Seigneur, un gang ! s'affola Norma. Seigneur, en quoi ce drôle d'homme peut-il être utile à des bandits ? Il y a de vraies guerres entre les gangs, à New York.

— Ce sont des bandes de criminels, n'est-ce pas ?

— Oui, souvent, ce sont des immigrants de différents pays, des Asiatiques, des Italiens, des Siciliens. Quel rapport Mme Turner peut-elle entretenir avec un gang ?

— Eh bien, sa fortune l'autorise à louer de très jeunes filles pour son plaisir, balbutia Élisabeth, effarée de s'entendre prononcer ces mots. Je n'en sais pas davantage.

Norma l'entraîna vers l'entrée d'où elles pourraient prendre un des quatre ascenseurs.

— Quand même, ça ne se passe pas ici, dans le Dakota Building, murmura-t-elle. Nous l'aurions remarqué. Les rencontres se font sans doute dans un hôtel ou un autre logement.

— Certainement, Norma. Je suis révoltée, dégoûtée. *Mummy* ne recevra plus Scarlett Turner chez nous, je m'y opposerai.

— Dans ce cas, alertez M. Woolworth.

— Non, *daddy* ferait un scandale, il pourrait reprocher son aveuglement à *mummy*. J'ai retrouvé mes seconds parents, je veux préserver leur bonheur. Vous avez raison, Norma, j'aviserai de la conduite à tenir lorsque M. Johnson reviendra. Allons boire un bon thé, dans la cuisine.

Elles échangèrent un sourire sans joie, uniquement destiné à se rassurer l'une et l'autre.

Élisabeth s'éveilla au milieu de la nuit, le cœur battant à se rompre. Elle était moite de sueur. Vite, elle alluma sa lampe de chevet et se leva.

— Où est mon carnet ? Ah oui, dans le troisième tiroir de mon bureau.

Encore choquée par les images de son rêve, Élisabeth les nota d'une plume tremblante, tout en se reprochant d'être aussi fébrile. Des ondes voluptueuses l'agitaient encore. Les joues en feu, elle lutta en vain contre la honte.

— Cette fois, ça n'arrivera pas, décréta-t-elle, la bouche sèche. J'ai été perturbée, impressionnée.

Une main sur la médaille de baptême de sa mère, elle se relut, avec l'envie d'arracher la page, de la froisser. Pour résister, elle ferma les yeux et pria la Vierge Marie. La course de son sang s'apaisa enfin.

— Ce n'est rien, dit-elle dans un souffle. Je suis trop jeune pour être privée de mon mari. Richard, tu me manques…

Tout son corps aspirait à des caresses, à des baisers, à l'instant passionnant où l'homme et la femme s'unissent, ne faisant plus qu'un, en chemin vers l'extase.

— Je ne serais pas dans cet état sans ce maudit rêve ! gémit-elle, une fois son carnet rangé.

Dépitée, Élisabeth quitta sa chambre et se rendit à la cuisine pour boire un verre de lait froid. Maybel et Edward étaient revenus tôt de Brooklyn et ils avaient dîné tous les trois dans une ambiance chaleureuse.

« *Mummy* riait en me racontant comment Bonnie avait forcé oncle Jean à monter l'escalier, elle le tirait par le col de sa veste. Il faudrait que j'écrive à pépé Toine pour lui dépeindre le mariage de son benjamin », songea-t-elle.

Elle était pieds nus et marchait sans bruit, pourtant elle crut percevoir des pas derrière les siens, dans la pénombre du hall. Elle se retourna, mais il n'y avait personne. Angoissée, la jeune femme fut soulagée d'entendre du bruit dans la cuisine, d'où filtrait un rai de clarté. Elle ouvrit la porte et trouva Maybel, accoudée à la table, un verre d'alcool entre les mains.

— Lisbeth ? C'est toi ?

— *Mummy* ? Mais tu pleures ! Qu'est-ce que tu as, tu étais si gaie pendant le repas.

— Je me sens perdue, chérie, et je n'ose pas en parler.

Maybel releva la tête et la regarda d'un air égaré. Élisabeth chercha une serviette propre dans le placard et, délicatement, elle essuya ses larmes.

— Nous ne sommes pas souvent seules dans la cuisine à 3 heures du matin, *mummy* ! fit-elle remarquer. Profitons-en, dis-moi ce qui te tracasse. Je ne suis plus une petite fille.

— Tu es si jeune, Lisbeth, et même si tu as été mariée durant deux semaines, tu es encore innocente. Je serais incapable de t'avouer ce qui me blesse autant.

Élisabeth décida d'être franche. Elle se servit du lait et s'assit près de Maybel.

— Je suis désolée si tu es déçue, *mummy*, mais ma relation avec Richard a commencé avant nos fiançailles, il y a environ un an, en Charente.

— Que veux-tu dire par « relation » ?

— Nous étions amants, je le rencontrais dans une auberge, à Montignac, là où habite la famille Duquesne. J'avais passé des mois au chevet de Bonne-maman, et peu après ses obsèques, je me suis donnée à Richard.

Maybel approuva d'un signe de tête, ensuite elle attira la jeune femme dans ses bras.

— Alors ton deuil n'en est que plus pénible, déplora-t-elle. Ma petite Lisbeth, je suis tellement désolée. Et moi qui pleure pour des sottises.

— Des sottises en rapport avec ton amie Scarlett ?

— Oui, tu vois juste, je ne sais plus quoi faire. Tu as eu le cran de dire la vérité, je ferai pareil.

Le jour où je suis restée déjeuner chez elle, tu te souviens, quand elle sanglotait…

— Bien sûr, je m'en souviens, *mummy*, dis-moi !

— Scarlett semblait contente que je tente de la consoler. Elle m'a pris les mains, les a embrassées. J'étais embarrassée, tu peux l'imaginer. Et tout à coup, elle me fait une déclaration insensée, comme quoi elle est amoureuse de moi, qu'elle souffre le martyre si elle ne me voit pas pendant plusieurs jours. Enfin, je ne te répéterai pas les paroles enflammées que j'ai entendues. Je l'ai priée de se calmer, de m'expliquer.

Élisabeth avala une gorgée de lait, demeurant silencieuse afin de laisser Maybel poursuivre son récit.

— Autant te préciser qu'à mon âge, j'étais renseignée en la matière grâce à Edward. Nous sortions beaucoup, au début de notre mariage, et certains mondains et mondaines avaient des façons d'être qui m'étonnaient. J'ai découvert pourquoi ; ils préféraient les gens de leur sexe. Scarlett en fait partie, elle en souffre terriblement. Je ne pouvais pas la juger, elle était déjà si malheureuse. Maintenant tu es au courant. Dis quelque chose, Lisbeth. Seigneur, tu es choquée, c'est ça ?

— Non, Richard m'en avait parlé lui aussi, mentit Élisabeth.

— Ah, c'est peut-être mieux de savoir ce genre de choses très tôt. Mais ne crains rien, j'ai bien dit à Scarlett qu'elle ne devait rien espérer de mon côté. J'adore Edward. Surtout, il ne faut pas qu'il le sache, chérie, jamais. En fait, il s'agit d'amour. Tout au fond de moi, j'étais touchée d'avoir suscité un sentiment aussi fort chez une personne, même si c'était une femme.

— Pourquoi pleurais-tu, dans ce cas, *mummy* ?

— Oh, ce sont mes nerfs, après cette journée agitée. J'ai bu un peu plus que de coutume, comme ton oncle.

Élisabeth étreignit Maybel un long moment. Elle pensait au rêve ambigu qui l'avait réveillée sur le seuil de la jouissance.

— *Mummy*, dit-elle d'une voix douce, je voudrais que tu cesses de fréquenter Scarlett Turner. Elle finira par nous causer du tort, à tous. J'en ai la conviction.

— Sois tranquille, Lisbeth, hier après-midi, elle m'a annoncé son prochain départ. Elle s'en ira au mois d'octobre. Il paraît qu'un banquier est intéressé par son appartement. D'abord, je n'ai rien ressenti, et puis ce soir, j'ai compris combien elle me manquerait. Je me suis attachée à elle, moi qui n'avais jamais eu de vraies amies, par le passé. Je ne devrais pas être triste de la perdre. Pardon de t'ennuyer avec mes confidences.

— Je n'ai rien à te pardonner, *mummy*. Mais tu ne m'as pas tout dit, je le sens.

— Oh ! J'oubliais ta capacité à déceler les mensonges. Tu as raison, je cache l'essentiel. Je soupçonnais la vérité sur Scarlett, sans le montrer, et ces derniers mois, je la laissais être très câline, caressante. Ses baisers sur les joues frôlaient souvent mes lèvres et cela m'amusait, m'exaltait, me troublait. Tant qu'elle ne dépassait pas certaines limites, je faisais semblant de ne pas comprendre. Mais il y a eu la matinée où je suis entrée dans cette chambre obscure, où j'ai vu ces horribles tableaux. Scarlett m'a effrayée, elle était si froide, si hargneuse.

— Ce jour-là, elle t'a peut-être montré qui elle était vraiment, déclara Élisabeth.

— Non, je refuse de l'admettre. C'est pour moi qu'elle a refait la pièce et qu'elle s'est débarrassée des tableaux. Je ne sais plus quoi penser, chérie. Tout est confus dans ma tête. En somme, je suis malade de honte, car je suis obsédée par Scarlett. Et toi, tu écoutes mes délires gentiment, alors que tu as perdu ton grand amour.

Maybel se remit à pleurer sans bruit, sur l'épaule d'Élisabeth qui réfléchissait en silence.

« Comment agir au mieux ? s'interrogeait-elle. Si je révèle tout ce que j'ai appris à *mummy*, elle sera dévastée, encore plus honteuse. Si cette femme quitte vraiment le Dakota Building, le problème sera résolu. D'ici là, M. Johnson m'aura donné les résultats de son enquête. »

Elle repoussa Maybel avec délicatesse. Elle avait trouvé une solution d'urgence.

— Dorénavant, *mummy*, tu ne verras plus Scarlett seule, je veux dire sans moi. Je vous accompagnerai si elle te propose de sortir et tu peux l'inviter à venir chez nous, mais en ma présence. Je te servirai de bouclier.

— Tu feras un adorable bouclier, le plus beau du monde même, Lisbeth, admit Maybel en reniflant, le souffle court. Faisons ainsi, chérie. Je te remercie, tu es un ange, mon petit ange.

10

Une promesse

Central Park, jeudi 21 septembre 1899

Élisabeth s'était promenée sur la terrasse du Belvedere Castle avant de rejoindre Maybel et Scarlett à la buvette proche du carrousel. Depuis plusieurs jours, fidèle à sa décision, la jeune femme faisait acte de présence, dans la mesure du possible, dès que les deux amies se retrouvaient, soit chez les Woolworth, soit sous les ombrages du vaste parc.

« Mme Turner est très forte, songeait-elle en contemplant le paysage qui lui était si familier désormais. Elle duperait le diable lui-même. »

L'idée la fit sourire. Très croyante, Élisabeth allait rarement à la messe, cependant elle priait dans sa chambre, de toute son âme. Norma lui affirmait que c'était une pratique peu catholique, caractéristique des protestants.

— Nous nous confessons à Dieu, nous L'invoquons ainsi, car nous savons qu'Il nous écoute, expliquait la gouvernante. Il n'y a pas besoin de musique, de cierges ni de dorures.

— J'aime pourtant entrer dans une église, admirer les vitraux, écouter de l'orgue, répliquait-elle. Au fond, le plus important, c'est d'avoir la foi.

Elles tombaient toujours d'accord, si bien que, peu à peu, Norma succédait à Bonnie sur tous les plans, notamment celui de confidente et amie. Élisabeth en éprouvait une timide joie, comme elle appréciait ses brèves rencontres avec Henri, quand il discutait un instant avec elle devant la blanchisserie.

« J'ai assez tardé ! se dit-elle soudain, surprise par l'arrivée d'une cohorte de nuages. Il pourrait bien pleuvoir. »

C'était un plaisir sans cesse renouvelé pour Élisabeth de suivre les allées de Central Park, de franchir un des ponts en guettant le chant de l'eau vive. Il lui semblait parfois que sa destinée était liée à cet immense jardin, niché au cœur de Manhattan.

— Ce sera bientôt l'automne, murmura-t-elle. Je viendrai avec Louison et Agathe.

Maybel fut la première à la voir arriver, charmée par son pas léger, la façon dont elle tenait son ombrelle en soie mauve, assortie à sa robe de même couleur, aux fines rayures grises.

— Regardez Lisbeth ! Je suis sottement fière de ma fille, avoua-t-elle à Scarlett. Elle est ravissante, mais c'est un grand cœur aussi.

— Je vous l'accorde, Maybel. Lisbeth m'a prouvé sa bonté d'âme en acceptant de passer du temps avec moi, pardon, avec nous.

Le « nous » était chuchoté, presque mélodieux. Il fut suivi d'un compliment énoncé d'une voix encore plus sensuelle.

— Vous pouvez être fière aussi de sa beauté, Maybel. Savez-vous, votre fille pourrait avoir les mêmes yeux superbes, d'un bleu si pur, le même visage de madone, le même corps exquis, en étant fade, insignifiante. Mais non, Lisbeth rayonne d'une rare séduction, que je dirais mystérieuse. Les hommes tomberont à ses pieds.

— Un seul homme suffirait, Scarlett, et quand elle aura fait le deuil de son mari. Chut, la voici.

Élisabeth s'arrêta près de leur table, les joues roses d'avoir beaucoup marché. Elle replia son ombrelle et s'assit en face de Maybel.

— Alors, chérie, ce n'était pas trop pénible ? lui demanda celle-ci. Mardi, tu es revenue épuisée.

— C'est remarquable de vous dévouer pour nos orphelins, renchérit Scarlett.

— Je trouve la paix de l'esprit auprès des enfants, chère madame, répondit Élisabeth sobrement. Les Sœurs de la charité ont tant de travail.

Les abandons de nourrissons sont quotidiens. Aujourd'hui, la cloche annonçant qu'un enfant avait été déposé dans le panier a sonné trois fois. Dieu merci, le New York Foundling Hospital a pu mettre en place les Baby Trains[1]. Un convoi partira dans une semaine. Je participe à la confection des trousseaux pour les tout-petits.

— Mais c'est dans le Bronx ! s'étonna Scarlett. Soyez prudente, il y a des rues où il ne fait pas bon flâner.

— J'en ai eu l'expérience, madame, mon père a été tué dans une ruelle sous mes yeux, enfin il a été frappé à mort. Les criminels en tout genre hantent la ville, et ils ne sévissent pas uniquement dans le Bronx… La journée, je n'ai rien à craindre. L'hôpital est situé près de l'académie du mont Saint-Vincent[2], un collège réservé aux femmes. J'ai l'intention d'y suivre certains cours le mois prochain, si tout va bien.

— Si tout va bien, pourquoi dites-vous cela ? demanda Scarlett, sur le ton mondain qu'elle prenait le plus souvent, teinté d'une nuance ironique.

---

1. Mouvement catholique fondé en 1869, dans le cadre de l'Orphan Train Movement, organisation parallèle à la Children's Aid Society, mis en place par le protestant Charles Loring Brace. Les Baby Trains convoyaient des nourrissons et des enfants en bas âge vers le Middle West.

2. Collège fondé par les Sœurs de la charité en 1847.

Maybel, soudain gênée, jeta des regards éperdus autour d'elle. Il lui fallait une échappatoire. Elle se leva brusquement.

— J'ai aperçu ma nièce Pearl et son fiancé, dit-elle. Je vais les inviter à partager notre table. Lisbeth, tu commanderas du thé pour cinq personnes. Nous avions pris de la limonade en t'attendant.

Sur ces mots, elle s'élança dans l'allée bordée de massifs fleuris.

Élisabeth s'empressa de répondre à la question de Scarlett.

— Je voulais dire, madame, si je peux m'absenter chaque jour de la semaine. Je n'ai pas envie de laisser *mummy* seule avec vous. Pardonnez ma franchise. Mais vous aurez sans doute quitté le Dakota Building… et New York, je l'espère.

Les yeux gris-bleu de Scarlett brillèrent de colère. Sa bouche fardée eut un rictus déplaisant.

— Quelle mouche vous pique, Lisbeth ? Je pensais que nous étions en passe de devenir des amies. Et vous m'attaquez sans pitié.

— Oui, tout à fait. J'ai eu de la pitié pour vous une fois, mais ça n'arrivera plus.

— Ah ! Eh bien sachez que je ne tolérerai plus votre insolence. De même, je ne partirai pas. Allez jouer les étudiantes en abandonnant à nouveau Maybel, je saurai la consoler.

Élisabeth, très calme, observa Pearl et sa mère qui discutaient à une centaine de mètres, en compagnie d'un homme de haute taille. Elle estima avoir encore un peu de temps.

— J'ai la certitude que vous aurez décampé, madame Turner, dit-elle en souriant. Je pourrai alors respirer.

Scarlett changea d'attitude. Elle se mit à sourire elle aussi, avec une expression étrange, presque voluptueuse.

— Vous êtes fascinante, Lisbeth, tellement plus intéressante que votre «*mummy*». Ce doit être le sang français, murmura-t-elle d'une voix suave. Comment pourrais-je m'en aller et renoncer à vous voir ?

Elle tendit la main et caressa l'avant-bras de la jeune femme d'un geste furtif.

— Ne me touchez pas ! ordonna celle-ci très bas. Je sais qui vous êtes à présent, et je vous l'assure, vous êtes en sursis, madame.

— J'exige des précisions, jeune dame, se moqua Scarlett. Aurez-vous le cran de me les donner en tête à tête, chez moi ?

— Je n'ai pas peur, j'ai connu pire que vous, rétorqua Élisabeth. Je viendrai samedi après-midi. Mes parents seront de sortie.

— Vos chers parents, qui ne vous avaient pas adoptée. Vous êtes bien clémente envers eux, vous, leur précieux *joujou*.

Scarlett avait articulé le mot en français, avec une moue. Elle ajouta, dans un souffle où filtrait sa fébrilité :

— J'ai hâte d'écouter vos griefs, ma chère.

Élisabeth garda le silence. Maybel revenait vers la buvette, au bras de Pearl, très élégante dans une robe en mousseline verte, une capeline en organdi sur ses cheveux blonds, coiffés en chignon.

— Lisbeth, j'ai enfin la joie de te revoir, minauda-t-elle. Puis-je continuer à t'appeler « cousine » ? Après tout, tu as repris ta place chez mon oncle.

— Bien sûr, ça ne me dérangera pas, Pearl, affirma Élisabeth.

— Tu n'es pas tout de noir vêtue après deux mois et demi de deuil ! Décidément, les Françaises se moquent des convenances ! Charles, approche, que je te présente à ces dames.

L'homme, qui paraissait avoir une quarantaine d'années, s'inclina galamment devant Scarlett et Élisabeth. Il arborait des favoris bruns, contrastant avec ses boucles châtain doré.

— Le docteur Charles Foster, le frère du médecin qui t'assommait de laudanum, Lisbeth, quand tu souffrais de troubles nerveux, lança perfidement Pearl en battant des cils d'un air innocent. Charles, voici donc ma cousine et Mme Turner, une amie de ma mère et de ma tante.

Scarlett sourit avec discrétion, tandis que Maybel foudroyait sa nièce du regard. Élisabeth, quant à elle, tendit sa main gantée de dentelle mauve au docteur. Il y déposa un baiser esquissé, dans la meilleure tradition française.

— J'ai déjà eu le bonheur de rencontrer votre cousine à l'hôpital des Sœurs de la charité, Pearl. J'admire son engagement auprès de nos orphelins en bas âge, surtout après la tragédie que nous savons. Je suis enchanté de vous revoir dans un cadre plus agréable.

— Je vous remercie, docteur, répondit Élisabeth en souriant.

Elle exerçait toujours, sans en être vraiment consciente, le même attrait sur les hommes, les femmes, les enfants. Un charme rare émanait de ses yeux très bleus, de ses expressions, de ses gestes.

Vexée, Pearl s'accrocha au bras de son fiancé. Elle cherchait en vain une pique venimeuse pour blesser la jeune femme dont la beauté l'exaspérait. En comparaison, elle se trouvait trop maigre, trop grande, déplorait son nez busqué et ses mâchoires carrées.

— Je vous en prie, asseyez-vous, proposa Maybel. Le thé de Chine est excellent, ici. As-tu commandé, Lisbeth ?

— Non, *mummy*, en fait je n'en ai pas eu le temps. Je suis navrée.

— Laissez-moi m'en occuper, déclara Charles Foster.

Pearl s'assit à regret autour de la table en fer forgé, peinte en blanc. Elle dévisagea Élisabeth avant de la questionner d'un ton sec :

— Quand as-tu fait la connaissance de mon fiancé ?

— Jeudi dernier, et je l'ai revu mardi. Un Baby Train part lundi prochain, j'aide à coudre de la layette, des langes. Nous sommes plusieurs volontaires. Tu devrais venir, Pearl.

— Sans façon, les bonnes œuvres ne m'intéressent pas. Je prépare mon mariage. Il y a tant à faire, l'aménagement de notre appartement, les essayages, les invitations…

Scarlett était plus silencieuse que d'ordinaire, Maybel en fut surprise. Elle observa un instant sa fantasque amie et s'aperçut que celle-ci fixait Élisabeth avec passion.

« Eh bien, pour quelqu'un qui prétend m'aimer à en perdre le sommeil, Scarlett ne m'a jamais regardée ainsi, se dit-elle, vaguement déçue. Je n'y comprends plus rien. »

Lorsque Charles Foster revint, Pearl évoquait les festivités prévues pour leur mariage, à la fin du mois. Il s'empressa de demander à Élisabeth si elle pourrait assister à la cérémonie et venir au dîner, malgré son deuil.

— C'est très aimable, docteur, répondit-elle d'une voix douce. Mais ce serait inconvenant, et les mondanités ne me tentent pas.

— Vous avez raison, c'est souvent épuisant et ennuyeux, dit-il en lui souriant.

— Mais mon époux et moi serons présents, bien sûr, affirma Maybel.

Une serveuse leur apporta le thé et des pâtisseries. Pearl se mit à bouder, excédée par l'attitude de son futur mari qui interrogeait Élisabeth sur un bébé malade.

— Je n'ai pas pu venir aujourd'hui assurer mon tour de garde, expliquait-il. J'avais promis à Pearl de lui consacrer ma journée.

— Oui, c'est la moindre des choses de faire passer sa fiancée en priorité, fit remarquer celle-ci. Ce soir, nous allons au théâtre, on donne une pièce de Shakespeare à Broadway.

— Peut-être *Le Songe d'une nuit d'été* ? hasarda Élisabeth. C'est une de mes préférées.

— Je n'en ai jamais entendu parler, trancha Pearl.

— Vous avez deviné juste, madame Johnson, s'enflamma le médecin. Je t'avais confié le prospectus, chérie.

— Je l'ai égaré. Nous ferions mieux de partir, Charles, je dois me changer pour le dîner au *Delmonico*[1].

1. Un des plus anciens restaurants de New York, très renommé.

Charles lui adressa un sourire gentiment moqueur sans faire mine de se lever. Il but sa tasse de thé, dégusta un gâteau. Maybel orienta la conversation sur la santé de Doris Woolworth, sa belle-sœur.

— Ma mère se porte à merveille, en dépit de vos prédictions, madame Turner, rétorqua Pearl. De quoi souffrait-elle, selon vos tarots ? Ah oui, d'une tumeur au sein. Résultat, elle a surtout eu des insomnies. Dieu merci, le médecin qu'elle a consulté a pu la réconforter. Elle n'avait absolument rien de grave.

Élisabeth l'écoutait tout en contemplant les feuillages jaune d'or des érables. Elle avait hâte d'affronter Scarlett, preuves à l'appui. De même, elle se félicitait du tour que prenaient leurs entrevues, en compagnie de Maybel.

« Scarlett dédaigne *mummy*, désormais, songeait-elle. Dès que j'étais là, entre elles deux, durant ces derniers jours, j'avais l'impression d'être son unique centre d'intérêt. Tant mieux, ce sera plus facile de révéler à mes parents qui elle est vraiment. Ensuite, elle s'en ira et nous serons enfin tranquilles. »

Robert Johnson, dès son retour du Maine, avait écrit à Élisabeth de lui rendre visite dans son agence. Son beau-père était à la fois satisfait d'avoir mené à bien son enquête et effaré par ce qu'il avait découvert. Refusant d'être payé, il lui avait remis une grosse enveloppe.

— Soyez prudente, ma chère enfant, avait-il recommandé, après l'avoir embrassée sur le front. Je suis prêt à me charger de démasquer cette Mme Turner. Si vous ne le souhaitez pas, priez au moins M. Woolworth de vous accompagner.

Cependant, Élisabeth voulait agir seule, malgré les documents compromettants qu'elle possédait. Elle aurait été bien en peine de dire pourquoi.

« Peut-être que j'ai besoin de défis, dans la vie, de me prouver que je suis forte, dorénavant, et utile aussi. »

Cette pensée fugitive fit fleurir un mystérieux sourire sur ses lèvres d'un rose vif. Scarlett Turner et Charles Foster, qui ne la quittaient guère des yeux, en furent bouleversés, comme si la jeune femme incarnait pour eux la séduction à l'état pur.

Château de Guerville, vendredi 22 septembre 1899

La pluie tombait dru, détrempant les pelouses du parc, précipitant à terre les feuilles des platanes, déjà jaunies après un été très sec. L'eau ruisselait dans les gouttières avec un bruit de cascade. Le vieux Léandre avait allumé un grand feu sous le manteau en pierre de la cheminée du salon.

Les craquements du bois dévoré par les flammes semblaient répondre aux rafales du vent.

— Tu veux gâcher ma journée, Justin ! vociférait Laroche, debout au milieu de la vaste pièce. Pourquoi devrais-je t'obéir ?

— Si vous refusez, je m'en vais ! répliqua le jeune homme.

La querelle avait éclaté dix minutes plus tôt, à l'heure où le châtelain sirotait un café et un verre de cognac. Le ton montait, à cause de la détermination de Justin. Derrière la double porte, Aline tendait l'oreille, furieuse et terrifiée. La domestique était à l'origine de l'incident.

— Comment ça, tu t'en vas ! s'exclama Hugues Laroche. Tu m'abandonnerais alors que les vendanges battent leur plein ? Je veux faire de toi mon héritier et tu me cherches des noises pour une catin ? Tu te moques de tout ce que je t'enseigne en ce moment, le pressage, la qualité des fûts, les tanins !

— Je le regretterai, mais c'est à vous de choisir. Je suis croyant et pratiquant, j'ai des principes, or vous entretenez une maîtresse sous ce toit, et vous l'avez installée dans la chambre où votre épouse s'est éteinte. Si encore vous étiez discret ! Mais non, Sidonie, cette brave femme, doit servir Aline, laver son linge, changer ses draps. Je ne le supporte plus.

Sur cette diatribe, Justin alla tisonner le feu, un peu inquiet. Sa liaison avec Mariette, l'épouse d'un fermier du pays, mère d'un enfant de surcroît, avait pu être révélée au châtelain. Dans ce cas, il ne serait plus crédible.

— Bon sang de bois, tu pourrais comprendre que j'ai encore des besoins malgré mon âge, décréta Laroche avec moins de véhémence. Je ne suis pas comme toi, un prêchi-prêcha capable de rester chaste pendant des semaines.

Le jeune homme retint un soupir de soulagement. Jusqu'à présent, ils avaient réussi à cacher leurs escapades amoureuses, Mariette et lui.

— La prière m'aide à combattre ce genre de besoins, dit-il en faisant face à son père. Et à ce propos, je vous conseille vivement de mettre votre conscience en paix avec le Seigneur. Pourquoi ne m'accompagnez-vous pas à la messe ? Votre famille dispose d'un banc dans l'église, qui est inoccupé depuis la mort de votre femme.

— J'aurais trop de péchés à confesser, ironisa le châtelain. Jamais je ne pourrais communier après l'office. Mais qu'est-ce que je raconte ? Tu me vois prendre l'hostie, moi ?

Justin darda ses prunelles noires dans celles de Laroche. Il détourna ensuite la tête pour regarder un portrait d'Élisabeth, accroché sur les lambris de chêne, entre ceux d'Adela et de Catherine.

— Qu'avez-vous pu faire de si grave, père ? demanda-t-il.

Derrière la porte, Aline retenait sa respiration. Alcide, l'aide-jardinier du vieux Léandre, l'avait rejointe, ainsi que Sidonie, qui triturait son tablier. Il manquait la cuisinière, Hortense, solide matrone indifférente aux agissements de ses patrons et des autres domestiques.

— Ce petit saligaud veut me virer, enragea tout bas Aline. Il en a du culot ! Si monsieur lui obéit, je suis fichue.

— Quand même, ça s'rait un comble, bougonna Alcide. C'n'est pas le rejeton de la Madeleine qui va faire la loi ici. Sûr qu'il a embobiné le patron. Pardi, le fils d'une criminelle, on n'peut pas s'y fier. Encore une qu'avait le diable dans la peau. Paraît qu'elle a crevé en prison cette semaine, le patron en causait hier.

— Monsieur doit être sûr de lui, enfin, s'il accueille monsieur Justin au château, plaida Sidonie de sa voix frêle.

Hugues Laroche avait distingué des chuchotements dans la salle à manger voisine. Il haussa les épaules, certain qu'on les écoutait.

— Nous aurions dû avoir cette conversation ce matin, dehors, loin des oreilles indiscrètes, maugréa-t-il en esquissant un geste vers la porte. Justin, si Aline retourne dormir sous les combles, reviendras-tu sur tes menaces ? Je lui ordonnerai de remettre une robe noire, de ne plus t'importuner par sa présence.

Le terrible châtelain se faisait presque humble. Justin en fut le premier sidéré. Il avait tenté un coup d'éclat uniquement pour causer du désagrément à Laroche, il ne pensait pas obtenir un tel résultat.

— Tu es la joie de mes vieux jours, se lamenta celui-ci. Quand je te vois à cheval, je me sens renaître. J'ai tant désiré avoir un fils. Adela ne pouvait plus me donner d'enfants. Mais tu es près de moi et je suis enfin heureux.

— Vous ne m'avez pas répondu, insista Justin. Qu'avez-vous fait de si grave ? Si vous refusez de confesser vos fautes à un prêtre, avouez-les maintenant, ça pourrait me rendre indulgent.

Las de lutter, le châtelain s'affala dans un des fauteuils placés de chaque côté de la cheminée monumentale, où des armoiries avaient été sculptées, jadis.

— Je peux seulement admettre que j'ai été un homme sévère, parfois égoïste, trop souvent violent. Tu en as fait les frais, le jour où j'ai cravaché Élisabeth qui me tenait tête. Sinon je suis comme bien des hommes, j'aime le bon vin, les jolies filles. Vas-tu me jeter la pierre pour ça ?

— Non, évidemment. Mais j'ai appris un de vos méfaits et vous paraissez l'avoir oublié…

Justin se tut. Il marcha vers la porte de communication qu'il ouvrit en grand. Le groupe de domestiques recula aussitôt. Sidonie, Hortense et Alcide prirent la fuite en direction de l'office. Aline ne bougea pas, son visage au teint sanguin enlaidi par une grimace de colère.

— Je veux parler à monsieur, dit-elle.

— Pas maintenant, Aline. Monte dans la chambre de madame Adela, ramasse tes affaires et va t'installer sous les combles, répliqua-t-il.

— Non, je ne vais pas me geler là-haut. Monsieur, monsieur ! appela-t-elle en essayant d'attirer le regard de son vieil amant.

Hugues Laroche se leva et avança d'un pas lourd vers la jeune domestique. Justin recula un peu.

— Fais ce que te dit mon fils ! tonna-t-il, l'air mauvais. Fiche le camp, je ne veux plus te voir traîner autour de nous. Si le grenier te déplaît, fais ta valise et retourne chez tes parents.

Les larmes aux yeux, muette de stupeur, Aline se sauva à son tour. Les deux hommes l'entendirent grimper l'escalier menant à l'étage. Le châtelain tapota l'épaule de Justin.

— Allons dans le fumoir, mon garçon. J'ignore ce que tu as appris et par qui, mais nous serons mieux pour en discuter.

Justin se rembrunit. Les petites victoires quotidiennes qu'il remportait ne faisaient qu'accroître son amertume, sa rancœur. À l'instant de suivre Laroche, il renonça à lui assener ce qu'il pensait être le pire de ses méfaits : sa tentative de faire assassiner le père d'Élisabeth treize ans auparavant.

« Si je précise que c'est Antoine Duquesne qui me l'a révélé, je peux ranimer la haine de ce tyran, un tueur en puissance. Il serait capable de se rendre au moulin et de se venger. »

— Un autre jour, jeta-t-il avec désinvolture. Je vais aux écuries, Galant avait un œil enflammé ce matin. Reposez-vous.

— Ah, d'accord, Justin, concéda Laroche, rassuré.

Un quart d'heure plus tard, l'un partait à cheval dans l'espoir de croiser Mariette sur le chemin du bourg, le second montait sous les combles pour retrouver Aline et jouir de sa chair drue et si fraîche.

Dakota Building, samedi 23 septembre 1899

Élisabeth avait embrassé Maybel à plusieurs reprises sur le seuil de l'appartement. Edward, attendri par la scène, s'était empressé de réclamer son lot de baisers.

— Nous ne partons pas pour l'Ouest sauvage, plaisanta-t-il en étreignant la jeune femme. Nous allons seulement rendre visite à des amis de longue date.

— Je sais, *daddy*, mais je voulais vous montrer à quel point je vous aime. Vous êtes tellement importants pour moi.

Le couple était à peine parti que Norma sortit de la cuisine, l'air soucieux.

— Vous êtes sûre que c'est raisonnable, Lisbeth ? interrogea-t-elle tout bas. Je ferais mieux de vous accompagner. Mme Turner pourrait s'en prendre à vous ! J'en ai des frissons dans le dos, chaque fois que je pense à elle. M. Johnson était plus à même de lui dire ses quatre vérités, ou M. Woolworth.

— N'ayez pas peur, enfin, protesta Élisabeth. Je suis en position de force. Quand elle se verra démasquée, elle pliera bagage.

— Si vous n'êtes pas de retour dans une heure, j'irai sonner chez elle, insista Norma.

— Disons dans deux heures, d'accord ?

— D'accord, Lisbeth, mais je ne vais pas tenir en place. Madame m'a demandé d'astiquer l'argenterie, je m'en occupe pendant votre absence, ça m'aidera à patienter.

Norma posa ses grandes mains sur les épaules d'Élisabeth, qu'elle dépassait d'une demi-tête.

— Il ne doit pas vous arriver malheur, ajouta-t-elle. Je n'ai pas eu de sœur, j'aurais aimé en avoir une qui vous ressemble. Alors revenez vite et que le Seigneur vous protège.

— J'ai foi en Lui, Norma. Ne vous inquiétez pas.

Pour affronter Scarlett Turner, elle avait mis une robe en soie noire, très stricte. Un chignon bas, sur la nuque, dégageait son visage à la carnation laiteuse. Elle courut jusqu'à sa chambre, en rapporta l'enveloppe que lui avait confiée Robert Johnson.

— Au revoir, Norma, à tout à l'heure, dit-elle en souriant.

La gouvernante l'accompagna jusqu'à la porte, sans perdre son expression tourmentée. Élisabeth devina que la jeune protestante priait en silence.

Loretta introduisit la visiteuse sans prononcer un mot de politesse. Elle la précéda dans le hall encombré de plantes vertes, en lui désignant la porte du grand salon.

— Merci, mademoiselle, dit Élisabeth, intriguée par sa froideur.

Scarlett Turner était assise dans un fauteuil tapissé de velours vert. Les portes-fenêtres donnant sur un étroit balcon étaient ouvertes, malgré le temps pluvieux.

— Bonjour, Lisbeth. Je pensais que vous ne viendriez plus.

— Mes parents ont tardé à s'en aller.

— Pitié, ne les appelez pas ainsi. Ces gens vous ont volé à votre vraie famille, pour se distraire. Je connais toute l'histoire, Maybel me l'a racontée en détail. Mais asseyez-vous près de moi, si vous en avez le courage.

— Je préfère rester debout, madame.

Élisabeth étudiait son adversaire. Elle se sentait calme, forte et déterminée, tandis que Scarlett paraissait fébrile.

— Judith prétendait que vous lisiez en elle, déclara-t-elle. Lisez-vous dans mon esprit, adorable enfant ?

— Je rectifierai deux choses, madame. Si j'avais vraiment bien lu dans les pensées de Judith, j'aurais compris que cette malheureuse travaillait pour vous dans un établissement du Maine, d'un genre très particulier et d'où vous tirez vos revenus. Ensuite, je ne suis plus une enfant.

Les propos de la jeune femme eurent l'effet souhaité. Scarlett Turner la fixa, un éclat de panique dans ses yeux clairs.

— Quelle est cette fable ? se défendit-elle. Je n'ai jamais rien entendu d'aussi stupide !

— C'est la vérité, ne vous fatiguez pas à nier. Je possède des preuves accablantes, oui, dans l'enveloppe que je tiens à la main. Les documents sont des copies, il serait inutile de chercher à les détruire. Je peux faire la liste de tous vos mensonges. Déjà, Judith a repris ses activités scandaleuses, là-bas, entre les murs d'une maison dévolue au vice, à la perversité, et où vous l'avez remmenée.

Scarlett se leva brusquement et commença à tourner d'un pas prudent autour d'Élisabeth.

— Le vice, la perversité ! ironisa-t-elle d'une voix dure. Pour vous, petite oie blanche, ce ne sont que des mots. Vous ignorez combien les hommes sont veules, corrompus, sans cesse en quête de plaisirs défendus. Je gagne beaucoup d'argent grâce à leurs besoins ignobles et je n'en ai pas honte. Au fond, la première surprise passée, je suis assez contente de salir votre belle âme avec mes turpitudes. Cela dit, si vous espérez me faire quitter le Dakota Building sous ce prétexte, vous serez perdante.

Elles étaient face à face, presque nez à nez. Élisabeth voyait de près la peau savamment poudrée de Scarlett, le fard bleu sur ses paupières striées de fines ridules. Son parfum capiteux, où dominait la vanille, la suffoquait.

— Je n'ai encore rien dit à mes parents, madame, murmura-t-elle. Je pourrais garder le secret à une condition. Que vous partiez le plus vite possible. Ce sera facile, car vous n'avez pas acheté cet appartement, vous le louez.

— Sale petite peste ! décréta Scarlett entre ses dents. Comment avez-vous obtenu tous ces renseignements ?

— Peut-être en tirant les cartes…

Élisabeth recula précipitamment, échappant à la gifle qui lui était destinée. Livide, Scarlett Turner perdait de sa superbe.

— N'essayez plus de me frapper, madame, dit-elle. Si vous me touchez, je n'hésiterai pas à révéler des faits bien plus graves à la police. Je détiens des informations qui vous enverraient en prison.

Haletante, Scarlett se dirigea vers un meuble bas en bois noir d'où elle sortit une bouteille de whisky. Elle se servit un verre et le vida d'un trait.

— Moi qui croyais avoir trouvé la paix, ici ! dit-elle en secouant la tête. Il a fallu que vous débarquiez pour me mettre des bâtons dans les roues. Pourquoi n'êtes-vous pas restée en France, dans votre château, avec ce bellâtre de Richard Johnson que j'ai vu et revu sur les photographies, chez Maybel ?

— Vous n'avez pas besoin de le savoir, madame. Mais je suis là et je protégerai ma famille. Et je vous prie de ne pas insulter la mémoire de mon mari.

— Encore des grands mots ! Faites attention, Lisbeth, je ne vous laisserai pas anéantir ce que j'ai acquis au prix d'efforts constants. Oui, je suis devenue très riche grâce au commerce de la chair, tant pis si le terme vous hérisse, il est approprié et me convient. Désormais, une personne de confiance gère mon affaire dans le Maine. J'ai pu emménager à New York et acquérir de la respectabilité, vivre en femme du monde, fréquenter des amies de la haute société, comme Doris et Maybel Woolworth. Après tout, racontez ce que vous voulez, je ne serai pas inquiétée. J'ai des relations dont vous n'avez pas idée, même dans la police.

Le masque tombait. Scarlett Turner prit place sur l'accoudoir d'un fauteuil, les mains jointes sur ses genoux. Élisabeth la défia de son regard limpide, où Scarlett fut surprise de lire un éclair d'ironie.

— Qu'ai-je fait de si terrible ? reprit-elle d'une voix hargneuse. Je tirais de la fange de pauvres créatures qui, à mon service, étaient nourries, blanchies, logées. Je leur achetais de jolies robes. Croyez-moi, elles appréciaient leur nouvelle existence.

— C'est de la prostitution, madame, trancha Élisabeth.

— Appelez ça comme vous voulez, on vient de loin dans mon établissement pour goûter à des fantaisies très spéciales qui me rapportent beaucoup.

— Et Loretta ? Vous comptiez l'envoyer là-bas bientôt, elle aussi ?

— Non, elle est privilégiée. Je l'ai recueillie à douze ans, alors qu'elle devait prendre le train des orphelins. Une beauté pareille, je ne pouvais pas la laisser partir dans une ferme du Middle West, où un sale type en abuserait. Il y a eu des exactions dans cette organisation bien huilée.

— Je suis au courant, une religieuse de l'hôpital m'en a parlé, et à présent des contrôles ont lieu, pour s'assurer du bien-être des enfants dans leurs familles adoptives[1].

1. Véridique.

Scarlett haussa les épaules avant de poursuivre son récit.

— Loretta est espagnole. Ses parents sont morts deux mois après avoir débarqué à New York. Je l'ai envoyée dans une école où elle était pensionnaire. Pendant les vacances, je la gardais près de moi, dans mes appartements. Elle a vite compris ce qui se passait dans le reste de la maison, au point de détester les messieurs et de me témoigner son amour, le soir de ses quinze ans. Vous avez été mariée, Lisbeth. Votre époux a usé de ses droits, mais était-il délicat, tendre, à l'écoute de votre plaisir ?

— Je n'ai pas à vous répondre.

— Maybel était plus bavarde que vous, au début de notre amitié. Elle se plaignait de son cher Edward, qui se souciait peu de la combler. Je rêvais de la conquérir, de lui faire découvrir une autre facette de la volupté. J'aurais réussi, si vous n'étiez pas revenue.

Élisabeth faiblissait. La voix rauque de Scarlett vrillait ses nerfs. Elle avait envie de s'asseoir, mais craignait alors d'être plus vulnérable.

— Mais vous êtes revenue, Lisbeth, et soudain Maybel m'a paru insipide, banale et sotte. Aussi je pourrais vous pardonner votre intrusion dans ma vie si agréable si vous me faisiez confiance.

— Taisez-vous, et je vous interdis de critiquer *mummy*.

— Arrêtez avec votre «*mummy*», s'exaspéra Scarlett en se levant brusquement. Vous l'avez dit, vous n'êtes plus une enfant. Non, vous êtes une femme d'une rare sensualité, qui se dégage de vous contre votre volonté. Vous éveillez le désir, Lisbeth, on a envie de vous aimer, de vous toucher, de vous combler de plaisir. Le docteur Charles Foster, avant-hier, en est un bon exemple. Il était prêt à se débarrasser de Pearl Woolworth pour un seul sourire de vous.

— Mais taisez-vous donc ! s'indigna Élisabeth. Je suis là pour vous demander de disparaître à jamais. L'Amérique est assez grande, allez exercer ailleurs votre perversité, vos vices. Tout est faux en vous, votre prétendue science des tarots, vos prédictions. Il y a pire encore, c'est ce que vous avez fait ces derniers mois.

— C'est toi qui vas te taire, susurra Scarlett en se jetant sur elle et en l'enlaçant.

La jeune femme eut l'impression d'être prisonnière d'un être maléfique, dont les bras avaient une force virile. Des lèvres se posèrent sur les siennes, aussi impérieuses que celles de Richard. Une langue ardente tenta de forcer le barrage de ses dents.

Affolée, Élisabeth revécut les instants de pure épouvante où Hugues Laroche l'avait jetée au sol et prise avec une violence aveugle. Elle se débattit vigoureusement, horrifiée. De ses poings serrés, elle frappa Scarlett dans le dos, sur le crâne, avant de tirer ses boucles d'un blond pâle. Enfin, ulcérée, elle lui mordit la bouche au sang.

— Petite furie ! lui lança Scarlett en riant. Petite putain qui s'ignore !

Les yeux brillants d'excitation, elle libéra Élisabeth, qui, ivre d'humiliation et de rage, se réfugia près d'une porte-fenêtre. C'était instinctif, elle était avide d'air frais, comme pour effacer la souillure du baiser.

— Insultez-moi si ça vous amuse, madame Turner, vous êtes une malade mentale, une dévoyée, juste bonne à torturer des bêtes innocentes. Judith n'a pas résisté à l'attrait de l'argent, elle s'est montrée conciliante et elle a révélé vos secrets, notamment vos pitoyables essais de sorcellerie.

— Non, elle n'a pas pu me trahir ! s'offusqua Scarlett, alarmée.

— Je suis désolée, mais sa déposition a été notée et recopiée. Vous sacrifiez des chats, une pratique abominable qui consiste à mettre dans l'eau bouillante un pauvre animal afin de faire perdre son âme à une victime de votre choix, en l'occurrence un rival, Edward Woolworth[1].

— La police se fiche bien des chats errants ! Personne n'avalera ces fadaises.

---

1. Rite de sorcellerie authentique.

— Et vos accointances avec un gang du Bronx, qui vous vend des adolescentes d'origine étrangère, asiatiques de préférence ? Est-ce légal ?

Le silence se fit dans le salon. Scarlett Turner lança un coup d'œil vers la porte donnant sur le hall, puis elle se précipita vers Élisabeth.

— Je n'irai jamais en prison, jamais ! dit-elle tout bas.

D'un geste brusque, elle lui arracha l'enveloppe des mains. Avec une énergie décuplée par la fureur et la peur, elle poussa Élisabeth sur l'étroit balcon qui ceinturait les appartements du dernier étage.

— De cette hauteur, personne n'en réchappe, menaça-t-elle en la plaquant contre la balustrade en fer forgé. Tu vas faire le grand saut, petite garce !

Terrifiée, Élisabeth lutta pour ne pas être déséquilibrée. Elle protesta, dans l'espoir de raisonner la femme au regard dément qui la soulevait à bras-le-corps.

— Un détective patenté possède les papiers qui vous accusent, balbutia-t-elle. Ma mort ne servira à rien, vous serez la première à être soupçonnée.

— Supplie-moi dans ce cas, implore-moi ! ordonna Scarlett Turner, le visage crispé.

Pendant des années, Élisabeth se demanderait ce qui était arrivé l'instant suivant. Effrayée de voir le vide s'ouvrir sous son torse, elle s'était cramponnée à Scarlett et avait pu retrouver le sol du balcon sous ses pieds. Tout de suite, elle l'avait frappée et griffée sur les joues. Ensuite, il y avait eu un cri affreux, une clameur de folie, précédant la chute d'un corps.

Des hurlements montèrent de la rue, suivis par un bruit étrange, auquel faisaient écho des hennissements. Élisabeth, tétanisée, parvint à se pencher.

— Seigneur, non, non, gémit-elle.

Scarlett gisait les bras en croix, mais ses jambes s'agitaient encore mollement. Les gens se ruaient vers le lieu de l'accident, ainsi que le portier du Dakota Building et deux policiers.

— Je dois descendre, on dirait qu'elle n'est pas morte, énonça laborieusement Élisabeth.

Elle constata alors que tout le monde levait la tête vers le dernier étage de l'immeuble, et que certains la désignaient en tendant le bras. Sans comprendre, elle recula et rentra dans le salon.

— Vous l'avez tuée ! lui cria Loretta, debout au milieu de la pièce. Je vous ai vue, vous l'avez tuée !

— Mais non, je n'ai rien fait. Je me défendais…

Loretta courut vers le hall, distançant rapidement Élisabeth qui la suivit, titubante, saisie d'une affreuse angoisse. Elle avait la sensation d'être au sein d'un cauchemar, sans aucune chance de se réveiller, car tout était vrai, bien réel.

Scarlett Turner était morte. Loretta sanglotait, accroupie à côté de sa dépouille désarticulée. Des rumeurs croissaient autour du lieu de l'accident. Élisabeth, dès qu'elle franchit le passage voûté, perçut des cris hargneux.

— On l'a vue, c'est elle qui a poussé cette pauvre dame !

— Mais oui, on l'a vue, elle était penchée au balcon, tout là-haut !

Des hommes la montraient du doigt. Le portier la salua d'un air dubitatif.

— C'est un tragique accident, lui dit-elle en jetant un regard intrigué sur l'énorme omnibus à un étage dont les chevaux à l'arrêt piaffaient, agacés par la foule et le bruit.

Un policier, un casque gris-blanc sur la tête, dans le costume bleu marine de sa fonction, s'avança vers Élisabeth.

— Madame Turner n'a pas été tuée sur le coup, expliqua-t-il. Le toit de l'omnibus a amorti la chute, ensuite elle est tombée sur le sol. Veuillez nous suivre, mademoiselle. Avant de mourir, la victime vous a accusée. Sa domestique confirme que vous avez poussé sa patronne dans le vide.

Muette de stupeur, Élisabeth fit quelques pas et observa le cadavre. Une flaque de sang suintait de son crâne, poissant ses cheveux blonds.

— Mme Turner porte des meurtrissures et des griffures sur le visage, ajouta le policier d'un ton glacial.

— Mais elle voulait me faire tomber, monsieur, affirma la jeune femme. Je me suis débattue, oui, j'ai dû la frapper. Je suis désolée, j'ignore ce qui s'est passé. C'est un accident.

Norma déboula du porche en agitant les mains. Elle avait gardé son tablier blanc et courait bouche bée, les yeux pleins d'incompréhension.

— Lisbeth ! appela-t-elle.

— Reculez, mademoiselle ! ordonna le second policier avec un geste d'impatience.

— C'est la gouvernante de mes parents, les Woolworth, dit très vite Élisabeth.

Le fonctionnaire tiqua en entendant ce patronyme. Cependant, il brandit une paire de menottes et attacha ensemble les poignets d'Élisabeth.

— En avant, mademoiselle. Si vous êtes la fille d'un Woolworth, moi je suis peut-être le cousin de notre gouverneur, Theodore Roosevelt[1] !

— Norma, préviens mes parents ! s'écria la jeune femme. Je t'en prie, téléphone-leur ! Je n'ai rien fait de mal, il faut me croire.

— Je vous crois, Lisbeth ! répondit la gouvernante, accablée.

1. Theodore Roosevelt fut le vingt-sixième président des États-Unis de 1901 à 1909, mais auparavant gouverneur de l'État de New York de 1899 à 1900.

Elle vit les policiers emmener Élisabeth, toute menue dans sa robe noire, encadrée par les deux colosses.

— Seigneur, aidez-nous, murmura-t-elle.

Loretta s'était relevée. D'un pas vif, l'adolescente aborda Norma. Son minois au teint doré trahissait son chagrin et sa haine.

— J'étais là, dans le salon, ta Lisbeth a tué Scarlett. Je l'aimais, moi, et maintenant, je suis toute seule…

Un sanglot de désespoir lui coupa la parole. Norma, partagée entre la pitié et l'exaspération, fut tout d'abord incapable de répondre.

— Nous verrons bien, la justice tranchera, dit-elle enfin. Je suis sûre que Lisbeth est innocente. Tu ferais mieux de détacher ton tablier pour couvrir le visage de ta patronne. Je dois remonter prévenir M. Woolworth.

Manhattan, poste de police, une heure plus tard

Élisabeth considérait d'un air hébété les barreaux de sa cellule. Elle avait renoncé à prouver qu'elle n'était pas responsable du décès de Scarlett Turner, aucun des policiers ne tenant compte de ses explications.

L'étroit local où on la détenait était sale et sentait mauvais, mais elle n'y prêtait pas attention, hantée par la vision de la morte, surtout par celle du sang sous ses boucles blondes.

« Au fond, je suis coupable, admit-elle après avoir réfléchi longuement. J'aurais dû laisser M. Johnson rendre visite à cette malheureuse, ou bien tout raconter à *daddy*. Scarlett se serait contrôlée face à un homme… »

Il faisait sombre et froid entre les murs de ciment. Élisabeth se frictionna les bras pour se réchauffer. Des voix lui parvenaient d'une vaste pièce voisine, qu'un couloir séparait d'une rangée de cellules.

« J'ai péché par orgueil, je voulais me prouver quelque chose et voilà ! »

Cette idée l'obsédait autant que la vision pathétique de la défunte. Transie, elle se mit à déambuler dans l'espace exigu de sa prison. Des images, des sensations la tourmentaient. Elle revoyait le visage altier de Scarlett, défiguré sous l'effet de la rage, puis elle croyait subir encore son baiser avide, ardent.

— La situation s'est envenimée à ce moment-là, dit-elle tout bas. J'étais révoltée, j'ai perdu mon calme. Quand je lui ai parlé de son trafic avec un gang du Bronx, elle a pris peur. De là à essayer de me tuer, c'était stupide de sa part. Et puis elle s'est jetée dans le vide, sans doute parce qu'elle se savait perdue.

Élisabeth s'immobilisa, confrontée à une évidence : Scarlett Turner s'était suicidée.

— Mais elle n'avait aucune chance de survivre, même une seconde, si son corps n'avait pas heurté le toit de l'omnibus, donc elle serait morte sur le coup et ne m'aurait pas accusée. Jusqu'à son dernier souffle, elle a choisi le Mal, la haine. Loretta aussi.

Son monologue attira l'attention d'un policier qu'elle n'avait pas encore vu. Il traversa le couloir et l'observa à travers les barreaux.

— Alors, on parle toute seule ! se moqua-t-il. Le chef dit vrai, tu es cinglée, ma jolie. On les connaît, les filles comme toi. Tu monnayais tes charmes à cette bonne femme et les affaires n'ont pas marché à ton idée. Ce soir, on t'emmène au quartier général du New York City Police Department[1]. Tu seras jugée la semaine prochaine.

— Vous faites erreur, monsieur, protesta Élisabeth, très digne. Personne n'est venu pour moi ?

— Non, et je ne vois pas qui se soucierait d'une fille de ton genre.

L'homme s'éloigna, en allumant une cigarette. Outrée d'être traitée ainsi, Élisabeth examina sa robe de soie noire. Elle n'avait pas encore

---

1. Il s'agit du NYPD, créé en 1845, un des premiers services de police du pays, et le plus important service de police municipale. Il était chargé du respect de la loi et de la lutte contre le crime sur l'ensemble des cinq arrondissements de New York.

remarqué l'état du corsage, déchiré à une manche et déboutonné sur la poitrine, ce qui dévoilait la naissance de ses seins. Très gênée, elle toucha son chignon pour constater qu'elle était échevelée, des mèches plaquées sur le front.

« Ce n'est pas étonnant qu'ils me prennent pour une dévoyée, songea-t-elle, la gorge nouée. Mon Dieu, qu'est-ce que j'ai fait ? »

Elle réprima un sanglot de panique, reprenant son va-et-vient d'un mur à l'autre. Un spasme au niveau du ventre l'obligea à se plier en deux. La douleur familière acheva de l'affoler.

— Non, pas maintenant, pas ici, gémit-elle.

Vite, Élisabeth retourna s'asseoir, sans oser appuyer son dos au crépi maculé de taches suspectes. Elle s'efforça de retrouver la période de sa dernière indisposition.

— En juillet, sur le bateau, non, je n'ai rien eu, mais j'étais si triste, si fatiguée. Au mois d'août peut-être, je ne sais plus. Je sortais rarement, je m'en souviendrais, récapitulait-elle du bout des lèvres.

Bonnie lui avait souvent fait remarquer combien ses « lunes », comme elle les nommait, étaient irrégulières.

« Mais là, ça fait environ trois mois, et je n'ai jamais eu de douleur. »

Une pensée fusa dans son esprit, pareille à une étincelle qui dissipait la pénombre. La jeune femme posa ses paumes sur son ventre, le massa un peu. Elle se rappela soudain de la phrase qu'on lui avait soufflée un soir d'été, dans sa salle de bains : « Tu n'es plus seule ! »

— Et si c'était ça ? Si j'attendais un enfant de Richard ?

Élisabeth avait chuchoté, pleine d'espoir, avant de fondre en larmes, terrassée.

« J'étais enceinte et je vais perdre mon bébé, déplora-t-elle. J'en suis sûre à présent, un petit être se nichait en moi et je l'ai mis en danger en jouant les justicières. »

Éperdue de chagrin, elle pria Dieu de toute son âme, se balançant de gauche à droite, pour scander sa supplique.

« Sauvez mon enfant, il est là, il vit toujours… Seigneur, ayez pitié de lui. Il sera mon étoile, une promesse de joie. Mon Dieu, pardonnez mes fautes, mon orgueil. »

Des bruits de pas, des éclats de voix lui firent fermer les yeux. Elle se promit de lutter encore, puisqu'elle n'était plus seule.

11

Au nom de la justice

Manhattan, poste de police, même jour, samedi 23 septembre 1899

Élisabeth s'était allongée sur la banquette en bois qui servait de couchette aux détenus provisoires. Elle fixait le plafond, l'esprit uniquement occupé par la promesse de bonheur que lui offrait son jeune corps. Les crampes de son ventre avaient diminué d'intensité, depuis qu'elle s'était apaisée.

« Je ne suis plus seule, se répétait-elle de temps en temps. Si on me l'a dit alors que j'étais au comble du désespoir, c'était pour me consoler. Il ne peut en être autrement, j'aurai cet enfant. Un bébé né de Richard et de moi. »

Elle évoqua les nourrissons sur lesquels veillaient les Sœurs de la charité, au mont Saint-Vincent. Elle avait pu en prendre certains dans ses bras, à l'heure des biberons.

— Seigneur, un tout-petit, comme c'est doux, pur, adorable, s'avoua-t-elle. Reste avec moi, mon bébé, j'ai tellement besoin de toi, de t'aimer.

Un cliquetis de ferraille et des cris furieux l'alarmèrent. Élisabeth se redressa. La voix éraillée d'un policier retentissait dans la salle du commissariat, en réponse aux protestations indignées d'un autre homme.

— C'est *daddy* !

Edward Woolworth faisait un véritable scandale. Dès qu'on le laissa traverser le couloir, il se rua vers la cellule, crispa ses doigts sur les barreaux.

— Lisbeth chérie, te voir enfermée comme une criminelle ! s'écria-t-il d'un ton amer. J'ai tardé à venir, je voulais te trouver un avocat avant toute chose. Il est là, il discute du montant de ta caution. Mais…

— *Daddy*, je suis désolée ! Je te le jure, je n'ai pas causé la mort de Scarlett. Où est *mummy* ?

— Je lui ai déconseillé de m'accompagner, Lisbeth. Maybel est très choquée par ce terrible drame. Norma la réconforte. Nous sommes surtout consternés de te savoir impliquée.

Élisabeth s'était levée pour se rapprocher d'Edward. Il lui demanda tout bas :

— Pourquoi as-tu agi seule ? Je suis au courant du dossier que Robert Johnson t'a remis après son enquête. Norma frisait la crise de nerfs quand elle m'a téléphoné chez nos amis. Une fois de retour à l'appartement, je l'ai sommée de me donner des explications. Lisbeth, cette tragédie aurait pu être évitée. Tu m'as caché ces informations sur Scarlett pendant des jours. Qu'est-ce qui t'a pris ?

— Je voulais juste l'effrayer, *daddy*, et qu'elle s'en aille enfin. Je n'arrête pas de me reprocher mon erreur.

— Tu devras raconter en détail ce qui s'est passé aujourd'hui à notre avocat. Autant te prévenir, le témoignage de Loretta, la domestique de Scarlett, est accablant. Elle affirme t'avoir vue frapper sa patronne et la pousser par-dessus le balcon.

— Elle ment, elle n'était même pas dans le salon. *Daddy*, je t'en prie, il faut me croire. Je suis prête à rester en prison si je sais que tu m'estimes innocente. Dans le cas contraire, je n'aurai plus de courage, car je me sens responsable de ce gâchis.

— Allons, ne pleure pas ! s'apitoya-t-il. Bien sûr, j'ai confiance en toi et je ferai le maximum pour te tirer de cet endroit sinistre. As-tu eu à manger, à boire ? Tu as froid, chérie. Norma m'a donné un de tes châles. Un des policiers doit te le remettre. Je n'en avais pas le droit.

Edward Woolworth baissa la tête un court instant. Élisabeth lui saisit la main, à travers les barreaux.

— Tu m'en veux ! soupira-t-elle.

— Non, chérie, j'ai été aveugle. La police surveillait Scarlett Turner depuis un mois et disposait de renseignements précis sur ses activités illégales ici, à New York. Robert Johnson ne devrait pas tarder, je l'ai averti. Il apportera les documents originaux qui seront susceptibles de jouer en ta faveur. Tablons aussi sur les aveux de Judith, s'il y a un procès.

— En somme, si je t'avais parlé, cette femme aurait fait de la prison, mais elle serait encore vivante, déplora Élisabeth. *Daddy*, les marques sur son visage, c'était moi, mais elle essayait de me jeter dans le vide. Je me suis débattue pour survivre, car je ne pouvais pas mourir.

— Non, tu ne pouvais pas, Lisbeth chérie.

— Je crois que j'attends un bébé, *daddy*... Un enfant de Richard.

— Seigneur ! s'exclama Edward. Tu serais enceinte !

Il lui adressa un timide sourire avant de la quitter brusquement, sans un mot. Secouée de frissons, Élisabeth retourna s'asseoir. Ses jambes la soutenaient à peine. De nouveau, la vision de Scarlett gisant sur le sol l'obsédait. En quelques secondes, la mort avait frappé et il ne restait d'une femme en pleine maturité qu'une marionnette brisée, une dépouille dérisoire.

« J'ai gagné, elle ne pourra plus nuire, se disait-elle, mais à quel prix, mon Dieu. Ma vie durant, j'aurai cette croix à porter. »

Dakota Building, trois heures plus tard

Il faisait nuit lorsque l'automobile d'Edward Woolworth s'engagea au ralenti sous le passage voûté du Dakota Building. Le portier referma la grille derrière le véhicule, puis il disparut dans son logement. Élisabeth avait fermé les yeux pour ne pas revoir l'endroit où Scarlett était morte.

— *Daddy*, est-ce qu'il y a encore du sang ? demanda-t-elle.

— Peut-être, je n'ai pas regardé.

La jeune femme avait été libérée sous caution, une somme exorbitante que le riche négociant avait déboursée sans hésiter. Le détective Robert Johnson, moins fortuné, avait néanmoins proposé de payer une partie des frais.

— Ton beau-père semblait outré que tu sois soupçonnée, nota Edward en garant sa voiture. Son témoignage pèsera lourd dans la balance au procès, ta déposition aussi. Les jurés pourront pencher pour de la légitime défense.

Élisabeth retenait ses larmes. Elle était épuisée, affamée, à bout de nerfs. D'une petite voix faible, elle insista :

— Scarlett voulait se débarrasser de moi, *daddy*. Ensuite tout est confus, mais j'ai la conviction qu'elle s'est suicidée. Comme il lui restait un souffle de vie, elle m'a accusée.

— Tu es là, c'est le plus important, Lisbeth. Allons vite rassurer Maybel. Je lui ai téléphoné que nous arrivions.

— *Daddy*, sois honnête, je sens que tu es en colère contre moi, enfin ce n'est pas vraiment de la colère, plutôt de la rancœur. Je voudrais tant que tu me pardonnes.

Woolworth coupa le moteur. Il se tourna vers elle en la dévisageant d'un air grave.

— J'ai du mal à comprendre ce qui vient de se passer, chérie. Je suis encore effrayé par ta folle initiative. Tu as essayé de démasquer seule, sans aucune aide, cette ignoble créature dont je me méfiais tant. Je vais reprendre mes esprits, ne crains rien. Le pire, sais-tu, c'est d'imaginer que tu aurais pu mourir, justement, pendant que nous bavardions de banalités chez nos amis. Tu es sauvée, je dois m'en convaincre.

— Oh *daddy*, merci de me dire ça ! Serre-moi dans tes bras, par pitié, j'ai eu si peur moi aussi, et je m'en veux tellement.

— Viens là, ma fille adorée, murmura-t-il en l'attirant contre lui. Quand ce cauchemar sera fini, nous partirons dans notre chalet des Rocheuses. Cela te plairait ? Nous fêterons Noël là-bas, comme quand tu avais dix ans. Tu t'en souviens ?

— C'est un de mes plus beaux Noëls, *daddy*. Les montagnes blanches de neige, les sapins immenses… Bonnie avait tenté de skier, elle ne faisait que tomber et je ne pouvais pas m'empêcher de rire.

— Cette fois, tu devras éviter de patiner sur l'étang, Lisbeth, si le médecin confirme ta grossesse.

— J'attends un bébé, j'en suis persuadée.

— Alors nous ferons l'impossible pour te disculper, je te le promets, déclara-t-il en l'étreignant encore avec tendresse.

Dix minutes plus tard, c'était au tour de Maybel d'embrasser Élisabeth, de l'enlacer en sanglotant de soulagement, sous le regard bienveillant de Norma.

— Pardon, *mummy*, je suis désolée pour Scarlett, je sais que tu l'aimais beaucoup.

Ces quelques mots ébranlèrent Maybel. Elle recula d'un pas, tenant toujours la jeune femme par les mains.

— J'avais de l'affection pour elle, Lisbeth, au début de notre amitié. Ensuite, inutile de mentir, Scarlett m'a prise dans sa toile, et si je doutais de sa sincérité, de sa moralité, je refusais d'en tenir compte. Certes, elle ne méritait pas une mort aussi atroce, mais Norma m'a avoué la vérité, disons qu'elle m'a confié tout ce que Robert Johnson avait découvert sur celle que je pensais être mon amie. Je la connaissais quand même très bien. Ce n'était pas dans son tempérament de s'admettre vaincue, de perdre la face et d'échouer en prison. Elle a préféré mourir.

Tout en approuvant en silence, Élisabeth se mit à claquer des dents, pelotonnée dans le châle qu'un policier lui avait tendu avant sa sortie de cellule.

— Je vais vous préparer un bain chaud, s'écria Norma. Il y a du potage aux légumes, ça vous fera du bien.

— Merci, Norma, pour l'instant, je voudrais seulement me changer et m'allonger, je suis épuisée.

— Eh bien, tu auras un plateau dans ta chambre, répliqua Maybel. Viens, je t'accompagne. Excuse-nous, Edward.

— Mais oui, tu as raison, Lisbeth doit se reposer et vous pourrez discuter un peu, toutes les deux. C'est nécessaire.

Des larmes de douceur coulaient sur les joues d'Élisabeth, qui avait l'impression d'être revenue des années en arrière, couchée entre des draps parfumés, des oreillers moelleux soutenant sa tête. Rien n'avait vraiment changé, ni la clarté rose de sa lampe de chevet ni les teintes pastel des murs ornés d'aquarelles dans leur cadre doré. Et Maybel était à la même place que jadis, assise au bord du lit, un sourire d'infinie tendresse sur son joli visage auréolé d'une chevelure cuivrée.

— Un docteur viendra t'examiner demain, disait-elle d'une voix caressante. Ainsi nous saurons ce qu'il en est. Ce serait une telle joie, n'est-ce pas ? Un bébé !

— *Mummy*, j'ai honte de me sentir si bien, en sécurité, alors que j'ai causé sans le vouloir la mort d'un être humain. Et *daddy* a dû se ruiner pour obtenir ma libération. Je n'arrête pas de penser aux innocents injustement accusés, qui n'ont personne pour verser une caution. Une fille pauvre, dans le même cas que moi, serait à l'heure actuelle au quartier général de la police, enfermée jusqu'à son procès. J'étais prête à endurer une telle épreuve, et puis j'ai eu ces crampes au ventre, qui m'ont poussée à chercher la date de mes indispositions.

— Dieu soit loué, tu aurais pu perdre ton enfant, bousculée par les policiers qui te prenaient pour une prostituée. Ils ont dû déplorer leur méprise, en écoutant Edward qui attestait de ton identité, de ta respectabilité. Tu es à l'abri, nous te protégerons, sois tranquille.

Malgré ces bonnes paroles, Élisabeth pleura de plus belle.

— Je suis si triste, *mummy*, répétait-elle.

— Je le sais, chérie, calme-toi.

— Je regrette tant d'avoir agi par orgueil, par défi, mais je m'étais promis de ne plus être une victime. Oui, j'en ai fait le serment à Paris, alors que j'avais failli me noyer.

— De quoi parles-tu, enfin ? s'étonna Maybel.

— Ce n'est pas ma faute, quand Scarlett s'est jetée sur moi, qu'elle m'a embrassée comme un homme embrasse une femme, j'ai cru devenir folle de rage, de terreur. J'aurais dû m'en aller à ce moment-là, m'enfuir et demander de l'aide. Comprends-tu, je l'avais accusée de tenir une « maison close », on les nomme ainsi en France. Ce n'était pas ce qu'elle avait fait de plus grave, elle ne paraissait pas inquiète.

— Norma m'a tout expliqué, ne te fatigue pas, chérie, protesta Maybel.

— Après ce baiser odieux, continua Élisabeth, j'ai couru vers le balcon, j'étais dégoûtée, je tremblais de frayeur, car ça m'avait rappelé quelque chose de terrible. Alors j'ai évoqué les chats qu'elle sacrifiait, ses rapports avec un gang. Et là j'ai éveillé sa haine, je le lisais dans ses yeux. Elle voulait me tuer.

Elle se tut, son avant-bras replié sur son visage, dans un geste dérisoire pour ne pas trahir ses sentiments.

— Ne te torture pas, c'est fini, on ne peut pas revenir en arrière, prôna Maybel, pleine de compassion. Lisbeth, tu fais allusion à des événements que j'ignore. Pourquoi as-tu failli te noyer ? Et que t'est-il arrivé de si terrible ?

— *Mummy*, je refusais de vous en parler, mais il le faut. C'était à la fin du mois d'avril, à Guerville, sous les combles du château, dans le grenier d'une des tours. Hugues Laroche, oui, lui, mon grand-père, il m'a violée. Alors je suis partie pour Paris, avec Bonnie, oncle Jean et Richard. Je ne pouvais pas leur avouer ce qui s'était passé. Ils ont su la vérité seulement trois jours avant la date du mariage.

— Qu'as-tu dit ? s'affola Maybel, les yeux exorbités par une profonde stupeur. Ton grand-père t'a violée… Quelle horreur ! Ma pauvre petite chérie, comme tu as dû souffrir dans ton corps et dans ton âme. Et tu as réussi à garder le secret pendant des semaines ? Edward et moi, tu as préféré nous épargner ? Il fallait nous le dire bien avant, mon ange.

— Il faut me comprendre, *mummy*. J'étais si malade en arrivant à Paris, tu as raison, mon corps et mon âme étaient blessés. Plus les jours passaient, moins je supportais d'avoir été souillée par cet homme monstrueux, et puis je redoutais d'être enceinte de lui. Un matin, à bout de résistance, j'ai sauté dans la Seine. Un jeune garçon m'a sauvée. Sur le pont de la barque, quand on m'a ranimée puis aidée à me relever, j'ai vu du sang, une flaque de sang. J'étais délivrée, je me sentais renaître.

— Seigneur, est-ce possible, une telle abomination ? murmura Maybel qui en avait le vertige.

Dans un élan maternel, éperdue d'amour, elle s'allongea près d'Élisabeth qui se blottit tout de suite dans ses bras.

— Je comprends maintenant pourquoi tu tardais à revenir, chérie, chuchota-t-elle à son oreille. Tu n'avais même plus envie de nous revoir, tu étais désespérée, n'est-ce pas ? Mon Dieu, tous ces chagrins que tu as surmontés... Et rien ne t'a été épargné, car tu as perdu ton mari, le père de ton bébé. N'aie pas peur, ce petit ne manquera de rien. Il aura une famille.

— Et si je vais en prison, *mummy* ? Que deviendra mon enfant ? Je ne connaîtrai pas le bonheur de l'élever, de le choyer.

— Jamais, tu m'entends, jamais tu n'iras en prison tant que nous serons là, Edward et moi ! trancha Maybel.

— Mais Loretta témoignera, elle prétend avoir assisté à la scène et m'avoir vue faire basculer Scarlett dans le vide. Je suis sûre qu'elle était là, qu'elle nous épiait. Elle seule pourrait m'éviter d'être jugée. Hélas, elle veut que je sois condamnée.

— Non, nous l'en empêcherons, Lisbeth.

Les yeux humides de Maybel parcouraient sans les voir vraiment les motifs de la tapisserie rose et or, le pli des rideaux en mousseline voilant la fenêtre. Son existence s'était écoulée jusqu'à ses vingt ans sans fait particulier, ni grande joie ni grand chagrin. Elle était née en bonne santé, pourtant, avant elle, sa mère avait mis au monde deux garçons mort-nés.

Ses parents, des commerçants laborieux, l'avaient éduquée avec rigueur et bonté. Ensuite elle avait rencontré par hasard Edward Woolworth, qui était tombé amoureux d'elle et l'avait épousée contre la volonté des siens.

Dès lors, Maybel avait connu la vie des belles dames de la haute société new-yorkaise. Elle s'ennuyait souvent, donnait le change, secrètement humiliée de ne pas pouvoir devenir mère à son tour.

« Et tu es venue, Lisbeth, songea-t-elle. Tu as illuminé mes jours, et tu as pris mon cœur à jamais, celui de mon mari aussi. Tu es notre enfant adorée. Mais pourquoi Dieu t'éprouve-t-il autant ? »

Tout en caressant les cheveux soyeux de sa fille, Maybel faisait le compte de ses malheurs.

« Ta maman fauchée en pleine jeunesse, ton père quelques jours plus tard. Et là-bas, en France, cet homme abject qui a osé te toucher, te violer. Richard est mort peu de temps après. Quant à Scarlett, c'est ma faute, ma très grande faute. »

Ce fut à son tour de pleurer sans bruit, tant elle se sentait impuissante face à ces tragédies successives.

— *Mummy*, tu es malheureuse ? demanda Élisabeth.

On toqua au même instant deux petits coups à la porte. Maybel répondit d'entrer, certaine qu'il s'agissait de Norma.

— Tu vas prendre du potage, chérie, dit-elle, tu dois manger mieux, désormais.

— Je suis d'accord, madame ! rétorqua Bonnie, en manteau, un petit chapeau sur la tête mais un lourd plateau entre les mains.

— Bonnie ! s'exclama Élisabeth. Ma Bonnie, tu es là.

— Monsieur m'a téléphoné et j'ai bondi dans un taxi, précisa-t-elle en français. Jean m'a suivie, bien sûr. Quand l'heure est grave, petite, l'union fait la force. En plus, j'apporte une lettre de M. Antoine Duquesne, qui a mis un mois à nous parvenir.

— Oh, merci, Bonnie, renchérit Maybel. Je vous la confie, je dois parler à Edward de toute urgence.

La jeune femme regardait son ancienne gouvernante, devenue sa tante, avec une expression de fillette éblouie. Bonnie posa le plateau sur la commode et para au plus pressé. Comme jadis, elle s'assit au bord du lit pour câliner Élisabeth, la bercer sur son cœur en chantonnant.

Le spectre ensanglanté de Scarlett Turner perdit de sa consistance, comme les fantômes du Dakota Building, qu'un esprit diabolique avait su ranimer.

Dakota Building, dimanche 24 septembre 1899

Edward Woolworth et Robert Johnson s'impatientaient. Le détective avait sonné plusieurs fois chez Scarlett Turner, mais Loretta n'ouvrait pas. Les deux hommes échangèrent un regard soucieux. Ils commençaient à penser au pire. Si la domestique avait disparu, ils n'avaient plus aucune chance d'innocenter Élisabeth.

— Le portier est pourtant formel, la demoiselle n'a pas quitté la résidence, soupira Edward.

— J'ai peur qu'il ne se trompe. La police aurait dû l'arrêter dès que ma belle-fille a fait sa déposition. L'appartement n'a même pas dû être fouillé. La corruption règne dans les unités policières de New York. Scarlett Turner bénéficiait peut-être d'une protection particulière.

Robert Johnson, après ces derniers mots, cogna du poing contre la porte. Le père de Richard impressionnait Edward par sa haute taille, sa carrure et ses traits virils, dont son fils avait hérité. Il avait les cheveux très courts, d'un gris argenté.

— J'entends du bruit, dit-il avant de frapper encore.

— Vous avez raison.

Un déclic les alerta. On tournait une clef ou un verrou. Un des battants en chêne clair s'entrebâilla sur le ravissant visage de Loretta. Elle les considéra tour à tour avec méfiance.

— Messieurs ?

— Vous me connaissez, mademoiselle, déclara Woolworth. Pouvons-nous entrer et discuter un moment ?

— Non, j'attends des policiers qui vont me conduire en lieu sûr, par précaution. Ils m'ont téléphoné et bien recommandé de ne laisser entrer personne, surtout pas vous, monsieur Woolworth. Ils sont certains que vous allez tenter de me corrompre.

Atteint dans son honnêteté et sa dignité, Edward recula d'un pas, bouche bée. Il reprit sa respiration pour se défendre :

— Comment osent-ils me traiter ainsi ? Je suis en quête de la vérité, mademoiselle Loretta. Réfléchissez bien. Si vous mentez au sujet de l'accident, vous envoyez une innocente en prison.

— Vous devriez éviter ce genre de propos, ils seront répétés à qui de droit, lui dit Robert Johnson. On peut les faire passer pour des menaces.

— Mais pas du tout ! se rebiffa le négociant, ulcéré. Que faire, dans ce cas ?

— Vous taire, déjà. Cette fille bluffe, êtes-vous naïf à ce point ? Je suppose qu'on va venir la chercher, oui. Mais pas un policier, un complice de Mme Turner qu'elle aura averti.

Loretta devint livide malgré son teint hâlé. Elle s'apprêtait à refermer vivement la porte quand Robert Johnson l'écarta du coude et pénétra dans le hall. Edward, gêné par sa démonstration de force, entra néanmoins. Ils aperçurent tout de suite une valise et un gros sac en cuir, posés au pied d'un des pots en céramique vernie d'où s'élevait un palmier nain.

— Vous n'avez pas le droit, balbutia l'adolescente. Ce n'est pas ce que vous croyez, j'allais habiter chez une amie en attendant de témoigner au procès.

Sans tenir compte de ses explications, Johnson s'accroupit et ouvrit d'abord la valise, dont il vida le contenu sur le parquet.

— Vous n'aviez pas besoin de vêtements, nota-t-il en prenant entre ses doigts plusieurs colliers.

Les bijoux luisaient sous la lumière grise de ce matin pluvieux. Le détective extirpa également une pochette en velours qui contenait des pendants d'oreilles d'une facture admirable.

— Du toc ou de vraies pierres précieuses ? interrogea Edward, sidéré par la beauté des rubis.

— Il y en a pour une fortune, répondit sobrement Johnson. La prostitution et le trafic de drogues rapportent beaucoup.

— C'est à moi ! s'écria Loretta. Scarlett me l'avait dit, je devais tout prendre si elle avait un accident.

— Donc c'était bien un accident, rugit le détective.

La jeune fille fixait son trésor d'un air farouche. Edward la regarda attentivement, surpris par sa beauté. Elle avait les yeux très noirs, une chevelure ondulée du même noir intense, et une bouche au dessin arrogant, d'un rouge vif. Consciente d'être observée, Loretta ajouta :

— Il me faut de l'argent, je veux retourner en Europe, à Madrid. J'ai un grand frère là-bas, et un oncle. Je leur avais écrit, ils m'ont répondu. Je serai la bienvenue.

Elle lança un coup d'œil méprisant au détective, occupé à fouiller le sac de voyage.

— Ce sont mes habits, ne les froissez pas, l'invectiva-t-elle.

Robert Johnson se remit debout. Il la toisa avec dédain, prêt à la menacer. Edward lui fit signe de s'écarter.

— Mademoiselle, dit-il d'une voix radoucie, je fais appel à votre loyauté. Lisbeth m'a confié une partie de votre passé, et je conçois l'attachement que vous aviez pour Mme Turner. Mais si vous projetez de retrouver des membres de votre famille en Espagne, pourquoi accuser ma fille ? Elle a la conviction que vous avez vu toute la scène, que vous seule pouvez la disculper.

Troublée, Loretta s'agenouilla pour ranger les bijoux dans la valise. Elle haussa les épaules en murmurant :

— Scarlett s'en était entichée, de votre fille, ça me rendait folle de jalousie.

— Peut-être, cependant vous ignorez une chose, poursuivit Edward Woolworth. Lisbeth attend un enfant de son mari, qui a péri en mer pendant la traversée. C'était le fils de monsieur… Envoyer une innocente en prison ne ressuscitera pas votre bienfaitrice, qui vous a prise sous son aile quand vous étiez une fillette, je le sais. Je vous propose un marché, avant que la police ne vienne ici et ne mette l'appartement sens dessus dessous, ce qui est inévitable.

Loretta se redressa souplement. Elle étudia la physionomie aimable de son interlocuteur, moins redoutable que celle du détective au rictus sévère.

— Quel marché ? s'enquit-elle tout bas.

— Allez porter ces bagages en lieu sûr, une consigne de la gare serait le plus pratique, ensuite revenez sur votre déposition, dites que vous avez eu des remords ou bien que vous aviez mal interprété la scène sur le balcon. Je vous paierai les services d'un avocat, si on vous cherche des ennuis. D'ici peu, vous serez riche et vous pourrez embarquer pour l'Europe.

— Pourquoi je vous ferais confiance ? Vous pourriez me dénoncer pour vol !

— Je n'ai qu'un but, mademoiselle, garder Lisbeth près de moi et de mon épouse. Ma fille est très affectée par cette tragédie mais, selon ses aveux, elle a dû se défendre, sans quoi elle serait morte.

Le menton de Loretta tremblait, sa bouche esquissait une moue chagrine.

— Je le sais, monsieur Woolworth. Quand j'ai entendu crier, je suis entrée dans le salon en courant et j'ai tout vu. Scarlett m'a même regardée une dernière fois avant de se jeter dans le vide. C'était affreux, elle a basculé de l'autre côté du balcon, mais votre fille n'a rien fait de mal.

— Vous en témoignerez, Loretta ? insista Edward.

— Oui, je le ferai.

Un grand soupir de soulagement échappa à Robert Johnson. Il quitta le hall et s'éloigna en direction de l'ascenseur. Élisabeth attendait vraiment un enfant, qui naîtrait en mars 1900, le docteur Foster l'avait confirmé une heure plus tôt. Pour le détective, plus rien ne comptait au monde hormis ce fragile espoir d'une nouvelle vie, conçue par son fils disparu.

Une heure plus tard, Maybel contemplait Élisabeth, qui s'était assise près de la cheminée du salon où Norma venait d'allumer le premier feu de l'automne. Les flammes dansaient en attaquant le bois bien sec, et leur clarté dorée dispensait une douce ambiance dans toute la pièce.

— Nous devons songer à l'avenir, maintenant, Lisbeth, dit-elle. Tu vas être innocentée, Edward te l'a affirmé, M. Johnson aussi, avant de prendre congé.

— Je suis soulagée, *mummy*, mais toi, que ressens-tu vraiment ? Tu aimais beaucoup Scarlett, tu m'as si souvent dit combien elle t'avait aidée après mon départ.

— J'aimais la personne qu'elle feignait d'être. Scarlett avait un côté excentrique qui me fascinait, et je croyais tout ce qu'elle me racontait, ses histoires d'esprits errants, le pouvoir des tarots. Edward me mettait en garde, je refusais de l'écouter. Mais depuis que j'ai appris ce dont elle était capable, je déplore d'avoir été aussi aveugle, aussi sotte. Mon Dieu, elle sacrifiait des chats, c'est un moindre mal même si c'est atroce ! Elle serait peut-être allée encore plus loin dans ses pratiques de sorcellerie qui datent des siècles passés. Je n'ose pas imaginer à quels rites odieux elle a pu se livrer.

— Il vaut mieux ne plus y penser, *mummy*, concéda Élisabeth. Alors tu n'es pas trop malheureuse ?

— Je suis très choquée, mais je m'en remettrai. Et si tu lisais enfin la lettre de M. Antoine Duquesne ? Tu étais contente que Bonnie te l'apporte.

— Oui, seulement je préférais attendre d'être en meilleure forme. Hier soir, j'étais à bout de forces, au point de m'endormir après avoir avalé un peu de soupe. Mais j'ai déjà eu des nouvelles de Montignac, puisque Bonnie m'a lu le courrier de mon oncle Pierre.

Élisabeth sortit de la poche de sa jupe une enveloppe bleue, cachetée. Le vieux meunier avait tracé à l'encre violette : « Pour ma petite-fille Élisabeth ».

— Ce doit être confidentiel, fit remarquer Maybel, si ton grand-père l'a mise dans une enveloppe plus grande, adressée à ton oncle Jean, qui est arrivée avec deux semaines de retard. C'est dommage… Je te laisse tranquille, chérie, je vais discuter du menu de ce soir avec Norma.

— Merci, *mummy*.

Une fois seule, Élisabeth ouvrit la lettre et déplia la feuille couverte d'une écriture régulière, inclinée en avant. Antoine Duquesne, ce qui était rare à l'époque où il était enfant, avait reçu de l'instruction, le curé de son village natal faisant l'école dans la salle de l'auberge.

— Cher pépé Toine, murmura-t-elle. Comme je voudrais le voir, là, près de moi.

Elle ferma les yeux pour évoquer le grand moulin, les reflets du soleil sur l'eau du fleuve, et le sourire serein du vieil homme, son beau regard bleu. Le cœur serré, elle se pencha enfin sur les lignes qui lui étaient destinées.

Ma chère petite Élisabeth,

Je prends la plume, l'âme en peine en pensant à la douleur qui doit t'accabler. J'étais bien content de recevoir une première lettre de mon fils Jean, mais ma joie a été de courte durée, car il m'apprenait le décès de Richard pendant la traversée.

Depuis, je prie pour le repos de son âme et aussi pour toi, ma pauvre enfant, à qui Dieu envoie de bien dures épreuves. J'en suis sincèrement affligé et je voudrais pouvoir te consoler, bercer ton chagrin dans mes bras devenus inutiles.

La vie nous réserve beaucoup de mauvaises surprises, hélas ! Il est de mon devoir, je pense, de te donner des nouvelles d'un jeune homme pour qui tu avais des sentiments. Je parle de Justin. Il nous a rendu visite à la fin du mois de juin, le jour même où nous avons reçu la lettre contenant les photographies de ton mariage.

Crois-moi, je l'ai accueilli comme un membre de la famille. Il était en permission, son temps militaire n'étant pas achevé. Je l'ai senti très déçu quand il a appris ton départ pour Paris. J'avais en face de moi un honnête garçon, qui respirait gentillesse et bonté.

Mais ton oncle Pierre a découvert que Justin n'était pas reparti du pays. Il aurait eu un grave accident et, après sa convalescence, Hugues Laroche l'a installé au château. Tu sais comment les rumeurs courent vite à la campagne. On raconte qu'il possède un cheval et qu'on les voit, Laroche et lui, galoper sur les chemins, botte à botte, Justin vêtu de neuf.

Qui plus est, on dit aussi qu'il entretient une liaison avec Mariette, une jeunette mariée et mère d'un bambin de dix-huit mois. Quand Bertrand, l'époux trompé, l'apprendra, il y aura encore du grabuge.

Bien sûr, nous n'avons pas eu sa visite depuis qu'il vit à Guerville, alors qu'il m'avait promis de revenir. Je me doute que cette nouvelle te sera pénible et j'en suis navré, ma chère petite-fille, mais peut-être que ça t'aidera à ne pas avoir de regrets et à rester en Amérique, près de tes seconds parents qui t'entourent d'amour, m'a dit Jean.

C'est dur pour moi d'écrire ces mots, car sûrement, je n'aurai jamais la joie de te revoir, mais la seule chose qui compte, c'est ton bonheur futur. Tu es toute jeune, petite princesse, un jour tu rencontreras un homme digne de toi.

Je tenais à te dire tout cela en confidence. N'étant pas trop sot, j'ai deviné que Jean ignore ton amourette avec Justin, et je pense que tu n'as pas envie de l'ébruiter.

Je t'embrasse de tout mon vieux cœur si souvent meurtri, mon enfant chérie, mon rayon de soleil. Tu ne m'as pas écrit encore, je n'en suis pas étonné, avec le malheur qui t'a frappée.

Ton pépé Toine

Une colère salvatrice submergea Élisabeth qui relut une seconde fois la lettre. L'attitude de

Justin l'horripilait. Elle résista à l'envie de jeter la feuille dans les flammes.

« Quel imbécile, vraiment ! se dit-elle. Je lui avais conseillé de fuir le château et cet homme ignoble. Mais non, il s'est rangé de son côté, par intérêt sans aucun doute. Il sera vite corrompu au contact de ce pervers. La preuve, il commet l'adultère, au mépris de toute morale. Mariette, évidemment, elle n'attendait que ça ! »

Élisabeth se leva et arpenta le salon d'un pas nerveux. Elle revoyait la jeune lingère, ses cheveux couleur de paille, ses seins lourds, ses hanches rondes, son expression gourmande dès qu'elle prononçait le prénom « Justin ».

« Pépé Toine a bien raison, je ne retournerai jamais en France, jamais. »

Un sentiment inconnu l'irritait, la jalousie, dont elle ignorait le venin doucereux. Elle essuya des larmes d'exaspération, puis elle rejoignit Maybel et Norma dans la cuisine. Une bonne odeur de poulet grillé l'accueillit, mêlée à celle du café chaud, dont raffolait la maîtresse de maison, à n'importe quelle heure du jour.

— Lisbeth ? Tu sembles bouleversée, hasarda Maybel. Tu n'as pas eu de mauvaises nouvelles ?

— Non, *mummy*, mais c'est émouvant de lire une lettre de mon grand-père chéri, le seul qui mérite que je l'appelle ainsi. Je vais lui répondre tout de suite. Est-ce que *daddy* t'a parlé de son idée, pour Noël ?

— Mais oui, nous irons dans notre chalet, à la montagne. Norma vient également, nous ne pouvons pas nous passer d'elle. Edward a invité Bonnie et ton oncle, ils ont refusé. La boutique marche bien, ils ne veulent pas fermer pendant les fêtes.

Maybel tendit la main à Élisabeth qui répondit volontiers à ce geste de tendresse. Elles s'étreignirent un instant, en quête de réconfort. Norma les observa en souriant. D'ici quelques mois, un bébé naîtrait chez les Woolworth. La gouvernante avait la certitude que ce jour-là, il n'y aurait plus aucune ombre malfaisante au tableau de leur vie à tous.

Moulin Duquesne, mardi 31 octobre 1899

Il était 9 heures du matin. Justin descendit de cheval. Il hésita un peu, puis il se décida à franchir le porche du moulin. Il avait choisi cette froide journée ensoleillée pour rendre visite à Antoine Duquesne, qu'il n'avait pas revu depuis sa permission, à la fin du mois de juin.

Des écharpes de brume flottaient sur les eaux sombres de la Charente, et du bâtiment abritant les meules s'élevaient des bruits rythmés, assortis d'éclats de voix. Il traversa la cour, attacha Rayonnant à un anneau scellé dans le mur de la grange.

— Sois sage, mon grand, lui dit-il en flattant son encolure, tout en vérifiant que l'animal n'était pas en sueur. Je reviens vite.

Justin frappa à la porte, un peu inquiet. Il se demandait quel accueil lui réserverait le vieux meunier. On lui cria d'entrer, d'une voix sourde, enrouée.

— Bonjour, monsieur ! dit-il en avançant dans la grande cuisine où flambait un bon feu.

Antoine était assis sous le manteau de la cheminée, une écharpe de laine autour du cou. Il se tourna vers le visiteur, l'air stupéfait.

— Tiens, tiens, un revenant, comme on dit ! ronchonna-t-il. Eh bien, viens t'asseoir. Mes rhumatismes me font souffrir, alors je reste au chaud.

— Je suis désolé, plaida Justin.

— Hé ! Désolé de quoi ? Que je sois perclus de douleur ou d'avoir dédaigné un vieil homme tout ce temps ?

— Les deux, monsieur. Mais si je vous dérange, je m'en vais.

— Si tu me dérangeais, je ne te dirais pas de t'asseoir, mon garçon. J'ai bien besoin de compagnie.

Justin ôta sa veste et sa casquette, du même tweed beige et gris. Antoine nota la qualité de ses vêtements, le beau cuir de ses bottes, cependant il ne fit aucun commentaire.

— Alors comme ça, tu n'es pas retourné dans ton régiment, cet été ? interrogea-t-il. Je ne vais pas jouer aux devinettes, les ragots courent plus vite qu'un cheval au galop.

— Dans ce cas, vous savez où j'habite et avec qui. Si je suis là, c'est pour vous l'expliquer.

— Tu n'es pas obligé, Justin. Après tout, Laroche est ton père. Tu aurais tort de ne pas profiter de ses largesses, après l'enfance que tu as eue. T'a-t-il légitimé, au moins ?

— Pas encore, ça ne tardera pas. Je dois être prudent jusqu'à la signature des documents chez le notaire.

Le vieil homme fronça les sourcils, intrigué. Justin baissa la tête, un vague sourire sur les lèvres.

— Prudent ! Et pourquoi donc ?

— Pour arriver à mes fins, monsieur Duquesne. C'est la raison de ma visite. Je me doutais qu'on jasait, dans le pays. Je me disais que vous seriez déçu par ma conduite, aussi j'ai préféré venir.

— Bon, je t'écoute. Sers-moi un dé de gnôle, d'abord, ça me requinque. La bouteille est dans le bahut. Prends un verre pour toi.

Justin s'empressa d'obéir. Le tourment de son cœur s'apaisait comme il s'affairait dans la pièce sombre, dont il appréciait le cadre simple, chaleureux. Il jeta un œil amical sur les tresses d'ail et d'oignon suspendues aux poutres brunes, sur le carrelage rouge, sur l'horloge à balancier.

— Je serais mieux sous votre toit, avoua-t-il en reprenant sa place devant l'âtre. Monsieur Duquesne, est-ce que je peux vous demander de garder le secret, quand vous saurez la vérité ?

— Si c'est nécessaire, oui, je saurai me taire.

Le jeune homme se lança dans une singulière confession, où il dévoila ce qui s'était passé quatre mois auparavant, du coup de fusil au repentir du châtelain. Il évita néanmoins d'exposer sa relation coupable avec Mariette.

— Ainsi, tu joues la comédie par esprit de vengeance ! s'effraya le meunier à la fin de son récit. Ce n'est pas glorieux, mon gars. Je méprise Hugues Laroche en essayant de ne pas le haïr, car notre Seigneur prêche le pardon des offenses. Mais je suis franc, je ne pourrai jamais oublier qu'il a voulu faire assassiner Guillaume, mon fils bien-aimé.

— Je ne l'oublie pas non plus. Cet homme devrait payer pour ça, oui, pour le mal qu'il a fait à Élisabeth, jadis.

Antoine porta la main à sa poitrine, oppressé. Il songeait à sa belle-fille Catherine. Il l'avait chérie comme sa propre enfant.

— Il a causé du tort à beaucoup de gens, admit-il. Justin, la vengeance est stérile, ou bien ses graines engendrent du poison. Pense au salut de ton âme et quitte le château. Laroche sera jugé par Dieu, en temps voulu. Tu t'abaisses à son niveau avec tes manigances.

Les yeux très bleus d'Antoine avaient un éclat céleste. En face de ce vieil homme d'une piété exemplaire, Justin fut tenté de renoncer à ses projets. Mais il songea à Mariette, de qui Laroche avait abusé plusieurs fois sous la menace, aux coups qu'elle avait reçus. Il se remémora aussi ce matin de printemps où, ivre de rage, le châtelain avait cravaché Élisabeth, avant de le frapper au visage, lui.

— Il me suffit de le tourmenter, monsieur Duquesne, de l'agacer en le privant de certaines de ses lubies, déclara-t-il. Je veux lui rendre l'existence pénible, rien d'autre. Quand je serai légitimé, promis à l'héritage du domaine, tout rentrera dans l'ordre, je vous le promets. Je laisserai Laroche se rouler dans la fange avec cette fille, Aline, sa maîtresse attitrée, aussi vicieuse que lui.

— Tais-toi, je t'en prie, tais-toi ! ordonna le meunier. Par le Seigneur tout-puissant, les mots que tu as prononcés me font froid dans le dos. Veux-tu un conseil, mon garçon ? Mène une vie exemplaire au lieu d'être témoin des saletés d'autrui. Trouve-toi une gentille femme et un travail à l'écart de Guerville. Je suis prêt à te laisser loger gratuitement dans la maison qui appartenait à Guillaume et demeure la propriété d'Élisabeth.

Douché par la leçon de morale qu'il recevait, Justin vida son verre de gnôle d'un trait.

— Vous faites allusion à Mariette ? s'enquit-il tout bas.

— Peut-être bien…

— Entre elle et moi, ça ne date pas d'aujourd'hui.

— Mais elle est mariée et mère de famille, trancha Antoine. Son malheureux époux doit être sourd et aveugle pour ne pas t'avoir cassé la figure en place publique.

— Disons que j'ai eu de la chance jusqu'à présent. Monsieur Duquesne, j'aurais aimé être votre fils. Sûrement, élevé par vous, je me conduirais mieux.

— Ah ! Tu me fatigues avec tes « monsieur ». Je t'ai déjà dit que je préférais « pépé Toine ». Gilles et Laurent, mes petits-fils, ont pris la suite d'Élisabeth et m'appellent comme ça.

— Je n'ose pas, se désola Justin. Vous parlez d'Élisabeth, avez-vous eu de ses nouvelles ?

Le vieux meunier scruta le regard de velours noir du jeune homme, rivé au sien, et dans lequel il lut une réelle angoisse.

— Oui, j'ai enfin reçu une lettre d'elle. Pardi, je lui avais écrit, seulement le courrier a mis un mois avant d'arriver à destination. Je l'ai sur moi, son enveloppe, là, bien au chaud dans la poche de mon gilet. Voudrais-tu me la relire ? Je n'ai pas mes lunettes à portée de main.

— Elle ne m'est pas destinée, monsieur, ce serait incorrect.

— Te voilà plein de scrupules, d'un coup, se moqua Antoine. Eh bien, va me chercher mes lorgnons, fiston. Au coin du buffet. Tu rangeras la bouteille de gnôle à l'occasion.

Peu de temps après, Antoine Duquesne s'éclaircissait la voix, car il avait la gorge prise par un rhume. Justin, lui, retenait son souffle. Le souvenir d'Élisabeth l'habitait tout entier, aiguisant l'amour défendu qu'il éprouvait envers elle, sa princesse.

Cher pépé Toine,

Je suis tellement heureuse d'avoir eu ta lettre, que j'ai relue deux fois déjà. Je te réponds immédiatement, seule dans la jolie chambre où j'ai passé dix années de pur bonheur, je m'en rends compte maintenant.

J'ai une merveilleuse nouvelle à t'apprendre, j'attends un bébé, l'enfant de Richard. Si l'événement n'atténue pas mon deuil, il verse sur mon chagrin une douce espérance. Je pourrai chérir le fils ou la fille de mon mari, et ce sera un peu de lui qui vivra près de moi.

Maybel et Edward sont comblés à l'idée d'être grands-parents, ainsi que le père de Richard, Robert Johnson, déterminé à veiller sur le bébé et moi. La naissance est prévue pour le mois de mars, au printemps.

Norma, la gouvernante qui a remplacé Bonnie, commence à établir une liste de menus censés me donner des forces, car je n'ai pas bon appétit. Bonnie et Jean se réjouissent autant que mummy *et* daddy, *et il est déjà question de layettes, de langes, de bavoirs brodés.*

Je te confie le soin d'annoncer la nouvelle à tante Yvonne et oncle Pierre. J'ai l'intention d'envoyer des cadeaux de Noël à mes petits-cousins, Gilles et Laurent, je dois donc m'y prendre bien à l'avance, surtout que nous avons prévu de séjourner dans les Rocheuses à la période des fêtes.

Ne te fais pas de souci pour moi, mon cher pépé Toine, je suis vraiment très bien entourée et choyée. Quand j'ai un ennui, on me défend bec et ongles, selon ton expression.

Je tenais à te dire aussi que j'aide bénévolement les Sœurs de la charité, en charge des innombrables orphelins de New York. Je trouve la sérénité parmi ces religieuses si dévouées, près de tous ces enfants qu'elles prennent sous leur aile.

De mon côté, j'ai mes protégés, Louison, un garçon de neuf ans, et sa petite sœur Agathe, qui en a cinq. Je les ai soignés sur le paquebot, ainsi que leur père, Henri. Ils étaient très malades, comme d'autres passagers de l'entrepont, ayant consommé l'eau avariée d'une citerne. Henri Moreau est veuf lui aussi, d'origine berrichonne, et il travaille dans une blanchisserie, sur Broadway.

C'est quelqu'un de loyal, d'une rare gentillesse, qui te plairait beaucoup. Je lui ai d'ailleurs parlé de toi. Mon cher pépé Toine, je t'embrasse de tout mon cœur, en te promettant d'écrire plus souvent désormais.

Ta petite-fille, Élisabeth

Antoine interrompit sa lecture pour regarder Justin par-dessus ses lunettes, qu'il avait baissées sur son nez. Il put déchiffrer sur les traits de son visiteur une vive contrariété.

— Serais-tu jaloux de ce sympathique veuf ? demanda-t-il d'un ton apitoyé.

— Pas du tout, monsieur. Élisabeth doit surmonter son deuil, je suis tranquillisé à son sujet. Cet enfant illuminera sa vie et tant mieux si elle se fait des amis.

— Es-tu prêt à entendre quelques lignes te concernant, en bas de la feuille, après sa signature ?

— Bien sûr.

— Alors écoute ça : « Quant à Justin, il aurait dû suivre mes conseils et ne jamais pactiser avec le diable. S'il éprouvait encore un peu d'affection pour moi, il ne vivrait pas sous le toit d'un homme qui a brisé ma jeunesse et il ne fréquenterait pas une femme mariée, car il prétendait avoir le respect des convenances. Je suis déçue, dis-lui s'il a le courage de revenir te voir. » C'est chose faite, conclut le vieux meunier.

Justin cacha son visage entre ses mains. Il aurait aimé pouvoir s'envoler, traverser l'océan et serrer Élisabeth dans ses bras. Une telle joie lui était interdite.

— Quand vous lui répondrez, monsieur Duquesne, dit-il à mi-voix, vous lui direz que j'ai quitté le pays et que je lui souhaite d'être enfin heureuse. Je suis désolé, mais je ne changerai rien à mes plans, ni à mes fréquentations. Je vous remercie, je me sens meilleur ici, près de vous. C'est précieux, même si ça ne dure pas longtemps. Soignez-vous bien, pépé Toine.

Il se leva, le visage crispé. La porte claqua. Dehors, Rayonnant salua son maître d'un hennissement sonore. Justin détacha son cheval, se mit en selle et sortit de la cour au galop.

CINQ ANS PLUS TARD

12

Antonin

New York, Central Park, jeudi 9 mars 1905

Le petit garçon courait à toute vitesse dans une des allées de Central Park, à califourchon sur un manche en bois terminé par une tête de cheval en carton bouilli, à la crinière de laine jaune.

Il imitait le bruit des sabots en faisant claquer sa langue.

— Doucement, Antonin, tu pourrais tomber et te blesser au genou, comme dimanche ! lui cria Élisabeth, assise sur un banc.

— Bientôt, coquin, nous n'aurons plus de place sur tes jambes pour mettre un pansement, renchérit Bonnie en riant.

Elle berçait avec une régularité d'automate le landau où dormait un nourrisson de six mois, son fils William, baptisé ainsi car c'était la forme anglaise du prénom Guillaume.

— Je suis pressée que mon bébé puisse gambader comme ton Antonin, soupira-t-elle. C'est compliqué d'être au comptoir du magasin avec ce bout de chou qui réclame à téter sans cesse.

— Oncle Jean t'a libérée pour l'après-midi, profites-en, Bonnie, répondit Élisabeth tout en suivant Antonin des yeux. En plus, c'est une belle journée, je suis contente que tu sois venue et que tu prennes un peu l'air. La neige a déjà fondu, le printemps sera précoce, pour une fois.

Sur ces mots, elle prit la main de sa fidèle amie et l'étreignit. Élisabeth Johnson, qui aurait vingt-cinq ans en avril, était d'une rare beauté. En dépit de la mode, elle laissait souvent ses longs cheveux bruns dénoués, en les maintenant en arrière avec des peignes à hauteur des tempes. Vêtue d'une ravissante robe en velours bleu ciel sous une veste cintrée assortie, elle dédaignait le port du chapeau qui, selon elle, la gênait.

— Tu as encore une nouvelle toilette, remarqua Bonnie non sans malice. Tu deviens une des grandes élégantes de Manhattan.

La remarque fit pouffer Élisabeth. Elle répliqua :

— Dis tout de suite que je suis trop coquette ! C'est la faute de *mummy*, elle veut que je sois toujours éblouissante.

Lorsqu'elles étaient seules, elles discutaient uniquement en français. Le petit Antonin, lui, avait fêté ses cinq ans deux jours plus tôt. Il était en passe de devenir bilingue, grâce aux efforts d'Élisabeth qui lui parlait en anglais et en français depuis sa naissance. Son fils était sa raison de vivre. Elle savourait chaque instant passé près de lui.

— Il n'y a rien de plus merveilleux que la maternité, dit-elle soudain à Bonnie. Quand j'ai tenu mon bébé contre mon cœur, j'ai compris le vrai sens du mot « amour ». J'ai oublié aussitôt les souffrances que j'avais endurées, en le contemplant. Il était si mignon, si fragile.

— Mon Dieu, je n'en dirais pas autant ! Moi, je me répétais que je ne survivrais pas à l'accouchement, serina Bonnie. J'étais trop âgée, penses-tu, trente-neuf ans pour un premier, le docteur lui-même craignait le pire. Et William pesait quatre kilos.

Ayant déjà entendu plusieurs fois ces doléances, Élisabeth se leva et courut rattraper Antonin qui s'éloignait sans regarder en arrière.

— Reviens tout de suite ! ordonna-t-elle.

Il se garda bien d'obéir, filant en direction d'un groupe de fillettes escortées par leurs nurses. Il s'arrêta enfin, ce qui permit à sa mère de lui prendre la main.

— Antonin, tu n'écoutes rien, le gronda-t-elle. Tu devais jouer autour du banc. Viens, nous retournons voir Bonnie.

Élisabeth, si elle se disait comblée par son rôle de maman, redoutait toujours un accident ou un malheur qui viendrait briser la paix durement conquise de son cœur. Elle s'étonnait souvent d'avoir connu cinq années sans soucis ni tragédies, et sans faire de cauchemars annonciateurs d'un drame. Son seul chagrin était d'élever son fils sans Richard et sans même l'affection de Robert Johnson, décédé un mois après la naissance de ce petit-fils qu'il s'était promis de choyer. Le détective avait succombé à une crise cardiaque lors d'un voyage en Californie.

« Ils auraient été fiers, tous les deux, de ce beau petit garçon », se disait-elle souvent.

À jamais marquée par les épreuves qu'elle avait subies, la jeune femme luttait contre une idée toute simple qu'elle résumait ainsi : « Ça ne va pas durer ! »

— J'espère que William ne sera pas aussi turbulent que ton fils, déclara Bonnie quand ils furent de retour.

— Tu ne sais pas ce que tu veux, nota Élisabeth, amusée. Une fois, tu es pressée que William gambade, ensuite, tu souhaites qu'il soit moins turbulent qu'Antonin. Rentrons, Maybel nous attend pour le thé.

Bonnie, affligée d'un début d'embonpoint, les seins gonflés de lait, marchait lentement en poussant le landau. Elles suivirent une allée, puis une autre, afin d'atteindre la grille donnant en face du Dakota Building.

— J'veux voir Debbie, répétait Antonin.

— Tu la verras demain, mon chéri, répondit Élisabeth. Tu te souviens, c'est le jour où je travaille à l'hôpital et où *mummy* te garde. Elle a invité tante Pearl.

Pearl Woolworth avait épousé le docteur Charles Foster et ils avaient eu une petite fille, Debbie, âgée de quatre ans. Antonin l'adorait. Tout content, il tira sur la jupe de sa mère qui se pencha sur lui.

— Maman, j'te dis mon secret, j'apprends des mots en français à Debbie, annonça-t-il avec une mine sérieuse.

Élisabeth fondit de tendresse. Son fils avait les cheveux noirs et ondulés de Richard, ses traits énergiques, mais d'elle, il tenait ses yeux bleus, sa bouche au dessin exquis.

— C'est très bien, affirma-t-elle. Tu devrais descendre de ton cheval à présent, je vais le porter jusqu'à la résidence.

Elle s'empara du jouet, assez léger mais encombrant. L'air fraîchissait déjà, car des nuages voilaient le soleil. Malgré les années écoulées, Élisabeth ne pouvait effacer l'image de Scarlett Turner gisant sur le sol, à quelques mètres de l'entrée du Dakota Building.

— Dépêchons-nous, dit-elle en détournant les yeux de l'endroit où s'était écrasé le corps.

Bonnie, comment rentreras-tu chez toi ? *Daddy* pourrait te ramener en voiture, je n'aime pas te savoir dans le tram avec William sur les bras.

— Pourtant je prendrai le tram, comme la dernière fois. Sinon, à quoi bon utiliser ton ancien landau quand je te rends visite ? Ne te fais pas de souci, bébé adore l'animation. Jean a promis de m'attendre devant la station où je descends, à l'heure habituelle.

— Fais à ton idée, concéda la jeune femme. Antonin, viens, nous allons ranger ton jouet dans le garage de *grandpa*[1].

L'enfant aimait ce lieu pavé, sombre, qui sentait l'essence et le cuir. Il savait que vingt ans plus tôt, un cheval logeait là, et qu'une calèche y était remisée, à la place de l'automobile des Woolworth.

Bonnie rangea là la voiture d'enfant qui avait servi à Antonin. C'était un modèle luxueux, en moleskine bleu marine, à grandes roues. Élisabeth avait d'abord voulu la lui donner, mais son oncle Jean s'y était opposé, par fierté.

« Mon père nous a envoyé de l'argent pour William, il servira à acheter un landau d'occasion. »

Antoine Duquesne, quand il avait reçu une lettre annonçant la naissance d'un beau poupon, ne se tenait plus de joie et d'orgueil. Du

1. En langue anglaise, équivalent de « papi ».

haut de ses soixante-dix-huit ans, il avait convié quelques voisins à trinquer en l'honneur de son descendant. Le lendemain, il était allé jusqu'à Angoulême pour expédier de l'argent à New York.

Fidèle à sa promesse, Élisabeth correspondait régulièrement avec son pépé Toine. Elle lui avait envoyé des photographies d'Antonin tous les deux mois depuis sa naissance, et récemment des clichés de Bonnie et du bébé William.

Maybel les accueillit elle-même après leur avoir ouvert la porte principale de l'appartement. Un tablier noué à la taille, elle semblait brandir une arme, en l'occurrence une grande cuillère en bois. Elle se pencha pour embrasser Antonin, mais le petit garçon se précipita à cloche-pied vers la cuisine, son lieu de prédilection, car il était très gourmand.

— J'ai préparé des crêpes, annonça-t-elle. N'ayez pas peur, Norma m'a surveillée, au cas où je ferais une erreur dans les proportions. Nous avons un invité surprise pour le thé. Bonnie, confie-moi le bébé. Ciel, il est superbe !

William, réveillé, tétait son poing en dardant sur Maybel des prunelles d'un gris pailleté de brun clair.

— Qui est là, *mummy* ? demanda Élisabeth en ôtant sa veste.

— C'est Jean, chérie. Il a fermé l'épicerie cet après-midi. Je suppose qu'il est venu chercher Bonnie et le petit.

Tout de suite, la jeune femme se crispa. Elle était en froid avec son oncle depuis des semaines, ce que Maybel et Edward ignoraient.

— Mon mari a fait le trajet jusqu'ici ? s'étonna Bonnie. Tant mieux, il portera son fiston au retour. Il commence à peser.

— Tu as raison ! s'esclaffa Maybel. Allons voir ce que fabrique Antonin. Norma lui passe tous ses caprices.

Jean Duquesne, alerté par l'écho des discussions, sortit sans hâte du salon où la gouvernante l'avait installé. Il se trouva nez à nez avec sa nièce, qui n'avait pas suivi Bonnie et Maybel.

— Je devine pourquoi tu es là, oncle Jean, murmura Élisabeth, blême de colère. Tu pouvais m'accorder un peu de temps.

— Non, ça a assez duré. J'ai l'intention d'attendre M. Woolworth et de le mettre au courant de la situation. Tu étais prévenue.

— Si tu fais ça, je ne te le pardonnerai jamais, menaça-t-elle.

— Si je ne le fais pas, j'insulte le souvenir de Guillaume. Je doute fort que ton père apprécierait ta conduite s'il était encore vivant, Élisabeth.

— Mais papa est mort, inutile de me le rappeler ! J'ai le droit d'agir à ma guise, selon mon cœur.

— Ouais, selon autre chose, à mon humble avis, hasarda-t-il tout bas d'un ton froid. C'est un grand malheur que Richard ait péri en mer.

Maybel, le bébé niché dans ses bras, interrompit la querelle en les appelant :

— Les crêpes sont prêtes. Nous goûtons dans la cuisine, sans faire de manières.

— Nous arrivons, *mummy* ! répondit Élisabeth.

Exaspéré lui aussi, Jean haussa les épaules. Il n'était pas à l'aise dans ce décor raffiné et son initiative lui pesait, sous son air bourru.

— J'ai suffisamment souffert, oncle Jean, ajouta la jeune femme. Tu n'es pas mon tuteur, alors laisse-moi vivre. Évite aussi d'évoquer la mort tragique de Richard. Il t'a sauvé la vie, ce qui lui a coûté la sienne.

— Je ne l'oublierai jamais. Dix jours, je t'accorde encore dix jours, trancha-t-il. Eh bien, allons manger ces fichues crêpes, que je puisse ramener ma femme et mon fils à la maison.

Il s'éloigna, dans son costume en serge brune, les mains dans les poches. Élisabeth le vit entrer dans la cuisine. Figée sur place, le cœur serré, elle entendit la voix fluette d'Antonin qui saluait son grand-oncle.

« Comment ose-t-il évoquer papa ? s'interrogea-t-elle. Ils ont des traits communs, or ce n'est qu'une apparence. Oncle Jean est dur, intransigeant, égoïste. Mais il ne gagnera pas la partie. »

Broadway, vendredi 10 mars 1905,
1 heure de l'après-midi

Chaque fois qu'elle grimpait jusqu'au sixième étage de cet immeuble vétuste, Élisabeth se souvenait du misérable logement où elle avait passé ses premiers jours à New York, avec son père. Les peintures écaillées des murs, les odeurs de graisse et de crasse, les bruits diffus, mêlés, tout la ramenait à ses angoisses d'enfant exilée en terre étrangère.

— Vite, vite ! dit-elle en toquant enfin à une porte en bois grisâtre.

Le miracle eut lieu, comme tant d'autres jours. Henri Moreau lui ouvrit et, aussitôt, il l'attira dans ses bras. Bien à l'abri des mauvais souvenirs, la jeune femme s'abandonna à l'immense tendresse que lui offrait son amant.

Elle retrouvait le cadre modeste de ce petit appartement, propre et bien tenu, qui était devenu son refuge secret.

Leur liaison durait depuis plus d'un an. Jean Duquesne l'avait découverte trois mois auparavant, par le plus grand des hasards. Bonnie avait eu beau le raisonner, il avait fait d'âpres sermons à sa nièce, lui parlant de moralité, de convenances, d'honneur familial.

Élisabeth, d'abord incrédule, s'était rebiffée. Elle était entrée en guerre contre son oncle, farouchement déterminée à protéger son nouveau bonheur.

— Tu es en retard, ma toute belle, j'avais peur que tu ne viennes pas, souffla Henri à son oreille.

— Antonin s'est fait mal juste avant que je parte. J'ai dû le consoler, expliqua-t-elle. Il se blesse tellement souvent, cette fois il s'est entaillé le pouce en voulant couper de la brioche tout seul avec le grand couteau à viande.

— Je comprends, Lisbeth. Il a dû beaucoup pleurer.

— Oh oui, bien sûr, soupira-t-elle, déjà réconfortée.

Henri comprenait tout. Il était tolérant, patient, affectueux, sans jamais montrer de sautes d'humeur. Elle l'enlaça à son tour, tandis qu'il lui donnait un baiser. Élisabeth, grâce à cet homme un peu timide, s'était épanouie, le corps et le cœur comblés. Il la grisait de mots doux, de câlins avant et après leurs étreintes, ce dont elle ne se lassait pas.

— Ma chérie, tu es si jolie aujourd'hui, dit-il en l'aidant à enlever son manteau. Cette robe bleue te va à merveille.

Il ponctua le compliment d'un autre baiser, sur son front. Rieuse, elle tourna sur elle-même pour faire voleter le bas de sa jupe, orné d'un volant en velours.

— Allons dans ta chambre, proposa-t-elle. Je dois partir dans deux heures. C'est à cause de mon oncle. Hier, il était chez mes parents, bien décidé à révéler notre relation. Pour qui se prend-il ? Il me menaçait et, comme je ne cédais pas, il m'a accordé un délai de dix jours. J'ai donc prévu de lui rendre visite, moi aussi, et de mettre les choses au point.

Elle tremblait de nervosité. Henri commença à défaire son bustier, les parures féminines n'ayant pas de secret pour lui puisque, à la blanchisserie, il était désormais préposé au nettoyage des costumes de théâtre.

— N'y pense plus, Lisbeth. Nous sommes tous les deux et c'est une chance, car Agathe se plaignait de migraine ce matin. Elle voulait rester couchée. Je crois qu'elle se sent mal à l'école.

— La pauvre ! Je m'en suis aperçue. Il fallait la garder ici.

— Et sacrifier nos moments de joie ? J'irai l'attendre ce soir et, si elle ne va pas mieux, elle restera là demain. Maintenant, je n'ai qu'un souci, c'est toi, ma toute belle.

Élisabeth sentit son désir s'éveiller. Elle avait hâte d'être nue entre les draps, livrée à celui qu'elle appelait parfois « mon homme », en imitant l'accent parisien, pour amuser son amant.

Avec lui, elle était spontanée, à l'aise, ce qui ne lui était jamais arrivé en compagnie de Richard.

Cet après-midi-là, cependant, Henri était moins empressé. Il lui donnait des baisers, dans la nuque, le cou, sur l'arrondi de ses épaules, sans l'inviter à s'allonger sur le lit. Elle quitta son jupon, le poussa du bout du pied sur le parquet.

— Assieds-toi, ma chérie, je vais enlever tes bas, dit-il d'une voix câline.

Elle obtempéra tout en l'observant attentivement. Toujours guidée par son intuition, elle perçut qu'il était contrarié.

— Qu'est-ce que tu as ? demanda-t-elle. Tu es préoccupé à cause d'Agathe ? Non, c'est autre chose.

— Si je t'en parle, tu te fâcheras.

Bien qu'intriguée, elle décida de remettre la conversation à plus tard. Elle demeura silencieuse, fixant la chevelure châtain doré d'Henri, qui dégrafait ses jarretelles et commençait à faire rouler un de ses bas de soie. Il embrassa soudain le genou qu'il venait de dénuder.

Élisabeth reçut un vrai choc au cœur en se souvenant de Justin, qui avait fait le même geste des années auparavant, dans la sellerie des écuries du château.

« Maintenant, je sais, se dit-elle, frappée par l'évidence. Henri me rappelle Justin, qui était aussi doux, attentionné et tendre. Je pense encore à lui, comme si je ne pouvais pas guérir de l'avoir perdu. Je devrais jeter le petit soldat de plomb qu'il m'avait offert. »

Une brusque envie de pleurer la prit. Dans les lettres que lui envoyaient les Duquesne, il n'était plus jamais question de Justin. Elle agissait de même, en ne demandant pas de ses nouvelles.

— Lisbeth ? appela Henri. Tu m'en veux ?

— Mais non. Je t'en prie, embrasse-moi encore, vite.

Elle se coucha en travers du lit, en l'attirant contre elle. Il frotta son front entre ses seins, se redressa un peu pour l'enivrer de baisers passionnés. Au bord des larmes, elle se débarrassa en hâte de sa combinaison en mousseline, puis de sa culotte en soie.

— J'ai froid, réchauffe-moi ! implora-t-elle.

Henri se déshabilla à son tour. Ils furent bientôt nus, dans un fouillis de draps et de couvertures. Élisabeth exigeait en silence, mais par de petits gestes suppliants, les caresses qui lui faisaient tout oublier du monde extérieur. Son amant s'exécutait, habile à la faire vibrer de plaisir.

Ses lèvres effleuraient les mamelons bruns, parcouraient ensuite son ventre, ses cuisses, allaient boire à la source tiède de sa fleur de chair gorgée d'une sève dont il était assoiffé. Elle poussait de brefs cris étonnés, gémissait en se cambrant, les doigts enfouis dans la chevelure de son amant.

Au moment où elle touchait à l'extase, Henri s'arrêta. Il était lui aussi à bout de résistance, prêt à libérer sa semence. Pour refréner son excitation, il se glissa à ses côtés pour l'étreindre d'un mouvement câlin, caresser ses seins bien ronds qu'il prétendait «les plus jolis du monde».

— Viens maintenant, dit-elle, viens, j'ai tellement envie de toi.

Elle respirait par saccades, les joues en feu, paupières mi-closes sur l'imminence de cet instant fabuleux où des spasmes de joie pure la secoueraient, au plus intime de son être, et où une délicieuse confusion lui apporterait la sensation de voler, d'être heureuse dans chaque fibre de son corps. Henri la pénétra avec sa délicatesse habituelle, muet de béatitude, le visage empreint de gravité. Il semblait rendre hommage à une déesse, et au fond, c'était l'impression qu'il avait depuis la première fois où ils avaient fait l'amour.

— Pourquoi ai-je droit à un tel cadeau ? lui avait-il dit. Je n'en suis pas digne.

Élisabeth s'était récriée, avant de l'embrasser à perdre haleine. Elle fit de même ce jour-là, lui réclamant un baiser, tandis qu'il allait et venait en elle, à un rythme régulier, de plus en plus rapide.

— Je t'aime tant, dit-il en reprenant son souffle.

Il cessa de s'agiter quelques secondes afin de la contempler. La jeune femme souriait faiblement, la bouche très rouge, et une veine battait à son cou nacré. Elle ouvrit les yeux, le regarda d'un air surpris, avant de plaquer ses mains sur son dos, de frôler le creux de ses reins, ses fesses. Henri avait une peau satinée, drue, dont elle adorait le contact.

— Viens, je t'en prie ! s'exaspéra-t-elle.

— Ma beauté, je suis là, en toi et ça me rend fou, répliqua-t-il en prenant davantage encore possession d'elle.

Il ne la ménagea plus, tant la volupté le submergeait. Elle noua ses jambes autour de sa taille, pour mieux le recevoir et précipiter sa propre jouissance. Il émit une plainte langoureuse quand elle s'abandonna, terrassée, haletante, parcourue de frissons exquis.

Ils restèrent enlacés pendant plusieurs minutes, envahis par une agréable lassitude. Élisabeth avait niché sa tête au creux de l'épaule d'Henri qui la tenait contre lui.

— Je voudrais tant te garder près de moi, avoua-t-il à mi-voix. Disons plus longtemps... Nous sommes ensemble, mais je sais que tu vas partir et ça me rend triste.

— Je suis désolée, Henri. Tu étais soucieux tout à l'heure, est-ce pour cette raison ? Si c'est le cas, je n'ai pas à être fâchée.

— Non, il y a autre chose. Je comprends mal pourquoi tu caches notre amour à tes parents. Si tu leur disais la vérité, ton oncle n'aurait plus le moyen de te tourmenter. Et pour être sincère, je suis de son avis. Nous ne pouvons pas continuer ainsi, Lisbeth. Nous sommes libres. Je chéris toujours le souvenir de ma femme, et toi celui de ton époux, mais à notre âge, nous pouvons refaire notre vie, devenir un couple.

Sidérée, Élisabeth ne sut que répondre. Elle prit le temps de réfléchir.

— Tu voudrais qu'on se marie ? hasarda-t-elle. Mais Henri, si je cache notre liaison à mes parents, c'est précisément pour qu'on ne m'oblige pas à officialiser les choses. Je connais *daddy*, il me tiendra les mêmes discours que mon oncle Jean.

Henri se redressa d'un coup. Il se leva et ramassa son caleçon, son gilet de corps.

— Je sais où le bât blesse, comme disait mon père, déclara-t-il. M. Woolworth te déconseillera de lier ton sort à un type qui travaille dans une blanchisserie, en charge de deux enfants.

Élisabeth bondit du lit elle aussi. Décoiffée, toute nue, elle croisa les bras sur sa poitrine en arborant une mine vexée.

— Plus personne ne peut me dicter ses volontés, ni *daddy*, ni *mummy*, ni mon oncle, affirma-t-elle. Tu ne devrais pas te rabaisser Henri, je me moque bien de ton métier. Ici, à New York, sur la terre d'Amérique, chacun peut tenter sa chance, et je suis souvent offusquée que les différences sociales aient encore de l'importance.

— Alors où est le problème, dis-moi ? s'écria-t-il, une réelle détresse brillant dans son regard brun.

— Je l'ignore ! trancha-t-elle en lui tournant le dos.

Il ne put s'empêcher de sourire, séduit par la vision charmante qu'elle lui présentait.

— Tu ne m'aimes pas assez ! dit-il d'un ton résigné.

Oppressée, Élisabeth entreprit d'enfiler sa combinaison, son jupon. Elle éprouvait un début de panique en se recoiffant face au miroir accroché au mur.

— Henri, tu es très important pour moi, et j'aime beaucoup Agathe et Louison. Mais tu as ta fierté. Sois logique, nous ne pourrions pas habiter ici, car j'ai Antonin. Tu n'as pas un salaire suffisant pour louer un appartement plus grand, alors que je suis en mesure de le faire, grâce à la fortune des Woolworth.

— Une fortune qui ne t'appartient pas !

— Peut-être, seulement tu sais bien que *daddy* me verse une rente et que je serai leur héritière. Je pourrais dépenser sans compter, mais je suis économe, excepté les dons que je fais à l'hôpital des Sœurs de la charité.

Son amant, de plus en plus nerveux, alluma une cigarette. Il l'admira d'un air navré.

— Je ne voudrais pas dépendre de toi, en effet, concéda-t-il. Et je suis lucide, je ne peux pas t'offrir le train de vie auquel tu es habituée. En résumé, nous sommes dans une impasse.

Ce dernier mot ranima un souvenir particulier qu'ils avaient en commun. Bouleversée, Élisabeth se précipita vers Henri et le prit dans ses bras.

— Et alors ? lui dit-elle. Nous avons été si heureux, nous deux, dans une certaine impasse, à l'arrière de la blanchisserie. Tu te rappelles ? Nous n'en pouvions plus de lutter contre l'attirance qui nous poussait l'un vers l'autre. J'attendais l'instant de te serrer la main, le soir, quand je te ramenais tes enfants, juste pour étreindre tes doigts. Et tu m'as dit que tu éprouvais la même chose.

Henri l'enlaça doucement. Il déposa de légers baisers sur ses joues, ses lèvres, son front.

— Je n'oublierai jamais, Lisbeth. C'était un rêve. Tu m'as suivi derrière les bâtiments, pour voir ce chaton dont je t'avais parlé. On s'est penchés sur lui, et quand on a échangé notre opinion sur cette pauvre petite bête, tu étais si proche de moi que je t'ai embrassée. Il faut dire que tu me regardais d'une façon… Je me demande souvent si j'aurais été en mesure de résister à ce regard. Tu avais une expression tellement ensorcelante.

Élisabeth retint un soupir. Richard lui avait tenu des propos similaires, dans la cabine de *La Touraine*, le paquebot qui la ramenait en France, sept ans plus tôt. Son éphémère mari n'avait pas été le seul.

Dès la fin de son veuvage, Maybel s'était évertuée à lui faire rencontrer des célibataires de la bonne société new-yorkaise, et certains lui plaisaient. Après quelques rendez-vous, ou à la fin d'une valse, lorsqu'elle s'imaginait conquise, prête pour un baiser, son cavalier prenait les devants, persuadé de son consentement. Elle devait aussi, depuis six mois, repousser le docteur Charles Foster qui se disait fou amoureux d'elle et déçu de surcroît par Pearl, son épouse éprise de mondanités et trop futile à son goût.

— Henri, je ne suis pas la seule responsable, protesta-t-elle. Tu me regardais toi aussi d'une façon particulière.

— Sans doute, admit-il.

— Ensuite, tu m'as aidée à me relever, et là, tu as continué à m'embrasser en caressant mon visage, mes cheveux, mon dos. J'étais au paradis, Henri, et le lendemain, nous avons partagé un tel bonheur, sur ce lit. Il pleuvait dehors, tu avais allumé le poêle pour que je n'aie pas froid. Ce bonheur, nous le connaissons toujours, il ne faiblit pas. Pourquoi chercher plus loin ?

Henri approuva d'un signe de tête. Il l'entraîna dans la pièce voisine, où il cuisinait et où ses enfants faisaient leurs devoirs le soir.

— Je nous prépare du thé ? demanda-t-il.

— Oui, mais si tu gardes cet air désolé, je m'en irai le cœur lourd. Accorde-moi du temps, je pourrais changer d'avis. Le mariage m'effraie un peu. J'aurais peur de nuire à Antonin. J'essaie de lui offrir tout mon amour, de lui éviter tout chagrin.

Élisabeth contenait difficilement sa peine. Henri le constata, néanmoins il insista :

— J'ai vu ton fils une dizaine de fois, à Central Park. Dix fois en cinq ans, Lisbeth. Je serai un bon père pour lui. Un enfant privé d'un de ses parents en souffre, c'est inévitable. Agathe me le prouve au quotidien. Elle est de santé fragile, de petite taille pour ses dix ans, sans parler de ses crises de sanglots, qu'elle ne peut pas contrôler. Quant à Louison, il devient arrogant, il n'a pas de bons résultats à l'école. Si Thérèse était là, auprès d'eux, tout se passerait mieux.

— Bien sûr, ils auraient eu besoin de leur maman, répondit Élisabeth. J'ai fait ce que j'ai pu pour les consoler.

— Tu as toute ma gratitude, ma chérie, s'enflamma Henri. Sans toi, ils auraient souffert bien davantage. Tu comptes beaucoup pour mes enfants et je sais que tu les aimes, mais j'ai dû faire une lourde erreur en pensant que tu deviendrais volontiers leur seconde mère. Lisbeth, j'évoque rarement ma femme, surtout par pudeur. Thérèse était une personne très pieuse, dévouée, d'une grande gentillesse. Certainement, si elle avait survécu, j'aurais passé ma vie avec elle, sans me poser de questions. Le destin a dérangé mes certitudes.

— Que veux-tu dire ?

— Je suis gêné de le confesser, je n'ai jamais ressenti pour Thérèse ce que j'éprouve envers toi. J'ai découvert le véritable amour le jour où je t'ai allongée sur mon lit, où tu étais nue sous mes baisers. Ne te méprends pas, je suis tombé amoureux bien avant, sans oser espérer quoi que ce soit. Maintenant, les jours sans toi me paraissent interminables. Je respire vraiment quand j'entends tes pas dans l'escalier, que tu entres ici.

C'était une belle déclaration d'amour, Élisabeth en mesura la gravité. Elle suivit Henri des yeux en s'interrogeant. Il faisait bouillir de l'eau, préparait la théière, choisissait sa meilleure tasse. Il était grand, mince, et il avait le don de l'émouvoir.

« J'apprécie mon existence telle qu'elle est ! constata-t-elle. *Mummy* et *daddy* sont des grands-parents exemplaires, Antonin habite chez eux, il les adore. Nous formons une famille unie. Je ne peux pas briser cette harmonie. »

Elle supposait également que son amant voyait juste. Si elle décidait d'épouser Henri, Edward ne s'y opposerait pas, mais il ferait l'impossible pour l'en dissuader.

« Pourtant *mummy* tient à ce que je me remarie ! se dit-elle encore. En me promettant que *daddy* fera en sorte de louer un appartement dans le Dakota Building. »

Henri disposa le nécessaire à thé devant Élisabeth. Il sortit un cake aux fruits confits dont il coupa deux tranches.

— Je ne suis pas une girouette, déclara-t-il soudain. Je t'aime, et c'est toi que je veux aimer jusqu'à ma mort. J'ai dû l'expliquer à mon cousin. Il se fait vieux, il voudrait que je prenne la direction de la blanchisserie dans trois ou quatre ans, et que j'épouse la fille de son meilleur employé. Linda, elle se nomme Linda.

— Ah ! fit Élisabeth, désemparée. Tu ne m'en as jamais parlé.

— Elle approche de la trentaine, comme moi. Ses parents sont d'origine allemande.

— Est-elle jolie ?

— Quelle importance ? Je fais à peine attention à elle.

— Peut-être que Linda t'aime en secret, la malheureuse, peut-être qu'elle voudrait que tu t'approches d'elle, que tu lui donnes un baiser. Ces baisers dont on rêve en vain.

La voix de la jeune femme était presque inaudible. Henri fut troublé par son regard absent. Élisabeth s'éloignait de lui, de New York, emportée vers un ailleurs mystérieux.

— Est-ce que tu faisais vraiment allusion à Linda ? soupira-t-il.

— Mais oui ! répondit-elle après un léger sursaut. Excuse-moi, j'ai tendance à plaindre les femmes. Elles ont si peu de liberté, en comparaison des hommes. Richard était très jaloux, pendant nos fiançailles. Il avait tenté de se raisonner, cependant je suis sûre qu'il m'aurait surveillée de près, sans cesse.

— On est jaloux quand on aime, Lisbeth. Je pourrais même m'inquiéter, car tu m'as paru complètement indifférente, au sujet de Linda.

— Je n'ai pas à être jalouse, Henri, puisque tu n'éprouves rien pour elle. Nous gâchons le peu de temps qui nous reste à discuter ainsi.

Exaspérée, Élisabeth jeta un coup d'œil à sa montre. Elle ne savourait pas son thé, ni ces moments que, d'ordinaire, elle chérissait. Rien ne s'était passé comme elle le souhaitait. Il n'y avait pas eu de fausse note jusqu'à présent, lors de leurs rendez-vous clandestins. Le plus souvent, ils se câlinaient, échangeaient des caresses, des baisers, bavardaient de leurs enfants respectifs ou de banalités. Ils goûtaient ensemble après avoir épuisé leur fièvre amoureuse.

— Je dois m'en aller, mon chéri, annonça-t-elle le plus gentiment possible. J'oubliais, dimanche, nous sommes invités chez les Rambert. Tony et Louison seront contents de se revoir. J'irai avec Antonin, vous ferez mieux connaissance, toi et lui.

C'était une tradition établie. Depuis qu'ils avaient quitté le Bronx pour emménager sur la

42e Rue, dans l'arrondissement de Manhattan, Léa et Baptiste Rambert recevaient au moins une fois par mois Élisabeth, avec Henri et ses enfants.

— Tu n'avais pas encore emmené ton fils là-bas. Ne te sens pas obligée à cause de mes précédentes remarques.

— Et toi, arrête de te torturer l'esprit, je t'en prie. Antonin était tellement turbulent que je préférais le laisser à *mummy*. Henri, sois patient. Je t'aime et je vais réfléchir à notre avenir.

Elle se leva, remit sa veste en souriant. Lui, déjà réconforté, s'empressa de la cajoler. Ils s'embrassèrent à nouveau, très tendrement.

— Nous nous retrouverons donc chez les Rambert dimanche, dit-il. Et là, que comptes-tu faire, Lisbeth ?

— Ce que j'avais prévu, rendre visite à mon oncle Jean. N'aie crainte, je vais prendre un taxi. Les voitures à moteur sont une invention extraordinaire, je ne pourrais plus m'en passer. Si tu as un souci avec Agathe, téléphone-moi. Je m'occuperai d'elle. Et ne demande pas ce service à Linda ! C'est promis ?

Élisabeth esquissa une moue en jouant les jalouses. Henri eut un petit rire teinté d'amertume. Il n'était pas dupe.

— Je te le promets.

Quand il fut seul, un profond découragement l'accabla. Il reprit sa place à la table, considéra les tasses, la théière, la tranche de cake que la jeune femme n'avait pas touchée.

— Quel idiot je fais ! déplora-t-il tout bas. J'aurais dû me taire.

L'avenue de Broadway, qui traversait tout Manhattan du nord au sud, était le décor chamarré, pittoresque, d'une perpétuelle animation. Élisabeth décida de marcher un peu avant de faire appel à un taxi, pour apaiser la tension de ses nerfs et ordonner ses idées.

« Pourquoi Henri m'a-t-il dit tout cela aujourd'hui ? C'est sans doute moi qui ai provoqué la discussion en me plaignant d'oncle Jean », se reprocha-t-elle au bout de quelques pas.

Elle lançait des regards distraits sur les vitrines des boutiques, sans daigner s'arrêter pour étudier les marchandises exposées. Il lui arrivait d'acheter un jouet à Antonin, les jours où elle allait chez Henri, mais, agacée, elle n'y songea pas.

Il y avait foule sur les trottoirs et dans la rue, le va-et-vient permanent des attelages, des automobiles, des omnibus, des bicyclettes et des triporteurs. Élisabeth, à hauteur du Lyceum Theatre[1],

1. Un des plus anciens théâtres de Broadway, avec le New Amsterdam Theatre. Il a ouvert en 1903 et a toujours fonctionné depuis, sans changer de nom. Il a été classé monument historique en 1974.

se remémora un soir de l'année 1903 où Maybel, Edward et elle avaient assisté à la représentation de la pièce *The Proud Prince*, donnée le 2 novembre.

« C'était magnifique, les escaliers en marbre, les rideaux en velours, les dorures. Nous étions au balcon… »

La jeune femme se rendit à l'évidence. Elle appréciait la vie luxueuse que lui offraient les Woolworth, autant que sa liberté. En épousant Henri, elle se priverait des deux. Tout de suite, cette pensée lui fit honte. Elle voulut se persuader que l'unique problème, c'était Antonin. Une phrase de son fils lui revint, qu'il avait murmurée récemment :

— J'n'ai plus de papa, moi, comme toi, maman.

Le cœur serré, Élisabeth chercha un taxi des yeux. Elle avait parcouru une distance assez longue et l'heure tournait. Une voiture approchait, portant l'insigne réglementaire. Le chauffeur freina et se gara dès qu'elle agita la main.

En s'installant à l'arrière, soulagée de s'asseoir, elle croisa le regard éteint d'un inconnu qui portait un balai sur l'épaule, un seau à bout de bras. Une casquette crasseuse masquait son front, une barbe et une moustache grisonnantes mangeaient sa maigre figure. Ses habits étaient quasiment des haillons.

Il lui apparut comme le symbole de la misère, de ces pauvres errant dans l'immense cité, en quête d'un petit travail, d'une aumône bien souvent.

« Que suis-je devenue ? s'interrogea-t-elle. Pépé Toine serait-il fier de sa petite-fille ? *Daddy* me couvre de cadeaux, *mummy* veut que je sois élégante. Antonin est aussi gâté que moi. Henri exerce un métier pénible mais, au fond, il mérite chaque penny qu'il gagne. Et je profite de son amour en refusant de me sacrifier pour lui. »

Élisabeth descendit du taxi devant l'épicerie Duquesne. Elle était d'humeur morose, sa combativité réduite à néant. Bonnie l'accueillit d'un air méfiant, malgré un pâle sourire. Des pleurs de bébé résonnaient dans l'arrière-boutique. Elles s'embrassèrent sans l'enthousiasme coutumier.

— On dirait que William a faim, Bonnie.

— Non, ce sont ses dents. L'apothicaire, un Irlandais, m'a vendu de la racine d'iris, précisa son amie. Il prétend que ça calme ce genre de douleur.

— C'est vrai, j'en ai utilisé pour Antonin, il pleurait moins. Où est mon oncle, Bonnie ? Je suis venue pour mettre un terme à ses manigances.

— Seigneur, tu exagères, Lisbeth, s'indigna-t-elle. Va lui tirer les oreilles si ça t'amuse. Il berce son rejeton.

Mariée et mère de famille, Bonnie n'affichait plus le visage rieur et doux de jadis. Élisabeth, dépitée, ouvrit la porte vitrée ornée d'un rideau de dentelle et se glissa dans l'arrière-boutique aménagée en nursery, au moment où deux clientes entraient dans le magasin, faisant tinter le carillon.

— Tiens, on dirait ma nièce, ronchonna Jean. Tu es en avance, tu avais encore neuf jours sur le délai accordé.

William hurla plus fort en entendant la voix de son père. Le bébé était cramoisi, des larmes sur les joues. Élisabeth le prit dans ses bras.

— Tu ne le berces pas, ce mignon, décréta-t-elle. En plus, tu fumes dans cette petite pièce, à côté de ton fils. Le docteur Foster pense que le tabac est nocif pour les nourrissons. Et un bébé qui fait ses dents peut faire des convulsions.

— Sans blague, tu viens me donner des leçons de morale ? se rebiffa-t-il.

— Pourquoi pas, oncle Jean ! Tu t'autorises bien pire, en te mêlant de mes affaires de cœur. Alors je serai franche, laisse-moi tranquille et ne va pas sermonner Henri comme tu as déjà osé le faire. Nous sommes amoureux et heureux de l'être.

— Si tu étais seulement amoureuse, sans coucher avec ce type, je n'aurais rien dit. Tu es sa maîtresse, Élisabeth, tu te moques de la morale, de la bienséance. Les voisins de Moreau doivent te prendre pour une fille de rien. Et tant pis si je heurte ta pudeur, que feras-tu si tu tombes enceinte ?

— J'aurai un autre enfant, il me semble.

— Ne te fiche pas de moi ! Je vais te le dire, ce qui se passera. Edward Woolworth devra accepter un mariage en toute hâte, et se délester d'une partie de sa fortune pour t'établir je ne sais où.

— Non, je n'épouserai pas Henri, même si j'attendais un enfant. Je l'élèverai seule, ce petit, ou avec son père, sans avoir besoin d'une bague au doigt.

La gorge nouée, Élisabeth déposa un baiser sur le front de William qui ne pleurait plus. Elle avait failli crier qu'elle n'aimait pas suffisamment Henri, que Justin, le frère de sa mère, était là, au fond de son cœur, pareil à un rêve inaccessible.

— Ma parole, tu as perdu la tête, lui dit Jean, effaré. Une femme ne profère pas de telles sottises. Dieu m'est témoin, j'abandonne. Comporte-toi en dépit du bon sens, je m'en lave les mains.

Jean Duquesne prononça alors un juron bien français, qui eut le mérite d'arracher un sourire à sa nièce. Ce fragile éclat de gaieté ne dura pas.

— Fais ce que tu veux, ajouta son oncle, mais je te préviens, j'ai écrit à Pierre il y a une dizaine de jours. Mon frère lira sûrement ma lettre à notre père. Je ne pouvais pas garder ce poids pour moi tout seul. Tu es sur une mauvaise pente, je devais le leur dire.

Élisabeth ne parvenait pas à le croire. Ulcérée, elle recoucha son neveu dans le landau. Son regard bleu croisa celui, gris et or, de Jean.

— Tu as eu tort, je ne te le pardonnerai jamais, cette fois je suis sincère. Pépé Toine mérite d'être serein, à son âge. Il va se ronger les sangs à cause de toi. Je n'ai plus qu'une solution, lui écrire à mon tour en lui donnant ma version des faits. Je suis sûre qu'il me comprendra, comme papa m'aurait comprise.

— Qu'est-ce que tu en sais, Élisabeth ? s'emporta son oncle. Tu avais six ans quand Guillaume a été tué.

— Je te déteste ! cria-t-elle en sortant.

Les clientes qui s'attardaient dans l'épicerie la virent se ruer dans la rue, sans même dire au revoir à Bonnie.

« Seigneur, ça n'est pas correct qu'ils se querellent comme ça, alors que j'ai du monde, songea celle-ci. Heureusement que ces dames ne parlent pas un mot de français. »

Élisabeth contenait des larmes de colère en descendant d'un autre taxi, devant l'entrée du Dakota Building. Sa fureur intérieure n'était pas l'unique cause du malaise qui la terrassait. Elle éprouvait une angoisse indéfinissable.

— Il s'est passé quelque chose, murmura-t-elle après avoir salué le portier, toujours fidèle à son poste près de la grille ouverte.

Le jeune liftier qui commanda l'ascenseur l'observa d'un œil vif, car il la trouvait très belle et ne manquait pas de lui adresser quelques paroles aimables. Ce jour-là, elle ne répondit pas, perdue dans ses pensées.

« Je le savais, ça ne pouvait pas durer ! se dit-elle une fois arrivée au troisième étage. Antonin... Je n'aurais pas dû le laisser, pas aujourd'hui. »

Un détail l'alarma dès qu'elle aperçut la double porte en chêne de l'appartement des Woolworth. Le haut battant de droite était entrebâillé. Elle se précipita dans le large couloir et, tout de suite, Norma surgit du salon.

— Ah, Lisbeth, vous êtes enfin là ! s'exclama la gouvernante. Madame vient de téléphoner à l'épicerie Duquesne, Bonnie lui a dit que vous étiez partie depuis longtemps.

— Norma, tu me fais peur ! Qu'est-ce qu'il y a ?

— Antonin est tombé, le docteur Foster préfère l'emmener à l'hôpital. Votre fils a le bras cassé.

— Mon Dieu ! gémit Élisabeth.

Elle découvrit un tableau affligeant. Antonin était allongé sur le canapé, son petit visage congestionné par la douleur. Maybel, à genoux sur le tapis, lui caressait le front. Pearl, assise dans un fauteuil, fumait une cigarette, pendant que sa nurse s'occupait de Debbie, qui suçait son pouce en reniflant.

Quant à Charles Foster, il rangeait ses instruments dans sa sacoche.

— Je suis venu le plus rapidement possible, Lisbeth, dit-il en s'avançant vers elle. Soyez sans crainte, c'est une fracture bien nette de l'humérus. Les os se ressoudent vite chez les enfants. Antonin en sera quitte pour porter un plâtre plusieurs semaines.

Elle approuva sans quitter son fils des yeux. Antonin geignit plus fort en l'appelant.

— Maman, maman. J'ai mal.

Maybel, les traits tirés, les paupières rougies, se lança dans un début d'explication.

— Je suis tellement désolée, chérie, nous bavardions, Pearl et moi. J'avais permis à Antonin d'aller dans sa chambre, pour jouer avec Debbie.

— Et j'ai eu la sottise d'envoyer la nurse boire un café en cuisine, car Norma lui en proposait, précisa Pearl de sa voix bien timbrée, mais d'une froideur pénible. Encore une preuve qu'on ne doit pas lâcher la bride aux domestiques.

— Nous avons entendu un grand bruit, ensuite les hurlements de Debbie, poursuivit Maybel. Elle était effrayée, nous l'avons deviné. Mon Dieu, j'ai couru voir ce qui se passait et Antonin se tordait de souffrance sur le tapis.

Élisabeth écoutait, en couvrant de baisers les joues et le front de son petit garçon, en gilet de corps, car Charles Foster avait effectué un bandage provisoire.

— Pourquoi l'hospitaliser ? demanda-t-elle soudain au médecin. Vous redoutez un traumatisme à la tête ?

— Non, j'ai procédé aux vérifications nécessaires. Et puis ce gentil garnement se souvient de sa chute, c'est bon signe, répondit Foster.

— Il m'a raconté être grimpé sur la cheminée, renchérit Maybel d'une voix tremblante. Il voulait décrocher un cadre pour Debbie, tu sais, Lisbeth, la gravure qui représente un cheval au galop.

La jeune mère, un peu rassurée, approuva d'un « oui » inaudible. Elle cédait à la culpabilité, se méprisant d'avoir abandonné son enfant à seule fin de coucher avec son amant.

« J'aurais pu le retrouver sans vie, lui aussi perdu à jamais, sans qu'aucun cauchemar m'ait avertie de la tragédie ! se disait-elle, éperdue de remords. Il a eu de la chance ! Si par malheur il s'était brisé la nuque… »

Des frissons la secouèrent. Pearl, la mine dédaigneuse, décréta qu'elle s'en allait. La nurse, certaine d'être congédiée avant le soir, s'inclina à plusieurs reprises devant Maybel et Élisabeth.

— Bon courage, chère cousine, ironisa Pearl. Ma pauvre Debbie, qui n'est déjà guère éveillée, risque de finir idiote si elle est témoin d'un autre accident. J'espacerai mes visites, désormais. Charles, chéri, ne te fais pas de souci, nous rentrons à pied, l'air frais me sera salutaire, j'ai les nerfs en pelote.

— Très bien, ce ne sera pas un exploit de ta part, car nous habitons tout près d'ici, ironisa le médecin en retenant un soupir d'exaspération.

Norma escorta son épouse, la nurse et la fillette jusqu'à la porte.

— Veuillez excuser le comportement inacceptable de ma femme, dit-il immédiatement. Lisbeth, il faudrait préparer un léger bagage pour vous et Antonin. Une fois le plâtre posé, votre fils restera sous surveillance jusqu'à demain matin. Ma voiture est dans la cour, je suis à votre service.

— Merci beaucoup, mon cher Charles, répliqua Maybel qui désapprouvait l'engouement de cet homme marié pour sa précieuse Lisbeth, mais Edward devrait être là d'un moment à l'autre, je lui ai téléphoné. Il nous conduira au Mount Sinai Hospital.

— Dans ce cas, je n'insisterai pas. Je vous attendrai là-bas, Lisbeth.

Elle hocha la tête distraitement en continuant de câliner Antonin. Son fils lui souriait à travers ses larmes.

— Mon petit ange, je t'aime très fort, chuchota-t-elle. Je n'aime que toi, et je ne te quitterai plus…

Ce serment prononcé, Élisabeth éclata en sanglots.

13

La lettre empoisonnée

Rouillac, champ de foire aux chevaux,
lundi 27 mars 1905

Justin Laroche était arrivé tôt le matin sur le champ de foire de Rouillac, afin de pouvoir étudier à loisir tous les animaux proposés à la vente. Il venait là chaque mois, à la date du 27, où une ancienne tradition se maintenait dans le gros bourg proche de Guerville : la foire aux chevaux.

Les éleveurs dignes de confiance comme les maquignons peu scrupuleux le saluaient bien bas. Il répondait d'un sourire, sans engager la conversation, ce qu'il ferait plus tard, si une bête lui plaisait.

Assises près de leurs étals, à quelque distance, de jeunes marchandes le regardaient par en dessous, la tête basse, toujours émoustillées par ce bel homme aux cheveux blonds, au regard noir. Il était élégant, en pantalon d'équitation bien coupé, botté de cuir fauve, une veste en tweed cintrée marquant sa taille.

— Ah, bonjour, m'sieur Laroche ! clama un grand rouquin. J'ai une mule de deux ans, solide comme un roc. Y a pas mieux pour passer entre les rangs de vigne.

— Je te remercie, Anselme, mais les vendanges sont encore loin, j'aviserai à la fin de l'été.

— J'y compte ben.

Une jument blanche à la crinière gris argent frappa Justin par sa beauté. Il s'en approcha, la caressa, examina ses dents sous l'œil patient de son propriétaire. La vente était une forme d'art tacite, où il ne fallait rien précipiter.

Après avoir posé les questions habituelles, Justin promit de revenir. Il s'aventura vers la partie de la foire où se tenaient les maraîchers, les volaillers. Là aussi, on le saluait. Il comptait dans le pays, devenu le châtelain de Guerville, le régisseur des chais Laroche.

On n'avait guère cherché à comprendre pourquoi et comment Hugues Laroche s'était déclaré père de ce beau garçon, qui était depuis deux ans son héritier légitime. Mais, les ragots courant aisément la campagne, on savait que bien avant d'avoir été légitimé, ce fils tombé du ciel dirigeait le domaine.

— Bonjour, m'sieur Laroche, chantonna une voix claire, alors que Justin longeait une rangée de cageots garnis de légumes.

— Tiens, Félicie, qu'as-tu de bon à me proposer aujourd'hui ? demanda-t-il à une très jolie fille, blonde et frisée sous sa coiffe en linon blanc.

— Des choux rouges, minauda-t-elle. Et de beaux radis.

— Mets trois choux de côté, j'enverrai mon palefrenier les prendre vers midi. Ajoute deux bottes de radis et des carottes, notre jardinier n'en plante jamais assez pour nos chevaux. C'est excellent pour eux.

— Si ce n'est pas une honte de donner des carottes à vos bêtes, se moqua Félicie. Je connais des gens qui n'ont rien à manger.

Justin sortit alors de sa poche intérieure une liasse de billets de banque. Il en tendit deux à l'effrontée, dont il appréciait le sourire et la blondeur.

— Dans ce cas, voici de quoi leur distribuer une bonne part de ton étalage, dit-il sérieusement.

— Vous blaguez ?

— Pas du tout. Au revoir, Félicie.

Le jeune homme continua de déambuler en observant les canards, les oies, les lapins tapis au fond de leurs cages grillagées. Il prenait sa revanche avec délectation, jour après jour, jamais satisfait au fond. Pourtant, il avait une procuration de son père sur l'argent placé en banque, et il touchait une rente mensuelle, établie par un notaire.

— Pardon, mesdames, dit-il en se frayant un passage parmi un groupe de femmes, attirées par un camelot qui vantait les vertus d'un baume à base de plantes.

Une des curieuses s'écarta. Mais elle s'était retournée et Justin reconnut Yvonne Duquesne. Gêné, il estima indispensable de la saluer et de prendre de ses nouvelles.

— Justin ! s'étonna-t-elle. Pour un hasard ! Je viens deux fois par an à Rouillac et on se croise.

— Bonjour, madame, répondit-il tout bas. Monsieur Antoine se porte-t-il bien ? Et votre mari, vos garçons ?

Yvonne marqua un temps d'hésitation. Justin remarqua alors qu'elle semblait très triste, les traits tirés. Il eut peur d'apprendre un décès.

— Marchons un peu tous les deux, suggéra la meunière d'une voix douce. Pierre et les petits vont bien. Mon beau-père était en bonne santé, oui, mais il est souffrant depuis une semaine.

— Est-ce grave ? s'affola Justin, soudain conscient du respect affectueux qu'il vouait au vieillard.

De plus en plus embarrassée, Yvonne évitait de le regarder. Elle le tutoya d'emblée, comme le jour où il avait déjeuné au moulin, plus de cinq ans auparavant.

— Le corps n'a rien, c'est l'âme et le cœur qui sont torturés. Je ne devrais pas te dire ça. Antoine a souvent espéré ta visite. Il se promettait de te donner des nouvelles d'Élisabeth, même si tu refusais d'en avoir.

— Je n'ai jamais prétendu ça, Yvonne. Excusez-moi, je ne vous ai pas vue depuis très longtemps et je vous appelle par votre prénom. Pour Élisabeth, croyez-moi, je serais content de savoir ce qu'elle fait de sa vie. Je me souviens qu'elle attendait un bébé de Richard Johnson.

— L'enfant, un garçon, a eu cinq ans ce mois-ci. Il a été baptisé Antonin, en hommage à mon beau-père. Bonnie et Jean ont eu un fils, eux aussi. Il a six mois et s'appelle William. Il paraît que c'est comme Guillaume, mais en anglais.

Justin aperçut un des cabanons qui faisaient office de buvettes les jours de foire. On y servait du vin chaud à la cannelle, de la bière et du vin blanc.

— Est-ce que je peux vous offrir une boisson ? proposa-t-il. Nous pourrions bavarder.

Elle fit non de la tête. De toute évidence, Yvonne n'était pas à son aise. Il la vit serrer son cabas en toile contre elle, comme pour se protéger d'un danger.

— Vous préférez que je vous laisse tranquille ? demanda-t-il. Si c'est parce que je vis au château et que je m'appelle Laroche maintenant, ne me jugez pas sans savoir, Yvonne.

— Oh, je ne juge personne ! se récria-t-elle. Mon mari me l'a encore reproché ces derniers jours.

Soudain elle se mit à pleurer sans bruit. Les larmes jaillissaient de ses yeux, roulaient le long de son nez. Justin, désemparé, lui tendit son mouchoir, propre et repassé la veille par la femme de chambre du château.

— Là, vous m'inquiétez vraiment, déplora-t-il. C'est monsieur Antoine ? Il est mourant et vous n'osez pas me le dire ?

— Non, non, ce n'est pas ça ! murmura-t-elle. Pardonne-moi, Justin. J'en ai gros sur le cœur et Pierre ne vaut guère mieux. En fait, je boirais bien un vin chaud, ça me requinquera.

Ils s'installèrent sous l'auvent de la buvette qui abritait trois tables couvertes de zinc. Yvonne tamponna ses paupières en respirant à petits coups. On les servit rapidement.

— Je voudrais bien te dire ce qui me chagrine, avoua la meunière dans un soupir. Au fond, un peu plus tôt, un peu plus tard, ça ne changera rien. Mon beau-père comptait t'écrire à Guerville, pour que tu viennes au moulin.

Justin céda à l'anxiété. Il imagina soudain le pire. Un malheur était arrivé là-bas, à New York, et les Duquesne n'avaient pas osé le lui annoncer.

— Bien sûr, j'irai chez vous si monsieur Antoine le souhaite, affirma-t-il. Dites-moi, par pitié, c'est Élisabeth qui est malade, ou elle est…

Yvonne agita les mains comme si elle battait l'air frais et humide de ce matin de mars. Elle répondit très vite, après son geste de dénégation.

— Non, Élisabeth est en bonne santé. On t'aurait averti tout de suite, Justin, si c'était grave. Le malheur est venu de Jean, mon beau-frère, qui nous a envoyé une lettre. C'était du poison, ce courrier-là. S'il avait pu se perdre dans l'océan, nous serions moins tristes.

D'une nature assez patiente, Justin était au supplice. Il eut un tel regard de détresse qu'Yvonne mit de côté ses hésitations.

— Au début, Jean se plaignait de la conduite scandaleuse de sa nièce, dit-elle dans un murmure. Ce n'était pas clair, mais nous avons fini par comprendre qu'Élisabeth avait une liaison depuis un an avec ce veuf, Henri Moreau, dont elle parlait beaucoup dans ses lettres.

— C'était prévisible sans doute, concéda Justin, en dissimulant la vive contrariété qu'il éprouvait.

— Pierre s'est prétendu déçu, outré. Il s'est lancé dans un grand discours sur les mœurs des Américains, comme si ça ne se passait pas de la même façon ici, en Charente.

— Si vous me dites ça à cause de Mariette, j'ai cessé de la fréquenter, Yvonne, il y a longtemps. Les deux enfants qu'elle a eus après son aîné, Alphonse, sont ceux de son époux, Bertrand.

Bon, ce n'est quand même pas à cause de cette relation avec cet homme que monsieur Antoine s'est rendu malade ?

— Non, bien sûr, mon pauvre Justin.

S'entendre nommer ainsi alerta Justin, autant que les larmes embuant de nouveau les yeux d'Yvonne. Elle les essuya à l'aide du grand mouchoir à carreaux.

— Je ne peux pas te confier le reste, gémit-elle. Il vaut mieux que ce soit mon beau-père, Antoine, lui, il trouvera les mots.

— Je vous en prie, je vais devenir fou si je dois attendre demain, car je ne pourrai pas me rendre à Montignac aujourd'hui. Je suis venu à la foire avec mon palefrenier, il garde la calèche. J'avais prévu d'acheter une nouvelle jument. Je vous en prie, dites-moi ce qu'il y a d'aussi terrible !

Yvonne cacha son visage couperosé entre ses mains. Elle faisait peine à voir, ses cheveux sagement couverts d'un foulard gris, vêtue d'une grosse veste en drap de laine. Justin la prit par les poignets avec délicatesse et l'obligea à le regarder.

— Il faut me parler, insista-t-il.

Elle jeta des coups d'œil inquiets autour d'eux. Un paysan s'était attablé et buvait du vin blanc, coiffé d'un béret, sa pipe au coin de la bouche.

— Viens, je ne suis pas à l'aise, du monde approche.

Justin se leva et régla la note. Yvonne s'éloignait à petits pas. Il la rattrapa.

— Que disait cette lettre ? interrogea-t-il. Élisabeth va se marier, sans doute parce qu'elle attend un autre enfant ?

— Oh, ça non ! Jean raconte qu'elle dissimule sa liaison à ses parents adoptifs et qu'elle se dit heureuse comme ça. Mais il nous a appris une chose épouvantable qui, selon lui, expliquerait son comportement immoral. Enfin, immoral aux yeux de Jean et de mon époux. Justin, ce soir du mois d'avril, quand Élisabeth s'est enfuie du château, c'était à cause de Laroche. Il l'a violée. Son propre grand-père ! Mon Dieu, quand Antoine a su ça, nous avons cru qu'il allait mourir d'une attaque… Il était blafard, une main sur la poitrine, le souffle coupé.

— Qu'avez-vous dit ? Yvonne, j'ai mal entendu, mal compris.

— Hugues Laroche a violé sa petite-fille, et à Paris, elle a tenté de se suicider en se jetant dans la Seine, confessa-t-elle, effarée. Pierre voulait se ruer au château, il avait même chargé son fusil de chasse, mais mon beau-père l'en a dissuadé. Nous ne savions plus quoi faire, je t'assure. Antoine tenait à ce que tu sois au courant, et il a écrit avant-hier à Élisabeth pour qu'elle confirme cette histoire. C'est un vieil homme très pieux, il pense que Dieu seul peut rendre justice.

Une tempête intérieure ravageait Justin. La bouche sèche sous le coup d'une émotion intolérable, il demeurait muet, son regard noir empreint d'une rage sourde. Cependant, il sursauta quand Yvonne évoqua Dieu.

— La justice divine ! dit-il entre ses dents. Où est-elle sur cette terre ? Aucun crime ne doit rester impuni.

Il poussa une plainte rauque, les traits durcis, d'une pâleur de cire. En moins d'une minute, il avait disparu parmi la foule de plus en plus dense.

— Seigneur ! Qu'est-ce que j'ai fait ? s'affola Yvonne.

Roger, le palefrenier qui avait succédé quatre ans plus tôt à Colas, le beau-frère de Mariette, vit débouler Justin Laroche, une expression presque démente sur le visage. Son patron grimpa dans la calèche, s'empara des longues rênes.

— Eh bien monte donc, Roger ! ordonna-t-il.

— Mais la jument mange son picotin[1], monsieur. Je viens de lui donner.

— Enlève-le-lui, je dois partir. Et fais vite, sinon tu rentreras à pied.

1. Petite ration d'avoine souvent donnée dans un sac en tissu, accroché au harnachement du cheval.

Il fut prestement obéi. Quelques instants plus tard, Justin menait la calèche sur le chemin empierré menant à Guerville. Il avait lancé le cheval au grand galop, ce qui impressionnait son compagnon de route qui se garda d'énoncer la moindre remarque, désorienté qu'il était par le masque dur, figé du jeune châtelain.

Justin vivait un cauchemar. Des images défilaient dans son esprit, toutes plus intolérables les unes que les autres. Élisabeth était au cœur de ces visions atroces, soumise à Laroche, sa tendre chair de femme forcée, souillée. Il croyait ressentir la terreur et la douleur qu'elle avait éprouvées, et sans cesse il se représentait les gestes incestueux de cet homme, un monstre à face humaine, puis il imaginait l'acte en lui-même, jusqu'à en avoir la nausée.

— Monsieur, il faut ralentir ! s'écria Roger.

Justin paraissait sourd à ses recommandations. Il faisait claquer le fouet en l'air, sans toucher la croupe de la jument qu'il voulait juste encourager à maintenir ce galop forcené. Lui qui vénérait ses chevaux, il se moquait soudain d'imposer une telle allure à l'un d'eux.

Le bruit des sabots ferrés heurtant à une vive cadence le sol caillouteux rythmait la montée de sa haine. Il avait envie de pleurer et de hurler.

« Pas elle, pas ma princesse ! Où était-ce ? Quand ? Pourquoi Jean le savait-il, lui ? Seigneur, si je l'avais su ! Pas étonnant qu'elle m'en ait voulu de vivre au château, à côté de ce fumier, de mon vieux cochon de père, comme disait Mariette ! »

Les pensées se bousculaient, distillant leur poison. Justin agita à nouveau son fouet, alors que le chemin amorçait un virage à travers un bois de chênes.

— Faites attention, monsieur ! s'égosilla le palefrenier qui s'accrochait où il pouvait pour rester sur le siège.

La jument allongea encore ses foulées en se déportant vers le talus. La roue de droite se brisa, après avoir heurté le fond d'une ornière boueuse. La voiture roula une poignée de secondes sur l'autre roue, puis elle se renversa.

— Oh, oh ! Cérès ! Arrête-toi ! cria Justin, qui venait d'être projeté sur le sol.

Roger, lui, avait sauté au moment du choc. Bâti en colosse et athlétique, il avait réussi à saisir les rênes, mais l'animal l'entraîna au pas de course sur plusieurs mètres avant de s'immobiliser.

— Est-ce que vous êtes blessé, monsieur ? s'inquiéta-t-il.

— Non, ça va ! Dételle Cérès, laisse-lui la bride.

— Bien, monsieur.

— Tu as ton canif ? Oui ! Alors coupe-moi les rênes. Je vais monter à cru, je dois absolument rentrer au château le plus vite possible. Tu finiras la route à pied.

Justin sauta sur le dos de la jument, moite de sueur, et la poussa au galop aussitôt. C'était une bête docile, réservée à l'attelage, mais il l'avait déjà fait monter afin de lui faire travailler les principaux ordres indispensables à cette pratique.

Il parcourut ainsi les trois derniers kilomètres qui le séparaient du château de Guerville, l'esprit vide cette fois, uniquement obnubilé par la nécessité d'accuser Hugues Laroche d'un crime abominable, de le confondre, de le frapper aussi, pour libérer son cœur de la haine qui y grondait, dévastatrice.

New York, chez Léa et Baptiste Rambert, même jour

Antonin, assis au bord d'un divan drapé d'une cotonnade bon marché, écoutait les conversations des adultes qui buvaient le café, après un bon déjeuner. Un bandage maintenait le bras plâtré de l'enfant sur sa poitrine. On lui avait bien recommandé de ne pas bouger, et il s'ennuyait.

Son regard ambré errait d'un visage à l'autre, s'attardant un peu sur celui de sa mère. Élisabeth s'était coiffée avec soin ce jour-là, ayant natté ses cheveux pour les relever autour de son front. Le petit garçon trouvait cette couronne brune bizarre.

Il y avait aussi Léa Rambert, petite, nerveuse, bavarde, ses boucles noires ruisselant sur ses épaules. Elle intimidait Antonin, depuis qu'elle l'avait embrassé en lui parlant dans une langue inconnue. Il se répéta les mots aux consonances étranges : «*povero carino*» et «*che bello*[1] ».

Proche de la quarantaine, Léa s'exprimait de plus en plus souvent en italien, hébergeant une lointaine cousine récemment immigrée de sa Vénétie natale. La jeune fille se prénommait Ottavia. Très brune, les yeux verts, la bouche couleur cerise, elle fascinait Antonin au même titre que la blonde Agathe, au teint blanc, au regard craintif. Elle n'était pas allée à l'école, mal remise d'une grippe.

Baptiste Rambert et Henri Moreau ne l'intéressaient pas. Les deux hommes discutaient de leurs métiers respectifs, en fumant cigarette sur cigarette. Ils avaient un jour de congé, ce qui était rare. Léa avait profité de l'occasion pour organiser un repas, celui du dimanche 12 mars ayant été annulé à cause de l'accident d'Antonin.

— Ton petit pourrait s'amuser dans la chambre avec les jouets de Miranda, proposa Léa à Élisabeth. Elle a des billes et un chien en baudruche.

— S'il commet une imprudence, il pourrait encore se blesser, plaida la jeune mère. Je préfère le surveiller.

---

1. En français : «pauvre mignon» et «qu'il est beau ! ».

— Mais il sera sage, tu le couves trop, répliqua son amie. Viens, Antonin.

Le petit garçon avait entendu parler de billes et il suivit la maîtresse des lieux sans rechigner. Élisabeth en profita pour débarrasser la table des assiettes sales. Elle jeta au passage un coup d'œil vers Henri, qui lui paraissait distant, ce jour-là.

« Il m'en veut, c'est la première fois que je le revois en deux semaines, songea-t-elle. Pourtant je lui ai écrit dès le lendemain, en lui expliquant la situation. Je ne pouvais pas laisser mon fils un seul instant. »

— Je peux aider, madame ? proposa Ottavia qui connaissait un peu le français.

— Non, je vous remercie, ça m'occupe les mains et ensuite je ferai la vaisselle, répondit Élisabeth. Vous faites la plonge dans un restaurant chaque soir, alors il faut vous reposer.

Ottavia approuva en souriant. Elle reporta vite son attention sur Henri Moreau, dont elle semblait boire les paroles.

— Voilà, *il ragazzino*[1] est content ! annonça Léa en revenant de la pièce voisine.

— Léa, ta cousine souhaite apprendre le français et l'anglais, tu devrais parler une de ces langues, protesta son mari.

1. En français : « le petit garçon ».

— Mais ça me vient aux lèvres, je ne le fais pas exprès, Baptiste ! se rebiffa sa femme.

Vexée, elle rejoignit Élisabeth devant l'évier. Le nouveau logement des Rambert était beaucoup plus confortable que l'ancien, situé dans le Bronx. Le couple et ses enfants avaient l'eau courante et des sanitaires particuliers, un cabinet de toilette.

— Ah, ces hommes ! se plaignit la pétulante Italienne. Si on les écoutait, on ferait souvent triste mine. Et toi, Lisbeth ? Es-tu réconciliée avec ton oncle ?

— Pas du tout, et je ne suis pas près de remettre les pieds dans son épicerie, avoua tout bas Élisabeth. J'ai recommencé à faire des cauchemars.

— Tes mauvais rêves où tu vois l'avenir ?

— J'ignore si j'ai vu des scènes de mon avenir, Léa, mais on m'a montré des images horribles. Il y a une différence, que j'ai notée dans mon carnet, c'était vraiment confus, comme si j'assistais aussi à des événements du passé. Je suis soulagée de pouvoir t'en parler, puisque je n'ai plus Bonnie à qui me confier.

— Et la gouvernante, Norma ? Tu l'aimes bien !

— Je craindrais de l'effaroucher, elle est superstitieuse. Je ne dis rien à *mummy*, non plus, elle a encore tellement peur du moindre phénomène paranormal, à cause de Scarlett Turner.

— Je suis là, moi, Lisbeth. Tu peux me rendre visite dès que tu en as envie. Dis donc, fais attention à ma cousine. Elle fait les yeux doux à Henri. Il pourrait te filer entre les doigts, Ottavia cherche à se marier pour avoir son logement et ne plus travailler. Tu as remarqué comment elle cajole Agathe ?

Les deux femmes chuchotaient sans attirer l'attention, leurs voix assourdies par les clapotis de l'eau dans la bassine dévolue à la vaisselle. Élisabeth se retourna et observa Ottavia.

— Elle est gentille de distraire Agathe, Léa, tu te fais des idées. Cette petite m'inquiète, elle n'a pas de santé.

Henri quitta la table subitement. Il s'empara d'un torchon, pendu à un crochet.

— Mesdames, j'offre mes services pour essuyer les verres et les couverts, déclara-t-il.

— Volontiers, mon chéri ! répliqua Élisabeth.

Les insinuations de Léa la poussaient à revendiquer ses droits sur son amant. Elle ne l'appelait jamais ainsi chez les Rambert, et Henri en fut enchanté. Il s'enhardit même à lui donner un baiser furtif, au coin de la bouche.

Baptiste esquissa un sourire de complaisance. Il était de nature tolérante, et, persuadé que les jeunes gens régulariseraient bientôt leur liaison, il ne s'en offusquait pas.

Au fil du temps, le charpentier considérait un peu Élisabeth comme un membre de sa famille, sur lequel, néanmoins, il n'exercerait jamais d'autorité.

Quand il la regardait, gracieuse, belle à croquer, il croyait réentendre son ami Guillaume dire d'un ton attendri : « Ma fille… ma petite princesse. »

Château de Guerville, même jour

Hugues Laroche se trouvait dans la salle à manger du château lorsqu'il aperçut par une des fenêtres un cheval arriver au grand galop dans l'allée qui menait aux écuries. Il identifia Cérès, grâce à sa robe rousse et à la liste blanche de sa tête. L'angoisse le saisit à la vue du cavalier penché sur l'encolure.

— Justin ?

Il savait que son fils et le palefrenier étaient partis à l'aube pour la foire de Rouillac et qu'ils avaient pris la calèche. En appui sur sa canne, le châtelain maudissait sa jambe malade, qui freinait ses mouvements. Il claudiqua jusqu'au cordon de la sonnette. Sidonie accourut.

— Monsieur ?

— Envoie Alcide aux nouvelles, il a dû y avoir un souci, mon fils montait Cérès à cru.

— Alcide repique des poireaux, monsieur. Je peux aller me renseigner.

— D'accord, dépêche-toi.

La domestique s'inclina respectueusement et sortit presque à reculons. Malgré sa maigreur et son apparente fragilité, Sidonie donnait toute satisfaction. Dès qu'il fut seul, Laroche pesta encore une fois contre son sort. Il avait soixante-dix ans, mais il semblait plus âgé. Le crâne dégarni, son visage d'aigle émacié à outrance, il peinait à se tenir droit, souffrant aussi du dos.

Son ami le docteur Léon Faucher, qu'il consultait rarement, attribuait ses douleurs aux nombreuses chutes de cheval qu'il avait faites depuis son adolescence.

— Tu as trop tiré sur la corde, Hugues, disait le médecin. Je t'ai soigné à plusieurs reprises, quand tu tombais pendant les chasses à courre, ou après avoir lancé un de tes étalons sur un obstacle.

Le châtelain se rassura. Si Justin avait monté Cérès, il n'était pas blessé.

— Sans doute s'agit-il de Roger, hasarda-t-il à mi-voix.

Un bruit de pas martelant le parquet du vestibule le fit sourire. Il avait reconnu la démarche rapide de son fils. La porte s'ouvrit à la volée.

— Justin ! s'exclama-t-il. J'étais soucieux, mon garçon. Tu as eu un ennui avec la calèche ?

Face à cet homme sur son déclin, voûté, ridé, Justin fut stoppé un court instant dans son élan vengeur. Il ne devait pas se laisser aveugler par le sourire tremblant de son géniteur.

— Eh bien, qu'est-ce que tu as ? s'étonna Laroche. Tu en fais une tête !

— Ce que j'ai ? rétorqua-t-il en serrant les poings. Je vous hais, je vous exècre ! Comment avez-vous pu faire une chose pareille ? J'ai appris la vérité ce matin. Vous, son grand-père, celui qui aurait dû la chérir et la protéger, vous avez osé la souiller, poser vos sales pattes sur elle !

Frappé de stupeur, Hugues Laroche recula d'un pas. Justin se rapprocha et le poussa en arrière d'une main implacable, au point de le faire tituber.

— Vous avez violé Élisabeth, votre petite-fille. J'en deviens fou et je devrais vous tuer, là, tout de suite. Mais je veux savoir où c'était et comment ! Et pourquoi ? Pourquoi ?

Justin hurlait de toutes ses forces en le secouant par les pans de son veston.

— Ce sont des calomnies, se défendit Laroche en reprenant son équilibre. Quel abruti a pu te raconter de telles sornettes ? Allons, mon garçon, calme-toi ! Je comprends que tu sois hors de toi, mais je n'aurais jamais touché l'enfant de ma Catherine. Enfin, pour qui me prends-tu ?

Un éclair de panique, dans ses yeux gris-vert, démentait son plaidoyer. Il recula encore, prudemment, vers la cheminée.

— Je vous prends pour ce que vous êtes, un vicieux, un saligaud, d'après Mariette. Vous lui imposiez vos caprices, quitte à l'abrutir de coups. Ah, ça, difficile de le nier ! Mariette n'est pas en Amérique, on peut l'interroger devant témoins.

— Je la dédommageais, eut le tort de répondre Laroche.

— Dans ce cas, vous la traitiez en catin, à l'instar d'Aline, qui subissait vos cochonneries par cupidité.

— Je te le répète, ce sont des calomnies, Justin. Tu ne dois pas en tenir compte. Nous vivons bien tranquilles, tous les deux, hein ? Tu portes mon nom, tu es riche, en bonne place sur mon testament. J'ai fait ce que tu demandais, j'ai congédié Aline. Mon garçon, je suis prêt à jurer sur les livres saints que je n'ai pas…

— Taisez-vous, pas de ça ! aboya Justin. Jean Duquesne n'avait aucune raison d'inventer ce crime. Il était au courant, il a fini par révéler ce qu'il savait à son père, dans une lettre. Parle donc, vieux salaud !

Saisi d'une fureur proche du délire, le jeune homme renonçait au vouvoiement. Il saisit Laroche par les épaules en le forçant à s'adosser au mur.

— Vas-tu avouer ? Je pensais qu'Élisabeth s'était enfuie pour Paris à cause de ce qu'elle avait découvert dans le grenier de la tour, à propos de tes ignobles manigances visant à faire tuer son père. Mais sûrement, c'était après, après le viol…

Il balbutiait, haletant, sans lâcher sa proie hallucinée. Le châtelain dut lire un arrêt de mort dans le regard de son fils, car il capitula.

— Je le regrette, j'en ai eu des remords, hélas, j'avais bu et j'ai perdu l'esprit, débita-t-il en claquant des dents.

— Et personne n'a pu empêcher cette abomination ! gémit Justin. Personne ne l'a sauvée, ma petite Élisabeth ? C'est donc vrai, tu l'as fait ! Sans honte, sans pitié !

— Nom d'un chien, elle n'était plus vierge ! brailla subitement Laroche en rajustant sa veste. Je l'avais trouvée la veille au lit avec son Américain, nus comme des vers, en pleine action. Je voulais la punir, oui, c'est ça, la punir.

Justin se mit à cogner, ivre de dégoût, de rage. Les coups pleuvaient sur le visage crispé, dans la poitrine, le ventre. Furieux à son tour, Hugues Laroche brandit sa canne et frappa au hasard.

— Tu mords la main qui te nourrit depuis cinq ans ! aboya-t-il d'une voix éraillée. Pour une fille de rien, une chatte en chaleur ! Eh oui, je l'ai forcée, ta petite Élisabeth, je l'ai jetée par terre, j'ai retroussé ses jupons et je l'ai prise. Tu ne peux pas en dire autant, sale bâtard !

La haine brûlait chez les deux hommes. Ils se sentaient trahis dans leurs sentiments les plus sincères, les plus purs. Laroche perdait son garçon, sa fierté, Justin encaissait une humiliation de trop qui s'ajoutait à son désespoir.

— Crève, ordure ! cracha-t-il en attrapant son père à bras-le-corps afin de le renverser.

Il le lança de toutes ses forces sur le sol, à l'endroit où un carrelage rouge composait un rectangle devant l'âtre de la grande cheminée. Il y eut un craquement insolite, suivi d'un long râle d'agonie. Laroche tenta en vain de se relever. Il renonça et resta couché sur le côté, continuant à geindre.

— Mes jambes, je ne sens plus mes jambes, articula-t-il enfin d'une voix plaintive.

Justin résista à l'envie de le bourrer de coups de pied. Il respira à fond pour calmer la fureur meurtrière qui l'avait saisi et le faisait encore trembler.

— Aide-moi ! implora son père, les yeux exorbités par la peur.

— Je vais appeler un docteur, répondit Justin, conscient de la gravité de son état.

Il sortit du salon pour aller dans la bibliothèque où se trouvait le combiné téléphonique. Il avait dépensé une fortune, avec l'accord de Laroche, pour faire installer une ligne et l'appareil le plus récent.

Sidonie, qui le cherchait, entrouvrit la porte. En le voyant livide, elle s'inquiéta.

— Que s'est-il passé, monsieur ?

— Mon père a fait une mauvaise chute, devant la cheminée du salon. Allez prévenir Alcide et Hortense. Nous devons le monter dans sa chambre et l'allonger sur son lit.

— Oui, monsieur, tout de suite.

Le jeune homme s'entretenait avec un médecin de Rouillac quand Sidonie revint, escortée par Alcide, la cuisinière Hortense, mais aussi par Margot, la nouvelle lingère, une trentenaire brune, robuste et dévouée.

Si Justin avait téléphoné à un docteur de Rouillac, c'était par prudence. Il ne tenait pas à laisser le grand ami de Laroche, Léon Faucher, ausculter la victime de sa rage vengeresse.

Le médecin venait de repartir, au volant de son automobile, sous la pluie battante. L'eau ruisselait le long des fenêtres du salon, et des rafales de vent agitaient les arbres du parc.

Le diagnostic était tombé, plongeant Justin dans le désarroi et la perplexité. Son père, qu'il maudissait à chaque instant, risquait d'être impotent jusqu'à son dernier souffle. La chute brutale sur le carrelage avait endommagé la moelle épinière, au niveau des reins.

— On ne peut pas opérer, il n'y a rien à faire, avait expliqué le docteur. Il devra rester alité. Pour éviter les escarres, il faut le coucher sur un côté, puis sur l'autre. Je lui ai administré une bonne dose de laudanum pour qu'il se repose. Plus tard, l'usage d'une chaise roulante sera à envisager.

Sidonie était présente pendant l'examen et elle avait hoché la tête à chaque prescription. Une fois seule avec Justin dans le couloir, elle s'était proposée en guise d'infirmière.

— Je me suis déjà occupée de mon pépé qui était tombé d'un plancher à foin, expliqua-t-elle. Margot pourrait me donner un coup de main, si c'est nécessaire.

— Dans ce cas, j'accepte, Sidonie, je doublerai vos gages à toutes les deux, bien sûr, avait-il répondu d'un ton las.

Maintenant, il se remémorait les derniers mots du médecin, au moment où il ouvrait la portière de sa voiture : « Rien n'est définitif, l'être humain possède des ressources surprenantes, un miracle peut se produire, même à l'âge de votre père. »

— Je ne veux pas de miracle, déclara Justin à voix basse. Non, que ce démon souffre mille morts, en se sachant infirme, réduit à croupir dans ses draps. Non, si Dieu existe, il n'y aura pas de miracle.

Il sortit du château peu après ; il pleuvait et il leva la tête pour recevoir la pluie fraîche sur son front. La violence dont il avait été capable le laissait épuisé. Il entra dans les écuries, où Rayonnant l'accueillit d'un bref hennissement.

— On va en promenade, mon camarade, dit-il à son cheval.

Il harnacha l'animal dans un état second, avec des gestes d'automate. Enfin, il quitta l'enceinte du domaine au grand trot.

Parvenu au bord de la Charente, il longea le fleuve en galopant.

Antoine Duquesne le reçut dans ses bras moins d'une heure plus tard.

New York, sur Broadway, même jour

Élisabeth et Henri marchaient derrière Agathe et Antonin. Les deux enfants se tenaient par la main. Les Rambert n'habitaient pas loin de la blanchisserie, elle-même voisine de l'immeuble où logeaient les Moreau.

La jeune femme avait décidé de raccompagner son amant et la fillette, pour le plaisir de passer un peu plus de temps avec eux.

— Le docteur Foster m'a conseillé de faire beaucoup de balades. Il prétend que c'est un excellent exercice, surtout pour Antonin, toujours très turbulent.

— C'est un petit garçon charmant, affirma Henri. Je suis content d'avoir fait sa connaissance, même s'il me regarde de travers.

— Baptiste pourrait en dire autant. Antonin ne témoigne de l'affection qu'à *daddy*, son *grandpa*.

— Dis-moi, Lisbeth, ce docteur Foster, c'est bien celui dont tu m'as souvent parlé, le frère cadet du médecin qui te soignait quand tu étais petite ?

— Oui, et il a épousé Pearl Woolworth, la nièce de mes parents, qui me lance du « ma chère cousine » à la figure pour mieux me rappeler que je ne le suis pas. Pourquoi poses-tu cette question saugrenue ?

— Pour savoir s'il continue à te faire la cour. Tu t'en étais plainte il y a deux mois. Lisbeth, tu es si jolie, si séduisante. Je suis désolé de t'importuner encore, mais je voudrais que tu prennes une décision. J'en ai assez de t'aimer en cachette.

— D'accord, je vais en discuter ce soir même avec *mummy*. Elle sera de notre côté. J'y ai réfléchi, Henri, pendant les soirées où je veillais Antonin. Si nous nous marions, il faudra trouver un juste milieu. Déjà dénicher un appartement confortable, proche du Dakota Building, car je ne veux pas séparer mon fils de ses grands-parents. Il doit les voir tous les jours. Ensuite, tu pourrais changer de travail. *Daddy* aura forcément une solution, il a tant de relations.

— Si je n'ai pas d'autre choix pour vivre auprès de toi, je ferai à ton idée, Lisbeth ! s'enthousiasma Henri, encore incrédule.

— Quelque chose me préoccupe, avoua-t-elle plus bas. Je voudrais un deuxième enfant, mais en un an je ne suis pas tombée enceinte, or j'ai constaté que tu ne prenais aucune précaution.

— Comment t'en es-tu aperçue ? demanda-t-il, très gêné.

— Je me suis renseignée, après mes fiançailles, sur certains détails en ce qui concerne les relations entre un homme et une femme. Peut-être que tu espérais que je sois enceinte, afin de précipiter notre mariage, tout ceci sans me tenir au courant.

Henri lança un regard alarmé vers sa fille. Il se rassura. Agathe et Antonin les avaient distancés, ils ne pouvaient pas les entendre.

— Pardonne-moi, Lisbeth. Au début, j'étais tellement fou de joie, tellement passionné, que je n'y pensais pas. Par la suite, tu as raison, j'espérais une grossesse.

— Certains couples ne peuvent pas concevoir, précisa-t-elle. Je l'ai lu dans une revue médicale. Les scientifiques en ignorent la cause exacte.

Élisabeth dédia un sourire ambigu à son amant qui soupirait. Il s'en expliqua :

— Si je faisais le compte de nos rendez-vous, ils n'ont pas été si nombreux. Ce sera différent quand nous vivrons ensemble, ma toute belle.

— Nous verrons bien, n'est-ce pas ! dit-elle tendrement.

Son éclat de gaieté se brisa net. De l'autre côté de l'interminable avenue de Broadway, elle avait reconnu le pauvre homme dont elle avait croisé le regard absent, deux semaines auparavant, sur le trottoir du Lyceum Theatre. Il portait les mêmes vêtements loqueteux et traînait un balai, l'anse d'un seau sur le coude.

— Henri, tu vois ce malheureux, en face de nous, devant la mercerie ? J'aimerais lui donner de quoi manger ce soir. Il me fait tant de peine. Je vais traverser, peux-tu garder les enfants un instant ?

— Ce n'est pas indispensable, nous discutions de notre avenir, protesta-t-il. Et ce type ne meurt pas de faim, il vit de petits boulots ici et là. Les commerçants ont pitié, c'est un simple d'esprit. Mon cousin l'emploie parfois à nettoyer les cuves de la blanchisserie.

— Où dort-il ? Dans la rue, comme à Paris où des miséreux couchent sous les ponts, même en hiver. On les retrouve morts parfois, le matin.

Élisabeth faillit s'élancer, mais Henri la retint d'une poigne ferme. Il paraissait surpris.

— Tu es vraiment têtue, déplora-t-il. Bon, passe-moi un billet de cinq dollars, j'irai le lui donner. Ne t'inquiète pas, cet homme sait sûrement où dormir.

— Comment s'appelle-t-il ? Est-ce un étranger ?

— Lisbeth, il ne dit pas un mot. Qu'est-ce que tu as, à la fin ?

— J'ai le droit d'éprouver de la compassion, s'exaspéra-t-elle. Je rêve toujours de ce soir de novembre où j'errais dans le Bronx, transie, terrorisée, affamée, où j'ai échoué sur un banc de Central Park, hantée par la vision de mon père que des brutes rouaient de coups.

D'un geste nerveux, elle prit un billet dans son sac et le remit à Henri. Sans daigner le regarder traverser l'avenue, Élisabeth courut rejoindre Agathe et Antonin. Le cœur lourd, elle avait envie de pleurer. Le meilleur remède contre cette subite détresse, c'était d'embrasser la fillette et le petit garçon.

Elle les étreignit, avant de leur annoncer qu'ils avaient droit à un sucre d'orge chacun. Ils entrèrent tous les trois dans l'épicerie la plus proche. Henri, lorsqu'il les retrouva près de la boutique, fit les gros yeux à la jeune femme.

— Ma chérie, ils ont mangé des caramels et du nougat chez les Rambert. Agathe n'aura plus d'appétit pour la soupe.

— Tant pis, je tenais à les gâter. Un sucre d'orge, ce n'est rien. On ne sait jamais de quoi seront faits nos lendemains. Je n'irai pas plus loin, il est tard.

Un taxi sans client roulait au ralenti. Élisabeth le héla d'un signe impatient.

— Au revoir, Agathe, au revoir Henri, dit-elle d'une voix douce. Faites une bise à Louison de ma part.

Figé devant la mercerie qui avait allumé sa vitrine, l'homme suivit longtemps la voiture de ses yeux vides. Il tenait encore le billet de cinq dollars entre les doigts de sa main gauche.

Un adolescent d'une quinzaine d'années, casquette enfoncée jusqu'aux sourcils, le bouscula du coude, insulte à l'appui, et avec dextérité s'empara de l'argent. Il s'éloigna en riant, satisfait de l'aubaine.

Moulin Duquesne, même jour

Après avoir raconté au vieux meunier ce qui venait de se produire au château, Justin s'était apaisé. Antoine Duquesne lui tapota gentiment le dos.

— Bois un coup de gnôle, tu te sentiras mieux, mon pauvre garçon, recommanda-t-il. Si tu as rencontré Yvonne ce matin, elle qui va rarement à la foire de Rouillac, c'est qu'il le fallait. Le destin, et non le hasard. J'avais l'intention de t'écrire, ma bru te disait vrai.

— Mais j'avais envie de le tuer, monsieur Antoine. Je ne me dominais plus, je voulais le détruire, comme on le fait d'une bête enragée, capable de nuire encore. Je ne vaux pas mieux que lui.

— La haine nous rend fous, je le sais, confessa le vieil homme. Dieu soit loué, tu n'as pas commis de meurtre.

— Où est la limite en matière de crime ? Il va rester infirme, j'en suis responsable. J'ai failli tout raconter à ce docteur, j'avais l'impression qu'il me soupçonnait. J'ai honte d'avoir été conçu par ce monstre, je suis écœuré d'être de son sang, mais j'ai honte également d'avoir été d'une telle violence. Je l'aurais tout autant puni en quittant le pays à tout jamais... Pourtant, le Seigneur m'est témoin, dès que je pense à Élisabeth, à ce qu'il lui a fait, je voudrais le frapper encore et encore.

— Laroche peut te causer du tort, Justin, en t'accusant auprès des domestiques, ou du docteur, qui reviendra forcément, soupira Antoine en tendant ses mains noueuses, sillonnées de rides, vers les flammes.

Il avait repris sa place sous le manteau de la cheminée, après avoir accueilli le jeune homme à bras ouverts.

— Qu'il me dénonce, je suis prêt à assumer ma faute et à m'en justifier devant la police. Pourtant je n'ai rien dit aux gendarmes, moi, quand il m'a tiré dessus !

— Tu avais tes raisons, il n'osera sans doute pas t'incriminer. Allons, calme-toi. Sais-tu, j'ai cru que je ne m'en remettrais pas, en apprenant cette ignominie. Ma petite-fille entre les griffes de ce pervers ! Mes pires craintes s'étaient réalisées. Laroche a réussi là où il avait échoué avec sa propre fille.

— Comment ça ?

— J'étais le seul à connaître la nature réelle du calvaire enduré par Catherine, même si mes trois gars flairaient quelque chose d'anormal. Elle s'était confiée à moi, sans doute parce que j'étais âgé et très pieux. Son père l'a harcelée, dès qu'elle est devenue une ravissante adolescente. Quand elle et Guillaume se sont fréquentés, Laroche a vu rouge. Il ne lui laissait pas de répit, elle était toujours sur le qui-vive. Peu de temps après sa majorité, Catherine s'est réfugiée ici, au moulin. Le soir, comme je ne pouvais pas dormir, je montais la garde, près de la porte où j'avais mis la barre. Elle est descendue de la chambre où nous l'avions installée, pour me dire la véritable raison de sa fuite.

Le meunier se tut un court instant, son regard bleu tourné vers une page du passé qu'il n'avait jamais pu oublier.

— Nous pensions tous que le châtelain s'opposait au mariage à cause de notre rang inférieur, mais non. Sa fille adorée lui échappait, cette fille qu'il désirait, en proie à des pulsions incestueuses, une dérive criminelle que l'Église et notre Seigneur condamnent. J'avais mis Élisabeth en garde. Ma chère amie Adela, sa grand-mère, était décédée, et elle allait se retrouver seule avec Laroche.

— Pourquoi Élisabeth ne vous a-t-elle pas écouté ? Elle pouvait repartir en Amérique, ou venir chez vous. Ses oncles l'auraient protégée, s'enflamma Justin, malade de révolte et d'indignation.

— Je suppose que ma petite-fille est orgueilleuse, plus qu'il ne le paraît. Elle s'est entêtée à rester au château. Ensuite, elle a caché sa détresse, son humiliation, jusqu'au point de non-retour, quand elle a voulu mourir.

Justin frissonna en entendant ces derniers mots. Il s'écria :

— Si je pouvais lui parler, la revoir, mais c'est impossible. J'ai les moyens de prendre un bateau et de débarquer à New York, cependant trop d'années se sont écoulées. Il me semble qu'elle a retrouvé le bonheur, entre son fils et cet homme pour qui elle avait déjà beaucoup d'affection il y a cinq ans. Je risquerais de la perturber dans sa nouvelle vie.

Antoine Duquesne tisonna le feu. Des étincelles dorées s'envolèrent de l'âtre, soufflées par l'air chaud.

— Si tu n'avais aucun lien de parenté avec Élisabeth, je te dirais de filer au Havre et de traverser l'océan pour lui rendre visite. Mon fils Pierre s'est avoué choqué par la conduite de sa nièce. Jean, quant à lui, attribue la liberté qu'elle prend à l'acte odieux de Laroche… Comme s'il l'avait pervertie. Fadaises ! gronda le vieux meunier. Si ma petiote refuse de se marier, c'est qu'elle a épousé Richard Johnson en désespoir de cause, sans l'aimer de tout son être. Elle ne fera pas deux fois la même erreur. Henri Moreau ne sera qu'une passade.

— Croyez-vous ? demanda tristement Justin.

— Son cœur ne bat que pour toi, mon garçon, et le tien ne bat que pour elle. Prétends le contraire et je te traiterai de menteur.

— Si nous nous aimions sans retenue, nous commettrions un inceste. Pépé Toine, aidez-moi, par pitié. Que dois-je faire ? Je n'ai pas touché une femme depuis que vous m'avez lu la lettre d'Élisabeth, celle où elle vous annonçait sa grossesse.

— Ce n'est pas malin, soupira le vieillard. Justin, tu ne peux pas sacrifier ta jeunesse ainsi, en souvenir d'un amour défendu. Déjà, tu vas vite rentrer à Guerville et, malgré la haine qui te ronge, prendre soin de celui qui est ton père. Laroche a vécu en égoïste, en tyran, avide de sa propre chair, Catherine, Élisabeth. Mais Dieu le jugera, tu n'as pas à t'abaisser à son niveau, non, essaie de suivre les enseignements de notre Seigneur Jésus.

— Je vous écouterai, en espérant que son âme noire brûlera en enfer, répondit Justin d'un ton dur.

— L'enfer est plutôt sur la terre, à mon humble avis, mon garçon. Et cherche-toi bientôt une épouse, une personne douce, aimable, qui te donnera de la tendresse, des enfants. Surtout, reviens me voir, mon garçon.

— Je vous le promets, je reviendrai souvent, pépé Toine.

14

Les fiancés du mois de mai

New York, Dakota Building,
dimanche 14 mai 1905

Norma rectifiait les couverts en argent qu'elle avait disposés de chaque côté des assiettes blanches en porcelaine anglaise, décorées de fleurs roses et d'une guirlande de feuillage vert du plus bel effet. La table avait tout d'un chef-d'œuvre de bon goût aux yeux de la gouvernante.

Un sourire satisfait sur le visage, elle recompta à voix basse le nombre d'invités pour s'assurer de la place de chaque convive.

— Madame et monsieur, Lisbeth et Henri Moreau, Bonnie et Jean Duquesne, Mme et M. Rambert… Et les enfants, cinq en tout. Louison, Tony, Agathe, Miranda et notre Antonin.

Elle arrangea encore l'ordonnancement des roses dans les vases en cristal, une symphonie de couleurs délicates et de parfums subtils. Maybel fit irruption dans la salle à manger, l'air inquiet.

— Tu n'as pas oublié mes conseils, Norma ? Il fallait que ce ne soit pas trop luxueux. Lisbeth y tenait.

— Je sais, madame. C'est pour ne pas mettre mal à l'aise les invités. Moi qui suis d'un milieu très modeste, si j'arrivais ici, devant cette table, je la trouverais jolie, juste jolie.

La maîtresse de maison approuva avec une moue dépitée. Elle avait élaboré un chignon haut, piqueté de fleurettes en soie, qui l'avantageait, car elle se plaignait de vieillir. Vêtue d'une robe en satin perlé d'une teinte ivoire, Maybel avait drapé ses épaules d'un châle en dentelle.

— Et moi ? demanda-t-elle à Norma. Ma toilette est peut-être trop claire. J'aurais dû porter du rouge. Le rouge me va mieux.

— Madame, vous n'y pensez pas, du rouge pour un repas de fiançailles, ce serait indécent.

— Si tu le dis. Mon Dieu, je suis à bout de nerfs. Et le menu, tu as tout préparé selon mes directives ?

— Bien sûr, madame. Les poulets finissent de dorer, les asperges sont prêtes, à la sauce mousseline. On nous a livré le dessert, une pièce montée magnifique. Vous devriez boire un peu de gin, ça vous détendrait. Monsieur en a pris un, tout à l'heure.

— Bonne idée, Norma, Lisbeth ne doit pas me voir dans cet état. Elle se dirait que je suis contrariée. Hélas, c'est un peu vrai. Tout est allé tellement vite. Notre fille nous annonce le mois dernier sa relation avec Henri Moreau, dont elle nous parlait comme d'un ami, et maintenant, elle veut se fiancer. À ce rythme, ils se marieront cet été. Norma, vous qui êtes sa confidente, dites-moi, est-elle enceinte ?

— Non, madame, je peux vous l'assurer. J'ai placé les enfants en bout de table, tous ensemble. Est-ce que cela vous convient ?

— Les enfants ! Mais Louison Moreau aura quinze ans en septembre, il travaille déjà dans la blanchisserie familiale. Quant à Tony Rambert, Norma, c'est un jeune homme de dix-huit ans. Sa sœur Miranda vient d'avoir quatorze ans. Il n'y a qu'Antonin et la petite Agathe qui sont des enfants.

Maybel vida d'un trait son verre de gin. Elle retint un soupir avant d'avouer ses regrets.

— Lisbeth pouvait épouser un homme de la haute société, les prétendants se bousculaient dès qu'elle apparaissait dans les réceptions. Pourquoi s'est-elle entichée de ce Français ?

— Peut-être parce qu'il est français, madame, osa répondre la gouvernante.

— Oui, peut-être, concéda Maybel. Il faudra le mettre à l'aise. J'ai tendance à oublier qu'Edward m'a imposée à sa famille, qui m'estimait de basse condition. Mais où est mon mari ? Les invités vont arriver, je ne veux pas les recevoir seule.

— Monsieur s'entretient avec votre fille, précisa Norma. Je retourne en cuisine, madame.

L'appartement était de si belles proportions que l'on pouvait aller et venir sans se croiser, autant les domestiques que leurs employeurs. Edward Woolworth, dans la chambre d'Élisabeth, pouvait ainsi hausser le ton sans attirer l'attention de son épouse.

— Je te demandais simplement si tu avais bien réfléchi, si tu étais sûre de ta décision, disait-il d'une voix excédée. Lisbeth, tu te fiances aujourd'hui et je te découvre en larmes. J'ai tout accepté pour ton bonheur futur, alors pourquoi pleurais-tu ?

— C'est fini, *daddy*, je me suis piquée avec une aiguille. J'étais tellement nerveuse.

— Prends-moi pour un imbécile !

Élisabeth tamponna ses joues humides. Elle portait une robe en organdi bleu ciel, au décolleté brodé de fleurs en soie rose. La jupe ample s'ornait des mêmes calices évanescents, assortis aux broderies du corsage qui moulait son buste.

— Tu es sublime, la félicita Edward. Avec tes cheveux sur les épaules, on dirait une princesse des contes de fées. Toutes les femmes se font des chignons, on ne les voit presque jamais ainsi.

— Je lancerai la mode pour te faire plaisir, *daddy*.

Elle lui adressa un faible sourire. Attendri, il lui caressa la joue.

— Ce ne sont que des fiançailles, après tout, dit-il. Ne précipite pas le mariage. Henri Moreau est un homme agréable, travailleur, mais il manque d'instruction, chérie. Je doute de pouvoir lui fournir un emploi dans mon entreprise sans l'humilier, car je ne pourrai l'engager que pour des besognes secondaires.

— Ce sera un début, nous verrons par la suite. Je l'aiderai à parler mieux l'anglais. Tu m'as souvent dit qu'en Amérique, chacun peut gagner sa place au soleil, partir de rien et grimper les échelons. Henri en est capable.

— Souhaitons-le, Lisbeth. Et ce grand fils qui fait déjà ta taille, la fillette de santé fragile, tu devras les élever au détriment de ton enfant.

— *Daddy*, j'en suis heureuse. Louison doit retourner au collège, je ne veux pas qu'il gâche son intelligence en brassant du linge sale. Quant à Agathe, elle est très attachée à Antonin. Elle a besoin d'une maman. Mieux nourrie, moins seule, elle aura une meilleure santé.

Edward Woolworth battit en retraite devant ces arguments. Il déposa un léger baiser sur le front d'Élisabeth.

— Finis de te préparer, je m'occupe d'accueillir nos invités avec Maybel. Tu feras ton entrée un peu plus tard, et sans avoir les paupières rougies ! insinua-t-il en sortant de la chambre.

Élisabeth acquiesça tout bas. Une fois seule, elle alla observer son reflet dans la psyché dressée dans un angle de la pièce. Elle admira sa robe, arrangea sa chevelure du bout des doigts. Le bleu d'azur de ses yeux était ravivé par la teinte de l'organdi.

— C'est vrai, je suis belle ! constata-t-elle à mi-voix, mais sans joie ni vanité.

Elle recula vers sa commode en marqueterie pour prendre dans son coffret à bijoux le collier de saphirs que lui avaient offert les Woolworth l'année de ses quinze ans. Sa main entrouvrit le premier tiroir afin d'apercevoir l'enveloppe en papier beige qui lui avait causé tant de peine et l'avait plongée dans une colère froide, dont son oncle Jean était l'objet.

D'un geste brusque, Élisabeth la prit et en sortit la dernière lettre d'Antoine Duquesne. Elle l'avait lue dès sa réception, dix jours auparavant, sans oser y toucher depuis. Vite, elle déplia la feuille afin de la relire, et peut-être ne plus souffrir du contenu.

Ma chère petiote,

J'avais projet de t'écrire bien plus tôt, mais les jours ont filé. Tu as dû fêter tes vingt-cinq printemps sans un message de ton vieux pépé

Toine. Pourtant, je pensais à toi sans arrêt, le cœur lourd.

J'ignore si ton oncle Jean te l'a dit, nous avons eu un courrier de lui à la mi-mars, où il nous confiait la tragédie que tu avais vécue, ici à Guerville, puis à Paris. Il n'y a pas de mots pour te dépeindre mon chagrin, mon indignation, en apprenant l'acte épouvantable dont s'est rendu coupable un homme qui devait te protéger et te chérir.

Yvonne, Pierre et moi, nous étions assommés par cette affreuse nouvelle, malgré les années passées. J'espère que tu as pu retrouver le goût de vivre, ma chère petite-fille, et je voudrais pouvoir te serrer sur mon vieux cœur meurtri, te consoler comme je le faisais quand tu étais pitchoune.

Justin a su également ce qui t'était arrivé, ayant croisé Yvonne à la foire de Rouillac. Même si ma bru ne lui avait pas parlé, je l'aurais fait, car il devait être au courant. Il habite au château, auprès de ton bourreau. Laroche l'a légitimé en le laissant gérer sa fortune.

Tout semblait marcher pour eux deux, mais ce n'est plus le cas. Furieux, hors de lui, Justin a molesté rudement son père, en provoquant une chute fatale. Laroche est désormais infirme, cloué au lit, et paraît-il, pratiquement gâteux. Les gens du pays croient qu'il est tombé de cheval.

C'est préférable, dans l'intérêt de Justin. Il est partagé entre la haine et les remords pour son acte de violence, aussi me rend-il visite souvent, soucieux de suivre mes conseils. Je ne t'ai jamais menti, petiote, ce garçon t'aime toujours, tout en sachant que rien n'est possible entre vous deux.

Je l'ai donc exhorté à se marier le plus vite possible. Fin avril, Yvonne lui a présenté la fille du brigadier de gendarmerie de notre commune. Elle s'appelle Irène, elle a vingt-deux ans et, ma foi, elle est charmante. Ils ont fait une balade en barque sur la Charente et ils ont déjeuné à l'auberge. La demoiselle semble plaire à Justin.

Réjouis-toi pour lui, ma petite. Selon Jean, tu fréquentes ce veuf, Henri Moreau. Si cet homme te rend heureuse, c'est le plus important pour ton pépé Toine, qui ne te jugera jamais.

J'ai confiance, tu comptes sûrement l'épouser et prendre soin de ses deux enfants, dont tu m'as dit beaucoup de bien. En fait, je t'encourage, comme je le fais avec Justin, à oublier les cruelles épreuves que tu as subies, et à regarder vers l'avenir.

Voici pour la leçon de morale. Je t'avoue que je me remets avec peine du terrible chagrin que j'ai eu, à cause du courrier de Jean. Yvonne a trouvé le mot juste, c'était une lettre empoisonnée.

J'attends de tes nouvelles, ma petiote,
en t'embrassant bien fort, ton pépé Toine

— Je ne lui ai pas encore écrit, déplora Élisabeth tout bas. Mon grand-père adoré, si digne, si bon.

Elle songea qu'elle en avait eu l'intention, après sa querelle avec son oncle, mais que, le soir même, elle avait retrouvé Antonin le bras cassé.

On frappa deux petits coups à sa porte. Norma se permit d'entrouvrir, l'air inquiet.

— Bonnie et votre oncle viennent d'arriver, Lisbeth.

— Je suis presque prête, répondit la jeune femme en repliant la lettre pour la ranger dans l'enveloppe.

— Vous êtes magnifique, s'extasia Norma. J'ai eu raison de vous poser des papillotes hier soir après le bain, vos cheveux font des anglaises, comme quand vous étiez enfant. Madame m'a montré des photographies.

— Henri n'est pas encore là ?

— Il ne devrait pas tarder. Je vous laisse.

Élisabeth se mit à déambuler dans sa chambre, de la fenêtre ouverte sur les frondaisons de Central Park à sa psyché, qui lui renvoyait l'image d'une créature féerique.

— C'est moi et ce n'est pas moi, s'exaspéra-t-elle, de plus en plus nerveuse.

Les cauchemars étaient revenus. La trêve était terminée. On lui montrait des scènes de violence, des silhouettes sombres, aux gestes violents, ou bien elle entendait des plaintes, des cris, des râles qui affolaient son cœur et la réveillaient.

Cependant, comme elle l'avait noté dans son carnet, rien dans ces mauvais rêves ne paraissait avoir de signification précise, ni annoncer un drame imminent.

— Irène, Irène ! répéta-t-elle, agacée par la sonorité même du prénom. Mon Dieu, pardonnez-moi. Je suis sotte.

Antoine Duquesne prônait la solution idéale. Justin se mariait et elle aussi. Quant à l'état d'Hugues Laroche, elle refusait d'y penser, par peur de souhaiter sa mort, ce qui serait un péché, en dépit des crimes commis par cet homme.

— Élisabeth ! appela Maybel en tapotant à la porte. Tout le monde est là.

— Je viens, *mummy*.

Henri Moreau, vêtu du costume gris qu'Élisabeth lui avait acheté, tenait ses enfants par les épaules, comme pour les protéger. Il était déjà venu chez les Woolworth, quinze jours plus tôt. En conséquence, il avait eu soin d'expliquer à Louison et à Agathe que c'était un autre monde, différent du leur, où régnaient le luxe, les objets précieux.

— Ne touchez à rien, n'ayez pas l'air stupéfait, soyez très polis, avait-il recommandé en approchant du Dakota Building. Ces gens sont riches, ils s'achètent ce qu'ils veulent. On ne sait pas où regarder.

— C'est à ce point ? s'était alarmée Léa Rambert, au bras de Baptiste.

— Moi, ce qui m'intéresse, avait confié le charpentier, c'est d'entrer enfin dans cet immeuble, une merveille d'architecture. Et puis le repas sera sûrement excellent.

Malgré son apparente décontraction, Baptiste Rambert était muet d'étonnement, tandis qu'il suivait Norma dans le salon où seraient servis des rafraîchissements. Léa faisait des efforts pour ne pas pousser des exclamations de ravissement.

— Bonjour, mes chers amis, déclara Edward en les accueillant.

Bonnie, assise sur le sofa, paraissait à l'aise, son bébé sur les genoux. Jean, lui, s'empressa d'échanger une poignée de main avec Baptiste, puis, sans enthousiasme, avec le futur fiancé.

— Asseyez-vous, Lisbeth va nous rejoindre, affirma Maybel, tout sourire.

Agathe, dans une ancienne robe d'Élisabeth, jetait des coups d'œil éblouis sur les statuettes, les bouquets de lys et de roses. Elle sentit soudain une menotte étreindre ses doigts. Antonin tentait de l'entraîner hors de la grande pièce.

— Viens voir mes joujoux, demanda-t-il. T'as vu, *grandpa*, il a fait un dessin sur mon plâtre.

— Non, je reste ici, Antonin, répliqua la fillette.

Tony Rambert, du haut de ses dix-huit ans, dissimulait mal son irritation. Il avait insisté pour tenir compagnie à Ottavia, qui n'était pas invitée au repas et se retrouvait seule. La lointaine cousine de sa mère avait éveillé chez l'adolescent des désirs secrets et il se croyait amoureux, se souciant peu de la différence d'âge.

« Ottavia a vingt-quatre ans, se disait-il lorsqu'il rêvait d'elle, de son corps, de sa voix grave et sensuelle. Ce n'est rien, quatre ans d'écart. »

Miranda, adorable dans une robe blanche à fleurs jaunes, ses boucles noires nouées d'un ruban blanc, s'était vite assise dans un fauteuil et observait le décor qui l'entourait d'un air rêveur.

Louison, sollicité par Antonin, accepta de le suivre jusqu'à sa chambre. Il en profiterait pour visiter en douce cet immense appartement, dont la beauté raffinée le sidérait. Pendant qu'il s'éloignait avec le petit garçon, Edward attira Henri près d'une des fenêtres.

— Est-ce que je peux voir la bague de fiançailles ? s'enquit-il. Avez-vous suivi mon idée, Henri ?

— Oui, monsieur, car j'avais eu la même que vous, une pierre bleue comme ses yeux, précisa-t-il dans un anglais approximatif. C'était cher, mais je vous rembourserai chaque mois, sur mon salaire.

— Si Lisbeth vous interroge, dites bien que vous avez emprunté l'argent à votre cousin, chuchota Edward. Elle m'en voudrait si elle savait que je vous ai proposé un prêt.

Henri approuva en silence, tout en ouvrant un écrin en cuir noir où scintillaient un saphir et des brillants montés sur argent. Il doutait d'avoir tout compris. Le fait de travailler parmi des immigrants français l'avait freiné dans son apprentissage de la langue anglaise.

— Ah, voilà enfin notre Lisbeth ! annonça Maybel. Norma, le champagne, débouchez le champagne.

Élisabeth pénétra dans le salon en souriant. Henri demeura bouche bée. Il ne l'avait encore jamais vue aussi élégante, nimbée d'un tissu aérien, ses cheveux bruns savamment ondulés. Il en conçut de la gêne, car elle lui paraissait soudain inaccessible. Mais, l'instant suivant, il la tenait dans ses bras, où elle venait de se réfugier, acclamée par tous.

— J'ai l'impression d'être costumée, souffla-t-elle à son oreille, tandis que Norma remplissait les coupes de champagne.

— Tu es ravissante, dit-il.

William choisit ce moment pour pousser un cri aigu. Le gros bébé était affamé.

— Jean, tu pourrais aller faire réchauffer son biberon ? demanda Bonnie. Tu sais où est la cuisine…

— Toi aussi, rétorqua-t-il tout bas. C'est ton affaire, il ne fallait pas le sevrer si vite.

Maybel les écoutait. Elle fit un petit signe à Norma qui proposa aussitôt ses services. Agathe essaya de distraire William, car elle adorait les bébés. Élisabeth et Henri s'isolèrent dans la salle à manger, où ils contemplèrent, enlacés, la grande table décorée avec talent.

— Norma a du goût, c'est une jeune femme pleine de qualités, fit-elle remarquer.

— Prendras-tu une domestique, dans notre maison ?

— Je n'y ai pas encore réfléchi, Henri.

— Pour ma part, je n'en vois pas l'utilité. Louison et Agathe t'aideront. Ce serait contraire à mes principes.

— Nous aviserons en temps voulu, mon chéri. J'ai prévu de suivre les cours que l'on donne au Mount Sinai Hospital, afin de devenir infirmière. Je serai prise deux jours par semaine.

Henri décida d'éviter un sujet susceptible de provoquer une discussion houleuse. Il vola un baiser à Élisabeth, qui lui en donna un en retour. Ils éclatèrent de rire, leurs nerfs soumis à rude épreuve.

Le déjeuner s'achevait. Les convives, attablés depuis bientôt deux heures, étaient beaucoup plus détendus. Edward parlait à Baptiste de ses nouveaux bureaux, au dix-septième étage du Flatiron Building, Léa et Maybel s'amusaient des pitreries du petit Antonin, assis à droite de sa mère. L'enfant faisait semblant de couper son plâtre à l'aide de son couteau à fromage.

— Sois sage, mon trésor, lui disait Élisabeth. Tu vas encore te blesser.

Tony et Louison échangeaient des clins d'œil, assis l'un en face de l'autre. Ils n'avaient qu'une hâte : échapper aux adultes et aller se promener dans Central Park.

Norma, infatigable, débarrassait les assiettes et les couverts sales, en prévision du dessert. Bonnie lui avait proposé deux fois son aide, mais son mari s'y était opposé sans dire un mot. Jean Duquesne se faisait obéir d'un regard froid, autoritaire.

— Votre gouvernante est vraiment compétente, disait Léa à la maîtresse de maison. Je n'ai jamais mangé d'aussi bons poulets, et les petits pois étaient délicieux.

— Je ne pourrais plus me passer de Norma, concéda Maybel. Savez-vous qu'elle était fiancée à un pasteur, il y a cinq ans, et qu'elle a renoncé au mariage pour rester ici ? Lisbeth et elle sont très amies.

Le tintement métallique de la sonnette imposa le silence à tout le monde. Il eut le don de faire sursauter Henri, qui se préparait à offrir la bague de fiançailles à Élisabeth.

— *Mummy*, nous n'attendons personne ? As-tu invité Pearl et Charles Foster sans m'en parler ? interrogea la jeune femme.

— J'en avais envie, pour ne pas les vexer, mais j'ai respecté ta volonté, chérie. J'ignore qui c'est, peut-être un télégramme ?

— Ce serait surprenant un dimanche, nota Edward. Norma, nous ne tenons pas à être dérangés. Faites au mieux.

— Oui, monsieur.

— Zut, pesta Bonnie. J'entends William, le bruit l'a réveillé.

Elle avait couché son fils dans une chambre jouxtant celle d'Antonin, où un lit d'enfant était installé. Les pleurs du bébé lui parvenaient à peine.

— J'irai le chercher après le dessert, décréta-t-elle. Il va peut-être se rendormir.

Élisabeth, intriguée, écoutait l'écho étouffé d'un dialogue, dans le hall d'entrée. Norma réapparut, les joues empourprées, de toute évidence émue ou désemparée. Elle lui dit à l'oreille :

— Quelqu'un vous demande. Le monsieur attend à l'extérieur de l'appartement, dans le couloir.

— Lisbeth, où vas-tu ? s'écria Maybel en la voyant se lever.

— Je ne serai pas longue, *mummy*, c'est sûrement une personne de l'hôpital. Je leur avais annoncé mes fiançailles, on a dû me faire porter un bouquet.

— Je présente la pièce montée, pendant ce temps, dit Norma. Vous aurez la surprise à votre retour.

Les conversations reprirent, dans l'impatience d'admirer le fameux dessert, une pâtisserie typiquement française, dévolue aux repas de fêtes. Élisabeth, intriguée, marcha à vive allure, sensible au bruissement de sa large jupe d'organdi. Elle était certaine de reconnaître un des commis de l'hôpital des Sœurs de la charité, à cause de la discrétion du visiteur.

Vite, elle ouvrit la double porte et sortit. Un homme lui faisait face, grand, blond, dont le regard de velours noir étincela de joie à sa vue. Elle crut que son cœur cessait de battre, pourtant il se mit à cogner, comme pris de folie.

— Justin ! Mon Dieu, tu es là.

Il fut incapable de prononcer un mot, subjugué. Élisabeth était tellement plus belle que dans ses souvenirs, parée d'azur et de fleurs roses, ses cheveux bruns ruisselants sur ses épaules dénudées par un décolleté audacieux.

— Ma princesse, parvint-il à articuler. Je suis venu.

Elle avait pâli de saisissement, ayant en même temps un doute sur la réalité de sa présence. D'un geste timide, elle toucha sa veste en lin beige. Il était très élégant et infiniment séduisant.

— Je devais te parler, ajouta-t-il. Je suis désolé d'arriver ainsi, sans t'avertir. J'avais peur que tu ne refuses de me voir.

— Justin, je me fiance aujourd'hui, il y a un repas, des invités, répondit-elle d'une voix mourante. Je suis si heureuse que tu sois là, à New York. Je pourrais m'évanouir, mais je résiste...

Il eut alors l'adorable sourire en coin qui bouleversait tant Élisabeth. Elle se jeta à son cou, éperdue d'un bonheur délirant. Il referma ses bras sur elle un court instant.

— Viens, dit-elle, éloignons-nous, ils vont me chercher. Mon Dieu, je ne peux pas le croire, tu es à New York.

Élisabeth l'entraîna par la main le long du large couloir, sur lequel donnaient les portes des autres appartements du troisième étage. Les questions se bousculaient sur ses lèvres.

— Tu as pris un bateau ? Comment as-tu fait pour trouver le Dakota Building ? As-tu appris l'anglais ?

Ils s'arrêtèrent dans le renfoncement d'une fenêtre, dont la vue plongeait du côté de la grande cour intérieure de l'immeuble.

— Je n'en pouvais plus, avoua Justin. Je passais des heures à regarder les photographies de toi, mais ce n'était que du papier. J'avais besoin d'entendre ta voix, de te serrer contre moi, en tout bien tout honneur, ne crains rien. L'argent n'était pas un souci, alors je suis parti. Élisabeth, je n'avais jamais vu la mer. C'était grisant de traverser l'océan, avec la certitude que tu existais, là-bas, derrière l'horizon qui fuyait sans cesse.

— C'est une extraordinaire surprise, la plus belle du monde.

— Je suis arrivé hier. J'ai dormi dans un hôtel près d'ici. J'étais quand même intimidé en découvrant où tu habitais, et en sonnant à la porte des Woolworth.

— Quelle expédition ! Tu n'as pas changé, pourtant, tu es chic, mais il te manque des bottes de cheval.

— Moque-toi, coquine, plaisanta-t-il.

Les années de séparation s'étaient abolies. En quelques minutes, ils avaient retrouvé intacte leur complicité de jadis. Élisabeth se sentait soudain délivrée d'un poids mystérieux. Elle était gaie, exaltée.

— J'ai tellement de choses à te raconter, lui dit Justin. Sais-tu que je vends les eaux-de-vie du domaine au tsar de Russie ? Et j'ai fait construire un manège derrière les écuries.

Il s'assombrit brusquement, car il avait évoqué Guerville, ce qui pouvait blesser la jeune femme.

— Et lui ? demanda-t-elle dans un souffle. Pépé Toine m'a écrit, je suis au courant.

— Pardonne-moi, j'ai eu tort de te dire ça. Lui, il décline. Une épave. Il n'a plus toute sa tête.

Sidonie, une des domestiques, s'en occupe. Mais toi ? Ces fiançailles ?

— Nous parlerons plus tard de ce que tu sais désormais, et de mes projets… Tu es là, rien d'autre n'a d'importance. Pourquoi tu ne viendrais pas manger le dessert avec nous ? Je te présenterai, tu es mon oncle, il n'y a aucun problème. Mon oncle de France.

Justin la dévisagea avec une passion mal dissimulée. Il caressa ses joues, son front, ses cheveux. Élisabeth le regarda aussi, mais elle tremblait.

— Je vous dérangerai, soupira-t-il. Non, je ne voudrais pas gâcher la fête, et je serais le plus gêné. Je vais me balader, j'ai aperçu la grille d'un grand jardin.

— Un immense parc, rectifia-t-elle. Nous nous verrons demain matin, à 9 heures devant la grille que tu as vue. J'amènerai mon fils, Antonin.

— D'accord. J'ai déjà hâte d'y être.

Le sang battait aux tempes d'Élisabeth. Elle étreignit Justin de toutes ses forces et, d'instinct, elle posa ses lèvres sur les siennes. C'était une supplique muette, le désir insensé d'un baiser, et il fut incapable de lutter.

— Je suis désolé, dit-il ensuite, quand elle s'écarta, haletante.

— C'est ma faute, Justin, à demain.

Élisabeth se sauva en courant, sans se retourner par peur de faire demi-tour. Avant d'entrer, elle s'appuya à la porte. Chaque parcelle de son corps vibrait d'un bonheur insolite, d'une délicieuse chaleur aussi. Elle toucha sa bouche, avec l'envie d'un autre baiser et d'un autre encore. Et son cœur exultait, car elle ressuscitait, elle renaissait.

« Comment ai-je pu penser qu'Henri lui ressemblait ? se demanda-t-elle. Justin est très différent. Oh, son sourire, ses yeux si noirs, sa voix. Je l'aime, Seigneur, je l'aimerai toujours. »

— Lisbeth, où étiez-vous ?

Norma devait guetter son retour. Elle lui fit signe d'entrer en l'observant attentivement.

— Monsieur n'ose pas découper la pièce montée sans vous, lui dit la gouvernante. Et M. Moreau s'inquiète. C'est pour la bague, il doit vous l'offrir maintenant.

— La bague ? Je ne voulais pas de bague, Henri n'aurait pas dû.

— Qui était ce monsieur, Lisbeth ? Un Français, n'est-ce pas, il me parlait en anglais, mais avec l'accent de votre oncle Jean, et en s'aidant d'un petit dictionnaire de poche.

— Ah, c'était ça, il avait un dictionnaire, murmura Élisabeth, attendrie. Norma, ce monsieur est mon oncle, le jeune frère de ma mère, ma vraie mère. Il ignorait qu'il interrompait un repas de fête. Je le reverrai demain, il est descendu dans un hôtel près de chez nous. Allons-y, et j'insiste, vous prendrez du dessert, assise à la table, Norma.

— Si vous le souhaitez, je ne peux pas refuser. Vous devez beaucoup aimer votre oncle, Lisbeth. Vous êtes transfigurée.

— Justin, il s'appelle Justin. Je l'adore.

Une clameur de soulagement accueillit Élisabeth, qui fut aussitôt assaillie de questions. Elle reprit sa place auprès d'Henri.

Il glissa un bras autour de sa taille.

— J'ai eu peur que tu ne disparaisses, avoua-t-il.

— Mais non, protesta-t-elle. *Mummy*, *daddy*, j'ai eu une visite imprévue, inespérée. C'était le frère de maman, mon oncle Justin. Vous ferez sa connaissance demain, il craignait d'être importun, car nous avions des invités.

— C'est formidable ! s'extasia Maybel. Tu aurais dû insister, chérie, il pouvait prendre le dessert ici.

— Par quel hasard cet oncle sonne-t-il chez nous aujourd'hui ? S'il voulait te faire une surprise, elle est de taille, ajouta Edward.

Personne ne vit Bonnie se signer d'un geste furtif. William s'étant réveillé entre-temps, elle se pencha sur le bébé pour cacher la rougeur subite de ses joues.

Henri dévisagea Élisabeth avec un début de suspicion. Elle lui semblait différente, comme nimbée de lumière, la bouche plus rouge, le teint vif, le regard exalté.

— J'veux du gâteau ! exigea alors Antonin, à bout de patience.

Norma s'empressa de découper la pièce montée à l'aide d'un long couteau.

— Servez mon fils en premier, même si ce n'est pas convenable, précisa Élisabeth. Je suis désolée de vous avoir tous fait attendre.

Maybel tenta de se souvenir de l'apparence du dénommé Justin. Elle poussa un bref cri de victoire.

— Mais j'ai une photographie de ton oncle, à l'époque où il ignorait sa parenté avec la famille Laroche, dit-elle en riant. Il était palefrenier, n'est-ce pas ? Je sortirai mes albums à la fin du repas. Cela intéressera sans doute Henri.

— Je ne crois pas, *mummy*, protesta Élisabeth. Justin a changé depuis. Désormais, il s'occupe des chais, il m'a dit qu'il vendait les eaux-de-vie du domaine à la cour de Russie.

— Voilà qui est intéressant, nota Edward. Maybel, notre fille a raison, laissons le passé et songeons à l'avenir. Quant au présent, dégustons cette divine pâtisserie.

Élisabeth mangea sa part le plus lentement possible, car elle redoutait l'instant où Henri lui offrirait la bague, un geste très symbolique, surtout en présence d'une joyeuse assistance. Son cœur lui jouait des tours dès qu'elle pensait au baiser échangé avec Justin.

« Comment accepter de m'engager quand j'aime un autre homme ? se demandait-elle. Mais on n'épouse pas le frère de sa mère, non, et je n'aurais pas dû l'embrasser ainsi. »

Henri brûla les étapes dans l'espoir de la ramener vers lui. Il percevait confusément le trouble insolite qu'elle éprouvait, en l'attribuant à la visite surprise de Justin, dont il n'avait jamais entendu parler auparavant.

— Ma Lisbeth chérie, commença-t-il à haute voix. Ce jour est un des plus beaux de ma vie, le plus beau depuis que je suis en Amérique. Si quelqu'un peut traduire, pour Mme et M. Woolworth…

Bonnie s'en chargea aussitôt. Elle s'appliquait à mettre le ton, en forçant sur la jovialité.

— Tu as accepté de lier ta vie à la mienne, continua Henri, dans un futur que j'espère proche. Alors afin de renforcer nos vœux et de célébrer nos fiançailles, je voudrais t'offrir cette bague.

Il sortit de la poche intérieure de sa veste un petit écrin en cuir noir qu'il entrouvrit. Les pierres précieuses captèrent tout de suite la clarté du soleil.

— Un saphir, moins bleu et moins brillant que ton regard, dit-il plus bas. Est-ce que je peux la passer à ton doigt, Lisbeth ?

Elle approuva d'un signe de tête, un faible sourire sur les lèvres. Henri glissa le bijou à son annulaire gauche, tandis que tous les invités applaudissaient. Léa, émue aux larmes, cria :

— Vive les fiancés ! Bravo !

Sa réaction était un peu vive au goût des Woolworth, mais Jean l'imita, puis Louison et Tony. Antonin sema un léger froid en interrogeant bien fort :

— C'est quoi, des fiancés ?

— Ne fais pas l'idiot, le gronda Bonnie. Ta maman t'a dit de quoi il s'agissait.

— Mais oui, M. Moreau va devenir ton papa, précisa Miranda.

— Je n'veux pas de papa, moi, ronchonna Antonin. J'ai *grandpa* et *grandma*. Et puis maman.

L'incident embarrassa beaucoup Élisabeth et Henri. Une fois de plus, Léa fit diversion en proposant de chanter en l'honneur des fiancés.

— Volontiers, répliqua Maybel, toute surprise.

— Mon épouse a une très belle voix, se vanta Baptiste, que trois coupes de champagne avaient rendu moins timide. Léa, chante donc *O sole mio* !

— C'est un air réservé aux hommes, en Italie, on appelle ça une chanson napolitaine, mais je la fredonne souvent. Miranda la connaît aussi.

— Pas si bien que toi, se défendit l'adolescente.

Élisabeth fixait sa bague sans se mêler à la discussion. Une émotion indescriptible l'envahit dès que Léa entonna le premier couplet, dans sa langue natale. Élisabeth ne comprenait pas le sens des mots, mais le timbre chaud et suave de son amie la bouleversait, éveillant la nostalgie des jours enfuis, ceux où elle retrouvait chaque matin Justin près des chevaux, où ils partaient ensemble sur les chemins, à travers la campagne.

— Tu pleures ? s'inquiéta Henri.

— C'est tellement joli, plaida-t-elle tout bas.

Il acquiesça par gentillesse en lui prenant la main. Léa fut applaudie à son tour, et elle salua son public en riant. Maybel se déclara enchantée, Edward la félicita aussi, mais Élisabeth se leva et courut l'embrasser.

Norma, qui n'avait pas osé s'asseoir à la grande table, essuya une larme du dos de la main. Elle s'esquiva afin de préparer du café et du thé.

— Ma petite fiancée, murmura Henri quand Élisabeth revint à ses côtés. Nous avons oublié d'échanger un baiser.

— Pas devant Antonin, ni devant oncle Jean, répondit-elle à son oreille. Non, plus tard. Il faudrait danser, surtout. Allons dans le salon, il y a le gramophone. *Daddy*, tu pourrais mettre un disque, celui des valses viennoises ?

— Bien sûr, Lisbeth, et je serai fier de te faire valser.

Louison et Agathe observaient leur père d'un œil soucieux. Ils étaient tous les deux conscients qu'il était mal à l'aise et ils ne se trompaient pas. Henri s'aperçut que ses enfants le scrutaient. Il leur adressa un sourire rassurant. Le discret Berrichon était un très mauvais danseur…

Élisabeth s'était relevée. Elle ne tenait plus en place, gênée de porter la bague, honteuse d'avoir refusé un baiser à Henri. Elle alla se poster à une des fenêtres, grande ouverte, puis courut vers la cuisine. Norma lui lança un regard alarmé.

— Excusez-moi, le café est prêt, mais pas le thé, je fais au plus vite, Lisbeth.

— Je ne viens pas pour ça, Norma. Ce sont mes nerfs, je rêve de sortir, de marcher le long des allées de Central Park. J'aurais dû organiser une promenade. J'ai demandé à *daddy* de la musique, mais je n'ai plus envie de danser, tout à coup.

— L'arrivée de votre oncle vous a perturbée, insinua la jeune gouvernante. C'est normal, quelqu'un qui vient de si loin.

— Oui, je regrette de l'avoir laissé repartir. Je suis sotte, parfois. Au fond de moi, je craignais des questions de la part d'Henri. Je ne lui ai guère fait de confidences sur mon séjour en France.

— Vous pourrez arranger les choses sans peine. Ah, monsieur fait jouer un disque. Allez-y, Lisbeth, et ne vous tourmentez pas le jour de vos fiançailles.

— Vous dites vrai, merci, Norma.

Edward Woolworth, en dépit de ses cinquante-six ans, fit valser Élisabeth, Léa, Miranda, Maybel et même Bonnie, malgré ses refus véhéments. Henri avait avoué qu'il dansait fort mal et on ne l'avait pas mis au défi de prouver le contraire.

Quant à Baptiste Rambert et Jean Duquesne, fidèles à leur manie, ils s'installèrent dans un large canapé pour fumer un cigare.

— Ta nièce sera bientôt mariée, Jean, murmura le charpentier. Tu dois être content.

— Je suis soulagé, à condition que la noce ait lieu dans l'été. Tu vas peut-être me juger rabat-joie, mais je me méfie des lubies d'Élisabeth. Une tragédie a marqué son enfance, suivie par d'autres épreuves plus récentes, son caractère s'en ressent. As-tu remarqué comment elle m'évite ? Elle m'en veut encore, car je l'ai poussée à régulariser sa relation avec Moreau.

— Les femmes réclament souvent leur indépendance, celles qui travaillent notamment. Elles voudraient même voter, renchérit Rambert. Je les comprends un peu, et pour ma part, j'admire ta nièce. Élisabeth est belle, mais aussi intuitive, intelligente et d'une rare générosité.

— Henri Moreau en profitera, de sa générosité, maugréa Jean. Je m'en fiche, ce ne sont pas mes dollars. Si Woolworth tient à se ruiner, ça le regarde.

Personne ne l'entendit récriminer grâce au chuintement de l'aiguille sur le disque, à la musique assez forte. Antonin, lui, choisit le moment où Élisabeth et Tony tournoyaient au milieu du salon pour pousser une plainte pitoyable, avant de vomir sur le tapis. L'incident mit fin aux danses.

— Oh non, il est malade ! s'écria Maybel qui tenait William sur ses genoux.

Bonnie se précipita et emmena l'enfant dans une des salles de bains. Le petit garçon pleurait convulsivement, très rouge, sa chemise souillée. Élisabeth les suivit, affolée.

— Toi, tu as mangé trop de gâteau et de crème, déplora-t-elle. Antonin, ça va ? As-tu encore mal au ventre ?

— Il faut le laver et le changer, prôna Bonnie. Tu devrais le coucher, une sieste lui fera du bien.

— Je sais m'occuper de mon fils.

— Avec ta robe de princesse ? Tu vas te salir.

Norma crut bon d'offrir son aide. Entrebâillant la porte, elle fut vite rabrouée par Bonnie dont l'humeur était orageuse. Vexée, Élisabeth durcit le ton :

— Tu n'as pas à traiter Norma comme ça ! *Mummy* ne t'a jamais parlé aussi durement, il me semble.

— Bien sûr, il n'y en a plus que pour cette grande perche blonde. J'étais tellement heureuse, moi, de devenir ta tante par alliance, je me faisais des illusions, je ne compte plus, se plaignit Bonnie.

Élisabeth haussa les épaules. Elle avait déshabillé Antonin et décida de lui donner un bain. Le petit, ravi, trépigna au son de l'eau qui jaillissait des robinets.

— Peux-tu me dire pourquoi Justin a débarqué ici, enfin à New York, pile le jour de tes fiançailles ? interrogea Bonnie. Tu lui avais écrit ?

— Non, j'étais la première surprise, figure-toi. J'aurais découvert pépé Toine dans le couloir, ça ne m'aurait pas plus étonnée. Justin souhaitait me revoir, mais il peut y avoir une autre raison que j'ignore encore.

— Jean n'était pas content, je l'ai vu faire la grimace.

— Ton mari n'est jamais content, Bonnie, et tu deviens une mégère à vivre dans son ombre. As-tu approuvé ce qu'il a osé faire ? Il m'a trahie, en révélant le viol dont j'ai été victime à pépé Toine. Je ne lui adresserai plus la parole, et ce sera ton tour, si tu continues à m'accabler de critiques.

Un gros sanglot fit écho à la menace d'Élisabeth qui soulevait son fils pour l'installer dans la baignoire. Elle découvrit son amie le visage crispé, en proie à une crise de larmes.

— Mais... Bonnie ! Je suis navrée, je t'ai fait de la peine.

— Eh oui, gémit-elle en réponse. Tout va de travers, alors si tu me sors des méchancetés en plus...

Antonin, tout à fait rétabli, les éclaboussait en riant. Élisabeth ne songea pas à le gronder. Elle prit Bonnie dans ses bras.

— Qu'est-ce qui va de travers ?

— Le bébé nous empêche de dormir, un autre épicier, d'une rue voisine, nous cherche des noises, et puis vous êtes fâchés, Jean et toi. Je ne veux pas l'écouter, quand il débite des âneries à ton sujet, donc il se met en colère. Depuis une semaine, il dort dans l'arrière-boutique, sur un lit pliant. Mon mariage est fichu, oui.

Bonnie pleura de plus belle, inconsolable. Elle s'arrêta net, cependant, lorsque Maybel entra à son tour.

— Que se passe-t-il ? Lisbeth, ta robe est mouillée, chérie. Tu devrais tenir compagnie à ton fiancé, qui tourne en rond. Tony et Louison ont filé. Les Rambert ne vont pas tarder à rentrer chez eux, à cause de la cousine de Léa, Ottavia. Bonnie, il faut changer les couches de William, Norma ne peut pas être partout.

— On dirait que la fête est finie, *mummy*, constata Élisabeth. Peux-tu surveiller Antonin ? Je vais prendre congé de nos invités.

Elle s'éclipsa, soulagée d'être seule quelques instants et de se répéter en silence, émerveillée : « Justin est là, à New York, je le verrai demain matin… »

Broadway, trois heures plus tard

Henri entraînait Élisabeth par la main, pour grimper plus vite jusqu'au sixième étage et s'enfermer avec elle dans son modeste logement. La jeune femme, en toilette de ville, plus discrète que sa superbe robe de fiançailles, l'obligea à ralentir.

— Nous avons le temps, dit-elle, je suis essoufflée.

Le couple disposait d'une soirée de liberté. Maybel, toujours romantique, avait proposé de garder Agathe afin de laisser l'occasion aux fiancés d'être un peu seuls.

— Lisbeth, tu pourrais accompagner Henri en taxi et, puisque sa fille dort chez nous, vous dînerez en tête à tête dans un restaurant sur Broadway, avait-elle suggéré.

Un mois auparavant, la situation aurait enchanté Élisabeth. Ce soir-là, elle faisait de terribles efforts pour s'en réjouir. Henri niait l'évidence. Il voulait se persuader qu'elle était juste lasse.

— Nous sommes presque arrivés, ma chérie, si tu es fatiguée, je peux te porter.

— Ce serait ridicule, Henri.

— Tu ne pèses rien, je l'ai déjà fait, de ma cuisine à mon lit.

— Allons moins vite, ça suffira, coupa-t-elle. Je suis désolée, *mummy* m'a obligée à sortir, mais

Antonin a été malade après le déjeuner. Une maman digne de ce nom serait restée à son chevet.

— N'exagère pas, il était en pleine forme quand tu l'as quitté. Et ravi d'avoir Agathe pour jouer avec lui. Il a de la chance qu'elle soit patiente et dévouée.

— Dis tout de suite que mon fils est un tyran !

— Il a tendance à être capricieux, Lisbeth. Tu le traites en petit roi, il en profite. Chaque fois qu'il est souffrant, plus rien ne compte pour toi.

Agacée, Élisabeth fut tentée de redescendre l'escalier au pas de course. Elle savait pourquoi Henri tenait à l'emmener chez lui et elle s'en effrayait presque.

— Il n'a jamais connu son père, répliqua-t-elle. Je le chéris pour deux. Tu agis de la même façon avec Agathe et Louison.

Le vieil immeuble aux cloisons minces résonnait de bruits divers. Le dimanche, à cette heure-ci, les locataires rentraient de balade, ou bien cuisinaient, se querellaient. Des odeurs de friture flottaient, des rires s'élevaient, des pleurs de bébé.

— Puisque nous en sommes aux reproches, insista Élisabeth, dis-moi pourquoi tu as acheté une bague aussi chère ? Je t'avais supplié de ne rien dépenser. Et comment as-tu fait ?

— Nous en parlerons plus tard, les voisins n'ont pas besoin de nous écouter, déplora-t-il.

Henri lui reprit la main, qu'il couvrit de baisers, et l'entraîna de nouveau vers le prochain palier. Un sentiment d'urgence le taraudait. Il voulait effacer les images du Dakota Building, le luxe, l'argenterie, les roses blanches, la robe de bal d'Élisabeth, la musique, la condescendance des Woolworth.

Ils furent enfin seuls, la porte close. Une lumière rose et or inondait la cuisine, orientée vers le soleil couchant.

— Alors, la bague ? demanda la jeune femme tandis qu'Henri entreprenait de la déshabiller.

— J'ai emprunté l'argent à mon cousin, je le rembourserai sur mon salaire. Lisbeth, ne gâche pas ce moment. Je t'aime tant.

Il chercha ses lèvres, mais elle se déroba, soudain rétive. Il lui avait ôté sa veste en coton perlé et s'attaquait aux boutons de son corsage, avide de baiser ses seins, de sentir sa peau douce sous ses doigts.

— Ne me brusque pas, Henri, je t'en prie !

C'était un cri de refus, un cri du cœur. Il recula, blessé. Elle lui tourna le dos, tremblante.

« Je ne pourrai pas, songeait-elle. Pas ce soir, pas après avoir revu Justin. »

— Mais qu'est-ce que tu as, Lisbeth ? s'alarma-t-il. Je ne t'ai pas brusquée. Tu m'as toujours dit que j'étais délicat.

— Il y a une chose que tu ignores, je n'ai pas eu le courage de t'en parler. C'est différent, à présent, nous sommes fiancés. Tu dois le savoir. Quand je vivais en France, il y a six ans, j'ai été violée par mon grand-père. J'ai failli en mourir, aussi je ne peux plus supporter qu'on m'impose certains gestes, qu'on me force.

Henri retint une plainte horrifiée. Il recula encore et s'affala sur une chaise. Élisabeth respira mieux. Elle n'était pas fière d'elle, mais elle avait réussi à lui échapper, pour cette fois au moins.

15

Le carrousel de la vie

New York, lundi 15 mai 1905

Élisabeth s'apprêtait à franchir le passage voûté du Dakota Building. Elle s'arrêta un instant pour arranger la longue torsade brune, aux reflets de soie, qui ornait son épaule gauche. Antonin leva le nez et la regarda d'un air songeur.

— Maman, on y va ? demanda-t-il.

— Une seconde, mon poussin, j'étais mal coiffée.

Il serait bientôt 9 heures. Justin devait déjà l'attendre près de l'entrée la plus proche de Central Park. La jeune femme repensa brièvement à la soirée de la veille, où il n'y avait pas eu d'intermède amoureux ni de dîner dans un des restaurants de Broadway.

Henri, terrassé par ce qu'il avait appris, s'était montré câlin et compatissant, néanmoins il lui avait posé beaucoup de questions sur son passé, qu'il voulait désormais connaître avec le maximum de détails.

Elle était rentrée épuisée et de plus en plus indécise quant à la pérennité de ses fiançailles. Heureusement, après une nuit agitée, elle allait retrouver Justin.

— Je vais te présenter un ami très cher, Antonin, dit-elle à son fils. C'est Justin, un de mes oncles, comme Jean.

— Jean, l'est pas gentil, bougonna le petit.

Elle ne daigna pas commenter l'opinion de l'enfant, regrettant un peu de l'emmener en guise de chaperon. Mais elle n'avait pas le choix.

« Je ne dois pas être seule avec Justin, surtout pas, pensa-t-elle en saluant le portier. *Mummy* veut qu'il déjeune chez nous, cette fois il ne pourra pas refuser. »

C'était une exquise journée de printemps. Élisabeth anticipa la beauté de l'immense parc où elle comptait se promener au bras de Justin jusqu'au repas de midi.

Pour la circonstance, elle avait mis un corsage en soie beige, rehaussé de broderies d'inspiration slave, en fils rouges et verts. Une longue jupe droite, en lin écru, complétait sa toilette d'une élégante sobriété.

— C'est le monsieur, là-bas ? interrogea Antonin en désignant un homme qui agitait la main, comme pour attirer leur attention.

— Non, mon oncle n'a pas les cheveux gris, mon chéri, il est encore très jeune et il est blond.

Une vague angoisse s'empara d'elle, car, parmi les badauds, aucune silhouette masculine ne correspondait à celle de Justin. Elle traversa l'avenue en tenant la main d'Antonin.

— Tu seras bien sage, recommanda-t-elle.

— On ira faire du manège, maman ?

— Sûrement, mon chéri.

Élisabeth aperçut enfin Justin, en costume clair. Il arborait une chemise blanche, une cravate et un panama, ce chapeau très à la mode que portaient les hommes pendant l'été. Il dut sentir son regard malgré la foule des promeneurs, car il virevolta aussitôt et lui adressa un sourire éblouissant.

Ils avancèrent l'un vers l'autre, comme seuls au monde dans la clarté du soleil matinal. Justin l'embrassa sur les deux joues, puis il se pencha vers Antonin.

— Bonjour, petit monsieur, dit-il gentiment. Je suis content de vous rencontrer.

S'entendre appeler « monsieur », même précédé de « petit », flatta l'enfant. Il accorda un sourire à l'inconnu qui lui demandait :

— Qu'est-ce que tu as fait à ton bras ?

— Une mauvaise chute, précisa la jeune mère. Une fracture nette. On devrait lui enlever son plâtre bientôt.

Tous trois franchirent l'entrée de Central Park, dont les hautes grilles étaient ouvertes dès l'aube.

— Mon histoire avec les Woolworth a commencé ici, déclara Élisabeth. J'avais six ans quand j'ai passé la nuit sur un banc.

— Sais-tu lequel ? s'intéressa Justin.

— Non, je ne m'en souviens pas, j'étais dans un tel état de panique, de détresse. Je venais de voir papa frappé par des brutes, j'étais terrifiée.

— Mon Dieu, pauvre petite fille. Tu étais à peine plus âgée que ton fils. Moi, je priais pour toi, dans mon grenier, en t'imaginant sur l'immense océan. Ton souvenir ne me quittait pas. Tu as été l'unique douceur de mon enfance, ta voix, tes doigts menus que je caressais pour te rassurer.

Rose de plaisir, Élisabeth observa Antonin, qui aurait pu les écouter, mais il gambadait devant eux dans sa hâte d'atteindre le grand carrousel, encore à bonne distance.

— Je n'ai pas évoqué cette page de ma vie depuis longtemps, fit-elle remarquer. Je devrais la raconter à mon fils, un soir, ça lui plairait sans doute. Il apprécie les contes un peu effrayants, avec des ogres, des sorcières.

Sur ces mots, elle prit le bras de Justin d'un geste familier. Il en tressaillit de joie. Autour du jeune couple, le parc déployait ses splendeurs printanières ; ici des arbres d'ornement fleuris de roses et de corolles neigeuses, là des massifs où resplendissaient des lys, des rosiers nains aux teintes enchanteresses.

Ils empruntèrent un pont de pierre, sous lequel chantonnait une étroite rivière limpide. Plus loin, des cavaliers passèrent, sur leur monture racée.

— Des allées sont réservées à l'équitation, aux attelages, précisa Élisabeth. Regarde, là-bas, c'est Belvedere Castle, un édifice bâti pour l'agrément des usagers du parc, dans un style médiéval. Si tu veux, je pourrais te faire découvrir le zoo. Tu verrais des animaux de pays lointains, des tigres, des singes, des girafes.

— Je suis désolé, Élisabeth, je l'ai visité hier après-midi. J'étais ébahi, franchement, à la vue des fauves, des éléphants. Ton pépé Toine sera content quand je lui relaterai mon voyage. J'ai même acheté un dépliant pour tes cousins, où il y a des photographies de toutes les bêtes.

— Quelle bonne idée, je n'y avais jamais pensé, se désola-t-elle. Je t'en prie, parle-moi de pépé Toine, de Gilles et de Laurent.

Justin s'exécuta en phrases simples mais agrémentées de petites anecdotes charmantes. Élisabeth eut l'impression d'être au moulin Duquesne, au milieu des siens.

Quand ils arrivèrent au pied du pittoresque bâtiment abritant le carrousel, elle se résigna à aborder un sujet qui la hantait.

— Tiens-toi bien sur le cheval de bois, ne descends pas pendant que le manège tourne ! ordonna-t-elle à Antonin.

— Aucun gamin ne ferait ça, s'étonna Justin.

— Il est très casse-cou, je serais incapable de dire combien de fois il a eu les genoux en sang, des bosses sur le front.

Ils s'assirent dans les fauteuils en rotin disposés en cercle en bas du carrousel. Un autre couple fit de même, afin de surveiller leur fillette, grimpée elle aussi sur un cheval.

Élisabeth ne put s'empêcher d'imaginer qu'elle était l'épouse de Justin, qu'Antonin était leur petit garçon. Elle en conçut une peine intense, qui la rendit mélancolique.

— Je me sens si bien près de toi, confessa-t-elle. Tout devient simple, amusant. Le destin est injuste.

— Je pense la même chose, avoua-t-il en lui dédiant un regard plein d'amour.

Il résista à l'envie de lui prendre la main. Elle dit très vite, les yeux rivés sur son fils :

— Maintenant, tu sais ce qui s'est passé il y a six ans, au château. Arrivée à Paris, j'ai gardé le secret plus de deux mois. Mais l'humiliation, la honte me rongeaient. J'en étais malade. Un matin, j'ai couru jusqu'à la Seine, j'ai enjambé le parapet… Je voulais mourir. On m'a sauvée, et j'ai eu envie de renaître, de ne plus jamais être une victime. Alors j'ai tout avoué à Richard et à Bonnie, à mon oncle Jean. Il aurait mieux valu qu'il n'en sache jamais rien. Je suis brouillée avec lui, il n'avait pas le droit d'en parler à pépé Toine, c'était à moi de le faire.

Justin demeura silencieux. Il revivait une des pires matinées de sa vie, celle où il avait appris le viol dont s'était rendu coupable Laroche, sur elle, sa princesse, son adoration.

— J'aurais pu le tuer, quand j'ai su ce qu'il t'avait fait, dit-il enfin. Tu as pu croire, d'après les lettres de ton grand-père Antoine, que je pactisais avec Laroche, mais non. J'ai simplement voulu une revanche sur mon enfance brisée, comme l'a été la tienne, et par la faute du même ignoble personnage. Dieu merci, je n'ai pas sa mort sur la conscience, cependant il est infirme par ma faute.

— Richard et mes oncles auraient réagi comme toi s'ils s'étaient retrouvés en face de lui, ayant découvert son crime, décréta-t-elle d'un ton dur.

— Peut-être, mais à une différence près... Moi aussi, j'ai gardé un secret, répliqua Justin. Du moins en partie, car monsieur Antoine est au courant. Au tout début du mois de juillet, il y a six ans, lors d'une permission, je suis allé au château. Laroche avait bu. Par malheur, il était armé quand je suis arrivé derrière les écuries. Il a pointé son fusil de chasse sur moi en m'injuriant.

J'entendais Mariette gémir, je lui ai demandé ce qu'elle avait. Là, furieux, il a tiré.

Élisabeth poussa un cri d'indignation. Comme le manège s'était immobilisé, elle se précipita pour aider son fils à grimper dans un char en bois doré, où une petite fille était déjà installée.

— Tu feras un autre tour encore, Antonin, sois bien sage, mon chéri. En plus, tu as une adorable camarade.

Elle revint s'asseoir près de Justin qui lui souriait d'un air triste.

— Il aurait pu te tuer, je ne t'aurais jamais revu, murmura-t-elle, effarée. Cet homme est fou, un fou dangereux. Il n'a qu'une loi, détruire ce qui est innocent et beau. Dis-moi, étais-tu gravement blessé ?

— Une balle dans le ventre, mais un de ses amis, un docteur, m'a opéré et sauvé. C'est Laroche qui m'a emmené chez lui, à Aigre. C'était le jour où tu embarquais pour New York, je pensais si fort à toi. Je l'avais appris par monsieur Antoine.

— Le jour où nous avons embarqué ! s'étonna Élisabeth. J'ai pensé à toi également, sur le pont, en voyant les côtes françaises s'éloigner, et le soir, comme je m'étais endormie, une douleur étrange m'a réveillée, et je me demandais : « Qui se meurt ? »

— Vraiment ?

— Oui, et j'étais très angoissée, car je ressentais une souffrance inexplicable. Nous étions reliés l'un à l'autre, Justin, malgré la distance qui nous séparait. C'est à la fois terrible et merveilleux. Je maudissais le destin mais, au fond, nous avons survécu tous les deux, après avoir failli mourir à cause de Laroche.

Survoltée, Élisabeth se releva et fit quelques pas vers une haie de troènes. Elle avait désiré de toutes ses forces être dans les bras de Justin et se l'interdisait. Mais il la rattrapa et la prit par la taille.

— Ma princesse, je suis désolé si ma présence te cause plus de chagrin que de joie, dit-il tout bas. Ce départ, c'était un coup de folie, afin d'être sûr que tu allais bien, que tu existais ailleurs que dans mes rêves. Maintenant, je crains d'avoir commis une lourde erreur, parce que je t'aime encore davantage, si c'est possible.

— Moi aussi, je t'aime, Justin.

Élisabeth retenait ses larmes. Dans un élan de tout son être, elle se jeta à son cou, l'enlaça. Son beau visage tendu vers lui, elle implorait un baiser. Il l'étreignit passionnément. Leurs lèvres s'effleurèrent, avides de communier, bouche contre bouche.

Des cris de femmes retentirent au même instant, de peur et de surprise, tandis que le manège ralentissait avec un crissement métallique.

— Oh non ! Antonin ! hurla Élisabeth qui s'était retournée et voyait son fils gisant par terre, sur l'aire de terre battue entre le carrousel et la pelouse. Le petit garçon semblait inanimé, le front en sang.

Dakota Building, une heure plus tard

Maybel avait tenté en vain de joindre Charles Foster, dont elle appréciait la compétence. C'était son frère aîné, John, leur ancien docteur, qui venait d'ausculter Antonin.

— Ce petit n'a que des égratignures sans gravité, déclara-t-il. La coupure au-dessus du sourcil droit n'est pas profonde mais les plaies au front saignent beaucoup, c'est impressionnant. Nous avons eu de la chance, le plâtre du bras est intact, l'enfant a dû tomber sur l'autre côté de son corps. Vous n'avez rien à craindre, mesdames.

Il s'adressait d'une voix ferme à Maybel et à Élisabeth, qui le fixaient avec anxiété. Puis il jeta un regard sévère à Justin :

— Quant à vous, monsieur, sachez que vous avez eu tort de porter l'enfant jusqu'ici, cela aurait pu lui être fatal s'il souffrait d'une fracture du crâne ou des vertèbres.

Justin ne comprenait pas, cependant il se sentait accusé. Vite, Élisabeth traduisit les paroles du médecin, en atténuant leur virulence.

— Je suis navré, dit-il aussitôt. Je ne croyais pas mal faire.

Une pénible tension régnait dans la chambre du petit garçon, où se trouvaient réunis Maybel, Norma, Élisabeth, le médecin, Justin et Antonin, allongé sur son lit.

Rien ne s'était déroulé comme prévu, d'où une ambiance un peu oppressante. Chacun était perdu dans ses pensées.

« J'ai fait la connaissance de ce jeune homme en peignoir et décoiffée, déplorait la maîtresse de maison. Pourquoi notre grand bébé a-t-il sauté du manège, aussi ? »

Norma se disait qu'elle n'aurait pas le temps de préparer un excellent déjeuner, tandis que le docteur Foster espérait ne pas revenir de sitôt chez les Woolworth. Il leur reprochait en son for intérieur de ne faire appel à lui qu'en cas d'urgence, et surtout si son frère Charles était indisponible.

Quant à Élisabeth, elle s'en voulait de sa négligence, ou plutôt d'une étourderie impardonnable qui aurait pu mettre en danger son fils.

« J'ai eu tort de me conduire ainsi, Antonin nous a vus dans les bras l'un de l'autre, Justin et moi, j'en suis certaine. Il a été choqué, effrayé peut-être. »

Elle aurait aimé revenir en arrière, ne pas avoir emmené son fils en promenade. Son cœur lui faisait mal, car elle était déchirée entre son angoisse de mère et sa passion renaissante pour Justin, qui l'enivrait, bousculait le cours paisible de son quotidien.

Lui, debout près de la fenêtre, espérait un regard d'elle, un sourire réconfortant, mais elle semblait soudain l'ignorer, le rejeter. Aussi déplorait-il l'instant d'égarement qui les avait réunis, en une brève étreinte.

« Élisabeth ne m'aurait jamais pardonné d'être venu à New York, si son petit garçon s'était grièvement blessé en sautant du manège, songeait-il. Qu'est-ce qui lui a pris, à cet enfant ? »

Les témoins de la scène avaient été formels : Antonin s'était élancé vers le sol après s'être rué hors du char doré. La force centrifuge l'avait projeté par terre, à deux mètres du grand carrousel.

L'incident avait semé un début de panique. Des femmes invectivaient le responsable de l'attraction, qui était dans sa guérite, des bambins effrayés sanglotaient. Justin revit le visage défait d'Élisabeth, sa pâleur, l'éclat affolé de ses yeux bleus. Il avait eu très peur également, devant Antonin inerte, du sang sur le front et sur les genoux.

Norma raccompagna le docteur Foster. Maybel s'était assise au bord du lit et caressait les cheveux noirs du petit, qui feignait de somnoler.

— Notre chéri m'inquiète, Lisbeth, soupira-t-elle. Pourquoi se fait-il mal aussi souvent ? Il n'a que cinq ans. S'il continue ainsi, une fois à l'école, il pourrait avoir un accident beaucoup plus grave.

— Il est intrépide, et sans doute s'imagine-t-il qu'il peut braver le danger, *mummy*. Je vais rester auprès de lui.

— D'accord. Je dois m'habiller, de toute façon. Pourrais-tu dire à ton oncle de nous attendre dans le salon ? Moi qui étais ravie de l'inviter, je préférerais reporter le déjeuner.

Élisabeth approuva d'un signe de tête. Maybel sortit de la pièce, après avoir souri sans réelle conviction à Justin.

— Je ne comprends pas l'anglais, dit celui-ci, mais il est évident que je ferais mieux de m'en aller.

— Oui, tu as raison. *Mummy* est soucieuse et contrariée, comme moi. C'est dommage, j'étais si contente. Reportons à demain midi, suggéra-t-elle. Quand repars-tu en France ?

— Peut-être que j'avais l'intention de ne jamais repartir en débarquant sur le Nouveau Monde, la défia-t-il, vexé par sa question. Mais ne t'inquiète pas, je suis de trop ici, je l'ai compris en troublant tes fiançailles.

— Tu avais l'intention de vivre en Amérique ? rétorqua-t-elle, irritée à son tour. Que serait devenue Irène, ta future épouse ? Pépé Toine, dans sa dernière lettre, raconte que vous êtes bien accordés.

— Élisabeth, je me moque d'Irène. Bien sûr, elle est douce, instruite, assez jolie, mais je n'ai aucun sentiment pour elle.

— Tu en auras un jour, dit-elle, la gorge nouée par la jalousie. Ils viendront lentement, plus tu dormiras à ses côtés, plus tu l'embrasseras. Et quand elle te donnera un enfant, tu les adoreras tous les deux.

— Nous n'en sommes pas là, protesta-t-il.

— Justin, je t'en prie, laisse-moi seule avec Antonin. Va dans le salon, tu as dû l'apercevoir quand nous avons longé le hall. Je te rejoins bientôt.

Il obtempéra sans un mot. Élisabeth constata que sa veste était tachée par le sang d'Antonin, qu'il avait porté sur son dos. Un sanglot sec la secoua, de frayeur rétrospective et de dépit. Vite, elle se pencha sur son fils.

— Mon chéri, je sais que tu ne dors pas, chuchota-t-elle à son oreille. Tu as refusé de me parler, depuis ta chute. Je veux savoir ce qui s'est passé. Je le devine, mais je peux me tromper.

Elle déposa un léger baiser sur sa joue, puis sur le bout de son nez. Antonin cligna des paupières, comme s'il se réveillait.

— J'ai eu peur, dit-il d'une voix plaintive, presque inaudible. Tu t'en allais avec ton oncle. J'ai sauté du manège pour te suivre.

— Mon petit trésor, jamais je ne t'aurais abandonné ainsi ! Je me suis juste éloignée de quelques pas.

— Tu lui faisais un gros câlin, à ton oncle, comme à moi, comme à Henri. Agathe, elle me l'a dit, tu fais des bisous à son père, quand je n'suis pas là. T'as fait des bisous à ton oncle, aussi. J'n'étais pas content.

Embarrassée, Élisabeth chercha une explication simple pour rassurer son enfant. Il reniflait, afin de bien montrer qu'il était triste, néanmoins elle se méfia. Antonin avait tendance à être jaloux, à réclamer toute son affection et toute son attention.

— Antonin, écoute-moi, commença-t-elle, je t'aime de tout mon cœur, mais oui, il m'arrive de cajoler d'autres enfants et les grandes personnes que j'aime beaucoup. Si je me marie avec Henri, je l'embrasserai souvent, et pour mon oncle, Justin, c'est pareil, je ne l'avais pas vu depuis des années, alors nous avions besoin de « faire un câlin », comme tu dis.

— Eh ben moi, je n'veux pas, voilà, ronchonna le petit. Tu es ma maman, t'as pas le droit.

Il lui décocha un coup d'œil furibond, de ses prunelles couleur d'ambre, qu'il tenait de Richard. Attendrie par sa mine boudeuse, Élisabeth renonça à le sermonner davantage.

— Tu as hérité du caractère de ton papa, nota-t-elle tout en lui caressant les cheveux. Il était très courageux, très grand et très beau. Tu lui ressembles, mon chéri, et je suis certaine qu'il veille sur toi, son petit garçon, du haut du ciel. Mais il doit s'inquiéter, car tu te blesses souvent. Il faut me promettre d'être prudent, à l'avenir.

— Pour faire plaisir à mon papa ?

— Oui, et à *grandma*, à *grandpa* et à moi. Repose-toi un peu, je vais dire au revoir à oncle Justin. Ensuite, nous déjeunerons.

Antonin prit une expression angélique. Élisabeth lui envoya un baiser et quitta la chambre. Tout de suite, elle croisa Norma qui devait la guetter.

— Votre oncle Justin est parti, lui annonça la gouvernante.

Château de Guerville, même jour

En France, il était 5 heures du soir. Hortense préparait du lait chaud à la chicorée. La cuisinière était seule, mais elle savait qu'une des domestiques entrerait sous peu et réclamerait le plateau du goûter, pour « monsieur ».

— Quand le chat n'est pas là, les souris dansent, maugréa-t-elle en tranchant la brioche qu'elle avait fait cuire en début d'après-midi.

Le chat en question, à son sens, c'était Justin, absent depuis une dizaine de jours. Et les souris se nommaient Sidonie et Aline.

— Elle en a eu du culot, celle-là, de se pointer ici, en jouant les dames ! bougonna-t-elle encore. Et Sidonie qui lui ouvre la porte ! Un peu plus, elle l'aurait saluée bien bas, cette pas-grand-chose de rouquine.

Hortense se tut, alertée par un bruit de pas énergique. Sidonie fit son apparition, suivie par Aline, dont la chevelure de cuivre rouge était singulièrement décoiffée. Son corsage de satin vert, en partie déboutonné, révélait le décolleté vertigineux d'un corset rose.

— Monsieur désire un verre de son cognac avec son lait chaud, annonça-t-elle. Et coupe-nous plus de brioche, Hortense, je suis affamée.

— M'étonnerait que monsieur demande ça, il n'a plus toute sa tête ! s'insurgea la cuisinière de sa voix éraillée. S'il avait encore un brin de raison, il te ficherait dehors.

— Il n'est pas si gâteux que ça, se vanta Aline. La preuve, il m'a reconnue, avant-hier, hier et aujourd'hui. Tu ferais mieux de la mettre en veilleuse, ma pauvre Hortense, si tu tiens à ta place. Je sais de quoi je parle. Et le cognac, un bon verre, dépêche-toi !

Sidonie demeurait impassible. Naguère timide, discrète, elle gagnait en douceur un rôle d'importance dans le château. Justin lui avait confié les rênes de la maisonnée, mais elle le trahissait sans aucun scrupule.

— Tu ne dis rien, toi ! l'interpella Hortense. Le jeune monsieur ne voulait plus voir cette traînée rôder autour de son père.

Aline, piquée au vif, pinça les lèvres. Elle pointa l'index d'un air menaçant.

— Fais attention à ce que tu dis, Hortense. Moi, une traînée ? Je plais aux messieurs et j'en suis fière. Mais ça ne risque pas de t'arriver, hein, d'aguicher les hommes. Donne, monsieur n'aime pas attendre.

Sur ces mots, Aline s'empara du plateau et sortit de l'office en se déhanchant.

— Enfin, Sidonie, pourquoi tu la laisses faire ? s'écria la brave cuisinière. Si monsieur Justin l'apprend à son retour, il te mettra dehors.

— J'agis en mon âme et conscience, Hortense. Notre maître a besoin de compagnie et il apprécie Aline. Si tu le voyais, il est tout ragaillardi.

Sidonie sortit à son tour, mais en trottinant.

Hugues Laroche, malgré l'infirmité qui le clouait au lit depuis six semaines, était loin d'avoir perdu sa lucidité. Il avait joué les idiots pour s'accorder un temps de réflexion. De même, si ses jambes lui avaient semblé mortes pendant plusieurs jours, il avait caché à tous qu'il en avait retrouvé l'usage.

Il savourait intérieurement les corvées répugnantes qu'il imposait ainsi à ses domestiques, surtout Margot, la nouvelle femme de chambre, obligée de vider un bassin en fer émaillé et de faire sa toilette intime. Sidonie s'était chargée de ces besognes au début de son alitement, puis elle avait renoncé.

Dès que le châtelain avait appris le départ de Justin pour New York par les bavardages des domestiques à son chevet, le masque de vieillard abêti était tombé, avec les précautions nécessaires.

Habile comédien, il avait feint de récupérer ses facultés mentales petit à petit, jusqu'au soir où il avait demandé à Sidonie de faire revenir Aline, en promettant à l'une et à l'autre une coquette somme d'argent.

Là encore, il jubila quand elle approcha du fauteuil où il s'était assis. Elle déposa le plateau sur une petite table ronde.

— Votre goûter, monsieur, minauda-t-elle.

Aline était aussi dévoyée et vicieuse que lui, ce qui exaltait ses plus mauvais penchants.

— Merci, ma jolie. Tu n'as pas oublié le cognac, c'est bien. Au diable le lait chaud, tu le boiras, toi. Alors, Hortense se doute-t-elle de quelque chose ?

— Bah, elle est trop cruche. Mais elle m'a insultée. Tu devrais la renvoyer.

— Hortense cuisine à merveille, je ne m'en séparerai pas. Ferme la porte à clef. Je me méfie de Sidonie, même si elle file doux. Et ôte-moi tout ça, qu'on s'amuse un peu.

Aline enleva son corsage et sa jupe, exhibant sa chair laiteuse, parsemée de taches de rousseur. Laroche, lui, sirotait son verre d'alcool, un rictus au coin des lèvres.

— On ne m'y reprendra plus, bougonna-t-il. Je m'étais attaché à ce sale petit bâtard. Pardi, un fils, j'en ai rêvé des années. Et il me plante un couteau dans le dos.

— Qu'est-ce qu'il vous a fait, l'Justin ?

— Tu n'as pas besoin de le savoir. Tes jupons, relève-les, ma belle. Bon sang, pourquoi les bonnes femmes mettent-elles autant de jupons ?

— Parce que les hommes aiment les retrousser, monsieur.

Elle se planta devant lui, les bras nus, les seins dévoilés jusqu'à la moitié des mamelons. Ses jupons maintenus d'une main, elle se balança d'une façon lascive, présentant à Laroche ses jambes gainées de bas noir, le haut de ses cuisses dodues que barraient les jarretelles.

Il respira plus vite, un éclat lubrique au fond des yeux. C'était l'instant qu'il préférait, celui où Aline se prêtait au jeu pervers qui enflammait sa vigueur virile, que l'âge n'affaiblissait guère. Ils l'avaient souvent pratiqué, pendant les mois où la jeune femme était sa maîtresse attitrée.

Aline, experte en la matière, recula d'un mètre avec une subite expression de peur. Laroche se leva de son siège et avança sur elle d'une démarche malhabile.

— Non, non, pitié, gémit-elle.

Mais elle s'arrangea pour tomber en travers du lit, en feignant de pleurer de terreur. Il la dominait de toute sa hauteur, attentif à ses mimiques, à ses supplications murmurées.

— Non, monsieur, pitié, pas ça, je suis vierge.

Il émit un grognement satisfait avant de lui écarter les genoux d'un geste brutal. Aline se débattit, cependant elle faisait en sorte de lui montrer, en se tortillant, la fente de sa culotte en calicot blanc, fermée par quelques boutons minuscules.

— Je vais hurler, monsieur, dit-elle d'une voix mourante.

Laroche s'abattit sur elle, son pantalon de pyjama dégrafé. Il lui ferma la bouche d'une main, puis de l'autre il déchira la fragile pièce de linge sous laquelle frisait une toison rousse, à l'odeur musquée. Haletant, il s'enfonça d'un élan implacable dans l'intimité chaude d'Aline.

Elle continua son manège, le regard effrayé, agitée de sursauts censés exprimer le refus de l'acte et sa terreur. Mais le châtelain ne la voyait plus, les paupières mi-closes sur la jouissance du viol, même simulé. Il ahanait à chacun de ses va-et-vient de plus en plus hargneux, impérieux, d'une rare brutalité.

Aline poussa de véritables plaintes de douleur. Des larmes coulaient sur ses joues, au moment où Laroche la regarda. Elle paraissait au supplice, si bien qu'au comble de l'excitation il libéra sa semence d'un ultime coup de boutoir forcené.

Le souffle court, il se laissa glisser à côté d'elle. Il frémissait encore, l'âme en fête.

— Si tu es grosse, je t'épouse, ma petite catin, grogna-t-il. J'en connais un qui ferait une sale tête. Mais il va tomber de haut, s'il revient au pays. Terminée la procuration sur ma fortune, finie la rente. Tiens, si je disais à ce crétin d'Alcide de tuer Rayonnant, tu sais, le cheval que je lui ai offert ? Pan, deux balles et c'est réglé.

Toute dolente, Aline rêvait d'être enceinte rapidement. Elle visait le rôle de châtelaine depuis des années.

— Quand même, vous qui aimez les chevaux, vous ne feriez pas ça, eut-elle le tort de répondre.

— Je me fiche de ces maudits canassons, rugit-il. Essaie de comprendre, pauvre imbécile, l'amour n'apporte rien de bon. J'ai adoré ma fille, Catherine, la chair de ma chair, elle s'est jetée dans les bras d'un péquenot, son Guillaume. Adela, au début de notre mariage, j'ai eu des sentiments pour elle, c'était mon épouse. Mais au lit, elle ne bougeait pas, une vraie planche. J'en ai usé et abusé, pourtant elle n'a pas été capable de me donner un fils, il a fallu que ce soit Madeleine, cette pourriture incarnée.

— Et moi, vous m'aimez ? interrogea Aline.

— Toi ? Nom d'un chien galeux, tu me plais bien, oui. De là à t'aimer, non. Tu es une petite garce qui tuerait père et mère pour trois sous.

Justin, lui, je l'aimais, comme je n'ai jamais pu aimer Élisabeth. C'est une femme, et les femmes, je dois les vaincre. Même toute jeune, elle me provoquait, elle me narguait avec ses grands yeux bleus. Une sainte-nitouche, ouais… On lui aurait donné le bon Dieu sans confession, pourtant je l'ai trouvée au lit avec son Américain, entièrement nue. Lève-toi, tu me gênes.

Il poussa Aline hors du lit et s'étala de tout son long. Elle serait tombée si elle ne s'était cramponnée le drap.

— Fiche le camp, ouste, dans ta chambre ! ordonna-t-il.

— Hugues, sois gentil, j'ai fait ce que tu voulais, plaida-t-elle.

Laroche ricana entre ses dents gâtées. Ses odieuses pulsions assouvies, il avait besoin de solitude. Aline ramassa ses habits et disparut dans la pièce contiguë, la haine au cœur.

New York, Dakota Building, même jour

Élisabeth s'était ruée hors de l'appartement dès que Norma lui avait appris le départ de Justin. Son cœur cognait à se rompre.

Elle était envahie par une peur insensée, celle de le perdre pour toujours, comme ses parents, comme Richard.

L'immense cité tentaculaire, qui croissait sans cesse, hérissée de nouveaux bâtiments toujours plus hauts, engloutirait celui qu'elle aimait, et si ce n'étaient pas New York et sa population disparate d'immigrants, ce serait l'océan qui le lui arracherait.

Des images de tempête traversaient son esprit, où la vague géante, muraille d'eau grise, s'abattait indéfiniment, quand ce n'était pas une ronde sinistre d'assassins qui rouaient de coups un homme à terre.

— Justin, reviens, disait-elle en dévalant l'escalier. Tu ne peux pas être bien loin.

Elle n'avait pas pris l'ascenseur afin de gagner du temps. Une fois dans la grande cour pavée, elle courut vers le porche, sans même un regard pour le portier qui surveillait les entrées et les sorties, près de la grille ouvragée.

— Un monsieur est parti vers la droite ! lui cria-t-il, certain que la belle Élisabeth Johnson tentait de rattraper le Français qui venait de sortir.

Il meublait son ennui en officiant à la manière d'un concierge des immeubles parisiens, attentif aux vêtements des visiteurs et des résidents, à leur accent, à leur aisance. Justin, la veille, lui avait demandé à quel étage habitaient les Woolworth, et il avait trouvé sans peine sa nationalité.

— Merci, répondit Élisabeth sans se retourner.

Beaucoup de gens déambulaient sur les trottoirs de la 72e Rue à cette heure de la journée. La chaussée était encombrée par les véhicules en tout genre, attelages, automobiles, omnibus.

— Il a peut-être pris un taxi, se désola-t-elle en cherchant la silhouette de Justin parmi la foule. J'ignore dans quel hôtel il est descendu.

Elle s'élança de nouveau, avec l'envie de hurler son prénom, de bousculer ceux qui gênaient son champ de vision. Soudain, il y eut l'éclat blanc d'une chemise, d'une chevelure blonde.

— C'est lui !

Justin avait dû ôter sa veste et son chapeau. Il marchait tête nue, au soleil. Élisabeth courut encore. Elle heurta une femme qui lui adressa un coup d'œil furibond, puis un couple vêtu de noir, la mine austère. Enfin, elle fut à côté de lui.

— Pourquoi es-tu parti aussi vite, Justin ? demanda-t-elle dès qu'il la vit. Ce n'était pas très galant.

Essoufflée, elle reprit sa respiration. Il la dévisagea sans joie.

— Je te dérangeais, Élisabeth. Tu étais accaparée par Antonin, ce que je ne saurais te reprocher, moi qui n'ai pas connu les attentions d'une mère. Pour être franc, je n'ai pas cherché où était le salon. Cet appartement est vraiment trop grand pour moi.

— Tu ne devais pas t'en aller, insista-t-elle, des sanglots dans la voix. Serais-tu revenu, au moins ?

Tu ne m'as pas donné le nom de ton hôtel, je n'avais aucun moyen de te revoir. Je voulais te parler, Justin.

Il perçut l'état de détresse qui la terrassait. Doucement, il prit sa main, en lui indiquant l'enseigne de l'établissement, à une centaine de mètres d'eux.

— Je te raccompagne, dit-il. Nous causerons en chemin.

— Ce sera bien court, se plaignit-elle. Il faut que tu saches pourquoi je suis aussi émotive et anxieuse, au sujet de mon fils. Déjà, il n'a pas eu de père, et Edward, qui fait office de *grandpa*, n'est guère autoritaire. Il traite Antonin en petit prince, il lui passe tous ses caprices. Et moi aussi, car j'ai eu trop souvent peur de le perdre. Nourrisson, il a eu la coqueluche, ensuite des angines. Dès qu'il a pu marcher, il a trottiné, et il tombait sans arrêt, de sa chaise haute, de son lit à barreaux. *Mummy* et moi, nous ne savions plus comment l'empêcher de se blesser.

— Ce petit aurait peut-être besoin d'un espace plus vaste pour se dépenser, hasarda Justin.

— Nous le promenons dans Central Park tous les jours. *Mummy* voulait engager une nurse, j'ai refusé, je préfère veiller moi-même sur Antonin. Au fond, je dois me sentir coupable vis-à-vis de lui.

— De quoi, Élisabeth ? Tu adores ton enfant, c'est évident.

— Mais je n'aimais pas suffisamment son père, et parfois, je me dis qu'Antonin le sait. J'ai épousé Richard à Paris, civilement. Nous avions prévu une cérémonie religieuse ici, à New York, le destin en a décidé autrement. La dernière image que j'ai de mon mari m'a hantée durant des mois... Il m'appelait, à la proue du paquebot, un marin était près de lui, on y voyait à peine. Là, j'ai vu une muraille d'eau, la vague gigantesque qui les a emportés, ces deux malheureux. J'avais fait un cauchemar où l'on me montrait une partie de cette scène épouvantable.

Justin se souvint alors des confidences qu'ils échangeaient jadis, notamment en ce qui concernait le don insolite de la jeune femme.

— Ah oui, tes mauvais rêves qui te dévoilaient l'avenir, tu en souffrais même petite fille, concéda-t-il.

Élisabeth s'immobilisa à une quarantaine de mètres du Dakota Building. Elle tendit sa main droite à Justin, qui l'enveloppa dans les siennes avec une infinie douceur.

— Fais-tu encore des cauchemars ? lui demanda-t-il.

— J'ai eu un répit de cinq ans, mais ces dernières semaines, j'en fais beaucoup. Ils sont très brefs, tout y est confus, sombre, pourtant je me réveille oppressée, car je m'interroge sur leur sens réel. Je t'en prie, Justin, nous devons passer du temps ensemble, une journée entière, j'ai tant de choses à te raconter, et toi aussi.

Il ne répondit pas tout de suite. Élisabeth patienta, le fixant avec ferveur.

— Tu portes ta bague de fiançailles, fit-il remarquer au lieu de lui répondre. C'est sérieux, tu aimes cet homme, Henri ? Je ne l'ai pas encore rencontré, mais s'il peut te rendre heureuse, je te donne ma bénédiction.

— Si j'aime Henri ? Oui, bien sûr, comme j'aimais Richard. Je n'ai pas envie de mentir, Justin, tu étais toujours dans mon cœur, dans mes pensées, quand j'étais dans les bras de Richard, quand je suis dans ceux d'Henri. Hélas, je ne pourrai jamais partager avec toi ce que j'ai vécu auprès d'eux. Ce que toi tu as connu en fréquentant assidûment Mariette.

Élisabeth parlait tout bas, en espérant que Justin saisirait le sens de ses propos.

— Je sais à quoi tu fais allusion. Pourquoi s'interdire quelques heures de bonheur ? protesta-t-il, les traits altérés, son regard noir étincelant d'un feu dévorant. Après tout, qui nous jugerait ? Dieu ? Serions-nous plus à blâmer qu'un type comme Laroche, ou que des assassins ? Je suis le demi-frère de ta mère, mais je n'ai pas grandi sous son aile, c'est une étrangère pour moi. Élisabeth, je deviens fou de ne pas pouvoir te serrer dans mes bras. Je voudrais te couvrir de baisers…

— Je le voudrais aussi, j'en rêve, avoua-t-elle.

Elle tremblait de désir et ses yeux bleus lançaient à Justin cet appel irrésistible, si éloquent.

— Retrouvons-nous demain midi, au même endroit, près de l'entrée de Central Park, dit-elle calmement. Au revoir, Justin, on nous observe…

Il aperçut le portier du Dakota Building qui faisait des allées et venues devant l'entrée de la luxueuse résidence.

— À demain, ma princesse.

Elle le remercia d'un sourire éblouissant, où il lut la plus merveilleuse des promesses.

Broadway, même jour, 5 heures du soir

Henri fut très surpris lorsqu'il découvrit Élisabeth sur le seuil de la blanchisserie. Le ciel s'était couvert, annonçant un orage, mais la jeune femme resplendissait, en robe claire, une capeline rose sur sa chevelure nattée.

— Que c'est gentil de m'attendre ! s'écria-t-il en l'embrassant aussitôt. Si j'en profitais pour te présenter à mon cousin ? Il vérifie les comptes dans son bureau, à l'étage. Vous devez faire connaissance, il sera mon témoin de mariage.

— Non, pas ce soir, Henri. Je dois te parler. En fait, je suis venue sur un coup de tête, j'ai pris un taxi et je ne resterai pas longtemps, Antonin était triste que je sorte. Il est encore tombé.

— Rien de grave ? s'alarma-t-il.

— Une vilaine coupure au front, les genoux meurtris. Il a sauté du carrousel.

— Une vraie tête brûlée, ton garçon.

Élisabeth s'apprêtait à entraîner Henri le long de l'impasse, vers l'avenue toute proche, quand Louison apparut sur le seuil du bâtiment. L'adolescent lui adressa un grand sourire réjoui. En deux enjambées, il était à ses côtés et lui plantait une bise sonore sur la joue.

Comme son père, une odeur un peu écœurante imprégnait ses vêtements et sa peau, un mélange d'eau savonneuse bouillie, de linges humides et de sueur, car il faisait très chaud près des cuves et des machines à repasser.

— Bonsoir, Lisbeth, pardon, belle-maman ! plaisanta-t-il. Tu manges chez nous ce soir ? Agathe n'est pas allée à l'école. Elle était malade en rentrant de chez tes amis les Rambert, à midi.

— De quoi souffre-t-elle ? s'inquiéta Élisabeth.

— Du ventre, précisa Louison. Je file à la maison, je vous attends là-bas.

Les mots « la maison » émurent la jeune femme. Pour les millions d'immigrants qui débutaient une nouvelle vie à New York, un misérable logement de trois pièces sans aucun confort devenait le foyer, «la maison», malgré la promiscuité, la saleté, l'exiguïté des lieux.

— Que voulais-tu me dire, ma chérie ? s'enquit Henri qui la tenait par la taille.

— En fait, je ne sais plus. Je gardais une impression pénible de notre conversation d'hier soir, aussi voulais-je te présenter mes excuses.

Elle mentait en désespoir de cause, incapable de mettre son idée à exécution.

«J'aurai des remords si j'abandonne Agathe et Louison, si je brise le cœur d'Henri, qui ne mérite pas ça. J'aime ses enfants, je veille sur eux depuis des années. Si je romps nos fiançailles, ils seront malheureux, tous les trois, et ils me mépriseront.»

— Tu n'as pas à me faire des excuses, répondit Henri après un silence songeur. Maintenant, je sais tout de ton passé et j'en suis content. Une union doit être fondée sur l'honnêteté, la franchise. Et je comprends mieux certaines de tes réticences.

— Je t'en supplie, ne revenons pas sur ce sujet, déclara-t-elle un peu sèchement. J'ai regretté immédiatement de t'avoir fait cet aveu. Cela date de six ans, je n'ai qu'un souhait, oublier cette page de ma jeunesse.

Henri s'arrêta et la poussa dans l'encoignure d'une porte. Il lui vola un baiser, en effleurant ses lèvres.

— Je t'aiderai à oublier, ma chérie. Dis-moi, as-tu revu ton oncle ? Quel âge a-t-il déjà ?

— Environ vingt-sept ans, je crois.

— Quoi, tu ignores sa date de naissance ?

— Ne te moque pas, son histoire est très compliquée. C'est le jeune frère de maman, ma vraie mère, Catherine. Assez parlé de lui. Henri, j'ai une question importante à te poser. Accepterais-tu que l'on se marie l'été prochain ?

— Cet été, en somme ? Nous avions pensé au mois de juillet.

— Non, je veux dire dans un an, en 1906.

Élisabeth guetta avec angoisse la réaction de son fiancé. Elle nota la moue déçue qu'il tentait de réprimer, le soupir qu'il laissait échapper.

— Comment te refuser quoi que ce soit, ma chérie ? murmura-t-il, secrètement désolé. Naguère, en France, on restait fiancés souvent un an ou deux avant les noces. Si tu m'accordes toujours nos rendez-vous amoureux, oui, j'accepte.

— Merci, Henri, je suis soulagée. Ne te méprends pas, rien ne changera d'ici là.

Afin de le convaincre, puisqu'ils se trouvaient encore dans l'impasse, elle lui rendit son baiser, tout en se reprochant de le duper ainsi. Soudain elle poussa un petit cri :

— Là-bas, il y a quelqu'un !

— Où ?

— Dans le cabanon, j'ai vu un homme, il nous regardait. Mon Dieu, ce regard, j'en ai des frissons.

— Viens, je vais t'expliquer, dit Henri en l'entraînant par le bras. Tu n'as rien à craindre, c'est ce pauvre gars qui te faisait pitié. Souviens-toi, tu m'avais envoyé lui donner cinq dollars. Mon cousin lui a permis de coucher là de temps en temps, car il nettoie des accessoires de théâtre qu'on nous a confiés pour les remettre en état.

— Henri, il me fait peur. Pourquoi me fixait-il comme ça ?

— C'est un simple d'esprit. Allons, n'y pense plus. Il doit être étranger mais de quel pays, on l'ignore, il ne prononce pas un mot. D'après mon cousin, il a dû séjourner un bon moment dans un hospice pour indigents, parce qu'il a le crâne rasé.

Élisabeth éprouvait un début de malaise. Elle avait froid et chaud, la gorge nouée. Henri remarqua son teint cireux, l'éclat affolé de ses yeux.

— Ne te mets pas dans un état pareil. Tu ne risques rien, enfin. Surtout si tu évites les abords de la blanchisserie.

Ils arrivaient sur l'avenue de Broadway, dont les lumières s'allumaient déjà. De la musique s'élevait d'un bar, une voiture klaxonnait. La voie la plus longue et la plus animée de New York se préparait pour la nuit.

« Ici, c'est la vie, les rires, la joie, mais là, au fond de l'impasse, la mort rôde, le malheur, la misère, la solitude », songea Élisabeth, tremblante de nervosité.

Henri la serrait contre lui pour marcher. Elle se rassura et l'observa en se répétant qu'elle l'épouserait. Il était séduisant et profondément bon. Elle étudiait son profil régulier quand une voix mélodieuse résonna, derrière eux.

— Bonsoir, les amoureux !

Ils se retournèrent pour se trouver nez à nez avec Ottavia, la ravissante cousine de Léa.

— Bonsoir, répliqua Élisabeth, sidérée. Mais que faites-vous à Broadway ?

— Henri ne vous a rien dit ? Il m'a trouvé une place à la blanchisserie, j'ai commencé ce matin. Je suis très contente.

— Non, il ne m'a rien dit.

— Je comptais le faire, Lisbeth, se défendit-il. Il faut se rendre service, entre amis.

Ottavia approuva d'un sourire enjôleur, adressé uniquement à Henri. Son intuition renseigna Élisabeth. Elle se découvrait une rivale, sans ressentir, à son grand désarroi, aucune jalousie.

16

Une promenade sur la 34e Rue

New York, Dakota Building, jeudi 18 mai 1905

Élisabeth était assise au chevet de son fils. Elle avait refermé un roman de Mark Twain qui ne parvenait pas à l'intéresser. Antonin était malade, et comme bien des mères, seul l'état de son enfant lui importait. Pour l'instant, il dormait d'un sommeil agité, le teint rouge, le front moite.

— Mon petit chéri, qu'est-ce que tu as ? se demanda-t-elle tout bas. Tu dois guérir.

Elle regarda sa montre-bracelet en or fin qui indiquait 2 heures de l'après-midi. Le docteur Charles Foster avait promis de repasser examiner Antonin en milieu de journée.

— Pourquoi ne vient-il pas tout de suite ? déplora-t-elle.

Les deux jours précédents, le mardi et le mercredi, lui avaient paru les plus difficiles de son existence new-yorkaise, car elle avait connu des moments encore plus sombres en France. Une fois de plus, Élisabeth songea que le sort s'acharnait sur elle.

« Lundi soir, après avoir quitté Henri, j'ai retrouvé Antonin brûlant de fièvre. Dieu merci, *mummy* avait appelé le médecin. Ce serait lié à sa chute du manège. Mais il ne va pas mieux, malgré les médicaments. »

Bien sûr, elle avait immédiatement annulé son rendez-vous avec Justin, en téléphonant à son hôtel. Elle avait laissé au réceptionniste un message explicite : « Mon fils, gravement malade, je te donnerai des nouvelles dès que possible. Ne viens surtout pas… »

Justin avait obéi, cependant il envoyait des lettres très courtes à la jeune femme, que lui apportait Norma sur un plateau rond en argenterie. Ces attentions délicates ne parvenaient pas à égayer Élisabeth. Dans le secret de son cœur, elle attribuait la maladie de son enfant à l'amour coupable qui la dévastait.

« Dieu me met à l'épreuve, se disait-elle. Peut-être exige-t-Il que je mène une vie droite et honnête, que je mette fin à mes égarements. »

Elle désignait ainsi ses relations avec Richard avant leur mariage, la liaison qu'ils entretenaient depuis un an, Henri et elle, sans oublier sa propre sensualité. Il lui arriva aussi, au cours de ces heures d'extrême angoisse, de s'accuser de la mort atroce de Scarlett Turner.

Maybel la tira de ses sombres cogitations en entrant à pas de loup dans la chambre.

— Comment va notre trésor ? interrogea-t-elle à voix basse.

— Il n'y a pas d'amélioration, *mummy*. J'ai tellement peur.

— Edward vient de téléphoner de son bureau, il est très inquiet. Selon lui, nous devrions faire transporter Antonin à l'hôpital.

— Pas encore, il est mieux ici, près de nous, entouré de ses jouets. Nous en discuterons quand Charles sera là.

Élisabeth toucha le front de l'enfant, toujours d'une chaleur anormale. Maybel se pencha sur elle pour la câliner.

— Je prends le relais, Lisbeth, tu es à bout de nerfs. Va boire un rafraîchissement dans le salon, ton oncle Justin t'y attend. Il souhaite te faire ses adieux, j'ai cru comprendre qu'il embarquait dimanche pour la France.

— Déjà ? Mais nous n'avons pas pu l'inviter à déjeuner ou à dîner ! s'effara Élisabeth. Pourtant *daddy* était intéressé par les eaux-de-vie Laroche, maintenant que Justin dirige le domaine.

— J'ai pu me tromper, il m'a parlé dans un mélange de français et de mauvais anglais.

— Si Antonin me réclame, tu viens vite me chercher, *mummy* !

Sans se soucier de son apparence, Élisabeth se dirigea vers la double porte en chêne du salon. Elle se sentait dédoublée, tout investie de son rôle de maman et en colère contre la part d'elle-même qui adorait Justin au point d'avoir envisagé de s'offrir à lui. Avant de le revoir, elle se composa un visage hautain, afin de le décourager définitivement.

— Ah, enfin je peux te parler, ma princesse ! dit-il en se levant du fauteuil où il s'était assis, près d'une fenêtre grande ouverte.

— Ne m'appelle plus comme ça, je te prie. C'est ridicule. Mes parents le faisaient quand j'étais fillette, mais à présent, ces mots me gênent.

Douché par cet accueil glacial, Justin renonça à l'embrasser sur les joues, à la mode française.

— *Mummy* m'a dit que tu embarquais dimanche ? ajouta-t-elle.

— Non, j'ai dû mal m'exprimer. J'ai trouvé une place sur un paquebot anglais qui part samedi matin et qui fait escale au Havre. J'avais prévu de rester une semaine de plus, mais c'est impossible. Dès que j'ai débarqué, j'ai expédié un télégramme à Sidonie, qui fait office de gouvernante au château. Je lui avais donné le nom de mon hôtel, pour qu'elle puisse me prévenir s'il y avait un souci. C'est le cas, j'ai reçu un message m'informant que Laroche décline. Il serait à l'agonie. J'ignore même si j'arriverai à temps au domaine.

— Quelle importance, tu ne vas pas le pleurer, n'est-ce pas ?

— Certes non mais, en dépit de ses fautes, de son crime envers toi, il demeure l'homme qui m'a conçu, qui m'a légitimé. Il avait changé ces derniers mois. J'ai la faiblesse de croire qu'il m'aime. Mais n'en parlons plus, c'est mon problème. Comment va ton fils ?

L'armure qu'Élisabeth tentait de se forger céda à la seule évocation d'Antonin. Tout de suite, elle se tordit les mains, avec une expression effrayée.

Justin la trouva d'une beauté émouvante, toute pâle, échevelée, en peignoir de satin rose et pieds nus.

— La fièvre ne baisse pas, il dort, mais ce n'est pas un bon sommeil. Nous attendons le docteur Foster.

— Puis-je le voir, Élisabeth ?

— Pourquoi ?

— J'ai appris qu'il y avait une épidémie de rougeole dans le quartier français. Je suis allé me promener là-bas, hier, pour avoir le plaisir de discuter dans ma langue natale. Les enseignes des commerces sont toutes en français, je me sentais moins perdu.

Perplexe, Élisabeth hésitait. Toujours en proie à des doutes illogiques, elle craignait presque d'introduire Justin au chevet de son enfant.

— Si c'était la rougeole, Charles Foster, un médecin diplômé, l'aurait diagnostiquée aussitôt, hasarda-t-elle. Antonin ne va pas encore à l'école, comment aurait-il été contaminé ? Et pour être franche, je ne savais même pas qu'il existait un quartier français à New York.

— Antonin a pu attraper la maladie à Central Park, il s'était assis près d'une fillette, sur le manège, rétorqua Justin.

— Tu as raison. Eh bien, si tu y tiens, viens le voir.

Elle le précéda jusqu'à la chambre. Les volets étaient clos, les fenêtres aussi. Il régnait dans la pièce une pénombre lugubre et une touffeur oppressante. Maybel se leva d'un bond, comme pour empêcher Justin d'avancer près du lit.

— Je vous en prie, monsieur, ce n'est pas le moment, protesta-t-elle. Antonin respire avec peine, il transpire beaucoup. Lisbeth, il faut l'hospitaliser.

— *Mummy* pense que nous devons emmener Antonin à l'hôpital, traduisit Élisabeth d'une voix tremblante.

— Si tu me permets un conseil, répliqua Justin, ce serait déjà salutaire d'aérer la chambre, et de rafraîchir ton petit. Dans la ferme où j'ai travaillé des années, près d'Aubeterre, les deux enfants de mon patron ont souffert de la rougeole. Leur mère était très inquiète, elle a eu recours à une guérisseuse, une femme qui respirait la bonté et l'intelligence. Tout de suite, elle a fait ouvrir les fenêtres, car c'était en été, et elle a bassiné le corps des petits malades avec de l'eau fraîche, plusieurs fois. Elle leur a fait boire des infusions de tilleul et de reine-des-prés. La fièvre a baissé, le lendemain il s'est produit une éruption, et le pire était passé. Élisabeth, te rends-tu compte de la chaleur qu'il fait dans cette pièce ? Antonin doit souffrir de la tête, le mieux serait de lui passer des linges frais, imbibés d'eau, sur le front, le cou, la poitrine.

— Mais ça va le tuer ! s'affola la jeune femme. Le docteur nous a recommandé d'éviter les courants d'air.

— Élisabeth, les fortes fièvres peuvent être très dangereuses pour un enfant de cet âge.

Maybel suivait la conversation d'un air exaspéré, car elle n'en comprenait pas un mot. Cependant elle poussa un cri de colère quand Justin ouvrit les fenêtres.

— Monsieur, ne faites pas ça ! s'égosilla-t-elle.

— *Mummy*, j'ai confiance en Justin, il m'a expliqué pourquoi il aère la pièce. Je t'en prie, il fait bon dehors.

Norma fit une entrée discrète, soucieuse de se rendre utile si c'était nécessaire. Élisabeth lui demanda d'apporter une cuvette d'eau et des linges.

— Prépare aussi de la tisane de tilleul, nous en avons acheté pour *daddy* la semaine dernière.

La gouvernante s'empressa d'obéir. En premier lieu, elle s'occupa de la cuvette et des linges. Devant la mine consternée de Maybel, elle se permit de donner son avis :

— Je pense que les conseils de monsieur Justin sont bons, madame. Ma mère nous a soignés de cette façon, mon frère et moi, quand nous avons eu la rougeole. Je peux soigner Antonin, je n'attraperai pas la maladie, puisque je l'ai déjà eue. Mais vous et Lisbeth pourriez être atteintes.

— Merci, Norma, tu me rassures, affirma Élisabeth, un peu réconfortée.

•

Charles Foster se présenta chez les Woolworth une heure plus tard, escorté par Edward qui avait quitté ses bureaux du Flatiron Building plus tôt que d'ordinaire. Le médecin fut très surpris de trouver la chambre d'Antonin baignée de lumière et d'une température agréable.

— Qu'est-ce que ça signifie ? interrogea-t-il d'un ton sec. Ma chère Lisbeth, avez-vous oublié mes consignes ?

— Non, pas du tout, mais j'ai cessé de les appliquer, et mon fils va mieux. La fièvre a nettement baissé et il a apprécié l'infusion de tilleul que nous lui avons fait boire. Norma l'a sucrée au miel, et mon trésor ne tousse presque plus.

Edward scruta les traits du petit garçon d'un air incrédule. Antonin, qui était éveillé, lui adressa un faible sourire.

— B'jour, *grandpa*, murmura-t-il.

— Bonjour, mon chéri, tu as meilleure mine, mais tu es encore rouge, soupira Woolworth.

— Je suis consterné par votre imprudence, Lisbeth, bougonna le docteur en commençant à ausculter l'enfant.

Foster se livra à un examen méticuleux des muqueuses de la bouche, du corps et des membres. Il posait de brèves questions à son jeune patient, de plus en plus déconcerté par ses réponses.

— Je réserve mon diagnostic, dit-il enfin. Antonin avait une migraine qui s'est atténuée, et il ne présente pas les taches dans la bouche censées confirmer une rougeole. Il pourrait s'agir d'une autre fièvre éruptive, moins virulente, plus anodine, qu'un médecin écossais, Henry Veale, a appelée « rubella »[1].

— Tu as entendu, Edward ? C'est une merveilleuse nouvelle ! s'exclama Maybel en se blottissant dans les bras de son mari. Antonin semble aller mieux, grâce à l'idée de Justin, qui estimait urgent de faire baisser la fièvre.

---

1. Véridique. Il s'agit de la rubéole, encore mal définie à la fin du XIXe siècle.

— Ah ! Nous devons cette périlleuse initiative à ce monsieur ? ironisa Charles Foster en désignant Justin d'un mouvement de tête assorti d'un regard méprisant. Seriez-vous médecin ?

Élisabeth répondit d'une voix nette mais apaisante.

— Charles, mon oncle ne comprend pas ce que vous dites, il est français. De toute évidence, son conseil était excellent. J'aurais dû y songer moi-même, cependant je respectais vos prescriptions à la lettre et, veuillez me pardonner, j'avais tort et vous aussi.

Justin, s'il était incapable de saisir le sens du moindre mot, constata que le docteur avait pris Élisabeth par la taille et murmurait à son oreille, frôlant sa joue de sa moustache brune. Il ressentit l'aiguillon de la jalousie de façon si intense qu'il serra les poings.

Un brusque désir l'enflamma. Il contempla la jeune femme et songea qu'elle était vraiment d'une rare beauté. Mais ce n'était pas son seul atout. Il émanait d'elle une sensualité fascinante, doublée d'un charme violent qui la rendait irrésistible.

En apparence impassible, Justin s'abandonna à des rêveries défendues, où il dénudait Élisabeth, où il embrassait ses seins, son ventre, où il la faisait sienne. Elle le regarda à cet instant précis et reçut en plein cœur l'appel ardent qu'il lui adressait.

— Lisbeth, il faut inviter ton oncle à dîner, proposa Maybel. Surtout s'il embarque très bientôt. Nous ferons plus ample connaissance, n'est-ce pas, Edward ?

— Bien sûr, chérie.

Élisabeth se chargea de transmettre l'invitation que Justin accepta en souriant. Il ajouta tout bas :

— Je serai heureux de passer la soirée ici, mais j'aimerais que tu m'accordes ton après-midi, demain. Nous nous promènerons.

— Volontiers, répliqua-t-elle à mi-voix. Si Antonin se sent mieux.

— Naturellement. Je suis sûr que ton petit garçon supportera ton absence, entre sa grand-mère et Norma.

Ils se sourirent à nouveau, presque indifférents à ceux qui les entouraient et les observaient.

Sur la 34e Rue, vendredi 19 mai 1905

On se retournait souvent sur le joli couple qui marchait le long du trottoir, main dans la main. Certains admiraient l'allure élégante et le visage adorable de la jeune femme vêtue d'une robe bleu ciel, qui s'abritait du soleil sous son ombrelle en soie. Son compagnon attirait la curiosité des dames de tous les âges, car il était grand, plaisant à voir avec ses cheveux blonds et son teint doré.

Élisabeth et Justin ne se rendaient pas compte de l'intérêt qu'ils suscitaient dans ce quartier populaire de Manhattan. La 34e Rue où ils déambulaient se terminait au bord de l'Hudson.

— J'ai passé une charmante soirée, même si je n'ai pas compris la plupart de vos discussions, disait Justin alors qu'ils faisaient halte devant la vitrine d'une pâtisserie. Le repas était excellent.

— Ne te plains pas, j'ai joué les traductrices pendant tout le dîner, notamment lorsque vous avez parlé eaux-de-vie et grands crus français, *daddy* et toi, répliqua-t-elle.

— Je suis désolé, c'était ennuyeux.

— Mais non, je me suis amusée, et puis j'étais au paradis, comme Antonin allait bien. Il avait bu du potage et mangé du fromage frais. Ce matin, le pauvre chéri était couvert de plaques roses, un peu grenues. Charles Foster est revenu et il s'est déclaré satisfait de l'évolution de la guérison.

— Est-ce qu'il t'a encore prise par la taille, ce gredin de docteur ?

— Un gredin ! Oh, Justin, je n'avais pas entendu ce terme depuis des années. Serais-tu jaloux ?

— Si tu savais ! Hier, j'aurais pu l'attraper par le col de sa veste et l'écarter de toi. Fichtre, ce type est marié. Il ose te courtiser au chevet de ton fils, en présence de ta famille.

Tout de suite, Élisabeth s'assombrit. Elle serra plus fort les doigts de Justin.

— Je le croise souvent au Mount Sinai Hospital, où je suis des cours pour être infirmière. Mais il se montre plus audacieux encore quand je le rencontre chez les Sœurs de la charité, où je suis bénévole. J'ai failli le gifler, une fois, parce qu'il m'a embrassée dans le cou. Je pliais des draps au fond de la lingerie, j'étais seule, il en a profité.

— Ce ne sont pas des manières d'homme du monde, enragea Justin. Pour qui te prend-il ?

— J'ai su récemment qu'il était au courant de ma liaison avec Henri, confia Élisabeth. Il me considère sans doute comme une jeune personne sans moralité.

Ce fut au tour de Justin de s'attrister. Ils reprirent leur balade d'un pas tranquille.

— Élisabeth, j'ai été peiné en apprenant que tu avais une liaison avec Henri Moreau, avoua-t-il. De mon côté, j'avais cessé toute relation avec Mariette depuis cinq ans, simplement parce que tu désapprouvais ma conduite – tu le laissais deviner dans ta lettre, que monsieur Antoine m'a lue.

Elle s'arrêta de nouveau et le dévisagea d'un air incrédule.

— Tu te moques de moi, Justin ! Vraiment, tu n'as connu aucune femme ces dernières années ?

— Je ne dirais pas ça, admit-il en esquissant un sourire. Mais si j'ai eu une aventure, ce n'était plus un adultère. Je n'ai rien à te cacher, je rencontrais quelqu'un, chaque mois, à la foire de Rouillac.

Élisabeth approuva sans chercher à en savoir davantage. Elle avait éprouvé un choc au cœur, une envie de pleurer.

— C'est tout à fait normal, dit-elle posément. Je vais épouser Henri. Toi, de retour en France, fais ta demande à Irène. Tu as le droit d'aimer, d'avoir des enfants. Moi, je veillerai sur Agathe et Louison, ceux de mon fiancé. Je serai peut-être moins tourmentée quand je vivrai au sein d'une famille, de ma famille, avec Antonin. J'ai conscience que *mummy* et *daddy* le couvent trop, autant que je le fais, et ça ne lui rend pas service. Il ira à l'école et je pourrai devenir infirmière. Je n'ai pas envie de mener une existence oisive, confinée dans le luxe, je veux être utile.

— C'est tout à ton honneur, ma princesse.

Justin ne résista pas plus longtemps. Il l'enlaça sans se soucier du rire égrillard d'un adolescent qui passait sur son vélo. Élisabeth tenta d'abord de le repousser, puis elle céda, l'étreignit de toutes ses forces.

— Viens, souffla-t-il en l'entraînant vers un porche voûté où le soleil ne pénétrait pas.

Ils se retrouvèrent à l'entrée d'une vaste cour pavée envahie par les mauvaises herbes. Les façades en briques, autour d'eux, percées de nombreuses fenêtres, évoquaient d'anciens ateliers. Soudain, Élisabeth aperçut un grand lilas qui avait poussé contre un escalier en ferraille.

— Du lilas, une de mes fleurs préférées, murmura-t-elle.

Le feuillage de l'arbuste, couvert de grappes parfumées d'un violet très pâle, composait un abri enchanteur. Justin cueillit une fine branche dont il respira l'exquise senteur printanière. Il en caressa ensuite les joues d'Élisabeth.

— Je n'oublierai jamais cet endroit, dit-elle en portant les fleurs à sa bouche. Je pourrais en manger, sais-tu ?

Justin éclata de rire avant de soupirer, l'air désespéré.

— Demain, je pars loin de toi, et il y aura à nouveau l'océan entre nous deux, déclara-t-il. J'ai du mal à l'admettre, je voudrais tant rester ici et t'aimer, Élisabeth, pouvoir t'aimer.

— Je t'en supplie, ne pensons pas à demain, Justin. Seul doit compter l'instant présent.

Elle alla s'asseoir sur la deuxième marche de l'escalier. Il prit place tout près d'elle.

— Je fais beaucoup de cauchemars ces temps-ci, confessa-t-elle. Je les note dans un carnet, mais je n'ai pas l'impression qu'ils soient prémonitoires comme ceux que je faisais fillette, ou après mon retour en France. Pourtant, ils me terrifient, et je me réveille dans un affreux état d'anxiété.

— Je suis navré. Est-ce depuis mon arrivée ? Je m'en voudrais de t'avoir perturbée.

— Non, ça dure depuis deux mois environ. Je suis témoin de scènes d'une rare violence, du sang salit ma robe, j'entends des cris de douleur. Cette nuit, c'était pire, j'ai revu Scarlett Turner. Elle étranglait un chat, les mains gantées de cuir rouge, et soudain, ce n'était plus un chat, non, c'était Antonin. Mon fils hurlait, il m'appelait et je ne pouvais pas l'aider, on me retenait.

— Seigneur, quelle horreur ! s'écria Justin. Mais qui est cette femme dont tu parles ?

— Une créature aussi diabolique que Laroche. Je ne pouvais pas écrire un seul mot sur elle à pépé Toine.

Élisabeth raconta le plus brièvement possible qui était Scarlett et termina par le sinistre épisode de son décès.

— D'après le père de Richard, M. Johnson, cette femme faisait partie d'un gang très dangereux. Elle pratiquait aussi la sorcellerie en s'inspirant de grimoires moyenâgeux. Parfois, je crains qu'elle ne puisse encore nous nuire. Je me suis même posé la question, au sujet d'Antonin, de ses multiples accidents, de ses maladies successives. J'ai provoqué sa mort pendant que j'étais enceinte… Et si elle se vengeait depuis l'au-delà ?

— Ma princesse, tu déraisonnes à cause de tes mauvais rêves. C'était une personne malfaisante, perverse, ton récit le prouve, mais tu as été plus forte qu'elle. Si j'avais su que tu endurais une telle épreuve... Dieu soit loué, tu as survécu. J'aurais pu ne jamais te revoir.

Élisabeth demeura silencieuse. Elle tremblait tant que Justin la serra contre lui, comme pour la protéger.

— J'ai vingt-cinq ans, dit-elle encore. Je me sens responsable de la mort de papa, car je n'ai pas pu lui dire ce que j'avais vu en rêve. Maman aussi, car elle s'est blessée à un pilier en fer, sur *La Champagne*, pour voler à mon secours pendant la tempête. Et lorsque je suis rentrée en France, après avoir renié *mummy* et *daddy* qui m'adoraient, j'ai accumulé les erreurs. J'ai couché avec Richard afin de défier le destin, tout ça pour devenir la proie de mon propre grand-père.

— Je t'en prie, n'y pense plus, c'est loin maintenant, et tu as été une victime. J'ai ma part de torts, je t'ai abandonnée, je me suis enfui.

— Oh oui, j'ai eu tellement de chagrin, gémit Élisabeth. Tu ne m'as même pas dit adieu. Je me suis sentie rejetée, abandonnée, oui, par toi.

— Je te demande pardon, mille fois pardon, dit-il d'un ton solennel.

Elle claquait des dents, le regard fixe, aussi malheureuse que huit ans auparavant.

— Bonnie aurait dû m'avertir, elle aussi, hasarda-t-elle. Mais elle n'a rien dit, pour tenir la promesse faite à la pauvre petite Germaine qui était si honteuse.

Il lui fallut expliquer qui était Germaine, une adolescente qu'elle avait engagée pour seconder Bonnie.

— Laroche l'a violée, elle aussi, quelques mois avant de s'en prendre à moi. Il lui a donné un louis d'or en compensation. Justin, comment peux-tu rentrer en France, au château, pour ce monstre ? Qu'il meure et expie ses crimes !

Livide, le jeune homme était révolté, indigné et profondément écœuré. Il se répandit en injures sur Laroche, avant de dire tout bas :

— Je dois rentrer, ma princesse. Je veux m'assurer de sa mort, voir son cercueil fermé, être certain qu'il ne pourra plus nuire. Mais je reviendrai, je te le promets. N'oublie pas non plus que la moitié du domaine t'appartient, et si tu le désirais, le domaine entier, les chevaux, les vignobles. Je serais ton régisseur, rien d'autre.

— Non, tu resterais le maître, si jamais je revenais, mais j'en doute fort.

— Au fait, tu ne m'as pas demandé de nouvelles de ta jument, Perle, fit-il remarquer. Sa pouliche est magnifique, je l'ai appelée Galante, en rapport avec son père, Galant.

— L'étalon de Laroche ! Sois gentil, change son nom, même si ce cheval n'est pas responsable des crimes de son cavalier.

— Que proposes-tu ?

— Je n'en sais rien. Que je suis sotte, au fond ! Elle peut bien s'appeler Galante, de toute façon, je ne la reverrai jamais.

Justin, qui avait essayé de la distraire, lui caressa le visage. Il voulait graver ses traits ravissants dans sa mémoire mais, en effleurant ses lèvres d'un rose vif, il céda à la tentation. Élisabeth prit sa bouche, dont elle avait faim et soif. Ils échangèrent un interminable baiser, dévorant, déchirant, qui les laissa égarés, blottis l'un contre l'autre, comme deux enfants perdus dans l'immense cité américaine.

Ils se levèrent d'un même élan, toujours enlacés, grisés par le parfum du lilas.

— Je voudrais rester dans cette cour jusqu'à l'aube, dit-elle. Je t'aime, Justin, je n'aime que toi.

Sur ces mots, elle lissa du bout des doigts une mèche blonde qui barrait le front de Justin. Il la couvait de son regard noir, où brillait le feu de sa passion pour elle.

— Je refuse d'être sage, ajouta gravement Élisabeth. Viens, nous aurons un merveilleux souvenir quand nous serons séparés.

Après avoir contourné l'arbuste, elle découvrit une porte vitrée, aux carreaux voilés par les toiles d'araignées. Justin la suivit, se comparant intérieurement à un misérable mortel qu'une fée guidait vers son royaume secret.

— Là, nous serons bien, soupira-t-elle, comme ivre de s'être libérée des interdits, des tabous.

Fébrile, il la contempla, de sa chevelure soyeuse, d'un brun chatoyant, au bout de son petit nez, puis il admira sa poitrine ronde sous le satin bleu ciel, sa taille fine.

— Tu le veux vraiment ? interrogea-t-il.

— De toute mon âme, Justin. Donne-moi un baiser, beaucoup de baisers.

Le décor s'estompa dès qu'ils furent bouche contre bouche. Les murs d'un jaune délavé, maculés de salissures, devinrent invisibles, autant que la table, le bahut en planches, le sol poussiéreux. Ils s'embrassaient, savouraient leurs lèvres chaudes, leur haleine, leurs frissons de joie.

Pour Élisabeth, c'était une révélation. Jamais des baisers ne lui avaient procuré un tel bonheur. Un désir différent de tout ce qu'elle avait connu la submergeait, et elle ne pensait plus à rien, attentive aux mains de Justin sur ses seins, au creux de ses reins. Elle en aurait pleuré.

— Mais qu'est-ce qui m'arrive ? s'étonna-t-elle. Je pourrais en mourir, mon cœur va se briser.

— Mais non, n'aie pas peur. Moi aussi mon cœur bat comme un fou, c'est l'amour, ma princesse.

Elle fut sensible à l'altération de sa voix. Justin disait vrai, il était bouleversé, hors de lui. D'un geste précautionneux, il dégrafa le bustier de sa robe et il se pencha pour lui caresser la poitrine, à coups de petits baisers. Élisabeth résista au besoin d'ôter tous ses vêtements. Elle s'imagina toute nue sous le corps de Justin et une plainte lui échappa.

Il déboutonna sa chemise, s'empara de ses mains et les plaqua sur son torse lisse.

— Tu as la peau douce, balbutia-t-elle, le souffle court.

Justin la poussa vers la table, qui avait dû servir d'établi jadis. Il la souleva par la taille, tomba à genoux en retroussant jupe et jupon. Vite, il nicha la tête en bas de son ventre, affolé par la vision des jarretelles roses qui tranchaient sur la chair nacrée du haut de ses cuisses. D'un doigt, il fit sauter les pressions de sa culotte et lui donna un autre baiser, au sein de son intimité tiède, d'une moiteur sucrée.

Élisabeth ferma les yeux. Cambrée, en appui sur ses bras, elle perçut la montée d'un plaisir dévastateur. Richard et Henri avaient déjà rendu ce genre d'hommage à son sexe de femme, mais elle éprouvait une jouissance exacerbée, parce que c'était Justin, dont elle se languissait depuis des années. Haletante, elle poussa des petits cris de surprise. Son corps lui parut sublimé, gorgé de sève, irradié de mille ondes voluptueuses.

— Viens en moi, implora-t-elle. Je t'en prie, viens.

Il bondit sur ses pieds et l'embrassa encore, sur la bouche où elle sentit le suc de sa propre chair. Elle l'enlaça avec ardeur, tandis qu'il frottait son front sur ses seins. Élisabeth réussit à lui tendre ses mamelons et il les suça, les mordilla jusqu'à la faire crier de nouveau. Enfin il s'enfonça lentement en elle, en la fixant avec une expression extatique.

— Enfin, enfin, tu es en moi, articula-t-elle d'une voix d'agonie.

Un premier spasme la secoua, sous la force délirante de sa joie. Les mouvements réguliers de Justin la firent geindre et se tordre, sous l'effet d'une jouissance dont elle ne soupçonnait pas l'existence. D'un tempérament sensuel, Élisabeth avait toujours apprécié les joutes amoureuses et elle s'y livrait sans réticence.

— Oh, oh… oh, oui, mon amour, répétait-elle, ses yeux bleus rivés à ceux de Justin.

Elle sombra dans son regard noir, éblouie, transportée vers un mystérieux paradis. Lui, en proie à la même extase inconnue, s'abîmait dans les profondeurs chaudes et préhensibles de la jeune femme. Elle criait et pleurait, cramponnée à lui maintenant, le tenant de près, avide de baisers.

Puis il y eut le moment irréel où tous deux se sentirent comme éparpillés aux quatre coins de l'univers, emmenés au fond d'un azur doré. Élisabeth crut s'évanouir, Justin réprima un sanglot.

— Je ne savais pas, murmura-t-il en la serrant très fort.

— Moi non plus…

Ils demeurèrent dans les bras l'un de l'autre, abasourdis par ce qu'ils venaient de partager, éperdus de tendresse, échangeant des baisers, sans pouvoir s'en lasser.

Justin fut désolé de devoir rompre le charme.

— Je n'ai pas pu me retirer à temps, dit-il en lui embrassant les cheveux.

— Quelle importance, répondit-elle. Si j'attendais un enfant de toi, je serais comblée. Je le chérirais de tout mon être.

— Ce ne serait pas si simple, Élisabeth. Je ne supporterais pas que tu le fasses passer pour celui d'Henri Moreau. En plus, nous sommes du même sang.

— Je pense qu'il n'y a pas de risque que je sois enceinte, affirma-t-elle. Et tant pis, si c'était le cas, tu me rejoindrais à New York et nous partirions vivre ensemble, très loin, dans un autre État. Justin, je sais que tu es obligé de rentrer en France, mais je suis prête à t'attendre. Je ne veux pas te perdre. Il y a les tempêtes, en mer, et tant de dangers partout. Mon Dieu, dire que demain, à la même heure, tu seras sur l'océan.

Elle se mit à pleurer sans bruit, pendue à son cou. Il la consola de son mieux, par des promesses.

— Bien sûr, je reviendrai après l'enterrement de Laroche. Je suis son héritier légitime, je serai à la tête d'une solide fortune, et traverser l'Atlantique ne me fait pas peur, surtout en sachant que je te retrouverai. Ma princesse adorée, sèche tes larmes. Je ne t'abandonnerai pas une seconde fois.

— Jure-le !

— Je t'en fais le serment, déclara-t-il en scellant ses mots d'un long baiser.

Château de Guerville, même jour

Le soleil se couchait derrière les collines charentaises, sur les vignes dont les jeunes feuilles s'agitaient au vent du soir. Hugues Laroche trônait dans un large fauteuil en cuir, disposé près d'une des fenêtres du grand salon. Le vieux châtelain avait réuni ses domestiques, alignés devant lui. Seule Aline se tenait derrière le siège, accoudée au dossier, un pli arrogant au coin de ses lèvres fardées.

Le vieux Léandre, au service de la famille depuis trente ans, gardait la tête basse, tournant entre ses mains noueuses de jardinier son chapeau de toile, crasseux et déformé. Alcide, formé par ses soins, dansait d'un pied sur l'autre. C'était un quadragénaire à présent, sournois, docile et illettré.

Hortense, Sidonie et Margot échangeaient des coups d'œil inquiets, toutes les trois vêtues de noir et d'un tablier blanc.

— Bien, bien, bougonna Laroche. Me voici rétabli, et vous avez tous intérêt à filer droit. Par là, j'entends que vous obéissiez à mes ordres, même s'ils vous paraissent incongrus. Cela vous évitera de connaître le sort de Roger, ce maudit palefrenier que j'ai fichu dehors sans lui verser ses gages. Si vous tenez à votre place, faites ce que je vous dis. J'exige que rien ne s'ébruite de ma guérison hors de l'enceinte du château. Officiellement, je suis grabataire et agonisant. Je réserve une bonne surprise à mon bâtard… Et la consigne s'applique à mademoiselle Aline, oui, il faut l'appeler ainsi désormais. Je lui ai confié les rênes de la maisonnée.

La cuisinière crispa les mâchoires, ulcérée par cette annonce. Elle avait envie de quitter le château sur-le-champ, mais elle hésitait un peu.

— Quelque chose te dérange, Hortense ? lui demanda Laroche d'un ton menaçant.

— Non, monsieur.

— Je préfère ça. Retourne à tes fourneaux et prépare-nous un bon dîner.

La brave femme avait honte de sa lâcheté. Elle s'imagina en train de répondre qu'elle n'obéirait pas à une catin et qu'elle ferait mieux de rendre son tablier. Presque contre sa volonté, des mots malheureux lui échappèrent.

— Je ne vous mentirai pas, monsieur, dit-elle. Si quelque chose me dérange trop, je m'en irai.

Hugues Laroche écarquilla ses yeux de rapace, puis il éclata d'un rire mauvais.

— Tu t'en iras ? Pour aller baver dans mon dos, me trahir ? Aline, le fusil.

Margot, employée depuis peu au château, poussa un cri d'effroi quand Aline exhiba l'arme de chasse de son vieil amant, qu'elle cachait à la vue des autres. La plantureuse jeune femme eut un sourire de toute-puissance en remettant le fusil à son amant.

— Mais, monsieur, balbutia Hortense, terrifiée.

L'œil sombre du canon la fascinait, pointé sur elle. Le vieux Léandre se signa, tandis que Sidonie s'écartait un peu de la ligne de mire.

— L'avertissement vaut pour tous ! Personne ne déserte le château. Personne ! décréta froidement Laroche. Sinon…

Il positionna son index sur la gâchette. Alcide émit un rire nerveux.

— Moi, j'n'ai nulle part où crécher, patron, je suis à vos ordres. Croix de bois, croix de fer, j'ferai ce que vous voulez.

— En voilà un fidèle serviteur, le félicita Laroche en baissant le fusil. Demain matin, tu feras ce que Roger a refusé de faire, hein, Alcide ?

— Monsieur, intervint soudain Sidonie, vous avez congédié le palefrenier aujourd'hui. Pourquoi a-t-il eu le droit de partir, lui ? Je suis au regret de vous dire que c'est injuste d'avoir effrayé

Hortense de la sorte. Et je suis certaine que vous ne feriez de mal à aucun de nous.

Le châtelain sembla désemparé, tout à coup. Aline lui massa les épaules, mais en adressant un regard affolé à la gouvernante. Sidonie comprit le message et commença à reculer vers la porte du salon.

— Oui, c'est ça, dégagez, je ne veux plus voir vos sales trognes ! hurla alors Laroche. Fichez-moi le camp !

Il tremblait, les mâchoires crispées. D'une main, il toucha son front, avant de rejeter ses cheveux grisonnants en arrière.

— Venez, maître, susurra Aline à son oreille. Je vous emmène dans votre chambre. Vous avez besoin de repos. Sortez, vous autres, et vite.

Ce fut la débandade chez les domestiques. Ils coururent se réfugier dans les cuisines. Le vieux Léandre se servit une goutte de gnôle qu'il avala d'un trait. Hortense, livide, l'imita.

— Vous croyez que le fusil était chargé ? interrogea Margot. Moi, je vous préviens, je ne resterai pas là un jour de plus. Dès qu'il fera nuit noire, je prends mes cliques et mes claques. Et j'en toucherai deux mots aux gendarmes.

Sidonie pinça les lèvres. La scène l'avait ébranlée. Elle hasarda d'une voix tendue :

— J'espère que l'arme n'était pas chargée. Mais je te déconseille de filer, Margot. Attends le retour du jeune monsieur. Il avisera.

— Qu'est-ce que je risque, si je décampe vers minuit ?

Alcide piqua du nez, brusquement très intéressé par les détails du bois de la grande table où il était attablé. Sidonie lui décocha une œillade suspicieuse.

— Peut-être bien que le patron graisse la patte de son chien de garde, dit-elle en désignant Alcide d'un signe de tête explicite. Tu devrais m'écouter, Margot. Après tout, personne n'a vu Roger sortir du domaine…

New York, sur la 34e Rue, même jour

Élisabeth et Justin poursuivaient leur promenade. La jeune femme portait un bouquet de lilas contre son cœur. Elle avait proposé d'aller jusqu'à l'Hudson.

— Je n'ai jamais voulu m'en approcher, car on a repêché le corps de papa dans ce fleuve, avait-elle expliqué. Mais avec toi, j'en ai le courage. Je jetterai les fleurs dans l'eau, comme je l'ai fait pour maman, lors de mon retour en France sur *La Touraine*.

— Si ça peut t'apaiser, j'en suis content, ma princesse. Tu veux bien que je t'appelle comme ça ? Hier matin, tu estimais que c'était ridicule.

Elle lui dédia un grand sourire ébloui qu'il reçut en plein cœur.

— J'en suis heureuse, c'est un peu comme si mes parents étaient encore là, près de moi, invisibles. Surtout maman, tu es son petit frère.

— Son demi-frère seulement, rectifia Justin. Je voudrais oublier notre parenté, Élisabeth, si nous décidons de vivre ensemble, en balayant les interdits de l'Église et des hommes de loi. Ne parlons plus du passé mais de l'avenir, dit-il. Nous avons encore quelques heures avant ce soir, tu es mon amour, la plus belle femme du monde, et je suis heureux. Tiens, une autre pâtisserie française.

Ils admirèrent avec intérêt les gâteaux présentés dans la vitrine, sur des socles ronds en marbre.

— Oh, des éclairs au chocolat, des saint-honoré, des mokas ! s'extasia Élisabeth.

— Si tu as faim, nous pouvons en acheter et même prendre le thé ici, il y a trois petites tables à l'intérieur.

— Au retour, peut-être, nous ne sommes plus très loin de la rive.

Elle se détourna et s'amusa à lire deux enseignes voisines, qui signalaient un salon de coiffure et une mercerie, en français bien sûr. Le va-et-vient des badauds était permanent. Chaque fois qu'elle surprenait des conversations dans sa langue natale, elle en éprouvait un petit pincement au cœur.

— J'aurais dû venir plus souvent dans ce quartier, déplora-t-elle. Mais *mummy* et *daddy* organisaient scrupuleusement nos sorties. C'était Central Park ou bien le théâtre, ou les magasins de la 5e Avenue. Et pas question de flâner à pied dans les rues.

Justin l'écoutait, attendri, en se représentant Élisabeth fillette, telle qu'il l'avait connue au château, mais changée en une élégante enfant à l'existence préservée, dans le luxueux appartement du Dakota Building.

— Oh non, encore cet homme, se plaignit-elle soudain. On dirait qu'il me suit.

Élisabeth avait aperçu, sur le trottoir d'en face, à travers le défilement des véhicules en tout genre, la maigre silhouette de l'étranger de Broadway. Elle s'accrocha au bras de Justin.

— De quel homme parles-tu ? s'inquiéta-t-il.

— Lui, là-bas. Il porte un costume en toile grise, on dirait une tenue de bagnard, et une casquette. Il m'épie, j'en suis sûre. Henri prétend que c'est un simple d'esprit qui survit grâce à de petits emplois journaliers, mais j'ai de sérieux doutes.

— Il m'a quand même tout l'air d'un miséreux, Élisabeth.

— Ce peut être une manière de dissimuler qui il est vraiment, un pervers, un malade. Justin, allons-nous-en, je ne supporte pas ses yeux, ils sont comme vides, éteints.

— Mais à cette distance, je devine à peine son regard. Viens, tu es toute pâle.

— Seigneur, il se rapproche, s'affola-t-elle. Je t'en prie, Justin, je ne veux pas le voir. Il me fera du mal, je le sais.

Elle respirait avec difficulté, secouée de frissons nerveux. Il dut la retenir quand elle trébucha, ses jambes la trahissant.

— Aide-moi, Justin, j'ai la nausée, j'ai froid, j'ai chaud, haleta-t-elle, cramponnée à lui.

— Tu fais un malaise, Élisabeth ! s'écria-t-il, effaré.

Il chercha désespérément autour de lui qui pourrait les secourir. Une femme blonde d'une cinquantaine d'années, en blouse rose, accourut.

— Venez, monsieur, l'hôpital français est tout près ! C'est cet immeuble en brique, de sept étages, sur votre droite. Tenez, je vous accompagne, ma cliente patientera un peu.

— Je vous remercie, madame, répondit Justin, rassuré.

— Votre petite épouse doit attendre un bébé, je parie ? Je suis la coiffeuse, je vous ai vus tout à l'heure, vous passiez devant ma boutique. Je suis d'origine alsacienne, et vous ?

— Je suis né en Charente, répliqua-t-il distraitement, occupé à soutenir Élisabeth qu'il portait presque par la taille.

— Je vous donne un coup de main, la pauvre petite va tomber dans les pommes, ma parole. Moi, c'est Marguerite. Cet hôpital, c'est le troisième qu'ils construisent. Les deux autres étaient trop petits, pardi, et insalubres. Il y a tant d'indigents dans ce quartier, il fallait un hospice. Il est tenu par les Sœurs Marianites de Sainte-Croix, mais des docteurs viennent de France, pour y travailler. Les sœurs et le personnel ne parlent que le français et le belge.

— Vous êtes bien renseignée, madame, commenta Justin par politesse.

Il se félicita que l'établissement soit tout proche, sinon il en aurait sûrement appris encore beaucoup sur le fameux « hospice ».

De l'autre côté de la rue, l'homme observait la scène. Il vit aussi le bouquet de lilas, abandonné sur la chaussée. Un omnibus à étage, tiré par quatre chevaux blancs, roula sur les fleurs. L'étranger grimaça, puis il s'éloigna d'un pas hésitant vers l'Hudson, comme s'il était responsable de l'incident.

Marguerite confia Élisabeth et Justin à une religieuse en robe noire et voile blanc, qui avait accueilli le trio avec un bon sourire compatissant. Elle s'empressa de nouer un tablier autour de sa taille, en lançant des coups d'œil soucieux sur la jeune femme.

— Au retour, donnez-moi des nouvelles de votre petite dame ! suggéra la coiffeuse à Justin avant de sortir. Au revoir, sœur Blandine.

— Au revoir, Marguerite.

Sur les conseils de la sœur, il avait assis Élisabeth dans un fauteuil, en surélevant ses jambes sur un tabouret. L'endroit devait être une salle d'attente, malgré une armoire vitrée qui contenait des flacons et des boîtes en fer.

— Le malaise est-il dû à une grossesse, monsieur ? interrogea la religieuse. Pardonnez-moi mon indiscrétion, mais cela me rassurerait. Dans le cas contraire, un souci cardiaque serait à craindre.

— Je ne peux pas être affirmatif, il s'agit de ma nièce. Je lui rendais visite.

Gêné, Justin songeait qu'Élisabeth pouvait attendre un bébé d'Henri Moreau sans le savoir encore, puisqu'elle avait envisagé la possibilité d'être enceinte.

— En fait, elle a été terrifiée par un homme, avoua-t-il. Avant de le voir, elle se sentait très bien.

— Elle aurait été agressée, malgré votre présence à ses côtés ?

— Non, non, ma nièce a eu peur d'un étranger qui la regardait.

Tout en discutant, sœur Blandine, d'allure assez jeune, tamponnait les tempes d'Élisabeth avec de l'eau de mélisse des Carmes, un remède salutaire contre les malaises.

— La vocation de notre établissement est d'héberger, de nourrir et de soigner les indigents, les exclus de la société, expliqua-t-elle. Il pourrait s'agir d'un de nos pensionnaires. Ils peuvent impressionner, en raison de leur passé douloureux, ou de légers problèmes psychologiques. Cependant, les individus dangereux sont internés dans un service particulier.

— Où sommes-nous ? s'étonna Élisabeth, qui reprenait ses esprits. Justin, tu es là ?

Elle lui tendit la main d'un geste passionné. Il la saisit du bout des doigts en jouant les oncles :

— Tu es tellement émotive, ma chère nièce, j'ai eu tort de vouloir visiter le quartier français.

Élisabeth comprit immédiatement, néanmoins elle se remit à trembler.

— Et l'homme ? Est-ce qu'il m'a approchée ?

— Allons, jeune dame, de quoi avez-vous aussi peur ? s'enquit sœur Blandine d'un ton apaisant.

Une deuxième religieuse apparut, grande et robuste, qui fut chargée de rapporter de la citronnade fraîche. Un peu rassérénée, Élisabeth tenta de répondre au plus près de la vérité.

— Je suis désolée, ma sœur, depuis deux mois je croise un individu qui se comporte de façon bizarre. La première fois, c'était à côté du Lyceum Theatre, puis encore à Broadway, et aussi près de la blanchisserie Moreau. Un de mes amis, employé dans cette entreprise, m'a affirmé que cet homme était inoffensif, qu'il effectuait de petits emplois là-bas, mais aujourd'hui, je me promène ici et je le croise à nouveau. J'ai la certitude que ce n'est pas un hasard. J'ai cédé à une crise de panique.

— Je pense qu'il n'y a rien de bizarre dans ces rencontres et que vous vous êtes affolée pour rien, mademoiselle… ou madame ? demanda doucement la religieuse.

— Madame veuve Élisabeth Johnson, murmura-t-elle.

— Je suis désolée, madame Johnson.

Justin les écoutait. Il s'était réjoui d'entendre Élisabeth traiter Henri d'ami et non de fiancé. L'autre religieuse à la carrure athlétique était de retour, elle leur servit de la citronnade.

— Sœur Léocadie, auriez-vous l'obligeance de m'apporter à présent les registres de notre institution ? lui demanda la jeune religieuse. J'aimerais renseigner Mme Johnson.

Cinq minutes plus tard, Élisabeth décrivait l'individu qui l'effrayait, tandis que les deux religieuses hochaient la tête, en possession de trois gros registres cartonnés.

— Je suis persuadée que vous me dépeignez ce pauvre Martin, déclara sœur Blandine. Le costume de toile grise, la casquette et le crâne rasé, le regard vide. Voyez-vous, nos pensionnaires valides, donc capables de travailler, doivent s'acquitter d'une petite somme quand ils logent dans les dortoirs. La chambre particulière coûte sept dollars la semaine, très peu ont les moyens de payer.

— Martin, dites-vous ? Il serait français ? interrogea Justin.

— En fait, nous l'ignorons, soupira sœur Léocadie. Il ne parle pas, mais il n'est pas aussi sot qu'il le paraît.

— Et je peux vous affirmer, madame, renchérit sœur Blandine, comme je tiens mes registres à jour, que Martin a été employé au Lyceum Theatre pour le ménage, puis à la blanchisserie Moreau. Si vous l'avez croisé aujourd'hui, c'est simplement parce qu'il a été engagé dans les entrepôts sur l'Hudson pour les dix jours à venir.

Sœur Léocadie toussota en jetant une œillade ennuyée sur les gros cahiers où étaient consignées les maladies et les diverses pérégrinations de leurs pensionnaires.

— Sœur Blandine, il faudrait quand même préciser à ces personnes que Martin a causé des problèmes par le passé. Surtout si Mme Johnson redoute de le revoir.

— Quels problèmes ? demanda Élisabeth.

Les religieuses baissèrent les yeux et le ton. Sœur Léocadie dit enfin :

— Il s'en prenait à des fillettes, dans la rue. Oh, sans leur faire de mal, mais il essayait de les emmener. Bien sûr, elles hurlaient de peur. Des parents ont alerté la police et Martin a été interné pendant des mois. Les traitements sont lourds. À sa libération, on l'a confié à l'hôpital français, et il n'y a plus eu de souci.

— Des fillettes ! répéta Justin. Et vous prétendez que ce type est inoffensif !

Élisabeth se leva brusquement. La boisson fraîche et l'eau de mélisse des Carmes avaient eu raison de son malaise.

— Je vous remercie, mes sœurs, dit-elle d'une voix nette. J'aurai soin de ne plus remettre les pieds par ici. Autant que vous le sachiez, j'ai été victime d'un pervers, avant mon mariage. De plus, je suis très intuitive. Cet homme, votre Martin, devrait être interné à nouveau.

— C'est un exclu, il a droit à notre compassion, madame. Je suis navrée si vous avez souffert dans votre âme et votre chair, répondit sœur Blandine. Mais nous devons aider ceux qui sont rejetés de toutes parts, comme Martin.

Justin remercia encore, pendant qu'Élisabeth se dirigeait vers le hall d'accueil. Elle se sentait épuisée et n'avait qu'une idée : rentrer chez elle, retrouver la sécurité du Dakota Building et sa famille.

— Fais signe à un taxi, Justin, je n'ai plus de force. Nous étions si heureux, pourtant. Tu n'oublieras pas ? Le lilas, la cour pavée, toi et moi. Cette joie céleste que nous avons partagée ?

— Je m'en souviendrai pour l'éternité, ma princesse, chuchota-t-il à son oreille.

17

La ronde des cauchemars

Dakota Building, vendredi 19 mai 1905, même jour

La lumière dorée du soir envahissait l'appartement des Woolworth lorsque Élisabeth y pénétra, infiniment lasse et le cœur lourd. Maybel se précipita dans le hall, où la jeune femme déposait son ombrelle et son aumônière en tapisserie.

— Bonsoir, *mummy* ! Est-ce qu'Antonin va bien ?

— Il dort comme un ange, après avoir bu du lait chaud. S'il n'était pas un peu fatigué et s'il n'avait pas la peau couverte de vilaines rougeurs, on le croirait guéri.

— Tant mieux, je vais prendre un bain, nous avons beaucoup marché, Justin et moi.

— D'abord, j'aimerais te parler, Lisbeth, lui dit Maybel.

— Bien sûr, *mummy*. Mais tu as l'air d'être vraiment contrariée, est-ce grave ?

— Je n'en sais rien encore, chérie.

Élisabeth fut surprise par cette réponse énigmatique. Une fois dans sa chambre, elle ôta ses escarpins et défit son chignon, sous le regard inquisiteur de Maybel.

— Lisbeth, cet après-midi, au chevet d'Antonin, j'ai relu les lettres que tu nous envoyais depuis la France, commença-t-elle. Je ne les avais pas sorties de leur tiroir ces dernières années, car tu étais là, près de nous. Je gardais un vague souvenir de certains passages de ta correspondance qui m'avaient troublée à l'époque, et c'était à propos de Justin.

Maybel nota le sursaut nerveux d'Élisabeth au seul énoncé de ce prénom. Elle poursuivit d'un ton plus bas :

— J'avais eu l'impression que tu éprouvais des sentiments pour ce jeune homme, employé comme palefrenier au château.

— Des sentiments ? Tu exagères, *mummy*, nous étions très amis. Oui, nous étions proches, complices. Tu sais pourquoi, je vous ai raconté, à *daddy* et toi, l'enfance affreuse qu'il a vécue, enfermé dans le grenier. Tu sais aussi qu'il m'a consolée, le soir où j'avais si peur, dans la nursery. Et le lendemain de la naissance d'Antonin, je t'ai montré le petit soldat de plomb que Justin m'avait donné, qui m'a longtemps servi de talisman.

— En effet, je m'en souviens, Lisbeth, concéda Maybel. Je t'avais demandé pourquoi tu avais tenu cette figurine dans ta main gauche pendant tout l'accouchement.

— Je te l'ai expliqué, pour moi ce petit jouet me protégeait, car Justin me l'avait offert en guise de porte-bonheur. Alors, en le revoyant devenu adulte, je ne le considérais pas comme un inconnu. La sympathie spontanée que nous ressentions l'un pour l'autre ne m'a plus étonnée, quand j'ai su nos liens de parenté.

Sur ces mots, Élisabeth s'assit au bord de son lit et fit rouler ses bas jusqu'à ses chevilles. Elle ferma les yeux quelques secondes, revivant l'instant merveilleux où Justin avait niché son visage entre ses cuisses.

— Lisbeth, pardonne-moi d'insister, mais vous avez presque le même âge, ce jeune homme et toi. Il est très séduisant et, dans ta situation, j'aurais du mal à le considérer comme un oncle. Chérie, je ne l'ai pas fait exprès, mais je guettais ton retour de la fenêtre du salon. Je vous ai vus. Du troisième étage, j'étais quasiment aux premières loges, si l'on peut dire. Vous vous embrassiez, sur la banquette arrière du taxi. Un baiser d'amoureux, je ne peux pas me tromper.

— Si, tu te trompes, *mummy* ! riposta Élisabeth, furieuse. Justin embarque à 5 heures du matin, nous nous disions au revoir. Tu t'es imaginé je ne sais quoi, parce que nous étions dans les bras l'un de l'autre.

Maybel vint s'asseoir à ses côtés en la prenant par l'épaule.

— Ta colère me prouve que je n'ai pas eu d'hallucinations, dit-elle avec tendresse. Je n'en parlerai à personne, mais je serais désolée si tu devais en souffrir. Je veux ton bonheur, je ne suis pas là pour te juger, ma petite Lisbeth.

Élisabeth luttait pour ne pas éclater en sanglots et avouer la vérité, car la compassion de Maybel ravivait son chagrin.

— Ce n'était qu'un moment de faiblesse, *mummy*, parce que nous étions tristes de nous quitter. Là-bas, à Guerville, nous passions beaucoup de temps ensemble. J'ignorais que Justin était le demi-frère de maman. Il me plaisait et parfois, oui, nous échangions des baisers. Un simple flirt, comme on dit. Ensuite, il a disparu. Dimanche, le jour de mes fiançailles avec Henri, c'était la première fois que je revoyais Justin, après sept ans. Tu peux imaginer combien j'ai été bouleversée.

— Mais oui.

— Ne crains rien, *mummy*, il n'y a pas d'ambiguïté. Nous avions besoin de discuter, d'évoquer nos projets d'avenir. Justin va sûrement épouser une jeune fille que lui a présentée ma tante Yvonne, et moi, comme convenu, je vais me marier avec Henri.

— Mais est-ce que tu aimes sincèrement cet homme, Henri ? s'inquiéta Maybel. Je t'ai observée, Lisbeth, en présence de Justin, et tu étais… comment dire… tu n'étais plus la même. Tu étais tellement gaie, exaltée, pendant le dîner, hier soir. Et lui, la façon dont il te regardait en disait long sur ses sentiments. Ce ne serait pas honnête de ta part de t'engager avec Henri pour la vie, si tu en aimes un autre.

— Ce n'est pas le cas, et de toute façon, ça me regarde, moi et seulement moi, trancha Élisabeth en se levant d'un bond. Henri possède toutes les qualités d'un bon mari. Il est attentionné, doux, travailleur, il aime les enfants. Si tu voulais me laisser maintenant, *mummy*, je rêve d'un bain tiède. J'irai au chevet d'Antonin dès que j'aurai pu me changer de vêtements.

— Très bien, chérie. Je n'insiste pas.

Maybel sortit de la pièce en réprimant un soupir. Elle regagna le salon où Edward l'attendait, debout près d'une fenêtre.

— Alors ? demanda-t-il.

— Je l'ai irritée, et encore, elle ne sait pas que tu étais là, près de moi, et que tu as vu la même chose, ce baiser plein de passion, dans le taxi.

Notre fille a nié l'évidence, Edward, et elle semble décidée à épouser Henri. Je la plains. Si elle aime Justin et s'il l'aime, ce dont je suis certaine, ils n'ont aucun espoir de pouvoir vivre ensemble, à cause de leur parenté.

Edward attira sa femme contre lui. Il caressa son dos, le creux de ses reins.

— Les ennuis continuent ! déplora-t-il. Hélas ! S'il n'y avait que des histoires d'amour à arranger. Nos finances ne sont guère brillantes. J'ai encore perdu une transaction sur une cargaison de cotons en provenance de Louisiane. Par chance, j'ai enfin trouvé un acheteur sérieux pour notre chalet des Rocheuses. L'argent m'aidera à tenir bon quelques mois. Dieu merci, nous sommes propriétaires de cet appartement.

— Ne sois pas pessimiste, tes affaires vont repartir, protesta Maybel.

— Je l'espère. Mais New York est devenu un des premiers ports des États-Unis, le commerce se développe sans cesse et la concurrence augmente à la même vitesse. Il est hors de question, cependant, que Lisbeth et toi vous changiez de train de vie. Ne lui dis rien. J'ai acheté des actions à la Bourse, ma situation peut se redresser rapidement.

— J'ai confiance en toi, Edward. Le plus important, c'est le bonheur de notre fille. Nous devons parler de Lisbeth.

Il s'écarta un peu pour scruter le trottoir qui faisait face au Dakota Building. Maybel le saisit par la main.

— Son bonheur compte beaucoup pour moi, rétorqua-t-il. Néanmoins, je ne peux pas faire de miracle. Justin est son oncle, quant à Henri, je me demande s'il pourra s'adapter à l'existence que mène Lisbeth. Je voudrais qu'elle se marie avec un homme plus brillant, doté d'une belle situation.

— Alors joue ton rôle de père, discute franchement avec elle. Tant pis si elle se rebelle, elle aura au moins écouté ton point de vue. Nous sommes ses parents, désormais.

Le couple échangea un regard navré en s'enlaçant. Élisabeth les découvrit ainsi.

— *Daddy*, tu es rentré, dit-elle, un peu surprise. Mais tu avais un dîner en ville, ce soir.

— Je l'ai reporté, Lisbeth, j'avais envie d'être en famille pour profiter de vous deux et d'Antonin. Dieu merci, notre chérubin va mieux.

— Oui, je vais passer une heure à son chevet, ensuite je le ferai manger. Toujours du potage et des laitages, ce sont les conseils du docteur.

Edward Woolworth étudia la physionomie de la jeune femme. Elle avait mis une robe d'intérieur et dénoué ses longs cheveux de satin brun.

— Tu es ravissante, chérie, la complimenta-t-il. Mais on dirait que tu as pleuré !

— Est-ce que tu vas m'interroger, toi aussi, comme *mummy* ? lui reprocha-t-elle. Je n'ai pas des nerfs en acier. Oui, j'ai versé quelques larmes, ce n'est pas un crime, que je sache ?

Élisabeth virevolta et disparut dans le couloir. Ils l'entendirent entrer dans la chambre d'Antonin et refermer la porte.

— Laissons-lui un peu de temps, préconisa Maybel. Elle y verra plus clair dans quelques jours.

— Ce serait plus sage, approuva Edward. Il est inutile de la heurter. Rien ne presse. Au fond, la date de son mariage avec Henri n'est pas fixée. Ce baiser dans le taxi ne signifiait peut-être pas grand-chose. Après tout, ce sont des Français, ils ont des manières différentes des nôtres.

— Peut-être, hasarda Maybel avec un faible sourire.

Guerville, lundi 29 mai 1905

Justin s'arrêta au milieu de la grande allée qui menait droit vers le pont-levis. Il déposa à ses pieds son gros sac en cuir, l'unique bagage qu'il avait emporté en Amérique. Sa montre de gousset indiquait midi.

Le voyage du retour lui avait paru long et ennuyeux, car il s'éloignait d'Élisabeth et elle lui manquait cruellement. Il avait souvent regretté, à bord du paquebot, de n'être pas resté à New York.

« Que signifie ma vie sans elle ? » s'était-il demandé à plusieurs reprises, debout à la proue du bateau, face à l'horizon d'où déferlaient les vagues aux nuances de turquoise, les jours de soleil.

Il était descendu du train en provenance de Paris à la petite gare de Vouharte. Là, il avait croisé un habitant du village de Guerville, le tenancier du café-tabac, qui lui avait proposé de le ramener. Durant le trajet en calèche, Justin s'était senti triste et singulièrement oppressé. Il répugnait à discuter, ce qui semblait arranger son compagnon de route, guère plus bavard.

— Savez-vous si M. Hugues Laroche est décédé ? avait-il cependant demandé à l'homme en prenant congé. J'ai reçu un télégramme il y a quelques jours où on me disait qu'il était à l'agonie. Je suis rentré le plus vite possible.

— Bah, à ma connaissance, y a pas eu d'enterrement depuis un bon mois, avait bougonné le cafetier. Le dernier, c'était en avril, la pauvre Mme Caillaud, la femme du charron. Pour dire vrai, on n'voit personne du château, au bourg.

— Merci, monsieur Leblanc, à la prochaine.

Cette brève conversation revenait à l'esprit de Justin, tandis qu'il se décidait à avancer dans l'ombre fraîche des grands arbres.

« La femme du charron, Gustave Caillaud, se disait-il. Je lui ai donné une roue du phaéton à réparer, à la fin de l'hiver. Il m'a parlé de sa fille, Germaine, qui est placée à Ruffec, chez un notaire. Germaine, c'est sûrement elle, la victime de Laroche. Bon sang, pauvre gosse... »

Justin serra les poings. Il balaya de son esprit les remords qui l'avaient parfois tourmenté.

C'était la meilleure époque de l'année pour mettre les chevaux au pré. Il n'y avait pas encore trop de mouches ni de taons ; l'herbe était drue et tendre. Avant de se rendre au château, Justin se dirigea vers les prairies qui s'étendaient derrière les écuries.

Il vit tout de suite Galant, l'étalon, les poulinières et, dans une pâture voisine, les cobs destinés à l'attelage, le percheron Ulysse, une lourde bête de trait. Mais il chercha en vain Rayonnant, pourtant reconnaissable à sa stature imposante.

— Roger a dû le laisser au box, j'espère qu'il aura une bonne explication à me donner.

Pas vraiment inquiet, Justin se mit en quête de Perle et de sa pouliche. Elles n'étaient pas là non plus. Il songea qu'elles devaient être dans un pré situé de l'autre côté du château.

Agacé, il se précipita dans les écuries en sifflant pour appeler Rayonnant, certain de voir sa belle tête apparaître à la porte de son box. Tout de suite, une odeur abominable lui souleva le cœur, accordée à un vrombissement de mouches.

— Mais… ce n'est pas possible, quelle puanteur, dit-il tout bas en se bouchant le nez du dos de la main.

Justin hésitait à s'approcher davantage, saisi d'une atroce certitude. Il avança encore de deux mètres, assourdi par le sinistre concert des grosses mouches bleues qui volaient autour de sa tête. Quand il jeta un coup d'œil dans le box, un cri rauque jaillit de sa gorge, un cri de révolte et de chagrin.

— Rayonnant, mon pauvre cheval, parvint-il à articuler.

L'animal gisait sur la paille, le ventre ballonné par le travail de décomposition que la chaleur ambiante accélérait. Il avait le crâne éclaté, poissé d'un sang noirci.

— Roger ! hurla Justin. Roger, où es-tu ?

Justin appela encore son palefrenier à pleine voix. Il devait savoir ce qui était arrivé. Depuis des années qu'il travaillait auprès des chevaux, il avait été confronté à des cas de colique ou de fractures si graves qu'on devait abattre la bête en souffrance.

— Mais jamais on ne les laisse pourrir à l'écurie ! s'indigna-t-il.

Il courut jusqu'à la sellerie, sans trouver Roger. Il en rapporta deux couvertures qu'il étendit sur le corps de Rayonnant, après avoir essayé de chasser les nuées d'insectes. Des larmes de rage et d'incompréhension lui brouillaient la vue. Deux fois il dut vomir dans une des stalles, de l'autre côté de l'allée. Il avait l'impression d'ingurgiter des miasmes de chair putréfiée.

Lorsqu'une troisième nausée lui tordit l'estomac, Justin sortit en plein air, à l'arrière du bâtiment, là où Hugues Laroche lui avait tiré dans le ventre avec son fusil de chasse.

— Hé là !

Il avait aperçu une silhouette, accroupie derrière le tas de fumier qu'une palissade ceinturait. L'homme, sa casquette crasseuse enfoncée sur le front, dissimulait le reste de son visage à l'aide d'un pan de sa veste en toile.

— Alcide ! s'égosilla Justin. Sors de là, je t'ai reconnu. Où est Roger ? Qu'est-ce qui s'est passé ici, nom d'un chien ?

La fureur et la peine le défiguraient. Alcide se méfia. Il se redressa lentement, une fourche à bout de bras.

— Il a fichu le camp, Roger, bégaya le jardinier.

— Quand ? C'est lui qui a abattu Rayonnant ?

— Non, lâcha Alcide en reculant pas à pas. C'est le patron !

— Le patron ? Tu me racontes des fadaises. J'ai reçu un télégramme quand j'étais à New York, il serait à l'agonie, et puis quand je suis parti, il n'avait plus toute sa tête. Il était gâteux, ne va pas me faire croire qu'il a pu se lever et venir tuer mon cheval !

Justin marcha droit sur lui. Une peur panique brilla dans les yeux d'Alcide qui pointa sa fourche en avant.

— Jette ça ! ordonna Justin. C'est toi le responsable, avoue donc ! Et dis-moi pourquoi. Il était malade ?

— Peut-être ben, mais moé, j'ai fait qu'obéir au patron ! s'affola le domestique.

Alcide agita l'outil, comme s'il allait frapper Justin.

— Pauvre crétin ! clama celui-ci en sautant de côté.

Il le désarma d'un geste brutal, toutes ses forces décuplées par une âpre colère. Peu après, il tenait le jardinier par les pans de sa veste et le secouait.

— Espèce d'idiot, déclara-t-il. Si tu as obéi sans réfléchir aux ordres d'un vieillard impotent, à moitié dément, tu mériterais que je te casse la figure, en te fichant dehors immédiatement. Mais je saurai le fin mot de l'histoire. D'ici là, tu vas courir chercher Léandre. Vous attellerez Ulysse, le percheron, et vous sortirez le cadavre de Rayonnant des écuries. Il faut le faire brûler le plus vite possible. Faites ça loin des autres chevaux, sinon ils sentiront l'odeur de la mort.

— Je n'ferai rien du tout, je n'dois plus vous obéir, lui répondit Alcide avant de cracher par terre.

Il détala sur ses grandes jambes osseuses, le dos voûté. Justin demeura frappé de stupeur.

— Qu'est-ce que ça signifie ? s'interrogea-t-il à mi-voix.

Il aurait voulu pleurer sur son cheval, à qui il vouait un profond attachement, mais il para au plus urgent. Il exécuta sans aucune aide la lugubre besogne. Tant qu'il agissait, il ne pensait pas et c'était un soulagement. Il attela le percheron à un timon garni de chaînes, qu'il dut faire glisser sous la lourde dépouille du magnifique anglo-arabe. Il compléta l'arrimage par des cordes.

Avant de faire avancer le cheval de trait, Justin enveloppa la tête de Rayonnant d'une couverture, qu'il fixa par des ficelles. Il ne supportait pas l'idée qu'elle traînerait sans protection sur la terre sèche et les cailloux de l'allée.

Il sortit du parc. Ce fut un triste trajet qu'il effectua l'esprit vide, mais en flattant machinalement l'encolure d'Ulysse, une lourde bête paisible.

— Avec quoi allumer un bûcher ? se demanda-t-il tout bas, une fois parvenu dans un champ en friche. Je sais, de l'essence de térébenthine, de l'alcool à brûler. Il y a des bouteilles dans la sellerie. J'ai besoin de fagots aussi, de bois sec.

Justin effectua plusieurs allers et retours, d'une remise de la sellerie à un coin du parc où le vieux Léandre empilait des branchages et des bûches.

Le nez collé au carreau d'une fenêtre de la salle à manger, Hugues Laroche put suivre une partie de ses efforts. Il le vit se ruer de nouveau dans les écuries, repartir en courant encore. Bientôt des flammes s'élevèrent, derrière le mur d'enceinte.

— Je t'ai joué un sale tour, hein, petit bâtard, jubilait le châtelain.

— Quand même, vous n'auriez pas dû, murmura Aline qui se tenait près de lui. Elle ne vous avait rien fait, cette pauvre bête.

— Toi, ferme ton clapet ! aboya-t-il en la giflant de toutes ses forces.

Sa jeune maîtresse se frotta la joue, les lèvres pincées pour ne pas pleurer. Laroche ne faisait déjà plus attention à elle, qui pourtant le fixait avec une haine farouche.

New York, Dakota Building, même jour,
8 heures du matin

Norma tira délicatement les rideaux de mousseline bleue à plumetis qui voilaient la clarté matinale. Elle en profita pour observer le beau visage d'Élisabeth, qui semblait dormir un instant auparavant mais ouvrit grand les yeux et lui sourit.

— Bonjour, Norma. En fait, je me suis réveillée très tôt, et là, je paressais.

— Mais c'est aujourd'hui qu'on ôte le plâtre de votre fils, le docteur Foster arrivera dans moins d'une heure.

— Je serai prête. J'ai tellement hâte qu'Antonin soit débarrassé de ce carcan, tout sale et griffonné.

— Il faudra le conserver, nous avons beaucoup de signatures dessus, votre oncle Jean et votre tante Bonnie, votre fiancé. La petite Debbie a dessiné une fleur bizarre, sans oublier les signes géométriques de monsieur et les traces de rouge à lèvres de madame. La jeune Agathe, quant à elle, s'est appliquée. Son dessin est charmant… Désirez-vous un plateau dans votre chambre, Lisbeth ? Le café est chaud, j'ai aussi préparé du thé et des scones.

— Non, je te remercie, Norma, je préfère venir à la cuisine.

La gouvernante sortit aussitôt. Élisabeth rejeta ses draps et s'assit en tailleur au milieu de son lit. Elle ouvrit le tiroir de sa table de chevet et s'empara d'un rectangle de papier beige sur lequel elle déposa un baiser, puis un autre. Elle récita le texte du télégramme à mi-voix :

— Bien arrivé au Havre. Traversée sans incident, sauf mon cœur brisé de me séparer de toi. Je t'aime. Je reviens vite. Justin.

Élisabeth se leva et alla cacher le précieux message dans le secrétaire de style Empire que ses parents lui avaient offert à Noël. Elle le glissa entre les pages du carnet où elle notait ses cauchemars et certains de ses rêves.

— Si Bonnie vivait près de moi, comme avant, je pourrais lui raconter la scène que j'ai vue cette nuit. Mon Dieu, j'avais tant de chagrin, je me suis éveillée le visage ruisselant de larmes. Mais pourquoi ?

On frappa à sa porte. Maybel fit irruption sans attendre de réponse.

— Lisbeth, Charles est déjà là, très en avance pour une fois. Il aurait une consultation dans l'immeuble ce matin, mais il a privilégié Antonin.

— Zut, je ne suis pas habillée, *mummy* ! Tant pis, fais-le patienter, je me rafraîchis et j'accours.

— Dans cette tenue ? s'esclaffa Maybel. Ta chemise de nuit est transparente, notre cher docteur risque une attaque.

— J'enfile un peignoir et je me coiffe, répliqua Élisabeth.

Dès qu'elle fut à nouveau seule, elle verrouilla le panneau coulissant du meuble. En prenant sa brosse à cheveux, son regard se posa sur son coffret à bijoux, resté ouvert depuis la veille. Le petit soldat de plomb y coulait des jours paisibles, entre les colliers, les bagues, les pendants d'oreilles.

— Je voulais te redonner à Justin, mais je suis contente que tu sois là, finalement, dit-elle tout bas.

Elle ne put résister au besoin de serrer la figurine au creux de sa paume gauche. Une soudaine tristesse la terrassa. Elle en aurait pleuré. Élisabeth se remémora la douleur qui l'avait poignardée, cinq ans plus tôt, sur le paquebot, de toute évidence au moment où Laroche tirait sur Justin. Une terrible angoisse la submergea, comme si elle partageait à nouveau la détresse du jeune homme.

« Je lui enverrai un télégramme cet après-midi, il doit être de retour au château, se dit-elle. Mais s'il était en danger, j'en aurais sûrement rêvé. »

Vite, elle porta le soldat de plomb à ses lèvres pour un léger baiser. Maybel toqua de nouveau à sa porte en l'appelant.

— Lisbeth, viens, Charles répète qu'il n'a pas toute sa matinée.

— J'arrive, *mummy*.

Charles Foster frémit tout entier quand Élisabeth entra dans la chambre d'Antonin. La passion qu'elle lui inspirait devenait si évidente que Maybel commençait à s'en irriter. Là encore, le médecin jeta un regard dévorant sur la jeune femme, dont le corps ravissant était moulé dans son peignoir de soie.

— Bonjour, Charles, mon fils aurait pu attendre une petite heure, lui dit-elle en lui serrant la main.

— Non, je savais que vous étiez impatiente de le voir sans ce vilain plâtre, répliqua-t-il en la fixant. Vous êtes aussi fraîche que la rosée du matin.

Norma, qui se tenait en retrait près de la porte du cabinet de toilette, réprima un sourire amusé. Maybel se permit un soupir exagéré.

— Eh bien, commençons, déclara Foster.

Il aurait donné cher pour être seul avec Élisabeth, mais il en avait rarement l'occasion.

— N'aie pas peur, mon trésor, le docteur ne te fera pas mal.

— J'n'ai pas peur, maman.

Le médecin procéda méticuleusement, penché sur l'enfant, étant ainsi tout proche d'Élisabeth, au point qu'il était sûr de sentir le parfum grisant de sa chair tiède. Il l'imagina nue, lovée au creux d'un lit.

— Voilà, j'ai terminé, dit-il d'une voix rauque.

Antonin poussa un cri de joie quand il put agiter son bras librement. Il sauta de son lit et se mit à gambader, en riant et sautillant.

— Fais attention ! recommanda Élisabeth. Tu es encore faible.

— L'os est bien consolidé, soyez tranquille, affirma Charles Foster. Mais il est encore convalescent en ce qui concerne la « rubella ».

Charles Foster prit congé rapidement, le cœur plein de regrets. Son couple battait de l'aile et lui se consumait de désir et d'amour pour Élisabeth.

— Maman, on peut inviter Debbie demain ? demanda Antonin dès que le docteur eut disparu de son champ de vision. Ou alors, on va se promener dans Central Park ? Tu avais promis de m'emmener en haut du joli petit château.

— Non, tu vas rester au calme quelques jours, lui répondit Élisabeth.

— Quel coquin ! Il fait exprès de te parler en français, déplora Maybel. Lisbeth, ton fils entrera à l'école après l'été, tu dois l'encourager à s'exprimer en anglais.

— Oui, *mummy*, je le ferai. Pour le moment, je voudrais surtout qu'il me fasse un gros câlin.

Elle se pencha et souleva le petit garçon afin de le couvrir de baisers. Il noua ses bras autour de son cou.

— Tu sens bon, m'man, t'es la plus belle maman de la terre, dit-il en lui adressant un regard possessif, de ses yeux couleur d'ambre. Moi, j'n'irai pas à l'école, j'veux rester avec toi toujours.

— Nous verrons ça, mon chéri.

Élisabeth le cajola tendrement. Mais elle se crispa tout à coup, car les images de son cauchemar lui traversèrent l'esprit, y semant la confusion.

« Pourquoi ? s'interrogea-t-elle. Qu'avait donc oncle Jean, il pleurait… Mais pourquoi ? »

Château de Guerville, même jour

Justin s'était éloigné du brasier qui rongeait le cadavre de son cheval. Il suffoquait, à cause de l'odeur abominable de chair brûlée et de la peine affreuse qui lui étreignait la gorge. Adossé au tronc d'un chêne vénérable, il observait les tours de la forteresse, le pont-levis, mais aussi le bâtiment moins ancien où avaient été aménagés les cuisines et les celliers, au XVIIe siècle.

« Je ferais mieux de m'en aller, se dit-il. Plus rien ne me retient ici, plus rien. Élisabeth, ma princesse, si je pouvais voler au-dessus de l'océan et te serrer dans mes bras. »

Il fut vraiment tenté de prendre son sac de voyage pour marcher jusqu'à Montignac. Antoine Duquesne l'accueillerait de grand cœur, il n'en doutait pas.

— Non, ce serait lâche de ma part, décréta-t-il à mi-voix. Je dois savoir ce qu'il en est.

Le sort de Perle et de sa pouliche le tracassait également. Il respira à fond puis il remonta l'allée d'un pas énergique. Il estima judicieux d'entrer par l'office, afin d'obtenir des renseignements auprès des domestiques, surtout de Sidonie, en qui il avait toute confiance.

— Monsieur Justin, ça alors ! fit Hortense en le voyant franchir le seuil de la cuisine. Vous voilà de retour !

La brave femme roulait des yeux effarés. Elle posa la botte de carottes qu'elle s'apprêtait à nettoyer.

— Allons, Hortense, tu sais bien que je suis revenu. Les fenêtres donnent sur les écuries, tu as dû me voir passer plusieurs fois. Où est Sidonie ? Où sont les autres ?

— Léandre taille la haie de buis, Alcide doit l'aider. Sidonie, sans doute qu'elle est au premier étage, avec Margot.

Hortense parlait bas, sans le regarder en face. Justin constata qu'elle avait les joues cramoisies.

— De quoi as-tu peur ? demanda-t-il sèchement.

— Je n'ai pas peur, monsieur. Je suis désolée, pour votre cheval.

— Dans ce cas, tu peux me fournir des explications aussi bien que Sidonie. Qu'est-il arrivé à Rayonnant ? Où est passé Roger ? Je veux la vérité. J'ai interrogé Alcide tout à l'heure, ce crétin me menaçait avec une fourche. Il aurait abattu mon cheval sur l'ordre du « patron », que Sidonie prétendait mourant dans son télégramme.

— Non, M. Laroche est guéri, bégaya la cuisinière. Roger a été congédié. Mais quand je dis que votre père est guéri, je cause de ses jambes, parce que pour le reste… Oh, on a bien du malheur, ici.

— Il est devenu fou, c'est ça ?

Un claquement de fouet résonna brusquement, assorti d'un pas lourd. Hugues Laroche avait emprunté l'escalier en pierre qui reliait l'office à l'intérieur du château. Justin ne l'avait pas vu depuis des semaines, il fut frappé par son allure arrogante. Vêtu de son costume d'équitation, grand, maigre, il affichait un rire muet, sardonique, qui accentuait l'expression mauvaise de ses traits émaciés. Son regard étincelait de haine.

— Le bâtard pointe enfin son sale nez ! s'exclama-t-il d'un air triomphant.

Le vieux châtelain leva son fouet avec habileté. La lanière de cuir cingla le visage de Justin, d'une oreille à l'autre.

— Il était dans un bel état, ton Rayonnant, hein ? rugit-il. Il t'attendait, et moi aussi, pour te mettre dehors. Tu as tout perdu, entends-tu ? Tout ! Tu n'es plus rien, je t'ai renié. Fini le temps des largesses, fini de me berner.

Aline et Sidonie apparurent derrière Laroche. Sidéré de revoir l'ancienne maîtresse de son père, Justin ne put éviter le second coup de fouet, dont l'impact cuisant lui zébra le front.

— Ça suffit ! cria-t-il, presque insensible à la douleur. Tant pis si j'ai tout perdu, j'ai encore mon honneur, moi.

— Quoi ? Ton honneur ! Tu n'es qu'un paysan, un bouseux ! Un bâtard ! Tiens, viens par là, toi.

Laroche attrapa Aline avec rudesse par le coude. Elle portait une robe de soie verte outrageusement décolletée, mais elle était échevelée, les paupières rougies.

— Je te présente la nouvelle dame du domaine, Justin. Cette belle rouquine que tu avais congédiée. Pourtant, elle est bonne à trousser et elle sait me contenter, comme toutes les catins de son espèce. Les bans sont publiés, je l'épouse la semaine prochaine. Elle sera bientôt grosse de mes œuvres et j'aurai un fils, mon vrai fils, pas un chien galeux de ton genre. Un cabot qui a osé mordre la main de son maître.

Sur ces mots, il fit à nouveau claquer son fouet, mais Justin, tiré de son hébétude, saisit la lanière à deux mains et la tira vers lui de toutes ses forces. Déséquilibré, le châtelain trébucha, avant de se rétablir d'un coup de reins. Il recula, penché en arrière pour ne pas lâcher prise.

Hortense, affolée, poussa un hurlement. Le vieux Léandre et Alcide entrèrent par la porte de la cour.

— Si vous vouliez me chasser d'ici, il fallait me le faire savoir, déclara Justin, ivre de fureur.

Pourquoi avoir tué Rayonnant ? C'était cruel et vicieux de se venger sur un animal innocent, de le laisser pourrir dans son box. Surtout de la part d'un homme qui prétend aimer les chevaux.

— Je n'aime personne ! vociféra Laroche, les yeux exorbités. Dis-moi quel intérêt on trouve à aimer une bête, un enfant, une femme ? Aucun intérêt. La seule chose agréable sur cette maudite terre, c'est le plaisir, celui de baiser une putain !

Justin, cramponné à la lanière du fouet, les paumes en feu, avança vers son père. Bientôt ils furent à trois pas l'un de l'autre.

— Traitez-moi de bâtard, je m'en fiche, dit le jeune homme. Insultez-moi, ça m'est égal, ce soir je serai loin de votre château et de votre argent.

— Tu en as bien profité, pourtant, de mon argent ! s'égosilla Laroche. Tu n'en auras plus, jamais plus. Le notaire est venu hier, tu ne recevras plus ta rente et j'ai récupéré la cassette en bois où tu rangeais tes économies. Bon sang, tu as eu raison de partir en voyage, j'ai eu le champ libre pour rétablir l'ordre.

— Je voudrais vous étrangler de mes mains, mais je ne me salirai pas, rétorqua Justin. J'espérais vous trouver mort, enterré, il faut croire que le diable vous protège.

— Vous l'avez entendu, vous autres, tonna le châtelain en s'adressant aux domestiques. Ce freluquet a déjà tenté de me tuer, et j'ai eu la bonté de ne pas le dénoncer aux gendarmes. Vous êtes témoins, il me menace encore. Môssieur le bâtard va aller croupir en prison, comme sa chienne de mère.

Hugues Laroche bombait le torse, un éclair de démence au fond de son regard brun. Justin lâcha la lanière, écœuré. Sa colère retombait, vaincue par un immense dégoût. Il s'apprêtait à quitter la cuisine, déterminé à laisser ce monstre à face humaine se vautrer dans sa fange, quand il revit Élisabeth toute nimbée de lumière, sous la floraison exquise du grand lilas mauve.

« Si je pars, il aura gagné la partie ! songea-t-il très vite. Il fera ce qu'il dit, il épousera Aline, mais il sera incapable de gérer le domaine. Je dois défendre l'héritage d'Élisabeth. A-t-il pu annuler le fait qu'il m'ait légitimé ? »

En quelques secondes, tandis que Laroche grommelait d'autres menaces, Justin reprit courage.

— Je suis d'accord, annonça-t-il. Sidonie, montez dans le bureau et téléphonez à la gendarmerie d'Aigre. Ils seront rapidement sur place. Je dirai au brigadier qu'en effet, j'ai cogné votre « patron » et provoqué sa chute. Ensuite, j'expliquerai comment il m'a tiré une balle dans le ventre, presque à bout portant, il y a cinq ans, derrière les écuries. J'ai des témoins moi aussi, Mariette et son beau-frère, Colas. Le docteur Faucher m'a soigné, mais j'étais quasiment condamné.

— Tais-toi, vermine, gronda Laroche.

Cependant il cédait à une agitation incontrôlable. Il essaya de lever son fouet, puis il renonça, car Justin était trop près de lui.

— Il y a pire, renchérit celui-ci. Le châtelain de Guerville, si respecté de tous, a violé sa propre petite-fille, Élisabeth, sous ce toit, en haut de la tour. Et auparavant, il avait forcé la jeune Germaine Caillaud, qui a fui le pays pour ne pas mettre fin à ses jours, malade de honte.

Hortense éclata en sanglots. Aline, tremblante, effarée, l'imita. Sidonie, changée en statue, prenait conscience de son erreur. Par goût de l'argent facilement gagné, elle avait satisfait tous les caprices de Laroche.

— Ma foi, c'est ben la vérité qu'y raconte, m'sieur Justin, osa dire le vieux Léandre. Je m'en souviens, Germaine s'est sauvée, un matin, elle pouvait que pleurer, pas même causer.

— Oui, la petite est partie à l'aube, confirma Hortense. Elle avait une mine à faire peur.

— Fermez-la, tous ! tempêta Hugues Laroche. Ce jean-foutre vous bourre le crâne de sornettes. Des preuves, qu'il nous donne des preuves !

Aline recula, afin de regagner le hall du château. Elle n'avait pas oublié un lointain soir d'avril où Élisabeth, Bonnie, sa gouvernante, et son fiancé, l'Américain, avaient quitté le domaine en moins d'une heure. La sœur du châtelain, Clotilde, et la fille de cette dernière, Anne-Marie, avaient été désemparées par ce brusque départ, en dépit du message que la jeune femme leur avait laissé.

Sidonie avait vu Élisabeth uniquement sur les photographies encadrées et disposées dans le grand salon. Elle se signa d'un geste discret, pleine de remords.

Nul ne comprit alors ce qui suivit. Fou furieux, Laroche cogna deux fois sur le crâne de Justin avec le manche en ivoire de son fouet. D'abord étourdi, le jeune homme tituba, mais un troisième coup, assené sur la tempe, lui arracha un cri de douleur. Tout devint noir. Il s'écroula sur le sol carrelé.

— Alcide, débarrasse-moi de ce petit saligaud ! Dépêche-toi, bon sang ! ordonna Laroche. Qu'il crève !

— Mais, monsieur, c'est votre fils ! gémit Hortense.

— Quoi, mon fils ? Et alors ! Qu'il crève, cet imbécile !

Moulin Duquesne, même jour, le soir

Antoine Duquesne était assis sous le tilleul de la cour, dans le fauteuil en osier que lui avait offert son fils aîné, Pierre, à l'occasion de ses soixante-dix-neuf ans, le mois précédent. Des grillons faisaient entendre leur chanson monotone, mais accordée à la douceur de l'air printanier.

Le crépuscule étendait ses ombres bleuâtres, à peine nuancées d'or rose, sur les bâtiments du moulin et l'eau paisible du bief.

— Qu'il fait bon ! Le mois de mai est mon préféré, soupira d'aise sa belle-fille, occupée à débarrasser la table des couverts du dîner.

— Tu as bien raison, Yvonne, répliqua le vieil homme. J'ai toujours apprécié le « joli mois de mai », jadis celui des accordailles entre les amoureux. Au moins, à cette saison, mes rhumatismes me laissent en paix. Où sont tes garçons ? La nuit va tomber.

— Ne vous inquiétez pas, pépé Toine, Gilles et Laurent ont dû courir jusqu'au village. Ils étaient si contents d'avoir reçu chacun une carte postale du Havre de la part de Justin ! Ils voulaient les montrer à un de leurs camarades.

— Ils pouvaient attendre un peu. Encore une semaine et ils en auront d'autres, postées de New York, supposa Antoine. Je ne pensais pas que Justin me prendrait au mot et qu'il oserait embarquer pour l'Amérique.

— Bah, quand on roule sur l'or, on peut tout se permettre ! rétorqua Pierre qui sortait de la maison, une bouteille d'eau-de-vie à la main. Je m'offre une goutte, papa, tu m'accompagnes ?

— Allez, à mon âge, je ne risque plus grand-chose. On trinque, fiston.

Pierre Duquesne, dont la chevelure grisonnait, prit place sur un des bancs. Le labeur quotidien du moulin lui conférait une stature musculeuse, un port de tête arrogant.

— De tes trois fils, je suis le seul à être resté au pays, commenta-t-il. Guillaume rêvait du Nouveau Monde, Jean aussi, sans nous l'avouer. Maintenant, mon frère tient une épicerie à New York et les affaires ne sont pas brillantes, d'après sa dernière lettre. Je me demande ce qu'il y a de mieux là-bas.

— Jean s'étonne des milliers d'émigrants qui débarquent chaque mois, nota Antoine. Des Irlandais, des Allemands, des Italiens et même des Chinois.

Yvonne, sans lâcher la pile d'assiettes qu'elle tenait, avoua d'un ton rêveur :

— Moi, je suis sûre que c'est très beau, New York, les grands immeubles, la statue de la Liberté, Central Park. Souvent, je contemple les photographies que nous envoie Élisabeth et je me vois en dame élégante, sur Broadway.

Elle ignorait comment prononcer ce mot et l'articula à la française. Pierre se moqua gentiment.

— Yvonne, un peu de sérieux, ma femme !

— Elle a le droit de rêver, Pierre, protesta le vieux meunier. Tu as une épouse dévouée, travailleuse. Ma chère Yvonne, je te vois très bien en dame élégante. Il suffirait que tu aies de jolis habits. Hé, tu aurais dû demander à Justin de t'emmener.

Rougissante, Yvonne bénit la pénombre qui régnait sous le tilleul. Elle se dirigea vers l'entrée du logis, tapa ses sabots contre la pierre du seuil.

« Et pourquoi pas ? » se rebiffa-t-elle en silence.

Des éclats de voix retentirent sur le chemin du fleuve. Gilles et Laurent déboulèrent en riant. Les deux adolescents, qui avaient à présent seize et quatorze ans, précédaient une silhouette féminine dont la longue robe claire voletait au vent.

— Mais c'est mademoiselle Irène ! s'écria Yvonne, qui venait de ressortir, une lampe à pétrole allumée à bout de bras.

— Bonsoir, dit la visiteuse, manifestement intimidée. Est-ce que je vous dérange ?

— Une charmante demoiselle ne me dérange jamais, plaisanta Antoine. Ces garnements vous ont escortée ?

— Oui, c'était aimable de leur part, monsieur Duquesne, précisa Irène. Je suis de nature peureuse, surtout pour la fille d'un brigadier de gendarmerie.

— Alors ils vous raccompagneront chez vous, trancha Pierre. Mais asseyez-vous donc.

— Voulez-vous un verre de cidre, Irène ? proposa Yvonne.

— Non, je vous remercie, je ne veux pas m'attarder. En fait, quelqu'un de Montignac m'a dit qu'il avait vu Justin ce matin, à la gare de Vouharte. Le cafetier de Guerville l'a fait monter dans sa calèche. Alors je me demandais s'il n'était pas venu ici, cet après-midi.

Gilles et Laurent se tenaient très droits, de chaque côté de la jeune femme. L'aîné, tourmenté par les premiers émois du cœur et de la chair, trouvait Irène ravissante. Il vantait à son frère la finesse de sa taille, ses cheveux très blonds, son front bombé et ses yeux couleur noisette, ourlés de cils mordorés.

— Justin serait de retour ! s'enthousiasma Antoine. Dans ce cas, il viendra sûrement demain nous apporter des nouvelles de ma petite-fille, Élisabeth, et de mon arrière-petit-fils, Antonin.

Irène joignit les mains à hauteur de sa poitrine. Elle eut un sourire ébloui.

— Je ne peux pas y croire ! s'extasia-t-elle. Justin a traversé l'océan Atlantique à l'aller et au retour, il a visité New York. Je suis sûre qu'il m'a expédié une carte postale. Mon père prétend que le courrier met des semaines à parvenir en France.

— Sans doute, hasarda Pierre. Mes fils ont reçu des cartes, mais envoyées depuis le port du Havre, il y a plus de deux semaines.

— Ah, ça me rassure, soupira Irène. Eh bien, je rentre vite. Si vous voyez Justin, dites-lui bonjour de ma part.

— Nous n'y manquerons pas, affirma Antoine. Gilles, prends une lanterne dans la remise, comme ça mademoiselle Irène n'aura pas peur de l'obscurité.

— C'est très gentil, merci monsieur Duquesne.

Le trio repartit en bavardant. Yvonne les regarda s'éloigner en hochant la tête.

— Je voudrais tant que le mariage se fasse, chuchota-t-elle de crainte d'être entendue malgré la distance. Irène serait une bonne épouse pour Justin. Elle est instruite, et quelle couturière ! Elle a des doigts de fée.

— Elle mérite peut-être mieux qu'un type comme lui. Je suis désolé, moi, je ne digère pas l'attitude de Justin ! s'enflamma Pierre. Il a vécu cinq ans en pacha, près de ce porc de Laroche, ce salaud qui a abusé d'Élisabeth. Admets qu'on les a vus qui galopaient botte à botte, qui soupaient à l'auberge de Rouillac.

— Mais Justin ignorait tout, plaida Yvonne.

— Oui, et toi, Pierre, tu ignores certaines choses, alors ne juge pas ce garçon. Si je l'ai pris sous mon aile, c'est qu'il a du cœur et une belle âme.

— Si tu le dis, papa, bougonna le meunier.

Château de Guerville, même soir, même heure

Justin, en ouvrant les yeux, se demanda où il se trouvait. Il faisait très sombre, malgré de minces rais de clarté rougeâtres, sur sa gauche. Encore étourdi, il se souvint des coups violents qu'il avait reçus.

« Ce vieux fou m'a assommé, pensa-t-il, mais j'aurais dû reprendre connaissance plus vite. »

Tout son corps était endolori, sa bouche gardait le goût âcre du sang.

« Il m'aurait encore frappé pendant que j'étais inconscient ? se dit-il. Non, c'est autre chose. »

Soudain il se rappela une chute dans un escalier raide, en pierre, se terminant sur un lit de caillasses. Une peur insidieuse le submergea. Du bout des doigts, il tâta le sol autour de lui. L'air sentait le salpêtre et la poussière, mais étrangement, des relents de vin et d'excréments s'y mêlaient.

— Où suis-je ? se demanda-t-il tout haut, terrifié.

Une respiration saccadée fit écho à sa question. Il n'était pas seul dans ce qui devait être une cave, ou pire encore, un caveau.

— Monsieur ? interrogea quelqu'un dans un souffle. C'est vous, monsieur Justin ?

La voix était familière au jeune homme dont le cœur s'affola.

— Roger ?

— Oui, monsieur. Je ne vous vois pas, je dois être à dix mètres de vous.

— J'arrive, continue à me parler pour me guider, tu es vers ma droite, je crois.

Tout à coup, une minuscule flamme dispersa l'obscurité. Une face terreuse se dessina, puis le noir revint. Justin se déplaça sur les coudes, sans essayer de se relever. Enfin il toucha une jambe de son palefrenier, arrachant au malheureux une sourde plainte.

— On doit être dans l'ancienne salle des gardes, monsieur, balbutia Roger. Faites attention, ces derniers temps, je ne pouvais plus marcher, alors j'ai dû me soulager sur place. Restez de ce côté.

— Je m'en fiche ! lui répondit Justin. Et plus de « monsieur » entre nous. On est dans le même pétrin. Depuis combien de temps es-tu là, mon pauvre ami ?

— Une semaine, peut-être plus. Je vous le dis, si je m'en sors, je tords le cou de ce fumier d'Alcide.

Justin se glissa à hauteur de la tête de Roger. Il lui tapota gentiment l'épaule.

— Je t'aiderai, va, affirma-t-il. Rayonnant, ce crétin l'a abattu. Mon cheval se décomposait dans son box.

Un sanglot sec secoua Roger. Il ralluma son briquet et fixa Justin d'un regard fiévreux.

— Les yeux dans les yeux, monsieur, je vous jure que moi, j'ai refusé. Un soir, à la nuit tombée, votre père est entré dans l'écurie, il s'appuyait sur Alcide qui portait le fusil de chasse. Je devais ramener votre cheval au box et le tuer. J'ai refusé, même que j'ai parlé d'aller chercher les gendarmes.

Le jeune palefrenier haletait, à bout de forces.

— Ne te fatigue pas, tu es épuisé, recommanda Justin. Éteins, il faut économiser l'essence. Je te crois, Roger, je sais combien tu es honnête, et puis tu aimes les chevaux autant que moi.

— Si, faut que je vous dise, au cas où je ne ressortirais pas d'ici. J'étais en colère, j'ai dit au vieux monsieur qu'il était devenu fou. Si vous aviez vu l'air qu'il a eu ! J'ai rien eu le temps de faire, il a pris le fusil des mains d'Alcide et il a tiré. J'n'avais jamais eu si mal de ma vie, je me suis évanoui. Ensuite, je me suis réveillé et j'étais là, dans le noir. J'ai eu de la chance, la balle a dû traverser ma cuisse, enfin un muscle. Au début, j'ai pu marcher un peu, sinon je serais mort de faim et de soif. Alors, ils l'ont tué, votre beau Rayonnant… Je suis désolé.

— Maintenant, il y a plus grave. Roger, tu es brûlant. Je ne suis descendu qu'une fois dans la salle des gardes. L'accès se fait par une trappe, au fond du cellier à vins. Cet endroit me rebutait, parce que ma mère, Madeleine, y cachait ses larcins, je l'entendais s'en vanter.

— J'en remercie Dieu, monsieur. Si je peux encore vous causer, c'est grâce à des bouteilles et à des conserves qui étaient cachées sous une bâche.

Réconforté par la présence de Justin, Roger commença le récit des heures épouvantables qu'il avait vécues, après avoir été abandonné, blessé, dans les profondeurs de la forteresse.

18

Les fantômes du passé

Salle des gardes du château de Guerville,
lundi 29 mai 1905

Justin avait l'impression d'être revenu des années en arrière, couché sur un coin de bâche, assailli par des odeurs de crasse, de poussière, d'urine. Il revoyait avec précision l'angle d'une étroite pièce cloisonnée de planches où était installée sa paillasse, quand il était enfant. Tout petit, il avait enduré la solitude, la peur, le froid et la faim.

Parfois, il se réjouissait du retour de Madeleine, qu'il prenait pour sa tante, car au moins les ténèbres se dissipaient à la lueur d'une chandelle. Tant pis si elle passait ses nerfs sur lui, il y avait une présence humaine, le son de sa voix éraillée. Il songea que Roger devait éprouver la même chose, en n'étant plus seul dans la salle des gardes.

— La douleur m'a vite réveillé, monsieur Justin, lui dit le palefrenier en préambule. Je n'y voyais rien, alors j'ai allumé mon briquet, pas longtemps. Mon pantalon avait une tache de sang, là où la balle était entrée. J'ai d'abord pensé à me soigner. Dieu merci, j'avais mon grand foulard. Ma brave femme de mère me répète souvent qu'un garçon convenable porte un foulard au cou.

— Tu devrais être terrifié, hasarda Justin.

— Pas tant que ça, j'étais surtout furieux. J'arrivais à marcher, alors j'ai cherché de l'eau. Une idée comme ça. Pourtant, j'étais sûr que je n'en trouverais pas, à moins que les murs ne suintent, et ce n'était pas le cas. J'utilisais très peu mon briquet, de peur de manquer d'essence. Mais, coup de chance, j'ai aperçu une bâche roulée pas loin du bas de l'escalier.

— Roger, tu trembles, tu as de la fièvre, tu me raconteras tout quand je t'aurai sorti d'ici.

— Je n'ai pas long à dire, ne vous tracassez pas… Voilà, en déroulant un morceau de cette fichue bâche, j'ai vu des bouteilles encore bouchées, des bocaux. J'ai tout traîné tel quel là où le sol était assez lisse. Miracle, monsieur Justin, il y avait de l'eau-de-vie, la plus forte. J'ai cassé le goulot avec un gros caillou, pour désinfecter ma plaie. Je n'y suis pas allé de main morte, ça, je vous le dis… Ça brûlait, mais je savais que ça pouvait me sauver. Après, j'ai pris mon foulard pour faire un pansement.

— Tu as été très courageux. Je t'admire, Roger, à ta place j'ignore si j'aurais eu ton sang-froid.

— Mais si, je vous connais. Et puis ça, c'était au début. Je pensais qu'on viendrait me chercher. Non, personne n'est venu, et moi, quelque part, je n'osais pas appeler. Vu ce qui s'était passé, M. Laroche et Alcide pouvaient m'achever si je faisais du bruit. Enfin, j'en ai bu du vin, du rouge, du blanc, et j'ai mangé du foie gras, eh oui, dans les bocaux, c'était rien que du foie gras. J'en coupais des morceaux avec mon canif.

Justin tâtonna afin de lui prendre la main. Il se fit une remarque singulière, qu'il estima être un paradoxe. Madeleine avait peut-être sauvé la vie du jeune homme en subtilisant de coûteuses denrées à la famille Laroche.

— Monsieur, vous n'êtes pas parti ? marmonna Roger.

— Non, je te tiens la main, tu ne le sens pas ?

— Ah, un peu. Serrez plus fort... Je crois que je m'en vais, je n'ai pas bu ni mangé depuis un bout de temps, je ne pouvais plus m'asseoir.

— Est-ce qu'il reste quelque chose ? s'affola Justin.

— Plus rien.

— Alors repose-toi, Roger. Je ne te laisserai pas mourir dans ce cul-de-basse-fosse, où un vieux fou jette ceux qui le gênent. On n'est plus au Moyen Âge, bon sang !

— Ne m'quittez pas, monsieur, j'ai peur, dit Roger d'une voix étouffée.

La panique, le chagrin et une rage impuissante terrassèrent Justin. Des larmes lui piquèrent les yeux. Dehors, il devait faire nuit, car les rais de clarté rougeâtres avaient disparu. Il comprenait à présent qu'il s'agissait des étroites meurtrières à demi enterrées que l'on devinait, en bas de la grande tour d'angle.

— Je reste près de toi, Roger, assura-t-il. Repose-toi, par pitié.

Il comptait gravir l'escalier qui débouchait sur un couloir voûté, menant ensuite sous la trappe du cellier. L'issue serait forcément bloquée, mais il avait l'intention de hurler, de faire du tapage.

« Le vieux Léandre et Hortense étaient de mon côté, se dit-il. Les autres ne vont quand même pas continuer à obéir, après ce que je leur ai raconté. Ils doivent me libérer, il faut emmener Roger à l'hôpital. Peut-être qu'ils ne savent pas que ce pauvre garçon agonise dans la salle des gardes. »

Les doigts du palefrenier se détendirent dans la main de Justin qui perçut le relâchement du corps allongé près de lui. Son cœur se brisa.

— Roger, tiens bon, mon ami, accroche-toi ! gémit-il, la gorge nouée. Seigneur, je vous en conjure, sauvez-le.

Justin sanglota sans bruit. Il évoqua, en guise de viatique à son infinie détresse, le beau visage d'Élisabeth, sa voix douce, son sourire, son regard si bleu.

— Ma princesse, au secours, murmura-t-il, ivre de désespoir.

Dakota Building, même jour, en début d'après-midi

Élisabeth referma doucement la porte de la chambre où Antonin venait de s'assoupir pour une sieste réparatrice. Le docteur Foster préconisait beaucoup de repos au petit garçon, qu'il jugeait encore convalescent.

— Est-ce qu'il a réussi à s'endormir, Lisbeth ? lui demanda tout bas Norma qui sortait d'une pièce voisine où était rangé le linge de maison.

— Oui, à la fin de l'histoire que je lui lisais.

— Vous êtes toute pâle !

— J'ignore ce que j'ai depuis ce matin. Je me sens oppressée, vraiment mal à l'aise.

— Vous auriez dû en parler au médecin, il serait repassé après son autre consultation.

— Franchement, Norma, je n'avais pas envie de le revoir. Ses manières mielleuses et ses regards énamourés m'insupportent. Tout m'exaspère aujourd'hui.

— J'en suis navrée.

La gouvernante la salua d'un discret signe de tête et regagna la cuisine, une pile de torchons sur le bras. Élisabeth commença à faire les cent pas dans le couloir pour apaiser la tension nerveuse qui la torturait.

— Je n'en peux plus, admit-elle tout bas. Mon Dieu, j'ai mal au cœur, j'ai envie de pleurer. C'est Justin, j'en suis certaine. Il souffre. Pourquoi ? En Charente, la nuit doit tomber. Ou bien alors, je lui manque, autant qu'il me manque.

Elle s'immobilisa, le front appuyé au mur tapissé d'un superbe papier gaufré, couleur vieil or. De toute son âme, elle pensa à Justin en se représentant son visage, son regard de velours noir, son sourire adorable. Un étrange sentiment de détresse, d'une rare intensité, lui serra alors le cœur.

« Je suis sûre qu'il est très malheureux, se désespéra-t-elle. Seigneur, je n'aurais jamais dû le laisser repartir. »

La gorge nouée sur les sanglots qu'elle contenait, Élisabeth se précipita dans sa chambre. Son premier geste fut de reprendre le petit soldat de plomb, pour le nicher entre ses mains.

— Tiens bon, mon amour, dit-elle tout bas mais avec passion.

Dix minutes plus tard, Maybel, qui brodait un napperon assise sur le sofa du salon, vit entrer

Élisabeth, une capeline de paille d'Italie à la main, en corsage blanc et longue jupe de lin beige.

— *Mummy*, je dois sortir. J'avais dit à Antonin que je serais là à son réveil, mais je ne pourrai pas. Est-ce que tu peux le garder jusqu'à ce soir ?

— Bien sûr, Lisbeth, je n'ai jamais refusé de m'occuper de lui. Qu'est-ce que tu as ? Tu as mauvaise mine.

— Je suis anxieuse, sans raison précise, j'ai besoin de prendre l'air, de marcher. Je vais rendre visite à Bonnie, je ne l'ai pas vue depuis le dimanche de mes fiançailles. Bébé William a pu attraper la maladie d'Antonin.

— Dans ce cas, tu ferais mieux de leur téléphoner.

— Je préfère y aller, *mummy*. Ne t'inquiète pas, je reviendrai en taxi. J'ai pris de l'argent.

— Pourtant, je m'inquiète, déplora Maybel. Tu es tellement nerveuse en ce moment.

— Nous en discuterons plus tard, merci, *mummy* !

Élisabeth respira mieux une fois dehors, sans être délivrée de la singulière sensation de chagrin qui l'oppressait. Elle dut parcourir une respectable distance à pied avant de retrouver son calme. Cette fois, ce furent des images de son cauchemar qui vinrent la hanter.

« Je ne pourrai rien empêcher, et au fond, ça ne me concerne pas, mais il y a aussi oncle Jean, songeait-elle. Mon Dieu, s'il arrivait un nouveau malheur, je ne me pardonnerais pas de m'être brouillée avec lui. »

Elle décida de prendre le tramway pour ne pas perdre de temps et descendit à l'arrêt le plus proche de la rue où était située l'épicerie Duquesne. Le soleil faisait luire les façades en brique des immeubles, dont la couleur ocre contrastait avec le bleu pur du ciel.

Les hommes étaient au travail, en ce milieu d'après-midi, mais des femmes s'accoudaient aux fenêtres pour surveiller leurs enfants qui jouaient sur le trottoir. Élisabeth dut contourner trois petits garçons en train de disputer une partie de billes et elle imagina William, au même âge, assis par terre, en culottes courtes.

Bonnie poussa une exclamation de joie en la reconnaissant à travers la vitrine. Elle abandonna son comptoir pour lui ouvrir la porte.

— Lisbeth, que je suis contente ! C'est gentil de venir.

Elles s'embrassèrent affectueusement. Le magasin était désert et aucun bruit ne s'échappait de l'arrière-boutique.

— Je suppose que William fait la sieste ? demanda Élisabeth. Bonnie, je suis navrée, j'aurais dû te téléphoner, pardonne-moi. En fait,

Antonin a été malade, une forte fièvre, des éruptions sur la peau. Ce serait la rubella, et certains médecins pensent que c'est contagieux. Aussi je m'en veux, je n'ai même pas songé à t'avertir.

— Ah, la rubella, je n'en ai jamais entendu parler ! Mais William se porte à merveille, ne te fais pas de souci. La fille d'une voisine me le garde deux jours par semaine, pour une somme modique. Je suis plus tranquille.

— Tant mieux. Où est oncle Jean ?

— Il est parti chercher des marchandises sur les docks, à vélo. Nous avons acheté une remorque. Dis donc, ça m'étonne un peu que tu le réclames, puisque vous êtes en froid.

— Précisément, j'en ai assez de cette situation, Bonnie.

— Attends une minute, on va causer toutes les deux autour d'une tasse de thé. J'en ai reçu de l'excellent. Je tourne le verrou, à cette heure, les clientes sont rares.

Élisabeth apprécia l'intimité de la petite pièce, l'arôme du thé de Chine. Rassérénée, elle contemplait le visage poupin de sa chère Bonnie qui lui souriait avec tendresse, toute fière aussi de lui offrir des biscuits au gingembre, importés de Londres.

— Je devrais te rendre visite plus fréquemment, Bonnie, dit-elle d'un ton navré. Mais ces derniers jours, tout était compliqué. La visite inespérée de Justin m'a bouleversée. En plus, le jour de mes fiançailles.

— Je m'en suis doutée, ma petite. Tu avais un drôle d'air en revenant à table, j'en étais gênée. Cela dit, votre amourette, c'est de l'histoire ancienne. Je suppose que vous vous êtes revus, ensuite.

— Pas très souvent, en fait. Antonin est tombé du carrousel de Central Park, j'ai eu encore une belle peur. Je suis restée à son chevet, et peu après la maladie s'est déclarée.

La jeune femme hésitait. Son secret d'amour lui pesait et elle aurait volontiers tout raconté à Bonnie. Cependant elle renonça, comme elle décida de ne pas lui raconter le cauchemar où son oncle Jean pleurait. Il était inutile de l'inquiéter ou de gâcher sa bonne humeur.

— Justin et moi, nous nous sommes promenés un après-midi, dans le quartier français, dit-elle simplement. Enfin on l'appelle ainsi car beaucoup de Français se sont installés là-bas, il y a déjà des décennies. Maintenant ça a un peu changé. C'était amusant.

Une fois encore, Élisabeth revécut les instants de jouissance ineffable que Justin et elle avaient connus. Son cœur battit plus vite, et son corps fut parcouru d'ondes voluptueuses.

— Sais-tu que Justin est passé nous dire au revoir, la veille d'embarquer ? lui dit soudain

Bonnie. Jean en a profité, il lui a confié des petits cadeaux et de nouvelles photographies de notre bébé pour le moulin.

— Pépé Toine sera content.

— Je pense bien ! Tiens, le voilà, mon homme, il rentre plus tôt que prévu. Vite, il faut lui ouvrir, il ronchonnera si le verrou est mis.

Jean Duquesne calait son vélo au bord du trottoir. Il mit pied à terre, s'empara d'une des caisses qu'il avait transportées dans la remorque et la déposa le long de la vitrine. Dès qu'il aperçut sa nièce, derrière la silhouette plus imposante de son épouse, son air jovial disparut.

— Comme ça, tu as de la visite, Bonnie ! maugréa-t-il sans adresser un sourire à Élisabeth.

— Jean ! soupira sa femme. Ne sois pas grognon dès que tu rentres. Tu devrais embrasser ta nièce. Elle t'a réclamé à peine arrivée dans la boutique.

— C'est la vérité, mon oncle. Tu es le frère de papa, et jamais nous ne devrions être en froid, toi et moi. Je suis désolée si je t'ai contrarié. Je voudrais faire la paix.

Estomaqué, Jean fronça les sourcils. Il se demandait ce que signifiait ce revirement inattendu.

— On verra ça quand j'aurai déchargé toute la marchandise, dit-il en guise d'échappatoire.

— Je vais t'aider, oncle Jean, proposa Élisabeth.

— Moi aussi, à trois ça ira plus vite, renchérit Bonnie.

— Merci, mesdames, plaisanta-t-il, déjà de meilleure humeur.

Château de Guerville, même jour, 10 heures du soir

Hugues Laroche trônait dans un des fauteuils du grand salon. Il arborait un sourire réjoui. Seul l'éclat dément de son regard trahissait la folie à laquelle il cédait, incapable dorénavant de lutter contre ses pulsions meurtrières.

Aline, debout, restait à l'écart tout en le surveillant du coin de l'œil.

— Aurais-tu peur de moi, ma belle ? se moqua-t-il. Je ne te ferai pas de mal. Tu en as la preuve, je ne t'ai pas enfermée avec les autres.

— Votre chien de garde non plus, rétorqua-t-elle.

De l'index, elle désigna Alcide, posté devant une porte, le fusil de chasse entre les mains. C'était l'unique entrée du boudoir, une petite pièce couverte de panneaux en bois où étaient peints des paysages charentais.

Adela Laroche, au début de son mariage, aimait s'y retirer, pour écrire sa correspondance ou lire sans être dérangée. Il n'y avait qu'une étroite fenêtre munie de barreaux et une seule issue, celle que le jardinier avait fermée à clef sur l'ordre de son patron.

— Une brave bête, notre Alcide, concéda Laroche. Ce n'est pas lui qui me mordrait la main, pas comme certains ingrats. Mais il faut mettre le prix ! Je l'ai grassement récompensé, mon chien de garde. Que veux-tu, l'argent fait des merveilles. Ne dis pas le contraire, sale petite catin, j'ai eu tous les droits sur toi grâce à mes louis d'or. Si tu arrêtais de tourner en rond et que tu m'accordais une gâterie… Allez, viens, Alcide profitera du spectacle.

La colère submergea Aline. Elle en oublia d'être prudente.

— Non, c'est fini ! Je ne ferai plus vos cochonneries. Vous n'êtes qu'un vieux fou, un salaud. Si j'avais su, pour mademoiselle Élisabeth, je serais partie avec elle. Je l'aimais beaucoup, moi. Elle était gentille, elle ne me traitait pas de haut. Un matin, on rangeait son armoire, elle m'a offert une jolie robe d'été qui venait d'Amérique, et même un chapeau.

— Tais-toi, gronda le châtelain. Tais-toi, sinon…

— Et la pauvre petite Germaine ? On causait, toutes les deux, en faisant le ménage. Elle en pinçait pour un honnête gars du bourg. Sûr, ils se seraient mariés un jour, mais elle a fichu le camp parce que vous l'avez déshonorée, vieux saligaud.

Laroche émit un rire bas, affreux à entendre. Il était si las qu'il renonça à répondre. Aline, survoltée, s'en prit au jardinier.

— Tu vas lui obéir encore longtemps, à ton patron, face de carême ? s'égosilla-t-elle. S'il t'ordonne de me tirer dessus, tu le feras ? Bah, tu n'es bon qu'à ramper. Tu lui as raconté, à ton maître, que tu m'avais coincée l'autre jour au fond d'un couloir et que tu bavais de convoitise, en louchant sur mes seins ?

Alcide baissa les yeux, gêné. Il commençait à comprendre qu'il s'était laissé emporter dans une sale affaire. Laroche, qui avait écouté le discours méprisant d'Aline, se redressa subitement.

— Hé, je ne suis pas jaloux, fais-toi plaisir, Alcide, culbute-la, cette gueuse ! Cadeau du patron, ironisa le châtelain d'un ton exalté.

Cette ultime marque de mépris fit perdre toute mesure à Aline.

— Vous ferez moins le malin, bientôt ! cria-t-elle. Et ce sera pareil pour toi, Alcide !

Elle se le reprocha aussitôt. Laroche se leva et la toisa avec défiance. Il tenta de rassembler ses idées. Les autres domestiques étaient prisonniers du boudoir d'Adela, il en était certain, et il avait eu soin d'arracher du mur l'appareil téléphonique dont les fils s'étaient rompus. Perplexe, il se frotta le menton.

De son côté, Aline, tout en reculant vers une des fenêtres grandes ouvertes du salon, se remémorait le déroulement des événements, depuis que Justin s'était effondré sur le carrelage séculaire des cuisines.

« Le vieux Léandre s'est assis, courbé en deux, effrayé, Sidonie et Hortense pleuraient, ces poules mouillées, songea-t-elle très vite. Alcide a traîné Justin jusqu'au cellier, sur l'ordre de ce vieux bouc, il a dû balancer son corps du haut de l'escalier de la salle des gardes. Ensuite, nous avons dû monter dans le salon, sous la menace du fusil, car l'arme n'était pas loin, juste à l'entrée de l'office. Moi, je devais rester ici… »

Malgré son peu de moralité et son aptitude au vice, Aline en appela à Dieu, comme lorsqu'elle était encore une innocente fillette qui communiait le dimanche.

« Seigneur, pardonnez mes péchés, aidez-nous, faites que Margot réussisse. »

Ni Laroche ni Alcide n'avaient prêté attention à l'absence de Margot, la femme de chambre, qui se trouvait au premier étage du château. Pendant que le jardinier tournait la clef du boudoir, en serviteur docile, et que le châtelain se servait un verre de cognac, Aline s'était attardée près de la double porte vitrée communiquant avec la salle à manger. Elle était sûre d'avoir entendu un bruit de pas dans le hall.

« J'ai vu Margot, elle portait du linge sale dans une panière. Je lui ai fait signe d'approcher, sans se montrer, se souvint-elle. Par chance, elle a compris. »

Une poignée de secondes avait suffi. Aline avait chuchoté d'un air exagérément affolé :

— Cours chez le maire du bourg et téléphone aux gendarmes, par pitié. Qu'ils viennent vite, vite ! Monsieur a tué Justin.

Elle avait affirmé ça sans certitude, afin de convaincre Margot d'emblée. La femme de chambre, terrifiée, avait fait oui de la tête. Lâchant sa panière, elle s'était éclipsée au pas de course.

— Qu'est-ce que tu disais, petite catin ? lui demanda soudain Laroche en marchant droit sur elle. Déjà, écarte-toi de la fenêtre. Voudrais-tu te sauver ?

Il l'attrapa par le poignet alors qu'elle essayait de lui échapper. De l'autre main, il saisit sa chevelure et tira de toutes ses forces. Les yeux exorbités, bouche bée sur sa dentition jaunie, il était affreux à voir.

— Lâchez-moi, saligaud ! hurla-t-elle.

Mais il tira davantage ses cheveux en arrière, si bien qu'Aline dut suivre le mouvement pour atténuer la douleur. Elle poussa une plainte déchirante quand il la cogna en pleine figure.

— Qu'est-ce que tu as dit ? Pourquoi je ferai moins le malin, hein ? Cause ou je t'éclate le crâne !

— Parce que vous brûlerez en enfer, répondit-elle en bégayant. Forcément, vous serez puni. Ah, ça vous plaisait quand je jouais les vierges effarouchées, ça vous faisait jouir, vieux cochon, vieux bouc, salopard !

Aline, à court d'insultes, lança une clameur stridente, presque hystérique. Laroche la fit taire en la frappant sur la bouche. Elle avait le nez en sang, une lèvre fendue quand il la jeta au sol.

Hébété, Alcide assistait à la scène. Il tremblait de nervosité, un mélange d'excitation malsaine et de crainte.

— Si tu en as envie, vas-y, mon brave, prends-la, lui proposa son patron en décochant un violent coup de pied dans les côtes de sa maîtresse.

Il y avait longtemps qu'Alcide n'avait pas connu de femme. Madeleine l'avait pris pour amant, quelques mois avant d'être arrêtée et emprisonnée. Il se donnait du plaisir tout seul, bien souvent en pensant aux seins d'Aline, à ses hanches.

— Vrai, j'ai le droit, monsieur ? s'étonna-t-il.

— C'est un ordre, crétin ! rugit Laroche en lui arrachant le fusil. Je veux te voir à l'œuvre.

— Non, pas ça ! sanglota Aline.

Elle n'avait pas osé se relever. Maintenant c'était trop tard, le canon de l'arme la visait.

« Il va nous tuer, les uns après les autres », se dit-elle, malade de frayeur.

Elle ferma les yeux, prête à subir les assauts du jardinier si elle gagnait ainsi quelques minutes.

— Patron, écoutez ! brailla Alcide au même instant.

Aline tendit l'oreille. Des chevaux arrivaient au grand galop dans la cour. Laroche se rua vers la fenêtre ouverte. Il vit un attelage équipé de lanternes, des cavaliers en uniforme de la gendarmerie.

— De quel droit on entre chez moi ? vociféra-t-il.

Mais il était blafard. Les gendarmes venaient pour lui. Quelqu'un avait dû réussir à les alerter. Tout de suite, il fit appel au peu de lucidité qui lui restait et dont il usait le temps de mettre à exécution ses délires. Le constat le terrassa. Il était perdu.

Aline se releva, le visage tuméfié. Alcide courut ouvrir la porte du boudoir, dans l'espoir d'un bon geste à débiter aux policiers.

— Sale traître, chien galeux ! lui dit le châtelain.

Ce furent ses derniers mots. Le brigadier, son pistolet à la main, suivi par trois de ses hommes, fit irruption dans le salon, au moment où une détonation ébranlait l'air tiède de la nuit.

Hugues Laroche, le châtelain de Guerville, s'écroula sous les regards stupéfaits des gendarmes. Il avait placé le canon du fusil sous son menton et avait appuyé sur la gâchette, dans un axe qu'il savait fatal.

Hortense, Sidonie et le vieux Léandre, abasourdis, découvrirent peu après leur maître étendu sur le parquet, dont la face n'était plus qu'une bouillie sanglante.

Justin sursauta lorsque l'écho d'une déflagration lui parvint, étouffé par l'épaisseur des murs édifiés au Moyen Âge. Il se dit qu'il avait peut-être somnolé, assis près de Roger dont il n'avait osé lâcher la main. Le blessé, bien qu'inconscient, était toujours vivant, ce dont il s'assurait en tenant ses doigts inertes mais brûlants.

— On dirait un coup de feu, ça n'annonce rien de bon ! dit-il. Quand même, il n'aurait pas tiré sur une autre personne ? Qui, Aline ? Le vieux Léandre ? Je dois sortir de là. Roger, pardonne-moi si je te laisse, c'est pour te sauver.

Il se pencha sur le jeune palefrenier, guetta sa respiration saccadée. Navré de lâcher sa main, il lui caressa le front, puis il se mit en quête du briquet, en tâtonnant. En fait, Roger l'avait laissé entre eux deux, sur la bâche.

— Tu reverras le soleil, le sourire de ta mère, mon ami, ajouta-t-il en se relevant. Et je t'offrirai une douzaine de foulards, je te donnerai un cheval, celui que tu aimes le plus, je te le promets.

Dès qu'il fut debout, Justin s'éclaira. La voûte en pierre de la vaste salle lui apparut, soutenue par de grosses arches, elles aussi en calcaire grisâtre. Des gravats parsemaient le sol pavé quand ils ne s'étaient pas entassés en bas des murailles, au milieu de débris de caisses.

Il avança vers l'escalier après avoir éteint la flamme grâce au clapet en métal. Il préférait garder de l'essence pour gravir les marches, étroites et très raides. Il commençait à monter quand il perçut des éclats de voix, loin au-dessus de lui.

« Et si on venait nous achever, Roger et moi ? pensa-t-il. Tant pis, je continue. Je ne me laisserai plus surprendre. »

Déterminé à se battre, Justin fut envahi d'une saine fureur. Quand il aperçut de la lumière, il grimpa plus vite, en rangeant le briquet. Quelqu'un avait dû ouvrir la trappe. Là-haut, on discutait ferme, mais les voix lui étaient inconnues, hormis celle d'une femme.

— Dépêchez-vous de descendre, brigadier, disait Aline. Le jeune monsieur est peut-être encore vivant.

Pendant un instant, Justin douta de ce qu'il venait d'entendre, puis il comprit. Le cauchemar était fini. Il s'arrêta et appela au secours de toutes ses forces :

— Vite, il y a un mourant dans la salle des gardes, c'est Roger, mon palefrenier ! Il faut l'emmener à l'hôpital. Je retourne près de lui.

Le vieux Léandre, qui distribuait des lanternes aux gendarmes, vit Aline se signer en remerciant Dieu tout bas.

— Tu n'es pas une si mauvaise fille, va, lui dit-il à l'oreille. Tant que tout le monde est occupé, grimpe dans ta chambre te changer et te nettoyer.

— D'accord, Léandre, tu es gentil, toi.

Brooklyn, épicerie Duquesne, même jour

Élisabeth tenait William sur ses genoux. Le bébé gazouillait en tétant son pouce à intervalles réguliers. Bonnie était allée chercher son fils chez la voisine, puis elle avait refait du thé, pour célébrer la réconciliation entre Jean et sa nièce. Elle déballa un cake aux fruits confits et le découpa en tranches.

— Du thé, toujours du thé, soupira son mari. Les manies des Anglais ont fait la conquête de l'Amérique. Par cette chaleur, je boirais plutôt du cidre bien frais, comme celui que faisait mon père, en Charente. Parfois, j'ai le mal du pays.

— Je te comprends, oncle Jean, lui dit doucement Élisabeth. Je te demande encore une fois de me pardonner, j'aurais dû penser que ce n'était pas facile pour toi de t'accoutumer à la vie new-yorkaise, après avoir tout quitté. Ce qui m'a le plus blessée, ce ne sont pas tes sermons sur ma conduite, non.

J'aurais voulu que pépé Toine n'apprenne jamais... pour le viol que j'ai subi. Même si je manque de moralité, ma pudeur de femme en a souffert.

— Alors je te demande pardon à mon tour, répondit Jean d'un ton solennel, en lui étreignant la main. Je n'ai pas beaucoup réfléchi avant d'écrire tout ça. Je suis désolé, ma nièce, et crois-moi, je suis vraiment content de te voir chez nous, en famille. Tu as eu le courage d'affronter ton vieil oncle bourru, je te félicite.

— Je viendrai plus souvent, affirma Élisabeth avec un adorable sourire. Au fond, je n'ai pas meilleur caractère que toi, nous nous ressemblons, d'où nos prises de bec.

L'expression bien française fit rire Jean. Il attira Bonnie contre son épaule et lui donna un baiser.

— C'est la journée où on s'embrasse, blagua-t-elle.

Élisabeth semblait gaie et détendue, mais elle n'en oubliait pas pour autant le cauchemar qui l'intriguait.

— Oncle Jean, ne triche pas, dis-moi, qu'est-ce qui te ferait pleurer ? demanda-t-elle.

— Quelle question bizarre ! s'esclaffa-t-il.

— Réponds quand même, je t'en prie.

— Je n'en sais fichtre rien ! Ton fiancé a-t-il eu droit à ce genre d'interrogatoire ?

— Non, pas encore. Essaie de répondre. Tu n'en as aucune idée ?

— Sans doute, je verserais une larme si mon père décédait, ce n'est pas si sûr. Je lui ai fait mes adieux il y a cinq ans environ. Je me suis préparé, ton pépé Toine ne sera pas éternel.

Jean prit le temps de réfléchir. Il esquissa ensuite une grimace de contrariété.

— Tu me fais penser à des choses tristes, alors qu'on passait un bon moment, s'insurgea-t-il. De grands malheurs peuvent faire pleurer un homme, évidemment.

Il se tut, agacé. Élisabeth devina qu'il avait imaginé la perte de son enfant ou de son épouse. Elle en fut secrètement désolée, car elle se sentait responsable.

— Tu as raison, oncle Jean. Oublions ça. Si nous organisions un pique-nique à Central Park, dimanche prochain ? Antonin pourra gambader, on lui a ôté son plâtre ce matin.

— Est-ce qu'il sera complètement rétabli ? s'inquiéta Bonnie. Je n'ai pas eu le temps de te le dire, mais le pauvre mignon avait attrapé une fièvre éruptive.

— Il pourrait contaminer William ? s'alarma Jean aussitôt.

— Non, d'après le docteur Foster, il n'est plus contagieux, précisa Élisabeth. Acceptez, nous passerons la journée sous les arbres, au bord du lac. J'inviterai Léa et Baptiste Rambert.

Élisabeth les suppliait en souriant, irrésistible tant ses yeux bleus brillaient de tendresse.

— On viendra, trancha son oncle. Et je suppose que ton fiancé sera de la partie, avec ses enfants.

— Oui, bien sûr, répliqua Élisabeth distraitement.

Elle baissa les yeux sur sa bague, effarée par l'indifférence que lui inspirait désormais Henri. Un sentiment de culpabilité la traversa, vite balayé par une étrange bouffée de joie. Des mots résonnèrent alors en elle, surgis d'une mystérieuse dimension, comme chuchotés à son esprit.

« C'est ainsi, tu n'y peux rien. Pourquoi te mentir à toi-même ? »

Château de Guerville, même jour,
un peu avant minuit

Justin, depuis une fenêtre de la salle à manger, regardait s'éloigner le fourgon de la gendarmerie, tiré par deux robustes chevaux gris. Il aurait voulu se trouver à l'intérieur, auprès de Roger. Une main amicale lui tapota l'épaule.

— Ce garçon sera bien soigné à l'hôpital de Rouillac, soyez sans crainte, affirma le docteur Léon Faucher. Je lui ai fait boire de l'eau sucrée, ensuite du laudanum, avant de nettoyer sa blessure. Il est jeune, solide, il s'en sortira.

— Ils ne vont pas l'amputer, vous en êtes certain ?

— Tout à fait certain.

Le médecin, moins grand que Justin, recula d'un pas et le dévisagea d'un air mélancolique.

— J'ai été très surpris quand le brigadier de gendarmerie a requis mes services, ce soir, expliqua-t-il. Je ronchonnais d'être dérangé aussi tard, d'autant plus qu'un jeune confrère vient de s'établir à Aigre. Mais on connaissait mon amitié de longue date avec Hugues Laroche. Pourtant, je ne le voyais quasiment plus, depuis que vous viviez au château. Je me disais que mon vieil ami avait trouvé la paix, grâce à ce fils qui lui tombait du ciel.

— J'étais tout aussi étonné de vous trouver dans les cuisines, admit Justin.

Il n'ajouta rien, songeur. Il revivait le moment où le vieux Léandre l'avait accueilli, au sortir du cellier, en lui annonçant que le châtelain s'était suicidé.

Justin avait éprouvé un immense soulagement, auquel se mêlait une sensation de délivrance.

— Quand donc Hugues a-t-il sombré dans la démence ? lui demanda Léon Faucher. Je n'ai pas encore de détails, mais je présume que son état était très grave, pour qu'il se comporte de la sorte envers vous.

— Excusez, messieurs, les interrompit un des gendarmes, le brigadier va prendre les dépositions, monsieur Laroche. Si vous pouviez vous rapprocher de la table.

S'entendre nommer ainsi causa un choc à Justin. Il retint un soupir d'irritation, conscient qu'il devrait dorénavant porter ce triste patronyme. En se retournant, il vit les domestiques alignés le long d'un mur, sous les tableaux représentant les ancêtres du châtelain et ceux d'Adela, née Mlle de Bellange.

Hortense, les joues rouges, larmoyante, lui adressa un faible sourire. Le vieux Léandre inclina la tête en marque de respect, mais Sidonie baissa les yeux en se tordant les mains. Aline se tenait un peu à l'écart, vêtue d'une robe convenable, les cheveux attachés. Il devina aux ecchymoses de son visage que Laroche l'avait frappée. Quant à Alcide, les menottes aux poignets, il semblait pétrifié, bouche bée.

Toutes les lampes étaient allumées, attirant des nuées de minuscules insectes. Le brigadier, assis à la table, griffonnait sur un calepin. Un de ses hommes, installé à ses côtés, patientait devant un cahier, un crayon entre les doigts.

— Alcide Jambart, veuillez avancer, ordonna-t-il.

Le jardinier, incapable de bouger tant il avait peur, fut poussé en avant par le gendarme qui le surveillait ; à chaque question, il répondit d'abord par oui ou non. On l'interrogeait sur la date de son entrée au service des châtelains, sur ses fonctions exactes, sur ses relations avec les autres domestiques.

— Pouvez-vous nous dire à présent ce qui s'est passé avec Roger Millet, engagé comme palefrenier par M. Justin Laroche en janvier 1900 ? s'enquit sèchement le brigadier.

— Ben, le patron, y s'était remis d'une vilaine chute, et le jeune monsieur, lui, il était parti aux Amériques. Sur ma défunte mère, j'vous jure que le patron, y perdait la boule. Il a demandé à Roger, un brave gosse, hein, d'abattre Rayonnant, le cheval de m'sieur Justin. Moi, j'portais le fusil chargé.

Léon Faucher, qui se tenait près de Justin, le vit trembler d'indignation.

— Roger, y voulait pas, brigadier, pardi, une belle bête comme ça, qu'était pas malade, rien. Le patron s'est fâché, y m'a pris le fusil des mains, et puis il a tiré. L'Roger, il est tombé raide.

— Ensuite ?

— Ben, j'ai fait qu'obéir, moi ! Le patron m'a dit de descendre Roger dans la salle des gardes, mais par la porte du cellier à vins qui donne sur la cour. Le vieux Léandre et Hortense, ils n'étaient pas couchés, alors, fallait pas qu'y me voient faire.

— Vous vous êtes rendu complice d'un acte criminel, Alcide Jambart, trancha le policier.

— Je n'savais point trop.

Justin trépigna de colère. Le médecin lui posa la main sur l'épaule en murmurant :

— Ce type est un idiot, un abruti. Calmez-vous, mon jeune ami.

— Ou il fait semblant de l'être, docteur. Il m'a menacé avec une fourche dès qu'il m'a vu derrière les écuries.

Le brigadier leva les bras au ciel, interloqué. Il fixa Alcide d'un air furibond en rétorquant :

— Ah, vous ne saviez pas trop ! Vous direz ça au juge, quand vous serez au tribunal. Continuez, qu'avez-vous fait ensuite ?

— Monsieur est monté dans le salon, moi j'suis rentré dans la cuisine, et j'ai bu un coup. Pardi, j'étais point à mon aise. Au matin, monsieur m'a dit de le suivre à l'écurie. J'ai ramené Rayonnant du pré, j'l'ai mis au box et j'l'ai tué, deux balles dans le crâne. Je n'voulais point perdre ma place, fallait ben obéir au patron. Après, j'ai raconté aux autres que Roger était renvoyé, qu'y reviendrait pas.

Léon Faucher secoua la tête, accablé. Il ne parvenait pas à concevoir un acte aussi odieux de la part de son ancien ami. Il n'était pourtant pas au bout de ses surprises. Justin, à bout de nerfs, s'éloigna de quelques pas. L'interrogatoire d'Alcide se poursuivait, mais il n'en pouvait plus de l'écouter bégayer et geindre.

«Je n'ai pas besoin de précisions, c'est cette brute épaisse qui m'a traîné vers la trappe et m'a balancé du haut de l'escalier, enragea-t-il intérieurement. Comme a dit le docteur, j'ai eu de la chance de ne pas avoir le cou brisé par la chute. Roger est sauvé, c'est le plus important. »

Justin s'arrêta à l'entrée du grand salon plongé dans la pénombre. Son regard se posa sur la tenture qui dissimulait le cadavre du châtelain.

— C'est fini, tu ne pourras plus nuire à personne, dit-il tout bas. Que Dieu te pardonne tes crimes, moi, je ne pourrai pas, jamais, parce que tu étais mon père et que j'ai honte du sang qui coule dans mes veines, car ma mère ne valait pas mieux que toi.

Le tutoiement lui était venu spontanément, une familiarité qu'il ne s'était pas autorisée du vivant de Laroche, grâce à laquelle il abolissait les contraintes de ces cinq dernières années et exprimait son mépris, sa répugnance envers l'homme qui l'avait conçu.

Une nouvelle page de son existence s'ouvrait.

Montignac, moulin Duquesne,
mardi 30 mai 1905, en début d'après-midi

Antoine Duquesne, assis à l'ombre du tilleul, affûtait les outils de la maisonnée, serpette, faux, faucille. C'était une tâche qu'il appréciait. Le vieil homme souhaitait se rendre utile. Il arrosait dès l'aube le jardin potager, entretenu avec soin par sa bru depuis qu'elle était entrée dans la famille. Il veillait aussi à huiler les gonds des portes, à remonter les pendules, et surtout, il tenait les comptes du moulin.

Ce jour-là, il était seul. Yvonne et Pierre étaient partis en charrette livrer de la farine au boulanger de Vars, un de leurs bons clients. Ils avaient emmené Gilles, leur aîné qui, à dix-sept ans, travaillait désormais avec eux. Laurent, le cadet, était à l'école. Il allait passer son certificat d'études, ainsi que six autres de ses camarades. L'instituteur les faisait réviser avec insistance, soucieux de les voir réussir.

Il faisait chaud, des abeilles bourdonnaient dans l'arbre, attirées par sa floraison précoce. Antoine se laissait bercer par ce vrombissement monotone tout en maniant la pierre à aiguiser, qu'il mouillait de temps en temps au fond d'une cuvette. L'écho d'un galop sur le chemin du fleuve lui fit relever la tête.

— C'est peut-être Justin ! se dit-il à mi-voix.

Le cavalier déboula dans la cour après avoir mis sa monture au grand trot. Le vieux meunier poussa une exclamation de joie.

— À la bonne heure, notre voyageur est de retour ! s'écria-t-il gaiement.

— Bonjour, monsieur Antoine, répondit Justin en mettant pied à terre.

Il alla attacher son cheval à un anneau du mur de la grange, là où le bâtiment dispensait une ombre fraîche. Ensuite, il avança vers le tilleul. Antoine fut frappé par son allure énergique et son apparence. Le jeune homme portait une chemise blanche, un pantalon d'équitation en toile beige et des bottes en cuir fauve. Ses cheveux blonds captaient la lumière, son regard noir avait un éclat singulier.

— Bonjour, mon garçon, je suis content de te revoir, dit-il en lui donnant une chaleureuse accolade. Je t'attendais, figure-toi, car hier soir, Irène nous a annoncé ton retour. Quelqu'un t'a vu descendre du train à Vouharte.

Justin esquissa un sourire, sans pouvoir prononcer un mot.

— On va boire un coup, proposa Antoine. Il y a de la frênette[1] au frais dans le petit cellier. Y as-tu déjà goûté ? Yvonne la prépare à merveille. Boudiou, l'émotion me coupe les jambes. Va nous chercher une bouteille et deux verres, mon gars.

— Tout de suite, pépé Toine.

— Quand même, tu te décides à m'appeler comme ça, il était temps. Dépêche-toi, j'ai hâte

1. Boisson ménagère des campagnes, un peu gazeuse, préparée en faisant fermenter avec du sucre les premières feuilles de frêne, au printemps.

d'avoir des nouvelles d'Élisabeth et de mon arrière-petit-fils.

Dès qu'il fut seul, le meunier s'interrogea. Quelque chose clochait dans l'attitude de Justin.

— Tu n'as pas l'air dans ton assiette, mon petit gars, hasarda-t-il quand il réapparut.

— Je n'ai pas dormi de la nuit. Je serais venu ce matin, si j'avais pu, mais…

— Mais quoi ? Cause, on est bons amis, nous deux. Donne-moi la bouteille, il faut l'ouvrir avec précaution, sinon on se fera asperger.

— Pépé Toine, voilà… Hugues Laroche est mort.

— Ah ! C'était prévisible, non ? Il était mal en point avant ton départ pour New York. Je ne vais pas le pleurer. Quand a eu lieu le décès ?

— Je dirais vers minuit. Il s'est suicidé, une balle dans la tête. J'ai été tellement soulagé. Je le haïssais et, devant sa dépouille, je n'ai ressenti que du mépris. Je n'en ai pas honte, mais je me répète que c'était mon père. Durant cinq ans, j'ai vraiment cru à son affection, à son amour même. Il semblait repenti, plein de bonne volonté. Souvent, je jouais la comédie du fils amical mais, parfois, j'avais l'impression de connaître une vie normale, d'avoir une famille.

— Mais tout a volé en éclats après la révélation que t'a faite Yvonne, il y a deux mois.

— Oui, c'est ça. Je voudrais trouver la force de lui pardonner, comme nous l'enseigne Jésus, je ne peux pas.

Touché par la sincérité de Justin, Antoine lui prit les mains et les étreignit. Il comprenait le désarroi du jeune homme.

— Mon garçon, tu serais un saint si tu le pouvais. Laroche a mis fin à ses jours, sans doute parce qu'il ne pouvait pas se pardonner la longue liste de ses crimes. Tourne-toi vers l'avenir. Dis-moi, je n'avais jamais vu ce cheval gris, ton beau Rayonnant n'est pas malade, au moins ?

Une immense détresse fit monter des larmes aux yeux de Justin. Il respira profondément avant de répondre.

— Pépé Toine, vous devez savoir ce qui s'est passé hier, quand je suis arrivé au château.

Quand il eut écouté le terrible récit de Justin, Antoine était livide. Il s'appuya au dossier de son fauteuil en osier, en fermant les yeux.

— Seigneur, que d'abominations ! déplora-t-il.

Le vieux meunier secoua lentement la tête. Il pensait à la petite Germaine, qui avait été violée elle aussi, Justin lui avait rapporté les propos d'Élisabeth. Même s'il ne la connaissait pas, il concevait l'horreur de ce qu'elle avait dû vivre. Il imaginait le chagrin de Justin, découvrant son cheval abattu, et il plaignait Roger, sauvé de justesse d'un sort affreux.

— Pépé Toine ? appela Justin. Est-ce que vous allez bien ? Je suis désolé, j'avais besoin de tout vous raconter.

— Ça va, mon pauvre garçon, ça va. Tu as bien fait. Dieu soit loué, tu es là, devant moi. Ce fou aurait pu te tuer. Hélas, si on peut attribuer ces derniers méfaits à la démence, la folie n'était pas en cause jadis, quand il harcelait Catherine de ses désirs contre nature, et qu'il tentait de supprimer mon fils, Guillaume.

— Le docteur Faucher est resté au château jusqu'à midi, aujourd'hui. Je lui ai confié toute la vérité sur Laroche. Il était accablé et se montrait presque incrédule. Pourtant, il a tenu à signer un certificat attestant de la démence avérée de son ancien ami, qui sera inhumé dans le caveau familial.

Antoine se redressa et fixa Justin de son regard bleu, aussi limpide que celui d'Élisabeth.

— Mon garçon, peu importe où reposera le corps de ce monstre à face humaine, déclara-t-il. Mon âme est plus légère, car il n'est plus de ce monde. Je pourrai dormir sans ressasser le mal qu'il nous a fait. Et pour toi, que va-t-il se passer maintenant ? Ce serait une grave injustice si tu étais déshérité.

— Ce n'est pas le cas, je l'ai su par Aline, qui pliait bagage ce matin, devenue tout humble. L'histoire du mariage était vraie, les bans étaient publiés, bien sûr ils seront annulés. Elle a été franche, elle rêvait d'être la dame du domaine. Pour le reste, c'étaient des mensonges. Laroche n'a pas eu le temps de mettre ses menaces à exécution. Élisabeth et moi, nous sommes les héritiers légitimes, à parts égales.

— Alors te voilà châtelain pour de bon, commenta Antoine.

— Oui, je suis le seul maître à bord, comme on dit dans la marine. Les gendarmes ont emmené Alcide en prison, il sera jugé. J'ai congédié Sidonie, malgré ses lamentations. Elle n'a pas été inquiétée, le brigadier a estimé qu'elle m'avait dupé sous le coup de la peur et par cupidité. Je garde le vieux Léandre et Hortense, ce sont de braves gens. Margot peut rester également. Je n'ose pas penser à ce que Roger et moi serions devenus sans son intervention.

— Tu vas devoir écrire une très longue lettre à Élisabeth, elle a le droit d'apprendre ce qui s'est passé. Sers-moi à boire, mon petit gars, j'ai la bouche sèche.

Justin but lui aussi un verre de frênette. Il parvint à sourire, une fois désaltéré.

— Je ne lui dirai peut-être pas toute la vérité, pépé Toine. Hier soir, pendant que chacun faisait sa déposition, je regrettais amèrement d'avoir évoqué le viol qu'avait subi Élisabeth, et celui de Germaine. J'avais l'impression de porter atteinte à leur pudeur de femme. Mais comme par miracle, aucun des domestiques, pas même Aline, n'y a fait allusion. Il n'a été question que de la fureur aveugle de leur patron, de ses brutalités, de ses caprices aberrants, de la terreur qu'il leur inspirait.

— Seigneur, je comprends ce que tu as ressenti, admit Antoine. Je vais prier matin et soir pour que cela demeure secret.

— Et je ne commencerai pas ma lettre avant d'avoir retrouvé la jument d'Élisabeth et sa pouliche. Léandre m'a dit que Laroche les avait vendues à un maquignon de Rouillac. J'ai de grandes chances de les récupérer à la prochaine foire, ce sont des bêtes de race et elles sont très précieuses pour moi...

Justin avait prononcé ces mots avec une ferveur passionnée.

— Mon Dieu, tu l'aimes toujours autant ! constata le vieux meunier. Ton séjour en Amérique n'a rien arrangé.

— Si, n'ayez crainte, pépé Toine. Nous avons été très heureux de nous revoir. L'amour que nous éprouvons est désormais celui d'un frère pour une sœur, d'un oncle pour sa nièce.

— Je l'espère, Justin.

Le jeune homme, après son pieux mensonge, se détendit. Il se leva brusquement.

— Nous allons nous changer les idées, annonça-t-il. J'ai dans mes sacoches des cadeaux qui viennent de New York, et des photographies. Je vais les chercher.

Antoine Duquesne approuva avec un bon sourire. Un merle sifflait dans la haie d'aubépine, les reflets du soleil dansaient sur l'eau sombre du bief. Dans l'air chaud flottaient le parfum des fleurs de tilleul et la senteur discrète des foins coupés.

« Le pire est derrière nous, songea-t-il. Que Dieu m'accorde un été encore… »

19

Un amour condamné

Dakota Building, mardi 6 juin 1905

Il était 8 heures du matin. Edward Woolworth, au volant de son automobile, roulait au ralenti dans la cour du Dakota Building, en direction du porche. Élisabeth, assise à côté de lui, ajustait son chapeau à l'aide d'un foulard en soie.

— Je pars le cœur lourd, *daddy*, confessa-t-elle. Je ne supporte pas quand Antonin pleure autant parce que je m'en vais. Mais je tiens à suivre les cours de l'école d'infirmières.

— Et tu as raison, répondit-il. Aussi, je te conduis au Mount Sinai Hospital de gré ou de force. Tu auras un métier, au moins. On ne sait jamais, personne n'est à l'abri d'un revers de fortune.

— *Daddy*, si tu as des ennuis, il faut m'en parler ! Je peux me passer de l'argent que tu me verses chaque mois. Je suis logée, nourrie, habillée, et sur ce dernier point, j'ai déjà demandé à *mummy* d'être économe.

— Ne t'inquiète pas, Lisbeth, je ne suis pas ruiné. Quelques transactions qui ont échoué, rien de grave.

— Pourtant, tu as vendu le chalet dans les Rocheuses.

— Seigneur, Maybel est incapable de garder un secret !

Le portier les salua avant d'ouvrir la grille. Au même moment, un cycliste déboula, en uniforme de facteur. Il agita la main dès qu'il reconnut Élisabeth.

— Un télégramme pour vous, madame Johnson ! cria-t-il.

— Merci, dit-elle en s'emparant du petit document scellé.

Les battements de son cœur s'accélérèrent. Son intuition lui soufflait qu'il s'agissait d'un message de Justin. Elle en eut la confirmation grâce à l'adresse au dos.

— Eh bien, ouvre-le ! lui conseilla Edward.

— Pas tout de suite, *daddy*. Roule, sinon je serai en retard.

Il obtempéra, intrigué par la nervosité soudaine de sa fille. Élisabeth respirait plus vite, les doigts crispés sur le rectangle de papier beige.

— Et ton mariage ? demanda-t-il d'un ton jovial, afin de la détendre. Tu n'y fais plus allusion. Avez-vous fixé une date, Henri et toi ? C'était l'occasion d'en discuter, quand vous avez passé la journée de dimanche à Central Park.

— Je vous aurais invités au pique-nique, *mummy* et toi, si j'avais prévu une discussion en ce sens.

— Lisbeth, tu nous as proposé de venir, mais Maybel a refusé, elle préférait rester au frais. Et moi, j'étais ravi de lui tenir compagnie. Où as-tu la tête, ce matin ?

— Je pense à Antonin. Je crains d'être une mauvaise mère pour lui. Pour le mariage, *daddy*, j'avais l'intention de vous le dire bientôt, Henri et moi, nous avons décidé d'attendre au moins un an. Les fiançailles sont faites pour apprendre à mieux se connaître, n'est-ce pas ? D'ici là, Henri aura peut-être repris la direction de la blanchisserie et j'aurai mon diplôme d'infirmière. Ni lui ni moi, nous ne voulons être à ta charge.

Edward eut soin de cacher sa satisfaction, en songeant que bien des choses pouvaient changer dans les mois à venir.

— C'est tout à votre honneur, admit-il néanmoins. Mais tu pourras compter sur moi, chérie, en cas de souci. Je considère Antonin comme mon petit-fils, il ne manquera de rien, quoi qu'il arrive.

— J'en suis certaine, *daddy*, tu es un merveilleux grand-père. Mon Dieu, ça y est, je le revois encore, le visage en larmes, les joues rouges, qui s'accrochait à ma jupe.

— Maybel et Norma vont vite le consoler. Lisbeth, enfin, ouvre ce télégramme ! C'est peut-être important.

— Justement, j'ai peur d'apprendre un malheur, plaida-t-elle.

— Tu as toujours été courageuse, chérie. Allons, décide-toi. Au moins, tu ne seras pas seule. S'il le faut, je me garerai et nous irons boire un café.

Élisabeth approuva d'un signe de tête. Les mains tremblantes, elle décacheta le message. Il était si bref qu'elle le relut à voix haute :

— Hugues Laroche décédé. Enterré samedi 3 juin. Lettre suit. Affections. Justin.

— Je m'en doutais, commenta Edward. Il était agonisant quand ton oncle a embarqué. Je ne dirai même pas « paix à son âme », après ce qu'il t'a fait, ainsi qu'à tes parents. Au fond, tu dois te sentir délivrée.

— Tout à fait, *daddy*, pourtant, ça me paraît irréel, à cause de la distance qui me sépare de Guerville.

— Tu auras plus d'explications dans quelques jours, quand la lettre arrivera.

— Oui, bien sûr.

Durant le reste du trajet, Élisabeth savoura sa joie de savoir Justin bien vivant et héritier légitime du château. Elle n'avait plus éprouvé de vive anxiété à son sujet ces derniers jours, mais elle s'était beaucoup inquiétée. Quand Edward la déposa devant l'hôpital, elle lui adressa un sourire très doux.

— Au fait, *daddy*, je suis devenue riche. J'hérite de la moitié de la fortune des Laroche, à parts égales avec Justin. Au revoir, nous en reparlerons ce soir.

Il éclata de rire, tout en prenant conscience qu'elle disait vrai, ce dont il fut infiniment soulagé.

Élisabeth suivit les cours théoriques de l'école d'infirmières dans un état second. Elle peinait à se concentrer, obsédée par le court message du télégramme. Justin serait certainement plus tendre dans sa lettre.

« Il a dû penser que tout le monde devrait pouvoir le lire. Je sais bien qu'il m'aime », se rassurait-elle.

Elle s'autorisa des rêves délicieux. Justin, quand il aurait réglé les affaires courantes du domaine viticole, reprendrait le bateau. Ils avaient déjà échafaudé des projets romantiques, dans le taxi qui les ramenait en bas du Dakota Building trois semaines auparavant.

« D'abord, nous irons séjourner un mois au Canada, au bord du lac Ontario, avec Antonin, se redit-elle. Ensuite, nous partirons une semaine en Californie, mais seuls tous les deux, quand j'aurai expliqué à mes parents combien nous sommes faits l'un pour l'autre. Ils comprendront, il le faut. »

Malgré l'exaltation qui la faisait sourire aux anges, Élisabeth prit vite consciente des difficultés à venir. Le doute succéda à la joie, la rendant morose.

« Je suis folle d'y croire. *Mummy* et *daddy* feront l'impossible pour m'empêcher de vivre avec Justin. Sans oublier oncle Jean, qui criera de nouveau au scandale. J'aurais dû être plus discrète sur notre lien de parenté. »

Pour la première fois, la jeune femme n'avait presque rien écouté de la leçon, qui traitait des différentes manières de panser les plaies et les entorses. Pendant la pause consacrée au repas, elle s'isola sur un banc du jardin.

Une triste évidence s'imposa à elle. Il lui fallait choisir entre Justin et tous ceux qu'elle chérissait ici, à New York, sauf son fils dont elle ne se séparerait pas.

« Je sacrifierai mes parents, Bonnie, William et mon oncle, je ferai souffrir Henri et ses enfants.

Et Antonin ? Sera-t-il heureux, loin de la seule famille qu'il connaît ? »

Ces pensées la déprimèrent. Le docteur Charles Foster, qui la cherchait, l'aperçut, assise à l'ombre d'un magnolia, ravissante dans sa blouse blanche d'étudiante.

Comme elle lui tournait un peu le dos, il traversa sans bruit la pelouse pour la rejoindre. Elle sursauta quand il lui posa la main sur l'épaule.

— Vous étiez bien songeuse, chère Lisbeth, chuchota-t-il à son oreille.

Elle s'écarta un peu, tandis qu'il prenait place à ses côtés. Il était également en blouse, mais il l'avait déboutonnée et arborait une chemise en soie grise, une cravate bleu foncé.

— Charles, vos façons de faire m'exaspèrent ! s'indigna-t-elle. Il y a des gens dehors, des religieuses, on pourrait penser que nous avons une liaison. Vous êtes marié et je suis fiancée.

— Ciel, fiancée à votre blanchisseur, quelle mascarade. Pearl m'en a parlé, elle s'en amusait beaucoup.

— Pearl se moque de tout, vous devez le savoir. Son opinion m'importe peu.

— Et la mienne ? Lisbeth, je redoutais votre absence, ce matin, car j'ai une chose très sérieuse à vous dire. Ne m'interrompez pas, je vous prie. Je songe à divorcer. Pearl n'est pas au courant, mais elle m'approuvera. Nous sommes incapables de former un couple solide. J'espère que vous accepterez de m'épouser, dès que je serai libre. J'ai enfin compris pourquoi vous m'avez repoussé à plusieurs reprises. Vous êtes honnête et sage, il vous semblait inconvenant d'encourager un homme déjà engagé par ailleurs.

Stupéfaite, Élisabeth différa sa réponse. Charles Foster, ravi de son silence, s'empara de ses deux mains, les emprisonna au creux des siennes.

— Vous accepterez, mon adorée ?

— Et Debbie, votre fille de quatre ans ?

— Pearl voudra s'en occuper, même si notre enfant a surtout été élevée par des nurses, jusqu'à présent. Il vous faudra de la patience, rien ne sera réglé avant plusieurs mois. Comment lutter contre l'amour que vous m'inspirez ? Dès que je vous ai vue, dans la pouponnière de l'hôpital, j'ai su que nos destins seraient liés. Vous étiez d'une telle beauté, Lisbeth.

Le médecin la contempla ardemment, avant de porter ses mains à ses lèvres et de les couvrir de baisers. Élisabeth mit fin à cette démonstration de passion, d'un geste brusque.

— Tant pis si on nous observe, dit-il tout bas. Nous allons être si heureux. Je m'endors en pensant au dessin de votre bouche, à vos sourires ensorcelants, à vos petits soupirs, au chevet d'un bébé malade. Et vos yeux, si éloquents ! Chaque fois que je regarde le ciel d'été, je tremble de désir, car un jour, je verrai vos beaux yeux se voiler sous le feu de mes caresses.

Élisabeth aurait pu rire de ces propos d'un lyrisme proche du ridicule, mais une colère froide l'avait envahie. Elle toisa Foster d'un air dédaigneux.

— Ai-je mon mot à dire ? demanda-t-elle. Vous êtes vraiment sûr de vous, de votre séduction, Charles. Je suis désolée, je ne me languis pas de vous, je n'ai aucune envie de vous épouser. Comment pouvez-vous être aussi présomptueux ? Je ne vous ai jamais laissé espérer quoi que ce soit. Divorcez si vous vous voulez, c'est le dernier de mes soucis, même si j'estime une telle décision regrettable, pour votre petite fille.

— Mais… Lisbeth !

— Il n'y a pas de mais, Charles. Je vous prie de ne plus venir m'importuner lorsque je suis ici, à l'hôpital. Et autant vous le dire tout de suite, nous allons changer de médecin, mes parents et moi. Quand vous êtes chez nous, votre comportement déplaît à Maybel, et surtout, il me déplaît.

La jeune femme se leva du banc. Elle se dirigea d'un pas vif vers le grand bâtiment qui abritait la pouponnière et le réfectoire. Le nombre d'orphelins abandonnés ne faisait qu'augmenter. Les Sœurs de la charité s'effaraient devant tous ces nouveau-nés déposés à leur porte, ainsi que des enfants en bas âge.

« Je m'arrangerai avec Justin, il tient à me verser une partie des revenus du domaine. Il me faut de l'argent avant l'hiver, se disait Élisabeth. Ces petits innocents manquent de layette, de vêtements propres, de jouets. »

Elle ne disparaîtrait pas au Canada ou en Angleterre afin de vivre près de Justin. Ce serait une fuite, un acte insensé. Leur amour était condamné, elle venait de le comprendre.

Central Park, vendredi 16 juin 1905

Antonin jouait sagement avec des billes, assis sur le grand carré de tissu que Norma avait étendu sur l'herbe. Installée à côté de l'enfant, la gouvernante le surveillait du coin de l'œil, tout en tricotant avec dextérité. Heureuse de passer du temps en plein air, elle confectionnait des chaussettes en laine destinées aux orphelins, âgés de huit à douze ans, qui prendraient bientôt le train pour l'Ouest avec l'espoir d'être adoptés.

— Où elle est, m'man ? demanda le petit garçon en regardant autour de lui.

— Là-bas, au bord du lac, sur le banc en pierre.

— Je veux aller avec elle, Norma.

— Ne la dérange pas, ta maman lit son courrier. Voudrais-tu un gobelet de limonade, pour patienter ?

— Oui, et un bonbon, aussi.

Norma céda à contrecœur. Elle avait grandi dans une famille protestante, où ses frères et elle devaient se plier à l'austérité de leurs parents. Antonin était beaucoup trop gâté, à son avis.

— Dis, pourquoi t'es pas mariée, toi ? interrogea-t-il tout en lançant sa plus belle bille en l'air.

— Je n'ai pas rencontré l'homme que je voudrais épouser, petit curieux. Et puis, si je me mariais, je devrais quitter ta maman, et ça me rendrait triste. Je l'aime beaucoup.

— Je l'aime plus que toi.

— C'est normal, puisque c'est ta maman. Bois ta limonade, et sans te salir, je te prie. Tu auras le bonbon quand tu auras fini.

Antonin renversa aussitôt le gobelet sur sa chemisette en percale. Agacée, Norma hocha la tête. Elle gronda tout bas l'enfant, en lui donnant malgré tout la confiserie.

Élisabeth ne vit rien de la scène, concentrée sur sa lecture. La lettre de Justin était arrivée le matin, ainsi qu'une autre missive, envoyée par Henri. La jeune femme avait décidé d'en prendre connaissance sous les ombrages de Central Park, son lieu de prédilection à New York.

Pour l'occasion, elle s'était habillée d'une robe d'été très simple, en cotonnade rose. En fait, pendant les dix jours qui venaient de s'écouler, elle avait tourné dans son esprit une foule d'idées noires. Mais elle avait ressenti un tel bonheur en tenant l'enveloppe postée de France, où figurait l'écriture de Justin, qu'elle avait cédé à une douce espérance.

À présent, profondément bouleversée par ce qu'elle avait appris, elle relisait la dernière page pour apaiser sa révolte, son indignation, et surtout se griser des mots d'amour qui lui étaient destinés :

Je veux conclure cette lettre, où j'ai dû te raconter ce que j'ai enduré à mon retour à Guerville, par une note plus gaie. C'était peut-être puéril de ma part, mais je tenais à t'écrire une fois seulement que j'aurais retrouvé ta jument Perle et sa pouliche. Je les ai rachetées à la foire de Rouillac, le lundi suivant la mise en terre de Laroche. Les animaux ne sont coupables de rien, aussi je garde Galant, qui est un bon étalon. Il ne sera plus jamais brutalisé, son caractère s'adoucira au fil du temps.

Ma princesse, ma douceur, ma beauté, je pense à toi jour et nuit. Je suis désolé de te dire qu'il me sera difficile de revenir bientôt à New York. J'attends le retour de Roger, qui ne sera pas rétabli avant trois semaines. J'ai hâte de l'accueillir et de lui faire oublier la terrible épreuve qu'il a subie.

Je dois également veiller sur nos vignobles, en prévision des prochaines vendanges. C'est pour toi, Élisabeth, mon petit amour, que je tiens à faire fructifier le domaine, qui nous appartient à tous les deux, et à ce propos, j'ai pu étudier tous les documents que le notaire détenait. Tout est en règle, je suis bel et bien le nouveau châtelain, comme l'a dit ton pépé Toine.

Sois sans crainte, je te serai fidèle. J'ai rencontré Irène, la jeune fille dont je t'ai parlé, et je lui ai signifié que j'en aimais une autre. Elle semblait très triste, elle contenait ses larmes, mais elle m'a remercié de ma sincérité.

Et toi, ma princesse ? Maintenant, tu ne peux plus épouser Henri, ni le fréquenter. La jalousie me ronge, moi qui suis si loin, de l'autre côté de l'océan. Tu es mienne, je t'en prie, même si nous devons patienter des mois avant de nous revoir, ne me trahis pas. Surtout écris-moi vite, chacun de tes mots sera un baiser sur mes lèvres avides des tiennes. Je t'embrasse de tout mon cœur.

Justin

Partagée entre la déception et la ferveur amoureuse, Élisabeth replia les feuilles et les rangea dans l'enveloppe. Elle devrait dissimuler ce courrier dont la teneur confirmerait les soupçons de Maybel.

— Maman !

Antonin courait vers elle, la bouche boudeuse, le front buté. Il se jeta contre ses jambes, en froissant le tissu de sa jupe de ses menottes poisseuses.

— Viens, je m'ennuie, Norma est méchante.

— Norma, méchante ! C'est vilain de mentir, Antonin. Retourne jouer, j'arrive tout de suite.

— Non, je reste là, avec toi.

L'enfant ramassa un caillou sur la berge du lac et le jeta dans l'eau. En riant, il ouvrit son sac de billes, qu'il avait emporté, et commença à les lancer autour de lui.

— Ça suffit, Antonin ! ordonna Élisabeth. Tu mériterais une fessée. Arrête immédiatement.

Norma accourut à son tour et commença à ramasser les agates aux vives couleurs.

— Ramène-le à la maison, Norma. Ce garnement est de plus en plus capricieux et coléreux.

— D'accord, Lisbeth.

— Tu es puni, Antonin, ajouta la jeune mère. Tu passeras une heure enfermé dans ta chambre et tu seras privé de goûter. J'en ai assez.

— Toi aussi, t'es méchante ! hurla-t-il.

Élisabeth fut inflexible. Elle suivit des yeux la gouvernante et l'enfant qui remontaient l'allée en direction du portail. Soulagée d'être seule, elle se rassit sur le banc de pierre. Le tragique récit de Justin la hantait. Son imagination l'aidait à se représenter les moments les plus abominables, comme le bûcher consumant le cadavre de Rayonnant,

Hugues Laroche son fouet à la main, ou l'impact de la lanière de cuir sur le visage de son amour.

— La date correspond, se dit-elle à mi-voix. J'ai ressenti la détresse de Justin, son désespoir dans la salle des gardes. Nous sommes intimement liés, au-delà des milliers de kilomètres. Dieu merci, Roger, ce vaillant garçon, a survécu, et Justin aussi.

Ce qu'elle avait appris de la conduite d'Aline lui donna à réfléchir. Elle gardait de la domestique, engagée par ses soins, un agréable souvenir. L'argent avait dû la corrompre, et peut-être une aptitude innée au vice. Justin l'avait renvoyée, quatre ans plus tôt, exaspéré par ses manigances. Mais profitant de l'absence du jeune homme, Laroche avait fait revenir sa maîtresse à Guerville, avec la complicité de Sidonie.

— Dieu merci, Aline ne remettra jamais les pieds au château. D'après Justin, elle comptait partir pour Bordeaux, se dit-elle en repliant les feuilles.

Ensuite, elle décacheta à regret l'enveloppe bleue que lui avait adressée Henri. Le courage lui manquait, car elle était certaine du contenu.

Ma chère Lisbeth, ma toute belle,

Nous sommes fiancés, et depuis que tu portes ma bague, je ne te vois presque plus. Notre dernière rencontre remonte au pique-nique dans

Central Park, il y a déjà douze jours. Mes enfants, qui voyaient en toi une deuxième maman, m'ont demandé pourquoi tu ne venais plus chez nous.

Je me pose la même question. Tu me manques, Lisbeth, mes bras sont vides de toi. Je sais que ton fils a été souffrant, que tu as tes cours à l'école d'infirmières, mais pendant plusieurs mois, tu trouvais toujours le moyen de me rendre visite.

J'espère que tu viendras bientôt et que tu me rassureras, car je commence à m'inquiéter quand je pense à notre avenir commun.

Tendrement à toi, Henri

— Et zut ! se dit Élisabeth à mi-voix. Je n'ai plus le choix, je dois lui parler.

Elle contempla d'un air mélancolique la surface paisible du lac, où des cygnes blancs comme neige nageaient, majestueux. Justin les avait admirés, le jour où ils s'étaient promenés dans le parc avec Antonin.

— Quand reviendras-tu ici, mon amour ? murmura-t-elle, le cœur serré.

Broadway, blanchisserie Moreau, même jour

La chaleur était écrasante sous les toits en tôle de la blanchisserie. Il s'y ajoutait l'humidité ambiante, qui évoquait la touffeur précédant un orage. Les employés, les femmes comme les hommes, s'habillaient le plus légèrement possible. Le travail était pénible, on passait des heures dans les odeurs de savon, de lessive, de cristaux de soude, assourdis par le bruit permanent des machines.

Les moins à plaindre demeuraient les préposés au repassage, qui disposaient d'une salle adjacente où l'air circulait mieux, grâce à une large ouverture donnant sur l'arrière-cour. Ottavia, la cousine de Léa Rambert, faisait partie de ces privilégiés.

On la courtisait beaucoup, les célibataires, les veufs et certains époux infidèles de nature. La belle Italienne repoussait avec dédain les avances et elle n'hésitait pas à défendre sa vertu d'une gifle assortie d'une insulte dans sa langue natale.

Henri Moreau écoutait ses doléances chaque soir. Il avait dû réprimander les plus audacieux. On le considérait comme le futur patron, aussi ses sermons portaient-ils leurs fruits.

Ce soir-là, à l'heure de la fermeture, Ottavia le remerciait encore une fois d'avoir remis à sa place un de ces importuns.

— Si tu n'étais pas là, Henri, je quitterais la blanchisserie, disait-elle de sa voix basse et chaude de Méridionale. Jacques m'a coincée derrière la penderie.

— Il ne recommencera pas, je l'ai menacé d'être congédié, répliqua-t-il. Mon cousin me soutient, il ne plaisante pas avec la moralité de ses ouvriers.

— J'ai dit à Léa combien tu es sérieux et gentil, soupira-t-elle.

— Je ne tolère pas ce genre de comportement, rien d'autre.

Ottavia le dévisagea avec ferveur. Henri songea qu'elle était vraiment très jolie. Sa peau dorée s'accordait à sa chevelure noire, relevée en chignon, et elle avait un regard vert fascinant. Son corsage sans manches dévoilait le modelé de ses bras et moulait sa poitrine bien ronde.

Ils discutaient dans l'impasse, près du seuil de l'établissement, tandis que les derniers employés s'en allaient d'un pas harassé vers l'avenue de Broadway. Louison sortit à son tour, en gilet de corps, une casquette en toile de guingois sur la tête.

L'adolescent affectait dorénavant de parler uniquement en anglais. Il salua son père, lui annonça qu'il sortirait après le dîner, mais il s'exprima tout à coup en français :

— P'pa, Lisbeth est là !

Les traits d'Henri s'illuminèrent, le gracieux minois d'Ottavia s'assombrit. Louison, lui, s'élança pour aller embrasser la jeune femme. Cependant il ne s'attarda pas, pressé de rattraper un de ses camarades.

— Bonsoir, Henri, je te laisse, tu as de la visite ! déclara Ottavia. Tu n'as pas besoin de me raccompagner, je vais prendre le tramway.

Elle passa devant Élisabeth en la saluant d'un vague sourire. Mais Henri s'était précipité. Il voulut enlacer sa fiancée, qui l'en empêcha.

— Non, je t'en prie, dit-elle dans un souffle oppressé.

— Pourquoi ? As-tu reçu ma lettre ?

— Je l'ai eue ce matin. Henri, où pouvons-nous discuter tranquillement ?

— Mon cousin est parti, on peut aller dans son bureau. Tu m'as repoussé parce que je suis en sueur, c'est ça ? Si tu venais chez moi, comme avant, j'aurais le temps de me laver et de changer de linge.

— C'est sans importance, trancha-t-elle.

Élisabeth le suivit sous l'immense toiture de la blanchisserie, jusqu'à un escalier métallique menant à une petite pièce vitrée.

— J'ai compris, tu es fâchée à cause d'Ottavia, dit Henri qui la précédait. Tu prétendais que tu n'étais pas jalouse.

— J'ai remarqué qu'elle était très familière, elle te tutoie.

— Elle travaille au repassage depuis un mois, je la vois tous les jours de la semaine. Elle parle de mieux en mieux français, et comme tout le monde se dit « tu », elle fait pareil.

— Et tu la raccompagnes chez Léa et Baptiste ?

— Les soirs où ils m'ont invité à manger, oui, bien sûr. Lisbeth, j'ai l'impression que tu me cherches querelle car ça t'évite de m'expliquer ce qui se passe.

Ils entrèrent dans le bureau du directeur. Henri s'appuya au bord de la table. Élisabeth refusa de s'asseoir.

— Je ne suis pas jalouse, affirma-t-elle, même si Ottavia est une vraie beauté. J'ai fait des efforts, je me suis montrée amicale, mais je sens qu'elle ne m'apprécie pas. Sinon, elle aurait accepté mon invitation au pique-nique.

— Ce n'est pas ça du tout, ma chérie, elle va danser le dimanche après-midi, avec d'autres filles, précisa Henri. N'en parlons plus, s'il te plaît. Tu me manques tellement, j'ai rêvé de nous, une nuit, nous étions au lit, je te couvrais de baisers et…

— Tais-toi, Henri ! protesta Élisabeth. Je suis vraiment désolée, je n'ai jamais eu l'intention de te faire du mal, ni à tes enfants. Mais je souhaite rompre nos fiançailles.

Elle ôta sa bague et la lui tendit d'une main tremblante. Henri, sidéré, fit non de la tête.

— Tu ne peux pas me quitter ! s'écria-t-il. Tu as été une amie pendant des années, tu as veillé sur Agathe, sur Louison. Petit à petit, nos sentiments ont changé, et j'ai découvert le véritable amour avec toi. Que me reproches-tu ? Ou bien ce sont tes parents, ils ont réussi à te détourner de moi ? Je ne suis pas sot, j'ai deviné qu'ils espéraient un parti plus avantageux.

— Henri, si mon souhait le plus cher était de t'épouser, personne ne pourrait m'en dissuader. J'ai pris ma décision toute seule, par respect envers toi. Je me suis aperçue que je ne t'aimais pas assez, pas comme une femme doit aimer l'homme qui partagera sa vie jusqu'à la fin.

Il s'empara de la bague pour fixer le saphir d'un air hébété.

— Garde-la, dit-il d'un ton froid. Je t'ai menti, mon cousin ne m'a pas prêté l'argent, c'est ton père, Edward Woolworth. Il insistait, j'ai cédé. Il n'aura qu'à la revendre.

Élisabeth reprit le bijou. Henri était livide. Il lui lança un regard désemparé.

— Si nous restions amants ? suggéra-t-il tout bas. Je ne pourrai pas me passer de toi, de ton corps, de tes baisers. Tu ignores à quel point tu combles un homme, Lisbeth. Le plaisir que tu me donnes, aucune autre ne pourra me le donner.

Henri se jeta sur elle brusquement. Fébrile, il l'embrassa sur la bouche, forçant de sa langue le barrage de ses dents. En même temps, il retroussait sa jupe d'une main, caressait avec rudesse ses seins. Lui toujours très tendre et délicat, il ne se contrôlait plus.

— Encore une fois, je te veux encore une fois, gémit-il.

Elle le frappa en plein visage de ses poings menus. Il la lâcha et recula vers la porte.

— Comment oses-tu, Henri ? hurla-t-elle. Tu as oublié ce que je t'ai confié, le viol dont j'ai été victime ?

— Pardonne-moi, je suis navré, sincèrement navré. Lisbeth, le choc est rude. J'étais si heureux de devenir ton mari. Tu ne peux pas m'abandonner. Et Agathe, Louison ? Que vont-ils penser…

— Je leur expliquerai. Ils ont l'âge d'apprendre qu'il ne faut pas tricher en amour. Je n'épouserai personne, si ça peut te consoler. Je préfère rester seule, et libre.

Henri s'appuya au mur et alluma une cigarette. Il paraissait désespéré. Élisabeth l'observait en se souvenant des moments de bonheur qu'ils avaient connus ensemble.

— Mais pourquoi ! Pourquoi ? se lamenta-t-il.

— Tu n'es pas responsable, ça vient de moi, Henri. Déjà, le jour de nos fiançailles, j'ai eu l'impression de faire fausse route. Je me disais que c'était nerveux, que tout rentrerait dans l'ordre. Non, plus les jours passaient, plus je regrettais ma décision. Quand tu auras moins de chagrin, nous pourrons peut-être redevenir des amis.

— Balivernes ! rétorqua-t-il. Je parie que, dans six mois, Léa m'annoncera ton mariage avec un type de la haute société new-yorkaise.

— Sûrement pas, tu te trompes, Henri, affirma Élisabeth d'un ton catégorique. Sortons d'ici, l'air est étouffant. Et si tu veux mon avis, je suis sûre que tu te remarieras avant moi. Ottavia... Elle t'aime, et elle est très belle.

Il haussa les épaules, esquissa une moue perplexe.

— Bon sang, Lisbeth, je ne suis pas un gamin à qui on propose un nouveau jouet parce qu'il a perdu le sien, bougonna-t-il.

Elle se retint de sourire, certaine qu'il n'échapperait pas au filet de séduction tissé par la jolie Italienne et qu'il connaîtrait un jour auprès d'elle le bonheur conjugal dont il rêvait.

En dépit de son immense déception et du chagrin qui lui broyait le cœur, Henri insista pour accompagner Élisabeth jusqu'à la station de tramway la plus proche.

Ils marchaient sans hâte, tout en continuant à discuter, la jeune femme avec douceur, compassion, lui d'un ton amer.

— S'il était moins tard, j'irais chez toi pour parler à Agathe, disait-elle à hauteur d'un magasin de confection pour dames. Je te promets que je viendrai dimanche, j'apporterai de quoi faire un bon déjeuner.

— Ne te fatigue pas, trancha Henri. Je suis capable d'annoncer la mauvaise nouvelle à ma fille. Et dimanche, Léa et Baptiste nous ont invités. Agathe est très sensible, elle souffrirait de te revoir. Autant couper court. Tu sors de notre vie.

Secrètement blessée, Élisabeth approuva à mi-voix. Son regard bleu erra sur l'alignement qui semblait infini de la plus longue avenue de New York, une piste tracée du nord au sud des siècles auparavant par les premiers habitants de l'Amérique, les Indiens.

— Alors séparons-nous tout de suite, ici même, décréta-t-elle. Fais à ton idée, Henri. Mais Léa sera surprise, quand elle saura pour notre rupture. Je lui rendrai visite la semaine prochaine. Au revoir.

Il la dévisagea attentivement, d'abord d'un air froid, proche du mépris, ensuite avec un triste sourire résigné.

— Je n'arrive même pas à te détester, à te maudire, avoua-t-il. Grâce à toi, Lisbeth, j'ai surmonté mon deuil, et mes enfants ont été choyés. Sois heureuse, surtout.

— Merci, Henri, merci. Toi aussi, je te souhaite le meilleur.

Elle l'embrassa sur la joue, un baiser rapide. Il s'éloigna sans se retourner, sa veste de toile beige sur l'épaule, sa chemise en cotonnade battant l'air, car il ne l'avait pas boutonnée.

Élisabeth le vit se perdre parmi la foule qui encombrait le trottoir. Malgré la peine que lui inspirait Henri, elle céda au soulagement d'être libre.

«Je m'arrangerai pour garder des liens avec Agathe et Louison, songea-t-elle. Ils vont m'en vouloir, mais ce sont de braves cœurs, ils me pardonneront.»

Rassérénée par cette perspective, elle entreprit de traverser la rue. Il lui fallait se montrer prudente, en raison du va-et-vient des attelages, du passage régulier des omnibus à impériale, des cyclistes de plus en plus nombreux.

— Ouf, j'ai réussi, se dit-elle tout bas une fois arrivée sans trop d'encombre sur le trottoir d'en face.

Le soleil déclinait derrière le dessin fantasque des toitures. Les blocs d'immeubles en briques, hauts de cinq à dix étages, étaient entrecoupés par des rues plus étroites, qui ouvraient la vue sur un ciel peint de teintes cuivrées, d'une extraordinaire luminosité.

Élisabeth s'arrêta un instant pour admirer ce tableau d'une splendeur éphémère. Enfin elle leva la tête, charmée de découvrir un azur très pâle, d'un bleu lavande, parsemé de nuages d'un rose nuancé d'orange.

« Tant de beauté nous est offerte ! pensa-t-elle, émue. Je voudrais que Justin soit là, pour qu'il s'émerveille lui aussi. Mon Dieu, même si vous condamnez notre amour, même si nous avons commis une faute grave, protégez-nous, accordez-nous votre pardon, au nom de l'amour, justement. »

Après sa courte prière, elle porta à ses lèvres la médaille de baptême de sa mère, qu'elle ne quittait jamais. Ce geste de ferveur lui était venu spontanément, pourtant elle n'en était pas coutumière, se contentant d'ordinaire d'effleurer le bijou de ses doigts.

L'homme qui l'observait, debout à deux mètres d'elle, frémit de tout son maigre corps, si souvent soumis à la faim, au froid. Il avait capté le fugace reflet de l'or et s'approcha de l'élégante personne plongée dans sa rêverie.

— Oh non, s'affola Élisabeth en reconnaissant le sinistre faciès du misérable individu qui l'effrayait tant.

Il lança en avant une main sale, décharnée, et tira d'un coup sec sur la chaînette en or qui se brisa. Son butin serré au creux de son poing, il fixa sa victime d'un regard avide, dénué de toute bonté.

— Je vous en prie, non, pas ça ! implora-t-elle d'une voix sans force. Rendez-moi la médaille, j'ai de l'argent, je peux vous en donner.

L'étranger s'écarta comme s'il n'avait rien entendu. Il se faufila parmi les badauds, encore éberlués par la rapidité de l'incident. Pourtant un livreur, son panier calé sur la hanche, appela un policier en faction près du perron d'une boutique de chapellerie, quelques mètres plus loin.

L'agent accourut. Il avisa Élisabeth en larmes, mais comme on lui indiquait à grand renfort de cris dans quelle direction le malfaiteur s'était enfui, il ne s'attarda pas.

Un couple âgé, témoin de la scène, s'efforça de réconforter la jeune femme.

— C'était la médaille de maman, le seul souvenir que j'avais d'elle, leur expliquait Élisabeth, secouée de frissons nerveux.

— Ma pauvre enfant, compatit la vieille dame. Quelle honte, se faire agresser ainsi !

— Et encore, c'est un moindre mal, commenta son époux. Vous auriez pu être blessée, mademoiselle.

— Mais je suis blessée, monsieur. Mon cœur saigne, j'aurais préféré qu'on me frappe, qu'on m'arrache mon sac !

— Calmez-vous, insista celui-ci.

Élisabeth, les jambes coupées par l'émotion, voulut s'en aller pour ne plus les écouter. La gorge prise dans un étau, en proie à un vertige d'une rare violence, elle tituba avant de s'écrouler lentement sur le sol, comme une fleur pliée puis fauchée par un vent mauvais.

Dakota Building, deux heures plus tard

Norma tapota le drap autour du corps alangui d'Élisabeth. Elle s'enhardit à poser une main légère sur son front, sous l'œil inquiet de Maybel.

— Elle n'a pas de fièvre, madame, précisa la gouvernante.

— Mon Dieu, combien de fois lui ai-je répété de se méfier lorsqu'il se fait tard. Quelle peur j'ai eue, Norma, quand un inconnu m'a téléphoné pour m'annoncer que ma fille avait eu un malaise en pleine rue.

— Je suis désolée, *mummy*, dit Élisabeth en ouvrant les yeux. Je m'étais endormie, n'est-ce pas ?

— Juste un quart d'heure, chérie. Edward s'occupe d'Antonin, qui s'impatiente. Il veut te cajoler, parce que tu es malade.

— Il a déjà pris son dîner et je l'ai mis en pyjama, ajouta Norma.

Élisabeth regarda tendrement la grande jeune femme blonde, aux traits énergiques, en qui elle avait trouvé une amie, puis elle se tourna vers Maybel, dont le visage exprimait l'amour indéfectible d'une mère attentive. Couronnée de ses boucles d'un châtain mordoré, toujours ravissante malgré quelques rides autour des yeux, elle demeurait un sûr et doux asile.

— Je n'ai plus que toi, maintenant, *mummy*, déplora-t-elle. Cet homme a tué Catherine

Duquesne une seconde fois. Ma petite maman qui repose au fond de l'océan. Si j'ai une fille, je la baptiserai Catherine.

— Bien sûr, c'est un beau prénom, renchérit Maybel, au bord des larmes. Lisbeth, tu es très choquée, il faut te reposer encore. Mon Dieu, tu verras demain matin, dans le miroir, la marque rouge sur ton cou. Tu as eu affaire à une sale brute.

Norma s'esquiva discrètement. Son tact n'était jamais pris en défaut. Cependant elle ne fut pas assez rapide pour retenir Antonin qui la bouscula pour se ruer à l'intérieur de la chambre.

— Maman ! s'égosilla le petit garçon.

Vite, Élisabeth se redressa. Elle reçut l'enfant dans ses bras et l'étreignit. Il grimpa tout à fait sur le lit et lui donna des baisers au hasard.

— *Grandpa* n'veut plus que tu te promènes le soir, déclara-t-il d'un ton sérieux. Moi non plus. Tu n'as pas été sage, maman.

— Tu as raison, mon trésor, admit-elle.

Edward Woolworth entra à son tour. Il savoura le plaisant tableau que formaient sa précieuse Lisbeth et Antonin.

— Je suis très content de vous voir ici, tous les deux, sous mon aile, dit-il d'une voix lasse. Dieu soit loué, tu as retrouvé des couleurs, Lisbeth.

Il était allé la chercher en automobile dès que le commerçant, en l'occurrence un fabricant de chapeaux, avait secouru la jeune femme à demi inconsciente avec l'aide de sa vendeuse et de son commis. Tous trois avaient installé Élisabeth dans un fauteuil du magasin. On lui avait fait boire une gorgée de thé bien sucré, on avait tamponné son front et ses tempes d'un mouchoir imprégné d'eau de Cologne.

Elle avait rapidement repris ses esprits, assez lucide pour confier le numéro de téléphone des Woolworth à l'aimable chapelier.

— Quand je suis arrivé dans la boutique, tu tremblais encore, chérie, soupira-t-il. Si tu avais vu notre fille, Maybel, elle était blanche à faire peur.

— Le policier aura peut-être rattrapé le voleur, hasarda son épouse. Tu devrais y retourner demain, Edward. Lisbeth est si triste. Elle nous a dit que ce bandit avait tué Catherine une seconde fois.

Antonin ne perdait pas un mot des paroles que prononçaient ses grands-parents. Il ignorait jusqu'à présent l'histoire du « voleur », du « bandit ». Du haut de ses cinq ans, il résuma sa vision du drame.

— Un méchant bonhomme t'a fait évanouir, m'man, moi, je vais le punir !

— Nous n'aurions pas dû parler de ça devant toi, mon chéri, lui répondit Élisabeth en français. Voudrais-tu dormir dans mon lit cette nuit ? Tu es prêt, glisse-toi sous le drap. Je vais discuter un peu avec *grandma* et *grandpa* et je reviens me coucher.

L'enfant en fut émerveillé, car c'était une faveur exceptionnelle qu'il réclamait parfois. Maybel, puis Edward l'embrassèrent sur le front et sortirent, tandis qu'Élisabeth allumait une petite lampe en guise de veilleuse.

— Ne pense plus à ce méchant bonhomme, chuchota-t-elle à son oreille. Il ne viendra jamais chez nous. Dors, mon ange.

— Je dors déjà, marmonna-t-il en bâillant.

La jeune mère quitta la pièce sur la pointe des pieds. Une sensation de brûlure, à son cou, la ramena à l'instant affreux où elle avait été confrontée à l'étranger.

« Est-ce que je l'ai croisé à chaque fois par pur hasard ? se demanda-t-elle. Ou bien est-ce qu'il me suit, comme j'en ai l'intuition ? Que se serait-il passé si j'avais été seule dans une rue moins animée ? »

Ces questions la tourmentaient. Elle rejoignit ses parents dans la salle à manger. Ils l'accueillirent en souriant. Élisabeth leur sembla très jeune, fragile, ses longs cheveux bruns dénoués, en peignoir de satin rose. Elle s'assit à la table. Norma avait servi une salade de tomates et des œufs durs.

— *Mummy*, *daddy*, j'ai un aveu à vous faire, enfin deux aveux.

Élisabeth leur raconta ses précédentes rencontres avec son agresseur. Elle dut évoquer l'après-midi passé en compagnie de Justin sur la 34e Rue, ainsi que les soins reçus au sein de l'hôpital français.

— Seigneur, s'emporta Edward, il faut alerter la police, faire emprisonner ce malade. On laisse errer un détraqué qui a tenté d'entraîner des fillettes à l'écart, sans aucun doute pour leur imposer des sévices honteux. Lisbeth, quand te décideras-tu à nous confier tes tracas, tes peurs ? Tu surestimes tes forces, au point de vouloir agir seule, comme cela s'est produit avec Scarlett Turner. Cette diablesse a failli te tuer. Ce soir, le pire aurait pu se produire. Ton orgueil te met en danger.

— Pitié, Edward, ne la sermonne pas, s'offusqua Maybel.

— Vous avez été si généreux envers moi et mon fils, je crains sans cesse de vous causer du souci, se défendit Élisabeth. Si on y pense, beaucoup de jeunes filles, de femmes se déplacent dans New York, matin et soir. Je croyais qu'il n'y avait guère de risques à les imiter.

— Sauf si cet homme n'est pas si dérangé qu'il y paraît et qu'il choisit ses proies, insinua Edward, furibond. Je vais m'en occuper, j'ai des relations, même dans la police. Si la chance s'en mêle, tu récupéreras peut-être la médaille de ta mère.

— Ce serait un petit miracle, *daddy* !

Norma s'avança vers la table, un plat entre les mains. Elle put constater que personne n'avait touché à la salade ni aux œufs.

— Vous ne prendrez pas de rôti froid non plus ? s'enquit-elle.

— Laisse-nous le plat, Norma, répliqua Maybel. Je n'ai pas faim, mais je prendrais volontiers du thé.

— Bien, madame.

Élisabeth passait ses nerfs sur sa serviette de table qu'elle pliait, dépliait, triturait. Quand la gouvernante s'éloigna, elle dit d'une voix étouffée :

— J'ai rompu mes fiançailles. Le destin s'amuse de nous. Je n'avais pas prévu de me rendre à la blanchisserie aujourd'hui, mais Henri m'avait écrit. Il s'inquiétait, parce que je n'allais plus là-bas, que je ne lui donnais pas de nouvelles. Alors je me suis décidée à être loyale, à ne plus tricher sur mes sentiments.

Maybel baissa la tête, afin de cacher son soulagement, qui fut de courte durée.

« C'est à cause de Justin ! songea-t-elle. Seigneur, quelle folie s'apprête-t-elle à faire… »

Son mari, lui, eut un geste fataliste. Il s'en doutait un peu, aussi préféra-t-il ne pas émettre son opinion.

— Henri était très malheureux, et il a refusé de garder la bague, poursuivit Élisabeth. Bien sûr, il me l'a redonnée, puisque tu lui avais prêté la somme nécessaire, *daddy*.

Embarrassé, Edward leva les bras au ciel. Il crut bon de se justifier, non sans se montrer maladroit.

— Tu prétendais ne pas avoir besoin d'une bague, Lisbeth, Henri me l'a avoué. Je tenais à respecter la tradition, mais lui, il n'avait pas les moyens d'acheter un saphir de ce prix. Tu feras un meilleur mariage plus tard, chérie.

— Je n'en ai pas l'intention, affirma la jeune femme. Mon Dieu, j'ai dit à ce misérable que j'avais de l'argent, en échange du collier. Si seulement il n'avait pas été aussi brusque, j'aurais pu lui montrer la bague. Un saphir ! Il l'aurait revendu plus cher. *Daddy*, *mummy*, c'est intolérable pour moi de ne plus sentir la médaille de maman sur ma poitrine. J'ai eu tort, oui, tort de m'arrêter et de contempler le soleil couchant, tort de rêver. Il était là, tout proche, il m'épiait sûrement.

Elle leur adressa un regard embué de larmes où brillait une détresse presque enfantine.

— C'était vraiment une très mauvaise journée, ajouta-t-elle. Autant que vous sachiez tout.

Élisabeth entreprit de leur raconter les heures d'épouvante qu'avait vécues Justin, à son retour au château. Le dîner traîna en longueur, ce soir de juin, au troisième étage du Dakota Building, chez les Woolworth.

Antonin changea de position dans son sommeil. Un de ses genoux frôla la hanche de sa mère. Élisabeth, qui somnolait, ouvrit les yeux en sursautant. Elle s'écarta un peu de son fils, car il faisait très chaud malgré la fenêtre entrouverte.

Des grondements résonnèrent, suivis d'un coup de tonnerre fracassant. Une clarté blanche envahit un instant la chambre.

« Un orage, ça n'a rien d'étonnant, se dit-elle. J'ai bien fait de prendre Antonin avec moi, il se serait réveillé. »

Elle espérait entendre bientôt le ruissellement de la pluie. Une bonne averse rafraîchirait l'atmosphère étouffante. Un souvenir de son enfance lui revint soudain, à l'instant où un autre éclair dispensa sa lumière fugace.

« J'étais effrayée, ce soir de novembre au château, pendant le dîner. Bonne-maman était tellement sévère, à cette époque, et moi, j'avais très peur de mon grand-père, au point de le comparer à un diable. Je ne me trompais pas, c'en était un… Il est mort, il a enfin disparu. »

Incapable de dormir, Élisabeth se concentra sur les images que sa mémoire avait fidèlement conservées, au fil des années. Elle revit la grande salle à manger, les lourds rideaux de velours, les chandeliers, le lustre aux pampilles de cristal.

Le plus douloureux – le plus doux aussi – était d'évoquer ses parents. Elle le fit avec timidité, sachant que la douleur du deuil renaîtrait au fond de son cœur.

« Ma jolie maman, sa chevelure blonde, ses yeux bleu-vert comme l'océan, sa voix caressante… Je n'ai jamais oublié son sourire, celui d'un ange, parfois malicieux. »

Un nouveau coup de tonnerre éclata, d'une rare violence. Le cœur survolté, Élisabeth sentit Antonin se blottir contre elle.

— Ne crains rien, mon chéri, je suis là, murmura-t-elle.

Il émit un frêle soupir, ne bougea plus, apaisé. Une averse s'abattit alors sur les toits du Dakota Building. L'eau tombait dru et, après quelques minutes, elle courait en folle cascade le long des gouttières, nimbant d'une teinte plus sombre les gargouilles néogothiques du splendide immeuble.

La jeune femme respira mieux. Elle se demanda si la foudre avait pu frapper un des grands arbres de Central Park, ou une des tourelles de Belvedere Castle.

« S'il fait beau demain, j'emmènerai Antonin là-bas, je lui dirai que, petite fille, j'allais de temps à autre dans un vrai château, une forteresse. Au retour, je lui montrerai des photographies. C'est son héritage, à lui aussi. Tout aurait été différent, peut-être, si papa avait accepté de travailler sur le domaine, si maman et lui avaient renoncé à émigrer. Mes parents ne seraient pas morts. »

Mais Guillaume Duquesne avait refusé l'offre de Laroche, soutenu par Catherine. Élisabeth replongea dans le passé, avide soudain de revoir les traits adorés de son père.

« Je le trouvais très beau, se souvint-elle. Ses cheveux noirs, son teint hâlé, son port de tête et son regard gris, pailleté d'or brun. Oncle Jean n'est pas aussi beau, ça non. Papa était grand, fort, tellement gentil. Il m'appelait sa petite princesse. »

La chanson de la pluie berçait sa mélancolie. Des larmes coulaient sur ses joues, qu'elle n'essuyait même pas.

« Toi, papa, tu m'aurais protégée, j'en suis sûre. »

Élisabeth s'avoua qu'elle avait l'impression d'être en danger, désormais. Le spectre de son agresseur hantait son esprit où s'attardait encore, tenace, le traumatisme du viol. La brutalité avec laquelle l'homme à la face blême, décharnée, lui avait arraché le pendentif la ramenait à la rage démente de Laroche.

« Et si j'étais impuissante, destinée à mourir moi aussi, comme maman et papa ? s'interrogea-t-elle. Cet étranger m'en veut, il me fera du mal, il essaiera de me tuer, même si… »

Un cri affolé coupa court à ses sinistres pensées. Antonin pleurait, assis à côté d'elle.

— Qu'est-ce que tu as, mon chéri ?

L'enfant sanglotait sans pouvoir répondre. Elle alluma la lampe et le serra dans ses bras.

— Tu as fait un cauchemar, dis-moi !

— Oui, un méchant monsieur t'emportait loin, j'étais tout seul, bégaya le petit garçon. Personne n'venait, ni *grandma*, ni *grandpa*.

— Là, là, c'est fini, Antonin. Quand j'étais fillette, des mauvais rêves me réveillaient. N'aie pas peur, ça n'arrivera pas, je ne te quitterai jamais, mon trésor.

Elle mit longtemps à le calmer, car une terreur sans nom s'était emparée d'elle. Il lui semblait significatif que son fils ait fait un tel cauchemar.

L'aube pointait quand Élisabeth s'endormit enfin, épuisée, son enfant niché contre elle.

20

Les secrets de Broadway

Château de Guerville, mardi 4 juillet 1905

Le vent, déjà chaud malgré l'heure matinale, soulevait les mèches blondes de Justin Laroche, accoudé à la barrière d'un pré. Il observait en souriant les cabrioles de Galante, la pouliche de Perle.

— J'suis bien content que vous les ayez récupérées, monsieur, même si ça vous a coûté des sous, dit Roger, debout à ses côtés.

— Tant pis, je ne pouvais pas les abandonner. Le maquignon les avait achetées une bouchée de pain, mais il me les a revendues un bon prix, ce vieux filou. N'en parlons plus. Te sens-tu capable de reprendre le travail ?

Roger était sorti de l'hôpital deux semaines plus tôt. Il avait passé sa convalescence dans sa famille. Justin lui avait rendu visite régulièrement, assurant à chaque fois qu'il reprendrait sa place au château dès qu'il serait complètement rétabli.

— Je suis d'attaque, monsieur Justin, et bien content d'être ici.

— Le « monsieur » est de trop, je te l'avais dit quand nous étions en grand péril dans la salle des gardes. Nous sommes amis, non ?

— Sans doute, mais je n'pourrai pas vous appeler par votre prénom, ce ne serait pas correct. En plus, j'vous dois une fière chandelle, s'enflamma le jeune palefrenier. Sans vous, j'y restais.

— C'est faux, à part te réconforter, je n'ai rien fait. On s'en est sortis grâce à Margot. Si elle n'était pas allée téléphoner aux gendarmes d'Aigre, nous étions fichus.

— Le réconfort, ça aide à garder courage, répliqua Roger. Et vous étiez prêt à défoncer la trappe pour chercher du secours. Hé, c'est vous qui me l'avez raconté, ne niez pas !

Justin approuva en riant. Un hennissement de Perle fit écho à son éclat de gaieté. La jument fonça au galop vers la barrière, suivie par Galante, qui arborait la robe grise de son géniteur, le superbe étalon du domaine.

— Hé, la bête me salue ! fit une voix éraillée. Pardi, l'autre jour, je lui ai donné un morceau de sucre.

C'était le facteur, perché sur sa bicyclette, sa grosse sacoche en cuir en bandoulière. Il tendit trois enveloppes à Justin qui le remercia, avant d'ajouter d'un air sérieux :

— Gontran, je préfère que vous ne donniez plus de sucre aux chevaux, ne vous vexez pas, mais ils n'en ont pas besoin.

— J'suis désolé, monsieur Laroche, je n'le savais point. Faut me comprendre, ça me plaît de leur faire une caresse, quand je viens au château. Gamin, je m'occupais du cheval de trait, à la ferme.

— Dans ce cas, apportez-leur des bouts de carotte, lui conseilla Roger.

— Bonne idée, concéda Justin en s'éloignant.

Il avait reçu une lettre de New York. La seule vue de son patronyme, tracé par la plume d'Élisabeth, faisait battre son cœur plus vite.

— Je lis mon courrier et je te rejoins dans la sellerie ! cria-t-il à Roger.

Justin espérait une réponse de la jeune femme depuis plusieurs jours. Il s'assit sous un pommier, à la fois heureux et anxieux. Dès qu'il déplia la feuille couverte de lignes à l'encre violette, une frêle inflorescence séchée en tomba. Il reconnut un brin de lilas. Tout de suite, il revit la cour ensoleillée de la 34e Rue, le beau visage d'Élisabeth, en extase sous ses baisers et ses caresses.

— Ma princesse, soupira-t-il avant de commencer sa lecture.

Justin, toi mon amour que j'aime tant,

Pardonne-moi, je voulais t'écrire aussitôt après avoir reçu ta longue lettre. Le récit de tes souffrances m'a affligée, mais tes derniers mots, heureusement, ont su apaiser ma peine, et la douleur de notre séparation.

Je comprends très bien, cependant, que tu ne puisses pas envisager de revenir à New York aussi rapidement que nous le souhaitions tous deux.

Si tu quittais la France, tu aurais de nombreuses dispositions à prendre, notamment en ce qui concerne le domaine viticole, les chevaux, le château. Je serai patiente, mon amour, sans trop de chagrin, car je considère comme prioritaires l'équilibre moral et l'éducation de mon fils. J'ai beaucoup réfléchi depuis ton départ, au point de juger nos sentiments condamnés, sans regretter toutefois le moment d'extrême bonheur que nous avons vécu, non loin du lilas mauve... J'ai retrouvé ce fragile brin desséché au fond de mon aumônière et j'ai tenu à te l'envoyer, pour que tu n'oublies jamais ce jour-là.

Un déplorable incident m'est arrivé, il y a une semaine, et j'ai été souffrante ensuite, ce qui t'explique pourquoi j'ai tardé à te répondre. Tu dois te souvenir de cet homme à l'allure inquiétante qui m'avait terrifiée, quand nous nous promenions toi et moi.

Je me trouvais sur l'avenue de Broadway, au coucher du soleil, quand il m'a agressée pour me voler la médaille de baptême de maman. J'avais eu le tort de la porter à mes lèvres, après avoir adressé une courte prière à Dieu, un geste qui me venait pour la première fois. Cet individu en a profité, il a arraché le collier de mon cou.

Daddy *a porté plainte, en communiquant à la police ce que je savais. Deux agents sont allés à l'hôpital français sur la 34ᵉ Rue, et ils ont interrogé les sœurs. Elles n'avaient pas revu cet individu, qu'elles appelaient Martin.*

Les religieuses, comme les policiers, prétendent que ces hommes à l'esprit dérangé sont parfois sous la coupe d'un truand qui les utilise et que c'est lui qui récupère les bijoux dérobés et les revend.

Maintenant je vais mieux, pour la simple raison que je sors rarement, et si j'y suis obligée, quelqu'un m'accompagne, soit mummy, *soit Norma. Toutes les trois, bien sûr, nous emmenons Antonin à Central Park. Je ne peux pas te mentir, je vis dans la peur, une peur tout à fait irraisonnée… J'ai même renoncé à suivre les cours de l'école d'infirmières.*

Une exclamation navrée échappa à Justin. Il leva les yeux vers le ciel, comme s'il reprochait à des puissances supérieures de n'avoir pas veillé sur Élisabeth.

Il paraît que des agressions de ce genre sont très fréquentes à New York, par la faute de la misère, quand ce ne sont pas des bandes organisées désireuses de gagner facilement de l'argent. Je serais moins marquée par ce drame si j'avais perdu un autre bijou. La médaille de baptême de maman était mon talisman, comme ton petit soldat de plomb.

Autant te préciser pourquoi j'étais allée à Broadway. J'avais reçu ta lettre le matin même de ce vendredi 16 juin et je tenais à rompre mes fiançailles avec Henri. J'ai eu droit à une scène assez pénible, mais je ne porte plus de bague. Ne doute pas de ma fidélité, Justin. Dorénavant, pour moi, il n'y a plus que toi, même si nous devons vivre encore longtemps loin l'un de l'autre.

Je te remercie pour Perle et sa pouliche. Je suis certaine que Roger et toi, vous les soignerez bien. Des photographies me feraient plaisir, si tu achètes un appareil. Je t'embrasse de toute mon âme, de tout mon cœur plein de notre amour.

Élisabeth

— Ma petite chérie, dit-il tout bas, ma princesse. Tu voyais juste, ce sale type était une menace pour toi.

Justin s'imagina en train de courir vers le château, de faire ses bagages pour sauter dans le premier train en direction de Paris, puis du Havre, où un paquebot le conduirait vers Élisabeth.

— Je ne peux pas, s'avoua-t-il. Hélas, on a besoin de moi ici.

Diverses obligations le retenaient en Charente. On l'attendait dans les vignes, aux chais, et deux de ses poulinières devaient mettre bas à la fin du mois. Il désirait également trouver un nouveau jardinier qui soulagerait le vieux Léandre des tâches les plus dures, une femme de chambre pour seconder Margot.

— Bientôt, en automne, après les vendanges, peut-être ! dit-il en se relevant.

Il se mentait à lui-même. Sa volonté de réussir, d'établir des transactions commerciales avantageuses, le tiendrait prisonnier du domaine de Guerville et il le savait. Une autre chose, dont il n'était pas vraiment conscient, jouait un rôle important. Justin n'avait jamais habité le château sans côtoyer quotidiennement Hugues Laroche. Désormais, il était délivré de sa présence.

La lettre rangée dans la poche de son pantalon d'équitation, Justin se dirigea vers les écuries. Il s'apprêtait à y entrer lorsqu'il aperçut une silhouette féminine, figée à l'ombre d'un des vieux chênes du parc. L'inconnue, coiffée d'un bonnet blanc, une natte blonde sur l'épaule, lui fit un timide signe de la main.

— Mademoiselle, vous cherchez quelqu'un ? demanda-t-il aimablement. Approchez, je vous en prie.

Elle avança d'un pas hésitant, son mince visage empourpré par l'audace de sa démarche.

— Bonjour, monsieur, dit-elle d'une voix tremblante. C'est mon père qui m'envoie. Il veut que je trouve une place, et comme j'ai déjà été employée là, du temps de mademoiselle Élisabeth…

— Qui est votre père ? l'interrompit Justin.

— Gustave Caillaud, le charron du bourg. Je suis revenue au pays à la mort de ma mère, au mois d'avril, pour tenir propre la maison. Mais il veut que je travaille. L'épicière lui aurait dit qu'on cherchait une femme de chambre au château. Je m'appelle Germaine.

Justin comprit qu'il avait en face de lui la petite Germaine, victime à quinze ans des abominables pulsions de Laroche. Embarrassé, il la plaignit, car elle avait sûrement dû faire un terrible effort pour revenir sur les lieux de son calvaire.

— Je suis désolé, mademoiselle, la place est prise, déclara-t-il après avoir réfléchi un court instant.

— Ah ! Tant pis, alors…

Germaine le regardait de côté, sa curiosité en éveil. Son père avait parlé du fils d'Hugues

Laroche qui héritait du domaine, mais elle ne parvenait pas à croire qu'il s'agissait de ce jeune homme en chemise blanche, sans veste ni cravate, les cheveux en désordre.

Justin devina la question qu'elle se posait.

— Je suis le nouveau châtelain, dit-il en souriant.

Elle parut surprise, le dévisagea franchement. La mort de son bourreau lui avait apporté une obscure jubilation, en dépit de sa piété.

— Bien, je m'en vais, monsieur. Vous avez l'air gentil, vous, admit-elle dans un souffle.

Si Germaine avait pu lire les pensées de Justin à ce moment précis, elle en aurait eu la confirmation. En fait, il refusait de l'engager afin de la préserver. Par sa faute, Hortense, Margot et le vieux Léandre étaient au courant du viol qu'elle avait subi. Les domestiques finiraient forcément par lâcher une allusion tôt ou tard, si elle vivait le plus souvent auprès d'eux.

— J'espère que vous trouverez une bonne place, peut-être en ville, hasarda Justin.

Roger sortit des écuries, un harnais sur le bras. Il vit en premier l'éclat doré de la natte, sur l'épaule d'une jolie fille au teint rose, à la mine confuse, vêtue d'une modeste robe grise.

— Bonjour, claironna-t-il, charmé. Vous avez trouvé une nouvelle femme de chambre, monsieur ?

Désorienté par l'intervention de son palefrenier, Justin para au plus pressé, pour ne pas être pris en flagrant délit de mensonge.

— Peut-être, je n'ai rien décidé encore, Roger. Je vais aviser. Tu pourrais raccompagner mademoiselle jusqu'au bout de l'allée et lui ramasser des fraises des bois, il y en a encore sous les troènes.

— Oh ce n'est pas la peine, protesta Germaine.

— Bien sûr que si, insista Roger. Pardi, y a rien de meilleur que les fraises des bois, chauffées au soleil, m'selle.

Elle consentit d'un sourire un peu triste. Justin suivit des yeux les jeunes gens, puis il se tourna vers les fenêtres de l'office, au fond de la cour pavée. Par une des vitres, il distingua la face ronde d'Hortense.

Deux minutes plus tard, il se planta devant la brave cuisinière.

— Je suppose que tu as reconnu Germaine. Elle venait pour la place, j'ai refusé. Mais je l'engagerai dès demain si Léandre, Margot et toi, vous ne lui parlez jamais de…

— De ce qu'elle a enduré, la pauvre gosse, le coupa Hortense. Bon sang, monsieur, ça coule de source. Vaut mieux pas la laisser chez son père, qui lève trop souvent le coude depuis qu'il est veuf. Je vous donne ma parole, et vous pouvez compter sur la discrétion de Léandre. Margot, elle filera doux.

Pensez donc, elle avait peur d'être mise dehors, parce qu'elle rampait devant Aline et Sidonie.

— Je te remercie, Hortense. J'étais navré d'avoir dû refuser. Tu attribueras à Germaine une chambre convenable. Autre chose, désormais, je prendrai mes repas avec Roger dans la salle à manger. Pour midi, prépare-nous un bon plat.

— Oui, monsieur. Hé, ça vous dirait, du poulet rôti et des cèpes ?

— Ce sera parfait.

Ils échangèrent un clin d'œil. Une ère de paix et de franche amitié débutait sous les toitures d'ardoise du château de Guerville.

Dakota Building, dimanche 9 juillet 1905

Edward Woolworth enfilait les gants en cuir d'agneau qu'il mettait pour conduire son automobile. Le modèle laissait libre la moitié des doigts, ce qui intriguait Antonin.

— On part quand, *grandpa* ? s'impatienta l'enfant. Pourquoi tu as coupé le bout de tes gants ?

— Je les ai achetés ainsi, mon petit gars. C'est pratique, je sens mieux le volant et les manettes.

— Alors, tu es prêt, on s'en va !

— Nous attendons ces dames.

Antonin hocha la tête. Élisabeth l'avait habillé d'un ensemble en percale bleu marine à col rayé de blanc, inspiré de la tenue des marins. Une casquette blanche complétait l'illusion.

— Me voici, annonça Maybel en entrant dans le salon. Il nous manque Lisbeth. Elle se plaignait d'une migraine, tout à l'heure. Edward, est-ce bien raisonnable de l'obliger à sortir ?

— Je le pense, oui, répondit-il d'un ton ferme. Notre fille doit retrouver une vie normale. Antonin, va chercher ta maman.

— Ce n'est pas la peine, *daddy*, je suis là.

Élisabeth fit son apparition, pâle, amaigrie. Le couple devina qu'elle les avait écoutés, du seuil de la pièce. Maybel lui ouvrit les bras.

— Chérie, nous serons en voiture, il n'y aura aucun danger, assura-t-elle d'une voix câline. Viens t'asseoir un moment.

Vêtue d'une longue robe d'été en soie bleue, la jeune femme fit non de la tête. Elle tenait son ombrelle à la main.

— Je préfère que nous partions tout de suite, *mummy*. Je m'en veux d'avoir manqué de courage ces derniers temps, moi qui m'étais promis de ne plus jamais avoir peur, à Paris. J'ai ennuyé tout le monde. Bonnie et oncle Jean se sont déplacés deux fois pour me rendre visite, Léa Rambert également. C'est terminé, je vous le prouverai. Déjà, mardi, je retournerai étudier à l'hôpital.

— Je te félicite, Lisbeth. Mais aujourd'hui, tu n'auras rien à craindre, je t'assure, insista Edward.

Nous roulerons un peu dans Manhattan, ensuite nous rejoindrons Brooklyn par le pont suspendu. Je me garerai devant l'épicerie de ton oncle. Bonnie nous attend pour le thé.

— Et Norma a fait un gâteau au chocolat, renchérit Maybel. Je l'ai mis dans un panier, protégé par une serviette de table.

— C'est dommage qu'elle soit de congé, elle serait venue avec nous, déplora Élisabeth.

— Nous l'emmènerons une prochaine fois, répliqua Edward. J'ai l'intention d'organiser une sortie tous les dimanches. Mon petit-fils est d'accord, n'est-ce pas, Antonin ?

— Oui, *grandpa* ! Et j'aurai des gants comme toi, les doigts à l'air.

La mimique fanfaronne de son fils dissipa la légère angoisse qui oppressait Élisabeth. Durant des jours, elle avait lutté vaillamment contre le profond malaise que lui avait causé son agression. Là encore, elle s'interrogeait.

« Pourquoi ai-je été aussi traumatisée par le geste brutal de cet homme ? Il ne m'a pas frappée, ni bousculée. Mon Dieu, j'ai vécu bien pire au château. »

Elle n'avait pas de réponse à la question, mais une intime certitude. L'étranger réapparaîtrait et elle en souffrirait de nouveau.

Au début de la balade qu'il souhaitait la plus agréable possible, Edward effectua le tour de

Central Park sur la voie récemment aménagée pour les attelages et les automobiles, de plus en plus nombreuses. Élisabeth, assise sur la banquette arrière avec son fils, était ravie de pouvoir contempler sans se fatiguer la prairie où des moutons somnolaient à l'ombre des arbres, mais aussi les terrains de tennis sur gazon. Des jeunes gens en tenue blanche s'exerçaient à ce sport très prisé.

— Si on allait au zoo, maman? suggéra Antonin.

— Nous irons dimanche prochain, mon chéri, dit-elle en le cajolant. Ou bien *grandpa* nous emmènera à Luna Park[1]. Maintenant, tu es assez grand. Il y a beaucoup de manèges, des décors fabuleux, et des animaux aussi. Le soir, tout est éclairé par des guirlandes électriques colorées. Et j'ai lu dans une revue que les attractions étaient formidables.

— Alors on y va maintenant!

— Non, car tante Bonnie nous attend, chéri. Nous allons bientôt passer sur le pont, Antonin, précisa Élisabeth. Sois sage.

Les véhicules devaient s'acquitter d'un droit de péage pour emprunter le pont suspendu de

1. Luna Park, parc d'attractions ouvert en mai 1903 sur Coney Island, détruit par un incendie en 1944.

Brooklyn, qui surplombait les eaux paisibles de l'East River[1].

Par cette belle journée de juillet, de nombreux piétons se promenaient sur la partie de la voie qui leur était réservée. Les femmes arboraient leurs plus jolies toilettes, les hommes en costume du dimanche portaient des canotiers. Quant aux enfants, ils suivaient sagement les adultes.

— Nous avons assisté à l'inauguration de ce magnifique édifice en 1883, ta *grandma* et moi, Antonin, déclara Edward Woolworth qui roula au ralenti après avoir réglé son passage. Il y avait une foule immense, des personnages officiels, dont le président des États-Unis, Chester Alan Arthur, et le gouverneur de New York, Grover Cleveland. Le soir, un feu d'artifice a été tiré, qui a duré une heure[2].

— C'était un spectacle féerique, précisa Maybel. Mais au cours de la journée, j'ai fait l'aller et retour à pied, soit près de quatre kilomètres. Pour être franche, je préfère prendre le ferry pour rejoindre Brooklyn, n'est-ce pas, Edward ?

— Oui, chérie, surtout que je t'ai demandé en mariage pendant un trajet en bateau, au départ de Manhattan, répondit-il.

---

1. Jusqu'en 1891, les piétons devaient payer aussi. Le péage pour les véhicules hippomobiles et à moteur a été supprimé en 1911.

2. Véridique.

— Ce devait être romantique, commenta Élisabeth, attendrie. Vous ne me l'aviez jamais dit.

— J'en garde un souvenir merveilleux, soupira Maybel. Un riche New-Yorkais de l'illustre famille Woolworth me voulait pour femme, moi, petite vendeuse dans l'épicerie de mes parents.

Antonin leva le nez vers les énormes câbles métalliques reliés aux gigantesques pylônes de granit qui surplombaient le pont. Chaque fois qu'il voyait cet exceptionnel assemblage de filins tendus vers le ciel, il s'imaginait en train de grimper au sommet de l'un d'eux, d'où il s'envolait.

— *Grandpa*, pourquoi on a pris l'automobile ? protesta-t-il. On aurait pu marcher. Je m'ennuie.

— Antonin, si tu arrêtais de ronchonner, petit coquin, le sermonna Maybel. Sais-tu quels animaux j'ai vus défiler ici ?

— Des vaches ?

— Non, des éléphants, chéri. Les vingt et un éléphants du célèbre cirque Barnum[1]. Tu te souviens, Edward ?

— Bien sûr, nous devons même avoir une carte postale qui immortalise l'événement, nous la chercherons ce soir.

---

1. Véridique. En mai 1884, Phineas Taylor Barnum prouva la fiabilité du pont en y faisant défiler les vingt et un éléphants de sa ménagerie.

Élisabeth attira son fils contre elle. Antonin frotta sa joue au creux de l'épaule maternelle. En caressant les boucles souples de son enfant, d'un noir de jais, la jeune femme fit une constatation.

« J'ai toujours pensé qu'il avait hérité de Richard, mais papa avait les mêmes cheveux noirs, un peu ondulés. »

Edward klaxonna en s'engageant dans une large rue pavée, à la sortie du pont. Il se gara devant l'épicerie Duquesne une demi-heure plus tard.

Bonnie guettait leur arrivée, sur le seuil du magasin, en berçant William dans son landau.

— Jean, appela-t-elle, nos invités sont là !

Il y eut alors les rituelles embrassades et poignées de main, les compliments sur les joues rondes du bébé William. Chacun s'empressa auprès d'Élisabeth, comme si elle relevait d'une longue maladie.

Sur Broadway, même jour, 7 heures du soir

Pour le trajet du retour, Élisabeth avait pris place sur le siège avant de la voiture, Edward ayant insisté gentiment. Elle se sentait de plus en plus nerveuse, sans raison valable. L'air n'était pas orageux, l'après-midi s'était écoulé dans une ambiance chaleureuse. Bonnie les avait reçus à l'étage situé au-dessus de la boutique, où le couple disposait d'un logement convenable.

Une fois de plus, Jean avait insisté pour verser un loyer à Maybel, et celle-ci avait encore refusé. Son oncle s'était montré de très bonne humeur, même quand le sujet de ses fiançailles rompues avait été brièvement abordé.

Élisabeth comprit enfin la cause de son trouble quand Edward, après avoir rejoint Manhattan par le pont de Williamsburg, s'engagea sur l'avenue de Broadway.

— *Daddy*, pourquoi nous as-tu amenés ici ? Il est tard, Antonin est épuisé.

— Je voulais vous inviter à dîner au *Keeler's Restaurant*[1], lui annonça Edward. Juste un léger repas froid, en famille. C'est un excellent établissement, que je fréquente avec mes clients. Je précise qu'il est très éloigné de l'endroit où tu as été agressée, chérie.

— Je sais parfaitement où se trouve ce restaurant, *daddy*. Avant d'y arriver, nous serons obligés de passer près de la blanchisserie Moreau, et du magasin de chapeaux où tu es venu me chercher. Tu le fais exprès.

— Lisbeth, un jour, tu nous as raconté dans une lettre que tu étais tombée de cheval, au château

1. Établissement existant à l'époque et de nos jours aussi.

de Guerville. Comme tu étais impressionnée par ta chute, ton oncle Justin, qui te donnait des leçons d'équitation, t'avait conseillé de remonter aussitôt, pour ne pas rester sur un échec. C'est pareil ce soir, j'estime important que tu reviennes ici. Tout est tranquille ! Nous roulons sur Broadway, il fait bon, les couleurs du ciel sont superbes, les gens semblent joyeux sur les trottoirs. Je tiens à te montrer que tu ne risques rien.

— Edward, je te désapprouve pour une fois, s'écria Maybel à l'arrière de l'automobile. Je suis de l'avis de notre fille, il vaut mieux rentrer. Antonin somnole, le pauvre petit, la tête sur mes genoux. Je serai bientôt ankylosée.

— D'accord, je m'incline, mesdames.

— Merci, *daddy*, murmura Élisabeth.

Soulagée, elle laissa son regard errer parmi la foule animée qui déambulait de chaque côté de l'avenue, en songeant que New York était devenu la ville la plus peuplée des États-Unis, sous le flux perpétuel des immigrants, le développement de son port, un des premiers du monde.

« Pourquoi ai-je peur ? se demanda-t-elle. Parce qu'il n'y a pas de hasard, sans doute, j'en ai eu la preuve. »

Soudain elle reconnut l'homme, à une quinzaine de mètres, debout près d'un réverbère. Son cœur manqua un battement sous le coup d'une violente émotion.

— Ralentis, *daddy*, c'est lui, à gauche.

Affolé, Edward freina un peu fort. Il obliqua vers le trottoir opposé et se gara, sans couper le moteur. De là, il scruta le faciès de l'étranger, qui semblait indifférent à l'agitation de la rue.

— La police fait mal son travail, maugréa-t-il. Vois un peu ça, Lisbeth, deux agents sont en faction devant un théâtre, mais ils discutent sans surveiller les individus suspects. J'ai déposé une plainte au poste de police du secteur, pourtant.

Maybel avait tout entendu. Elle observa à son tour l'agresseur de leur fille.

— Que comptes-tu faire, Edward ? interrogea-t-elle tout bas. Si cet homme n'a pas revendu la médaille, nous avons une chance de la récupérer. Tu devrais alerter ces policiers.

— Il ne l'aura pas gardée, c'était de l'or, trancha Élisabeth. Tant pis, repars vite, *daddy*. Je t'en prie, rentrons.

— En laissant courir un voleur ! Alors que tu trembles de peur depuis trois semaines à cause de cette crapule, protesta-t-il. Non, il n'en est pas question.

— *Daddy*, je t'en supplie, tu ne dois pas rester ici, implora-t-elle. Sois gentil, partons.

Élisabeth ne quittait pas l'homme des yeux, intriguée par son immobilité. Il avait son air absent, comme perdu dans un autre univers. Edward murmura d'un ton triomphant :

— Les agents ont repris leur ronde. J'ai pu faire signe à l'un d'eux. Ils traversent, je vais leur dire de l'arrêter. Tu seras enfin débarrassée de lui, Lisbeth. Ne bouge pas.

Il descendit de l'automobile. Maybel demeurait silencieuse, penchée sur l'enfant qui dormait profondément, à présent.

— *Mummy*, si Antonin se réveille, empêche-le de se relever, recommanda Élisabeth d'un ton anxieux. Je ne veux pas qu'il assiste à ça.

— De quoi parles-tu ? s'étonna Maybel à voix basse.

Les oreilles bourdonnantes, la gorge nouée, Élisabeth hésitait sur ce qu'elle devait faire ou non pour briser le cercle infernal de ses cauchemars. Mais tout se produisit à une vitesse épouvantable, sans lui permettre de changer le cours du destin, encore une fois.

Les agents, revolver en main, s'élancèrent sur la chaussée. Ils faillirent bousculer une femme, son bébé sur le bras, qui poussa un cri de protestation. L'homme aperçut les policiers. Tout de suite son visage eut une expression de panique mais, au lieu de fuir, il se jeta en avant, au moment où déboulait une voiture à une allure assez rapide. Percuté de plein fouet, le voleur échoua d'abord sur le capot allongé, puis il fut projeté au sol, sur les pavés.

— Non, non, non, sanglota Élisabeth, le regard agrandi par l'horreur. Je le savais, mon Dieu, je le savais et je n'ai rien fait. Je ne vaux pas mieux que lui. Il ne méritait pas de mourir à cause de moi.

— Ne dis pas de sottises, chérie, s'indigna Maybel, pourtant très choquée également. Cet individu n'a pas toute sa tête, c'est évident.

Un attroupement de curieux se formait autour du corps inerte qui gisait sur la chaussée pavée. Edward s'entretenait avec un des agents. Le conducteur de la voiture, une Ford T, un modèle récent[1], paraissait en pleine détresse.

Élisabeth ouvrit la portière. Elle descendit de l'automobile et avança vers le lieu de l'accident, comme une somnambule, obsédée par la scène à laquelle elle avait assisté une seconde fois.

« Tout était pareil dans mon cauchemar, s'effrayait-elle. Tout ! Je n'ai jamais souhaité la mort de ce pauvre homme, mais je n'ai rien empêché. »

Dès qu'elle s'approcha, Edward se précipita pour la faire reculer.

— Je t'avais dit de ne pas bouger, dit-il. Retourne avec Maybel. Ce n'est pas un spectacle pour toi.

Il la maintenait par le coude. Elle se dégagea d'un mouvement exaspéré.

— Est-ce qu'il est encore vivant, *daddy* ?

---

1. Mise en circulation ces années-là, la Ford T a tout de suite connu un grand succès aux États-Unis.

— Oui, mais dans un état critique, à mon avis. Il a été heurté à la hanche, et la chute a été rude ensuite. Quelqu'un est allé appeler une ambulance. Il sera transporté à l'hôpital français, puisqu'il est inscrit là-bas en tant que pensionnaire. Où vas-tu ?

— Laisse-moi, je veux être infirmière, alors autant m'habituer à voir des blessés, protesta Élisabeth, toute pâle.

Elle se fraya un passage en repoussant les badauds. Un des policiers l'arrêta d'un geste impérieux.

— Je voudrais vérifier si cet homme est vraiment celui qui m'a volé mon collier, il y a trois semaines, déclara-t-elle. Si je le reconnais, vous demanderez qu'on le fouille, à l'hôpital. C'était un bijou de ma mère, j'y tenais beaucoup.

— Bon, passez, mademoiselle.

— Madame Johnson, rectifia-t-elle. C'est mon père, M. Woolworth, qui vous a avertis de la présence de mon agresseur.

L'agent opina d'un air respectueux. Il fit même du zèle en l'escortant. Élisabeth découvrit le corps étendu, en apparence inerte. Elle ne prêta pas attention aux semelles trouées de ses chaussures, ni à la saleté de ses vêtements déchirés par endroits.

Elle fut accablée par la tache de sang qui s'étendait sur le sol, provenant sûrement d'une blessure à l'arrière de la tête. Pour la première fois, elle le voyait sans sa casquette crasseuse, qu'il avait dû perdre pendant l'accident.

Le blessé gémissait faiblement, les yeux grands ouverts, fixés sur le ciel. Contre sa propre volonté, Élisabeth avança et se pencha sur l'étranger qui l'avait tant terrorisée. Elle reçut un choc en découvrant un regard gris clair, pailleté d'or, certes voilé, lointain, mais qui lui sembla familier.

— Au secours, aidez-moi, balbutia-t-il alors, en français.

Elle fut la seule à comprendre ces quelques mots prononcés d'une voix à peine audible. Les jambes molles, l'esprit confus, elle dut s'accroupir. Il n'y avait plus en elle de peur ni de rancœur, juste une infinie compassion, à la vue des profondes cicatrices qui marquaient son front et le côté gauche de son crâne. On avait dû le raser quelques semaines auparavant, car une courte toison gris argenté pointait.

La sirène d'une ambulance retentit au loin. L'homme s'était tu, les paupières closes. Élisabeth, en proie à des sensations de froid intense et de chaleur extrême, prit la main squelettique de l'agonisant entre les siennes. Elle fixait, hallucinée, le gros grain de beauté marron, bien rond, qu'il avait au niveau de la clavicule gauche.

Une image lui revint, nette, colorée. Son père se lavait avec l'eau d'une cuvette en émail, dans la chambre exiguë d'un immeuble insalubre du Bronx, où ils avaient logé tous les deux pendant une semaine, après avoir débarqué à New York.

« Je demandais toujours à papa si ce rond brun s'en irait tout seul, à force de se laver, se souvint-elle. Malgré son chagrin, ça le faisait sourire. »

Une tempête intérieure survolta son cœur, une tempête de joie incrédule et de folle espérance. Edward, à bout de patience, surtout gêné par son comportement insolite, choisit ce moment pour l'obliger à se relever.

— Lisbeth, ça suffit, qu'est-ce que tu fais ? Viens avec moi.

Les policiers et les témoins de la scène se demandaient eux aussi pourquoi cette jolie fille élégante, sûrement fortunée, accordait un tel intérêt à un vagabond en haillons.

Élisabeth se remit debout, vacillante, une expression farouche sur son beau visage. Elle avait lâché la main du blessé et en éprouvait déjà un manque pénible.

— C'est papa, je crois que c'est papa, dit-elle en français.

Edward comprit le « papa », mais il pensa qu'il s'agissait de lui. Elle lui répéta la même phrase en anglais. Son père de substitution fut consterné.

— Tu ne vas pas bien du tout, chérie, ce n'est guère surprenant, affirma-t-il à mi-voix. Nous allons rentrer et tu prendras un comprimé du sédatif que notre nouveau docteur t'a prescrit.

— Cet homme a les yeux de papa, les yeux d'oncle Jean, il a des cicatrices à la tête, et moi, je revois souvent dans mes cauchemars les brutes qui le frappaient à la tête, *daddy*, à la tête ! Et j'ai vu un grain de beauté, Dieu merci, parce que sa chemise est déchirée à l'épaule.

— Mais ton père est mort depuis dix-neuf ans, on a repêché son corps dans l'Hudson ! lui assena Edward. La veste avait les boutons en cuivre avec l'insigne des compagnons charpentiers ! Tu délires, Lisbeth.

L'ambulance freinait et stoppait. Les agents firent s'écarter les derniers curieux. Deux infirmiers sortirent une civière.

— Les compagnons charpentiers… Baptiste Rambert ! s'écria Élisabeth, exaltée. Il pourrait l'identifier, et oncle Jean, oui, surtout oncle Jean. C'est son frère, je dois le prévenir.

— Admets que ton histoire est aberrante, soupira Edward, dans l'expectative.

La jeune femme virevolta. Elle surveilla le moindre geste des infirmiers.

— Où l'emmenez-vous ? interrogea-t-elle. Je dois le savoir.

— C'est un indigent, mademoiselle, les policiers nous ont dit de le conduire à l'hôpital français. Les sœurs s'en occuperont.

— Est-ce qu'il y a de bons médecins là-bas ?

— Je n'en sais rien. Ce sont des docteurs français.

— Il serait mieux soigné au Mount Sinai Hospital ! répondit-elle, tandis qu'on montait la civière à l'arrière du véhicule.

— Et qui paiera les frais ? s'irrita le conducteur, prêt à refermer les portes de l'habitacle.

Edward Woolworth entraîna Élisabeth avec autorité. Les traits durcis par l'anxiété, il commençait à avoir des doutes sur la santé mentale de la jeune femme. Elle se débattit, furieuse, tout en le suivant vers l'automobile où Maybel les attendait.

— *Daddy*, je vous ai longtemps caché, à *mummy* et toi, que je faisais des rêves prémonitoires, enfin plutôt des cauchemars. Mais j'ai fini par vous l'avouer, sans entrer dans les détails. J'ignore la date exacte à laquelle j'ai vu cet accident, puis je me suis éveillée, prise de panique. J'avais reconnu l'étranger que je craignais tant, mais je ne comprenais pas pourquoi il me concernait. Tout était identique, la voiture qui l'a heurté, la lumière du soir, les gens autour. Je te dis que c'est papa ! J'étais aveugle, le destin le plaçait sur mon chemin, et moi je le fuyais !

Elle avait crié si fort qu'Antonin, tiré d'un bon sommeil, se cramponna à Maybel en pleurant.

— Mais qu'est-ce qui se passe, à la fin ? demanda Maybel. Lisbeth, tu parlais de tes cauchemars. Pourquoi ?

— Je te le dirai demain, ou plus tard. Je t'en prie, *daddy*, donne-moi de l'argent. J'irai en taxi chercher oncle Jean. Vous pouvez rentrer à la maison, faire dîner Antonin. N'est-ce pas, mon chéri ? Tu vas être très sage, *grandma* te lira un conte de fées quand tu seras au lit. J'ai quelque chose de très important à faire.

Somnolent, l'enfant se réfugia dans les bras de Maybel, qui renonça à obtenir des explications.

— Tu devrais te calmer, Lisbeth, déplora Edward.

— Je me calmerai quand je pourrai tenir la main de papa, quand tu sauras que j'ai raison. Mais peut-être que je me trompe, j'étais si petite à l'époque où il a disparu. Oncle Jean et Baptiste, eux, trouveront des preuves.

Cette fois, Maybel devina qu'il était question de Guillaume Duquesne.

— Laisse partir Lisbeth, conseilla-t-elle à son mari. Tu me diras ce que tu sais en route.

La chance s'en mêla. Un taxi arrivait du nord de l'avenue. Élisabeth lui fit signe. Elle s'engouffra à l'intérieur, sans même avoir embrassé son fils.

Épicerie Duquesne, une demi-heure plus tard

Bonnie et Jean terminaient leur repas du soir, assis face à face sous la lampe qui éclairait la table. William dormait dans la chambre du couple.

— Il reste du gâteau de Norma, en veux-tu une part, Jean ?

— Non, le potage et les œufs à la coque m'ont suffi. Je vais m'offrir une petite goutte de brandy, pour digérer.

— J'étais bien contente de recevoir du monde, aujourd'hui. Madame Maybel est tellement gentille. Tu te rends compte, si on devait payer un loyer, on pourrait mettre la clef sous la porte, les affaires ne sont pas fameuses.

Son mari approuva avec une grimace de dépit. En cinq ans, deux autres épiceries s'étaient ouvertes à proximité de leur boutique. La concurrence se faisait rude.

— Ouais, on a beau se décarcasser, les ventes stagnent, ma douce. J'ai eu une idée, tu devrais proposer des plats français. Les clientes en achèteraient une ou plusieurs portions en apportant un récipient. Tu cuisines si bien, Bonnie.

— Il faudrait y réfléchir, je ne sais pas si on a le droit. Tiens, tu aurais dû en discuter avec M. Woolworth. Vous vous entendez bien tous les deux, notamment au sujet de ce pauvre Henri.

— Ah, ça, on est d'accord ! Ma nièce mérite mieux qu'un type comme lui. Hé, il s'est vite consolé. J'ai croisé Tony Rambert sur le pont suspendu, avant-hier, il était à vélo. D'après lui, la jolie cousine Ottavia et Henri se fréquentent, comme on disait chez nous.

— Jean, écoute, quelqu'un tambourine en bas, contre le rideau de fer du magasin. Je ferais mieux d'aller voir qui c'est.

— Non, on est fermés, tu vas te trouver nez à nez avec un ivrogne ou une voisine qui a oublié de prendre du sucre ou du sel. On peut se reposer, quand même !

Il se leva pour attraper la bouteille de brandy et un verre. Mais Bonnie, inquiète, tendait l'oreille.

— On frappe de plus en plus fort, Jean. Seigneur, on t'appelle maintenant ! C'est la voix de Lisbeth.

Elle se rua vers l'unique fenêtre et l'ouvrit en grand. Penchée sur la rue, elle aperçut d'abord un taxi dont le moteur tournait. Élisabeth leva la tête. Elle avait une expression si étrange, sous la lumière blafarde des réverbères, que Bonnie conclut à une tragédie.

— Bonnie, dis à mon oncle de descendre, je t'en supplie ! Vite, le temps presse.

— C'est grave ? Antonin a encore fait une mauvaise chute ?

— Je t'en prie, que Jean se dépêche, par pitié, Bonnie ! N'aie pas peur, mon fils n'a rien, ni Maybel et Edward.

Sidéré par cette visite tardive, Jean se rechaussa. Il se donna un coup de peigne, enfila sa veste.

— Ça me paraît sérieux, déclara-t-il. Ne t'affole pas, ma douce, je te téléphonerai quand je saurai ce qui se passe.

Il dévala l'escalier et sortit par l'arrière-boutique, dont une des portes donnait sur une ruelle menant à la rue. Élisabeth le vit surgir de l'ombre. Tout de suite, elle le prit par le bras.

— J'ai besoin de toi, dit-elle. Nous allons sur la 34e Rue, à Manhattan, il y a un hôpital français là-bas. Enfin, c'est plutôt un hospice pour indigents.

— Aussi loin que ça ! s'étonna-t-il. Nous en avons pour une petite heure de trajet.

— Justement, j'espère qu'il ne sera pas trop tard, oncle Jean.

Le chauffeur les installa à l'arrière de la voiture, après avoir salué le nouveau venu. Dès qu'il démarra, Élisabeth serra très fort la main de son oncle.

— Ne pense pas que je suis folle, murmura-t-elle. Voilà, je suis certaine d'avoir retrouvé papa.

— Guillaume ? Mon frère Guillaume ! Mais c'est impossible.

— L'homme qui m'a volé la médaille de baptême, celui dont j'avais tellement peur, c'est papa, j'en ai la conviction. Tu dois l'identifier, oncle Jean. Il a été victime d'un accident, ce soir. Tu as grandi auprès de lui, de Pierre, votre aîné. Un soir, pendant la traversée sur *La Gascogne*, tu nous racontais que tes frères et toi, vous nagiez dans la Charente, en caleçon. Moi, j'ai vu un grain de beauté, près de l'épaule, mais tu découvriras peut-être d'autres détails physiques. Je voulais aussi ramener Baptiste Rambert à l'hôpital français, nous aviserons par la suite, lorsque toi, tu auras vu cet homme. Mon père, mon vrai père, papa…

Un sanglot fit taire Élisabeth. Sidéré, abasourdi, Jean exigea plus de précisions sur les circonstances de l'accident. Il ne mettait pas en doute, lui, l'équilibre mental de sa nièce, qui avait affronté de cruelles épreuves sans perdre sa lucidité. Même le matin où elle avait tenté de se noyer dans la Seine, c'était une décision rationnelle, prise dans le but de ne plus souffrir ni mentir.

— D'accord, fit-il simplement une fois en possession de tous les éléments. Tu as bien fait de venir me chercher, Élisabeth. Selon ce que t'a confié Woolworth, l'état du corps repêché dans l'Hudson ne permettait pas de révéler une quelconque identité. L'unique preuve, c'était la veste et ses boutons.

— Oui, mon oncle.

— Si c'est bien Guillaume, je le reconnaîtrai, ajouta-t-il d'une voix émue. Mon Dieu, ce serait un miracle.

— Il faut prier, oncle Jean. Il a pu mourir dans l'ambulance ou en arrivant à l'hospice.

— Ma petite nièce, ne désespère pas. Ton père n'aurait pas survécu toutes ces années dans ces terribles conditions pour rendre l'âme ce soir. Les religieuses de cet hôpital le disent simple d'esprit, dérangé. Il se peut que ce soit irrémédiable, alors ne te réjouis pas trop.

Hôpital français, 34e Rue

Les doigts d'Élisabeth tremblaient quand elle voulut régler la course au chauffeur. Jean s'en chargea, en offrant au taxi un généreux pourboire.

— L'ambulance n'est plus là, mon oncle, dit-elle.

— Pardi, elle avait moins de distance à parcourir que nous. Je suis déjà venu ici, il y a environ six mois, rendre visite à un marin irlandais avec qui j'avais sympathisé sur les quais. Le gars était tombé d'une grue. On accueille des patients de tous les pays, à présent. Au fond, j'aurais pu croiser mon frère, s'il s'agit de Guillaume, sans lui jeter un regard.

Ils observèrent la façade de l'établissement, haute de sept étages, en brique et en pierre. Des lumières brillaient derrière certaines fenêtres.

— Allons-y, Élisabeth, dit Jean, le cœur cognant à se rompre.

Dès qu'ils entrèrent dans le hall, sœur Blandine les accueillit. Elle scruta les traits de la jeune visiteuse d'un air perspicace.

— Bonsoir, ma sœur, nous nous sommes déjà rencontrées. Vous m'avez secourue, alors que j'avais eu un malaise.

— En effet. Que désirez-vous ?

— Mon oncle, Jean Duquesne, et moi-même, nous voudrions des nouvelles d'un de vos pensionnaires, qui a été victime d'un accident sur Broadway. L'homme que vous surnommez Martin.

— Le malheureux dont vous aviez une telle crainte ! Je suis désolée, mais en quoi son sort vous intéresse-t-il ?

— Ma nièce a été témoin du drame, précisa Jean sèchement, agacée par la mine impassible de la religieuse. Elle aimerait savoir comment va le blessé.

— Une intention louable, certes, dont je suis étonnée, admit sœur Blandine. Pour le moment, Martin est en salle d'opération, il subit des examens. Je vous suggère de revenir demain, ou de nous téléphoner.

— Non, je ne m'en irai pas ! Mon oncle et moi, nous allons rester ici, dans le hall ! décréta Élisabeth. Ma sœur, votre temps est précieux, aussi je ne vous importunerai pas avec mon passé. Mais j'ai la certitude que cet homme, Martin, est mon père. Mon « papa », qui a disparu de ma vie de petite fille. J'avais six ans, des brutes l'ont attaqué dans le Bronx. Ce monsieur est son frère, je l'ai amené pour n'avoir plus aucun doute.

— Tout à fait, renchérit Jean. Donc, nous passerons la nuit sur cette banquette s'il le faut.

— Dans ce cas, répliqua aimablement la religieuse, je vous fais apporter du thé.

Une longue attente commença, pour Élisabeth et Jean.

21

Résurrection

Dakota Building, nuit du dimanche 9 au lundi 10 juillet 1905

Il était 1 heure du matin. Les Woolworth n'étaient pas encore couchés. Assis l'un près de l'autre sur le sofa du salon, ils avaient attendu toute la soirée le retour de leur fille. Mais Élisabeth venait de téléphoner depuis l'hôpital français pour leur dire qu'elle ne rentrerait pas de la nuit.

Edward, qui avait pris l'appel, faisait maintenant les cent pas dans la grande pièce, seulement éclairée par une lampe à l'abat-jour d'opaline rose.

— Que t'a-t-elle dit ? demanda Maybel. Cet homme est-il vraiment son père ?

— Son oncle et elle n'ont pas encore pu le voir, précisa son mari. Alors ils veulent rester là-bas.

Mon Dieu, c'est une histoire de fou. Pourquoi ce miséreux serait-il Guillaume Duquesne ? Où était-il pendant dix-neuf ans ? Il pouvait donner des nouvelles à sa famille, en France. Pourquoi n'a-t-il pas cherché sa petite fille dans les orphelinats ?

— Il ne l'aurait pas trouvée, Edward, fit remarquer Maybel. Je te rappelle que nous n'avons pas répondu à l'annonce que cet ignoble Laroche avait fait passer quand il séjournait ici.

— Dieu merci, Lisbeth aura été épargnée pendant son enfance. Je dois te faire un aveu, je souhaite de toute mon âme que Jean coupera court à tout ceci, qu'il ne reconnaîtra pas son frère dans cette épave humaine. Je n'ose même pas imaginer la vie que cet homme a menée, dans les bas-fonds de New York.

— Edward, mesure tes paroles, nous ne savons rien. Tu as peur, n'est-ce pas ?

— Oui, j'ai peur pour notre fille, notre enfant chérie, car je suis son père par la force des sentiments que je lui voue, par l'amour que j'ai envers elle. Que sont les liens du sang, si on les compare au dévouement, à l'affection, à la tendresse dont nous avons fait preuve, sans jamais faillir ? Lisbeth sera dévastée si son espoir s'écroule, elle souffrira davantage si Guillaume Duquesne n'est plus que le fantôme de lui-même.

Maybel approuva d'un « oui » hésitant. Elle se leva et enlaça Edward.

— Il est tard, je suis lasse, chéri. Allons au lit, je t'en prie. Nous en saurons plus demain.

Hôpital français, lundi 10 juillet 1905,
2 heures du matin

C'était l'instant fatidique pour Élisabeth et son oncle. Ils suivaient sœur Blandine qui les conduisait au second étage de l'immeuble. La religieuse s'arrêta au milieu d'un long couloir. Elle désigna une porte entrouverte.

— Je vous accorde un quart d'heure au chevet de Martin. Les docteurs sont pessimistes. Il a subi une opération de la hanche, mais il n'a pas repris connaissance après l'anesthésie, sûrement en raison d'une lésion cérébrale. Il est dans le coma. J'ajouterai que nous l'avons lavé et vêtu de linge propre.

Sur ces mots, elle s'éloigna de son pas glissant. Élisabeth poussa doucement le battant peint en blanc. Le cœur serré, elle saisit le bras de Jean. Tous deux pleins d'appréhension, ils regardèrent l'homme allongé entre des draps immaculés, sa tête bandée nichée au creux d'un oreiller. Une veilleuse murale dispensait une faible clarté.

— Non, ce n'est pas mon frère, protesta Jean.

— Il a changé, bien sûr, dit-elle en réponse. Moi, je sais que c'est papa. Il m'a suffi de tenir sa main, je l'ai senti. Je ne me fonde pas uniquement sur ses yeux, le grain de beauté.

— Ma pauvre petite, tu fais erreur.

Exaspérée, Élisabeth prit place sur une chaise qu'elle plaqua contre les montants du lit. Là, elle étudia attentivement le profil du dénommé Martin. Jean s'assit en face, sur un tabouret.

— Je t'en conjure, mon oncle, si tu acceptes au moins de douter, cherche des signes, enfin des détails qui pourraient te prouver que c'est bien ton frère. Des cicatrices de sa jeunesse, je ne sais pas, moi…

Elle se mit à pleurer sans bruit, tout en prenant à nouveau la main de l'homme dans les siennes. Un sentiment de joie infinie l'apaisa aussitôt. Le silence était tel qu'elle percevait le souffle ténu du malade, mais aussi une petite voix intérieure qui lui répétait : « C'est lui, ne l'abandonne pas. »

— Maman ? chuchota-t-elle. Je te le promets, maman.

Jean sursauta. Il considéra sa nièce d'un air inquiet, pourtant il ne l'interrogea pas, car un étau broyait sa gorge. Lui aussi venait d'apercevoir, par l'échancrure de la tunique, un gros grain de beauté à l'endroit précis où Guillaume en avait un. Il avait constaté autre chose, une profonde cicatrice sur l'avant-bras gauche, de son côté du lit.

D'un geste délicat, il effleura les traits livides de l'homme, qu'il fixait à présent avec insistance.

— Ferme les yeux un instant, Élisabeth, ordonna-t-il soudain d'une voix rauque. Fais ce que je te dis.

Troublée par son intonation insolite, elle s'empressa d'obéir. Jean repoussa la couverture et le drap. Il se leva pour examiner la jambe droite du corps inerte. La bouche sèche, il suivit de l'index une autre cicatrice sous le genou, une marque blanchâtre dénuée de pilosité.

— Seigneur, est-ce possible ? marmonna-t-il en remontant la literie.

— De quoi parles-tu, oncle Jean ? demanda Élisabeth.

— Pardonne-moi, petite, c'est Guillaume, oui, mon frère. J'ai retrouvé mon frère. Mon Dieu ! Il était vivant…

Incapable d'en dire davantage, il contempla avec ferveur le visage aux paupières closes, dont l'impassibilité se teintait d'une mystérieuse sérénité. Alors Jean pleura à son tour, d'abord quelques larmes, puis de grosses larmes presque enfantines qui coulaient sur ses joues, le long de son nez.

Élisabeth esquissa un sourire. L'image inexplicable de son mauvais rêve devenait réalité. Elle porta la main de son père retrouvé à ses lèvres et la couvrit de légers baisers.

— Tu vas vivre, papa, implora-t-elle peu après. Tu ne peux pas me laisser une deuxième fois.

— Mais oui, Guillaume, tu dois vivre, ajouta Jean dans un souffle. Hé, frérot, une chance que tu te sois souvent esquinté, jadis. Sinon, malheur, j'aurais eu du mal à te reconnaître, déguisé comme ça…

Un sanglot l'obligea à se taire, sous le regard exalté d'Élisabeth.

— Papa, tu as entendu ? C'est ton frère Jean qui est là, le cadet des Duquesne, ta famille. Tu te souviens, le moulin au bord de la Charente, le roulement des meules en pierre sur les grains de blé, notre maisonnette et son jardin tout fleuri, l'été, grâce à maman. Papa, réveille-toi, pour moi, ta fille, pour maman. Pour Catherine, ta belle épouse, comme tu disais quand j'étais petite.

— Tu m'emmenais pêcher les écrevisses, Guillaume, poursuivit Jean. Une fois, j'ai voulu en tenir une grosse, elle m'a pincé le doigt et tu as éclaté de rire.

Sœur Blandine les surprit ainsi, en train d'évoquer leurs souvenirs du passé. Elle jeta un coup d'œil à la pendule murale.

— Je vous en prie, ma sœur, laissez-nous rester ici, plaida Élisabeth dès qu'elle la vit sur le seuil de la pièce. Nous ne gênons personne, le lit voisin est inoccupé.

— C'est mon frère, s'écria Jean, survolté. Je ne le quitterai pas.

— Qu'il soit ou non votre frère, notre patient a besoin de repos, donc de calme, prôna la religieuse. Je suis désolée, je vous prie de sortir. Je serai à votre écoute, si vous souhaitez me donner des explications, dans mon bureau, au rez-de-chaussée. Si je l'estime nécessaire, je consulterai nos plus anciens registres, afin d'établir la date où nous avons hébergé ce malheureux pour la première fois.

Très digne, sœur Blandine leur désigna la porte. Élisabeth hésita un instant.

— Mon père pourrait mourir pendant notre absence ! dit-elle. Je lui tiens la main, je suis sûre qu'il le sent.

— Madame, il va de soi que vous pourrez revenir au chevet de Martin si j'acquiers la conviction de votre parenté.

— Très bien, concéda Jean. Nous vous suivons.

Dakota Building, lundi 10 juillet 1905

Maybel poussa une exclamation de soulagement lorsqu'elle vit Élisabeth entrer dans la salle à manger. Il était 9 heures du matin. Edward faisait prendre son petit déjeuner à Antonin, mais l'enfant sauta de sa chaise en voyant sa mère.

— Maman, maman ! s'égosilla-t-il comme si elle avait disparu depuis des jours.

Elle le souleva et le serra très fort, tandis qu'il nouait ses bras menus autour de son cou.

— Tu étais où, maman ?

— J'ai passé la nuit à l'hôpital, Antonin. Je veillais un monsieur très malade.

— Tu t'en iras plus, hein, maman ! Dis, je peux aller jouer dans ma chambre ?

— Oui, bien sûr, je viendrai te voir, mais pas tout de suite.

Norma apportait du café. La gouvernante, de retour après une journée de congé, avait été informée de la situation par Maybel.

— Si vous n'avez pas beaucoup dormi, ça vous fera du bien, dit-elle gentiment à la jeune femme. J'accompagne Antonin, je ferai son lit pendant qu'il s'amuse.

— Merci, Norma.

Maybel et Edward n'osaient pas poser de questions. Élisabeth les regarda tour à tour, puis elle s'assit à la table, en face d'eux, après s'être servi une tasse de café.

— C'est papa, dit-elle. Jean l'a reconnu.

— Après tant d'années ! s'étonna Edward un peu sèchement.

— Oui. ils sont frères, ils ont grandi sous le même toit, partagé des jeux, des baignades. Jean en garde des souvenirs précis, datant d'avant ma naissance. La religieuse, sœur Blandine, s'est rendue aux arguments de mon oncle.

— Seigneur, je ne parviens pas à y croire, avoua Maybel.

— Pourtant, c'est la vérité, *mummy*. Papa avait une cicatrice très ancienne sous le genou droit, Jean a vérifié. Il m'a raconté que Guillaume était tombé dans la cour du moulin, à treize ans. La plaie était profonde, car il s'était blessé sur une faux que Pierre avait laissée par terre. Ambroisie, l'épouse de pépé Toine, l'avait soigné de son mieux. Pierre avait été puni pour sa négligence. Et il y a une autre cicatrice sur l'avant-bras gauche de papa. Elle date de l'époque où il faisait son tour de France des compagnons charpentiers, il s'était entaillé le muscle avec un outil. En rentrant chez ses parents, il avait exhibé devant toute la famille ce qu'il appelait l'« empreinte du métier ».

Maybel hocha la tête, sidérée. Edward fronça les sourcils. Il ne parvenait pas à se réjouir de la grande nouvelle.

— Vous pourriez me demander comment va mon père, après cet accident ? fit remarquer Élisabeth.

— Bien sûr, chérie, excuse-nous, répondit Maybel. En fait, nous sommes tellement surpris, n'est-ce pas, Edward…

— Beaucoup d'hommes peuvent présenter des cicatrices, émit celui-ci, l'air soupçonneux. Lui as-tu parlé ?

— Non, hélas ! J'ai eu un entretien durant la nuit avec un des docteurs de l'hôpital. Papa est dans le coma. Il peut s'éteindre sans avoir repris conscience, et s'il se réveille, il y a peu de chance qu'il nous reconnaisse, oncle Jean et moi.

— Que feras-tu si c'est le cas ? s'enquit Maybel.

— Je tenterai de lui faire retrouver la mémoire, affirma Élisabeth d'un ton passionné. Sœur Blandine a eu pitié de nous, sans doute. Sous son air sévère, elle est généreuse. Il était 3 heures du matin quand elle a consulté des registres de 1886, une année où elle ne travaillait pas ici, à New York, mais en France. L'hôpital français avait pris en charge, le matin du 9 novembre, un homme gravement blessé à la tête et à la poitrine. Il ne portait qu'une chemise ensanglantée, n'avait plus de chaussures. Il n'avait plus sa veste aux boutons de cuivre. On l'avait conduit là parce qu'il réclamait de l'aide… en français. Tout était consigné sur une page entière, que j'ai pu lire.

— Son nom était-il inscrit ? lui demanda Edward d'une voix radoucie.

— Non, *daddy*. Les médecins qui l'ont soigné disposaient de peu de moyens, les conditions d'hygiène étaient déplorables. Papa a passé plusieurs semaines entre la vie et la mort, et une fois convalescent, un docteur a établi qu'il souffrait d'amnésie. Il semblait incapable de s'exprimer, pourtant il comprenait des phrases simples. Au début, on lui a confié des menus travaux, puisqu'il ne pouvait pas payer de pension. Un soir, il a disparu, en 1889. Toujours selon les rapports consignés dans les registres, il revenait parfois à l'hospice. Les sœurs l'ont nommé Martin, un prénom courant en France.

— Il serait encore amnésique, après tant d'années, hasarda Maybel, bouleversée.

— Lisbeth, on t'a dépeint cet homme, Martin, comme un déficient mental, s'inquiéta Edward. Il te terrifiait à cause de son regard vide. Et son attrait pour les fillettes qui lui a valu l'internement dans un asile d'aliénés ? Je n'invente rien, tu nous l'as avoué ces derniers jours. Certes, il s'agit peut-être de ton père, mais sois prudente. Ce n'est plus le même. Depuis hier, tu cèdes à une exaltation dangereuse. Tu as suffisamment souffert, je veux te protéger, parce que je t'aime de tout mon cœur.

— *Daddy*, je sais combien tu m'aimes, et *mummy* aussi. Mais personne ne m'empêchera de veiller sur papa, qu'il soit simple d'esprit ou non. Vous m'avez souvent reproché, tous les deux, de ne pas tout vous dire de mes soucis, de mes hantises, de mes peurs et de mes cauchemars. Pourtant, je note ce que je vois en rêve dans un carnet. Vous pourrez le lire, si vous le désirez.

Antonin accourait, suivi par Norma. Le petit garçon grimpa sur les genoux d'Élisabeth. Du coude, il renversa sa tasse de café.

— Maman, je veux aller au parc, déclara-t-il. J'attends, mais tu ne viens pas jouer.

— Je n'ai pas prévu de jouer avec toi, répliqua-t-elle, agacée. Je voudrais que tu te comportes en grand garçon de cinq ans. *Grandma* et Norma t'emmèneront à Central Park cet après-midi si elles en ont envie. Tu n'as pas à te montrer aussi autoritaire envers les adultes, Antonin.

Douché par cette réprimande, l'enfant pinça les lèvres avant de pleurer tout bas.

— Mon petit chéri, je repars bientôt, je t'en prie, sois sage et obéissant, lui dit Élisabeth en le cajolant. Je te rapporterai un livre d'images ce soir. Si tu allais aider Norma à préparer le repas de midi ? Tu adores ça.

— D'accord, m'man, renifla-t-il.

Maybel, qui était en peignoir de satin, se leva pour embrasser Antonin. Il suivit Norma sans un mot.

— Tu deviens sévère, Lisbeth.

— Il le faut, *mummy*. Mon fils est capricieux, nous le gâtons trop.

— Ce n'est pas le sujet le plus grave ce matin, trancha Edward, manifestement sur les nerfs. Que comptes-tu faire, Lisbeth ?

— Je tiens à passer mes journées au chevet de papa. Jean est toujours auprès de lui, il a pu joindre Bonnie au téléphone. Elle lui a dit de ne pas quitter son frère. Je suis venue changer de vêtements et vous tenir au courant. De toute évidence, vous ne partagez pas ma joie. De la joie, le mot est faible, je ressens un bonheur immense, qui me donne des ailes. Pourtant, au fond de moi, j'ai de la colère aussi.

— Pourquoi, contre qui ? s'affola Maybel.

— *Mummy*, il y a six ans que je vis ici. J'aurais dû chercher des traces de papa. Sans Justin, j'ignorerais encore qu'il existait un quartier français à New York. Tout à l'heure, *daddy*, tu disais que cet homme m'effrayait. C'était vrai. Surtout après l'agression. Mais c'est le destin qui nous mettait en présence l'un de l'autre. Regardez !

Elle fouilla l'aumônière en satin qu'elle portait à la taille et en sortit la médaille de baptême de Catherine, au bout de sa chaînette cassée.

— Il ne l'a ni vendue ni perdue. Les sœurs l'ont mise de côté, il la gardait dans la poche de sa veste. Je vous en prie, j'ai besoin de me consacrer à papa. Oncle Jean et moi, nous avons prévu de lui raconter beaucoup de souvenirs, de répéter les prénoms de ceux qu'il aimait. S'il nous entend, peut-être qu'il se réveillera, qu'il sera redevenu Guillaume Duquesne. Il était si beau, mon papa... les cheveux noirs, épais, le teint mat, des yeux clairs, gris, pailletés d'or. Pour maman, je dois rendre à son mari sa dignité, sa force, et sa mémoire.

Maybel attira Élisabeth dans ses bras. Elle la serra sur son cœur, puis déposa un baiser sur son front.

— Je t'approuve, chérie. Tu trembles, tu as envie de pleurer. Va dormir un peu, je préparerai tes habits pendant ce temps. Un brin de toilette et tu pourras repartir pour l'hôpital français.

— Tu as raison, *mummy*, je suis épuisée.

Edward Woolworth, confus, aida Élisabeth à se lever. Il l'étreignit lui aussi.

— Pardonne-moi, chuchota-t-il à son oreille. J'ai eu tort de réagir ainsi, comme un père, en fait. Tu m'es si précieuse.

— Tu es pardonné, *daddy*.

Château de Guerville, jeudi 13 juillet 1905

Roger, accoudé à la barrière de la piste d'entraînement, admirait les foulées de la magnifique jument blanche à la crinière argentée que Justin faisait galoper. Germaine, un panier rempli de légumes calé sur la hanche, se tenait à ses côtés.

— Le patron a eu du nez d'acheter cette belle bête, dit-il en souriant à la jeune domestique. Il l'avait vue à la foire de Rouillac, ce printemps. Le jour où j'pourrais m'offrir un cheval, même la moitié moins racé, je sauterai au plafond.

— Il faut mettre des sous de côté, Roger.

— C'est ce que je fais, Germaine. Monsieur Justin me paie bien et je suis nourri et logé, alors… Et vous ? Je parie que vous n'êtes pas dépensière.

— Je verserai mes premiers gages à mon père, qui ira les boire, répondit-elle d'un ton résigné. Je n'ai pas de dot, et ça m'est égal, car je ne me marierai jamais.

— Jolie comme vous êtes, vous blaguez !

— Oh non. Quand je serai majeure, dans un an, j'entrerai au couvent. Je ne sais pas lequel, chez les Ursulines de Poitiers, peut-être.

Justin arrivait, au grand trot. Il jeta sa casquette à Roger qui l'attrapa au vol. Rieur, le nouveau châtelain flatta l'encolure de sa monture.

— Bonjour, Germaine. Je vois que vous revenez du potager. Roger, mon ami, que penses-tu de mon acquisition ?

— Une merveille, votre Cybèle, monsieur Justin. Puissante, des foulées de championne. Son nom lui va bien.

— En effet, c'était celui d'une déesse vénérée dans l'Antiquité, la déesse mère de la nature. Son premier propriétaire devait être instruit.

— Autant que vous, m'sieur, s'extasia le palefrenier.

Germaine commença à s'éloigner, mais Justin lui demanda de rester. Il expliqua gentiment, devant son air surpris :

— Il me faut un témoin, vous êtes tout indiquée.

Elle eut une expression incrédule, empreinte de gêne. Roger aurait voulu la rassurer, cependant il n'osa pas.

— Roger, tu es un ami, un excellent soigneur pour mes chevaux, dit Justin en mettant pied à terre. Je tenais à te faire un cadeau dès ton retour au château, seulement je ne trouvais rien d'assez bien. C'est chose faite, je t'offre Cybèle. Elle est à toi.

Il tendit les rênes à son palefrenier par-dessus la barrière, sous le regard médusé de Germaine.

— Mais non, monsieur, vous n'pouvez pas, protesta Roger.

— Combien de fois m'as-tu confié que tu rêvais de posséder ton propre cheval ? Je suis sérieux, j'ai acheté cette jument pour toi. Tu peux la ramener dans son box, la brosser, lui donner son grain. Demain, tu l'entraîneras.

— Merci, j'en perds la tête, monsieur Justin. Je vous remercie.

Le visage ébloui de Roger, au bord des larmes, toucha le cœur sensible de Germaine.

— Je suis contente pour vous, avoua-t-elle tout bas. Hortense attend les légumes, je me sauve.

Elle ne vit pas Justin se glisser de l'autre côté de l'enceinte sablonneuse et donner une vigoureuse accolade à Roger, car un cycliste en uniforme fonçait vers elle. Il freina à sa hauteur.

— Bonjour, mademoiselle. J'ai un télégramme pour M. Laroche, annonça-t-il.

Justin accourait déjà. Il s'empara du message en provenance de New York, en remerciant le coursier qui aussitôt fit demi-tour. Germaine retint un soupir. Pour l'humble villageoise, le monde se limitait à Poitiers et à Ruffec, où elle s'était placée deux ans chez un notaire. Songeuse, elle se promit de regarder dans un dictionnaire à quoi ressemblait l'Amérique, ce pays où habitait Élisabeth, la belle demoiselle aux yeux si bleus.

Adossé au mur nord des écuries, Justin, lui, relisait pour la troisième fois le télégramme, porteur d'une extraordinaire nouvelle.

Retrouvé papa vivant. Je précise, Guillaume Duquesne, mon père. Ne rien dire encore à pépé Toine. Papa dans le coma. Lettre suit. Je t'aime. Élisabeth.

Il embrassa le petit document en remerciant Dieu, lui aussi envahi de joie, comme si le bonheur de sa princesse avait volé vers son cœur, d'un continent à l'autre.

New York, hôpital français, samedi 15 juillet 1905

Élisabeth était seule au chevet de son père. Jean venait de sortir pour fumer une cigarette dans la rue, au soleil. Son oncle partageait son temps entre l'hôpital et son épicerie. Au bout de cinq jours, l'état du malade s'améliorait. Les sœurs, secondées par une infirmière civile qualifiée, se chargeaient de la toilette de leur patient et des inévitables corvées hygiéniques.

— Ce n'est pas à vous de les faire, avait décrété sœur Blandine quand la jeune femme s'était proposée pour les assumer. Continuez à tenir la main de M. Duquesne, à lui parler de son passé. Nos médecins pensent que c'est une bonne chose.

Le moindre doute était levé. Baptiste Rambert avait rendu visite à son ancien compagnon du tour de France, prévenu par Bonnie. Le charpentier, s'il n'avait pleuré d'émotion, s'était montré catégorique.

— Bien sûr, c'est Guillaume, trait pour trait, malgré sa maigreur et le poids des années.

Jean l'avait remercié pour ces mots, malgré son intime conviction, étayée par les registres de 1886 et la preuve faite par les cicatrices de son frère. Désormais, il n'y avait plus de Martin pour le personnel de l'hôpital. Élisabeth vibrait de joie chaque fois qu'elle entendait un « M. Duquesne », ou un « monsieur Guillaume ».

Une question demeurait, obsédante, pour Élisabeth et Jean. Quand Guillaume émergerait de son coma, si ce miracle arrivait, comment l'apprivoiseraient-ils, le rassureraient-ils ? On leur avait tellement répété qu'il était simple d'esprit.

— Mon petit papa, moi, je ne pense pas ça, disait la jeune femme ce jour-là, en caressant les doigts de son père. J'ai mon idée, sais-tu ? Un homme sans aucun souvenir, la mémoire vide, doit se sentir égaré dans un univers hostile. Tu n'avais qu'un but, vivre malgré tout, gagner un peu d'argent, soit pour payer la pension aux religieuses, soit pour manger. Et tu as dû souffrir de la faim bien souvent, du froid, de la solitude. Mon Dieu, toutes ces années où tu errais dans New York, comme tant de vagabonds, pendant que j'avais chaud, que je portais de belles toilettes et que je mangeais des plats délicieux, sans même les savourer.

Cette injustice hantait Élisabeth. Lorsqu'elle rentrait chez les Woolworth, Maybel et Edward tentaient en vain de la raisonner. Elle se dépeignait en fille ingrate. Mais elle ne changeait pas d'avis.

— Mes parents adoptifs sont très gentils et généreux, papa, ils estiment que j'ai eu ma part de malheur depuis ta disparition. Si tu te réveilles, seras-tu capable de me raconter ce que tu as vécu, toi ?

On frappa à la porte. Sœur Léocadie entra, un plateau à bout de bras. On alimentait Guillaume avec du lait sucré, du bouillon et de la bouillie.

— Le petit goûter de M. Duquesne, annonça la religieuse, plus joviale que sœur Blandine. J'ai mis du cacao dans son lait chaud. Le docteur est formel, tant que notre malade déglutit et ne s'affaiblit pas, il faut garder espoir.

— Je vous remercie, ma sœur. Je suis sûre que papa guérira, Dieu y veillera, répondit Élisabeth en souriant.

Elle se retrouva à nouveau seule. Il lui fallut un quart d'heure pour faire boire son père. C'était un timide bonheur, déjà, de le nourrir, d'essuyer sa bouche délicatement, d'humecter ses yeux d'un mouchoir imbibé d'eau tiède.

— Qu'est-ce que je pourrais te raconter aujourd'hui ? demanda-t-elle en lui reprenant la main. Oncle Jean et moi, nous en avons tant dit. Sur le moulin Duquesne, le fleuve, vos bêtises d'enfants, tes premiers travaux de charpentier… et maman, Catherine, ta Cathy, que tu adorais. Je t'ai parlé de ma poupée, celle que mon pépé Toine avait confectionnée, avant notre départ. Papa, je t'aime si fort. Je n'ai jamais autant prié de ma vie, ici, dans la chapelle, et partout, presque sans cesse. Bonnie a fait brûler des cierges à la cathédrale Saint-Patrick, tu sais, Bonnie, l'épouse d'oncle Jean. Et je t'ai dit mon secret, maman veille sur moi, parfois j'entends sa voix dans ma tête, qui me console et me guide. As-tu reconnu sa médaille en or, celle que tu m'as prise sur Broadway ? Maman ne la quittait jamais, ta belle Cathy.

Élisabeth se tut subitement. Les doigts de Guillaume avaient bougé entre les siens. Le souffle suspendu, elle fixa, fascinée, la main tremblante de son père.

— Papa ! appela-t-elle. Papa, je suis là. Ta petite fille, votre enfant, à Catherine et toi. Papa !

Les paupières toujours closes frémirent. Lentement elles s'entrouvrirent, pour se refermer aussitôt, comme pour fuir la clarté qui baignait la chambre.

— Oh non, papa, je t'en prie, regarde-moi. Il y a du soleil, c'est l'été, n'aie pas peur. Tu es à l'hôpital français, en sécurité, ton frère Jean n'est pas loin, et c'est moi, Élisabeth, qui caresse ta main. Papa !

Guillaume Duquesne ouvrit les yeux. La lumière joua sur le gris limpide de ses prunelles piquetées d'or brun. D'abord, il observa le bois de la porte, en face de son lit, et un instant plus tard, la porte bougea sur ses gonds, et Jean apparut.

Élisabeth, tendue à l'extrême, fit signe à son oncle de ne rien dire, et de s'asseoir à sa place habituelle, en face d'elle.

— Ne crains rien, papa, personne ne te veut du mal, murmura-t-elle en lui serrant la main avec tendresse. Ce monsieur qui vient d'entrer n'est pas un étranger, et moi non plus. Tu nous connais, mais tu as dû nous oublier.

Jean tressaillit quand son frère tourna un peu la tête vers lui. Il esquissa un sourire afin de rassurer le malade en disant tout bas :

— Je suis content de te revoir, Guillaume. Ta petite est là, ta fille, Élisabeth. Vois un peu, de l'autre côté.

L'ancien charpentier obéit docilement. Il dévisagea la jolie jeune femme au regard d'un bleu pur. Il aperçut des larmes sur ses joues.

— Papa, oh ! mon papa. Je t'en prie, reviens.

Après un silence angoissant, Guillaume étreignit lui aussi les doigts d'Élisabeth. Il n'avait plus cette expression absente, non, un sourire se dessinait sur ses lèvres.

— Ma petite princesse, articula-t-il. Dieu soit loué, je t'ai enfin retrouvée. Oh ! ma princesse, que tu es belle.

Jean étouffa un sanglot de joie, tandis qu'Élisabeth, au comble du bonheur, glissait de sa chaise pour, à genoux, poser son front sur la main de son père.

Le miracle avait eu lieu. Guillaume Duquesne venait de ressusciter, par la grâce de l'amour. L'ombre d'un miséreux surnommé Martin s'effaçait sous le ciel de juillet, dans la 34e Rue, à New York.

Table

De la même auteure
aux éditions Calmann-Lévy :

L'Orpheline des neiges, 2010
Le Rossignol de Val-Jalbert, 2011
Les Fiancés du Rhin, 2012
Angélina. Les mains de la vie, 2013
Les Soupirs du vent, 2013
Angélina. Le temps des délivrances, 2014
Les Marionnettes du destin, 2014
Angélina. La force de l'aurore, 2015
Les Portes du passé, 2015
Le Val de l'espoir, 2016
L'Ange du lac, 2016
Le Scandale des eaux folles, 2016
Les Amants du presbytère, 2017
Les Sortilèges du lac, 2017
La Galerie des jalousies (3 vol.), 2017
Amélia, un cœur en exil, 2017
Abigaël, messagère des anges (6 vol.), 2018
Le Refuge aux roses, 2018
Astrid, la reine bien-aimée, 2018

L'Orpheline de Manhattan (3 vol.), 2019
Les Fiancés du Rhin, 2019
Le Cachot de Hautefaille, 2019
Lara. La ronde des soupçons, 2020
L'Amour écorché, 2020
Lara. La valse des suspects, 2020
Lara. La danse macabre, 2020
Les Feux de Noël, 2020
Le Mystère Soline, 2021

mariebernadettedupuy.e-monsite.com
Groupe Facebook : « Les amis de Marie-Bernadette Dupuy »

Le Livre de Poche s'engage pour
l'environnement en réduisant
l'empreinte carbone de ses livres.
Celle de cet exemplaire est de :
650 g éq. CO_2
Rendez-vous sur
www.livredepoche-durable.fr

PAPIER À BASE DE
FIBRES CERTIFIÉES

Composition réalisée par Lumina Datamatics, Inc.

Achevé d'imprimer en mars 2021 en Italie par
GRAFICA VENETA
Dépôt légal 1re publication : avril 2021
LIBRAIRIE GÉNÉRALE FRANÇAISE
21, rue du Montparnasse – 75298 Paris Cedex 06

13/7074/4